ハヤカワ・ミステリ

JUSSI ADLER-OLSEN

特捜部Q

—アサドの祈り—

OFFER 2117

ユッシ・エーズラ・オールスン

吉田奈保子訳

TOKYO
HAYAKAWA
BOOKS

A HAYAKAWA
POCKET MYSTERY BOOK

装幀／水戸部 功

ザンドラのために

特捜部Q

—アサドの祈り—

主な登場人物

カール・マーク……警部補。特捜部Qの責任者
ハーフェズ・エル＝アサド
（ザイード・アル＝アサディ）……カールのアシスタント
ローセ・クヌスン……Q課のメンバー
ゴードン・T・タイラー……Q課の業務管理担当
マークス・ヤコプスン……重大犯罪捜査課長
ラース・ビャアン……殺人捜査課の元課長
イェス・ビャアン……ラースの兄
ハーディ・ヘニングスン……カールの同居人。元刑事
モーデン・ホラン……カールの家の下宿人。介護士
モーナ・イプスン……心理学者。カールの恋人
ルズヴィ……モーナの孫
ガーリブ（アブドゥル・アジム）……アサドの宿敵
ハミド……ガーリブの右腕
ベアーテ（ベーナ）・ローター……テロリストの一員。ドイツ人
ジャスミン・カーティス……テロリストの一員。スイス人
アフィーフ……テロリストと行動する少年
ジュアン・アイグアデル……スペインのジャーナリスト
リリー・カバービ……シリア人女性。アサドの恩人
マルワ……アサドの妻
ネッラ……アサドの長女
ロニア……アサドの次女
サミル・ガジ……マルワの弟。アサドの友人
アレクサンダ……引きこもりのゲーマー
ヘルベルト・ヴェーベル……ドイツ情報機関の職員

溺死者たちの指

溺死者たちの
手の命は
わたしたちがここで語れる話よりも
長かった

遠く離れ
同時にごく近くで
わたしたちは溺死者たちを見ている
生と平和を求める彼らの渇望を見ている

毎日のように
指の先端が
海へと消えていくのを
わたしたちは見ている

けれど、わたしたちの目は
何も見ていない
彼らの指が
海から突き出て
空をさしていても

溺死者たちの指
それらはもはや濡れてはいない
永遠にひからびている

ファラーフ・アルスーフィー
——詩人、イラクからの〝クオータ難民〟
（欧州委員会がEU加盟国に義務的に割り当てるクオータ制にもとづいて受け入れられた難民のこと）

プロローグ

家族がサブ・アバルを去る一週間前の土曜、アサドは父親に連れられて市場に行った。そこはまるで色の洪水だった。露店ではヒヨコマメやザクロ、ブルグル（中東や地中海で料理に使われる挽き割り小麦）、カラフルな香辛料が売られ、これから斧《おの》を振るわれる運命の鶏のけたたましい鳴き声が響き渡っていた。父親はアサドのほっそりした肩に両手を置くと、知的な黒い瞳で息子を見た。

「よく聞け。じきにおまえは今日見たことを夢でしか見られなくなる。ここにあるすべての匂いや音をもう一度味わいたいという希望も薄れていくだろう。できるだけしっかりと見ておきなさい。いま見ているものすべてを心に刻むんだ。そうすればここの記憶が完全に失われることはないはずだ。それがおまえへの忠告だ。いいな？」

アサドは父親の手を握ると、わかった、というようにうなずいた。

でも実際には、父親が何を言っているのかわかっていなかった。

1

ジュアン

ジュアン・アイグアデルは信心深い人間ではなかった。それどころか、聖週間（復活祭前の一週間）に黒い服を着たカトリック教徒たちがランブラス通りを埋め尽くして行列行進すると街を出ていきたくなり、しゃがんで用を足している教皇と東方の三博士などという罰当たりなフィギュアを集めていたほどだ。そんな〝不信心者〟のジュアンも、最近では毎日十字を切りながら過ごしている。万一神が存在しているのなら、何がなんでも神と懇意になっておかないと。それほど切羽つまっていたのだ――。

午前中に配達された郵便物に混じって、長い間待ち焦がれた封筒がついに届いた。ジュアンは念のためもう一度十字を切った。この中身が自分のこれからの運命を決定づける。

三時間後、ジュアンはうなだれてバルセロネータ（スペイン北東部、カタルーニャ州の都市バルセロナの市街南部に位置する海に突き出た地区）のカフェに座っていた。もうおしまいだ。この暖かさだというのに全身が震えている。三十二年間、彼はささやかな希望にすがって生きてきた。遅かれ早かれ、いつかは運が向いてくると信じていた。だが、こんな結果になったからには、もはや運を待ち続ける力もない。父親は八年前、管理人を務めていたマンションで電気コードを首に巻き、水道管にぶら下がった。決して陽気な人物ではなかったものの、そんなことをするとはまったく思えなかった。ジュアンと五歳下の妹と母親は一瞬にして大黒柱を失い、そのショックから立ち直れなかった。ジュアンは当時まだ二十四歳だったが、一家を養うためできる限りのことをした。ジャーナリストを養成する専門学校に通いながらも、時給の安いアルバイトを大量にこなした。だが一年後、さらに決定的な不幸が彼を襲う。母親が睡眠薬で自殺を図ったのだ。そのわずか数日後には、妹が……。

あれから何年も過ぎたいまになって、ジュアンはもうやっていけない、自分はそういう運命なのだと悟った。アイグアデル家の人間にとって人生とは、時間が経つにつれて意味を失っていくものでしかなかった。暗闇が家族を次々と飲み込んでいった。俺のことも容赦しないだろう。この家族は呪われている。たとえほんのつかの間、幸福を感じたとしても、仕事で小さな成功を収めたとしても、呪いは変えられない。つい一カ月前、ジュアンは恋人に振られた。そして、まるで運命が完璧な仕事の最後の仕上げをしたがっているかのように、職も失った。

すべてに意味がなくなったのに、これ以上苦しみ、頑張る必要があるのだろうか。

ジュアンは片手をズボンのポケットに突っ込むと、レジのうしろにいるウェイターを一瞥《いちべつ》した。

せめてあのウェイターにコルタード（少量の温かい牛乳で薄めたエスプレッソ）代を払うことができれば、かろうじて残されているわずかな尊厳を失うことなく人生を終えられるのに。だが、ポケットは空《から》だ。ジュアンは苦い気持ちのままカップに残った最後のひと口を見つめた。これまでの人生で失敗に終わったすべての計画が、無限ループのように次々と頭に浮かび上がってくる。うまくいかなかった女性関係、成就《じょうじゅ》しなかった願い、どれだけ低く設定しても達成できなかった目標。敗北感は強烈だった。どんなに否定しようとも無視しようとも消えることはない。

俺はもう終わりだ。

二年前、ジュアンは重度のうつ病に苦しみ、タラゴナ出身の女占い師を訪ねたことがある。彼女の予言では、ジュアンはそう遠くない将来に――占い師いわく、そのころはすでに墓に片足を突っ込んだ状態だろうが――明るい光によって救われるだろうとのことだった。あまりにも熱のこもった話しぶりだったので、彼は今日までその予言にすがって生きてきた。だが、その明るい光とやらはいったいどこで足踏みしているのだ？　たった二ユーロのコルタード代すらなく、俺はカフェの椅子から立ち上がることもできない。エル・コルテ・イングレス百貨店の前の歩道で手を差し出してしゃがんでいるぼろをまとった物乞いや、銀行の入り口で飼い犬と寝ているホームレスですら、エスプレッソ一杯分ぐらいの金はやすやすと集められるというのに。

あの占い師の有無を言わせぬ目つきに圧倒され、俺はありもしない将来への希望を抱いた。だが、占い師は完全に間違っていた。俺もそろそろ現実を直視するときだ。

ジュアンはため息をついてテーブルに置いた四通の封筒に目をやった。それは彼の世間知らずと見込み違いを証明するものだった。いま手にしている非情な通告に比べれば、部屋に溢《あふ》れている督促状《とくそくじょう》の山などかわいいものだ。ここ数カ月家賃を滞納しているが、カタルーニャの賃貸借法のおかげで追い出される心配はない。それに、昨年のクリスマス以来、温かい食事などつくっていないし、ガスが止められても別にどうでもよかった。彼にとどめを刺したのは、この四通の手紙だった。

ジュアンはつきあっていた彼女に対し、じきに仕事で成功するからと言いつづけてきた。だが、いくら期待したところで結局収入はなく、生活の面倒を見ることに嫌気が差した彼女から、ついに絶縁状をつきつけられる。数週間後、今度は金を貸してくれた人たちから執拗《しつよう》な取立てにあったが、四本のルポの原稿料が入る予定だからとなんとかなだめた。完全な嘘ではない。自分としては傑作だと思えるものをしたためていたのだから。

　だが、いまこのテーブルに載っているのは、断りの手紙だった。曖昧《あいまい》さも婉曲《えんきょく》な言い回しも一切なく、マタドールが闘牛の心臓に突き刺す剣のごとく明確にして容赦のない断りの手紙だった。

　ジュアンはカップを持ちあげて、薄れつつあるコルタードの香りをかいだ。ビーチのヤシの木と海水浴客の雑踏に目を向ける。頭のおかしい男がランブラス通りの歩行者をワゴン車で轢《ひ》き殺してからまだそれほど経っていない。カタルーニャ独立の是非を問う住民投票の際に投票所の前で暴行事件が起きたのも、それに続く中央政府の横暴な介入でバルセロナが麻痺《まひ》状態に陥《おちい》ったのも、つい最近のことだ。だが、陽炎《かげろう》がゆらめく残暑の中で楽しんでいる大勢の人々は、そんなことなど覚えていないようだ。顔を輝かせて人生を満喫し、大はしゃぎで歓声を上げている。女たちは肌を大胆に見せ、誘いを待つようなオーラを放っている。ジュアンが女占い師の言った〝明るい光〟の出現をひたすら待っていた間に、皮肉にもこの街は生まれ変わったようだった。

　子どもたちがすぐ近く、波打ち際で遊んでいる。ここから日光浴をしている人々の間をすり抜けて水に飛び込むのに、一分もかからないだろう。最後のひと息を吸い込み、海中に潜る。これだけ混雑しているのだから、おかしな男が着衣のまま海に飛び込んでも誰も気にしないに違いない。あっという間にすべてを終わらせることができる。

　胸の鼓動が激しくなる。ジュアンは情けなく笑った。俺のような意気地なしに自殺なんてできっこない。精彩もなければ気骨もなく、ジャーナリストを名乗っているくせに人の心を打つ文章を書く力もなく、議論をしても一度だってはっきりと意見を述べたことのない、俺のような人間に。

ジュアンは封筒を手に載せると、重さを量った。長年積もり積もったろくでもない出来事に、これで数百グラムの屈辱が追加される。泣きわめいたところでどうしようもない。心はとうに決まっていた。あと少ししたらウェイターにコルタード代は払えないと告げ、罵声《ばせい》を浴びながらビーチへ走っていき、最期《さいご》を迎えよう。

だが、彼の脳がその決心を脚に伝え、立てと命じようとした瞬間、水着姿の客ふたりが立ち上がり、その勢いで椅子がうしろへひっくり返った。

ジュアンは振り向いた。ふたりのうちのひとりがぽかんと口を開けたまま、壁の上方に掛かった大型スクリーンに見入っている。もう片方はビーチを眺めていた。

「音量を上げてくれ！」スクリーン近くの男が叫んだ。

「おい、テレビの連中がすぐ下の遊歩道から中継してるぞ！」もうひとりが集まりはじめた群衆を指差した。

ジュアンが目で追うと、市が二年前に設置した高さ三メートルの電光掲示板のすぐ前にテレビクルーが詰めていた。掲示板の下部は地味な色の金属でできているが、その上のデジタルスクリーンには四桁の数字が光っている。しかも、大きな数字へとどんどん変わっていく。少し前に読んだ説明によると、その数字は今年に入ってから地中海で溺死《できし》した難民の数だ。そして、その電光掲示板は〝恥の計数器《カウンター》〟と呼ばれていた。

撮影班のまわりには海水パンツとビキニ姿の海水浴客たちが集まっていた。地元民も数人、バルアルド通りから駆けつけてきた。おそらく彼らもテレビを見たのだろう。

ジュアンはウェイターのほうをうかがった。機械的にグラスを拭きながら、テレビに完全に気を取られている。画面には〝ニュース速報〟とテロップが流れていた。ジュアンは椅子から立ち上がると、ほかの人間に混じって遊歩道へと向かった。

そう、結局のところ、俺はまだ生きている。そして、なんだかんだ言っても、一応はジャーナリストなのだ。地獄行きは、もう少し延ばせるかもしれない。

ジュアン　2

ジョギング中の人間やインラインスケーターなどが集まり、現場はごった返していた。女性レポーターは人の群れをかきわけて、高い電光掲示板の前に立った。自分の魅力をよくわかっているのか、素早く頭を左右に振って髪をなびかせると、唇を舌で湿らせ、マイクを口の前に持っていく。男たちは子どもから年寄りまで、口を開けて彼女に見とれた――特にその胸に。

「いったいどれだけの人が、楽園と自由の象徴だったヨーロッパに逃れる途中の海で命を落としているのでしょうか。近年、その数は何千人にも増えています。

今年だけでも、すでに二千人以上が亡くなっているのです」

彼女はうしろをちらりと見ると、電光掲示板の光る数字を指差した。

「上に出ているこの数字は、今年に入っていまこの瞬間までに地中海で溺死した難民の数を示しています。確認されただけでもこの人数です。昨年の同時期はもっと多くの人が亡くなりました。来年も同じくらいの数が予想できます。これだけ途方もない数の死者が出ているにもかかわらず、恥ずかしいことに、世界は、わたしもみなさんも、この事実から相変わらず目を背《そむ》けています。この犠牲者たちが名もなき存在であり続ける以上、事態は変わらないでしょう。彼らをただの数字として片付けていいのでしょうか」

レポーターは黒いアイラインをくっきり引いた目でカメラを見据えた。「わたしたちヨーロッパ人は、自分には関係ないと思っているのではないでしょうか。わたしたちは犠牲者の数を知っているのに、見て見ぬふりをしています。数の裏には、実際に生きていた人たちがいるのです。そこでTV11では次回の特集を、海で亡くなったひとりの若い男性に捧げたいと思います。彼の遺体は東地中海のキプロスの海岸に打ち上げられたばかりです。〝楽園〟へ逃げる途中で命を落とすことになったこの人物の生涯を伝えたいと思います」

レポーターはダイヤがちりばめられてきらきら光っている腕時計に目をやった。「アヤナパのビーチでこの男性の遺体が発見されてから一時間も経過していません。波に押し流され、あそこにいる人たちと同じように楽しげな海水浴客の目の前に打ち上げられたのです」そう言うと、サン・ミケルビーチで日光浴をしている人々に向かって大げさに腕を広げた。

「番組をご覧のみなさん、先ほどお話しした男性の遺体は、キプロスの人気ビーチ、アヤナパに今朝漂着しました。ですから、うしろの掲示板の数字は２０８０になります」彼女は間を置くと、光る数字を見上げた。「この数がさらに増えるのは時間の問題です。ともかく、今朝の最初の犠牲者は褐色の肌をした若い男性で、アディダスのスウェットシャツを着てすり減った靴を履いていました。なぜ彼は地中海で命を落とさなくてはならなかったのでしょう。バルセロナにいるわたしたちの目の前には、穏やかな紺碧《こんぺき》の海が広がっています。この同じ海がたった数キロ離れたところで、よりよい暮らしを必死に求めてやってくる難民の希望を打ち砕いている。そんなことを想像できるでしょうか」

彼女はそこで言葉を切った。ディレクターがキプロスで撮影した映像を流す。ビーチにいた人々は映像を見ようとカメラマンの横にあるモニターに群がり、その衝撃的な映像に息を呑んだ。うつぶせの状態で波にもまれている若い男性。その遺体を何人かが陸に引き揚《あ》げ、仰向けにしている。そこから画面はバルセロナに切り替わり、レポーターが再びモニターに映った。掲示板から二メートル離れたところに立って、話を締めくくろうとしている。

「この若い男性について、できるだけ早く多くのことが判明すればいいのですが。彼が誰なのか、どこから来たのか、なぜ地中海を渡るという危険な脱出を決意したのか。ＣＭのあとも番組は続きます。うしろの掲示板の数字はさらに増えることでしょう」彼女は光る数字を指差して話を終え、真剣な表情でカメラを見つめた。カメラマンが「ありがとう」と手で合図する。

ジュアンは集まった人たちに目をやった。すごいことになりそうだ！　もしや、ここにいるジャーナリストはこのテレビクルーと俺だけなんじゃないか？　俺は人生で一度きりの最高のタイミングでここに居合わせたんじゃないか？　俺はいま、一大ニュースになりそうなネタに出会ってるんじゃないか？

直感が、かつて感じたことのないほどの強さで「これだ！」と告げていた。

こんなチャンスを逃してたまるか！

掲示板を見上げると、スクリーンには〝２０８０〟と表示されていた。

レポーターの女性がタバコに火をつけ、カメラマンと言葉を交わしていた。その間、若い男たちは彼女の胸に見入っていたが、ジュアンもまた、催眠術にかけられたかのようにしばらく立ち尽くした。

十分前には地中海で溺死する決意を固め、自分もここで命を終えるひとりになるはずだったジュアンだが、いまはもう、魔法にかけられたように電光掲示板の数字から目が離せなくなっていた。その挑発的なメッセージがいきなり現実味を帯びて存在感を放ち、めまいがするほどだった。俺は、幼い子どものように自分のことばかりを考えていたんじゃないか？　海の上では命をかけて戦っている人たちがいるというのに、俺は自分を憐《あわ》れみ、諦《あきら》め、すべてを放棄しようとしていたんじゃないのか？　そう、彼らは戦っている！　その事実の重みに圧倒され、ジュアンは倒れそうになった。そして突如として、自分がいま何を経験し、何に遭遇《そうぐう》しているのかを悟った。安堵《あんど》のあまり、涙がこぼれた。俺は死の淵《ふち》にいた。だが、もしかしたら、いまこの瞬間に救いの光が差しているのかもしれない――あの女占い師が予言したように！　この光は新たに生きる勇気を与えてくれる。頭上の数字は他人の不幸を示しているが、俺にとっては、これまで誰も書かなかった物語へのすばらしい可能性を開いてくれるものなのだ。一瞬のうちに、すべてが明らかになった。

俺は実際、占いどおりに土壇場《どたんば》で墓から片足を引き抜いたのかもしれない。

それからの数時間はあっという間に過ぎた。ジュアンは急ごしらえの計画を実行に移した。この計画が俺のキャリアを救い、人生を立て直す礎《いしずえ》となってくれるはずだ。

まず、キプロス行きの飛行機をチェックした。十六時四十五分発のアテネ行きに乗れば、ラルナカ行きの便に乗り継ぐことができる。真夜中ごろにはアヤナパのビーチに立つことができるだろう。

だが、問題は金だ！　往路だけでも五百ユーロ近くかかる。コルタード代すら払えなかった男が、いったいどこからそんな金を調達すればいいのだろう。こうなったらあの鍵を使うしかないのか。もう何週間も、元の恋人から返せとさんざん言われてきたあの鍵を。ジュアンは彼女が経営する食料品店まで行くと、店の裏戸を開け、まっすぐ陳列台へ向かった。彼女は、その下の、野菜が入った箱のうしろに小さな金庫を隠している。

二十分もすれば彼女は昼休憩《シエスタ》から戻り、俺が陳列台の上に置いた借用書を見つけるだろう。そのとき俺は千六百ユーロそこそこをバッグに入れて、空港に向かっているはずだ。

かん高い叫び声がアヤナパのビーチに響き渡った。いくつものサーチライトに照らされ、砂がきらきら光っている。すべてが照らし出され、泡立つ波がしらですら白く光って見える。制服姿のレスキュー隊の立つ位置から数メートルと離れていない砂の上には、暗い海から引き揚《あ》げられた死体が隙間なく一列に並べられていた。それぞれの顔は灰色の毛布で隠されている。なんともぞっとする光景だ。だが、ジャーナリストとしてジュアンが惹《ひ》きつけられたのは、まさにその光景だった。

警察が厳戒態勢を敷くなか、波打ち際から十五メートルほど離れたところに、二十人から三十人ほどの生存者が憔悴《しょうすい》しきった様子で立っていた。死者の顔を覆っているのと同じ灰色の毛布にくるまれ、寒さで震えている。小声で泣いている者もいる。願いを叶《かな》えられなかった仲間の運命を嘆くとともに、自分たちの今後が不安なのだろう。いまはまだ、そういう思いで心をひとつにしているようだが、いずれ彼らは離れ離れになる。

「あそこに立っている連中は運がよかったんだ」探るような目つきでその光景を見ているジュアンに向かって、近くにいた男性が言った。「救命胴衣を着ていたので、かなり沖合で救助艇に救出されたんだ。沿岸警備隊の俺の仲間が発見してから三十分経つかな。まるで魚の群れみたいにぴったりと体を寄せ合っていたよ。海の上でバラバラにならないようにだろう」

ジュアンはうなずくと、注意深く死体の列に一歩近寄った。ふたりの警官が追い払おうとしたが、ジュアンが記者証を差し出すとがめだてせず、観光客やビーチウェアを着てパーティに繰り出そうという連中がショッキングな光景をスマートフォンで熱心に撮影しているのをやめさせるほうに神経を注いだ。

なんて心ないことをする連中なんだ！　ジュアンはそう思いながら、カメラを取り出した。

ギリシャ語はさっぱりだが、レスキュー隊の身振りを見ていれば、何をしているのかはわかった。彼らは海のほうを手で示していた。続いて、そのうちのひとりがサーチライトを操り、陸に向かって流れてくる縦長の塊《かたまり》を照らした。

その塊が陸まで二十メートルほどの距離に近づくと、レスキュー隊のひとりが海の中へ入っていき、まるでゴミとして出す古着を扱うかのようにそれを引き揚げた。もはや命のないその体が浜辺に置かれたとたん、生存者の集団からふたりの女性が前に出てきた。両手で何度も顔を覆い、ふらつきながら泣き叫び、歩いてくる。完全に取り乱しているようだった。砂の上の死者と、絶望したふたりの女性たちの姿に、居合わせたほぼ誰もが悲痛な気持ちになった。

女性たちの横には顔じゅう黒い髭《ひげ》で覆われた男性が

立っており、いらついているのかふたりを黙らせようとしたが、彼女たちは泣きやまなかった。青い制服のジャケットを着たスキンヘッドの若い男性が前へ走り出て至近距離から死体を撮影すると、彼女たちは叫び声を上げた。ふたりは死者の前にいまにも崩れ落ちそうだった。若いカメラマンは淡々と仕事をこなす。おそらく、引き揚げた死体の様子を逐一記録するつもりだろう。ジュアンはそのカメラマンの写真を撮ると、現場取材を特別に許可されたような顔つきで会釈《えしゃく》しておいた。運のいいことに、あたりにほかのジャーナリストはいなかった。

それからジュアンは振り向くと、泣いている女性たちをできるだけ目立たないように撮影した。今回のルポルタージュで重要なのはもちろん彼女たちではなかったが、ジャーナリストにとって、悲嘆に暮れている人間の表情はいつだって興味をそそるものだ。それに、できれば、バルセロナのテレビクルーとまったく同じようにルポルタージュを構成したい。すべてを明らかにしつつ、ときに話を盛り、人々を震撼《しんかん》させ、同情を喚起させたい。

人の死をネタに有名になろうとするのは確かにうしろめたいが、この溺死者は直々《じきじき》に手にした戦利品だ。俺は死んだ人間を蘇《よみがえ》らせてやりたいんだ。それも、カタルーニャの新聞購読者なんてちっぽけな集団ではなく、全世界に知らしめたい。数年前、三歳のシリア系クルド人の男の子が溺死体で発見された話が、世界中の新聞の第一面で報じられたときのように。後味の悪さを覚えたとしても、俺はひとりの人間の運命を語ることに賭《か》けたいんだ。その物語は人の心を打つだろう。ひとりの人間にフォーカスすることで、世界を動かす大きなメカニズムがその背景にあることも伝えられるだろう。このルポルタージュが完成すれば、ついにジャーナリストとしての名声を手に入れ、経済的にも立て直せる。それが俺の計画だ。

ジュアンは少しの間じっと立っていた。背後から響く女性たちの叫び声は実に生々しかった。TV11がバルセロナでアヤナパの最新映像を流したときは、こんな叫び声は聞こえなかったが、このほうががぜん雰囲気が出て、話に信憑性《しんぴょうせい》が生まれる。こういうディテールを入れ込みながら、物語を組み立てるのだ。人生の突破口を切り開くには必要なことだ。だがそこでふと、またあの感情に襲われた。心の奥底にある気持ち。できれば気づかないふりをしていたい思い。やめてくれ、なんで俺が自分の行為に罪悪感を覚えなきゃならない？ 俺はいま、特別なことをしているはずだろ？

急にカメラが重くなったように感じた。

俺は本当にこれを「特別なこと」だと思っているのだろうか。本当は、TV11のコンセプトをそっくり真似ただけじゃないのか？ いや、俺が現場で取材しようがしまいが、きっと何百人というほかのジャーナリストたちも同じことをする。そう言い訳したところで俺はやはりただの便乗者にすぎない。なぜ認めないのだ？

ジュアンはその考えを振り払った。それがなんだ！ 大事なのは、人々の心に響くようなルポルタージュをつくること。重要なのはそれだけだ！

引き揚げられた死体の撮影をすませたらすぐ、涙にくれる女性たちの取材に移ろう。引き揚げられた者と彼女たちの間に特別な関係があったのかどうか突き止める必要がある。それがわかれば、なぜ彼女たちがこれほど深く絶望しているのか説明がつくだろう。死体の身元につながる詳細な情報が手に入るかもしれないし、逃亡の背景がわかるかもしれない。彼女たちは彼、もしくはこの人物とどう知り合ったのか。なぜほかの者たちは生き延びたのか。彼、もしくは、この人物は病気だったのか。それともとりわけ体が弱っていたのか。どんな人間だったのか。結婚していたのか。子どもはいたのか。頭の中をさまざまな疑問が駆けめぐった。

　ジュアンは死体に一歩近づいた。顔を向こう側に向けて波打ち際に横たわっている様子を撮影しておきたかった。何を着ているのだろう？　体に巻き付いている布切れのようなものは一種の民族衣装かもしれない。レスキュー隊がその体を完全に海から引き揚げようとして、ジュアンの視界を遮《さえぎ》った。

　ジュアンは死体のすぐそばまで行った。胴体の向きが少し変わり、顔がこちらを向いた瞬間、息を呑んだ。目の前に現れたのは老女の顔だったのだ。

　ジュアンは老女を凝視しながら、心臓の鼓動をなんとか鎮めようとした。こんなに間近で見ず知らずの死者と対峙《たいじ》したことはなかった。交通事故の死者は見たことがある。血まみれのアスファルトや、到着の間に合わなかった救急車の青いランプ……。司法記者として働いていた短い間に、市営の遺体安置所に行ったことも何度かあった。だが、交通事故やそのほかの事故の犠牲者とは違い、この無防備な老女の死は心に深く突き刺さった。彼女はこれまでよりもよい暮らしを夢見て長くつらい旅に出た。そして目的地に到達する直前でこのように悲惨な死を遂げたのだ。これを記事にしたら、どんなに強烈な物語になることだろう……。

　ジュアンは湿った海の空気を深く吸い込み、罪悪感と功名心《こうみょうしん》の間で引き裂かれないよう、少し息を止めた。じっと考え込みながら暗い夜の海に目を向ける。この老女にとっては不幸だったが、俺にとってこれは、スクープ以外の何ものでもない。なにせ、今回は男性でも子どもでもない。老女というのは斬新《ざんしん》だ。これは売れる――ここまで長く生きてきた老女が、こんなに恐ろしい最期を迎えるなんて、不幸にもほどがある。そこに人々は惹きつけられるはずだ。

　ジュアンは気持ちを落ち着けると、少しためらってから死者にカメラを向け、インターバル撮影機能をオンにした。数秒待ってからビデオボタンを押すと、レスキュー隊に阻止される前に細部まですべてが映るように死体の周りを一周した。

　海水に浸かり、航海の苦難でやつれているものの、この老女が良家の出身であることははっきりとわかった。世間の注目はそれでいっそう高まり、ルポルタージュも売れるだろう。擦《す》り切れた服に身を包み、長い漂流の疲労が顔に刻み込まれ、多くの苦難に耐えてきた難民たちの惨《みじ》めな姿は、テレビや新聞でしょっちゅう報道されている。だが、彼女の服装は趣味がよく、唇には口紅がうっすら赤く残っている。アイシャドーもだ。美しい女性だった。七十歳くらいだろうか。靴は脱げ、毛皮のコートはぼろぼろ。顔の深い皺《しわ》は、決死の脱出劇へと駆り立てたあらゆる試練の表れかもしれない。にもかかわらず、見事な威厳が備わっています。

「この人たちはどこから来たんでしょう?」ジュアンは死体の横にひざまずいている私服の男性に英語で尋ねた。

「シリアじゃないかな。この何日か、大量に難民が来てるからね」

　ジュアンは生存者たちに目を向けた。褐色の肌とはいっても、ギリシャ人よりほんの少し色が濃いくらいだ。確かにシリア人のように思える。

　彼は砂浜に並べられた死体の列を眺め、数を数えた。三十七人。男性、女性、そして子どもがひとり。海の向こうのバルセロナに設けられた電光掲示板の〝２０８０〟という表示を思い出した。いまごろは〝２１１７〟という数字が夜空に光っているに違いない。あるいは、それより大きな数字が。なんと無意味に命が失われていくのだろう。

　ジュアンはメモ帳を手にすると、日付と時刻を書き留めた。自分がどん底から這《は》い上がり、人生の新たな土台を築くスタートラインに立ったのだと感じるために。俺のルポルタージュは、数多くの死者のなかからこの老女に焦点を当てたものになる。誰にも守られない子どもや働き盛りの男性についての物語ではなく、いままさに溺死した老女についての物語。今年に入ってからこれまで犠牲となった二千百十六人のように、生きて地中海を渡ることのできなかった女性についての物語だ。

彼はメモ帳に見出しを書きつけた。〝犠牲者2117〟。それから生存者の集団に目をやり、悲鳴を上げていたふたりの女性を探した。波打ち際からかなり離れたところでは、たくさんの人がいまだに顔をひきつらせ、ぶるぶる震えながらぴったり身を寄せ合っている。だが、そこにはもう泣いていた女性たちと髭面の男性の姿はなかった。ジュアンの横で写真を撮っていた青い制服のジャケットを着た男が立っているだけだ。

ジュアンはメモ帳をポケットに突っ込んだ。老女の顔のアップをあと数枚撮りたかった。だがそのとき、彼女の澄んだ目が心を貫《つらぬ》いた。ジュアンはびくっとして身を引いた。

なぜ、こんなことにならなくてはいけなかったの？

老女の見開いた目はそう尋ねていた。

ジュアンは、いつもはオカルト的な考えに一切興味がなかったが、この瞬間だけは全身に震えが走った。まるで老女が俺と交信したがっているみたいだ。あなたは何ひとつわかっていない、こんなことはどう考えてもおかしい、と訴えかけているようだ。

ジュアンは目を逸《そ》らすことができなかった。死んでなお美しく力のある老女の目が、自分に次々と質問を投げかけているような気がしたのだ。

ジュアン、わたしが誰だかわかる？

あなたはわたしの名前すら知らないのよね？

わたしがどこから来たか、わかる？

ジュアンは首を横に振ると、老女の前にひざまずいた。

「わかりません。でも、突き止めてみせます」そう言うと、老女のまぶたを手でそっと閉じた。「約束します」

3

ジュアン

「ジュアン、そんなことできない。何度言ったらわかるの？　事前に契約を交わしていない限り、フリーランサーに旅費は出ないの」

「でも旅費を証明できるものはすべて持ってる。取材でかかった費用はすべて書き出してある、ほら」

　ジュアンは航空券とそのほかの領収書が入ったファイルをカウンターに置いて彼女のほうへ滑らせると、特上の笑顔をつくってみせた。

　事務員のマルタ・トラスの業務範囲はよくわかっている。彼女には俺の要求をはねつける権限はない。まして、この状況ではなおさらだ。

「マルタ、昨日の俺の記事が紙面のトップを飾ったのを見てないの？　折り込み広告のちゃちなコラムじゃないんだよ、トップ記事だ。これまで書いてきたなかで最高の記事だよ。当然、千六百ユーロくらい、経理係が出してくれるはずだ。頼むよ、マルタ。取材費を自腹で出すなんてごめんだからな。元カノに借金してるんだから、よけいに……」

　ここは粘るしかない。元恋人から平手打ちを食らい、訴えると脅されているのだ。彼女はジュアンを泥棒呼ばわりし、お金が戻ってくるはずがないと泣いた。それから手を差し出して「店の鍵を返して」と言った。もはや〝以前付き合っていたふたり〟ではなかった。

　〝遠い昔に付き合っていたふたり〟だった。

「経理係が旅費の支払いを認めるですって？　それはあなたの勘違いね。だってわたしがその経理係なのよ、ジュアン」マルタが鼻息荒く言った。「あなたが新聞社の金庫を好き勝手にできると思っているなんて、その元カノってずいぶんとおめでたいのね」

　マルタが大股で自分の席に戻っていくのを見ながら、ジュアンはなんとか気を落ち着かせようとした。マルタのスカートはうしろのボタンが飛んでいて、ファスナーが半分くらい下がっていた。言われてみれば、彼女はいかにも経理係だ。いつだって次のシエスタと食べることしか頭にない。ひとりよがりで怠け者で、とにかく融通がきかない。こっちはなんとか成功をつかもうと躍起になっているというのに。

「でもマルタ、紙面に俺の記事が載ったじゃないか。せめて旅費くらい出してくれよ！」

「その話はデスクとしてよ。わたしは振り込みの担当なだけだから」マルタは振り向きもしなかった。

　それでもジュアンは、上の階にさえ行けば、編集局で拍手喝采《かっさい》されるだろうと期待していた。今回のスクープに対する評価を得られるはずだ。『オレス・デル・ディア』は昨日の俺のルポルタージュによって、ついに成功を収めたのだ。ほかの新聞もこぞってあのニュースを取り上げ、俺の撮った写真は国外の新聞にも使われた。サーチライトの強い光に照らされアヤナパのビーチで横たわったままの美しい老女。ほかの死体に落ちるサーチライトの光。そして、苦悶《くもん》の表情を浮かべるふたりの女性。記事はセンセーショナルな反響を呼んだ。『オレス・デル・ディア』もその恩恵にあずかっているはずだ。

ジュアンは社員たちの間を縫ってデスクの部屋に向かった。だが、おやおやという感じでわざとらしく首を横に振った若手の海外特派員以外、誰も彼を気に留めなかった。うなずくでもなければ、小さく微笑むでもなかった。くそっ、映画ではジャーナリストがスクープ記事を書いたら同僚が立ち上がって拍手するじゃないか。どうなってるんだよ？

「ジュアン、五分しか時間がないの。手短にお願い」

デスクのモンセ・ビーゴがドアを閉めた。椅子に座るよう促すのを忘れているようだが、ジュアンは自ら腰を下ろした。

「さっき経理のマルタから電話があったわ。あなたが旅費を支払ってほしいと言ってるって」眼鏡の奥からじっとこちらを見つめている。「それはともかく、ジュアン。アヤナパの記事のギャラは千百ユーロ。わたしとしたことが、あなたから原稿をもらったときにそう約束したのよね。だから、それは支払う。喜んでいいわ」

ジュアンはわけがわからなくなってモンセを見つめた。溺死者の記事でギャラが跳ね上がるんじゃないのか。正社員採用の道すら見えてくるかもしれないと思ってたのに！ それなのになぜ、モンセ・ビーゴは俺に唾《つば》を吐きかけられたみたいな顔で、立ちはだかっているんだ？

「あなたはわたしたちの顔を潰《つぶ》したのよ」

ジュアンはかぶりを振った。いったい、なんの話だ？

「ちょっと、何も知らないの？　それなら、犠牲者2117の話がその後どう展開したのか教えてあげる。あなたの原稿、確かに昨日の時点ではすべてよく書けていたように見えた。でも今朝になったら、少なくとも五十紙で本当の物語が読めるようになっていた。バルセロナのすべての新聞が――ジュアン、いい？――すべての新聞が同じ内容を報じていたのよ。うちを除いてね。ジュアン、あなた、まったく何も調べなかったんでしょう！　現場に行って、死者にカメラを向けただけで、残りは適当に辻褄《つじつま》を合わせたのね。それがあなたの考える一流のジャーナリズム？　呆《あき》れたわ、そんなこと許されないわよ！」

モンセは国内の日刊紙から数紙引き抜くと、デスクに叩きつけた。見出しに目を走らせたジュアンは、息を呑んだ。

〝犠牲者2117は殺害されていた！〟

モンセ・ビーゴは見出しから少し下の段落を指差した。「『オレス・デル・ディア』の報道とは異なり、アヤナパのビーチの死者〝犠牲者2117〟は、海から引き揚げられたほかの難民とは違って溺死したわけではなかった。それより前に残忍に殺害されていたのだ」

「それでジュアン、この赤っ恥の責任は誰が負うことになると思う？　そう、わたしよ」モンセは忌々《いまいま》しい新聞の山を一気にデスクの隅に寄せた。「もちろん、これはわたしの責任。あなたはこのところいつも、ろくでもないルポルタージュを売ろうとしてきてたんだから、わたしも気づくべきだった」

「理解できません」言葉がつかえた。わけがわからなかった。「俺は実際に彼女が海から引き揚げられるのを見たんです。現場にいたんですよ！　俺の撮った写真を見たでしょう」

「ジュアン、この女性は何か長い刃物で」そう言うとモンセは両手で棒のような形をつくった。「第三頸椎《けいつい》と第四頸椎の間を刺されてたのよ！　即死だったようね。あなた、何も知らなかったの？」少し間を置くと彼女は続けた。「ありがたいことに、恥をかいたのはうちだけじゃなかったけど。ＴＶ11も誤ったニュースをトップで報じていたわ。あなたがアヤナパにいた日、最初に流れ着いた若い男のことよ。彼はテロ集団の一員だったことが判明した。髭は剃《そ》りたてだった」

　ジュアンはあ然とした。あの老女は殺されていた？　彼女の目が俺に訴えていたのはそのことだったのか？　俺は……、俺はそれを見抜くべきだったのか？

　ジュアンは説明を始めた。ビーチで起こった不思議な出来事について打ち明けようと思った。もちろん、ジャーナリストの身にそんなことが起きてはならないのはわかっていた。それでも……。

　そのとき、ドアをノックする音がして経理係のマルタが入ってきた。彼女はモンセに二通の封筒を渡すと、ジュアンには目もくれずに出ていった。

　モンセはジュアンにそのうちの一通を手渡した。

「ここに千百ユーロある。あなたが実際にはこの金額に値《あたい》しないとわかってるけど」

　何も言えずにジュアンは封筒を受け取った。モンセ・ビーゴが俺をどやしつけるのは当然だ。俺に何が言える？　ジュアンはお辞儀らしきものをすると、踵《きびす》を返し、さっさと撤収しようと思った。この封筒の中身でどのくらい生活できるだろう。すでに汗が吹き出ていた。

「ちょっと、どこへ行くの？」モンセが引き止めた。

「そう簡単に話がすむと思わないでちょうだい」

　ジュアンは通りに立ち、いま自分が出てきたばかりの建物を見つめていた。斜《はす》向かいではまたもやデモが行なわれている。口笛が鳴り、スローガンが叫ばれ、怒りに満ちたクラクションの音が響き渡る。だが、彼の頭の中ではデスクの言葉だけが響いていた。

「ここに五千ユーロある。きっかり二週間あげるから、この話を完結させてちょうだい。ひとりでやること。いい？　本当はあなたは第一候補じゃなかったけど、ほかの記者は誰もこの事件に手を出したがらないの。とっくに冷え切った手がかりばかりだって言って。だから、あなたがその手がかりを温め直すのよ。そのくらいのことをして当然でしょう。あの老女がいったい誰で、彼女に本当は何が起きたのか証言できる生存者を探してちょうだい。生存者のうちの数人にすでにインタビューしたようだし、あの老女が若い女性と年配の女性といっしょにいたこととか、海を渡っている間、ゴムボートが沈むまで髭面の男性がその女性たちと話をしていたことも知ってるんでしょう？　それなら、彼らが何者なのか突き止めるのよ。写真が手がかりになるかもしれないわ。毎日報告してちょうだい。あなたの取材がどこまで進んでいるのか、いまどこにいるのか、把握しておきたいから。その間に読者の関心が冷めないように、こっちでも適当に関連記事を出しておくわ。総額で五千ユーロ。いい？　あなたが誰を買収しようと、どこに泊まろうとかまわない。ただ確実なのは、原稿が上がってこなかったらあなたはもう二度とここに来る必要はないってこと。お金もこれ以上出さないから。ここは『エル・パイス』（スペイン最大の発行部数を誇る日刊紙）じゃないのよ」

　ジュアンはうなずくと封筒を手に取った。うまくやって汚名を返上するしかない。

　この五千ユーロは、失敗を償《つぐな》う乗車券だった。

4

アレクサンダ

ここ数ヵ月で、アレクサンダの指は信じられないほどしなやかに動くようになっていた。まるでコントローラーと一体になったようだ。アレクサンダにとってはゲームをしているときが最高で、〈キル・サブライム〉の世界が唯一本物の現実だった。モニターの中では彼が操る兵士が味方を率いて敵を殺しまくっている。敵軍から大きく離されたり、瞬時に至近距離まで近づいたり、追いつ追われつの展開が続く。アレクサンダはこのゲームにどっぷり浸かっていた。

高校の卒業試験が終わると、同級生たちは学校を思い出させるようなものはすべてクローゼットに放り込み、試験のストレスを忘れようと、ベトナム、ニュージーランド、オーストラリアといった遠く離れた国々に旅立っていった。だが、アレクサンダはまったく違う方向に惹きつけられた。これでようやく、世間を軽《けい》蔑《べつ》することに没頭できる。まったく、あの馬鹿どもときたら、何も知らずによく世界のあちこちを旅することなんかできるな。人間なんか、ボスの座争いをしたり、食ったり、繁殖したりすることしか考えてない汚いネズミと同じじゃないか。よくまあ、そういう事実を見ないふりできるもんだ。どんな頭をしてるんだ？　アレクサンダは以前からそういう連中が大嫌いだった。そして最近では、ありとあらゆる人間を憎悪するようになっていた。アレクサンダは、誰かから少しでも干渉されると、相手が一番触れてほしくないことを容赦なく言って反撃した。そのせいで、他人から親近感を持たれるどころか、ずっといじめの対象だった。

いや、そんなことはどうでもいい。僕はこっちの道を行くと決めたんだ。バーチャルの世界で生きるんだ。だって部屋を出たとたんに、他人に出くわすリスクがある。まあ、いつかは出ていくことになるだろうけど――人生最期の日には。

アレクサンダの決心は固かった。その日まで引きこもるんだ。

親が起きている間は、ドアの向こうからたびたび物音が聞こえてきた。午後四時から深夜まで、そして翌朝六時十五分から七時四十五分までは、親がリビングにいる音がする。彼らが玄関のドアをバタンと閉めて仕事へ行き、ドアの向こうが静まり返ると、忍び足でアレクサンダは部屋から這《は》い出す。ポータブルトイレを空にし、その日一日のためのパンにバターを塗り、二本の魔法瓶いっぱいにコーヒーを入れると、部屋に戻り、ドアを閉めて午後一時まで眠る。その後は十二時間パソコンの前に座って〈キル・サブライム〉をプレー。目を休めるために二時間眠ってから、また一、二時間プレーする。

彼の一日はそんな感じだった。撃って、撃って、撃ちまくる。戦闘力は絶えず上がっていく。敵を全滅させると勝率が上がり、それも日に日にアップしている。僕は間違いなく、このゲームのトッププレーヤーだ。

週末が近づくと、特に念入りに準備を整えた。金曜の朝にはシリアル、ミルク、バター、パンをたっぷり用意する。ポータブルトイレを空にするのは月曜まで待たなくてはならないが、最近では臭いにも慣れてきた。親に出くわすよりずっとましだ。週末になるとひっきりなしに親の声が聞こえてくる。ふたりはしょっちゅう喧嘩《けんか》をしているが気にならなかった。むしろ歓迎だ。だが、急に静かになると、用心した。ふたりがまた彼の部屋の前に立ち、「いずれこのドアをこじ開けておまえを精神科病院送りにする」とか、「インターネットの接続を切るぞ」などと脅《おど》してくるのを覚悟しなくてはならないからだ。とはいえ、回線を切るという脅しはちっとも怖くなかった。親自身がネットに頼り切った生活を送っているからだ。

「おばあちゃんの遺産を引き出すのはもうやめた、だからもうおまえのための買い物はできない」とか、「心理士やソーシャルワーカーやファミリーカウンセラーに来てもらうから」と言われたこともある。一度など、「元のクラス担任を呼ぶ」と脅してきた。

だが、アレクサンダはそれがすべて口だけだとわかっていた。ふたりとも、そうやって脅しはするものの、コペンハーゲン郊外のこの小さな家で何が起きているかを他人に知られることは望んでいない。ふたりが彼の部屋の前に立ち、〝普通の家族の生活〟などというちっぽけな幻想のためにあの手この手で頼み込んだり懇願してきたりするたびに、アレクサンダは床に唾を吐くか、相手が黙るまで気が触れたかのように笑いつづけた。

親がどう思っていようがどうでもいい。僕がこうなったのもそっちの責任だろ？　母さんは、ドアの前で惨めったらしく愚痴《ぐち》を繰り返すけど、僕が折れるとでも思ってるわけ？　母さんの嫌な性格や最低な行動がそう簡単に僕の記憶から消えると思ってる？　母さんも父親失格のあの男も、本当は他人のことなんかほとんど気にかけてやしない。僕がそれに気づいてないとでも？

アレクサンダは両親を憎んでいた。僕がついに部屋を出る日が来たら、ふたりは恐怖で身をすくませ、これまでドアを開けろと言ってきたことをきっと後悔するだろう。

アレクサンダはこの日、少なくとも二十回は、暴力に満ちたシーンばかりが繰り返されるモニターの風景から目を離し、壁の新聞記事を見た。数日前に貼ったものだ。両親のように無関心で冷酷な人間にどう向かっていくべきか、その記事が教えてくれたのだ。そう、うちの親のような人間にこそ罪がある。この記事の老女のような犠牲者が次々と出ているのは、ああいう連中のせいなんだ。

　両親が仕事に出ている間、その新聞は開かれもせずに玄関の床の上に置かれていた。新聞がたとえ世界の災害や大事件について報じていても、ふたりは気にも留めない。だが、アレクサンダの目は紙面の写真に釘付けになった。その老女が亡くなった祖母とあまりにも似ていたのだ。胸が痛くなった。祖母のそばでだけ感じることのできた温かさや安心感を思い出した。でも、もう祖母はいない。そう思うと、たちまち悲しくなった。

　老女の運命について書かれた記事を読むと、アレクサンダは怒りに襲われた。それはすでに何カ月も前からこみ上げている怒りだった。いまこそなんとかしなくてはならない怒りだった。

　アレクサンダは老女の写真を長い間見つめた。たとえすでに亡くなっていようと、果てしなく遠い世界から来た人であろうと、この人のためなら自分を犠牲にしてもいいと思えた。怒りに満ちたメッセージを発信してやる。人間に対する暴力はどんなものも厳しく処罰されなくてはならないのだ。

　まず、警察に僕の計画を知らせよう。そうしておけば、実行に移したときに確実に報道される。

　アレクサンダは唇を固く結んだ。僕はここまで二万以上の敵を倒し、レベル１９７０まで来ている。パソコンの前にまる二十四時間座っていなきゃならないかもしれないけど、レベル２１１７という数字は不可能ではないはずだ。これは、壁に貼られたこの名もない人物、〝犠牲者２１１７〟への連帯を示す行為なのだ。

　この途方もない数に達したらすぐに部屋から出て、老女の、そして僕がこれまでの人生で味わってきたあらゆる忌々しい出来事の復讐をしてやる。徹底的に復讐してやる。

アレクサンダは記事を貼ったのとは反対側の壁に目をやった。そこには日本刀が掛かっていた。プレイステーション2の〈鬼武者〉をやっていたときに祖父から譲ってもらい、自分で研《と》ぎ直したものだ。

すぐに、これを使うチャンスがやってくる。

5

カール

また暗く憂鬱《ゆううつ》な雨の一日が始まった。だが部屋の中では、ブラインドを通して差し込むかすかな光がモーナの裸の肌と白い壁をオレンジ色に温かく染めている。今朝もまたカールは、彼女の鎖骨付近のゆるやかなカーブを描くくぼみを目でたどっていた。昨夜、モーナはぐっすりと眠っていた。カールがそばにいると、とりあえずは眠れるようだった。一番下の娘、サマンタが亡くなってからの数カ月、モーナは泣きどおしだった。毎日のようにカールにそばにいてくれるよう頼み、カールがベッドに横になると、不安げに慌ててカールの体に触れてきた。夜通し泣き続けることもしょっちゅうだった。愛し合っている最中に泣き出すことすらあった。カールはずっとモーナのそばにいた。

こうした時間はふたりにとってとてもつらいものだった。それでも、カールがいなかったら、そしてモーナがサマンタの息子である十四歳のルズヴィの面倒を見なければならないという責任を感じていなかったら、彼女は今後、相当厳しい人生を送ることになっただろう。このところ、モーナはまずまずの状態に落ち着いてきたが、それが長女のマティルデのおかげでないことだけは確かだった。モーナは長女とは一切口をきいていないのだ。

カールは腕時計に手を伸ばした。家に電話して、ハーディの身支度を整えてくれるよう、モーデンに念を押す時間だ。

「もう行くの？」横から眠そうな声が聞こえた。

カールはモーナの短くカットした髪に触れた。このところすっかり白くなっている。「四十五分で警察本部に行かないと。もっと寝ておいで。ルズヴィが時間どおりに学校に行けるようにしておくから」

カールは立ち上がると、毛布の下にある彼女の体のシルエットを見つめた。そしていつもと同じことを考えた。

俺の人生に登場する女たちは、誰も彼も、なんてハードな人生を送る羽目になるんだ。

暗い雲の層が警察本部の上空にかかっている。ほぼ一週間前から変わっていない。無駄に過ぎていく秋がまたやってきた。秋はカールの肩に重荷のようにのしかかり、どんどん重さを増していく。そしてついに陰鬱な冬がやってきて、気を滅入らせる。カールはとにかくこの季節が嫌いだった。みぞれに雪。誰もが、どうでもいいプレゼントを買おうと、アホみたいに駆けずり回る。まだ十月だというのに、街にはもうクリスマスソングが流れ、光の洪水が溢れ、人類にイエスの誕生日を思い出させようと、クリスマスツリーには安っぽいプラスチックの飾りがつけられる。そんなわけで、カールはすでに十分痛めつけられていたが、それではまだ足りないとでも言うかのように、灰色の壁に囲まれた彼の部屋のデスクの上には書類がどっさりと積み上がっていた。ひとつの書類につき、ひとりの殺人犯が存在する。そして、そいつらはいまでも、モミの木の枝にもクリスマスの星にも感動することなく、デンマーク国内をうろついている――自由に、誰にも気づかれずに。そして、そのろくでなしたちを見つけ出すのがカールの仕事だった。

〝そんなの楽勝《ピース・オブ・ケイク》だ〟――周りはそう考えているはずだ。だが、あのソーシャルワーカーの女が相談者を次々殺していった二年前の春以来、世の中は――少なくともカールの印象では――どんどんひどくなる一方だった。多くの一般人がいるなかで銃の乱射があり、公務員に対するロックアウトの脅しがあり、イスラム教徒の女性のブルカ着用が禁止され……。あまりに多くのことが一度に起こり、カールはまったくついていけなかった。そうしたなかで、脱税者や違法行為を犯した移民や、法に触れた銀行員を追いかけるより、自治体の政治に参加したほうがいいと考える同僚が出てきたのも不思議ではない。だが、どこかの田舎の自治体がやっとの思いで地域振興に立ち上がり、それがある程度機能したとたんに、中央から横やりが入る。そういう組織的なからくりが、莫大《ばくだい》な時間を蝕《むしば》み、人々のやる気を阻《はば》んでいる。特に俺の時間とやる気を……。カールはほとほとうんざりしていた。

とはいえ、三階の連中が解明できなかった犯罪をすべて解決すべき立場の俺が、いま辞めると言い出したらどうなる？　すぱっと辞めたいという思いはもちろんある。それでベビーシッターでもやるか。あるいは、ドッグシッターをするとか。ともかく、どんな気分でいたいか、誰といっしょにいたいか、誰の面倒を見たいか、それは自分の決断に委ねられているはずだ。だが、誰もがそう考えるようになったら、街で起きている犯罪をいったい誰が阻止するのだろう？

カールはそういう疑問にそもそも答える気があるのか、自分でもまったくわからなかった。守衛所の傍《かたわ》らを通り過ぎたとき、カールは大きなため息をついた。

〝カールがそういうため息をついたら、口を閉じてしかるべき距離を取っておいたほうがいい〟同僚ならみな知っていることだった。だが、今日に限って、守衛所の警察官たちは、カールのため息どころか、カール本人にも気づいていないようだった。

何かがおかしい。カールは地下に向かう道すがら、はっきりとそれを感じ取っていた。出会う者がみな、目を逸らすのだ。地下まで降りていくと、特捜部Qは真っ暗だった。一番奥にあるゴードンの部屋からかすかに光が漏れているが、それ以外には明かりはない。

カールの鼻息が荒くなった。今度はなんだ？　くそ、電気はどうしたんだよ？　ゴードン、おまえがスイッチ担当じゃないか。

カールは階段を降りきったところでスイッチを探したが、どこにも見つからない。だが、床の上にずっしりとした何かが置かれていた。最初は靴の先が、次いで片ひざがその物体にぶつかった。文句を言いながらカールは脇へ寄り、一歩前に出ようとしたが、箱らしきその物体につまずき、頭を壁に、肩を排水管に勢いよくぶつけ、倒れ込んでしまった。

不意打ちを食らったカールは、床の上で思い切り悪態をついた。

「ゴードン！」大声で呼んでみたが、返事はない。

カールは立ち上がると、壁に手を這わせながら自分の部屋へ向かった。中に入り、ようやくデスクの上の電気スタンドとパソコンのスイッチを入れる。うめき声を上げながら椅子に腰掛け、ひざをさすった。

この部署にいるのは俺ひとりだけか？　そんなの久しぶりだ。

　カールは自分の保温水筒を手に取った。たいてい、前の日のコーヒーがひと口分は残っている。

　ひどくまずくなっていようとかまうもんか、と振ってみると、カップに半杯分ほどが残っているようだった。

　久しぶりに、義理の息子からプレゼントされた小さなカップを引き出しから取り出す。こんな醜《みにく》い代物、明るいところでは使えたもんじゃない。そこにコーヒーを注《つ》いだ。冷めきっているが、どうでもいい。

　それからようやく、カールはデスクの上に置かれたメモに気づいた。やれやれ、いったいなんだ？

　　カールへ
　　あなたに頼まれていた、あなたたちが取り組んでいる事件に関する保管庫の資料、廊下に置いておいたわ。ほかにもまだあるけど、わたしのようなか弱い女性には重すぎるの。
　　　　じゃあね。　　　　　　　リス

　カールは目をむいた。とんでもない場所に置いてくれたもんだ！　だが、警察本部で一番魅力的な女性が選んだ場所だ。腹を立てることなんてできっこない。

　カールは携帯電話をデスクの上に置くと、じっと見つめた。

　そうだ、こいつにはライトの機能がついてたな。ちくしょう、もっと早く気づけばよかった！　腹が立って拳《こぶし》でデスクを叩くと、コーヒーの入ったカップが跳び上がり、ひっくり返った。リスのメモだけでなく、これから読まなくてはならなかった書類の山が茶色く染まった。

カールは、汚れて台なしになった書類を十分間じっくり見つめ、タバコのことを考えた。モーナからは禁煙するように言われている。もっともだ。だが、冷えた煙を肺に入れたいという思いは、そう簡単に頭から払いのけられるものではない。禁断症状のつらさからカールは不機嫌になり、アサドとゴードンはさんざん迷惑を被《こうむ》っている。俺は勤務が終わったら、自然かつ前向きな態度でモーナに接したい。だが、それを可能にするには肝心の俺がどこかで気を静めなきゃならん。で、どこでそれができるというんだ？

ちくしょう。タバコを吸いたいという気持ちに負けそうになるたびに、カールはそう繰り返していた。

不意に電話が鳴ったので、カールはぎょっとした。

「カール、上に来られるわよね？」それは質問ではなかった。羽毛のように頼りない警察本部長は、神経に障る声をしている。わざとなのかどうか知らないが、その声には誰もがいらいらさせられる。

だが、どうして本部長自らが電話をかけてきたんだ？　俺の部署は解体されたのか？　それでこんなに暗いのか？　俺は解雇されるのか？　辞職するかどうかの選択権すら俺にはないのか？　だとしたら許せん。

三階に着いたとたん、陰々滅々とした空気がカールをとらえた。リスまでが異様に暗く、本部長のオフィスに続く廊下には、押し黙った捜査員たちが所狭しと詰めかけていた。

「いったい何事だ？」カールはリスに訊いた。

リスは首を横に振った。「詳しくは知らないわ。でもよくないことよ。ラース・ビャアンに関係があるの」

カールは眉を上げた。あのろくでなしめ、ついにいい加減な仕事ぶりがバレたか？

一分後、カールはほかの同僚たちとともに会議室に立っていた。全員、驚くほど無表情だ。どこかの政治家が警察の予算を切り詰めでもしたのだろうか？　今回もまた、殺人捜査課課長ラース・ビャアンの責任が問われるのか？　だとしても俺は驚かないが。だが、どこにもビャアンの姿が見えないじゃないか。

　本部長がいつものように肩を丸めた。制服のバストのあたりがあまりにきついから、ああやって緩《ゆる》めているんだろうか？

「みなさんのなかにはすでにご存じのかたもいますが、このことをお伝えしなくてはならないことをたいへん残念に思います。四十五分前、ゲントフテの病院から電話があり、ラース・ビャアンが亡くなったとの知らせを受けました」本部長は少しの間、うつむいた。なんだって？

　ラース・ビャアンが死んだ？　確かにあいつはいけ好かない野郎で、傲慢《ごうまん》なろくでなしで、俺の好感度ランキングでは地面より下にめり込んでいた。だが、あいつの死を願ったことがあるかというと、さすがにそれは……。

「ラースは今朝、いつものようにベアンストーフス公園でジョギングをしていました。帰宅したときには、まだ調子がよかったようです。ですが、五分もしないうちに心臓発作を起こし、呼吸困難に陥り、それで……」少し時間を置いて、本部長は気を落ち着けた。

「ラースの奥様のスサネさんのことは、このなかの多くの人が知っていると思いますが、彼女が心臓マッサージを試み、少しして到着した救急隊員も、心臓外科の専門医も、できる限りのことをしました。でも、彼の命を救うことはできませんでした」

　カールは周囲を見渡した。数人は心からショックを受けているようだ。だが、多くの人間は、誰が後釜《あとがま》になるのかをすでにあれこれ考えているような顔をしていた。

　シグオド・ハームスのようなやつが後任になったら、地獄だな。考えただけでぞっとする。テアイ・プロウならいいだろう。ベンデ・ハンスンならもっといい。それなら問題なく回るだろう。

　そうなるよう願うしかない。

　カールは集まった人間のなかにアサドの顔を探した。見つからない。すでにローセのところに行っているか、ここに向かっている途中のどちらかだろう。一方で、ゴードンはその背の高さからすぐに見つかった。のっぽ男は真っ青で目は真っ赤だった。ひときわ調子が悪いとき、モーナもそうなる。

　ゴードンと目が合うと、カールはこっちに来いと合図を送った。

「今日は少し慎重に仕事をこなしましょう」本部長が先を続けた。「この訃報《ふほう》に少なからずショックを受ける人がたくさんいることはわかっています。ラースは上司として非常に高く評価されていました。殺人捜査課全体にとって大切な人でした」

　カールはあえて咳をしたくなったが、場の雰囲気を考え、なんとかこらえた。

「彼の死を悼《いた》む時間を取るべきでしょう。ですが、そのあとはプロとして、いつもどおり仕事に専念しなくてはなりません。ラースの後任は、できるだけ早く任命するつもりです。この機会に、警察本部での仕事の段取りについても見直し、場合によっては最大限の効率化を行ないます」

　カールの横に立っていた広報課長のイェーヌス・ストールがうなずいた。彼もそれはもちろん、よくわかっている。ほんのわずかでもチャンスがあれば、本部長はすべてを引っかきまわしたいのだ。その誘惑に打ち勝つことはできないだろう。上に立つ人間というのは、すぐに改革をしたがる。それが彼らの弱点だ。上司――特に公務員の指導的立場にある人間――という生き物は、改革を叫ぶ以外に自分たちの存在意義を証明する方法がないのだ。

　背後からゴードンのため息が聞こえてきた。カールは振り向いた。のっぽ男は本当に調子が悪そうだった。ビャアンはこいつのために警察本部に居場所を見つけてやったのだから、この反応も納得だ。ビャアンの横暴のせいでやる気がなくなったこともあったとは思うが。

「アサドはどこですか？」ゴードンが尋ねた。「ローセのところ？」

　カールは顔をしかめた。ビャアンの訃報を聞いてアサドのことを考えるのは当然だ。不思議なことに、ビャアンとアサドの間にはいつだって連帯意識のようなものがあった。何をどんなふうに体験したのか知らないが、ふたりには過去に共通の体験があり、それが強い絆《きずな》を育《はぐく》んでいたようだった。それに、よく考えてみれば、そもそも特捜部Qにアサドを採用したのもビャアンだ。少なくともその点に関しては、カールはビャアンに感謝していた。

　だが、ビャアンは死んでしまった。

「アサドに電話しましょうか？」ゴードンが言った。そう言いつつも、カールが自分でかけると答えるのを期待しているのは明らかだった。

「いや、あいつが来るまでこの話をするのは待ったほうがいいんじゃないか？　ローセのところにいたら、彼女を動揺させるかもしれん。ローセがどういう行動に出るかは誰にもわからんからな」

　ゴードンは肩をすくめた。「ローセがそばにいないときに電話をかけるよう、ＳＭＳを送ればいいじゃないですか」

　いい考えだ。カールは親指を立てた。

「今朝、例の変なやつからまた電話があったんですよ」地下に降りていく途中で、ゴードンが鼻息を荒くして言った。

「そうか」その人物から電話が来るのは、この二日間でもう十回目だった。「よりによってなんでおまえのところにかけてくるのか、訊いてみたか？　それについて何か言ってたか？」

「いいえ」

「で、おまえはいまだにそいつが誰なのか突き止められないのか？」

「はい。やってはみたんですが、プリペイドＳＩＭカードを使っているようなんです」

「ふむ。煩《わずら》わしいなら、今度かかってきたら黙って電話を切ったらどうだ」

「それもやりましたけど、意味がありませんでした。五秒後にまたかけてきて、僕が用件を聞くまでずっと鳴らしつづけるんです」

「なんの話だったか、もう一度教えてくれ」

「はい。その変なやつは『２１１７までいったら殺す』と、少なくともそう言ってました」

「まだまだ何年もあるぞ」カールは笑った。絶好調だったころのローセは、こういう切り返しが得意だった。

「その数が何を意味しているのか訊いたんですけど、答えはかなり不可解でした。それは、自分がやっているゲームで２１１７のレベルに達したときのことだと言うんです。そう言ってゲラゲラ笑いました。ほんと、気味悪い笑いでしたよ」

「そいつは〝ちょっとした困ったちゃん〟に分類すべきだな。年齢はどのくらいだ？」

「そんなにいってないと思います。十代の子のような話し方です。でも、それよりは少し上かと」

　長い午前中となっていた。カールのＳＭＳに対し、アサドからは折り返しの電話もなければ、メッセージでの返事もなかった。

　アサドには誰かがもう知らせているかもしれない。

　カールは荷物をまとめてさっさと家に帰りたかった。上に呼び集められてから、まだ一枚も書類を手に取っていない。タバコを吸いたくて仕方がない。禁断症状がつらくて、いまにもすべてが崩れ落ちるんじゃないかという気がする。

アサドが三十分以内に姿を現さなかったら、俺は帰るぞ。カールはインターネットの求人広告に目を走らせた。だが、ＢＭＩ数値が二十八近くある五十過ぎの男を欲しがる人間など誰もいないだろう。納得しかねる話だがそれは事実だ。

じゃあ俺には地方自治体の道しか残っていないってのか？　だが、いったい全体、アレレズの市議会で何をしろっていうんだ。そもそもどの政党に所属すりゃいいんだ。

そのとき、アサドの聞き慣れた靴音が廊下に響いた。アサドがドアから顔をのぞかせると、鼻の付け根に寄った深い二本の皺を見てカールは察した。「おまえも聞いたんだな？」

「ええ、聞きました。そのあと二時間、スサネのところにいました。まったく大変でした。本当に」

カールはうなずいた。アサドは未亡人を慰めていたのだ。そこまでビャアン家と親しい仲だったとは。

「スサネは憤慨してましたよ」

「まあな。それも不思議じゃないさ。まったく思いも寄らないことだったからな」

「違います。そうじゃないんです。彼女が怒っていたのは、彼自身があまりにも尻切れていたからです」

「それを言うなら擦《す》り切れていた、だよ。アサド。擦り切れていたって言うんだ」

「なぜです？　だってスリとは無関係じゃないですか。むしろ、働きすぎることと関係があります。まあ、いいです。とにかく、彼女はカンカンに怒ってました。ビャアンは中近東から戻ってきてから、人質解放の交渉とか、そういう仕事ばかりで擦り切れてしまったんだと。彼の愛人のことでも怒っていましたし、なんでもかんでも湯水のように金を使ったことにも怒っていました」

「おい、ちょっと待ってくれ。ラース・ビャアンに愛人がいた？ 俺の耳にはそう聞こえたが？」

アサドは訝《いぶか》しげにカールを見つめた。「ビャアンは野獣ですよ。逃げ遅れた好みの子うさぎを片っ端から食いまくっていたんです。知りませんでした？」

カールは目を丸くした。あのろくでもない薄らボケ野郎が！ まったく、女たちは出世しか頭にないあのアホのどこがよかったんだ？

「だったらなんで、彼女はビャアンをさっさと叩き出さなかったんだ？」

アサドは肩をすくめた。「ラクダは新しい水場をあまり喜ばないんですよ、カール。知ってます？」

カールはビャアンの妻を思い浮かべてみた。アサドのラクダ関連の御託《ごたく》にしては珍しく、そう的外れな比《ひ》喩《ゆ》ではなかった。

「さっき、〝人質解放の交渉〟って言ったな。どういうことだ？」

「その、ビジネスマンとか、ジャーナリストとか、無知な旅行者とか、災害時の救援隊員の人質が……」

「いやいや、俺だってどんな人間が人質にされやすいかぐらいはわかってる。そうじゃなくて、ビャアンはいったい、それで何に絡《から》んでいたんだ？」

「彼はさまざまな陰謀に詳しく、何が危ないか、どこが危険なポイントなのか熟知してました。彼がたった一度でも誤った行動に出たら、人質は容赦なく殺されてしまいます」

「ふむ。その手の任務絡みで、おまえとビャアンはあれほど親しくなったのか？ そういう状況であいつがおまえに手を貸したことがあったのか？」

アサドの顔がこわばった。「むしろ手を貸したのは私のほうです。それと、人質問題ではありません。あれはイラク最悪の刑務所のひとつで起きた囚人をめぐる出来事でした」

「アブグレイブ刑務所か？」

アサドはうなずきかけたが、すぐに首を横に振った。

「そうとも、そうでないとも、言えます。別棟と言うほうが当たってます。実際に、アブグレイブ刑務所にはいくつも別棟があったんです。ここではシンプルに〈別棟1〉と呼んでおきます」

「どういうことだ？」

「最初は私もわかっていませんでした。でもあとから、その施設がアブグレイブ刑務所よりはるかに小規模だとわかったので、そう呼ぼうかと。そこはメインの刑務所から隔離されたところにあって、特別な監視を必要とする囚人たちが送り込まれていました」

「特別な監視を必要とする？」

「たとえば、外国人捕虜、重要なポストに就いているビジネスマン、政治家、スパイ、資産家。フセイン政権に抵抗した家族とかも。あまりに多くを知りすぎた人物や、何がなんでも口を割らせたい人物。まさにそういう人々です」

　まったくひどい話だ、とカールは思った。

「で、ラース・ビャアンもそこに捕まっていたのか」

「いいえ、彼は違います」アサドはしばらく沈黙し、首を振りながら目を伏せた。

「まあいい」カールは言った。どうやらアサドが避けたい話題に触れたようだ。「俺はビャアンが捕まっていたような話をトマス・ラウアスンから聞いたんだ。で、その件についておまえに尋ねたとき、おまえがそれを認めたと思ってたんだがな。だが、もういい。そのことがおまえの痛いところだとわかってる。忘れてくれ」

　アサドは目を閉じると深く息を吸い、姿勢を正してカールをまっすぐに見据えた。

「いいえ、ビャアンは刑務所にはいませんでしたし、人質でもありませんでした。捕まってたのは彼の兄のイェスです」アサドはつらそうな表情になった。自分の殻に引きこもろうとしているようだ。たったいま、秘密のベールを剝《は》がしてしまったことを後悔しているのだろうか。

「イェス？　イェス・ビャアン？」カールはその名前になんとなく聞き覚えがあった。「俺はそいつに会ったことがあるかな」

　アサドは肩をすくめた。「おそらくないのでは？　以前、会ったことがあるかもしれませんが、彼はいま、施設に入ってます」アサドは手をポケットに入れ、携帯電話を取り出した。カールには何も聞こえなかったが、着信があったようだ。サイレントモードに切り替えていたのだ。

　アサドは電話を耳に当てた。鼻の付け根に寄った皺がいっそう深くなった。声が険しくなる。何か行き違いが生じているようだ。

「カール、すみませんが行かなくてはなりません」アサドは携帯電話をポケットにしまった。「スサネからの電話でした。そもそも、私からイェスに知らせるという話になっていたんです。それなのに、彼女が電話して話してしまったんです」

「そしてイェスはそれをうまく受け止めることができなかった」

「ええ。イェスは完全に動揺してしまったようです。行かなくてはなりません、カール。彼にはもう少しあとに伝えるつもりだったのに。行かなくては」

　カールが最後にアレレズの自宅に帰ったのは、一週間前のことだった。カールが自宅とモーナの住まいを行き来するようになると、間借り人のモーデンはインテリアに対するとんでもない異才を発揮し、カールの家に無差別攻撃を展開した。玄関には金メッキしたマッチョな全裸男の立像が二体、それぞれ両側に立っている。それだけでもホームヘルパーが卒倒しそうだが、リビングについてはいうまでもなかった。以前は七〇年代の実用的なスタイルを取り入れ、木製の家具を中心としたブラウン・ベージュの色合いだったが、いまやサフランイエローと鮮やかなグリーンを組み合わせたビビッドな空間へと変容していた。全体的な印象を言葉で表現するとしたら、「カビだらけのエメンタールチーズ」といったところか。いっそモーデンが大金を投じたプレイモービルのコレクションの残りを地下から出してきて、それでリビングを飾りつけていたら完璧だっただろう。

「帰ったぞ！」本来の主人かつ〝まとも〟な人間の帰宅を主張すべく、カールは大声で言った。

返事がない。

カールはしかめっ面をした。キッチンの窓からハーディの電動車椅子が見えるかと思ったが、モーデンといっしょに外出しているようだった。

カールはリビングに入ると、ハーディのいないベッドの横にあるアームチェアに沈み込み、片手をひじ掛けにのせた。モーデンとの賃貸借契約を変更し、この家を彼に明け渡す時期に来ているのだろうか。もちろん、カールとモーナがいっしょに暮らせなくなったらその取り決めは効力を失うという文言《もんごん》を付けさせる。その場合は、元の状態に戻ればいい。つまり、モーデンはまた地下に住むということだ。

カールの顔に笑みが浮かんだ。モーデン・ホランがこの家を好きにできるようになったら、間違いなく恋人のミカが引っ越してきたがるだろう。ふたりとももう若くないしな。あのふたり、身を固めるつもりはないんだろうか？

ドアのところでガタガタと音がしたと思ったとたん、ハーディの電動車椅子のモーター音とモーデンの笑い声が部屋に響いた。

「ああカール、いてくれてよかった。今日何が起きたか、まだ知らないでしょ？」カールの姿を見るなり、モーデンが話しだした。

悪いことではなさそうだ。ハーディの生き生きとした目と筋骨たくましいミカを見て、カールは思った。

上着を脱ぎもせず、モーデンがカールの正面に座る。

「カール、僕たちスイスに行くんだ。ミカとハーディと僕と三人で」モーデンが満面の笑みを見せた。

　スイスだって？　銀行に貸金庫が果てしなく並ぶ、穴空きチーズの国のどこが面白いんだ？　退屈を求めに行くならそれも勝手だが、だとしてももっとマシな場所があるだろうに。

「そうなんだ」ミカが話を引き継いだ。「スイスの病院に予約が取れたんだ。向こうは、ハーディがブレイン・コンピューター・インターフェースを使える状態なのかどうか、検査したがっている」

　カールはハーディを見つめた。ミカは何を言ってる？　さっぱりわからん。

「いままでこの話をしてこなくて悪かったな、カール」体が麻痺した友人が小声で言った。「金をかき集めるのにすごく時間がかかったんだ。そもそも実現できるかどうかもわからなかったから」

「ドイツのある基金が資金を提供してくれるんだよ。検査でいい結果が出たらだけどね。手術費の一部と滞在費を出してくれる。最高だよ」ミカが続けた。

「何をぺらぺらぺらぺらしゃべってるんだ？　俺にはインターフェースしか聞き取れなかったぞ。なんだそりゃ？」

　今度はモーデンが堰《せき》を切ったように話しだした。「こいつがここまで黙っていられたとは驚きだ。

「ブレイン・コンピューター・インターフェースっていうのはピッツバーグ大学が開発した、脳とコンピューターをつなげる方法で、体が麻痺している患者の脳に微小電極を埋め込むの。それも、手の動きをコントロールする中枢神経回路にね。そうすると、麻痺している部分、たとえば指とかが感覚を取り戻せるようになるんだ。医者たちはそれをハーディに試したいんだって」

「危険なんじゃないか？」

「そんなことないよ」ミカが説明する。「あのさ、確かにハーディは一本の指と両肩を少し動かせるようになったけど、彼にエクソスケルトンを装着するには、それでは不十分なんだ」

カールはついていけなかった。「エクソスケルトン？　今度はいったいなんだ？」

「体に固定する軽量ロボットスーツだよ。内側にある小さな電気モーターのおかげで、自力歩行ができない人でも動けるようになるんだ。装着した人は、まるで自分の力で歩いているみたいに見える」

これだけ長い年月が経っているというのに、ハーディがもう一度立ち上がれるようになるって言うのか？　二メートル三センチの鉄製のコルセットをはめて？　カールはその様子をなんとか想像しようとしたが、フランケンシュタインの怪物みたいな男がふらついている姿しか思い浮かばない。お笑い草だが、カールは笑いたい気分ではなかった。それって少しでも実現の可能性がある話なのか？　ハーディにいたずらに期待を持たせることになるんじゃないのか？

「カール！」ハーディが電動車椅子を操作して近づいた。「おまえが考えていることはわかる。俺ががっかりするとか、ショックを受けるかもしれないとか思ってるんだろう？　何カ月もかけた挙げ句に無駄に終わるかもしれないとか。そうだろ？」

カールは、そうだという顔をした。

「でもな、カール。俺の体が麻痺してホアンベクの病院に寝たきりになっておまえに殺してくれと頼んでから十二年経ってるんだぞ、覚えてるか？　あれ以来、俺にはもう一度普通の生活を送る望みなど、まったくなかった。確かに車椅子であちこち動けるようにはなった。それも、ある程度自発的にな。それには感謝してる。だが、一歩踏み出すことで、挑戦する価値のある技術に出会えるかもしれないと思うと、信じられないくらい生きる勇気がわいてくるんだ。少なくともやってみるべきだと思わないか？　これ以上回復しないとはっきりするまでは」

　カールはうなずいた。

「俺は電極を埋め込むことで腕が少しでも感覚を取り戻し、脳の活動で腕を動かせたらいいと思ってる。もしかしたら脚も動かせるかもしれない。麻痺していたサルが再び歩きはじめたっていう実験結果もあるんだ。もちろん、俺に十分な筋力があるかっていう問題は残るが」

「それで、エクソスケルトンが登場するというわけか？」

　ハーディはうなずいていただろう、そうすることができたなら。

6

アサド

　施設の正面にある藤棚に、不吉な青い光がピカッと光った。

　神があなたをお守りくださいますように《アッラー・ハーフィズ》。どうか、イェスのために呼ばれたものではありませんように。アサドは後部ドアが全開になっている救急車を見て思った。

　アサドは入り口前の階段を四歩で駆け上がって、ロビーに飛び込んだ。職員はひとりもいない。こちらをじろじろ見ながら耳打ちし合っている老人たちがいるだけだ。彼らはアサドが友人の部屋に向かおうと脇を通ると、顔を背けた。
勤務中の三人の介護士が、顔を真っ青にしてドアのところに立っていた。部屋からかすかにぶつぶつ言う声が漏れている。アサドは足を止め、深々と息を吸った。彼とイェスの運命が密接に結びついてから、すでに三十年近く。その間ずっと、アサドはイェスと出会ったことを心から後悔してきた。だが一方で、イェスは彼の人生において最も近い存在となっていた。イェスがアサドのことを一番よく知っている人間のひとりだからだ。だから、この瞬間、過去十年で最悪の感情にアサドが襲われているのも当然だった。

「彼は……亡くなったんですか？」

アサドのすぐ脇に立っていた女性介護士が、彼のほうを見た。「ああ、あなたなの、ザイード」彼女がアサドに手を伸ばす。「中には入っちゃだめよ」

理由は教えてもらえなかった。だが、その必要もなかった。担架が部屋の中から運び出されてきたのだ。白い布の下から、動かなくなった両足の先がのぞいている。そのときアサドの悪い予感は確信に変わった。救急隊員がイェスの顔に布を掛けたにもかかわらず、そこに血が滲《にじ》んでいたのだ。

アサドは片手を挙げると、救急隊員に止まってほしいと頼んだ。これが本当にイェスなのか、確かめなくては。アサドが布を持ち上げようとすると、当然のことながら隊員たちは止めようとした。だが、アサドと目が合ったとたん、黙り込んだ。

イェスの目は半分開いていた。彼が刺した首と同じ側の口角が下がっている。

「何があったんですか？」アサドはイェスの目を閉じてやりながら小声で尋ねた。

「イェスに電話がかかってきたの」担架がようやく出口に向かって運び出されると、最古参の介護士が答えた。

「そのあと彼の叫び声が聞こえたので駆けつけたら、

『そっとしておいてくれ』と言われて。もう少し座っていたい、あとでベルを鳴らして呼ぶから、そうしたら車椅子を押してほかの人たちのところへ連れていってくれと言われたの」

アサドはうなずいた。「で、亡くなったのはいつのことですか？」

「見つけたのはほんの三十分前よ。金属製のボールペンの芯《しん》を頸動脈に突き刺していたの。亡くなったのはついさっきのはずで……」彼女は最後まで言わなかった。ベテランの介護士であっても、その光景はショックだったに違いない。

「今朝亡くなったほかの入居者さんの検死をするために来ていた担当医の先生が、偶然発見したの。その先生はいまもまだここにいて、イェスの死亡診断書を作成しているはずよ」もうひとりの介護士が言った。

アサドはドア枠をぎゅっと握り、感情をこらえようとした。ラース・ビャアンとその兄が同じ日に死ぬなんて、そんなことがありうるだろうか。アッラーはまさにいま、力を込めて俺の肩に手を置いているのだろうか。俺を屈服させようとしているのだろうか。片腕を切り落とされたような気持ちなのは、神のご意志によるのだろうか。まるで過去とのつながりが一切断ち切られ、死後たどり着くという地獄の火の中にすべての記憶が投げ込まれてしまったように感じるのも、神のご意志なのだろうか。どうしたらいいか、もうわからない。

「わけがわかりません。つらすぎて」彼は言った。「イェスと彼の弟は、今朝はまだ元気だったのに、いまはもうどちらも死亡診断書が発行されているなんて。とにかく信じられません」

アサドは首を横に振った。ここがラースとイェスと自分を結びつけたシリアやイラクであれば、ふたりは早々に埋められてしまうだろう。

「とにかくもうショックで」ベテラン介護士が答えた。

「〝幸いあれ、幸いあれ、安らぎを見つけた魂よ。日の沈まぬうちはなんぴとも知らぬ。今日がいかなる日になるや〟――聖書だったかしら、讃美歌だったかしら。わたしたちは人生が続く限り、自分たちの命にはよく気をつけたほうがいいってことね」

アサドは部屋の中を見つめた。車椅子の下の血と床についたどす黒い縞《しま》模様から判断すると、イェスは座った状態で自殺を図り、そのあと左に動かされて担架に載せられたようだ。彼はボールペンから尖《とが》った芯を抜き取っていた。分解されたパーカーのボールペンがソファテーブルの上に転がったままだ。そのボールペンには見覚えがあった。何年も前にアサドがイェスにプレゼントしたものだった。

「使った芯はどこですか?」仕事柄、アサドは尋ねた。

「ビニール袋に入れて先生のところにあるわ。先生が所轄《しょかつ》の警察に電話したら、それでいいと言われたみたい。先生は写真も数枚撮っていた。いつもそうするの」

アサドは部屋の中を見回した。ラース・ビャアンも同じ日に死んでしまった。ここにあるイェスの持ち物は誰が引き取るのだろう。イェスには子どもがいない。ラース以外に兄弟姉妹もいない。彼の六十八年の生涯を物語る遺品は、スサネに渡すべきだろうか? 山ほどの勲章を胸につけた、かつては一メートル九〇センチほどの身長があった男の、真鍮《しんちゅう》製のフレームに入った写真はどうだろう? この安っぽい家具は? とっくの昔に型落ちになった薄型テレビは?

介護士が言ったとおり、医師はオフィスの椅子に座ってキーボードを打っていた。ハーフフレームの眼鏡が鼻の上にのっている。

イェスが軍からこの施設に移って以降、アサドはもう何年もこの医師とにこやかに会釈を交わし合ってきた。口数の少ないこの医師は少々疲れているように見えた。だが、仕事中の彼があまりしゃべらないからといって、それを不快に思う人は誰もいない。

　ふたりは今回もまた、互いに軽く頭を下げた。

「自殺ですね」パソコンモニターの向こう側から、医師は淡々と語った。「私が部屋に入ったとき、彼の手はボールペンの芯を握りしめたままでした。ボールペンは傾いた頭の重みで鎖骨の間にはさまって、床に落ちなかったんです」

「無理もありません。イェスはその直前に、弟が亡くなったというあまりにもつらい知らせを受けたのですから。おそらく彼にとっては最悪の知らせだったと思います」

「ああ、なるほど。それは残酷ですね」特に同情している様子も見せず、医師は返した。「ちょうど報告書を書いているところなのですが、彼の行為の原因と考えられるものとして、さっそくそのことを付け加えましょう。確か、おふたりは長年のお知り合いですよね？」

「ええ、一九九〇年からの付き合いです。彼は私のアドバイザーでした」

「彼が以前、自殺を口にしたことはありますか」

　イェスが自殺を口にしたことがあるかだって？　笑えるような気分ではまったくなかったのに、アサドは思わず苦笑した。イェスのようにあれだけ多くの人命を奪った兵士なら、常に自殺が頭の隅にあったはずだ。

「いいえ。少なくともここにいる間は。それに、私に対しては一度もそういう話をしたことはありません」

　アサドがイェスの義妹、スサネに電話すると、彼女はたちまち大声で泣きだした。今朝イェスに電話でラースの死を知らせたせいで、恐ろしい出来事が起きたに違いないと悟ったのだ。アサドは懸命に彼女をなだめ、いずれにせよ、彼はいつかそうしていたと思うと告げた。

　自分が嘘をついていることは痛いほどわかっていた。

施設の外に出ると、アサドは灰色の空を見つめた。今日起こったショッキングな出来事になんとふさわしい背景だろう。俺のこれまでの人生では、数えきれないほどたくさんのことがビャアン兄弟とつながっている。ありとあらゆる思い出が胸にどっと押し寄せ、全身が反応した。脚がもがれたような感じがして、とてつもない疲労感に襲われた。ふらつきながら数歩下がると、入り口前の階段の脇にあったベンチを手で探った。イェスとはいつもこの階段のところで別れたものだ。アサドはベンチに腰掛けるとどうにか携帯電話を取り出して、カールに連絡した。

「カール、今日は警察本部に戻れません」手短に事情を話し、そう告げた。

電話の向こう側はしんとしている。

「アサド、イェス・ビャアンがおまえにとってどれだけの意味を持つ存在だったのか、もちろん俺にはわからん。だが、一日に二度もごく親しい人間の死に直面するというのは確かにきつい。必要なだけゆっくりしろ。どのくらい欠勤することになりそうだ？」

アサドは考えた。そんなこと、どうやったらわかる？

「オーケー、まだわからないなら答えなくていい。一週間もかからないよな？」

「いえ、本当にわからないんです、カール。数日間、それでいいですか？」

くれる。彼女は海外紙にも興味があったので、デンマークの日刊紙と雑誌の脇には、ドイツ、イギリス、スペイン、イタリアの出版物も積み上げられていた。この界隈にはさまざまな外国人が住んでいるので、集まる情報は国際色豊かだった。

　ローセは窓に背を向けて座っていた。窓の下には芝生が広がっていて、目の前には新聞の切り抜きの山。いつものように。それが彼女の全世界だった。二年前、恥知らずな女たちにトイレでひどい拘束をされ、人質として何日も監禁されて以来、現実にうまく戻れずにいる。あのときローセは三十六歳だったが、いまや四十五歳に見える。両脚ももはや思いどおりに動いてくれない。拘束されている間に血流が滞《とどこお》って両脚に血栓ができ、歩行が困難になった。そのせいで倦怠感《けんたいかん》を覚えるようになり、さらに脚が動かなくなった。そして抗うつ剤と過食のせいで、二十キロも太ってしまった。

7

アサド

　ローセの住んでいる団地の廊下では、キッチンの汚れた窓の下にまた新たな新聞の山ができていた。近所の人たちが毎日、ざっと見積もって六キロほどの新聞と雑誌を寄付してくれるのだ。その量は一年で二トン以上にもなる。アサドにとって、古紙回収用コンテナまでの道のりは必ずしも心躍るコースではなかった。だが、それがなんだというのだ。近所の人たちは親切だったし、ローセにとっては彼らが置いていく新聞や雑誌の切り抜きが生き甲斐《がい》だった。しかも彼らはわざわざ、ローセの趣味に合うものを廊下に置いていってアサドは買い物袋を置くと、新聞の束をテーブルの端に置き、ポケットに鍵を突っ込んだ。ローセがこっちを見たので、アサドは挨拶《あいさつ》をした。ローセはぼんやりとしていて反応は鈍い。それでも、昔の辛辣《しんらつ》なローセがまだ彼女のどこかに残っているとアサドは信じていた。

それに、こうやって変わりない日常が存在するということが、アサドにとっても必要なことだった。

「ねえローセ、今日はもう、その辺を散歩した？」アサドは皮肉っぽく小さな笑みを浮かべようとした。ローセが今日もまたドアから一歩も外に出ていないのは明らかだったからだ。外の世界はもはや彼女には存在しないも同然だった。

「ゴミ袋は？」

ローセの言葉にアサドは買い物袋の中身を出した。ロール状に丸まった透明のゴミ袋が四セットある。これで四、五週間はもつだろう。

「数日間はしのげるように、インスタント食品をいろいろ買ってきた。いまここには持ってきてないから、あとでまた来るよ、ローセ」

「事件なの？」

「いや、そうじゃない。まあ、間接的には事件と言えるかもしれないけど。ラース・ビャアンのことはもう聞いたよね？」アサドはラジオのほうへ行き、音を小さくした。

ローセがうなずく。「聞いた。ニュースでやってた」これといって関心はないようだ。

「そうか。僕もさっき車のラジオで聞いたんだ」

「〝間接的〟ってどういうこと？」少しの間、ローセはハサミを置いた。本当に知りたいわけではなく、おそらく社交辞令として訊いているのだろう。

アサドは深く息を吸った。「うーん、そうだな、僕にとっては不幸な出来事が重なったというか。ラースの兄のイェスが、ラースの奥さんのスサネから電話でラースが死んだことを伝えられた直後に自殺したんだ」

「彼女が電話したの？」ローセは人差し指でこめかみを叩き、指をくるくると回して〝どうかしてるんじゃないの〟という仕草を見せた。昔のローセを思わせるジェスチャーだった。「まあ、思いやりなんてまったくなさそうな人だったからね、あの奥さん。ビャアンのお兄さん、自殺したのね。どうやったらラース・ビャアンなんかをそこまで大事に思えるのか、わたしにはまったく理解できないけど、まあともかくふたりは兄弟だものね」ローセが笑った。

他人への共感力という点では、ローセはゼロに近い。彼女が笑い声を上げて皮肉めいたことを言うと、いつもならアサドは胸がすっとするのだが、今日は違った。

するとローセはアサドの様子にすぐ気づき、目を逸らした。「部屋の中をかなり変えたの。わかる？」

アサドは壁に沿って目を走らせた。厳選した新聞記事がどっさり入った茶色い保管ケースが相変わらず床から天井まで積まれ、二方の壁はそのうしろに隠れている。テレビ周りの壁は、記事をテープで貼りつけた大きなコラージュで飾られていた。どれも、ローセの関心を惹いた記事のようだ。テーマは多岐《たき》にわたっていたが、記事の選択から一貫して読みとれるのは、ローセの強い憤《いきどお》りだった。終わりのない建築プロジェクトに端を発する交通安全の問題、コペンハーゲンの複雑な道路事情、動物保護に対する突飛な議論。一角には、王室に関する報道と政治家の汚職に関するスクープ記事が集められていた。こうやって絶えずコラージュを更新していけば、デンマークと世界の置かれた状況を示す信頼に足る資料として、未来の歴史学者の役に立つだろう。ただ、今日に限っては、アサドは何も新しい話題を見つけることができなかった。

「わかるよ。頑張ったんだね、ローセ」それでも彼はそう返事した。「とてもいいね」

ローセは眉根を寄せた。「いいえ。全然よくないわ、アサド。デンマークはもうだめよ！　あなたそう感じないの？」

アサドは片手で顔を撫《な》でた。とにかく気持ちを落ち着けたい。ローセなら自分の話を理解してくれるかもしれない。

「ローセ、ラースの兄のイェスのことなんだけど。少し話をさせてほしいんだ。僕と彼は三十年来の知り合いだった。僕らはとてもたくさんのよい思い出とひどい体験を共有してきたけど、これで僕はひとり残された。今回のことをすべて受け止めるのに二、三日はかかると思う。わかるかな？　イェスの死でこれまでしまっていたありとあらゆることを、また思い出す羽目になってしまったんだ」

「アサド、記憶はやってきては姿を消すものよ。そしてまたやってくる。それに対して簡単にドアを開けたり、閉め出したりはできない。ひどい記憶の場合は特にね。そのことについてなら、わたしはよく知ってる」

アサドは彼女を見つめ、ため息をついた。二年前、この部屋では壁という壁に彼女の日記から引用された苦しみに満ちた言葉が書きなぐられていた。ある日、酔いつぶれたときにローセがアサドに打ち明けたことがある。あのとき例の女たちに監禁されていなかったら、自分はきっと自殺していたと。それを聞くのはつらかった。もちろんローセは記憶に関してすべてを知っている。心がどのように記憶を蓄積し、変えていくか。特に、最も忘れたいと思っている記憶について、心がどう反応するかを。

少しの間、アサドはただその場に立って、宙を見つめた。イェスは自ら命を絶った。かつてアサドが命をかけて救った命を。そしていまでは彼もその弟もこの世に存在しない。残されたのは、ラース・ビャアンが電話をかけてきて兄の命を救ってほしいと頼み込んだあの日、もう何年も前のあの日に終わってしまった、ある人生についての記憶だけだ。あの電話がなかったら、自分にはいまも愛する家族がいただろう。だが、それを考えるのはあまりに耐え難い。あれから十六年が経っている。十六年の間、自分は希望をつなぎ、闘い、悲しみと涙を必死に押し殺して生きてきた。

だがいまは……アサドはもう、こらえきれなかった。

背後に手を伸ばし、手探りで椅子の背もたれをつかむと、そこにぎこちなく腰掛け、涙が流れるに任せた。

「アサド、何よ、どうしたのよ？」ローセの声が聞こえる。目を上げなくても、彼女がそろそろと体を起こし、彼の前にしゃがみ込んだのが気配でわかった。

「ちょっと！　泣いてるの？　いったいどうしたわけ？」

アサドはローセの顔を見つめた。そこにはもう二年以上、彼女が見せていなかった思いやりと親しみの気持ちが表れていた。

アサドは首を横に振った。「ローセ、これはあまりにも長くてあまりにも悲しい話なんだ。でも、今日、片がついたような気がする。僕が泣いているのは、これ以上気持ちのコントロールがきかなくなってしまったからだ。もういいかげん、終わりにしたいと思う。これ以上は無理だ。ローセ、お願いだ、十分くれないか。そしたら出ていくから」

ローセは彼の手を取った。「アサド、わたしが過去のことを密かに書いていた日記をあのときあなたが開けていなかったら、わたしはどうなっていたと思う？　そうよ、自殺していた。それはわかってるわよね」

アサドは目を丸くして彼女を見つめると、もう一度深呼吸した。「水桶《みずおけ》の飲み水がなくなったとき、ラクダもそう言うよ、ローセ。なのに、ラクダはそこから動かない」

「なんの話？」

「周りを見てみるんだ。きみはいまも自殺しようとしている最中なんじゃないかな？ 仕事を辞め、雀《すずめ》の涙みたいな退職金に頼って暮らしている。外に出ず、近所の小さな子と僕がきみの代わりに買い物に行っている。きみは世界を怖がって、汚れた窓ガラスのこちら側に座っているほうがいいと思っている。そうすれば、外の世界で体験したことに押しつぶされなくてすむからね。妹たちとも話さないし、警察本部に電話をかけてくることもほとんどない。ゴードンやカール、僕との楽しかった日々を忘れ、僕らのすばらしいチームワークのおかげでいろいろと成し遂げたことも――またそれができるかもしれないことも――忘れてる。きみを見ていると、まるできみが人生に何も望んでいないように思えてくるんだ。でも、そうだとしたら、人生っていったいなんだろう？」

「何言ってるのよ、アサド。わたしにだってひとつくらい望みはあるわよ。それも、いま、あなたに叶えてもらえる望みがね」

　アサドは不思議そうに彼女を見た。自分に叶えることができる望み？ とても想像できない。

　喉に詰まっていたものを押し流そうとするかのように、ローセは深く息を吸った。その瞬間、アサドには昔のローセが現れたように思えた。不意に彼女の目に光が宿った。

「さてと、わたしの望みはね、アサド。今度はあなたが自分の日記を開く番だということ。あなたと出会ってもう十一年。あなたは一番大切な友だちよ。なのに、わたしはあなたのことをまったく知らない。あなたが人生で何を大事にしているのかも知らない。あなたの望みも全然知らないし、価値観もわからない。あなたが本当は何者なのか、さっぱりわからない。だから、ひとつだけ願いが許されるなら、あなた自身について話してほしいの、アサド」

　やっぱり、そう来たか。

「いっしょにベッドルームに来て、わたしの隣で横になって。ただ目を閉じて、話したいことを話せばいいの。余計なことは何も考えずに」

アサドは渋面をつくることすらできなかった。悲しみの淵に沈んでいる最中に、不機嫌になったり不信感を抱いたりする余裕はない。

ローセがアサドを引っ張った。彼女が他人のために自ら行動しようという気持ちになるのは、久しぶりのことだった。

アサドがローセのベッドルームに入るのは、彼女が自分を見失ったあのとき以来だった。だが、かつては絶望に満ち、生気の失われた場であったこの部屋は、しっかりと形をもつ隠れ家へと姿を変えていた。ベッドカバーには花模様が広がり、金色の枕がたくさんのっている。ローセの状態がいまもまだ不安定であることを示しているのは、壁だけだった。ほかの部屋の壁と同じように新聞記事の切り抜きで覆われ、さまざまな形で世界の現状を嘆いている。

アサドはベッドに横たわり、目を閉じた。

ローセもベッドに上がって寝そべると、アサドに体をぴたりとつけた。アサドはローセのぬくもりを感じた。

「さあアサド、ただ話せばいいのよ。思いつくままにね」ローセは片手をアサドの胸に置いた。「わたしは何も知らないんだから、元の自分に戻ることを怖がる必要はないわ」

アサドは長い間自分の心に問いかけた。俺にはその準備ができているのだろうか？　本当にいまが話すときなのだろうか？　だが、ローセが強要もせず急《せ》き立てることもせず、そばにじっと横たわり、ますます強く体を押しつけてきたとき、アサドはおずおずと語りはじめた。

「僕はイラクで生まれたんだ、ローセ」

ローセがうなずくのが感じられる。本当は知っていたのだろうか。

「それから、名前もアサドじゃない。いまではこれ以外の名前で呼ばれたくないと思ってるけど。本当の名前はザイード・アル＝アサディ」

「サイード？」ローセは嚙《か》んで味わうように繰り返した。

アサドは固く目を閉じた。「両親はもう生きていないし、兄弟も姉妹もいない。いまでは自分を天涯孤独だと思ってる。でも、それは事実じゃない」

「それで、あなたをサイードと呼ぶべきじゃないのね。そうよね？」

「ザイードの最初の綴《つづ》りは〝S〟じゃなくて、〝Z〟だからにごって発音しなきゃならない。でもいいんだ。きみやデンマークの人たち、つまり僕の知り合いで僕が好きな人たちのことだけど、そういう人たちにとって僕はいまもこれからもアサドだから」

ローセはアサドをぎゅっと抱きしめ、友情を示した。

彼女の心臓の鼓動が速くなっていることをアサドははっきりと感じた。

「ローセ、これまで僕が自分についてきみたちに話してきたことは、腹八分目に受けとらなきゃだめだよ」

ローセがクックッと声を立てて笑った。ローセがこんなにリラックスしているとは。こんなふうに笑うのは、いったいいつ以来だろう……。

「それを言うなら、〝人の言葉は話半分に聞いておけ〟でしょ」

「どう違う？」

「腹八分目でも面白いけど、量としてはちょっと多いわね。半分はそれより少ないから」

「いや、半分どころじゃないんだよ、ローセ。僕のついてきた嘘ときたら、それこそ腹八分目くらいの量なんだ」

アサドは目を開け、彼女といっしょにリラックスして笑おうとした。そのとき、壁に貼られた写真付きの記事に目が吸い寄せられた。見出しに〝犠牲者２１１７〟とある。アサドはその記事をじっと見つめると、ベッドから跳ね起きた。近くから見る必要がある。新聞に掲載されている写真は粒子が粗《あら》いので見間違いや勘違いもしょっちゅう起こる。彼女に似ているというだけのことだ。絶対にそうだ。絶対に！

だが、三十センチの距離からでも疑いの余地はなかった。これは彼女だ！

アサドは息を止めた。両手で顔を覆うと大きく声を上げ、感情に任せてむせび泣いた。手首をよだれがつたっていく。

「頼む、ローセ、放っておいてくれ！」ローセの手が肩に置かれたのを感じると、アサドは声を荒らげた。

しばらくして彼は頭をそらし、深く息を吸うと、おそるおそる目を少し開けた。写真のピントが次第に合ってくる。ゆっくりと恐ろしい現実が目に入ってきた。濡れた体が仰向けになっている。ぐったりとして生気がない。その目は何も見てはいなかったが、それでもまだ艶《つや》があった。アサドの頬をよく撫でてくれた手が、はかなく砂をつかんでいるのが象徴的だった。

「リリー、リリー……」アサドは人差し指で写真の女性の髪や額をなぞりながら、何度もつぶやいた。「いったいどうして？」

アサドはがっくりとうなだれた。いろいろなことがわからないまま何年も過ぎた。胸に積もった悲しみがこみあげてくる。悲しみがどんどん強くなって感覚を奪い、全身の力を奪っていく。そのうえ、リリーまで。リリーまで、もういないとは。

ローセの手の感触を再び感じた。彼女は片手をそっとアサドの手の下に滑り込ませると、もう片方の手で彼の顔を上げて慎重に自分のほうへ向かせ、目と目を合わせた。

しばらくの間、何も話さずに見つめ合ってから、ローセは思い切って口を開いた。

「わたしはほぼ毎日、新聞記事を取り替えているから、ここにあるのはかなり新しいの。あなた、この女性と知り合いだったの？」

アサドがうなずく。

「アサド、この人は誰？」

リリーの行方がわからなくなってから、長い長い年月が経っていた。それでもアサドは心の底ではいつも、彼女は永遠に生きつづけると信じてきた。シリアでの戦況が最悪となり、誰が誰に殺されているのか判然としないような状況にあっても、リリーはこの災禍《さいか》から抜け出す道を見つけ、生き延びてくれると思っていた。それをやり遂げる人間がいるとすれば、それはリリーだった。それなのに、彼女は写真の中で、キプロスの砂浜に横たわっている。そしてローセは、自分が彼女と〝知り合いだったの？〟と訊いている。〝知り合いなの？〟ではなく、〝知り合いだったの？〟と、過去形で。

アサドは写真から指を離すと天井を仰ぎ、覚悟を決めた。十分に息を吸い込んでから、話を始める。

「僕の家族はイラクを脱出した当時、シリアでリリー・カバービのところに身を寄せていたんだ。僕の父は技師で、公務員だった。バアス党に所属していて、次第にサダム・フセインに接近するようになった。あるときうっかり政権批判をしてしまったんだ。それだけならまだなんとかなったかもしれない。でも、父はシーア派だった。あの当時、シーア派の人間が批判を行なったり反体制的な意見を述べたりすると、命の危険があった。フセインの親衛隊が父と母を逮捕しようとしたとき、僕は一歳になったばかりだった。運よく、両親は拘束されるほんの数時間前に手入れがあることを知らされた。ふたりにはもう亡命しか道はなかった。両親は僕とわずかな身の回りのもの以外をすべて置き去りにして逃げた。もちろん、僕には当時の記憶はない。そして、リリー・カバービがシリア南西部のサブ

・アバルにある自分の家に僕らをかくまってくれたんだ。僕らに血縁はなかった。彼女は純粋に善意と思いやりから受け入れてくれた。父がデンマークで働くことになるまで僕らはそこに住んでいた。デンマークにやってきたとき、僕は五歳で無《む》邪気《じゃき》な少年だった」

　アサドは再び新聞記事に目をやった。その姿は、写真の死者と目を合わせ、そこからメッセージを読みとろうとしているかのようだった。だが、アサドは何も得ることができなかった。

「そういうことなんだ。リリー・カバービが僕らを救ってくれたんだ。でもいまは……」

　彼は写真の下にある文を読もうとした。だが、目の前で文字がかすんでしまう。まったく、なんてひどい一日なんだ。もうたくさんだ。これ以上耐えられない。

「本当にお気の毒だわ、アサド」ローセがささやいた。

　アサドは首を横に振った。

「ねえ、キプロスで何が起きたのかもっと知りたい？　部分的にだけど、海外紙がもっと詳しく報じてるわ。その記事がどこにあるか覚えてる。二、三日前の話だから。出してほしい？」

　そうしてほしいのかどうかわからないまま、アサドはうなずいた。

　ローセは茶色の保管ケースをひとつ引っ張り出すと、ベッドの端に置き、蓋《ふた》を開けた。「ここよ、たとえばこの『タイムズ』の記事。老婦人の犠牲者というのがあまりに珍しかったからか、大々的に報じてる。見て、ここに日付がある。スペインの新聞がこのニュースを伝えた翌日にこっちの記事が出たのね。読んでほしい？　読まないほうがいい？　やめたほうがよければそう言って、アサド」

　アサドは首を縦に振った。自分で読んだほうがいい。そのほうが感情をコントロールできるかもしれない。

　アサドは記事を読んだ。ぐらつく吊り橋をつま先で確かめながらそろそろ歩くように、言葉をひとつひとつ慎重に追っていく。ローセが言ったとおり、その記事は非常に細かいところまで書かれていて、あまりにも生々しかった。長く海水に浸かっていた結果、引き揚げられた遺体がどのような状態にあったかなど、すべてが過剰なほど事細かに描写されていた。記事によれば、最初に漂着したのは〝聖戦士〟らしい。テロリストは顔中に髭があることが特徴的だが、その死体には髭を慌てて剃った際にできたとみられる切り傷がまだ多く残っていたという。

記事を読み、アサドの脳裏《のうり》にさまざまな光景が浮かぶと同時に、たくさんの疑問が浮かんだ。なぜリリーは亡命を決意したのか？　いったい何があったのか？　どこか、辻褄《つじつま》が合わない。

すると、ローセがアサドの考えを読んだかのように別の新聞を寄こした。「さらにその翌日、『タイムズ』は続報を載せてるの。それがね、アサド、本当にショッキングなんだけど……。この写真の老婦人は溺《おぼ》れてなんかいなかったのよ。海岸に流れ着く前に殺されていたの！　わたしがこの人の写真を壁に貼ったのは、彼女の運命をひときわ悲しく思ってるって、彼女に伝えつづけるためよ」

アサドの肩ががくりと沈んだ。

「誰かが彼女の首に何か尖ったものを突き立てたの。『タイムズ』は解剖所見の抜粋まで載せてるわ。それによると、肺にはほとんど水が入っていなかったそうよ、アサド。海に投げ込まれたときにはもう亡くなっていた可能性が高いのよ」

アサドにはもう、わけがわからなかった。心が温かく愛情深いあの女性が、悪意などかけらもない彼女が、殺された？　どこのブタ野郎がそんなことを！　なぜだ！

彼は新聞を手に取った。『タイムズ』はまた別の写真を掲載していた。違う角度から撮影したものだったが、死体の状態は同じだ。しばらくその写真を見つめた。親しみやすく柔和で美しいその顔は、記憶の中のリリー・カバービとまったく変わっていない。濡れた砂をつかんでいるその手は、悲しいときに自分を撫でてくれた手だ。この口は、いろいろ歌って聞かせてくれた口だ。どの歌も心の奥深くに鍵をかけてしまってある。この目は、いつかはすべてうまくいくと思わせてくれ、絶えずそれを信じさせてくれた目だ。

　でもあなたにとってそうはならなかったなんて、リリー。抑えきれない怒りと復讐の衝動がふつふつとわいてきた。

　砂浜に引き揚げられた遺体の不鮮明な写真にもう一度目をやった。あまりにも恐ろしく、まともに見ることができないくらいだった。力を失った人々の体の輪《りん》郭《かく》、毛布で隠れたいくつもの顔、女たち、子どもたち、男たち、そしてリリー。彼女も写真を撮られたらすぐに、ほかの遺体とともに並べられたのだろう。思いやりに満ち、快活だったあのリリーが、家族のすべてを救ってくれたリリーが、統計上のただの数字となって——支離滅裂で皮肉な世界の犠牲者となって——生涯を閉じることになるとは。

　これが、自分の生きたかった世界なのか？

　アサドは、波打ち際からいくらか離れたところにいる生存者の集団を撮った写真をじっと見つめた。生存者たちの顔にはまざまざと恐怖が表れていた。

　おまえらのうちの誰かがやったのか？　ついそう思ってしまう。

　アサドは目を固く閉じた。そいつを見つけだしてやる。たとえそれですべてを失うことになっても。本気で見つけだす。

　たったいま見た写真はさほど光のないところで撮られたのか、あまり写りがよくなかった。だが、不意にアサドは気になるものを見つけた。再び見るには勇気が必要だった。あの男がいる。数人の生存者といっしょに、列のうしろのほうで、俺を写せと言わんばかりにカメラを見据えている。髭は胸の半分まで伸びている。アサドはそれを見て、自分がいかにひどい狂信者の圧制から逃れてきたかを思い出した。男の目つきは、彼が発するオーラ同様に鋭かった。隣には顔をひきつらせた若い女が立っていて、その隣にまた別の女が……。

その瞬間、暗闇が彼に襲いかかった。遠くで誰かが叫んだ。「アサド！」

8

ジュアン　残り12日

ラルナカ空港の入国管理事務所で、カウンターのうしろにふんぞり返っている出入国審査官を見たその瞬間から、ジュアンは嫌悪感を覚えた。知性のなさそうな目つきで、そのうえ汗臭い。どうせ家では妻の尻に敷かれ、他人に八つ当たりすることでその鬱憤《うっぷん》を晴らしているんだろう。

髭も剃っていないだらしないその男は、ジュアンがたっぷり二時間にらみつけたあとでようやくこっちを向くという親切心を見せた。知りたい答えを手に入れるまで十秒とかからなかった。男のうしろにいた制服姿の職員が全員うなずいたのだ。ここにたむろしている連中はずっと答えを知っていたというのか？

ジュアンの小鼻がピクピク震えた。全員の顔面に一発食らわせたいくらいだった。

「要するに」ジュアンは怒りを露骨に示していたが、職員はどこ吹く風だった。「生存者は昨日、メノゲイアの移民収容センターに移送され、遺体はその周辺のいくつかの冷凍倉庫に保管されました。アヤナパの辺りにはもう誰もいません」彼の英語はジュアンが小学三年生だったころの英語と同じくらいたどたどしかった。

ジュアンは努めて丁寧に言った。「メノゲイアの移民収容センターですね。わかりました。そこへはどうやって行けばいいのでしょうか？」

「タクシー代を節約したければ、バスにしてみては？」

この間抜け野郎にバス乗り場の場所を尋ねる時間こそもったいない、とジュアンは思った。

バスの乗客のひとりが、収容施設は黄色い建物で干からびた土地にぽつんと建っていると教えてくれた。その一帯は確かに、空港からバスで通ってきた牧歌的な地域とはまるで違っていた。鋼鉄製のフェンスに囲まれた建物はかなり新しい。大人の背丈ほどの案内板がいくつか出ていた。

「迷いっこないよ」思いがけず親切なその男は言った。

どの案内板もギリシャ文字で書かれている。今回のプロジェクトは、あまり幸先がいいとは言えなかった。インターネットで検索しても、この収容施設の電話番号も連絡先も見つからなかったことからして、極めて異様だった。

空港での一件から、この国では制服を着ることで人間がいかに尊大になるかがよくわかっていたので、ジュアンは正門の脇に立っている男にことさら丁寧に用件を告げた。

「ええ、もちろんですとも。あなたがきっと、スペインの『オレス・デル・ディア』のアイグアデルさんですね。お待ちしておりました、アイグアデルさん。ラルナカ空港入国管理局の職員がわざわざ電話をくれて、あなたの到着を知らせてくれたんです」男は、言葉を失っているジュアンにゆっくりと手を差し出した。

「ほかの国の人々がわれわれの問題に関心を持ってくださるのはうれしいことです。これほど多くの難民をこの小さな国で受け入れることがいかに厳しいか、おわかりいただけると思います」

ジュアンは空港にいた汗っかきの職員に急に好感を覚えた。スペインに帰るときは彼に高級ブランデー〈メタクサ・セブンスター〉を一本やらなきゃな。だが、予算のことを思い出し、ただの〈スリースター〉に格下げすることにした。

「昨年は四千五百八十二件の難民申請の対応に苦労しました」収容施設の職員は話を続けた。「多いのは断然、シリアから来た人たちです。申請の処理はかなり遅れています。正直なところ、現在千百二十三件が未処理ですが、これは前年末のほぼ二倍の件数です。ですから、われわれはどのような形であれ、この問題に注目していただくことを喜んでいます。この施設を案内できますが、ご興味はおありですか？」

ジュアンはうなずいた。「ええ、ありがとうございます。でもまずは、昨日入所した生存者に会いたいのですが。会えるようにしていただけませんか？」

職員の口が軽くひきつった。生存者との面会は日程表のトップにはなかったようだ。だが、彼はすぐに何事もなかったように答えた。

「ええ、もちろんです。ご案内のあとでいいでしょうか？」

疑念と期待の入り混じった数百もの暗く探るような

まなざしが、ジュアンの歩く姿を追った。この男の訪問は、俺たちにどんな意味があるんだ？　国際的支援組織から来たのか？　俺たちが英語を話すことは利益になるのか不利益になるのか？　この男がいきなりここに現れたのは、そもそもいい兆候なのか？　そう言っているようだ。

収容者があちこちに所狭しと座っていた――鋼鉄製のフェンスに沿って造られた広場にも、黄土色に塗られた殺風景な部屋にも。部屋の中には鉄製のテーブルと椅子がいくつか置いてあるものの、全員が座るにはまるで足りない。同じく黄土色のベッドルームでは男たちがベッドの上に寝ていた。両手を首のうしろで組み、ほかの場所にいる人々とまったく同じようにジュアンを凝視している。あんたは何者だ？　なんだって俺たちを見てる？　動物園にでも来たつもりか？　俺たちに何をしてくれるんだ？　そもそも何かできるのか？　それともすぐに消えちまうのか？

「ご覧のとおり、われわれは現代的で手入れの行き届いた環境が非常に重要だと考えています。ここができたことで、ニコシア中央刑務所の第十棟に人々を収容していたひどい時代は過去のものとなりました。あそこは本当に陰気で不健康な場所でした。光はほとんど差さず、雑居房は非常に狭く、収容者で溢れかえっていました。ここを見渡せば、違いはすぐにおわかりになるでしょう」広報担当の職員はそう説明すると、近くに立っていた数人の収容者に挨拶をした。みんな無反応だった。

「彼らはごくわずかなものしか持って逃げることができず、当然ながらそれでは長期の滞在はまかなえません。そのため、われわれは組織的に服の収集にあたり、クリーニング会社と清掃会社とも協力することで、衛生面で高い水準を保証できるようにしています」

俺はそのことについてはほとんど書くつもりはないけどな、とジュアンは思った。

「そのお話については、ルポルタージュのなかでぜひ触れようと思います。それで、昨日入所した生存者ですが、彼らはどこで寝泊まりしているんですか？」

別の職員が言った。「彼らはほかの収容者と隔離する必要がありまして。ご存じかと思いますが、溺死者のひとりが指名手配されていたテロリストだと判明したので、危険を冒すわけにはいかないのです。生存者の身元がまだ明らかになっていませんから。調査には時間が必要です。まあ、彼らが作り話をしてもすぐに見抜けるとは思いますが」

「偽証だと簡単にわかるものですか？」

「そうですね、われわれにはそれだけの経験値がありますからね」

ジュアンは少し立ち止まると、カメラを手に取り、保存した画像をスクロールしていった。「このふたりの女性とぜひ話がしたいんです」黒い髭に顔を覆われた男性の横で絶望的な表情をしている女性が写っている画像を指差す。

「あの老女が砂浜に引き揚げられたとき、このふたりが生存者の集団から出てきたんです。僕の目には彼女たちがその状況にひときわ動揺しているように見えました。現在その老女のことを調べているのですが、このふたりが彼女についていろいろ知っているのではないかという気がしましてね」

広報担当の職員の表情が変わった。「彼女はナイフで首を刺されていました。そのことはもちろんご存じで？」

「ええ」ジュアンはうなずいた。「警察はそのいきさつを何も知らないようですが、気になって仕方ないんです。一般市民には何が起きたのか知る権利があるのでは？」

「もうおわかりかと思いますが、収容者の管理について、この施設ではすべてが国際的な水準を厳しく遵守《じゅんしゅ》しています。二〇一一年にわが国で改正された入国管理法一五三条と二〇〇八年の欧州連合理事会の指令にはなんら矛盾はありません。それもご存じでしょう。抑留期間が六カ月を超えて延長される場合、以前は法的な審査が必要でしたが、それをしなくてもよくなったというだけです」

　ジュアンは首を横に振った。いったいなんだ、このくそ難しい話は？　なんでこんな話になってるんだ？

「当然です」ジュアンは答えた。

　職員はほっとしたようだった。「私がこうお話ししているのは、われわれがジレンマに陥っているからです。こちらだって不法入国者を抑留などしたくないのです。それどころか、全員出ていってもらいたいくらいです。ここで難民登録されたら追い出せませんから、その前に一刻も早く出ていってほしい。ですが、われわれは、素性のよくわからない人物を社会に放つようなことはしません。世界にはそこをわかってほしいのです。その人物はテロリストかもしれませんし、犯罪者や原理主義者かもしれません。要するに、ほかのヨーロッパ諸国が受け入れたくないと思っている人間かもしれないのです。われわれは限りある財源や人員で、最大の注意を払うよう努力しています。この島ではもう十分不幸がありました。私が若かったころだけを考えても」

「それはわかります。ただ、女性と子どもはそもそも無実なのでは？」

「子どもはそうでしょう。女性はどうですかね」彼は鼻から息を吐いた。「脅されたり、洗脳されたりしている女性がどのくらいいると思います？　彼女たちのほうが男たちより狂信的なこともありますよ。ですから女性だからといって、それだけで無実ということはありません」

　職員は広場の向こう側の建物を指差した。「あの中に入らなくては。男女別に収容されていますが、女性たちのところにいらっしゃりたいのですよね？」

中に入ると、小さなざわめきが聞こえるほかは、とても静かだった。か細い声で泣いている者が何人かいるが、残りの者はまるで助けを求めるかのようにジュアンをじっと見つめた。ひとりの女性が腕に赤ん坊を抱えて授乳している。それ以外に子どもはいなかった。

「子どもたちはいったいどこにいるんですか？」ジュアンは尋ねた。

「この子以外、ひとりもいませんでした。われわれの知る限り、五歳の女の子を連れた女性がいたのですが、その子はどこかへ行ってしまいました」

ジュアンは女性たちの怯えた顔をもう一度見た。

〝どこかへ行ってしまった〟か。なんて皮肉な言い回しなんだろう。この悪夢の壮絶さを表すのに、ほかにもっとましな言葉はないのだろうか。

「昨日入所した女性たちは、これで全員ですか？」

「いいえ、ふたりが現在向こうの部屋で尋問中です」

職員がふたつのドアを指差した。「毎回ふたりずつ行なうんです」

ジュアンは画像と収容者の顔を見比べていったが、アヤナパで見かけたふたりの女性を探し出すことはできなかった。彼女たちは、遺体となって海から引き揚げられたあの老女とどんな関係にあったのだろう？

「僕が探している女性たちはここにはいないようです。尋問を行なっている部屋を覗《のぞ》かせてもらってもいいでしょうか」

職員はさあ、どうだろうという顔つきで首を振った。

「うーん、邪魔はしないほうがいいのですが。まあ、ほんの数秒なら」

職員はそっとひとつめのドアを開けた。制服姿の女性がこちらに背を向けて机の前に座っている。机の上には男たちの写真が一列に並べられていた。彼女の前には湯気の立ちのぼるティーカップが置いてあったが、スカーフをかぶった女性の前にはなかった。女性はジュアンをじっと見つめた。探している女性ではない。今後の見通しが暗くなった。あの夜、突如姿を消したふたりの女性がそもそもここに収容されていないとしたら、どうすればいい？　彼女たちはどこにいるんだ？　もう手の届かないところに逃げてしまったのか？

一分後、もう片方の部屋にいる女性も探している人物ではないことが明らかになった。

「救助された女性で、このメノゲイア以外に収容されている人はひとりもいないというのは確かですか？」元の場所に戻ると、ジュアンはがっかりして尋ねた。

「はい、確かです。昔は、この島の九つの警察署に不法入国者を抑留していました。リマソール、アラディッポ、オロクリニなど。ですが、それはもうずいぶん前の話です。あの夜に拘束された人たちは全員がこの施設にいると、百パーセント断言できます」

ジュアンはカメラのディスプレイに目をやると、探しているふたりの顔を拡大した。それから目の前に座っている女性たちにカメラを渡して、例のふたりの顔を指差した。

女性たちはうつろな目をゆっくりと上げ、画像を見た。少しして首を横に振った。その顔に見覚えはないようだ。しかし、最後の列まで進んだとき、ひとりが弱々しくうなずいた。

「ええ、ボートに乗っていたとき、このふたりはかなり前のほうに座っていました」その女性は英語で答えると、背後にいるひとりの女性を指した。「彼女は小さなお嬢さんをひざにのせて、その人たちの前に座っていました。でも彼女からは何も話を聞けないと思います。お嬢さんがいなくなって、いまもまだひどいショック状態にあるから」

娘がいなくなったという女性は花柄の服を着ていたが、脇が破れ、そこから傷がのぞいていた。じくじくした大きな擦《す》り傷や、いくつもできた青あざが過酷な海の旅を物語っている。鎖骨に手を当てていて、ジュアンが近づくとぼんやりと彼に顔を向けた。だが、会釈しても挨拶しても、何も返ってこなかった。

「お嬢さんがどこにいるかわからないと聞きました。本当にお気の毒です」彼は会話を試みた。

反応がない。もしかしたら英語がわからないのかもしれない。

「僕の話していること、わかりますか？」そう尋ねると、相手が小さくうなずいたように見えた。そこでジュアンはカメラを彼女に渡し、画像を見せた。「ここに写っているふたりの女性を知っていますか？」

彼女は無表情で画像を眺め、肩をすくめた。もう一度尋ねてみたが、投げやりな反応が返ってくるだけだった。彼女の心は深い闇の中に沈んでいるようだった。

ジュアンはカメラのディスプレイをほかの女性たちに向け、再び尋ねた。「誰か、このふたりを知ってる人はいませんか？　みなさんと同じボートに乗っていたんです」

「千ユーロくれたら誰なのか教える」弱々しい声で応じたのは、先ほどの破れた花柄の服を着た女性だった。

ジュアンは顔をしかめた。千ユーロだって？　頭がどうかしているんじゃないのか？

「ふたりが誰なのか知ってる。金をくれるなら話すよ。あたしたちの不幸をネタに儲《もう》けるのは、どうせあんたひとりじゃないんでしょ？」

彼女の表情がいきなり鋭くなった。だらんと開いていた口をいまはきゅっと結んでいる。顔に深く刻まれた皺は、昔から続いてきた不幸を物語っているようだ。

「そんな大金はないんです」ジュアンは動揺して答えた。

「待ってください、アイグアデルさん」広報担当の職員が声を潜め、そっと彼の腕を引っ張った。「こんな要求に応じては絶対にいけません。きりがないですよ。それにどのみち、お探しの女性たちはここにいないわけですし」

　ジュアンはうなずいたが、同時にいくらなら応じるべきかを考えていた。その女性は彼がなるべく安くすませようとしているのを察したようだった。彼女の目に軽蔑と拒絶が浮かんだ。ジュアンは素早く財布を取り出すと、五十ユーロ紙幣を取り出した。

　女性は金を受け取った。「あの写真、もう一度見せて。ほかにもある？」

　ジュアンは最初の画像までスクロールした。ふたりの女性が互いにしがみつくようにして泣き、髭面の男性が片方の女性の濡れた上着をつかもうとしている。

「この男、こいつがあのおばあさんを殺したんだ」彼女が髭面の男性を指差した。「こいつはこのふたりといっしょにいた。それは確かだ。でもとっくに髭を剃ってると思ったほうがいい。あの溺れ死んだやつと同じで」

ジュアン　9　残り12日

　収容施設の外に出ると、ジュアンは頭を整理しようとした。ラルナカ行きのバスが来る気配はまったくない。そこで彼はバスが来るまでボイスメモで録音した音声を聴きながら、さっきのことを振り返った。

　あの女性が髭面の男を指差したとき、それまで静かで殺風景だった空間の雰囲気がさっと変わった。混乱と憎悪の波が一気に押し寄せてくるのが肌で感じられるほどだった。女性たちは叫び、罵《ののし》り、その画像を少しでも見ようとカメラを引っ張った。ふたりが画像に唾を吐きかけた。花柄の服を着た女性の言葉に、ほかの女性たちは強烈に反応した。憎悪にかられた彼女たちが口々に何かを叫んでいた。言葉はわからなかったが、海の上で起きたこの恐ろしい事件が髭面のあの男に関係しており、彼女たちがそれについてわめいているのだろうと推測できた。あの男が部屋にいたら、女性たちに飛びかかられ、文字通り八つ裂きにされていただろう。

ひとりの女性がたどたどしい英語で語ったところによると、あの老女はボートに乗っていたほとんどの人と同様に、サブ・アバル周辺地域か、それより少し北のほうの出身だった。ジュアンの画像に写っていたふたりの女性は老女といっしょにいたが、奇妙なことに彼女たちの訛《なま》りはほかの人とは違っていた。その言葉はイラクかどこかの外国語のように聞こえたという。ふたりに関しては、母と娘だということしかわからない、とのことだった。

それはそうと、信じられないだろうけど、と別の女性が口をはさみ、娘のほうが母親よりよっぽど老《ふ》けて見えたくらいだよ、と付け加えた。

「レイプされると女はみんな、老け込むんだ」また別の女性が大声を上げた。

喧騒《けんそう》のなかで、その声ははっきりと聞こえた。部屋が興奮に包まれ、女性たちは互いにひそひそと何かを言い合っていた。力を込めてうなずく者もいれば、金切り声を上げる者もいた。ほぼすべてがアラビア語だろうとジュアンは思った。全員が一様に悲惨な経験をしてきたようだった。

「このおばあさんに何が起きたんですか？」騒ぎがおおかた収まると、ジュアンは花柄の服を着た女性にもう一度尋ねた。

「確かなのは、あのおばあさんがその男と知り合いで、同じように母娘とも知り合いだったということだよ。三人とも男を怖がっていた。そいつは彼女たちにあれこれ命令し、従わないと殴っていた。そいつがおばあさんを殺したところは見てないけど、ゴムボートがひっくり返る前に、おばあさんの姿はもうなかった」

花柄の服の女性がほかの女性たちにアラビア語でいくつか質問を投げかけると、憤《いきどお》ったような言葉が返ってきた。その直後、いきなりふたりの女性がつかみ合いになった。互いに罵り、叩き合い、汚れた爪で相手の顔を引っかく。平手打ちが見舞われ、殴り合いになった。いさかいはあっという間に周囲に広がり、ひとりの女性が血を流して床に倒れた。ジュアンは手に負えない状況になっていると悟った。何が勃発《ぼっぱつ》したのかわけがわからなかった。

そのときドアが勢いよく開いて、制服姿の男たちが有無を言わせぬ表情で女性たちの前に進み出た。辺りは静かになった。

「もうお帰りになるべきです」ジュアンを案内してきた職員が言った。「彼女たちがなぜこんなにひどく興奮しているのかはわかりませんが。少なくともお支払いになった金額に見合うものを得られたならいいのですが」眉ひとつ動かさないので、それが非難なのか皮肉なのか、本当のところはわからなかった。

五十ユーロを払ったものの、手にした情報がはたして役に立つのか、それさえもはっきりしなかった。そう多くのことがわかったわけでもない。だが、少なくともヒントは手に入れた。標的も定まった。黒髭のあの男は〝犠牲者２１１７〟を殺したのだ。こうなったら、あの男を全力で探すんだ。

だが、それは口で言うほどたやすくはないだろう。

ジュアンはボイスメモをオフにすると、収容施設の建つ枯れた風景をぐるっと見回した。いったいどこから手をつけたらいいのだろう？　あの鋼鉄のフェンスの向こうには、ふたりの女性もあの男もいない。彼らはいったいどこにいる？　島の南部のギリシャ語圏はその距離およそ百六十キロ、幅八十キロで、北部はトルコ軍が実効支配している。彼らはどこにでもいる可能性もあるし、どこにもいない可能性もある。過去には、人目を逃れようとトロードス山脈に隠れていた者もいたくらいだ。彼らがもうこの島を出ている可能性だってある。

　ジュアンは深く息を吸った。空気は乾いていて埃っぽい。焦りを覚えた。残されたのはあと十二日。わずかな予算しかないのに、この荒れ地に来るためにもうかなりの金を使ってしまった。

　ジュアンは振り向いてフェンスを眺めた。収容所にもう一度入り、次は男性たちに話を聞いたらどうだろう？　もっと情報を得ることができるだろうか？　だが、女性たちの場合は大丈夫でも、男性の尋問が行なわれている最中に入れてくれるだろうか？

　自分に最後通牒《つうちょう》を突きつけたときのデスクの顔が思い浮かんだ。俺は一発で成功を収めなくてはならない。

　そこでジュアンとしてはベストの決断を下した。こんなしょぼい金しかくれないんだから、老女の運命についてちょっとぐらいでっち上げたっていいだろう。画像を手がかりにすれば、最終的に老女を殺した男の身元も特定可能だ。そいつがいっしょにいた女性たちを恐怖で支配していたという情報と合わせれば、物語の出だしに緊張感を持たせることができる。殺人の動機については少々練る必要があるが、俺にだって想像力がないわけじゃない。

　考えれば考えるほど、このアイディアは使えるように思えてきた。世界中のメディアが、野放しになっている殺人犯について俺が書いた連載記事を買い付ければ、世界のどこかで誰かがその男に気づき、通報するだろう。髭のない状態だとどのような顔に見えるか、誰かがフォトショップで画像を加工してくれるかもしれない。

　だがいまはまず、ニコシアに行きたい。俺の〝創作〟に現地で取材した内容を加えてもっともらしく仕立て上げる必要がある。キプロス紛争についてのエピソードをいくつか盛り込んでもいいだろう。ひとつ確かなのは、バルセロナに戻るときは金をすべて使い切っているということだ。経費にいくらかかったか知らせろと言われているが、そんなもの、この島で誰かに頼んで偽の領収書を出してもらうことだってできる。その分俺のギャラも多くなるし、そうすれば家でゆっくりと次の職探しができるじゃないか。

いまここで残された仕事は、収容施設の外観を撮影することだけだ。

シャッターを切ろうとした瞬間、フェンスの向こう側で掃除用のバケツを手にした女性が、広場を横切って歩いてくるのに気づいた。いいぞ、あの施設で働かされている収容者がいることを告発できる。

だが、カメラを向けると女性は立ち止まり、やめてくれというように手を振った。それでも足を止めずにどんどん近づいてくる。

「急がなきゃならないんだ」フェンスのそばまでやってくると、彼女は英語でそう告げた。ふたりの女性の画像を見て、レイプされると女は老け込むと言った女性だった。「百ユーロくれるなら知っていることを話す。ほかの人よりずっとすごい話だよ」

「でも俺は……」ジュアンはそれしか言うことができなかった。だが、女性はもうフェンスの隙間から指を差し出している。

「あの男が誰なのか知ってるよ。何が起きたかも知ってる。ほら、急いで」女性はじれったそうに指を鳴らした。「ここにいるのをあいつらに見られちゃまずいんだ」

「あいつらって誰？　ここの職員？」

「そんなのいいじゃないか。見張りを引き受けてくれた人に金を半分渡すことになってるんだよ。違うよ、ここには恐ろしい女が数人いるんだ。そいつらはじきに広場の巡回にやってくる。あんたと話しているところを見られたら、あたしは殺される」

「なんだって？　殺される？」ジュアンはもう財布を探っていた。

「そうだよ。あたしたちとは違う女が数人いる。テロ組織がボートの中に紛れ込ませてきたんだ。そいつらはあたしたちとは話さない。政府軍が怖くて逃げてきたんだ。そいつらはヨーロッパのあちこちでテロを計画しろと言われてる。難民割り当てで流れ着いた場所でね」

　ジュアンは首を横に振った。とんでもない話だ。

「いまから五十ユーロ渡すよ。納得のいく話だったら、あと五十ユーロ払う。それでいいかい？」

　女性は紙幣を受け取ると、頭に巻いたスカーフの下に隠した。「あのおばあさんが髭面の男を名前で呼んでいるのを聞いたんだ。きっとそのせいであの男はおばあさんを殺したんだ。あいつは自分の素性を隠したいんだよ。溺れ死んだ男と同じで、テロリストだからね。あいつらは集団に紛れ込んで身を隠すために、あたしたちを海の上に連れ出したのさ。ただそれだけのためにね」

「その男の名前は？」

　彼女はフェンスの隙間から指を出した。「さあ、残り五十ユーロだよ。早くしてくれ」そう言ってサンダル履きの足で地面を踏み鳴らした。砂埃が舞う。「まだ情報があるんだから」

「嘘じゃないという証拠は？」

　彼女が背後に目を走らせた。本当に怖がっているようだった。

　ジュアンが金を渡すと、彼女はそれを胸の間に滑り込ませた。これが自分の取り分に違いない。

「あたしたちのグループがシリアの海岸に集合してゴムボートを待っていたとき、髭面の男が前に出てきて、いきなり命令したんだ。少なくとも、そいつはアブドゥル・アジムと名乗っていた。〝偉大な者アッラーのしもべ〟という意味だよ。でもあのおばあさんはガーリブって呼んでた。意味は〝勝者〟。陸に近いところまで来たとき、おばあさんがこの名前を叫んだ。それであいつが激怒してナイフで彼女の首を刺した。あいつは自分が何をすべきか正確にわかってたよ。準備ができてたみたいだった。まるで計画していたみたいにね。あたしは死ぬほど驚いた。ありがたいことに、あいつはあたしには気づかなかったけど」彼女の声が震えた。

「つまり、手慣れていて計画的だったと？」

「そうだよ。いきなりナイフを手にしたし、確実に刺せるようぴたりと彼女の横に座ってたからね。直後にゴムボートを突き刺して穴を開けたのも、あいつに決まってる」

「おばあさんといっしょにいたふたりの女性はどうしてたんだ？　なぜ助けようとしなかった？」

「ふたりはあのとき、あいつとおばあさんに背を向けていて、何も見ていなかったんだ。でもそのあと振り向いて、絶叫した。そのときにはもう、おばあさんは海の中に消えていた。若いほうの子があとを追って飛び込もうとしたけど、あのガーリブが乱暴に取り押さえた。死体が海岸に漂着すると、ふたりは半狂乱になってあいつを責めた。いつまでもそれが続いたので、あいつはおまえたちも同じ目に遭《あ》いたいのかと言って脅したんだよ」

「どうしてそんなにあれこれ正確に知ってるんだい？　金ほしさに嘘をついてないか？　あなたの話をどうやって信じればいい？」

その瞬間、女性の顔にあからさまな怒りが浮かんだ。

「あの男とふたりの女性の写真をもう一度見せな！」彼女は怒鳴りつけた。

ジュアンはカメラのディスプレイで画像をスクロールしていった。「これのことか？」

「ふたりの女性と髭面の男のうしろに誰か立ってるだろ？　それがあたしだよ！　あたしは全部聞いてたん

だ」

　ジュアンはその人物の顔を拡大した。表情まではっきりとわからなかったが、確かに彼女だ。細身で不安げなこの女性が、突如として証人となった。ジャーナリストとして事実を伝えるうえで、彼女は主要な情報源として完璧だ。最高じゃないか。

　ジュアンは訊いた。「あなたの名前は？」

「なんでそんなことが知りたい？　あたしの身がもっと危険になるって思わないのかい？」首を横に振りながら彼女はフェンスから離れて、背を向けた。

「髭の男とふたりの女性はいったいどうなったんだ？」ジュアンは彼女の背に向かって呼びかけた。「彼らがどこに行ったのか、あるいはどこに連れていかれたのか、見なかったか？」
　二、三メートル離れたところで、彼女はもう一度立ち止まった。「知らないよ。でもほかにも見ていたものがある。青い制服の上着姿のカメラマンがあたしたちのそばに立って、ガーリブとふたりの女性を撮っていた。そのあとおばあさんの死体が引き揚げられて、ガーリブはカメラマンをそっちに行かせた。ガーリブは満足そうだった」
「よくわからないな。ガーリブはおばあさんを殺したんだろう？　遺体が見つからないほうが彼にとってはよかったんじゃないか？」

「おばあさんを見てふたりが卒倒しそうになったとき、あいつはまるですべてを楽しんでるみたいだったよ。間違いなくそう見えたね！」

「つまりこういうことかな、あのふたりの女性と遺体の写真がガーリブの指示で撮影された、とあなたは思っている」

　女性はうしろをちらっと見てから、うなずいた。

「でも、そんなことをしてなんの意味があるんだ？　だって彼は逃亡中で、ヨーロッパのどこかに身を隠そうとしているんだろう？　なぜそんな目立つような振る舞いをする必要があったんだ？」

「そんなの知らないよ。でもあたしはずっと考えてたんだ。あいつは誰かに合図を送りたかったんじゃないかってね。自分が生きていると知らせたかったとか。でもあんたのおかげで、あいつはヨーロッパ中に知られることになったみたいだね。あんたがあそこにいたんだから、ガーリブにはあのドイツ人のカメラマンはまったく必要なかったかもしれない」

「ドイツ人のカメラマン？　あれはドイツ人だったのか？」

「そうだよ。そいつはあたしたちに近づいてきて、ガーリブとドイツ語で話してた。あんたがおばあさんの遺体の周りを歩いているとき、あんたのことを指差してたよ。ガーリブはうなずくと、そいつに何かを渡してた。だけどそれがなんなのかまでは見えなかった」

　女性の背後の建物でドアが開く音が聞こえた。彼女は身をすくませると、脱兎《だっと》のごとく走り去った。説明も、別れの言葉もなかった。

　女性は写真に撮られたくなかったようだが、それでもジュアンは彼女が服をなびかせて広場を横切って走っていく様子をカメラに収めた。

　ニコシアの宿は旧市街にあり、レドラ通りから二ブロックしか離れていなかった。一泊四十ユーロなので、二、三泊しても懐《ふところ》にそう響かずにすむ。その間に『オレス・デル・ディア』に原稿を送るためのネタは十分あった。この辺をもう少し取材して回ったら、記事をもっとふくらませることができるだろう。もしかしたらシリーズものの仕事が舞い込んでくるかもしれない。

　いずれにせよ、俺にはいま、追うことのできる具体的な手がかりがある。追っていった先に何があるのかわからないが、ともかく、青い制服の上着を着たあのスキンヘッドのドイツ人カメラマンが手がかりだ。俺はやつの姿を一枚、いや二枚くらい撮影してるんじゃないか？

ジュアンはひざの上にカメラを置くと、プルドポークサンドイッチに何度かかぶりついた。万一のことを考えて全部の画像データをカメラから携帯電話とノートパソコンにコピーしたあと、カメラのディスプレイに画像を出し、スワイプしていった。これだけの材料が揃っていれば『オレス・デル・ディア』の正社員に昇格間違いなしだ。あの地方紙に、世界中の新聞がこぞって引用したがるような記事を書いた人間が、かつていただろうか？　こいつは売れるぞ——そしたら、社員たちだって喜ぶこと間違いなしだ！　自信たっぷりに振る舞ってやろう——そして、これだけの取材の見返りとして契約を要求してやろう。結局のところ、モンセ・ビーゴは神でもなんでもない。当然のものを要求するのにどうして俺がへこへこしなきゃならないんだ？　ビーゴの憤慨した顔を想像すると顔がにやついてしかたなかった。ジュアンはドイツ人カメラマンを撮影した一枚まで画像をスワイプしていき、眉根を寄せた。どういうことだ？　そこには、制服らしき青い上着を着た男のかがんだ背中以外、人物を特定できるものは何も写っていない。しかも、一番いい角度から遺体を撮るためにジュアンが選んだ位置からは、男のスキンヘッドすら見えなかった。

ちくしょう、なんてことだ！

ジュアンは首を振ると、画像にできるだけ目を近づけた。カメラマンの服が制服のように思えるのはなぜだ？　体の線を強調する独特のラインのせいか？　あるいはこの特殊な青のせい？　黒い襟《えり》と黒い袖の折返しや、角張った肩の部分がそう思わせるのだろうか？　袖のところにも肩のところにも、階級章のようなものは付いていないのに、どう見ても制服っぽい。階級章を剥がしてからアーミーショップに売られたものなのだろうか？　だが、そもそもそんな店がこの島にあるのか？　まあ、それを考えても仕方ない。男がもう何年も前にどこかの国の蚤《のみ》の市でこれを買った可能性もあるわけだ。

ジュアンはため息をついて、アヤナパで撮った画像を再び見ていった。そもそも俺は、消耗した難民たちのそばにあのカメラマンが立っているところを撮影しただろうか。いや、最悪だ、撮ってないじゃないか！

ジュアンは再び背を丸めて立っている男の画像に目を落とした。取材の手がかりとなるものは何かないだろうか。

詳細に眺めてみると、その上着は軍用のものには見えず、むしろブレザーのように思えてきた。そのとき、はたと気づいた。そうか、なんで制服だと思ったのかわかったぞ。重そうなウール素材の上着が、第一次世界大戦のときの軍服に似ているからだ。だが、そこまで古いもののはずがない。

ドイツ人ならドイツでこういう制服が買えるかもしれないが、誰に尋ねたらいい？　しかも色とか、襟とか、袖とか、ドイツ語でいったいなんて言うんだ？

だが、グーグル翻訳を使うことで、まもなくそれらしい訳語を見つけることができた。

よし、先に進もう。インターネットで検索をかけると、さまざまな制服とその製造メーカーについて人々が語り合うフォーラムが山ほど見つかった。ジュアンは青い上着を着たカメラマンの画像を片っ端から投稿し、「この制服がどこのものか、誰か教えてください」と書き込んだ。

まだ夜も更けぬうちに、ジュアンはひと仕事を終えていた。

翌朝は日差しがとても強く、小さな部屋の中には濃い色の影ができていた。暑さもひどく、ヤモリたちはすでに降参してカーテンレールの下に身を潜め、涼しい夕方の空気を待っていた。

昨日の投稿に対して、最初の回答がもう書き込まれていた。ジュアンはベッドから跳ね起きると、即座に機械翻訳にかけた。「この画像がどれくらい古いのかわかりませんが、以前、父がこういう上着を着ていました。父は退職して十年になります。ミュンヘンの交通局で路面電車の仕事をしていました。あそこの制服がまさにこんな感じでしたよ」

答えをくれた女性はギーゼラ・ヴァルベルクという名前だった。

なんだって！ どうしよう、どうしたらいい？

〝制服 路面電車 ミュンヘン〟と、ドイツ語でグーグル検索にかけると、ものの数秒でイーベイの出品ページがヒットし、ジュアンは仰天した。あのカメラマンが着ていたものと見間違えそうなほどそっくりな制服が売りに出されている。

「古い車掌カバン、制服、徽章《きしょう》、ミュンヘン路面電車、車掌用具一式、三百九十九ユーロ」とある。

ジュアンは枕の上に仰向けになった。この制服で間違いない。だが、それがわかったところでいったいどうすればいいんだ？ 貧弱な記事二、三本程度にしかならない走り書きと、ほとんどが推測で埋まったメモ帳を手にバルセロナに戻るか？ それともスキンヘッドの男の調査を——実際に彼と髭面の男の間につながりがあると仮定しての話だが——進めるか？ もしスキンヘッドの男を見つけたらどうする？ あなたはヨーロッパのどこかに事実上野放しになっているジハーディストらしき男と何か関係があるんですかと、問いただすのか？ そんなバカな。

そのとき、ノックの音がした。

部屋の前に少年が封筒を手にして立っていた。とりあえずシーツだけをまとったジュアンの姿を困惑したように見つめ、封筒を差し出した。ジュアンがそれを受け取るやいなや、少年は帰っていった。まるで何かを怖がっているかのように、一足飛びに階段を駆け降りていったので、呼び止めることすらできなかった。

　ジュアンはベッドに腰掛け、封を開けた。

中には写真が一枚と、折りたたまれた紙が入っていた。

　写真を取り出す。一瞥《いちべつ》しただけで十分だった。すぐ、自分がとんでもない罪を犯したと悟った。
目の前が真っ暗になる。息を吸い込み、しばらくしてからようやく、勇気を出してその恐ろしい写真をもう一度見た。疑いの余地などない。仰向けの遺体。死んだ乳白色の目は虚空を見つめている。女性は喉をかき切られていた。血の気の失せた唇に、二枚の紙幣がはさみ込まれている。五十ユーロ札が二枚。

　ジュアンは写真を放り出すと目を逸らし、吐き気をこらえた。五十ユーロぽっちのために彼女は命をかけ、そして失ったのだ。このことについて書くわけにはいかない。彼女の死の原因は俺にあるのだから。俺がデスクから途方もない依頼を受けなければ、この取材をしなければ、この女性はいまも生きていたのだ。ひとりの人間が俺のせいで死んだ——そのことを誰に責められても仕方がない。

　ジュアンはぼんやりと宙を見つめた。だが俺はもう、依頼を受けてしまったのだ。

　彼は紙を手にしたまま、長い間ベッドに座っていた。しばらくすると、ようやく心を決め、英語で書かれたその手紙を読んだ。

「ジュアン・アイグアデル、われわれはおまえが誰だか知っている。だが、指示どおりにすれば、おまえは無事だ。

　自分の持っている手がかりを追え。そしてそのことを新聞に書け。われわれは何度もおまえに指示を出し、常におまえの一歩先を行く。おまえが諦めない限り、生かしておいてやろう。

　それからジュアン、自分が発見したことを世界に伝えるのを忘れないほうがいい。細部に至るまですべてだ。われわれはこれから大変なことをやってのける。言葉では言い表せないほどの大事件だ。

また連絡する。

アブドゥル・アジム、北方への道中にて」

10

アサド

全身が震えている。いったいどうしたんだ？　夢を見ているのか？

娘たちがラベンダーブルーのワンピース姿で開いたドアの内側に立っているのが、はっきりと見える。ネッラは六歳、ロニアは五歳。ふたりはこちらに向かって優しく手を振っているが、体調の悪そうなマルワは目に涙をためて娘たちの間に立ち、膨《ふく》らんだ腹に片手を当てている。三人目の子どもを身ごもっているのだ。彼女の目がさよならと言っている。短期間の別れを告げているのではない。あのまなざしは癒《い》えることのない唯一の痛みとして心に焼きついている。サダムの秘密警察の男たちに黒いライトバンに押し込まれたときが、マルワが最後に自分を見つめた瞬間だったからだ。あれから六千日以上が過ぎた。家族のことが頭から離れず、彼女たちがあれからどうなったかを考え、昼も夜も、夏も冬も、無限の時間を苦痛に耐えながら過ごしてきた。もう何年も、家族がまだ生きているのかどうかすら確信がなかった。だからこそ、彼女たちが生存しているという事実は、アサドの心臓を止めるくらいの衝撃だった。

　すると、景色が変わった。マルワが目の前に立っている。まだ二十歳そこそこで、はつらつとして美しい。サミルが誇らしげに姉を腕に抱き、こちらに向かってうなずいている。「きみ以上にすばらしい義兄なんて望めないね、ザイード。父に代わってマルワの命と運命をきみの手に委ねよう。僕たち全員に幸せが待っていると信じている。アッラーに感謝を《アルハムドゥリッラー》」小さなイラク難民の少年が夢見てきたことが、こうしてすべて叶えられた。神と人々の調和のなかでともに過ごした七年間。ところがそれは、突然終わりを告げた。

　アサドは夢うつつでつぶやき、彼女の名前を呼び、そして誰かの体が自分の体にぴったりくっついているのを感じた。ほっとして手を脇に伸ばし、その体のかすかなぬくもりを確かめた。女性の温かな寝息を首に感じる。それが心臓の鼓動をたちまち高め、同時に安らいだ気分にさせてくれた。頭の混乱がすべて収まっていく。官能と親密感を求める長年の思いがこみ上げ、女性の体の香りと誘惑に身を任せたくなった。彼は目を閉じたまま横を向き、半分眠ったまま女性の肩をそっと撫でた。彼女の息が重く深くなった。彼女が彼を受け入れる。その腰と尻の肌は温かく、しなやかだった。

「ほんとうにいいの？」その声は、どこか知らない場所でささやいているようだった。
アサドは彼女のほうに顔を向けると、その温かい口に触れた。彼女の唇と舌が彼のキスに応え、その手が彼の体をそっと撫でると、彼はこの何年も胸の奥深くに閉じ込めていたものをすべて思い出した。

目を開けたとき、アサドはなぜ自分がいまにも泣きそうなのか、わからなかった。胸がざわついていて、今日が大厄災に見舞われる日になる、と起き抜けに警告されたような気分だった。試験をする前からどうあがいても絶対に合格しないとわかるような感覚に似ている。あるいは、命にかかわる重病だと診断されたあとのような。さらには、最愛の人に裏切られ去られてしまった直後のような。青天《せいてん》の霹靂《へきれき》のごとく人生のすべてが崩れ落ち、どうしたらいいかまったくわからない状態のような……。アサドはしばらく混乱していた。そして気づいた。自分が横向きになって寝ていて、ローセの部屋の壁を見つめていること。裸の彼女が横に寝ていること。枕元から三十センチのところに、遠い昔に消えてしまった妻の不鮮明な写真が載った新聞の切り抜きがあること。

ここは現実の世界だった。アサドは息を吸った。

横で寝ていた体が少し動き、アサドの肩に手が置かれた。

「アサド、起きてる？」

「ローセ？」アサドは返事に詰まって、額に皺を寄せた。現実の世界になかなか戻ってこられなかった。

「何があった？」そう言いながら、決して答えは知りたくなかった。

「あなたはこのベッドの上で眠り込んで、夢の中でずっと泣いていたの。あなたを起こして悪夢から解放してあげたかったけどできなくて、わたしも結局眠り込んでしまった。夜遅くにわたしたちは愛し合って、あなたはそれから深い眠りに落ちた」彼女は冷静に続けた。「それだけのこと。でもアサド、いったいどうしたの？　どうして気を失っちゃったの？　病気なの？　どこか具合が悪いんじゃない？」

　アサドはひと息にベッドに起き上がった。ローセの顔とベッドの足側にある新聞記事に素早く目を走らせた。

「あなたの一番のお友だちが、ちょうどわたしの目の高さに来ているんだけど、わかってる？」ローセが笑う。

　アサドは自分の裸の下半身に目をやった。

　そして、申し訳なさそうにローセを見た。「あのときは、どこにいるのかまったくわからなかったんだ。ローセ、きみは僕の親友だ。こんなことになるとわかっていたら、この部屋には……」

　彼女は全裸のままひざまずくと、アサドの唇に人差し指を置いた。

「しーっ。おばかさんね。あなたはいまだってわたしの親友よ。あれだけ素敵なセックスをしても、そのことにほとんど変わりはないわ。それに誰にも弁解する必要なんてないじゃない。そうでしょ？　わたしたちはすれ違おうとして衝突した二頭のラクダってだけのこと。言ってみれば《ソー・トゥー・スピーク》ね」ローセは思いきり笑った。彼女には新たな活力が芽生えたようだったが、アサドがそれに触発されることはなかった。

「違うんだ、ローセ。そうじゃないんだ。僕には弁解しなきゃならない人がいる。そしてまさにその人のことで、これだけ取り乱しているんだ」

　ローセは上掛けを胸まで引っ張り上げた。「よくわからないんだけど。いったいあなたは誰に弁解しなきゃならないの？」

　アサドは脇へ寄ると新聞の切り抜きを手に取り、写真に目を近づけた。もう何年も何年も生涯の愛に忠実に生きてきた。彼女を再び見つけ出すという希望を失ったことはない。そしていま、彼女が生きていることを知ったというのに、その同じ夜に別の女性の誘惑に負けてしまったとは！

　アサドはその写真が掲載された記事の上部に記された日付を探した。つい最近のことだ。さらによく見ると、マルワが苦痛に歪《ゆが》んだ顔をして投光器の光の中に立っているのがはっきりとわかった。気力を振り絞らないと、写真を仔細に眺めることができなかった。希望を失い気絶しそうな彼女、苦痛に満ちた年月のせいですっかりやつれてしまった顔、かろうじて服が体に巻きついているその様子は見るに忍びなかった。だが、それでも彼女には、隣にいる女性をなだめるだけの力はあるようだった。この女性は誰だろう？　顔があまりよく見えないが、成人であることは確かだ。ひょっとしていつのまにかマルワの身長を超えたネッラかロニアだろうか？

　再び涙がこらえられなくなった。娘たちがどんな外見なのか、俺にはそれすらわからないのだ！　それに、これが娘のひとりなら、もうひとりはいったいどこにいるんだ？

11

カール

「カール、これ見てもらえます？」青白い顔をしたゴードンが、頬にぽつりとふくらんだ赤い小さな点を指さした。「皮膚がんでしょうか？　夏の間、かなり太陽に当たっていたので……」

　カールはその物体に目を近づけた。見るのも気持ち悪かった。

「俺の意見としては、そんなもんに触らないほうがいいってことだな。こんな気味の悪いもん、めったに見ないぞ」

　カールがもっとひどい言い方をしていたら、繊細なゴードンの心はぽっきり折れてしまっただろう。ただでさえ、びくついているのだ。

「触るなってことですね。じゃあやっぱり、がんなんでしょうか？」声が震えている。

「俺は皮膚科の専門医か？　まあ、ひとつおまえに言うとすれば、これ以上いじくりまわしたら破裂するっていうことだ。俺のいるこの部屋でやるんじゃないぞ。そのニキビから実にすばらしいものが飛び出してくるだろうからな、ゴードン」

　こんな気持ちの悪い〝診断〟を受けたのに晴れやかな表情になるとは、つくづく変わったやつだ。

「ほかにもあるのか、ゴードン？　俺はいま、かなり忙しいんだ」まるっきりの嘘というわけではなかった。ニコチンガムを嚙まなきゃならないし、足をデスクにのせたいし、薄型のテレビにニュースが流れるより早く、目を閉じてしまいたい。

　がんではないらしいとわかって舞いあがったゴード

ンは、少し落ち着こうと間を取った。

「ええ、あるんです。例の変なやつがまた電話してきました。毎日何度も電話してきて、何を企んでいるか話すんです」

「やれやれ」カールはため息をつくと、ニコチンガムのパッケージに手を伸ばした。「じゃあ話してくれ。その変なやつはいったい、今日はなんと言ってきたんだ？」

「今日は『目標に達したらすぐ、サムライの刀《かたな》で親の首をはねてやる』と何回も言ってきました。そのあとは外に出て、行き当たりばったりにどいつもこいつも襲ってやると」

「サムライの刀？　面白いな。日本人なのか？」

「いいえ、僕らと同じデンマーク人だと思います。会話を録音しておきました。聞いてみますか？」

「いやいや、遠慮しとくよ！　それでおまえは、まだ、そいつが本気だと信じてるんだな？」

「もちろんです。そうでなきゃ、しょっちゅう電話なんてかけてこないでしょう？」

カールはあくびをした。「ゴードン、もしそうなら、上の連中に連絡したほうがいいんじゃないか。地下の俺たちはそういう変なやつとは、一切関わらないほうがいい。おまえが阻止できなかったせいでそいつが二十人も殺してみろ、そんな目に遭いたくないだろう？」

ゴードンが目を丸くした。もちろん、そんな責任を負う気はさらさらない。

そのとき電話が鳴ってふたりの会話は中断した。カールは面倒くさそうに受話器に手を伸ばした。四階からだった。

「いますぐ〝司令センター〟に来いってさ」カールはうんざりして言った。これでまた、気持ちのよい居眠りはおあずけだ。「五分後にラース・ビャアンの後任がお披露目《ひろめ》されるので、俺たちにぜひとも出席してほしいらしい。シグオド・ハームスじゃないことを神に祈っとけよ」

　そういうわけでカールは、むさ苦しい同僚たちがひしめき合う会議室に立つという〝楽しみ〟を一週間に二度も味わう羽目になった。カールとしてはもう、全員どこかに行ってほしかった。香水を生みだした人間はさぞかし天才的な鼻を持つのだろうが、うっとりするようなその香りが男たちの加齢臭と混じり合ったらどうなるか、一度でも考えたことがあるのか？　しかもここに充満しているのは、うっとりするような香水ですらなく、ご老体がつけている制汗剤と若手女性署員たちの吐き気がするくらい甘ったるい香水ときている！

　こうなったら、気合いを入れてこのにおいに耐えるしかない。

　本部長が進み出た。「ラース・ビャアンの葬儀も終わっていないのに後任を紹介するのは、冷酷なように思えるかもしれません。重大犯罪課がここまで多くの事件に忙殺されていなければ、わたしもこのようなことはしませんし、このポストを継いでくれるよう、ある人物を説得することはできなかったでしょう。ですが、彼なら、ほかの誰よりもうまくこの穴を埋めてくれるとわたしは確信しています」

「ということは、テアイ・プロウだな」カールは横に立っているゴードンに小声で言った。

　だが、ゴードンは首を振りながら、うしろを指差した。そこにはテアイ・プロウが立っていた。後任のオファーをされたようにはまるで見えない。

「そしてここに集まったみなさんも、この人選が正しいと確信するはずです」本部長は会議室と自分のオフィスをつなぐ廊下のドアに向かって声をかけた。「どうぞ、入ってきて、マークス」

　会議室がざわついた。かつての殺人捜査課課長、マークス・ヤコプスンが一堂の前に立ったのだ。がんを患《わずら》った妻の看病に専念するため彼が早期退職したのは、およそ六年前だ。

マークス・ヤコプスンが姿を現したとたんに、手を叩く音がした。それはすぐに割れんばかりの拍手となって会議室に鳴り響いた。

ヤコプスン自身も感激した様子だったが、すぐに二本の指を口にくわえると鋭い指笛を鳴らした。

「ありがとう」場が静まると、ヤコプスンは話しはじめた。「復帰に際し、これだけの歓迎を受けるとは。ここに集まったほとんどの諸君にとって、私がとうの昔に賞味期限切れとなった人間であることは重々承知している。だが、政治家は国民に、これまで以上に長く労働市場で役に立つ存在でいるよう要求してきたからね。つまり、私はこの年にもかかわらず、定年までまだ少しあるというわけだ」

集まった面々が再び歓声を上げ、ヤコプスンは片手を挙げて静かにするよう求めた。

「復職のきっかけについては、大変悲しく思っている。ラース・ビャアンは極めて堅実なボスであり、優秀な警察官だった。これからまだ長い人生が待っているはずだった。数時間前にスサネ夫人と話をして、今回のことで一家がどれだけつらい思いをしているかよくわかった。ラースの兄イェスが昨日自殺したそうなので、なおさらだろう」ヤコプスンは間を置いて、この場にいる者全員がこの話を受け止めるのを待った。

「私はこれから一定期間、殺人捜査課課長としてラース・ビャアンの後任を務める。誇りを持ってこの任務を引き受けるが、私が現役だった時代のやり方と精神を踏襲したい。本部長は先ほどわれわれの部署を正式な名前で呼ばれたが、諸君も知っているとおり、私には私のやり方がある。そこで、本部長の同意を得て、私が部屋の隅に座っている間は〈重大犯罪課〉を〈殺人捜査課〉と呼ばせてもらう。現場の人間じゃない連中にわれわれの職場の呼び方を決定する権利はないからな」

拍手はなかなか鳴り止まなかった。カールですら仲間に混じって手を叩いた。ヤコプスンの抵抗はささやかなものだが、その心意気は見事だった。

地下に漂う嗅ぎ慣れない香りに最初に反応したのはゴードンだった。ゴードンは立ち尽くしたまま、鼻をくんくんさせた。いましがたカールが盛大に嘆いていたアフターシェーブローション地獄に比べれば、はるかにいい香りだ。

「ローセ？」ゴードンの声は小さかったが、期待に満ちていた。ローセがおかしくなったことで最も深いショックを受けたのは彼だった。もうずっと彼女に会っていなかった。ときとして、人には希望しか残されていないことがある。だが言い換えれば、どんなに淡くても希望だけは常に存在するのだ。

カールがゴードンの肩を叩いた。「リスがここにいたんだろう、ゴードン。保管庫から何か資料をこっちに持ってきたんだ。ローセが警察本部にまた来るなどと、期待しないほうがいい」カールがゴードンの肩をもう一度叩こうとしたそのとき、ローセがカールの部屋から出てきた。

「まったく、どこにいたんですか？　わたしたち、この地下で三十分も前から待ってたんですよ！」

二年も不在にしていた人間が、よくそんなことを言えたものだ。

「ローセじゃないか！　ちょっと立ち寄っただけだとしても、よく来たな」ローセがいなくて残念に思っていたとはっきり伝わるよう、カールは柄《がら》にもなく満面の笑みで答えた。

だが、ローセの呆れたような表情からすると、カールの歓迎は少々やりすぎだったようだ。それに対し、ゴードンのハグは好意的に受け止められた。まあ、こいつらはそれなりの仲だったわけだしな。

「あなたの部屋に座って待ってたのよ。ちょうどいい場所だから。ふたりとも入って」

カールはうなった。ローセのやつ、二年もご無沙汰だったくせに、やって来るなり命令とはな。しかも、わがもの顔で俺の部屋を使うときたもんだ。それに〝わたしたち〟ってどういうことだ？　アサドもそこにいるのか？

実際、カールの部屋に入るとそこにはアサドがいた。憔悴《しょうすい》しきっており、泣きはらしたせいで顔がむくんでいる。

「いったい全体どうしたんだ！　完全に参ってるみたいだな。ラースとイェスのせいか？」

アサドはぼんやり前を見つめると、目線を上げずに首を振った。

「これを見て」ローセが新聞記事の切り抜きをカールのデスクの上に置き、写真に写っている人物を指さした。

「カール、アサドは心底ショックを受けてるんです。わたしが今日彼から聞いたことを話せば、その理由がすぐにわかると思います。彼には長年、わたしたちにごまかしてきたことがいろいろあって。たとえば奥さんとお嬢さんたちはデンマークに住んでるという話でしたけど、わたしたちが会ったことってありました？家族について何かはっきりしたことを聞いたことは？そもそも、この数年間、彼が家族について語ったこと、あります？　ありませんよね。でも今日、アサドは心を決めて、わたしに家族についての真実を語ってくれたんです。彼は家族と十六年前に無理やり引き裂かれました。長い年月の末に、生きて家族にもう一度会いたいという彼の望みは消えてなくなりそうになってました。それが、昨夜、まったく予想もしなかったことが起きたんです。写真のこの女性を見てください！」

カールは怪訝《けげん》な顔をして、アサドをじっと見つめた。

相棒は放心したようにローセの言葉を聞いている。

「そうなんです、カール。ご推察のとおりです」ローセは先を続けた。「昨晩、アサドはここにある記事の写真に奥さんのマルワが写っているのを見つけたんです！」

カールはその写真を眺め、記事を読んだ。国を逃れ、運命をかけて地中海を渡ってくる人々についての新たな記事だった。今回の到着地はキプロスだ。

「そうなのか、アサド？」

アサドはカールのほうを向くと、うなずいた。

カールはその表情から気持ちを読みとろうとした。彼の顔の皺はいつもなら雄弁に何かを物語る。カールは長年の付き合いでそれを解釈するすべを身につけたと思っていた。その皺が真剣さを語るものなのか、痛みを語るものなのかがわかるし、こらえていた笑いをもらす直前に皺がいちだんと深くなることも知っている。額の皺が気遣いと怒りのどちらを表しているのかも区別がつく。ところが、いまアサドがカールに向けている顔からは、何も読みとれなかった。濃い眉はぎゅっと顔の中央に寄り、上唇は震え、目はくすんでいて生気がない。まばたきすらしない。

どう反応すべきか、カールにはまったくわからなかった。こんな状況でどうやって平静さを保てというんだ。こんなにも長い間、俺たちはこいつのことをろくに知らなかったということじゃないか。推測はしていたものの、真実がついに明らかになって、それがこれまで想像してきたこととまるで違っていたとしたら？　俺たちはその事実とうまく向き合えるのか？

カールはそうできることを願うほかなかった。

「なあ、アサド」カールは声をかけてから、少し間を置いた。「ようやく過去を話そうと決心したんだな。それで少しは気が楽になるんじゃないか？　わかってほしいんだが、俺たちのほうもなんとかして、その事実と向き合っていかなきゃならん。語られる言葉がほんの少しだったとしても、明らかになる事実がわずかだったとしても、その内容によってはすべてがいっぺんに変わることがある。そうだろ？」

　返事ができるようになるまで、アサドには時間が必要だった。しばらくすると、ようやく口を開いた。

「すみません、カール。本当にすみません。心からお詫《わ》びします」そう言ってアサドは自分の手をカールの手に重ねた。その手はやけに熱かった。「でも、そうしなくてはならなかったんです、カール。そうする必要があったんです」

「だが、これからはもう隠しごとをする必要はないんだろう？」

「ええ、これからはもう」

「わかった。すべてを話す準備ができているのか？」

　アサドはカールの顔を見据えた。額に汗の玉が浮かんでいる。ローセがアサドの肩に手を置いた。

「私の本名はザイード・アル＝アサディです」アサドが小さな声で言った。

　カールはそれだけで混乱してしまった。ザイード？　アル＝アサディ？　ちくしょう、いったいどういう名前だ？　そのとたん、カールはアサドの話を本当に聞きたいのかどうか、わからなくなった。

　ローセはそんなカールの様子に素早く気づいた。

「アサドはいまもアサドです、カール。とにかく彼に話をさせてあげましょう」

　カールはうなずいたものの、そのあとすぐに首を横に振った。俺は長年、まさにそれを知りたくてうずうずしていたんだ……。だが、ザイードだって？　これからはこいつをそう呼ばなきゃならんのか？　隠していた過去っていったいなんだ？　カールはよからぬことをあれこれと想像した。

「カール！」ローセはまたも、カールの思考を読みとったようだった。鋭い目でこっちをにらんでいる。

　カールはローセとゴードンを交互に見た。いま起きている状況すべてが非現実的だった。ローセのやつ、目に涙を浮かべているのか？　近づく者をことごとく痛めつける、ハリネズミのようなローセが？　そんな彼女にめろめろのゴードンときたらどうだ！　雌鶏《めんどり》の羽の下でようやく安心した、やたらにでかいヒヨコみたいじゃないか。ローセはこんなに膨張《ぼうちょう》したというのに、青二才のゴードンときたら、頬が色づいている。

カールは深く息を吸った。これから厳しい質問をしなくてはならない。

「アサド、つらい質問をさせてもらうが、それは理解してくれ。いままでおまえは俺たちの前でずっと演技をしてきたのか？　もちろん、俺たちはおまえがたくさんの秘密を抱えていることには気づいていた。おまえは自分の過去について語ろうとしなかったからな。だが、すべてが嘘だったとすると、おまえを違う目で見ることになる。そもそもおまえはシリアの出身なのか？　不自然なデンマーク語の使い方もあったが、それは純粋に間違えていたのか、それとも下手なふりをしていただけなのか？　いったい何が真実なんだ？　アサド、おまえは本当は何者なんだ？」

　アサドは姿勢を正した。「カール、そうやって質問してくれてありがたいです。そうでなければ、どう話したらいいか、ますますわからなかったでしょうから。どうか許してください。でも、すべて理由があるんです。おわかりでしょうが、私はあなたの友人でいたいと心から思ってますし、あなたにも私の友人でいてほしいと願ってます。私たちの友情をこわすようなことは一切しませんし、言いません。それは断言できます。それと、私の言い間違いはほとんどが純粋なミスです。いまはごく普通のデンマーク人のように話していますが、家庭や仲間内ではアラビア語を使ってきたので、その影響もあるのでしょう。バイリンガルにはそういうことが起こりやすいんです。ですから、私がいきなり最高に洗練されたデンマーク語を話すことなどないので、心配いりません。これからも流暢《りゅうちょう》とはいえないでしょう。また変なデンマーク語を聞くことになりますよ。ただ、異国の言葉であるとはいえ、それも私の一部になっています。完璧なデンマーク語ができないというキャラクターなら、捜査のときに相手の警戒心を解くこともできますしね。やっぱりたまには、言い間違いも起こります。その場合は、完全に純粋なミスです」アサドはざらざらした無精髭を指でさすった。

「もうおわかりでしょう。アラビア語を習いたくて、仲間たちにつきまとって一日中練習したラクダがどうなったか」

　カールは訝《いぶか》しげにアサドを見つめた。ふつう、この状況でこんなジョークを言うか？

「ほかのラクダたちはこのラクダを変なやつだと思い、いじめだしました。ベドウィンたちもそのラクダの話す風変わりなアラビア語に我慢がなりませんでした。あ然とするほどひどいアラビア語に聞こえたのです。そのラクダはフライパン行きになりました」

　アサドは自分のたとえ話に小さな笑みを浮かべたが、すぐに真剣な表情に戻った。

「今朝、私は自分のこれまでのことについてかいつまんで、つまり、みなさんにとって重要だと思われる部分について話すことをローセに約束しました。いまは必要な部分にしぼりたいと思いますが、遅かれ早かれ、みなさんに残りもお話しします」

　カールはうなずいた。話の間にどれだけラクダが出てくるか、様子を見ようじゃないか。

「奥さんとお嬢さんたちを探すのに、アサドがわたしたちの力を必要としていることは、当然わかってますよね？」不意にローセが口を開いた。

　いま、〝わたしたちの力〟って言ったか？　こいつ、いきなりチームに復帰するつもりか？

「もちろんだよ、アサド」ゴードンが言い、カールはなるべくさりげなくうなずこうとした。

「俺たちに手伝えることがあるとすれば、だがな」カールはそう付け加え、疑い深そうに新聞の切り抜きに目を落とした。「もし国外に捜査の手を広げるとしても、俺たちがデンマークを出て警察官として動くことは許されないぞ。おまえたちもわかってるだろ？」

「ちょっとカール、やめてくれます？」のっぽのヒヨコを抱いている雌鶏から声が上がった。「何も警察として動かなくたっていいでしょう？　勤務中にやる必要もないし。でもいまは、話を続けてちょうだい、アサド」

　アサドは続けた。「申し訳ないですが、少しの辛抱をお願いします。説明することがあまりに多くて、どこから始めればいいのかまるでわからないんです」そう言うと、アサドは大きく深呼吸した。「一九八五年のことから始めればいいのかもしれません。私たちがデンマークに来て十年後のことです。当時私はトップクラスの高等学校《ギムナジウム》普通科に通っていて、そこで何歳か年下のサミルと友だちになりました。誰のことかわかりますよね？　彼もいまでは警察官ですから。一九八八年に私は大学で言語学を学びはじめましたが、兵役のために中断しなくてはなりませんでした。軍での私の評価はとても高く、上官たちは私を士官学校に入学させようとしたくらいです。ですが、私は感謝しつつもそれを断り、憲兵隊の軍曹になりました。そこでラース・ビャアンに出会ったんです。彼は当時、ノアソンビューの憲兵学校で教えていました。ラースは私に語学官として軍でのキャリアを続けるよう、説得してきました。私はアラビア語、ドイツ語、ロシア語、英語が話せたからです。悪くない提案だったので、それを受け入れ、語学官の養成課程を修了しました」

　カールはすべてを懸命に頭の中で整理した。とんでもない情報量だった。「なるほど。じゃあ、バルト三国のおまえのネットワークはそこから来てるのか？　東欧ブロックが崩壊したあと、そこへ赴任していたのか？」

「はい。当時のデンマークはパワーポリティクス（軍事力の誇示や威嚇によって国家の利益を追求しようとする政策）を試していて、バルト三国に何百万クローネもの金を注ぎ込んでいたんです。私は一九九二年にエストニアとラトヴィアにいて、リトアニアにも行きました。そこでラースの兄のイェスに会いました。彼は情報部員で、短い間ですが、私は彼の下で働いていました」アサドは頬の内側を嚙み、ため息をついた。「私たちはすぐに親しくなりました。イェスは私にとってアドバイザー的存在となり、猟兵中隊（デンマーク陸軍特殊部隊）の訓練を受けるべきだと勧めてきたんです」

「なぜだ？」

「イェス自身が隊員だったのと、私を見ていて候補者としてふさわしいと思ったからでしょう」

「それで、訓練を受けることになったのか？」

「はい。訓練生のひとりになりました」


カールは、アサドなら当然入隊を許されただろうと思った。「なるほど、それならすべての基礎教育を受けたはずだからな。おまえが常に、緊急事態にどうすればいいかわかっているのも、これで説明がつくな」

アサドは少し考え込んだ。

「猟兵中隊のモットーを知っていますか？〝プルス・エッセ・クアム・シムルタトゥル〟と言いますが」

ローセもカールも首を横に振った。ラテン語なぞ、ユトランドの田舎で育つ人間が興味を持つわけがない。

「ええと、こういう意味じゃなかったっけ、確か……」少なくともゴードンは努力してみせた。

アサドが微笑んだ。「〝見た目を超える実力を持て〟っていう意味です。何があっても沈黙していれば、自分がどういう人間か、相手にはわかりません。どれだけ実力のある人間なのか、見た目からは判断できませんからね。まあそれは別として、なぜ私がこれまでみなさんに隠しごとをしてきたのか、そこには重要な理由があるんです。それについては、あとから理解してもらえることを願っています。まず私にとって重要なのは家族を守ること。次に重要なのは、私自身も守ることでした」

「オーケー、アサド。すべてを話してくれたら、俺たちも理解できると思う。だが、もし俺に助けてほしいなら、おまえはそれこそ本当にすべてを……」

ローセが手を振り上げたのを見て、カールはかわそうとした。だが後頭部に一撃が加えられるほうが早かった。「もう、なんなんですか。いい加減、プレッシャーをかけるのはやめてください！ アサドがいま、話そうとしてるでしょうが。黙ってて！」

カールは後頭部に手を当てた。まったく、がみがみとうるさいやつだ。もう俺の下で働いてなくて幸運だったと思え。話を遮っただけでなく、厚かましくもこの俺の部屋でアサドに先を話すよう促してやがる。女首領が崇《あが》められている国がアフリカにあったんじゃないか？ そこに行って、独裁者として好き放題すればいいじゃないか。

だがアサドは、カールに話を遮られても、ローセが雷を落としても、無反応だった。「そうこうするうちに、私は偵察員兼通訳として戦地に送られるのに必要な能力をすべて身につけ、その後ボスニアのトゥズラ周辺に派兵されました。ボスニアはムスリムとセルビア人による内戦の真っ只中でした。そこで初めて見た光景に、私は、人間が人間に対してあれほど残虐なことができるのかと愕然《がくぜん》としました」

「そうです、当時あそこでは本当に胸くそが悪くなるようなことが起きていたんです！」ゴードンが相槌《あいづち》を打った。

アサドは一瞬笑みを漏らしたが、それから顔をこわばらせた。カールが一度も見たことのない表情だった。

「私はあそこで、あまりにも多くのことを知ってしまいました。そして、生き延びるにはどうする必要があるのかを悟ったんです。直感を信じることを学ばなくてはならないと。私は戦争と戦争に関係するものすべてを憎み、この任務から戻ったら除隊しようと決心しました。軍をやめてから何をしようかと考えていたところ、語学力と軍人としての勤務評価の高さを買われて、オールボーの猟兵中隊兵舎での教官職のオファーを受けました。ちょうどいいタイミングでした」彼は微笑んでから付け加えた。「独身でしたしね」そして、また続けた。「オールボーでの暮らしは最高でした。ですが、ある週末、コペンハーゲンに両親と旧友のサミル・ガジを訪ねたときに、サミルから姉のマルワを紹介されました。ひと目で恋に落ちてしまいました。それからの七年間は人生最良の日々でした」

アサドは下を向くと、二、三度唾を飲み込んだ。

「何か飲む?」ローセが尋ねる。

アサドは首を振った。「私たちは結婚し、マルワはオールボーに越してきました。結婚してから三年間でふたりの娘ができました。ネッラとロニアです。私は教官としての仕事を気に入っていたので、できれば北ユトランドに残りたかった。ですが、ミレニアムの変わり目の大晦日《おおみそか》の晩、父が急死したんです。それで、母の面倒を見るために、私たちはコペンハーゲンの私の実家に移りました。母もマルワも仕事をしていなかったので、私は突如として五人を養うことになりました。いつまた戦地に派遣されるかわからないので、これ以上軍に留まるのは危険だと思いました。それで、民間での仕事を探すことになったのです」

「でも、見つからなかったのね?」ローセが尋ねる。

「だめでした。わかるでしょう? 百通もの応募書類を書きましたが、アル=アサディという苗字では面接にすらたどりつけません。一度も呼ばれませんでした。そこでイェス・ビャアンとの面会を取りつけました。すると、国防情報庁の彼の指揮下に空いているポストがあるという話で、私は何カ国語も流暢に話せるので、そこで働けるよう志願してみろと言われました。イェスは少佐で、当時は中東分析の部署で仕事をしていたのですが、アラビア語を話せる経験豊富な部下を探していたのです。この仕事を引き受ければ、中東、なかでも、サダム・フセインが恐怖政治を敷いているところにも派遣されることはわかっていました。でもイェスは、たとえそうなったとしても、完全に管理が行き届いた状況での話だと請け合いました。つまり、私が危険な目に遭うことはないということです」そこでアサドは沈黙し、物思いに沈んだ。「ですが、当然ながらそんな保証なんかなかったんです」

アサドは続けた。「私は、まったく特殊で例外的な状況で、あるいは破壊的な状況で、自分のエリート兵としての経歴が、どういう結果を招くかということまでは考えていませんでした。たとえば二〇〇一年の九月十一日が、予想不可能な特殊な状況の例です。いわゆる九・一一の二日前、母ががんで死にました。その二日後、世界が混乱に陥っただけでなく、私の人生もねじ曲げられてしまいました」

「どうして？　九・一一とあなたに何か関係があるんですか？」ゴードンが尋ねた。

「何か関係があるかって？　〝タスクフォースK‐Bar〟、〝タスクグループフェレット〟、それから〝アナコンダ作戦〟といったところかな」

「今度はアフガニスタンの話か？」カールが横から言った。

「ええ、アフガニスタンの話です。あのとき、デンマーク国防軍の精鋭部隊、猟兵中隊とフロッグマン中隊が、創設以来初めて戦闘行為に自ら参加したんです。

二〇〇二年一月から、両方の部隊は突然、国際的な〝反テロ連合〟の一部になり、私も通訳としてその一員となりました。ただ、私は同時に猟兵中隊の隊員でもあり、だてに機関銃を装備していたわけではありません。数カ月もしないうちに、ありとあらゆる殺戮《さつりく》を目撃することになりました。殺す方法と殺される方法をすべて知りました。空中に吹き飛ばされる人も見ました。首を斬《き》りおとされた民間人と投降者の姿も数えきれないほど見ました。私はタリバン掃討作戦やアルカイダ掃討作戦に参加しました。ですが、報道規制されていましたから、われわれが国外に出てまでどれほど大変な作戦に従事しているのか、国民も家族もまったく知りません」

「除隊することもできたでしょうに」ローゼが口をはさんだ。

アサドは肩をすくめた。「中東から亡命してきた私のような人間は、恐怖に支配されている地域に平和をもたらしたいと強く思うものなんです。タリバンとアルカイダはまさにこの恐怖政治を象徴していました。いまでもそうです。それに当時、自分がどこに派遣されるのか、まったく予想できませんでした。誰ひとりとしてそんなことはわからなかったのです。でも、それまでさまざまなことを経験してきたので、何があっても驚きませんでした。もちろん契約もありました。任務は任務です。それに、一家の大黒柱となれば、安定収入が必要でしょう?」

「アフガニスタンへは何回派遣されたんだ?」カールが尋ねた。

「何回?」アサドは無理に笑顔をつくってみせた。「たったの一回ですよ。ですが、自分の最大の敵に対してすら、あんな五カ月を過ごしてほしいとは思いません。どこから攻撃を受けるか、誰が敵なのかまるでわからないままに、暑さのなか、重装備で、絶えず自爆攻撃の脅威にさらされて戦闘行為を繰り返し、それでも確かなことはひとつもわからず、不安で……」

アサドはそこで言葉を切った。次に何を言うべきか考えているようだった。

「それから、もっとひどいことが起きました。しかも、それは私自身のせいなのです」

12

アサド

「ほかの査察官たちにできないなら、あいつらがあれをどこに隠してるのか、俺がこの手で探し出してやる」ある夜、イェス・ビャアン少佐がアサドに語った。

この日もまた、長く暑い一日を過ごしながらまったく進展がなかった。イェスが国連の委任で武器査察官としてイラクに派遣されてから二週間経ったころのことだ。アサドはイェスに同行していた。

イェスをはじめとする国連武器査察団のメンバーは、アメリカ大統領の正当性を証明するという使命のもと、イラクに送り込まれた。サダム・フセインがイラクに膨大な大量破壊兵器を隠匿《いんとく》していると、大統領本人はもちろん、世界の大半が信じて疑わなかった。だが、査察団はここまで何も見つけることができておらず、仲間内ではすでにこの作戦全体を疑問視する声が広がりつつあった。当時彼らのボスだったスウェーデン人のハンス・ブリックスは、アメリカの情報機関が主張するイラクへの疑惑は怪しいものだと述べていた。だが、イェスは一瞬たりとも大量破壊兵器の存在を疑わなかった。

「フセイン陣営は非常に狡猾《こうかつ》だ。頭が古く、くそ真面目なスウェーデン人が立ち向かえるような相手じゃないんだ」イェスはアサドにそう説明した。「あいつらは、遠目に国連の制服を見ただけで、すかさず怪しいものを全部始末しちまう。あのハンス・ブリックス外交官殿には、それがまだわからないんだ。砂漠の砂の下にどれだけ掩体壕《えんたいごう》があるかわかったもんじゃない。その中に忌々しい時限爆弾や武器がきっちり隠されているかもしれないんだ。そうだろ？」

どう答えるべきか、アサドには皆目見当がつかなかった。どうやってそれがわかるというのだ？　これまで至るところでイラク人たちに聞き取り調査を行なってきたが、彼らは正直に語っているように見えた。核施設のエンジニアと責任者たちは、調査されるたびに、すべてのウラン貯蔵コンテナと放射性物質、その利用目的について非常に明確に証明していた。ブリックスが訪れた軍事施設には、おびただしい数の通常兵器やイランとの無慈悲な戦争の遺物が保管されていたものの、過剰かつ無差別な殺傷を可能とする軍需物資の存在を示す手がかりは見つからなかった。それでもアメリカ側は、イラクが大量破壊兵器を所有しているという主張を崩さなかった。大量破壊兵器が隠されているとされた場所に、その存在を示す手がかりは一切なかったにもかかわらず、だ。サダム・フセインはアメリカが大騒ぎする姿を見て面白がっていたのだろう。何度も謎めいた言葉を発しては、混乱を煽《あお》っていた。

査察団のメンバーたちは次第に、すべてはまったくの仮定と虚構に基づいているのではないかと感じるようになっていたが、アメリカの主張に表立った疑念を表明する者はほとんどいなかった。イェス・ビャアンはアメリカの見解を全面的に支持していた。世界貿易センタービルへの攻撃が現実じゃなかったとでも言うのか、と彼は話す。黒幕はすべて中東の人間だったじゃないか。連中がどれだけ残虐なやつらか、あれでわかったはずだろう？　サダム・フセイン、あの汚らしい犬だってやつらと同類に決まってるじゃないか。それがイェスの意見だった。良識のある人間なら、そんな単純過ぎる結論を訝しがっただろう。だが、いったん恐怖に陥ったら、筋道の通った考え方も良識ですらも、いとも簡単に失ってしまうのが人間というものだ。アサドは肩をすくめた。アメリカ大統領とその参謀は九月十一日以降、人々の心理を巧みに操り、新たな敵のイメージを確立させ――ついでに新たなビジネスモデルの基盤も固めた。世界中で起きている問題や、アメリカ国内で起きている問題の背景に中東情勢があることを、アメリカはまともに理解していなかった。だが、ブッシュはサダム・フセインに疑惑の目を向け、彼に責任を転嫁させることで、自らの認識の甘さから国民の目をまんまと逸らしてみせた。行動せよ、それがスローガンだった。行動せよ、そうすれば自分たちの無能ぶりに人々の注意は向かない。かくして〝テロとの戦い〟が叫ばれ、〝悪の枢軸〟が話題の中心を占めることになった。ブッシュは恐怖に怯え報復に燃える国民感情を悪用し、政治的、法的、そして軍事的帰結を声高に叫び、反対派の主張を論破した。ブッシュ政権はまず、〝不朽《ふきゅう》の自由作戦〟と銘打ってアフガニスタンにおける軍事作戦の正当性を世界に巧妙に信じ込ませ、その後、独裁者サダム・フセインがじつは大量破壊兵器に裏打ちされた軍事力を隠し持っているとの噂を広めた。アサドは深々とため息をついた。アメリカとしては、この戦力をつぶす以外に道はないのだ。フセインは大量破壊兵器の所持をしぶとく否定しているが、厳しい制裁を科すと脅され、国連の査察団がイラク内の施設を捜査することをしぶしぶ許可した。西側の一般市民にとって、大量破壊兵器という言葉には魔力がある。核兵器、生物兵器、化学兵器といったこのうえなく恐ろしい兵器の総称だからだ。過去に非人道的なことをさんざんやってきたのだから、フセインが何かにつけて疑われるのは当然だ。この冷酷な独裁者がどれほどの力を持っているのか、世界はもう何度も見てきたじゃないか。たとえば、ハラブジャで起きた毒ガス攻撃では、少なくとも三千人のクルド人が殺された。これは、フセインが大量破壊兵器をためこんでいることを示す格好の例じゃないか――それが西側の一般的な見解だ。

　何はともあれ、デンマーク首相はこのロジックに進んで乗った。ブッシュから、「イラクは大量破壊兵器を、使用できる状態で所持している、なんとしてもそれを探し出して一掃しなければならない」と告げられ、喜んでサポートを申し出た。

それによって庶民がどんな犠牲を払うことになろうとも、首相には関係ないのだ。

当初は、イェスもアサドもほかの国連大使たちも、査察と啓蒙活動を行なうものとみなされていた。任務は長期に及ぶ予定だった。バグダッド西部のファルージャに住むマルワの家族は、アサドが長くイラクに駐留する可能性があると知り、アサドには内緒でデンマークにいるマルワに連絡を取った。娘たちとイラクに来て自分たちのところに身を寄せたらどうかと提案したのだ。マルワは娘たちとファルージャに来て、再会の喜びにわいた。マルワが三人目の子どもが生まれると話すと、家族の喜びは一層大きくなった。まだ妊娠初期だったが、こういうニュースはもちろん大歓迎だった。

マルワはイラクに来たことをアサドに知らせ、驚かせようと思った。そして、実際にアサドは驚いた。それもひどく。いきなり妻がふたりの娘とともに自分のいるテントの前に立ったのだ。額に玉のような汗を光らせ、マルワはにこやかにアサドに声をかけた。互いの祖国でようやく再会できたことを夫も同じように喜んでくれると期待して。

だが、アサドは喜ぶどころではなかった。この国に家族がいるなんて危険すぎる！　次の日に何が起こるか誰にもわからないのだ。アサドは妻に、実家の家族の気持ちを傷つけないようにうまく別れを告げて、できるだけ早くデンマークに戻ってほしいと必死に頼んだ。だが、マルワは聞き入れなかった。あなたが何カ月もイラクにいるのなら、わたしたちがファルージャの家族のもとにいて何が悪いの？　結婚してからあなたはしょっちゅう長期派遣をこなしてきた。わたしたちがいっしょにいて何がいけないの？

マルワに手を握られると愛《いと》おしさがこみ上げ、アサドは何も言えなくなってしまった。俺は妻を深く愛している。彼女と娘たちのために生きている。俺だってもちろん、家族といっしょにいたい。彼はその思いに屈した。それが人生最大の過《あやま》ちだったことが判明するのは、あとになってからだ。

「私たちは週に一度会うことに決め、一カ月間はそれでうまくいってました。ですが、その後イェスがフセインの秘密警察に逮捕されたのです」

アサドは周囲に目をやってから、先を続けようとした。

「ちょっと待ってくれ」カールが口をはさんだ。「イェスが逮捕された？　彼は武器査察官だろ？　大ニュースになるはずだぞ。なんで報道されなかった？」

「当然の疑問です」アサドは言葉を切った。「ひどい話です。イェスは軽率な行動に出たんです。国連の制服を着ていない状態で、立ち入りが認められていない場所へ無理に入ったんです。そこで働いている人たちを買収していて、チャンスとみるや、侵入しました。合法的な会社の内部で機械や設備の写真を撮り、いかにも大量破壊兵器を製造していそうだと思われるように加工したんです」

「あなたもいっしょにやったの？」ローセが尋ねる。

アサドは首を横に振った。「いいえ、その逆です。私はイェスに妙な動きをしないよう、しつこく忠告していたんです。でも結局彼は、私に具体的なことを話すことなく、実行してしまいました。イェスがとんでもないリスクを冒したことは明らかでした。そしてある晩、彼は戻ってこなかった」

「捕まったということか」

「そうです。〈別棟1〉に収容されました」

「ひどい場所なんですか？」

「そうだよ、ゴードン。そのとおりだ」

〈別棟1〉は劣悪な場所だった。アサドほどそれをよく知っている人間はいない。

アサドは上司らにイェス・ビャアンが拘束されたと報告した。だが、返ってきた答えは、「そういう状況である以上こちら側にできることは何もない」というものだった。国連の制服を着用せずにスパイ活動を行なったのなら、それは本人の責任だというのだ。イラク側に告訴を取り下げてもらえるよう、外交的手段を用いてほしいとイェスの家族がどんなに頼み込んでも、デンマーク側が交渉を行なう様子はなかった。当局が動きを控えているのは明らかだった。それによって国連の作戦全体が、さらなる壁にぶつかる危険があったからだ。

アサドには、その判断が正しいとわかっていた。イェスは自業自得であり、イラクの司法がスパイ活動に対して慈悲を見せるはずがない。そしてイェスに死刑判決が下った。しかも、死刑執行までわずか一週間しかなかった。イェスとアサドはことの深刻さをいやがおうでも理解した。

イェスの弟、ラースがやってきたのは判決言い渡しの前日だった——そう語るアサドの表情は、恐怖のあまりこわばっていた。

ラースの動きは早かった。彼はありとあらゆること、まさにできることすべてを試みた。堅実な無党派のイラク人弁護士三人を脅し、どやしつけ、しまいには兄が釈放されたらという条件で、できもしないことを約束した。だが、弁護士たちの反応はいつも同じだった。ラースのシャツに黒く滲んだ汗じみをあざわらうかのように眺め、どれだけ賄賂《わいろ》をもらっても、フセインの裁判官に反対する立場を取ることなどありえないと言うのだ。愚かなデンマーク人の隣で自分も首に縄をかけられるような危険は冒すわけにはいかないと。反体制派だと目をつけられ、国家の敵だとされたあと、あっけなく砂漠の中に姿を消した人間がどれだけ多いか。彼らがどうなったのか誰も知らないのだ。あなただってそういう話を知らないわけではないだろう、と。

　無駄な〝交渉〟を二日間続けたあと、ラースはできることは何もないと悟った。兄は黒い頭巾《ずきん》を頭に被せられ、装置の前に引っ張っていかれる。首に縄をかけられ、床板が開き、二メートル下の無の空間へと突き落とされる。頸骨が折れる。速やかで確実な死がやってくる……。

　ラースのホテルの部屋にはひと晩中明かりがついていた。翌日、彼はアサドを呼び寄せると、計画を明かした。

「きみを巻き込まざるをえない。すまない、ザイード。だが、きみはアラビア語が話せるし、トップクラスの訓練を受けた兵士だ。イェスを取り戻せる人間がいるとすれば、きみだけだ」

　アサドは動揺した。「どういうことです？」

「イェスが収容されている刑務所に入ったことはあるか？　バグダッドの西で、きみの奥さんの故郷、ファルージャの近くだ」

「アブグレイブのことですか？　場所はよく知っています。ですがラース、そこで何をしろというんです？　あそこはこの世の地獄です」

　ラース・ビャアンはタバコに火をつけた。その手が震えている。「いや、アブグレイブから数キロ離れたところに〈別棟1〉という、コンクリート造りの付属施設がある。そこもまたこの世の地獄だ。あそこには人権などない。無法地帯で、拷問《ごうもん》と、想像を絶する苦痛に満ちた場所だ。ここ数年、あそこで大勢の無実の人間が処刑されている。一度入ったらおしまいだ。そこで何をするのかと思うのは当然だ。それでも、イェスを生きてあそこから出すにはこれが唯一のチャンスだと思ってるんだ」

　アサドはラースを見つめた。背筋が冷たくなった。いったい、この男は俺を何者だと思っているのか。スーパーマンだとでも思っているのか。

「ラース、あそこは自由に行けるような場所ではありません。何を考えているんです？　人目につかずに近づくことすら無理なのに、まして、こっそり誰かを脱獄させるなんて。建物全体が外から完全に遮断されていて、ありとあらゆる警備体制が敷かれ、重装備の見張りがいるんですよ」

「いや、ザイード、私だってそこまで愚かじゃない。誰にも見られずに兄を脱出させるなど、もちろんできない。私の計画は違う。なんらかの方法で連中が自ら兄を外に出すよう仕向けなくてはならない」

　アサドは目を閉じた。有刺鉄線が張りめぐらされ、どっしりとしたコンクリートの塀に囲まれ、狙撃手を配備した堅牢な刑務所が思い浮かぶ。いったいこの男は何を考えているのだろう。兄のことで不安になるあまり、現実的に考えることすらできなくなってしまったのだろうか。

「ザイード、きみが何を考えているかはわかる。だが、不可能ではない。よく聞いてくれ。秘密警察が飛びつくようなエサを撒《ま》くんだ。イェスがイラク側に寝返り、国連の査察を即刻停止できる立場にあると連中に信じ込ませる。私は兄に有罪判決を下した判事とすでにコンタクトを取って、この件で申し合わせをしてある」

「無茶な話に思えますけど、つまりこういうことですか？　イェスが国連の指令でスパイ活動を行なったと彼らに思わせると？」

　ビャアンはさすがだというような顔をした。「そうだ。そうなったら査察団全体の評判がガタ落ちになり、国連は任務中断に追い込まれる。イェスは国連との駆け引きにおいて、イラク側の最大の武器となるわけだ」

「ラース、あなたがなんとしてでも彼を助けたいと思っているのはわかります。ですが、嘘をつくことになりますよ！　すぐにバレるに決まってます！」

「バレる？　自白さえ手に入れば、イラク人にとってそれが真実か嘘かなんてどうだっていいんだ。判事によれば、連中はすでにイェスをひどく痛めつけているようだ。兄は屈強な男だが、イラク人たちは彼を気絶するまで鞭《むち》で打ち、冷水を浴びせて目を覚まさせると、また鞭で打つ。遅かれ早かれイェスは音《ね》を上げるだろう。当たり前だ。そしてもちろん、拷問されていろいろと話してしまったらしい。いずれにしても、連中は兄が武器査察団の一員であることをもう知っている。もし兄が上司の命令でスパイ行為におよんだと告白したら、やつらはどう思うだろう。事実かどうかなんてどうでもいいんだ。ザイード、イラクの諜報機関はどうせ嘘で食ってるんだ」

アサドはイェスを思い浮かべた。あの長身の男が激しい格闘に耐え抜く姿も、バルカン半島に出撃した姿も見てきた。自分が知る人間のなかで誰よりも苦痛に耐えられる人間だ。二十四時間程度の拷問で、本当に彼が屈したのだろうか？

「ラース、イェスがイラクで遂行していた任務のことを本当に自白したとしたら、彼は極めて残虐な拷問を受けているはずです。彼らがイェスをビデオカメラの前に座らせようとしても、そもそも彼が話せるような状態になるまで何日もかかるでしょう」あの悪魔たちなら、どんな恐ろしいこともやりかねないと思い、アサドはぞっとした。「彼らはイェスを密室に入れて椅子に体をくくりつけ、作動中のカメラの前で自白を強要するでしょう。そのあと、イェスを処刑することだってありえます。自白を手に入れたら、彼を生かしておく理由はもうなくなります」

「私は、それはないと見ている。そこできみの出番になるわけだ、ザイード。あそこに行ってイェスを連れ戻してほしい」

アサドは鳥肌が立った。イラクでは毎日のように人々が刑務所の中へ消えていく。一度入ったら無事でいられることはおろか、再び出てくるためには幸運以上のものがなくてはならない。

ラースはアサドの背中を押して、建物の見取り図の前へと連れていった。図の上部には〝バグダッド矯正施設、別棟1、アブグレイブ刑務所〟と記されている。

「連中が主張しているほど、そしてきみが恐れるほど、イェスは痛めつけられていないと思う。というのも、私は午後に十分間の面会を許可されてるんだ。表向きは、死刑囚に別れを告げるためとなっているが、実際のところほとんどの人間にそんなチャンスは与えられない。だが、私があそこに赴《おもむ》くのは、兄に別れを告げるためではない。計画の内容を伝えるためだ」

ラースは見取り図の下のほうに記された一列の小さな監房を指した。「死刑宣告を受けた者はここに入れられる。やつらは囚人を連れ出して拷問し、知りたいことを吐かせたら彼らを縛り首にするか、喉をかっ切る。建物の裏に更地があるが、その下に大量の死体が埋められている。ブルドーザーで深くて広い溝を一列掘り、そこに死体を入れると、また一列掘って死体を入れていく。あそこで何が起きているか、私は細部まで情報を持ってるんだ」

ラースの指が見取り図の右上にある、広い場所へと動いた。

「ここは出口の近くにある。通路が見えるだろう。この刑務所唯一の出口に続いている」

彼は出口付近に記された小さな十字を指した。

「きみと私はこの場所に立つことになる。ここにビデオカメラが設置され、連れてこられたイェスはその前で自白をする。自白が強要されたものではないことを記録するため、私もカメラの前に立ち、強制されて話しているのかどうかを兄に直接尋ねる。兄は否定する。

判事とはそのように取り決めてある。そのあとイェスが立ち上がり、われわれは彼を護衛して私の運転手が待つ前庭に連れていく。そしてわれわれは車で走り去る」

「まるで散歩に出かけるかのように言いますけど、やつらがそれを認めるわけないでしょう」

「そう、もちろんやつらがあっさりとそれを認めるはずがない。そこできみの出番だ。きみはアラビア語が話せるし、われわれが動くために必要な指示を適切なタイミングで出すことができる。訓練も受けているし、こういう状況で何をすべきか知っている。きみがわれわれをあそこから生還させるんだ、ザイード。それができるのは、きみしかいない」

「ラース、丸腰でないと中に入ることは許されません。どうやって身を守ればいいんですか？」

「ザイード、きみは猟兵中隊の兵士で、直感を信頼しているだろう。どのような状況であれ、周囲の敵から武器を奪い、攻撃を封じるすべを知っているはずだ」

アサドは額の汗を拭った。唇をきゅっと結び、カールに顔を向ける。過去の記憶がアサドを限界まで追いつめているとカールは察した。すべての記憶を掘り起こすのが苦痛でたまらないのは明らかだ。相棒はいまにもくずおれてしまいそうだった。

アサドはカールの考えを読んだかのように言った。

「こうやってすべてをもう一度話すのは、本当にきついです。ただ、ラース・ビャアンはそれはそれは必死でした」アサドの全身がいきなりがたがたと震えだした。「カール、すみませんが、休憩が必要みたいです。礼拝のために一度下がって、それから一時間眠ってもいいですか？」

13

アレクサンダ　残り12日

ふたりがまた、部屋に入ってこようとした。両親がドアの前でこそこそ話しているのが聞こえ、ドアのレバーハンドルがゆっくりと下がるのが見えた。だが、アレクサンダは気にしなかった。すでに防衛策は講じてあった。引きこもりを始めたその日に真っ先に取り組んだのはドア問題だったのだ。

この部屋のドアは廊下側へと外向きに開くようになっているため、ドアと壁の隙間の鍵の高さの位置にバールを差し込めば、簡単に開けることができる。だが、アレクサンダは、これほど立派なドアを父親が破壊するわけがないとよく知っていた。どケチな父親にそんなことできるはずがない。そもそも息子のことなんかどうでもいいのだ。

アレクサンダは、父親が新たに手に入れた家をとてつもなく誇らしげに自分に見せたときのことをいまもよく覚えている。

「これが私たちの新しい家だ。まさしく職人芸のお手本だな。どっしりとしたドア、漆喰《しっくい》の天井、手作業で仕上げられた手すりつきの階段。見てごらん！　プラスチックの取っ手もなければ、安っぽい合板も使われていない。昔の職人たちは技術を熟知していて、実に大したことができた。その意欲もあった。ほかに二軒とない家を建てるために全力を尽くしたものなんだ」

〝大したことができ、その意欲もある〟というのが、父親の口癖だった。他人について話すとき、父はいつもたったひとつの基準に従って人を判断した。つまり、〝大したことができ、その意欲もある〟かどうかだ。

そして、大したことができず、その意欲もないと判断された人間は、彼の世界においては存在意義のない粗悪品となる。

　父親は食事のたびに長広舌《ちょうこうぜつ》をふるい、仕事で十分な成果を挙げていない者や、秩序ある国のルールや法律や価値観を尊重しない者について、辛辣な自説を展開した。アレクサンダはある日とうとうブチ切れ、「いいかげんその口を閉じろ。朝から晩まで優越感に浸ってないで、能力も意欲もない人たちを助けてやったらどうなんだ」と父親に怒鳴った。そのとき初めて、父親から本気で平手打ちを食らった。当時、アレクサンダは十三歳になったばかりだったが、それ以来、何度も殴られるようになった。父親はまるで、ほかの子に比べてはるかに性悪なのだから、こうされても仕方ないのだと周囲に思わせようとしているかのように、アレクサンダを殴った。

　そして、一家は、〝大したことができ、その意欲もあった人々〟が百年前に建てたこの家に住んでいる。その家では、アレクサンダの部屋のドアは非常識にも外側に向かって開くようにつくられていた。そのため、開けられないように中からロックすることができない。アレクサンダにはそれが大きな不満だった。そう簡単には外れそうにない頑丈な真鍮製のレバーハンドルがついているのは許せたが。

　というのも、彼にとってはまさにこのレバーハンドルこそが、この家での平穏を保証するものだったからだ。ケチなはずの父親は当時、実用性を考えてか、大枚をはたいてアレクサンダの部屋の漆喰の天井の下にスチールワイヤーを張って、そこに整然とハロゲンランプをいくつも吊り下げた。ワイヤーは電気ケーブルにつながっていたが、アレクサンダはとっくの昔にその部分を解体して電流が通らないようにした。そしてワイヤーの片端をドアのレバーハンドルに巻きつけ、別の端を壁に備え付けられた鋳鉄製《ちゅうてつ》ヒーターの調節装置にくりつけた。これで、外からはどうやってもドアを開けることができない。外に人の気配がなくなって部屋から出ようと思ったときには、十秒もあればワイヤーをほどくことができた。

　だから、両親がぼそぼそ言いながらずっとドアの外に立っていても、アレクサンダはただニヤニヤしているだけだった。

「僕は元気だよ」アレクサンダは部屋の中から大声で言った。「二、三週間必要なだけだ。そしたら出るから」

　ドアの外の声がやんだ。だが、いま言ったことは嘘だ。実際はかなり調子が悪かった。

　この二十四時間、〈キル・サブライム〉でかなり負けこんでいて、レベル２１１７到達という目標を諦めたほうがいいかもしれないと思うほどの後《おく》れをとっていた。それでもアレクサンダは、あの名前のわからない老婦人に人々の目を向けさせたかった。彼女だけでなく溺死した全員に注目を集めるべきだ。目標のレベルに達したら、電話相手の警官に決定的な合図を送ろう。それから部屋を出る。最初に親の首をはね、続いて通りで出会う人間を片っ端から斬《き》りつけていく。〝犠牲者２１１７〟のことが、永遠にみんなの記憶に焼きつくように。

　それが計画だ。

　しっかりしろ、アレクサンダ。自分を奮い立たせ、アレクサンダはモニターに向き合った。僕ならできる！　集中して撃て！　容赦なく殺しまくれ。このところはただ、疲れすぎていただけだ。リズムをつかめ、そうすればうまくいく。

　ドアのレバーハンドルが再びカチャカチャと音を立てた。

「アレクサンダ、お友だちのエディが横にいるの」母親が呼びかけてきた。「あなたに会いたいんですって」

なんてくだらない嘘だ！　第一、エディは友だちなんかじゃない。第二に、あいつが僕に会うために家にやってくるなんてことは絶対にない。まさか、返すつもりなどないものを借りるためか？　それとも、イケてるポルノサイトの情報が欲しいのか？　いや、違う。とにかくあいつが僕に会いに来るはずがない。絶対に。

だが、実際にドアの外にエディがいて、声をかけてきたのだ。

「やあエディ、うちの親からいくらもらったんだ？」アレクサンダは慌てて大声で言い返した。「うまい汁を吸えてるといいけど。まあ、金を持ってさっさと消えてくれ。僕はきみに会う気なんてさらさらないからね。じゃあな、エディ」

かわいそうなエディは、金をもらったからには何かをしたかったようで、「きみに会えなくてさみしい」と言ってきた。実によく手なずけられている。

「アレクス、ほんの十分でいいんだ！」その声は異常なほどかすれていた。

アレクサンダはサムライの刀を壁から下ろし、鞘《さや》から刀身を引き抜いた。その刃は恐ろしいほど鋭かった。下手な真似をするとこうなるぞ――アレクサンダはエディの頭が床に落ちる様子を思い描いた。辺り一面、血の海だ。机の上も、椅子の上も、絨毯《じゅうたん》も、そこらじゅうが真っ赤な汚物で染まる。

「なんなら、五分でもいいから」エディはしつこかった。

アレクサンダは答えなかった。相手の戦意を喪失させるには、返事をしないのが最も効果的な戦略だ。人は無視されるとフラストレーションを覚え、それで士気が下がるのだ。沈黙は最上の武器、そう聞いたことがある。人間関係も友情関係も沈黙によって破綻《はたん》する。政治家の最高の武器は黙っていること。次が、嘘をつくことだ。

数分の間、母親とエディはなんやかんやとしつこかったが、それもだんだんと収まった。

　アレクサンダは刀を鞘に戻し、元の位置にかけた。それからゲームを再開した。目標まで、優にあと百五十ステージはある。調子が悪ければ二、三レベルしか進めないが、調子がよければ十五レベルはアップできる。幸運が戻り、全力で取り組み、もっとうまく力を配分できれば、二週間以内に目標を達成することができるだろう。あとはモチベーションの問題だ。それをどうやって維持するか、その方法はわかっている。

　彼は携帯電話を手に取ると、この数日間、モチベーション維持に貢献してくれている電話番号を選んだ。もっとも毎回、例の男につながるというわけではなかったが。数秒後、いつもの鼻声が電話の向こうから聞こえてきた。

「またかけてきたのか」その警官は言った。「名前を教えてくれ。名前もわからないのにきみと話す気はない」

　アレクサンダは爆笑しそうになった。匿名だというそのことだけで、この警官は大虐殺のヒントをみすみす逃す気なのか？　僕をどれだけ見くびってるんだ？

「思っていたほど先には進んでいないことを伝えようと思ってね。２１１７に到達するまでもう少しかかる。前進はなかなか難しい。あまりにたくさんライフを失ってレベルがひとつ下がってしまったし、時間がかかってる。また新たにポイントを稼がなきゃならないからね。僕の言ってること、わかる？」

「なんのゲームをしているんだ？　２１１７に到達することが、どうしてそんなに重要なんだ？　その数字にどんな意味がある？」

「ハハハ！　僕がその数に到達したらわかるよ。それは保証する。そのとき僕の名前もわかるだろうね」

　そう言って、アレクサンダは電話を切った。

14

カール

「アサドがここまで話してくれた以上のことを知ってるのか、ローセ？」

「いいえ。大部分はわたしも初めて聞いたわ」

「おまえさんは俺たちにアサドを助けてほしくて警察本部にきたのか？　つまり、おまえさんは特捜部Qに戻ってくると？」

「わたしのいまの状態でそれができると思います？」

カールはローセの姿から目が離せなかった。あんなに引き締まってまるで苦行者のようだった体のラインが、見る影もなくなっている。太って崩れた体形と鈍い動きに、カールは衝撃を受けていた。ローセがそう反論してくるのも当然だ。

「ローセ、調子よさそうじゃないか」背後から声がした。「もちろん、きみは戻れる状態にあるさ」

なんだって？　彼女ににこっとされただけで、こののっぽ男ときたら、よだれを垂らしてやがる。

「おまえさんとその賢い頭脳にお目にかかれなくてさみしかったよ、ローセ。鉄砲玉のような行動にもな。まあ、そっちにはあまり触れたくないが」カールは言った。「つまりはこういうことだ。もし俺たちがアサドの件で人と時間を投入するなら、おまえさんの復帰が必要だ。決定権はそっちにあるが」

不意に、外の廊下から聞き慣れた声がした。「誰が何に協力し、誰が何を決定するって？」開いたドアのところにマークス・ヤコプスンが立っている。

ヤコプスンは手を伸ばしてカールに近づくと、一人ひとりに挨拶した。どうやら何かニュースがあるようだった。

「ご覧のとおり、私は各部署をめぐる〝魅惑のツアー〟の最中だ。ローセ、彼らが話していたのはきみのことかい？」

恐縮しきった表情でローセはヤコプスンを見つめ、答えることも忘れてしまった。どういうわけか、このボスのファンなのだ。低い声のせいなのか、その笑顔のせいなのか、大きな手のせいなのか。まったく女のことはわからん。

マークス・ヤコプスンは、年月を経てすっかり笑い皺の刻まれた顔をローセに向けた。「きみが復帰できそうなほど調子がいいなら、われわれ全員にとって喜ぶべきことだ。大変な思いをしてきたことはわかってる。だから十分時間をかけて、よく検討してくれ」

そう言うとカールのほうを向いた。「私が下から順に部署めぐりをするつもりで、単にここが地下だから最初にきみたちのところに来たとは思わないでくれ。あえてここからツアーを始めることにしたんだ、カール。特捜部Qが警察本部のなかでおそらく最も有能で、最も成果を収めている捜査チームだからだ。この部署を維持することはもとより、きみたちの労働環境を改善し、最新の設備を整えたいと考えている。というわけでだ、カール。私はきみとアサドにちょっとしたプレゼントを持ってきた」

カールはぽかんと口を開けた。新たな展開じゃないか！

「カール、きみとアサドは非常に密に連携しながら捜査に当たっている。そういう絆を強めるために、われわれはあることを試みようと思う。ごく少数の捜査員にだけこれを装備させることにしたんだ」

そう言うと、ヤコプスンはカールにふたつのケースを渡した。

ケースを見ただけで、誰もが知る超最新モデルの腕時計が中に入っているとわかった。われらが〝老ボス〟ときたら、就任するなり、なんだってそんなことを思いついたんだ？ こんなものを渡して、俺にどうしろっていうんだ？ 俺はモーナのソファテーブルに置かれたリモコンですら、どれがどの機器に対応するのか覚えられないんだぞ。それなのに、これからこの時計の取扱説明書と格闘しなけりゃならんのか？ カールは首を振った。ちぇっ。これなら〈モンゴルの道路清掃手順〉でも読んだほうがまだましだ。まあいい。俺にはルズヴィがいる。あの子が使い方を教えてくれるだろう。こういうのが得意だからな。それなのに、カールはこう返事をした。

「ええと、どうも。少なくともアサドはものすごく喜ぶと思います」

「これにはGPSがついていて、いつでも互いの位置がわかるようになっている。たとえば、いまこの瞬間、アサドがどこにいるのか正確に突き止めることができるんだ」

「そんなに厳密に知る必要がありますかね」

マークス・ヤコプスンは不思議そうにカールを眺めた。

「アサドはいま、この廊下の反対側の、たった八メートルしか離れていない、いわゆる彼の部屋にいますけど」

ヤコプスンが微笑んだ。ラース・ビャアンがこのような温かい笑みを見せたことがあっただろうか？

「早い話が、きみたちの仕事ぶりが認められた証《あかし》としてこれを受け取り、今後も頑張ってくれということだ。まだある。何か厄介ごとが生じたら、いつでも私のところに来てかまわない。忘れないでくれ」

それを聞いて、カールはゴードンとローセに視線を向け、頭の中で数を数えた。一、二、三……四秒。最初に口を開いたのはゴードンだった。

「厄介ごと、あります！ ある男からしょっちゅう電話がかかってきて、熱中しているコンピューターゲームであるレベルに到達したら、すぐに両親を殺すとか、路上で無差別に何人も殺すとか脅迫してくるんです。本気だと思うんです。それで、どうすべきか話し合ってるんですが」

「なるほど、聞いておいてよかった！」

「彼はプリペイドSIMカードを使ってかけていて、しょっちゅうカードを取り替えていると思われます」

「ふむ」ヤコプスンの表情から判断するに、どうやらそんなことだろうと思っていたようだ。「どのくらい前からだ？」

「ここ、二、三日です」

「電話会社とその件で話をしたか？」

「もちろんです。でも、彼はいつも少ししか話さないんです。使っていないときは携帯電話の電源を切っているに違いありません」

「おそらく古い機種で、GPSが搭載されてないって断定できますね」ローセが口をはさんだ。「基地局を経由して居場所を特定したいなら、相当有能な人員を揃えなきゃなりません。それでうまくいったとしても、誰もが思うことでしょうけど、誤差は十メートルどころじゃありません。おふたりがいまもらった時計ほどの精密さはないでしょうね」

「そいつはデンマーク語を話していたか？」ヤコプスンはゴードンに向き合った。ローセは時計のケースを露骨に羨《うらや》ましそうに見つめていたが、ゴードンはまったく気にしていないようだ。

「ええ。しかも流暢に。十代のような感じでしたが、それより少し上かもしれません」

「なぜ、そう思うんだ？」

「十代の子がいきがって使うような言葉を何度も使ってたからです。かと思えば、少し大人びた言い方もしていました。いい教育を受けているように思うのですが」

「どういうことかね？」

「たとえば、〝殺す〟とか〝殺害する〟とか言う代わりに〝抹殺《まっさつ》する〟と言ったり」

「気取って話している感じか？」

「たとえばどんなふうにでしょう？」

「ロングステズとかガメル・ホルテの人間みたいに」

「いえ、そうではないと思います。でも、ノアブロやレズオウアの子どもたちのような、コペンハーゲン訛りでもないと思います」

「話し方からして、フューン島やユトランド半島の出身でもなければ、シェラン島の出身でもないということか？」

「ええ、そうです。訛りはないように思いました」

「次は通話を録音できるよう、準備しておくんだ。いいね？」

「あの……、もちろんそうしてます。その、録音はしてみたんです。でも、あまり話さなくて」

「ゴードン、話した量の問題じゃない。少ししか話さなかったとしても、役に立つ可能性はある」

その言葉にカールも同意した。警察には優秀な言語学者もいるし、珍しい言語、社会集団語、方言を解釈できる専門家もいる。その点でマークス・ヤコプスンの言っていることは正しい。最初に調べなくてはならないところだ。

「情報部門と連絡を取ったか？」

カールが代わって答えた。「いや、マークス。まだです。もちろん検討はしましたけど」

「彼がなぜ特捜部Qに電話をかけてきたか、わかるか？」

「いいえ」と、ゴードン。「尋ねてはみましたけど」

ヤコプスンの小さな笑い皺がさらに深くなった。

「その少年はきっと、特捜部Qのことをニュースか何かで読んだのだろう。きみたちの腕のよさを知っていて、手遅れになる前に止めてほしいというのが本音かもしれないな」

そりゃすごい。ゴードンの胸を貫く意見だ。これでのっぽ男は、何がなんでもこの件から手を引けなくなるだろう。

　ゴードンは頭を掻《か》いた。「それで、会話を録音する以外に、僕は具体的に何をすればいいんでしょう？」

「国家警察情報局《PET》に連絡して、いっしょに会話を聞いてもらうよう頼むんだ」

　カールは露骨に嫌な顔をした。冗談じゃない、あのハイエナたちは俺たちの電話まで盗聴し、俺の死体を嗅ぎまわりにくるに違いない。

「自分たちだけでできますよ、マークス」カールはにこやかに言った。「そういう愚か者を捕まえるには、俺たちなりのやり方がありますから」

　ゴードンは反対しようとしたが、最後の瞬間にカールにぎろりとにらみつけられた。

　カールは話題を変えた。「そのほかにも、これから数日間、あるいはもっと長く引きずることになりそうな件があるんです」

　ヤコプスンは腰掛けた。アサドがどれほど過酷な人生を送ってきたか、たったいま打ち明けられたことをカールとローセは交互に説明した。

　警察官としての長いキャリアで余りあるほどの実績と経験を積んできたヤコプスンだが、アサドの過去は思っていた以上に身に応えるものだった。まさかそんな話を聞くことになるとは、想像もしていなかっただろう。それはヤコプスンの様子を見ていれば明らかだった。

「まったく、なんということだ！」ヤコプスンはそう言うと、しばらく黙ったまま聞いたことを頭の中で整理しようとしていた。「いまの話でアサドという人物についてよくわかった。また、ラース・ビャアンがなぜあれだけアサドの世話を焼いてきたのかも、腑《ふ》に落ちた。ラースがアサドに新たな身元を与え、彼の能力に適した仕事を紹介したのは、そういう事情だったのか」ヤコプスンはカールを見た。「アサドを地下のきみのもとへ送り込んだのは、紛れもなくラースの賢明な策だったな、カール。決して偶然ではないだろう」

「マークスにあの新聞の切り抜きを見せてください、カール。アサドが気を失った理由がわかりますから」ローセが言った。

カールは机にのっていた数枚の新聞をマークス・ヤコプスンの前へ寄せると、一番上にある記事に写っている女性を指さした。「これがアサドの奥さんのマルワで、その横にいるのが娘のひとりと思われます」

ヤコプスンは胸のポケットから老眼鏡を引っ張り出した。「見たところ、数日前にキプロスで撮られた写真のようだな」

「そうです、アヤナパです。また難民ですよ。ちっぽけなゴムボートで運ばれていた途中で、あそこに漂着したんです」

「ほかにも記事があるな。何についての話だ？」ヤコプスンは新聞を手に取り、見出しに目を走らせた。「きみたちも読んだのか？」

カールが言った。「いや、アサドが切り抜きを見せただけで、俺はまだ読んでません。でも、ローセは全部読んでいるはずです。そうだよな、ローセ？」カールはローセに目くばせした。「彼女はこういうのを集めているんです」

ローセがうつむいた。ありえない。本気で恥ずかしがってるのか？

それでも、ローセは一番下にあった記事に手を伸ばした。「これはわたしのベッドルームの壁に貼ってあったものです。アサドはこれに目を留め、この写真を見て、完全に気が動転しました」

待ってくれ、いまベッドルームって言ったか？ いったい全体、アサドがローセのベッドルームで何をしてたっていうんだ？

「理由はすぐにわかりました」ローセが先を続ける。

「写真に写っている溺死者の女性が誰なのか、アサドはすぐに悟ったんです。その女性は彼にとって第二の母のような存在でした」

全員が新聞記事の見出しを見つめた。〝犠牲者２１１７〟。

「どういう意味だ？」カールはつい大声を上げた。

ゴードンが口をぽかんと開けた。「２１１７」小声で言う。「電話の少年がいつも言っている数字じゃないですか。この数字に到達して、両親を殺したいと言っていましたよ！」

カールは古くて新しいボスの顔が、長くお目にかからなかった懐かしい表情にぱっと変化するのを見てとった。それが正確には何を意味するのかいまもまだ謎なのだが、ヤコプスンがこういう表情になるのはたいてい、ふつうはありえないようなことを関連づけて分析しているときだ。そこがこの男の大きな強みだった。いったいいま、何を考えているのだろう？　俺と同じだろうか？　つまり、〝これは偶然の一致ではないかもしれない〟と。

「その少年はこの数を気にしているようだな。だが、どこで見かけたんだ？」

「世界中のメディアがこの写真を使いましたから。ほとんどの新聞がこの話をトップ記事にして、写真とともに載せたんです」ローセが説明する。

ヤコプスンは眉根を寄せた。「ゴードン、その若い男はいつからきみに電話をかけてきているんだ？　この記事が出る前かあとか？」

ゴードンはカレンダーに目をやった。「間違いなく、あとです。翌日か、二日後かどっちかです」

「その男が溺死したこの女性とアサドの関係に気づき、それで間接的にこの部署とのつながりを知ったという可能性はあるか？」

「それはありえません！」ローセには確信があるようだった。「アサドはこの写真を昨日初めて見たんです。

それはわたしが知ってます。もしかしたら、その少年は何か主張したいことがあるんじゃないでしょうか。この記事には、ボートで脱出した人たちの想像を絶する苦難が印象深く書かれていますから。この記事に心を動かされない人は相当冷酷な人です。わたしも、深く胸を打たれたからこそ、この記事を壁に貼ったんです」

「まあ、それはそれとして」カールはローセをたしなめるような口調で言った。「それでもだ。難民の苦しみにいくら衝撃を受けたからといって、その少年が本気で殺人を実行しようとしているなら、とんでもなく異様な方法でその思いを世間に知らせようとしているってことだ。仮に俺がもっともな理由があって何かに、あるいは誰かに激怒して、そこらじゅうのものをめちゃくちゃに殴りつけたいと思ったとして、だからって親や他人の首をはねるか？」

殺人捜査課課長は考え込んでいるようだった。「よし、ゴードン。その少年が次に電話をかけてきたら、犠牲者２１１７の写真のことを知っていると言ってみるといい。きみがそこまで激怒する気持ちはよくわかると伝えるんだ。相手が少しでも心を開くようにな」

ゴードンは不安げにヤコプスンを見ている。こいつにそんな任務を与えて大丈夫だろうか。

「それから、ゴードン」課長が続けた。「そろそろアサドを呼びにいってもいいんじゃないか。あるいは、本人が今後そう呼んでほしいのなら、ザイード・アル＝アサディと言うべきか。ただ、当分はその少年と数字のことについては彼に話さないほうがいい。いまはまだ、あの写真を見たショックを処理するだけで精一杯のようだからな。どう思う、カール？」

カールはうなずいた。十年以上前に、この地下室に現れたアサドのことを思い浮かべた。ハーフェズ・エル＝アサドと名乗った、緑のゴム手袋をはめて掃除用のバケツを持ったシリアからの亡命者。だが、彼の本名はザイード・アル＝アサディ。猟兵中隊の兵士にして言語のスペシャリストであり、イラク人であり、ほぼ完璧なデンマーク語を操り——そして、とんでもない役者だった。

そのときアサドが部屋に入ってきて、全員が振り向いた。巻き毛が逆立ち、四方八方へもつれている。疲れているようで、目が充血していた。アサドはマークス・ヤコプスンに挨拶すると復職を祝い、「ご活躍を期待します」と言った。アサドが力なく椅子に腰掛ける。カールは、ヤコプスンにすべてを話したと手短に彼に伝え、大丈夫そうなら、ぜひ話の続きをしてほしいと頼んだ。

アサドは何度か咳払いをすると、目を閉じた。ローセの手がその肩に置かれると、再び話しだした。

「私に計画を打ち明けた段階では実のところ、ラース・ビャアンはイェスの面会許可を取りつけていませんでした。ですが、計画実行の二日前に許可が下りました。ラースが会ったとき、イェスは両手をうしろに回されて手錠をかけられ、顔は誰だかわからないほど変形していたそうです。それで、イラク人たちは彼からすべてを聞き出したのだとラースにはわかったようです」

アサドは目を開けると、カールの顔をまっすぐに見つめた。「彼らがイェスにどんなことをしたか、みなさんには想像もつかないでしょう。彼の鼻や耳も……、ひどい状態でした。擦過傷《さっかしょう》、裂傷《れっしょう》、体中にできた青あざ、青黒く染まった指の爪。ラースは恐怖で震えたそうです。ふたりはデンマーク語での会話を禁じられ、計画を伝えることすらできませんでした。ただし、規定の十分以上の面会が許されました。そして突然、何か命令があったのか、看守が急に撤収したのです。

ラースが言うには、イェスは計画を聞いてもまったく無反応でした。ラースは一瞬、兄が国連の作戦を漏らすくらいなら死んだほうがましだと思っているのではないかと考えました。すると、イェスが泣き出しました。本当に力が尽きてしまったんです」

「わからんな」カールが口をはさんだ。「いったい何が問題だったんだ？　釈放されたらすぐ、撮影の件は自分が独断で行動したんだとメディアに話せばすむことじゃないか」

「カール、あなたは職業軍人ではないからそんなことが言えるのです。こういう形で名誉を汚すことが、イェスにとってどのような意味を持つのか、想像もつかないと思います。彼の世界では……」

「ああ、そんなたわごと、俺にはわからんな」

「イェスがいくらあとから訂正しても、イラク人たちは嘘だと決めつけるだろうとわかっていたんです。彼らはイェスから〝真実〟を聞き出したと主張するでしょう。あとから何を言ったところで、大事なのはその〝真実〟なのです」

「だが、最終的にはイェスも計画に乗ったんだろ？　で、救出作戦では、何があったんだ？」

アサドは腹に拳を押し当てて深くため息をついた。

それから、先を続けた。

15

アサド

翌々日は太陽が輝き、耐えがたいほどの暑さだった。アスファルトは溶け、家にいられる人間は家に引きこもっていた。これほどの熱波をアサドは経験したことがなかった。ビャアンの滞在しているホテルのロビーを出てから十分もしないうちに、ふたりともシャツが汗でぐっしょりになった。

ラースがレンタルしてきた古い装甲車はまるでオーブンのようで、刑務所の〈別棟〉までの道は終わりがないのではと思えた。運転手はラースの以前からの知り合いだというレバノン人の傭兵だったが、暑さに慣れているはずの彼でさえ、頭から水を浴びたかのように、顔を覆う髭からぽたぽた汗をたらしていた。

運転手は、刑務所の施設全体を取り囲むコンクリートの塀から十メートル離れたところで車を停めた。施設の入り口ではいかめしい表情をしたふたりの兵士が彼らを出迎えた。荒っぽい身体検査があり、大声の命令に急き立てられる。アサドは自分たちがどんな場所にいるのかをまざまざと感じた。施設の内部へ通されたときには恐怖で胃が縮み上がりそうだった。

ふたりの看守に先導され、外塀と内塀に囲まれた幅五メートル長さ二十メートルほどの通路を歩くと、ひと気がなく屋根のない広場に着いた。四方の塀の一面は、延々と続くコンクリートの建物とつながっている。

少し離れたところから収容者らしき叫び声が響いた。アッラーは偉大なり。続いてくぐもった音が二、三度聞こえ、そして静かになった。

うだるような暑さでできた陽炎が、広場を囲む塀の中でゆらゆらしている。

ラース・ビャアンとアサドはそのまま立って待つように命じられた。腰の高さに自動小銃を下げたふたりの兵士がふたりの背後に立った。アサドは兵士たちの鋭く刺すような目が気になった。活力を奪うようなこの重苦しい暑さのなかでも、彼らは怪しいと思ったとたんに動くに違いない。

アサドはラースのほうを見た。息遣いが荒い。その顔は暑さでむくみ、恐怖と緊張で引きつっている。

十分ほどすると、ふたりの看守が上半身裸のイェスを引きずってきて、ラースとアサドの前に投げ出した。イェスはひざから崩れ落ちた。続いて――おそらくサダムの秘密警察だろう――黒い服に身を包んだふたりの将校らしき男がやってきた。最後にプロ仕様のビデオカメラを手にしたイラク人が入ってきた。

看守がその場を去ると、顔も上げられずにひざまずいているイェスのうしろに黒衣の男たちが立った。男たちは顔色ひとつ変えずに彼を蹴りつづける。やっとの思いで顔を上げてラースを見たイェスは、あまりにも無残な状態だった。恐怖と後悔で完全に気が動転している。少しでも信憑性のある証言ができるかどうかさえ、疑わしい状況に思われた。

撮影係の男が、カメラとイェスの間に立つよう、ラースに命令した。

アサドは二歩下がった。ふたりの兵士との距離が近くなる。大股であと三歩。アサドは頭の中で距離を測った。

アサドの前では、ラースが汗を垂らしながらカメラの正面に立っていた。ラースは何も言わない。少しふらついているようだが、とてつもない暑さとこの状況を考えれば、確かに大したチャレンジだった。灼熱《しゃくねつ》の太陽が埃っぽいこの広場に照りつけるなか、ひざまずいたイェスの背後に立つ黒衣の男たちはまつげひとつ動かさない。アサドの背後の兵士たちは遠隔操作で動くロボットのように、ほんのちょっとした合図があれば独自の方法で仕事を片づける準備ができているようだった。なんと異様な状況だろう。

アサドはじっと立っていた。どの方角からどのような危険が迫ってくるのか、予測しようと気持ちを集中させた。

さあ、いまだ、ラース。アサドは汗に濡れた額を手の甲で拭《ぬぐ》った。いま、正しいことを言い、正しいことをしてくれ！

だが、撮影係の男が合図を出してから、永遠と思われる長い時間が過ぎても、ラースは口を開かなかった。ようやく言葉を発したが、まるで命令されて話しているように響いた。つっかえながらの英語が機械的に出てくるだけだった。イェスが自ら国連を裏切ろうとしていたという、完全無欠な目撃証言をするはずだったが、どう考えても信憑性のまったくないパフォーマンスに成り下がってしまった。

だが、そのとき突然、イェスが根性を見せた。痛ましい姿のまま顔を上げ、カメラを正面から見据えたのだ。

「私の弟は、申し合わせたことを言っているだけだ」力のない声で、彼は英語を話した。「弟がこの状況を前にどれだけまいっているか、誰の目にも明らかだろう。だが、私が単独でやったというのが、本当のところだ。私はスパイ活動を行なった。それは確かだ。そしてこの国連のミッションを正当化できるものは何ひとつ見つからなかった」

イェスは弱々しく息を吸った。「私が死刑判決を受けたのは事実だ。だが、それは制服を着用せずにイラク側の敷地に侵入したからではなく、その際に見張りの人間をひとり殺しそうになったからだ。だから私は自分の運命に身を委ねる。そして、私が企てたこと、私がしたことをすべての人々に謝罪する」

イェスは話すのをやめ、砂の上に血の混じった唾を吐いた。このとき初めて、アサドはラース・ビャアンの計画の意図を理解した。彼が自分にはそれを明かさずに、直感に従えと強調した理由も。イェスの血まみれの唾が砂の上で蒸発するのを見た瞬間、アサドはいまがその直感を働かせるべきときだとわかったからだ。イェスが予想外の告白をしたいま、可能性はふたつだけだ。予定どおり、イラクの司法制度が下した判決に従ってイェスが絞首刑になるか。あるいは、この場で即座に刑が執行されるか。いずれにせよ、相手は行動に出る。黒衣姿のふたりのうち年長の男が、アサドの背後にいる兵士にかすかな視線を送った。アサドの直感が作動した。

状況は急展開した。黒衣の男の若いほうが上着のボタンを外して右手で拳銃をつかんだ瞬間、イェスが予想外の力を出した。驚異的なパワーで背後へ思い切りジャンプして男に覆いかぶさり、相手もろとも地面に倒れた。

一瞬の間も空けずに、アサドも同じ行動に出た。近いほうに立っていた兵士に跳びかかり、ともに地面に転がった。アサドが上だった。素早く男の喉にひじ打ちを見舞い、自動小銃をつかんで手繰《たぐ》り寄せ、もうひとりの兵士の下腹部に向けて一発放った。その間、イェスは黒衣の男と格闘していた。ほんの数秒前にはイェスのうなじを撃ち抜いて冷酷に処刑を実行しようとしていた男が、いまは恐怖に目を見開いて地面に倒れている。拳銃を振りまわしているものの、標的を定めるどころではない。イェスはその喉元を荒々しくひじではさんでひねり、首の骨を折った。

もうひとりの黒衣の男は「助けてくれ」と叫ぶことしかできなかった。アサドが大腿部《だいたいぶ》に短く連射すると、男はくずおれた。

すると撮影係の男が襲いかかってきた。ビデオカメラを投げつけるとその場から跳び退《の》いて向きを変え、ナイフを手に、地面に転がったままのアサドに近づいてきたのだ。敵の体にナイフを突き立てることには慣れているのだろう。相手の目を見ればわかる。

だが、そのときイェスが黒衣の男の拳銃で撮影係の後頭部に狙いを定めた。撮影係は地面に倒れ込み、アサドの命は救われた。この瞬間、ふたりの間に永遠の絆が生まれた。

邪魔にならないよう、ラース・ビャアンはふたりの大立ち回りの間、一ミリも動かなかった。だが、彼は状況を正確に観察していた。

「気をつけろ、向こうの端から来るぞ！」ラースはそう叫ぶと、不意に現れたふたりの看守を指さした。ふたりとも拳銃をこちらに向けている。

「援護します！」アサドは、下腹部を両手で押さえて地面をのたうちまわる兵士から自動小銃を奪った。それからビデオカメラを持ち上げ、ショルダーベルトを肩に掛けた。

イェスとラースは負傷した将校のそばに素早く行くと、男を引きずって生ける盾とした。奥の塀の上から次々と銃弾が飛んでくる。アサドが応戦し、兵士のひとりが地面に倒れた。

すると今度は塀の外からも銃撃が聞こえてきた。

「こっちの運転手だ」ラースが叫んだ。「行くぞ、ザイード、急げ！」

建物の端の出口が見えるところまで来ると、アサドは即座にあらゆる方向に乱射した。弾があと何発残っているか、必死に頭の中でカウントしながら……。

アサドの数歩前では、イェスが将校を引きずって相変わらず盾にしていた。撃たれた大腿部から血がどくどくと流れている。

アサドはすぐに、兵士たちが将校に向けては撃ってこないと気づいた。この男は重要人物に違いない。

上からの一発がアサドの足元に着弾し、砂埃が舞った。

「伏せて！」アサドは兄弟と将校に向かって叫んだ。

射程内から逃れるため、彼らは身をかがめて塀にぴったり沿って走った。今度は将校をうしろ手に引きずっていく。

装甲車に守られながら、運転手が自動小銃を連射していた。出口にたどり着くまで、それから車に乗り込むまで、実際に何人射殺したのかはあとでわかるだろう。いまアサドにわかっているのは、かなりの数の看守と兵士を倒したということだけだった。

運転手がアクセルを目一杯踏み込み、装甲車はもうもうと砂埃を巻き上げて爆走した。装甲車の背部に銃弾が当たる音が続く。

刑務所が見えないところまで来てようやく、車が停まった。そこで負傷した秘密警察の将校を装甲車から引きずり出し、地面に下ろした。

「失血死しないよう、これを脚にきつく巻くんだ」アサドは自分のベルトを将校に投げつけた。「われわれがおまえの命を救ってやったことを忘れるな！」

彼らはアルブ・アメルに向かって走り、それから車を乗り換えた。本来ならここでアサドは安堵できるはずだった。だが、そうはいかなかった。あれだけの死者を出すとは！　自分たちのしたことでたくさんの子どもが父親を失い、何人もの女性がこれからは涙に暮れて眠らなくてはならないのだ。

その日の午後、ラース・ビャアンはこの事件について国連のオブザーバーに報告した。それからすぐ、彼とイェスはどこかへ消えてしまった。ふたりの行方がわかったのは一カ月後だった。それまで彼らはクルディスタン（クルド人の居住するトルコ・イラクにまたがる山岳地帯）に向かって不毛の土地を横断し、トルコへの国境を渡ると、そこから人目につかないルートで帰国した。ふたりはもはや危険を冒すことができなかったのだ。

もちろんアサドもビャアン兄弟とともにイラクを去るべきだった。それもすぐに。だが、三人がいざ出発しようというときに下の娘が電話をかけてきて、ママが病気になった、赤ちゃんが死ぬかもしれないって怖がってる、と泣きながら伝えたのだ。

ゴードンの部屋で電話が鳴った。アサドは口を閉じた。

「絶対、あの少年ですよ」ゴードンが言う。

「録音を忘れるな！」カールがゴードンの背中に向かって呼びかけた。

マークス・ヤコプスンがアサドに視線を向けた。

「それでは、きみはイラクから一歩も出なかったのか？」

アサドは真剣な目で課長を見た。「ええ、残念ながら」

「それがきみにとって……、宿命的な結果を引き起こしたというわけか？」

「ええ、そう言えるでしょう」

「つまり、こういうことか。その結末を引き受けたのはきみだけで、ビャアン兄弟ではなかったと。私の理解で合っているか？」

「あそこの責任者たちは、事件をすべて伏せたんです。とにかく、フセインの逆鱗《げきりん》に触れることを恐れていましたから。やつらはあの事件を囚人の反乱と呼び、無作為に選んだ多くの人たちを刑務所の中庭に引きずり出し、罰を下すという名目で処刑したんです」

「なんということだ」課長はゆっくりと深呼吸した。

「それを知って、きみはさぞつらかっただろう」

「ええ。やつらに捕まったその日のうちにわかりました。〈別棟〉の誰もが私を忌み嫌っていると」

カールはアサドの前に新聞の切り抜きを広げた。

「それで、おまえは確信があるのか？　犠牲者２１１７番は本当に、おまえの母親代わりだったシリア出身のリリー・カバービなのか？」

「もちろんです。ただ、なぜ彼女と私の妻と娘が、同じボートで脱出したのか、そこがよくわからないんです」

「シリアから逃げてきたんだよな」

「ええ。ですが、私はずっと家族がイラクにいると思ってたんです」

「リリーと奥さんは知り合いだったのか？」マークス・ヤコブスンが尋ねた。

「はい。私たちは写真を送り合っていましたし、妻が妊娠するたびに伝えていました。ネッラが生まれる少し前には、シリアにリリーを訪ねたこともありました。彼女は自分のことを誇らしげに〝おばあちゃん〟と呼んでいました。子どもも孫もいなかったんですけどね。シリアの内戦が勃発するまで、彼女と私は定期的に手紙をやりとりしていました。その後、リリーと妻がなぜ、どうやって連絡を取るようになったのか、私にはどうにもわかりません。妻と娘たちがシリアに行くのではなく、リリーがイラクに亡命していたというのならまだしも」

「アサド、この写真のここにいるのがきみの奥さんだというのは確かなんだな？　かなり粒子が粗《あら》くて不鮮明だが」

「こっちの写真ではなくて」ローセが彼らの前にもっと小さな写真が掲載された切り抜きを置いた。「これは別の新聞のものです。色が落ち着いているので写真がもっと鮮明に見えます」

「その写真は初めて見ました」アサドが近寄った。

「初めて？　ほんとに？」

アサドは首を振った。放心したように女性の泣き顔に見入っている。

「はい、初めて見ました。ですが、これは私の妻です」そう言うと、唇を震わせた。「そして横にいる若い女性は娘のひとりです。断言できます」

アサドは指先でそっと妻の顔に触れた。両手が震えている。

そして、片手を上げると、不意にそのまま動きを止めた。

「アサド、どうしたの？　何か写ってるの？」ローセが即座に尋ねる。

　アサドは震え声になった。あの男が堂々と写っている。家族のすぐそばに立って。もう耐えられない。

「アッラーよ、私に御慈悲を」アサドはうめいた。

「この世の誰よりも私が恐れ、憎んでいるのはこの男です」

16

ジュアン　残り11日

　ミュンヘンのフランツ・ヨーゼフ・シュトラウス空港の前でつかまえたタクシーの運転手は、ジュアンが書きつけたメモの住所に目をやった。きついバイエルン訛りの運転手は、かなりかかると言って金額を告げたが、ジュアンには理解できなかった。それでも、運転手の様子からすると予算的にかなり厳しいことは明らかだった。

「とにかく出してくれ《ジャスト・ゴー》！」ジュアンはそう言うと、フロントガラスからターミナル周辺の激しい車の流れに目を向けた。

キプロス滞在中、路面電車の制服を着たあのカメラマンの素性がわかる人間がいないかと、バイエルンやミュンヘンの写真家協会らしき団体をグーグルで検索した。ディリンゲンにあるカメラマンのエージェント会社に電話をかけてもみた。だが、ジュアンも相手の男も怪しい英語だったので、話が一向に進まなかった。懸命に検索を行なった結果、ジュアンはドイツ第三のこの都市には調査の助けになるような機関もエージェントもないという結論に達した。そこで、さまざまな新聞社の編集局と街の中心部にあるカメラ専門店にあたることにした。だが、その前にまずアート写真専門の美術館を訪ねようと考えた。スキンヘッドの男の写真を見てもらうのだ。

もちろん、あの制服を着ているからといって、カメラマンがミュンヘンと関係があるとは限らない。だが、そこから始める以外にやりようがない。なにせ毎日、興味深いネタにならなかったとしても、取材状況を『オレス・デル・ディア』に書いて送らなくてはならないのだ。さらに悪いことに、ガーリブまでが毎日の報告を待っている。〝アブドゥル・アジム〟こと、ガーリブが。

もちろん、ガーリブを警戒しなくてはならない。あいつは自分の得意分野をまざまざと見せつけた。ためらいもせず、犠牲者２１１７を殺した。さらに、監視の行き届いている収容所の中で、自分に都合の悪い目撃者の喉をかっ切らせた。なぜ、そんなことができたのだろう？　つまり、ガーリブは非常に〝使える〟ネットワークを張りめぐらしているのだ。考えたくもないことだが。

誰かにつけられてはいないかと、ジュアンはタクシーの中で何度も振り返って後方を確認した。こんなにたくさん黒いアウディやＢＭＷやベンツが走っているとはな。このタクシーが走りだした直後に発進し、ずっとついてきている白いボルボが怪しい気がする。どこかで曲がってもいいはずなのに、空港からずっといっしょだ。ニコシアを発ってから、ジュアンにはこうやって安全を確認する癖がついていた。それが自分の命を守るすべだ。

ガーリブが言いたいことは明らかだった。犠牲者2117や喉を切り裂かれた女性のような最期を迎えたくなければ、指示にきちんと従えということだ。そこでジュアンはメノゲイアの収容施設についての記事を書いた。その原稿は殺害された女性の写真とともに『オレス・デル・ディア』の紙面に掲載された。自分も彼女の不幸に責任の一端があることは当然ながらぼかしておいた。ぼかし具合が強すぎて、あの悪魔の怒りを買う羽目にならなければいいが。

数時間もしないうちに、殺人犯を追ったその記事は話題を集め、インターネット上でも確認できるようになった。『オレス・デル・ディア』は原稿を組版に回すと同時に、センセーショナルなネタに飢えたヨーロッパ中のおびただしい数のメディアにこの記事を売ったのだ。ほとんどの新聞を見ても、殺害された女性の写真は一面の目立つところに掲載されていた。街中の売店や、駅や空港の書店に陳列された拡大写真は、被害者の喉に開いた深い傷と死者の目を見せないように加工されていたが、それでも恐ろしいほどの訴求力があった。

この記事によって部数の伸びとともに多額の著作物使用料、さらに大きな反響も保証されるとあって、『オレス・デル・ディア』の社員たちは有頂天《うちょうてん》になっていた。ジュアンはこの記事のために危険を冒す羽目になったが、彼らにとって、そんなことはどうでもいいのだ。ジュアンもそれはわかっていた。

ミュンヘンの中心部に向かう途中、フロントガラス越しにイーザル門の奥にある立派な古い建物がいくつも見えてきた。スキンヘッドのカメラマンの正体探しの第一歩として、ジュアンは膨大な写真のコレクションを誇るミュンヘン市立博物館を訪ねることにしたのだ。どの方面にあたればいいか、助言してくれる学芸員がいるかもしれない。あのカメラマンは路面電車職員の青い上着がトレードマークになっていて、実はこの界隈でかなりの有名人だということだってあるかもしれない。

ジュアンはニコシアで少年から渡された紙をポケットから取り出した。

〝われわれは何度もおまえに指示を出し、常におまえの一歩先を行く……〟もし俺があのカメラマンを本当に見つけたらどうなる？　ガーリブから一歩遅れているはずが、突如として彼らの計画に追いついてしまったら？

「五十八ユーロ」博物館のところで車を止め、運転手が告げた。さっきよりはっきりした口調だった。

ジュアンはその金額にほっとした。正規の金額の二倍だったかもしれないが、ぼられたのかどうかもよくわからなかった。

ミュンヘン市立博物館の外観は古い倉庫を思わせた。建築家が調子の出ない日にどうでもいい箱を組み合わせて造ったかのようで、周囲の美しい建物から悪目立ちしている。ガウディの豊かな想像力に彩《いろど》られた街の出身であるジュアンには、そう思えた。

博物館の中庭のひとつを噴水の彫刻が飾っていた。何度目をこすって見ても、美しさなどこれっぽっちも見出せない代物だ。ジュアンは中庭から裏側の入り口まで歩き、そこを通ってチケット売り場のあるロビーにたどり着いた。

窓口の女性に来館理由を伝え、記者証も提示したが、結局七ユーロの入場料を支払わなければならなかった。

「そうですねえ、誰に話を聞けばいいのかとなりますと……」女性が答えた。「上に行ってウルリヒかルドルフにお訊きになるべきだと思うのですが、あいにく本日はふたりとも外出していまして。ただ、三階で写真の特別展をやっていますので、そこで誰かに話が聞けるかもしれません」

ジュアンはロビーを見回した。回転ゲートの二メートル先に、〈移住者が都市を動かす《マイグレーション・ムーブス・ザ・シティ》〉というプロジェクト展が一階で開かれているとの掲示がある。

ジュアンははっとした。この特別展のためにあのカメラマンはアヤナパにいたのかもしれない。だとしたら、彼は意図してガーリブと会ったのではなく、言葉を交わしたのもただの偶然だったということになる。

もしそうなら、完全に行き詰まりじゃないか。

ジュアンはため息をついた。だから最初から話をでっちあげておけばよかったんだ！　事実なんてどうでもよかったのに。誰だってやってることじゃないか。だが、ガーリブの手紙を受け取ったいまとなっては、そんなことはもうできない。

三階に着くと、特別展が目に入った。額に入れられた百点ものポートレートが真っ白な壁とパーティションに掛かっている。ドイツ語を話す団体が女性ガイドについてまわっていた。ジュアンは説明中のガイドに近づいた。博物館の職員のようだ。

「すみません《エクスキューズ・ミー》」話を遮って声をかける。ガイドがむっとした顔でジュアンを見た。

「この回が終わるまでお待ちください」彼女はすげなくそう返すと、団体に向き直った。

ジュアンは辺りを見回した。どこにも座るところがない。少し脇へ寄り、その団体とガイドの女性の黄色いスカートから目を離さないようにした。そして、まるで職員のひとりであるかのように、前を通り過ぎていく客たちに親しげにうなずいてみせた。数人の客から質問までされたが、黄色いスカートの女性を指さして丁寧に断った。これほど大勢の人に微笑まれるなんて久しぶりだ。今回のスクープにもかかわらず『オレス・デル・ディア』から採用の話がなかったら、バルセロナの現代美術館やピカソ美術館で職を探すのも悪くないかもしれない。

なかなかいいアイディアだ。

　すると、アラブ系とおぼしき男性が部屋に入ってきて、こちらに向かって微笑んだ。ジュアンが微笑み返そうとすると、目の前にやってきて片手を差し出した。ジュアンは少々面食らったものの、飛び抜けて丁寧な人間なのかもしれないと思い、差し出された手を握った。

　男性が手を引っ込めたとき、ジュアンの手の中には折りたたまれた紙片があった。ジュアンはぎくりとして顔を上げたが、そのとき中国人の団体客が魚の群れのように流れ込んできた。男性は道を開けてくれない中国人客を迂回《うかい》して、そのまま視界から消えた。

「あの！」男性の背中に向かって大声で叫ぶと、数人の客が迷惑そうな顔で振り向いた。ジュアンは口々に文句を言う魚の群れの中をすみませんという仕草を見せながら通り抜け、階段のあるスペースへと向かった。

　同じ階の常設展と階段に素早く目を走らせる。男性は煙のように消えてしまっていた。

　ジュアンは幅の広い階段を駆け降りて二階に着くと、あちこちを覗いてみた。それから階段を駆け降りてロビーへ行った。

「たったいま、ここをアラブ系の男性が通りませんでした？」窓口の女性に尋ねる。

　女性はうなずくと、正面の入り口を指さした。

　いったいどういうことだ？　ジュアンはさっきとは別の中庭に駆け込んだ。そこは石畳の大きな広場になっていて、片側にカフェテーブルが並び、反対側には砲弾がピラミッド形に積まれたオブジェがある。

「さっき、ここをアラブ系の男性が通りませんでした？」今度はベンチに腰掛けて携帯電話をいじっている金髪の女性に向かって叫んだ。

女性は肩をすくめただけだった。まったく、最近じゃみんな、身の周りで起きていることに関心がないのか？

「向こうに走っていくのを見たよ。シナゴーグのほうだ」ちょうど角を曲がって中庭に入ってきた自転車の少年が大きな声で言った。

全速力で博物館前の大きな広場に出ると、シナゴーグが見えた。そこから三十メートルほど離れた目抜き通りにさっきの男性がいた。白いボルボに乗り込もうとしている。

あれは空港からついてきたボルボじゃないか！　俺は尾行されている。どこで何をしているか、バレているんだ。胃がむかつき、周囲がぐるぐる回りだした。激しくあえぎながら、倒れまいと建物の雨樋《あまどい》にしがみついた。

周囲の風景がどうにか正常に戻るころには、ジュアンもはっきり悟っていた。俺は、ガーリブの殺しのゲームの駒でしかない。

紙片を広げる勇気がどこからわいたのか、自分でもわからなかった。


ミュンヘンに来るとはよく考えたな、ジュアン。

だが、われわれに近づきすぎないよう気をつけろ。


彼らに近づきすぎること――それこそ、ジュアンが恐れていたことだった。

博物館の三階に戻り、黄色いスカートの女性にもう一度近づいてみたが、相手は相変わらず無愛想なままだった。さっきの団体はもういなくなり、いまは若い男性と話している。男性は厚みのあるファイルを脇に抱え、何やら彼女に頼み込んでいるようだ。

「いいえ、知りません」ようやくジュアンが青い制服姿のカメラマンの画像を差し出すと、そっけない言葉が返ってきた。

ジュアンはがっくりと肩を落とした。

「バイエルン、さらにはドイツ中の写真家について、幅広くご存じの方がこのミュンヘンにいませんかね？」

女性は首を振った。仕事を邪魔する人間に力を貸す気などさらさらないらしい。そういう性分なのだろう。ファイルを抱えた男性に対してもつっけんどんな態度だった。

「ご理解いただきたいのですが」女性は自分の立場を誇示するかのように、その男性に言った。「わたしたちがアーティストをご招待しているのです。アーティストが勝手に押しかけてきているわけではありません。ただ、あなたにこれから何年もあちこちで特別展を開催できるだけの力量がおありでしたら、わたしたちはあなたのもとを訪れ、作品を鑑賞させていただきます」

そう言うと彼女はくるりとうしろを向いた。黄色のプリーツスカートが揺れた。

「ツィケ《くそばばぁ》」男性がジュアンのほうを向いて小声で言った。明らかに褒め言葉ではない。すると、男性はこちらに向かって英語で言った。「あなたが彼女に尋ねていたこと、聞こえました。向こうでメモを取っている人にその写真を見せたほうがいいですよ。美術評論家で写真アートの専門家ですから」

ジュアンは言われたとおりにしてみたが、評論家先生は馬鹿にしたような表情でこちらを見ると、肩をすくめた。「あいにくだが」のひと言もない。

ジュアンはため息をついた。こういう嫌味ったらしい態度は、新聞社でも何度も経験している。

「やだなあ、もう！」美しい茶色の目をした筋肉質で年下のパートナーとおぼしき男性が英語で割って入った。「わからない？　これ、あの人だよ。ミュンヘン民衆劇場の前であの役者がつかみかかった人」

　評論家はパートナーを見つめると、ジュアンが差し出していた携帯電話に視線を落とした。

「きみの言うとおりだ、ハリー！　なんてこった、こりゃすごい話だ！」ふたりはにやにやしている。

「公衆の面前で端役の女と抱き合ってるところをパパラッチされた男だろ？」評論家が笑った。「しかも自分の結婚式の三週間後じゃなかったか？　そうか、思い出したよ。なんて名前だったっけな」

　パートナーの男はごにょごにょ言ってからジュアンのほうを向いた。「そうなんですよ、このカメラマンは一発殴られてね。見ものでしたよ」そう言って自分も笑った。「その役者は傷害罪で有罪になって、奥さんの弁護士からなんともありがたくない手紙を受け取ったんです。ハハハ。ミュンヘンではときどき愉快なことが起こるんですよ。新聞のデータベースに目を通してみたらどうでしょう？　きっと見つかりますよ。僕の記憶が正しければ、去年の演劇シーズンが始まる直前でしたね」

　そして、ふたりはその場を離れた。

「あの、シーズンの始まりって？」ジュアンはふたりのうしろから呼びかけた。「それって、いつぐらいですか？」

「夏休みのあとですよ」茶色の目をした彼が大きな声で答えた。

　ジュアンは感謝を込めてうなずくと、黄色のプリーツスカートの脇を通り過ぎた。

　さっそくグーグルで検索したところ、ミュンヘン民衆劇場のシーズン初日は九月の末だった。ということは、例の騒ぎが起きたのはその一、二週間前と考えられる。

　グーグル翻訳を使って〝大衆紙〟を指すドイツ語を探すと、騒動を伝える画像入りの記事がいくつか見つかった。確かに、カール・ヘルベルト・ヒュベルトとかいう名の役者が有罪判決を受け、少額ではあるが賠償金の支払いを命じられた。もっとも、カメラマンも公衆の場での人格権侵害によって罰金を科された。だが、彼は控訴し、勝利を収めている。こうしてこの一件は決着した。

記事によれば、カメラマンの名はベルント・ヤーコプ・ヴァルベルク。四十二歳。ネットの軍事フォーラムで青い制服に関して尋ねたときに回答してくれた女性が同じ苗字じゃなかったか？　親戚ということはありえるだろうか。このカメラマンは名前の頭文字を取ってＢＪと呼ばれていたようだ。青い上着、つまりBlaue Jacke《ブラウェ・ヤッケ》がトレードマークだったので、なおさらそう呼ばれていたのだろうか？

背中がむずむずしてきた。有力な手がかりじゃないか。この男に違いない！

ベルント・ヤーコプ・ヴァルベルクの住所は数分で見つかった。ここからわずか十分くらいのところだ。

ジュアンは生まれて初めて有能な人間になったような気がした。

なんて幸せな気分なんだ！

17

アサド

　ふだんのアサドは思いやりのある目で周囲の人々を観察するのだが、この日はまったく違った。今日、アサドは誰のほうも見ようとしなかった。ただそこにいるのを感じていただけだ。地下鉄はすし詰め状態で、仕事帰りの人々は抜け殻のような表情で、それぞれがさまざまなことを考えていた。今日の夕食、子どもとまともに遊べるほんの数分間、シリーズもののテレビドラマ、ひとりきりになれるトイレでのわずかな時間、そしてセックス。決まったパターンを崩さずに機械的に生活するなかで、無感動にA地点からB地点まで運ばれていく。

　だが満員電車の中に立っているアサドの心は千々《ちぢ》に乱れていた。腋《わき》には緑色の書類入れをはさんでいる。書類入れの中には、人があるとき突然命の危険にさらされる可能性があること、命あることがどれだけ貴重なことかを示す生々しい証拠が入っている。

　アサドの心のなかは嵐が吹き荒れているようだった。職場で自分について語ったときには、心を落ち着けて礼拝の時間を取りたいと言って休憩を申し出た。だが本音は、爆発寸前だったからだ。言葉では言い表せない悲しみと刺すような怒りが心のなかで絡み合う。アサドはいまにも奪われそうな最も大事な宝を守るかのように、書類入れをぎゅっと体に押しつけた。

　十分後、アサドは決心を固め、暗い色をしたサミルのアパートメントの前に立ち、明るい光が灯《とも》る居間の窓を見上げていた。

　サミルがドアを開けた瞬間、アサドは自分を抑えきれなくなってしまった。悲痛と憤激と憎しみのなかで生きてきた長い年月に打ち負かされ、堰《せき》を切ったようにアラビア語で思いのたけをぶちまけた。何かを感じとったサミルは、驚きで身を固まらせたままダイニングで様子をうかがっている家族に、すぐに部屋に行くよう命じた。

サミルとアサドが会うのは数年ぶりだ。最後に会ったときに激しくぶつかり、和解は不可能に思えていた。

「ほら、さっさと部屋に行きなさい！」サミルは子どもたちを大声で急かすと、妻にも下がっているよう合図した。

それからサミルは、険しい表情でアサドを見た。すぐにでも義兄をドアの外の階段へ押し戻してしまいたがっているように見えた。

「これを」アサドはそれだけ言うと、書類入れを渡した。サミルは拍子抜けしたようにそれを開けると、ざっと目を通した。

アサドは壁に背をあずけ両手に顔をうずめると、しゃがみこんだ。金槌《かなづち》で頭蓋骨《ずがいこつ》を一発殴られたときの鈍い音がしたように感じた。

サミルは写真のコピーを取り出して裏返すと、こちらにも聞こえるほどの大きなため息をつき、キプロスの写真を凝視したままアサドの横にいっしょにしゃがんだ。

「ザイード、姉は生きてるのか……」サミルは呪文を唱えるように繰り返した。アサドと向かい合ってダイニングテーブルにつくと、サミルはまた同じ言葉を口にした。

俺もサミルと同じく、酔ったようにその言葉を繰り返していたとアサドは思った。

サミルの視線がガーリブをとらえる。何かを問いたげにアサドを見る。

そして、少し前のアサドとまったく同じように、サミルも指先で写真の中のマルワの髪を撫で、頬と目に触れ、泣きだした。長年の別離に対する悲しみと、過酷な暮らしのせいで深い皺が刻まれた彼女の顔を見た衝撃で、彼は泣いた。

　それからサミルの表情は硬くなった。

「こんなことになったのは、わかってると思うが、すべてきみのせいだ。姉がきみのところへ向かっているとしても、きみはそれに値しない。わかるか？　ひょっとしたら姉はきみと二度と夫婦に戻りたくないと思っているかもしれない」サミルはアサドに厳しい顔を向けた。まただ。非難と責任の追及。窒息しそうな気分になる。長年、何度も話し合いをしてきたが、いつもこうやって非難される。

　アサドは義弟の最後の言葉が聞こえなかったふりをした。「サミル、マルワの横にいる男はガーリブだ」アサドは髭面の男を指さした。「ガーリブの計画に、俺がマルワの姿を目にすることは組み込まれていなかったはずだ。マルワと娘はまだこいつの人質だ。信じてくれ、こいつがマルワたちをみすみす手放すことはない」

　サミルは写真に目を近づけ、そして理解した。この男は悪魔だ。会ったことこそ一度もないが、実の兄を殺し、姉とその娘たちを拉致《らち》して一族全員を不幸に陥れた。

　サミルは怒りをこらえきれなかったが、それでも沈黙を貫き、震える手の爪をガーリブの顔に突き立てた。

　アサドは深く息を吸った。自分もまったく同じことをした。

「サミル、写真を破らないでくれ。その手を少しずらせば、マルワの横にきみの姪の片方が見えるはずだ」

　サミルは何か言いたげにアサドを見つめた。義兄の言葉がまるで理解できない様子だ。成人したこの女性が親族の一員だと飲み込めるまで、過去十六年間を早送りで再生しなくてはならないのだろう。

「どっちの子だ？」

アサドは声が出なかった。わからない、とかすれた声で答えた。

「それで、マルワのもうひとりの娘は？」

アサドはサミルの言い方を気にしないようにした。義弟の言いたいことはわかっている。彼が正しい。サミルにとって彼女たちは俺の娘ではなく、あくまでマルワの娘なのだ。彼女たちの命を運命に委ねて逃げた男の娘ではなく。

「サミル、どうしてもきみの力が必要だ」怒りで自分を見失わないよう、アサドは声を抑えて言った。「彼女たちを見つけなきゃならない。聞いてるか？　いっしょにキプロスに行ってくれ。マルワと娘を見つけたら、この悪魔を殺す。俺たちは……」サミルがうつろな目をしているのに気づき、アサドは口を閉じた。

「助けてくれるだろ、サミル？」アサドは懇願するように彼を見つめた。

サミルは姿勢を正すと、汚れた皿、マリネした魚、冷たくなった野菜など、食べかけの夕食が残るダイニングテーブルを眺めた。そして首を横に振ると、蔑《さげす》むような表情でアサドを見た。

「ガーリブを殺すだって？　よりによって、きみが
か？　十六年間この化け物を探しても見つけられなかったじゃないか。手がかりに近づくことすらなかったし、姉たちが生きているかどうかだってわからなかった。それなのに、いまさら簡単に姉たちを見つけ出して、ガーリブを殺せるとでも思ってるのか？」サミルは鼻から息を吐いた。「ザイード、きみはあいつがどういう人間だか忘れているみたいだな。怒りで前が見えなくなってるんじゃないか。あいつがまだキプロスにいると本気で思ってるのか？　あのガーリブが？　あいつはどこにだって行けるんだ。キプロスにいないということだけは確実だ。俺の言っていることがわかるか、ザイード。どうなんだ？　俺の言っていることがわかるか？」

アサドはダイニングテーブルの上に書類入れを残して帰ることにした。怒りと悲しみを他人と共有してもそれが消えなかったからではなく、あの悪魔の写真がこれ以上そばにあるのが耐えられなかったからだ。写真のコピーのにおいを嗅ぐだけで気分が悪くなり、手の中の書類入れが燃えるように熱く感じた。これはサミルのところに置いておくべきだ。もしかしたらサミルも中身を見て考えを変え、自分には姉たちを連れ戻しにいく責任があると思ってくれるかもしれない。

アサドは別れを告げようとサミルに手を伸ばしたが、サミルは手を握ることを拒んだ。義弟はドアを閉めるやいなや、再び床に座り込むことだろう。アサドにはそれがわかっていた。

その晩、アサドの気が休まることはなかった。どれだけ寝返りを打っても、一日中つきまとっていた耐え難い思いからは解放されない。暗闇はアサドの心に焼きついた痛みから彼を守ることはできないのだ。

何時間もベッドの上で寝返りを打ち、アラーム付きラジオと書類をナイトテーブルから払い落とし、掛け布団を蹴飛ばした挙げ句に、バスルームへ行った。鏡の中の自分の姿を見ると強い吐き気に襲われた。床に吐く寸前で便器に顔を突っ込んだ。

あまりに消耗したせいでようやく寝ついたが、十分もすると床に転がったラジオの機械音が七時を告げ、〝すばらしい一日《ワンダフル・デー》〟があなたを待っているでしょうと伝えた。アサドは胎児のように体を丸め、何か生き物を抱くかのようにシーツを体に押し当てていた。

家を出る少し前、床に転がったそのラジオが視界に入った。アサドはアラビア語でわめきながらそれをめちゃくちゃに破壊した。

人間ごときがつくった機械に、〝すばらしい一日〟が待っているなどと告げられる筋合いはない。

18

ガーリブ　残り11日

「当時、あれだけすぐにザイード・アル＝アサディが見つかったのは、アッラーのご意志だ。あの愚か者が臆病者のデンマーク人兄弟のように逃げ出していたら、決して見つけ出すことはできなかっただろう」ガーリブはカメラマンの男に話しかけた。カメラマンはミュンヘンの自宅の散らかった部屋で、ガーリブと向かい合わせにソファに座り、ふんぞり返っている。

だが、やつを見つけていなかったらあんなことも起こらなかったに違いない、とガーリブは思った。瘢痕《はんこん》のある顎を撫でながら、ザイードとの対決がもたらしたありとあらゆる屈辱を思い起こした。

やつに報復を！

ガーリブは短く微笑んだ。復讐のときは近づいている——それは確かだ。ついにここまで来た。

「その傷を負ってからどのくらい経つ？」カメラマンがガーリブの顎を指して尋ねる。

「どのくらいかって？」ガーリブの目が曇った。「あれから何百もの罪が犯され、何百万もの呼吸がなされた。あれ以来、海の水ほどの血が砂に注ぎ込まれた。つまり、それほど長く経っている」

そのとき、隣の部屋にいる女性たちが再び泣き声を上げはじめ、ガーリブは自分のうしろに立っている男のほうを向いた。

「女たちを黙らせろ、ハミド」ガーリブは、ふたりの会話を黙って聞いていた筋骨隆々の男にアラビア語で命じた。「いいか、言うとおりにするまで蹴るなり殴るなりしろ。そして私が迎えにいくまで待つように言うんだ。女たちには睡眠薬を飲ませておけ。十分で出るぞ」

カメラマンの顔に笑みが広がった。「あの女たちに言うことをきかせるのに手こずっているのか？」

とたんにガーリブににらみつけられ、笑みはたちまち消えた。

「じきにきみは女たちの泣き声から解放される。われわれは行かなくてはならないのでね」

カメラマンはうなずいた。「でも、その前に当時何があったのか教えてくれよ。それに、どうやってザイード・アル＝アサディをそんなに早く見つけられたんだ？」

「何があったか？　あの男は腰抜けもいいところで、妻と娘たちのいる家に帰りたがった。それだけのことだ。おまけに一家はファルージャのはずれにある妻の実家に身を寄せていたのだが、そこは私の家族の出身地でもあるんだ」そう言うと、ガーリブは首を振った。

「アブグレイブ刑務所の〈別棟〉で起きた殺しから数時間も経たないうちに、あの野郎は黒いしみのついた服で街に現れた。あれぐらいなら目立たないだろうと高をくくっていたのかどうかはわからない。だが、わが国では赤ん坊ですら、乾いていても血は血だとわかるのだ。あいつの血だらけの服と、その家族がいた家から聞こえてきた大声——それは、ふつうでは考えられない出来事が起きたことを示していた」

ガーリブは薄く笑った。「自分の女に言うことを聞かせられない人間がいるとすれば、それはザイード・アル＝アサディだ。やつは男が女の尻に敷かれる国で育ったからな。それが命取りとなったわけだ」

カメラマンはソファの背にもたれた。「それで、その日のうちに秘密警察がやつのところにやってきたというわけか？」

隣の部屋から何かを叩くような鈍い音がした。続いて押し殺すようなすすり泣きが聞こえてきた。三十秒で音はやみ、ガーリブの子分がうしろ手にドアを閉めてやってくると、改めて彼の背後に立った。

ガーリブは男によくやったというようにうなずいてみせ、カメラマンのほうへ向き直った。「ああ、そういうことだ。警察はその日のうちにやつのところへ行った。あの間抜けは、家族を連れて国を出るのにまだ間に合うと思ってたんだ。だが、妻は具合が悪く、動けなかった。おかげで警察はやつを家族の目の前で逮捕することができた。警察がやつを刑務所の広場に突き飛ばしたとき、地面にはやつとあの兄弟が殺した男たちの死体が長い列になって並べられていた。あの三人とその共犯の男は塀の外で十五人を殺戮した。あいつが自分のしたことを直視できるよう、あえて死体はむき出しにしてあった」

「どうして、やつをすぐに殺さなかったんだ？」

ガーリブは、西洋の白人どもはまったくものわかりが悪いという顔をした。

「きみにも想像がつくだろうが、ザイード・アル＝アサディは非常に多くの情報を持っていて、それはわれわれにとって極めて有益だった。その情報を引き出すことが〈別棟〉にいたわれわれの特殊任務だった。当時、わが国の秘密警察はフセインを満足させられる情報をひたすら収集することが仕事だったのさ。〈別棟〉で働く者たちは前日の大失態をなんとかして埋め合わせる必要があった。わかるか？」

「それであんたたちは彼を拷問したというわけか？」

「拷問とは何を指すのかね。われわれはとにかくザイード・アル＝アサディの口を割らせなくてはならなかった。情報が必要だったのだ。きみが拷問と呼びたいならご自由に。だが、やつは頑《がん》として口を開かなかった。すべてがいまだに終わっていないのは、そのためでもある。だが、もう行かなくては。私のうしろに立っている友人によれば、あのスペイン人がミュンヘンに来ていて、きみを探しているようだ」

カメラマンはソファから立ち上がった。「俺を？　そいつは俺について何を知ってる？」

「私にわかるとでも？　だが、あのちっこいカタルーニャ人は思っているより賢いぞ」ガーリブは立ち上がった。「またきみの仕事が必要になったら、連絡する」

「おい！　待てよ、ガーリブ！　そう簡単には行かせないぞ。俺にまだ大金の借りがあるじゃないか」

ガーリブはたじろいだ。「きみに大金の借りがある？　約束した分はもう払っただろ？」

「あんたはそう思ってるかもしれないが、ここまでの負担は約束していないぞ。あんたは俺のキプロス行きのフライト代は支払ったが、あんたをここに滞在させ、俺のベッドルームにあんたの女たちを監禁させたことで発生した費用についてはまだ支払ってない。そのうえ、俺のことを尋ねまわっている男までいるときた。それについても請求したい。俺が何かに巻き込まれたら賠償金を払えよ、ガーリブ」

「ガーリブはベッドで眠ることについては支払わない。そう伝えたはずだ」子分が言った。

「じゃああのふたりの女は？　ベッドについた血は？　あんたたちに出した食事はどうなる？　すべて金がかかってるんだぞ、ガーリブ」彼は息遣いを荒くし、身を乗り出した。「あんたがヨーロッパ中に手配されたら、髭を剃った状態のあんたを知っているのは俺だけだ。それを忘れるなよ。俺があんたの立場だったらよく考えるがね、ガーリブ」

ガーリブは筋肉自慢の子分をちらりと見てから、カメラマンとその喉に再び目をやった。「よかろう、青い上着《ブラウエ・ヤッケ》くん。きみの言い分を聞こうじゃないか。額はどのくらいだ。百ユーロか？」

「ああ、百ユーロ。それと、口止め料に五千ユーロだ」

「口止め料だと？　ふむ、何か勘違いしているんじゃないか」ガーリブは背後の男にそっと目で合図した。

「つまりきみは、私がおとりだということをわかってなかったのかね？　私がトラをおびき寄せるためにジャングルの端につながれているヤギだということを。そしてついに現れたトラが、まったく想像もしなかった最期を迎えるということも。だが一方で、杭《くい》につながれたヤギは辛抱強く待つ。角《つの》のある動物を絶対に見くびってはいけない」

　背中に回したガーリブの手に子分がナイフの柄を滑り込ませた。

「だが、きみは正しい。もちろん、口をつぐんでいることに対しては見返りを得るべきだ。われわれのことを言いふらされてはたまらないからな。そうだろう、ヴァルベルクさん？」

　ガーリブが出し抜けにナイフを前に突き出した。カメラマンはその刃を見た瞬間、ひと飛びでソファの背もたれを飛び越えた。


　彼らは裏通りにひと気がなくなるまで待った。女たちは肋骨《ろっこつ》に痛みを感じていたはずだが、男たちのあとに無言で続き、車に押し込まれたときにもほとんど抵抗しなかった。

「ハミド、大通りの反対車線に入って、角で止めろ。そこからならあのアパートメントが見える。出入りする人間を監視するんだ」

　ガーリブは後部座席を見渡した。ふたりの女は頬を寄せ合って寝入っている。

「そろそろ出ないと。フランクフルトまでは長いです」ハミドが言った。

「わかってる。だが、向こうで待つ人間には時間がある」

　ふたりはアパートメントのエントランスから十分な距離をとり、押し黙ったままじっと待った。日が落ちて、アパートメントの黄色い正面壁に映っていた周囲の建物の影がゆっくりと長く伸びていく。次第に人々が仕事から帰ってきた。

「アブグレイブ刑務所の〈別棟〉で、そのアラブ系デンマーク男はいったいどうなったんですか？」ハミドが沈黙を破った。「秘密警察がやつを連れて戻ってきたとき、あなたもそこにいたんですか？」

「ああ、私は〈別棟〉で働いていた。二十一のときからだ」

「看守だったんですか？」

ガーリブは小さく笑った。「ああ、そうでもあった。ほかの任務も兼ねた看守だったと言えるだろう。私は囚人の口を開かせていた。その技術に長《た》けていたからな。囚人の信頼を得ることができたし、必要があればさまざまな手段を用いて洗いざらい話をさせることができた」そう言うと、自分の説明に満足したように微笑んだ。

「それで、そのデンマーク男はどうだったんです？」

「そうだな、やつはデンマーク人としても異質だった。われわれの大統領を嘲弄《ちょうろう》した罪で首に縄をかけられると、西洋の腰抜けどもは泣き叫んだものだが、やつは違った。あの男は、われわれの指導者と政権を愚弄する傲慢な異教徒から成る国連査察団のメンバーだった。やつにとって自白は、肉体を炎の剣で貫かれるほど耐え難いことだったようだ」

「でも、その男はまだ生きていますよね。わからないのですが、どうやって……？」

そのとおり、あのデンマーク男はまだ生きている。それについては私に隙があったせいだ。慈悲深いアッラーのお計らいのあらんことを。ガーリブは祈った。

ガーリブはサイドウィンドウに顔を向けると、少々大きめの冬用コートに身を包み、長く青いマフラーを巻いて通りの角で辛抱強く待っている男に向かってうなずいた。

それから彼はまた、思い出にふけった。

兵士たちはあのデンマーク男に無理やり死者の顔を直視させた。特にその目を覗き込ませた。その際、兵士たちはやつに向かって唾を吐き、あざ笑った。そして、昔からの慣習に従い、殺された人間ひとりにつき十倍の報復をしてやると宣言した。

刑務所の広場は暗くなりつつあったが、男から汗が吹き出るのがはっきりと見てとれた。だが、男はひと言も発しなかった。最初の尋問でも黙秘した。乳首に電極を装着され、五回電気を流されて初めて口を開いた。激痛と絶望的な状況のなかでも、男は明瞭《めいりょう》なアラビア語で話した。ただし、イントネーションがおかしく、純粋なイラクのアラビア語ではなかった。

「私の名前はザイード・アル＝アサディ。デンマーク市民だ」男は言った。「自分の責任でここにいる。今朝起きたことは、私がデンマーク国防情報庁に所属していることや国連査察団の一員であることとは無関係だ。われわれは自分たちの責任でひとりの囚人を解放するという、ただそれだけのために行動した。それ以外に話すことはない。もうわかっただろう。私のことは好きにすればいいが、そうしたところで何ひとつ変わらないだろう」

五時間耐えたあと男は失神し、処刑台に続く廊下を引きずられ、監房に入れられた。似たような尋問で囚人が死んでしまったことがあったが、今回、それは許されなかった。そこでアブドゥル、つまりガーリブが呼ばれることになった。

「アブドゥル、あの男の信頼を勝ちとってくれ。そのためにすることがふたつある」尋問係のリーダーが言った。「やつの妻と子どもたちがきみの家族と同じ地区に住んでいると話すんだ。そして今夜中に妻と子どもたちを妻の実家から引き離し、拘束する。そういう手順で進めてくれ」

「そうするのにうってつけの場所がある。ザイード・

アル＝アサディが自供しないので彼女たちに危険が及んでいると伝え、私が助けてやると申し出よう」

リーダーはうなずいた。「それをザイード・アル＝アサディにも伝えるんだ。早朝、われわれがやつをここに連れてくる直前に、『自分は味方だ。家族を悪いようにはしない』と密かに伝えるんだ。『きみの家族が、きみに不利な証言をするよう強いられる恐れがあるため、家族を安全な場所に移した』と」

そこまでは大した仕事ではなかった。男の妻、マルワは体調が悪かった。ガーリブが夜遅くマルワのところへ行き、家長の犯罪行為について家族全員の責任を問うために秘密警察が戻ってくるのは残念ながらよくあることだと説明すると、マルワは恐怖で震えだした。そのあと彼女はできる限り手早く身の回りのものをまとめ、両親や親族を守るために別れも告げずに外へ出た。自分と娘たちの行方を聞かれても「とにかくいなくなってしまった、どこに行ったかは誰もわからない」と、親や親族が良心にやましいところなく説明できるように。

ガーリブに土壁でできた小屋に押し込められて初めて、マルワは罠にかかったことに気づいた。娘たちは泣きわめいた。だが、口を開くたびに母親が殴られるのを見て、娘たちは泣くのをやめた。

日の出を迎えるより早く、ガーリブはザイードの監房の前に立っていた。どうやら男はぐっすりと寝たようだ。怯えた目をし、体には虐待の跡があったが態度は落ち着いていた。ガーリブは監房の扉に取り付けられた小窓に近づき、小声で名乗った。

「私はファルージャに住んでいます。私の家族はあなたの奥さんの家族と知り合いです」ガーリブはささやいた。「互いによく知る間柄です。われわれはスンニ派ですが、家族の誰もサダム・フセインの取り巻きではありません」ガーリブは監房の通路に目を走らせると、人差し指を立てた。「この話をあなたがどこかで口にしたら、私はあなたを殺さなくてはならない。それはわかりますね。私はあなたの家族を安全なところに移しました。私を信頼してください。あなたを自由の身にするために、できることはすべてします。何をするのかはまだわかりませんが、とにかく力を尽くします。何か方法が見つかるはずです」

ガーリブは数回深呼吸し、カメラマンのアパートメントにもう一度目をやった。

そうとも、ザイードはまだ生きている。だが、〈別棟1〉でいったい何が起きたのか、ガーリブはハミドに細かくは話さなかった。なんでもかんでも他人に聞かせればいいというものではない。

「フランクフルトでは、すべて手配がすんでるのか?」代わりにガーリブは尋ねた。

「ええ。聖戦士たちは中心地の五つのホテルに分かれて待機中です。ご要望どおり、全員が違う外見です。髭面の男も、スカーフをかぶっている女もいません。われわれが最初に勧誘した人間のうち、それに反発したふたりは除外しました」

「それでは全部で十五人か?」

「十二人です。数人がまだキプロスの収容所にいます。でも、最も優秀なふたりは脱出して、ドイツに来ています」

ガーリブはハミドの毛深い手首に触れ、握りしめた。ハミドはいいやつだ。

タクシーが一台、ゆっくりと角を曲がってやってきて、ベルント・ヤーコプ・ヴァルベルクのアパートメントの前で停まった。

タクシーは一、二分間じっとそこにいた。ようやく男がひとり降りてきた。実に背が低く、貧弱な体をしている。神経質になっているのが遠くからでもよくわかった。動きが少しぎくしゃくしていて、所在なさげに見える。ポケットに手を入れようとしているが、怯えているせいでうまく入らず、せわしなく辺りをうかがっている。

　ジュアン・アイグアデルはいらついたように足踏みをした。両手をどこにやったらいいかわからないようだ。しまいには片足を車道に踏み出して、ヴァルベルクの部屋の窓を見上げた。いったい、何が見えてくることを期待しているのだろう。自分が来ることを恐れて外を見張るヴァルベルクの顔か？　いきなりカーテンが閉まるとでも思っているのか？

　結局窓からは何も見えなかったらしく、ジュアンはエントランスまで行った。目当ての名前を見つけ、呼び鈴を二度押した。

　ガーリブは、このジャーナリストが住人からの応答がないままに立ち尽くす様子を予想していた。だが、彼がほかの部屋の呼び鈴を次々と押していくのを見ると、なるほどとうなずいた。

　アパートメントのエントランスのドアを開けてもらい、ジュアンが中に入っていく。ガーリブは自分のメッセージが狙いどおりの人間に受信されることを確信した。

「ハミド、もう行っていい」彼は満足げに命じた。「慎重に運転するんだ。途中で止められたくないからな。四時間後にフランクフルトにいられれば上出来だ」

19

ジュアン　残り11日

女性がひとり、階段の踊り場に仁王立ちになっている。女性自身も着ている花柄のワンピースも、同じくらいくたびれている。それでも目つきは鋭く、声も厳しかった。相手のドイツ語が大して理解できたわけではないが、それでも何を言っているのかは想像がついた。なんであたしが赤の他人に邪魔されなきゃいけないのよ？　なんであんたはあたしの部屋の呼び鈴を押したわけ？　だいたいこのアパートメントで何を探してんの？　誰のところに行こうとしてんのよ？　といったところだろう。

ジュアンは申し訳なさそうに肩をすくめ、人差し指で軽くこめかみに触れた。「すみません《アイム・ソーリー》、階を間違え《ロング・》ました《フロア》」そう言うと急いで女性の脇を通り過ぎ、非難に満ちたまなざしを首筋に感じながら階段を上がった。おそらく彼女に俺の英語は通じていないだろう。

さらに二階分上がると、ドアの横に〝B・J・ヴァルベルク〟と記された真鍮の表札が見つかった。表札の下には誇らしげに〝国際写真事務局ミュンヘン支局〟という英語のラベルが貼られていた。

ためらいながらドアの呼び鈴に指を伸ばそうとしたとき、靴の上で光が細い筋をつくっているのに気づいた。ドアが少しだけ開いている。

ドアの隙間に耳を寄せて中の様子をうかがったが、さっきの女性が下の階でがなり立て、勢いよくドアを閉める音以外、何も聞こえなかった。

本能的にジュアンはそこで立ち止まり、ドアの横の壁にもたれ、息を殺して聞き耳を立てた。ジュアン、気をつけろ。住人がちょっとそこまで出ていったわけじゃなければ、ドアがこんなふうに開いていることはない――何かがおかしい。

ジュアンは待つことにした。五分経っても階段に人の気配はなく、ドアの内側で何かが起きている様子もない。ついに慎重にドアを押し開けて、中に入った。

ジュアンはこれまで誰からも几帳面《きちょうめん》な人間だと言われたことがないが、それでもここの住人に比べれば整理魔を名乗ってもいいくらいだ。玄関の床にはスリッパが積み上げられ、すり切れた革製の書類かばんが半開きのトイレのドアレバーに掛けられ、ドアの内側から便座をあげた黄色いしみのついた便器とともに、訪問者を迎えている。古い新聞記事や写真雑誌の山が壁に沿って積まれているので、一歩進むごとにその山と溢れんばかりのゴミ袋――臭いからして、相当長く放置されているようだ――につまずかないようにしなければならないだろう。

すると、空気が動くのを感じた。奥にある広そうな部屋から隙間風が流れてきているようだ。おそらくカメラマンのリビングだろう。

「こんにちは、ヴァルベルクさん《ハロー・ミスター・ヴァルベルク》」ジュアンは呼びかけた。「入ってもいいですか《メイ・アイ・カム・イン》？」

ジュアンは少し待ってから玄関のドアをうしろ手に閉めると、今度はもう少し大きな声で呼びかけた。

相変わらず返事がない。そこで、リビングに続くドアを押し開け、中に入らずに様子をうかがった。最初に見えたのは、イケアのソファだった。二十年以上前、実家にあれとセットになっているソファが置いてあったものだ。通りに面した窓が全開になっている。

中に入った瞬間、目に飛び込んできた光景に、足がすくんだ。気がつくと、半分乾いた血の海の中に立っていた。制服のジャケットを着た男から噴き出た血がガラス製のテーブルに広がり、床に垂れている。

死体の顎はガラス板にのっていたが、まるで笑っている口のようにぱっくりと耳から耳まで首が切断されている。ジュアンは激しく嘔吐《おうと》した。貧相な朝食のビュッフェの残滓《ざんし》が下に広がった血と混ざった。

なんとか呼吸を整えようとした。落ち着け、落ち着くんだ。ここからどうやって警察に通報する？　いや、そもそもそんなことをしていいのか？　ようやく気持ちを奮い立たせて、どうにか息がつけるようになったものの、いろいろな考えが頭の中でぐるぐる回って、収拾がつかない。下の階の女性は、俺が犯人だと思うかもしれない。警察が俺の説明を信用しなかったら？　このドイツで殺人罪で起訴されたら、どうなるんだ？　新展開への対処を余儀なくされたモンセ・ビーゴの冷酷な表情が、頭に浮かんだ。『オレス・デル・ディア』は通訳や弁護士の費用を負担してくれるだろうか？　それに万一の場合、誰が俺の保釈金を支払ってくれるんだ？

だめだ、手遅れにならないうちにここから逃げ出さなくては。

自分のズボンと靴に目をやると、べったりと血で汚れていた。これではどこに足を踏み出そうと、何に触ろうと、そこらじゅうに跡が残るだけだ。

着替えるしかない。ジュアンは靴を脱ぐと、脚を大きく広げて絨毯《じゅうたん》の汚れていない部分に移った。絨毯にも自分の体にも触れないよう、用心しながらズボンを脱ぐと、それを伸ばした腕に掛けて廊下まで持っていき、靴といっしょにゴミ袋の中に詰め込んだ。

リビングの隣にあるベッドルームも同じようにめちゃくちゃだった。汗の臭いがして、掛け布団が二、三枚床に落ちている。整えられていないダブルベッドにふたり以上の人間が寝ていたことは確かだ。

塗装の剝げた衣裳ダンスには、大量の衣服と靴があった。ジュアンは見知らぬ男のズボンとサンダルの中から、どうにかサイズの合うものを身に着けた。

その瞬間、電話のけたたましい着信音が静けさを破り、ジュアンはビクッとした。

　リビングを見渡し、どこで音がしているのかを確かめる。幅の狭いサイドボードの上に小銭ホルダーが付いた革のバッグがあった。ベルント・ヤーコプ・ヴァルベルクがいつも着ていた路面電車の車掌の制服の付属品に違いない。

　その上に携帯電話があり、さらにその上にメモが置いてあった。

電話に出ろ《テイク・ザ・フォーン》、そう書かれている。

　極限の不安に陥りながら、ジュアンは電話に出た。

「こんばんは、ジュアン・アイグアデルさん」予想どおり、やつだった。「そう、きみはあのカメラマンの様子にショックを受けているはずだ。だが、私との取り決めを破った者はそうなる。覚えておくことだ」

　知らず知らず、ジュアンは顔を遺体のほうへ向けていた。そのとたん、胃がきゅっと縮むのを感じた。もう吐きたくない、と彼は思った。

「それはそうと、きみは事態を理解しているようだな。ジュアン・アイグアデル、きみはしっかりと仕事をしている。われわれのことを記事にし、われわれが人々を痛めつける計画を立てていることを世界中に知らしめた。さらにわれわれのことも嗅ぎつけた」不愉快きわまりない笑い声が響いてきた。「そう、あの制服についてきみがネットに書き込んだ質問に答えたのはわれわれだ。きみが記事を書きつづけられるようにね。このあとも数日間同じように行動してもらいたい。いいかね？」

　ジュアンはひと言も言葉を発せなかったが、それでもうなずいた。

「ジュアン、われわれは北に向かっている。数日したら、正確な滞在先と計画の内容について、次のヒントを与えよう。その間、きみの物語が話題性を保てるように、少しだけ材料を提供しよう。それはきみのためでもあり、われわれのためでもある。カメラマンの携帯電話を持ち歩け。いつでも連絡が取れるよう、常に充電しておくんだ。充電ケーブルはバッグの横にある。きみが愚かな考えを持たないよう、われわれは用心のために毎回違うSIMカードを使う。警察が到着する前にそこを出ろ。ドイツの警察と関わると面倒だからな。ああそれから、当然だが、この会話については他言しないこと。それさえ守れば、明日の新聞にはきみが書きたいように書けばいい」

　ジュアンは床の嘔吐物や乾いた血の中についた足跡に目をやり、着替えたばかりのズボンと靴を見つめた。

「わかった」そう答えた。

　ジュアンは、ゴミ袋を片手に部屋を出た。ドアを少し開けたままにし、できるだけ音を立てないようにそっと階段を降りると、袋を裏通りのゴミ収集容器の中に投げ入れた。それからアパートメントの向かいにあるカフェに入り、震える手でアメリカーノの入ったカップを持ちながら腰掛けた。そこで警察を待つつもりだった。自分が発見したものについて匿名で通報してから十分が過ぎていた。だが、警察が来たらどうすべきか、いまだに結論は出ていない。

　カメラマンの携帯電話に目をやる。自分のより二、三世代新しい機種だろう。はるかにたくさんのことができそうだ。とびきりいいカメラが付いたサムスンのハイエンドモデル。こんなものは発売から五年くらい経たない限り、俺にはまず買えない。

　ジュアンは携帯電話をオンにすると、しばらくの間、画面のアイコンを見つめていた。ようやくフォトギャラリーを開いてみたが、何も保存されていなかった。プロのカメラマンの携帯電話に何を期待していたんだ？　プロが携帯電話なんかで撮影するわけないじゃないか。なんて馬鹿なことを考えていたんだと、ジュアンは声を上げて笑いそうになった。どうしたらいいかわからなかった。

しばらくして少し落ち着くと、記事を書くのに役立つ情報がありそうなアプリを順番に開いていった。まずメモアプリを開いてみたが何もなかった。メールボックス。何もない。セキュリティフォルダ。何もない。フェイスブック。何もない。インスタグラム。何もない。まったく何も記録がない。ビデオアプリのインストールすらされていなかった。

　ホーム画面を最後のページまでスワイプしていったとき、ようやくいままでのアプリとは違う面白そうなものを見つけた。青い虫眼鏡のアイコンで、〝ファインダー〟という名がついている。ジュアンはアプリを開くと画像と動画を検索してみた。この携帯電話のどこかに隠されているかもしれない。

　検索に何かがひっかかるとは期待していなかった。ところが、動画データがヒットし、彼は目を丸くした。タップして開いてみる。

　かなり薄暗いなかでふたりの男を撮影したものだった。男たちはカメラマンのアパートメントのリビングの隅に座って、押し殺した声で会話をしている。差し込む光が弱いので、どんな顔かはわからない。アラビア語を話しているようで、会話の内容もわからない。

　三十秒後、カメラの位置がわずかに動いた。目の粗い布のようなものがレンズの上部を覆っていて、隠し撮りであるとわかった。それからガサゴソ音がした。おそらく、カメラの背後から聞こえているのだろう。数秒もしないうちに画面の右側にひとりの男が現れ、粗い生地でできたカーテンを少し引いた。弱い光の筋が部屋に差し込み、話をしている男たちの顔を照らす。男たちに見覚えはなかったが、用心深くカーテンを引いた男については、その上着でわかった。あのカメラマンだ。ガーリブたちとの会合を記録していたのだ。

　ふたりの男は五十歳くらいだろうか。ひとりは目鼻立ちのくっきりした顔が印象的だ。それと同じくらい目を引くのは、顎から喉にかけて黒っぽい三角形があることだ。ひょっとしたらカムフラージュかもしれないが、色素が沈着しているようにも皮膚がひきつれているようにも見える。もうひとりの男は、控えめな態度から察するに、相手の男に仕えているに違いない。アラブ人らしくない角刈りのような髪形をしていて、あまりにも見事な上腕筋がボクサーのようなプロのアスリートを想起させる。平たい鼻がさらにそんな印象を抱かせた。アラビア語を話していなかったら、ネイティブアメリカンの血を引くテキサス人に間違えられるかもしれない。

　ふたりはひそひそと会話を続けた。カメラマンのほうを見向きもせず、身振り手振りを交えて夢中で議論していた。特に角刈り男の表情はひどく恐ろしく、まるで誰かをノックアウトしたかのような手の動きを見せた。ふたりがそのジェスチャーにどっと笑う。

　不意に光の筋がふたりの男たちの顔を照らした。ジュアンは〝一時停止〟のマークをタップすると自分の携帯電話を取り出し、静止画像を拡大して写真に撮った。

　男たちの目は落ち着いていたが、冷たかった。このあと、男のどちらかがあのカメラマンに死刑判決を下して喉をかっ切るのだ。ジュアンはぞっとした。気の毒に、彼はそんな運命が待っているとはつゆ知らず、窓辺に立っている。

　ジュアンは〝再生〟をタップした。二、三語くらいは聞き取れるかもしれないと、辛抱強く音声に耳を傾ける。周囲で起きていることをすべて忘れるほど集中した。言葉はとぎれとぎれで短く攻撃的で、時折声が高くなった。柔らかな響きのジュアンの母国語とはまるで違って聞こえる。この言語でどうやって感情や意見、考えを表現することができるのか、謎だった。突然、角刈りの男が相手の名前を呼んだ。それを聞き取れたのは、その名前に覚えがあったからだ。念のため動画を少し前に戻す。同じシーンを数回繰り返して再生し、間違いないと思った。

　名前は「ガーリブ」だった。

　ジュアンは深呼吸すると、もう一度〝一時停止〟のマークをタップした。アヤナパのビーチにいた髭面の男と画面のこの男は本当に同一人物なのだろうか？　この男が操り人形の糸を操作しているのか？　この男が人々の命を握っているのか？　この男があの老女を殺したのか？　この男が遠く離れたメノゲイアの収容所にまで手で伸ばせるほどの力を持っているのか？　この男が邪魔者はすべて排除する人間なのか？　つまり、俺の手綱《たづな》を握っているのは、この男なのか？　ほかの誰よりも俺が警戒しなくてはならないのは、この男なのか？

　そのとき、外で青色灯がせわしなく光っているのに気づき、ジュアンは画面から目を離した。パトカーが一台、ほとんど音を立てずにアパートメントの前にやってきた。あそこでは、ベルント・ヤーコプ・ヴァルベルクの遺体がとっくに冷たくなっているはずだ。

　ジュアンはもう一度、殺人犯の画像を眺めた。冷酷な目をしたこの男が野放しになっているのだ。

　少し考えてから彼は心を決め、動画の〝送る〟マークをタップした。それからグーグル翻訳にいくつか単語を入力し、翻訳された語句を心の中で何度も繰り返すと立ち上がった。店を出て通りを横切り、ちょうどパトカーから降りて制帽をかぶったばかりの青い制服姿のふたりの警察官のもとを目指す。青色灯を光らせたもう一台のパトカーが続いてやってきて、刑事をふたり降ろした。

　警察官と刑事は言葉少なに会釈し合うと、硬い顔つきで上の窓を指した。その表情があまりにも怖くて、ジュアンは思わず立ち止まった。不意に、こんなことをしていいものかと疑問がわいてきた。だが、刑事のひとりが、ためらっているジュアンをただの野次馬ではないと目に留めたようだった。

ジュアンは刑事にうなずいてみせると、最後の数歩を進んで彼らのもとへ行き、精一杯のドイツ語でゆっくり言った。

「私がその殺人を通報しました《イッヒ・ハーベ・ディーゼン・モルト・ゲメルデット》」

20

カール

アサドは昨日、ひどくうろたえた状態で帰っていった。写真のなかで妻の横にいる男を見たことが相当ショックだったらしく、それ以上説明を続けることができなくなったのだ。

アサドは慌てふためき、かなり動揺しながら、カールたちにさよならの挨拶をした。いま起きていることだけでも耐え難いのに、過去についても思い出さなくてはならず、追いつめられたようだ。

「いまはこれ以上無理です」アサドは懸命に笑顔をつくった。「ラクダですら、ときどきはひざを折りたたんで休まなくてはなりません。頭の中が鶏小屋にいるみたいにブンブン言っています」

「それを言うならミツバチの巣にいるみたいにでしょ、アサド？　ミツバチよ」ローセが訂正する。

アサドは疲れた目でローセを見た。「頭の中が混乱しきっていて、その音がどんどん大きくなっているように感じるんです。考えを整理し、睡眠を取り、祈る時間が必要です。明日の午前中にみなさんに会って残りを話すつもりです。たとえそれがどんなにつらくても。時間をくれませんか？」

その晩、カールはアサドの衝撃的な過去についてモーナに語って聞かせた。

「なんてことなの、カール。アサドがあなたにもっと早く打ち明けていたら、わたしたちが彼の助けになれたかもしれないのに。なぜこれまで黙っていたのかしら」モーナは言った。

「俺もずっとそれを考えていたんだ。だが、よく考えれば無理もない。アサドに話せるはずがないんだ。ラース・ビャアンの計らいで、あいつは新たな身元を手に入れた。過去を話さなかったのには、それなりの理由があるはずだ」

「職を失うのを恐れていたってこと？」

「いや。だが、自分の素性が明らかになるのをとても恐れていたことは確かだ」

「でも、あなたがアサドを売るわけがないじゃない。そのことは彼にもわかっていたはずでしょ？」

「話そうとしたことは何度もあったんだと思う。だが、中東では悲惨な事件がたくさん起きていて、ヨーロッパには過激な思想が広がっている。それであいつは話すのをやめてしまったのかもしれない。シーア派対スンニ派、ロシア対ウクライナ、イスラエル対パレスチナ、あちこちでポピュリストがリーダーとなり、内戦があり……、どれもこれも終わりが見えない。アサドとしては、どこを見ても憂鬱なことばかりだったのだろう」

「まあ、自分のことを明かしたら冷静ではいられなくなるでしょうし、当然よね。家族がもう何年も人質になっているなんて想像できる？　家族がどこにいるかもわからない、そもそも生きているかどうかもわからないなんて。わたしだったら、そんな状況で生きていけるかどうか。本当に恐ろしいわ！」

　カールは彼女の手を取った。「そうだな、ぞっとする。さらに、アサドにはよくわかっていたんだ。家族を人質にしている男は、自分を探し出して殺すためには手段を選ばないということが。だからあいつは人目につかないように働き、しょっちゅう引っ越しをしてたんだ。いまとなってはすべてよくわかるよ。ラース・ビャアンとその兄ですら、警察本部にいないときのアサドがどこにいるのか知らなかったかもしれないな」

「家族を探すために、彼は特捜部Qで使えるありとあらゆる手段を試したはずよね」

「それは間違いない。そもそも、それが理由でラース・ビャアンがアサドにうちの仕事を世話したというのは、十分ありえる話だ。だが、あいつがだんだんと家族と再会できるという希望を失っていったという点が心配だ。そこにきて今回の話だ。母親代わりだった人がアヤナパの海岸で最期を迎え、それをこんな形で知ることになるとは、とんでもないショックに違いない」

「アサドはあなたたちに残りの話をすると思う？」

　カールはうなずいた。「そうじゃなかったら、俺たちが話させるよ。ローセが戻ってきたしな」カールはそのことを思い出し、笑みを浮かべた。もちろんアサドの話は壮絶でつらいものだが、それに付随して少しはいいことも起きた。

　モーナは手を引っ込めると、真剣な表情でカールを見つめた。

「カール、話は変わるんだけど、あなたに訊きたいことがあるの」そう言うと、二、三回深呼吸をした。「ハーディとモーデンとミカがスイスに行って思いどおりの結果が得られなかったら、どうなると思う？ ハーディの状態は今後も変わらないことがはっきりしたら。そうしたら、あなたはまたアレレズに戻るの？」

「アレレズに戻る？」カールは下唇を突き出して、しばし考えた。「まさか、戻ろうなんて思ってないよ。なんでそんなことを訊くんだ？」

「それはその……あなたを愛してるからよ、カール。この数年間であなたをとても大切に思うようになったの。わたしにとってあなたの存在がどれほど大切か、わかる？」

カールは彼女の顔をじっと見た。これは純粋に質問をしている表情だろうか？ 彼のなかの捜査員が疑いを持った。

「モーナ、頼むよ、なんでそんなことを訊くのか教えてくれ。俺に何か隠していることがあるのか？」

ばりばり仕事をしてきたはずのモーナが、謙虚すぎるほどうなだれている。恥ずかしがっていると言ってもいいくらいだ。何を隠しているんだ？ カールは不安になってきた。

「モーナ、具合でも悪いのか？」カールはモーナの手を握った。

すると、モーナは姿勢を正した。両頰に深いえくぼが現れる。今度はいったいなんだ？

「具合？」そう言うとカールの頰を撫でた。「そうね、あなたの好きなように言ってくれていいけど。知ってるでしょ？ サマンタが死んだとき……」モーナは必死で気持ちを落ち着けようとしていた。「ねえカール、あの子は本当に生き生きしていて、才能に恵まれていたわ……。あの子が死んだとき、わたしのなかでも何かが死んだの。そのことについては何度も話したから、あなたもすべて知っているわね。心理学者として喪失の悲しみが人にどのような影響を及ぼすか、わかってなくてはいけなかったのに。でもわたしは完全に打ちのめされた。あなたも見てきたとおりよ。わたしは医者から抗うつ剤を飲むように指示されても飲まなかった。それもあなたは知っているわね？」

カールはうなずいた。不安がどんどん募る。

「わたしは惨めな気持ちになって、心と体のバランスがまったく取れなくなってしまった。あっという間に年をとったような気がしたわ。それで医者がホルモン剤を処方してくれて、実際にそれがよく効いた。でもホルモン剤を服用すると、必ずといっていいほど副作用が出る。自分が飲んでいる量がかなり多いことも心配で……」

「副作用？　どういうことだ？　血栓症が心配なのか？　何が心配なんだ？」

モーナは微笑んで再びカールの手を握った。「わたしは五十一歳よ、カール。わたし、妊娠してるの。あなたがアレレズに戻るべきではない理由が、これでわかったでしょう？　約束してくれる？」

カールは仰天した。数年前、パニック発作に襲われたことがある。あのときは突然、現実から勢いよく放り出されたような感じだった。

いままた同じことが起きるんじゃないかと、カールは焦った。

ろくに眠れずに夜を過ごした人間がふたりいた。アサドとカールだ。

翌朝、カールが七時に警察本部の地下に姿を現すと、かつて掃除用具入れに使われていた部屋で、絨毯に片頬をつけたアサドが祈りの態勢のまま、いびきをかいていた。

「アサド、そんなふうにずっといびきをかいていたら絨毯が破れるぞ」そう言いながら、カールはコーヒーをこぼさないようバランスを取りつつも、ずかずかとアサドの部屋に入った。

　アサドは目を丸くして差し出されたコーヒーカップを眺めた。

「ありがとうございます」ひと口すると、これまで自分が無数に淹《い》れてきたコーヒーに対する仕返しを受けたかのように渋い顔をして、カールを見つめた。

「ほんの目覚まし用だよ、相棒」カールは言った。「もっと欲しかったらつくってやるぞ」

　アサドは苦笑した。ただでさえ苦しみに満ちた世界にいるのに、わざわざこんなコーヒーをもう一杯欲しがる人間などいるのだろうか。

「アサド、今日は俺たちふたりにとってタフな一日になりそうだ。だから俺は、ほかの人間より早く来たんだ」

「ふたりにとってとはどういう意味です？」アサドはスツールに腰掛けた。疲れたように、頭を壁にもたせかける。

「言葉どおりの意味さ。モーナが言うには、俺は父親になるらしい。昨夜、聞かされたんだ」

　〝ティーカップほどの大きさの目〟ハンス・クリスチャン・アンデルセンは童話『火打ち箱』に出てくる犬をそう描写していたっけな。いまのアサドはまさにそんな感じだった。

「ああ、俺だってわかってるよ。モーナは五十一だ。これは本当に……、本当に……」まったく、どう言えと？　異常か？　奇跡か？

「俺たちはとにかくびっくりしてる」代わりにカールはそう言った。「その……、互いに子どもが欲しいとは思ってたさ、もちろん。だが、ふたりともかなりの年齢だ。モーナの孫のルズヴィは、叔母か叔父より十五年上ということになるんだ。完全にどうかしてるだろ？　だいたい、健康な子が生まれてくるのかどうかもわからない。俺たちは危険な道を行こうとしているのかもしれない。それに、無事子どもが生まれたとして——そうなることを願ってるが——、その子が高校卒業試験を受けるころ、俺たちはなんと七十歳だぞ」

カールは放心したように、ぼんやり前を見つめた。モーナは十八歳でマティルデを生み、すぐ翌年にサマンタを生んだ。そのサマンタは同じように十八歳でルズヴィを生んだ。ふたりとも、若くして健康で強い母親になった。だが、いまのモーナは五十一歳。最初の妊娠から三十三年も経っている。三十三年！　めまいを起こしそうだ。しかも俺は五十過ぎにして初めて、生物学上の父親になるってわけだ。そんなことがあっていいのか？

両親ときょうだいがこのニュースを知ったときの、恐ろしい瞬間が目に浮かぶ。なんてこった！　田舎じゅうのいい笑いものになるだろう。

すると、アサドが夢遊病者のようにスツールから立ち上がった。おぼつかない足どりで近寄ると、カールを見つめた。こんな年であえて子どもを持つことがいかに愚かな考えか、ありがたい忠告が山ほど降ってきそうだった。危険だとか、そんなに高齢の両親を持つ子どもがかわいそうだとか……。気づくと、カールは頭の中で反撃の準備をしていた。そのとき、アサドの頬を突然涙が伝った。

「カール」アサドはボスの顔に手をやると、額と額をくっつけた。「カール、ふたりにとって最高の出来事じゃないですか！」そう言うとアサドはすぐに元の場所に戻った。涙を浮かべた目でカールを見たが、顔には無数の笑い皺が浮かんでいる。「これはひとつのよい兆候ですよ、わかりますか？」

そうだな。カールは理解した。

子どもが生まれることについて、ゴードンとローセには黙っておくことにした。ふたりがもっと注意深かったら、カールの部屋にいつもとは違うオーラが放たれているのを感じることができたかもしれないが。

「話を短くまとめ、細かい点はカットしようと思います」アサドは続きを語る前に言った。「みなさんが詳細にさほど関心があるとも思いませんし」

「あなたが正しいと思う形で話せばいいのよ」ローセが励ます。

アサドは前日の新聞記事を机の上に広げ、写真を指さした。「妻の横にいるこの男は、ガーリブといいます。以前はアブドゥル・アジムと名乗っていました。昨日、言いましたっけ？　まあいいです。彼はイラク人で、妻と同じファルージャの出身です。私の人生を破壊したのはこの男です。彼の人生もそうなっているといいのですが」

死刑囚の監房がある廊下には、こびりついた汗や嘔吐物や小便などの吐き気をもよおすような臭いが広がっていて、ただでさえ疲れ切って血走ったアサドの目に涙がにじんだ。アサドは恐怖を感じた。今朝早く、看守たちが五人の男を引きずってアサドの監房の前を通り、向かいのコンクリートの建物に設置された絞首台へ連れていった。彼らの悲鳴が聞こえ、アサドは死の恐怖に怯えた。

扉についている小窓が開き、今度は自分の番に違いないと思った。ところが、驚いたことに小さな隙間から見えたのは、アブドゥル・アジムという名の男の顔だった。男は、自分を信用してほしい、家族がきみの妻と知り合いだ、きみを助けてやるからあと数日間我慢するように、と耳打ちしてきた。

次にアジムと会ったとき、アサドは低い天井の尋問部屋にいた。床も壁も血と排泄物《はいせつぶつ》にまみれていた。アサドは部屋に一歩足を踏み入れた瞬間に、最悪の事態を覚悟しなくてはならないと悟った。軍隊時代に絶え間なく訓練を受けた者として、この部屋で何が待ち受けているのかよくわかっていた。これから椅子に座らされて縛りつけられ――あるいは天井から吊るされて――拷問を受けるのだ。だが、そうではなかった。伝統的な白く長いシャツドレス《ディスダーシャ》を着た男が、ゆらめく天井のランプの下で目の前に立ちはだかった。男はにやりとしてアサドの顔を見た。そして指を鳴らすと、細い籐《とう》の鞭を手にした上半身裸の大男が四人、アサドを取り囲んだ。

尋問は、おまえは誰なのか、自分のしたことが死刑に値するとわかっているのか、という質問から始まった。アサドは黙っていた。すると、白い服の男がまた指を鳴らした。

最初の鞭は、鍛え抜かれた上半身の筋肉を緊張させることで比較的容易にこらえることができた。次に、地位と与えられたミッションと出自を訊かれ、国連査察団の今後の動きについて何を知っているかを問われた。アサドが一切答えなかったため、鞭の勢いは激しさを増し、下腹部と頭部を打たれた。

ちょうどそのとき、少し前にアサドに家族の無事を告げた男が部屋に入ってきて、壁のところへ立った。彼はじきに終わるとでも言いたげに、アサドに向かって小さくうなずいた。

確かにそのとおりだった。鞭の激しさと回数はどんどん増していった。だが、アサドがもう限界だと思った瞬間、ぴたりと止んだ。

「しぶといやつだ。だが、覚えておけ。今日中にまた尋問してやるからな」白い服の男がそう告げた。

アサドは下唇を突き出して息を吐いた。生温かい呼気が顔にかかる。できるだけ平然とした表情を保とうとしたが、体はフル回転でアドレナリンを放出していた。

俺は屈服するつもりはない。

カールにもローセにもゴードンにも目を向けず、アサドはスツールに座った。話を中断すると、深く息を吸う。新たに力をかき集めなければ、先を続けることができなかった。

「連中は三日連続で監房から私を引きずり出して尋問部屋に入れると、私を脅迫し、殴打し、話す気になるまで水桶に頭を突っ込んでやる、と言ってきました。それでも私は黙っていました。乳首に電極をつけられ、電流を流されて初めて、私は口を開きました。名前を言い、国連の代表者たちはわれわれのイェス奪還作戦について何も知らないと伝えました。あれはひたすら友人を解放するための行動でしかなかったと」

イラク人たちの怒りは凄《すさ》まじく、その後、拷問はどんどん残虐なものになっていった。あまりの壮絶さに、アサドは死んだほうがましだと思うようになった。

だがそのとき、白い服の男が拷問を中断した。そして、明日死刑を執行すると素っ気なくアサドに告げた。

カールとローセは顔を見合わせ、それからゴードンを見た。のっぽ男は、気絶しないように大量の血液を脳に送ろうと必死になっているようだ。

「その晩、あの卑劣漢が私の監房にやってきました。あいつは私の味方だと言っていましたが、私は最初の尋問のときから実際は何も動いていないのではないかと疑っていました。そしてこのとき、やつは初めて本性を見せたのです。話はまったく変わっていました。妻と娘たちを人質として拘束していて、私が自白しなければ彼女たちの命はないと言うのです。ショックでした。でも、私に何ができたというのでしょう。やつの言葉をどこまで自分が信じたのか、いまとなってはもうわかりません」

カールはしばらくアサドの話に夢中になっていた。自分でも気づかないうちに拳を握りしめ、歯をぐっと食いしばって聞き入っていたのだ。

「話を中断してすまない、アサド。だが、その男がキプロスからどこへ逃亡したか見当がつくほど、そいつのことをよく知ってるのか?」

「いいえ、まったく知りません。ですが、相手は私がヨーロッパのどこかにいることは薄々気づいているでしょう。デンマークにいると嗅ぎつけているかもしれません。正確な場所まではわからないでしょうけど。あの男は私を隠れ家からおびき出すつもりです。そのためなら手段をいとわないはずです。私の家族を意のままにできる状態なのですから。いつでも彼女たちを殺すことができます。そのことに疑問の余地はありません。復讐になぜここまで長い時間をかけたのか、よくわかりませんが……」アサドは言葉を切った。

アサドは写真のふたりを指さした。「マルワの顔を見てください。ひどく怯えています」頬を涙が伝い、アサドはそこで言葉を切った。「家族を探したいのは山々ですが、私が動けば、どうしたって彼女たちを危険にさらすことになります。なんといっても彼女たちは生きてるんですから! 生きてるんですよ! まさに奇跡です。ですが、いま、自分に何ができるのかわかりません。あの恐ろしい出来事があってから数カ月で、マルワとサミルの兄は彼女たちがどこに捕らえられているのか突き止めましたが、義兄はそのために命を落としました。連中は、まったく無感情に彼の喉を切り裂き、死体を家の前の砂埃の中に捨てていったんです。そのせいで、サミルは私をひどく憎むようになりました」アサドはカールに目を向けた。「サミルと私が殴り合いになったときのことを覚えていますか? 当時、サミルが私とできる限り離れたくて、グローストロプへ異動を願い出ていたことを?」

アサドは目を逸らすと、話をやめた。呼吸を整えようとしているようだ。「何年もの間、スカイプで義父に詫びてきましたが、聞き入れられませんでした。いまではもう、義父は亡くなっています」アサドの声が震えた。「サミルが私の居場所を連中に教えなかったのは驚きです。サミルはもちろん、そんなことをしたら姉と姪《めい》たちを危険にさらすと考えたのでしょうけど」

アサドは両手で顔を覆った。その心境は察するに余りある。

「アサド、頼むから落ち着いてくれ。いまは絶望している場合じゃないだろう。確かに、おまえや家族の身に起きたことは恐ろしいことだ。だが、いまは家族が生きているとわかり、希望がまた出てきたんだ。それに、俺たちがついている」カールはほかの面々に目を向けた。「そうだよな？」

ゴードンとローセがうなずく。

「順序立てて調べていかなければならない。時間との戦いになることはわかっているが、まずは手元にある情報をすべて突き合わせ、重要度に従って優先順位をつけていく――いつもやっているとおりだ」カールはすべての新聞記事を自分の前に引き寄せた。「アサド、ここにある記事はどれも、バルセロナの日刊紙『オレス・デル・ディア』に掲載されたものだ。記者は同一人物で、ジュアン・アイグアデルとかいう男だ」

「デスクの名前は突き止めました。モンセ・ビーゴという女性です」ローセが補足する。「これが編集局の番号です」

カールはでかしたという目でローセを見た。ローセはやる気満々だ。「まず、ここ数日間にジュアン・アイグアデルが書いたすべての記事を検証しよう。ざっと読んだだけでも、とんでもない話に思える。編集局に電話して、こっちは本物の警察だと告げよう。いま姿をくらましているボート難民の男について、この記者がこれだけ詳細な情報をどこから得ているのか、尋ねるんだ」

21

ジュアン　残り10日

「おはようございます、アイグアデルさん。私の名前はヘルベルト・ヴェーベルです」タートルネックのセーターを着たがっしりとした体格の男が挨拶した。

「憲法擁護庁州局、つまり国内情報機関の者です。テロ対策特殊部隊と連携して動いています。昨夜はここにお泊まりいただくことになり、すみませんでした。ですが、われわれはうかがったお話とあなたのバックグラウンドを念入りに調査する必要に迫られていましたので。それほどご不便でなかったのならいいのですが」

ジュアンは肩をすくめた。ネタを追っているジャーナリストであれば、ドイツのブタ箱みたいなところでひと晩過ごすより、もっとひどい目に遭う可能性だってある。

「危ないことをしているという自覚はおありでしょうね？」

ジュアンはうなずいた。

「われわれもそう思っています。あなたの書いた記事を読めば、あなたがガーリブこと、アブドゥル・アジムとなんらかの〝共同作業〟とでもいいましょうか、そういったものを行なっていたと察しがつきます。短期間に三件もの殺人を犯した男、あるいはそれらの事件に関与していた男とですよ」

ジュアンは姿勢を正し、ヴェーベルという男の肩越しに向こうを見た。ここが彼の職場なら、すぐにインテリアデザイナーを呼んだほうがいいだろう。むき出しの壁に冷たい光、緑に塗りたくられた床。いったいここはなんなんだ？　ともかくオフィスのような場所ではない。それがジュアンを不安にさせた。もしかして、この俺がベルント・ヤーコプ・ヴァルベルクを殺したと疑っているのか？　俺を尋問しようとしているのか？　でなければ、どうするつもりなんだ？

「僕はその三件ともを知ってたわけではありません」彼は語気を荒らげて言った。「そのことは警察にもう何度も話しましたけど」

「ええ、それはわかっています。ですが、あなたは三件の殺人事件すべてにおいて、驚くほど近いところにいましたよね。まるで深く関わっているように見えます。ジャーナリストとして事件を追わなくてはならないのはよくわかります。ときには深入りすることもあるでしょう。でも、あなたがここにいたことや昨日からの事情聴取について記事にするつもりなら、思いとどまっていただきたい。そんなことをしたらガーリブという男を刺激するだけです。相手が完全に身を隠してしまう恐れすらあります。当然のことながら、われわれはそうなることを望んでいません。うしろに書かれているものを見ましたか？」

ジュアンは振り向いた。むき出しの白い壁に、太いフェルトペンで都市の名前が書きつけてあった。世界情勢に関心のある者なら、それを読んで胸騒ぎを覚えるだろう。

壁にはこうあった。

ミュンヘン、グラーフィング　二〇一六年五月十日

（＊）

バイエルン　ドイツ鉄道　二〇一六年七月十八日

ミュンヘン、モーザッハ　二〇一六年七月二十二日

（＊）

アンスバッハ　二〇一六年七月二十四日

ベルリン　二〇一六年十二月十九日

ハンブルク　二〇一七年七月二十八日

ミュンスター　二〇一八年四月七日（＊）

（＊）テロとの関連は最終的に証明されず

その下にはこうあった。

パリ、リヨン、ニース、トゥールーズ／モントーバン、サン＝テティエンヌ＝デュ＝ルヴレ、ブリュッセル、リエージュ、ブルガス、マドリード、ロンドン、ストックホルム、コペンハーゲン、マンチェスター、トゥルク、イスタンブール、ストラスブール、オスロ（＊＊）

（＊＊）極右テロ

「そうです。うちには非常にクリエイティブな職員が数人いましてね。彼らのアイディアでこの部屋に入ると最初にこれが目に入るようにしてあるのです。ここ数年、これらの都市が狙われてきました。昨日のようなことがわれわれの州、しかもこの都市で起きるとなれば、最大限の厳戒態勢を敷かなくてはなりません。おわかりいただけますよね。四月八日のベルリン・ハーフマラソンを狙って計画された刃物による襲撃をテロ対策特殊部隊が阻止したのは今年のことです。そう昔ではありません。われわれと関係当局が動かなければ、この壁にはもっと多くの都市と日付が記されることになります。だからこそ、ガーリブという男の次の計画を突き止めなくてはならないのです。わかりますか？」

「でも、ある程度のことはわかっているんでしょう？　あのカメラマンの動画の会話を翻訳したのでは？」

「もちろんです。それと、彼の携帯電話はこちらで保管します。そこから引き出した情報が機密事項だということは、おわかりでしょう？　訳した内容を記事にしてもらっては困るんです……」

　ジュアンは返事をしなかった。

「裏切ったとガーリブから疑われたら、あなたは墓穴を掘ることになります。でも、われわれの保護下に入れば、きっとあなたの意に沿えると思いますが？」


　数時間後、ジュアンは解放された。情報機関はジュアンの居場所を常に確認できるように、ジャケットの裏地にＧＰＳ発信機を縫いつけた。解放される前、ジュアンはにこりともしない黒スーツ姿の男たちの向かいに座らされ、今後逮捕されたくなければこんなふうに行動しろと、いくつもの条件を言い渡された。さらに『オレス・デル・ディア』に送る記事の内容についても指示された。最後に、緊急時にかけられる電話番号を携帯電話に登録するようにと言われた。つまり今後、ジュアンの背後には高度な専門知識をもつプロの情報機関が常についているということだ。それはまた、今後は情報機関の連絡員にあらゆる最新情報を逐一報告しなくてはならないということでもあり、情報機関の検閲を受けない限り『オレス・デル・ディア』に記事を送ることさえできなくなるということでもあった。

　ジュアンは辺りを見回すと、自分が置かれた状況についてゆっくりと考えてみた。俺は世界最高レベルの情報機関にひと晩拘束され、いま、ミュンヘンの通りに立っている。ポケットにはまだ少し金があるが、この数日間で、全人生で起きたことを合わせても足りないくらいのことを経験した。俺はいきなり、重要人物になったのだ。いまの俺は、情報機関から当てにされる立場にある。俺の記事は検閲されてから世界中に配信される。それもこれも、犠牲者２１７を殺した危険人物を捜索するために、俺が重要な存在だからだ！ほんの数日前、たったひと言の侮辱で動揺していた自分が信じられない。自尊心が地に堕《お》ちて、人生に終止符を打とうとしていたなんて嘘のようだ。いまの俺は、捜査の要《かなめ》だ。ドイツの情報機関にとって最も重要な協力者なのだ。

あるいはスパイといってもいいだろう。すると、思わず笑いがこみあげてきた。元カノも、俺に持っていかれた千六百ユーロがその後どんな展開をもたらしたか知ったら、あっけにとられるだろうな。

街が活動を始めた。ジュアンは人混みを縫って駅に向かいながら、情報機関のヴェーベルからの忠告を頭の中で反復した。

「新聞社には、例のカメラマンを追ってミュンヘンまで来たものの、もう死んでいたと伝えるように。犯人はいまもうろついていますが、通称〝ガーリブ〟こと、アブドゥル・アジムという男と考えられ、現在、北へ向かっている。ガーリブは顔じゅうに髭をたくわえていて、それが顎の醜い瘢痕を覆っていたが、いまでは髭を剃り落としている――以上はあくまで、あなたが取材で得た情報だということにしてください。カメラマンの携帯電話に動画が残されていたことは明かさないように。ガーリブはこの動画の存在をまったく知らないはずです。それから、われわれとコンタクトを取っていることを誰にも知られてはなりません。そこが最も重要です。

こちらの手順はこうです。われわれはガーリブについて手に入れた情報を公開します。その情報はヨーロッパと中東の情報機関の人間によって随時アップデートされていきます。そこからさほど時間をおかずに、メディアの協力を得て捜索を開始。ガーリブの写真も公開することになるでしょうが、その写真はあなたが撮影したものではありません。うちの専門の人間が動画から切り出し、出どころがわからないよう加工することになっています。二十四時間後には、さらに多くの情報が入手できているでしょう。いつでもガーリブを拘束できるよう、ミュンヘンからフランクフルトまでの警察にはすでに情報が行き渡っています」

「動画のなかで、その区間について何か言及があったんですか？」ジュアンは尋ねた。

ヘルベルト・ヴェーベルは答えなかったが、きっとそうなのだろう。

「カメラマン殺人事件について、警察の捜査で判明したことは記事にしてもいいですか？」

ヴェーベルは不思議そうな目をすると筋肉質の両腕を挙げた。「なぜ禁止する必要があるんです？ もう、今朝の『南ドイツ新聞』に載っていますよ」

こんちくしょう！ こんなところでぐずぐずしていたせいで他紙にすっぱ抜かれた。モンセ・ビーゴにどう釈明すればいいんだ。でも、警察に通報する前に例の動画をカメラマンの携帯から自分のホットメールのアドレスに転送しておいてよかった。送信済みボックスを空にしたのも抜かりなかった。

あとは、不審がられずに音声部分を誰かに翻訳してもらうだけだ。

22

カール

今日のローセの頬と首は、まさしくバラ色《ローセ》だ、とカールは思った。それなりに理由があって怒っているのだが、とにかく真っ赤に染まっているのだ。もしこいつがボクサーだったら、勝利するほうに全財産を賭けてもいいくらいだ。カールは長年の付き合いからローセの気性も爆発しやすい面もよく知っている。それでも、長く休職している間に、少しは丸くなったのではないかと思っていた。だが、その期待は見事に裏切られた。

「まったくふざけてる！ 『オレス・デル・ディア』

のデスクときたら、ぐだぐだうるさいんだから！　わたしも女だけど、ああいう女はくそばばあって呼んでいいと思うわ」

「いったい、なんて言われたんだ？」

「自分たちの記事が世界中で反響を呼んでいるのは光栄ですが、わたしたちにはいついかなる場合においても情報源と記者を守る必要があります。デンマークのような大したことのない国の警察でも、それは同じですって！」

大したことのない？　その女がそう言ったのか？　そいつは『ワシントン・ポスト』かなんかのデスクのつもりか？

「その記者と連絡を取ることがどれだけ重要か、説明したのか？」

「詳細は伝えてませんけど。アサドの状況と彼の家族についてはもちろん言ってません。でも、この事件を追っている記者のためにも情報源はまだ必要だからこれ以上のことは明かせないって、偉そうに。しかも、自分たちの記事がそんなに大きな影響をもたらしたなんて誇らしい、とか言うんです。結局のところ、この件を独占してお金を稼ぎたいんでしょう」

「なるほど、非倫理的《インモラル》と言ってもいいくらいですね」

ゴードンが言った。

非倫理的《インモラル》だと！　またいったい、どこからそんな言葉を引っ張り出してきたんだ？

「つまり、俺たちはそいつにまだ一ミリも近づいていないということか。その新聞社のホームページに関係者や協力会社なんかの連絡先があるだろう。そこはチェックしたか？」

「ジュアン・アイグアデルはフリーの記者なので見つかりませんでした。いろいろな検索エンジンを使ったんですが、最近、彼はどこにも居住地を登録していなかったみたいです。少なくとも、バルセロナには、届けが出されていません」

「ふむ。この男の最新記事は殺人事件について、ミュンヘンで書かれたものだろ？　だったら、バイエルンの警察に連絡を取ってみたらどうだ？　そこから彼につながるんじゃないか？」

ローセはひどい侮辱《ぶじょく》を受けたかのような目でカールを見た。「そんなこと、とっくにやってます。あっけなくはねつけられましたよ。ジュアン・アイグアデルの居場所なんか見当もつかないって」

カールは渋い顔をした。「それを信じるのか？　やつらは知ってるはずだぞ」

「わたしも相手にそう言いましたけど」

廊下で物音がした。アサドが来たのだろう。

「サミルと話ができたか？」カールが尋ねた。

アサドがうなずく。

「それで、あいつはなんて言ってた？　少しは落ち着いた様子だったか？」

下がった口角がその答えだった。「もっとも、とても心配はしていました。私の娘たちについて何度も訊いてきて、写真に片方しか写っていないのを見て動揺していました。私だって同じです」

「だがな、アサド、あの写真がどんな状況で撮られたのか、まったくわかってないんだぞ。あれは時間的にも空間的にも、ほんの一瞬を切り取られたものにすぎない。ひょっとしたら、カメラマンがシャッターを切った直後にもうひとりの娘もそこに現れたかもしれないじゃないか」

アサドにとって、それは楽観的すぎる考え方のようだった。「ええ、そうかもしれません。ですが、サミルと私は目の前にある写真を隅々まで調べたんです。漂着した人たちの全員を収めていると思われる写真も何枚かありました。ですが、もうひとりの娘はいませんでした。サミルも自分の姉や姪たちに十六年間会っていないのです。だから、サミルも私も写真に写っている子がどちらなのかすらわかりませんでした。昔はふたりともそっくりだったんですが、サミルは妹のほう、つまりロニアがいないと考えたようです。というのも、子どものころネッラのほうがロニアより肌の色が少し濃かったんです。妻の横にいる女性は確かにそう見えます」アサドは悲しそうに写真を見つめた。「ひどい話ですよね。成長した自分の子がいまやどんな外見をしてるかもわからない。ほんの数時間前までは、彼女たちが生きているのかどうかすら知らなかったんですから。

そして、妻とネッラが生きているという希望が生まれましたが、一方で、ロニアが私の第二の母と同じように殺されてしまったのではないかと不安で仕方ありません」

「アサド、そんなふうに考えないで。あなたはいま、この十六年間で家族に最も近いところにいるのよ！いつだって希望はあるわ」ローセは訴えるようなまなざしでアサドを見つめた。

カールは感謝するようにローセに視線を投げ、アサドに向かって言った。「この件については誰にも話してはならないと、サミルはわかってるんだろうな？あいつに自分で捜索させたりしたら絶対にだめだぞ。まして、おまえとの関係を漏らすなんてことがあってはならんぞ！」

アサドはため息をついた。「それはもう、私にどうにかできることではありませんよ。ただ、さっきもう一度訪ねたときには、サミルの態度も少しだけやわらかくはなってました。とにかく、自分の姉が生きていることはわかったんですから。そのことはとてもありがたく思っているようです。それに、サミルにはわかってるんです。マルワを救い出すためなら私がなんだって……」

「アサド」カールが遮った。「どんなことがあっても、家族にすらこのことを話してはいけないってことをサミルは肝《きも》に銘じなきゃならん。あいつは本当にわかってるのか？」

アサドは再びため息をついた。「サミルにはこの件について秘密を漏らす相手など、もういませんよ、カール。義母が数カ月前に亡くなったと聞きました。もう誰もいないんです。私以外は」

「本当にお気の毒だわ」ローセがアサドの手を握った。「わたしたちはいつだってあなたのそばにいる。そのことを忘れないで。家族を見つけられるよう、みんなで全力を尽くす。だから、わたしたちを信頼してちょうだい」

アサドは涙を隠すように顔を背けてうなずいた。

「アサド、残りの話をするときじゃないかしら？　それがガーリブに近づいて、彼が何を考えているのかを探るのに役立つかもしれない。うまくいけば、そこから彼の次の計画を推測もできる。どう、できそう？」

アサドは背筋を伸ばした。「ええ、ざっくりお話しします。細かいことは……」アサドは手を組むと、考え込みながらその手を口に当てた。「細かいことは言わないでおきます」

アサドの処刑予定日の朝。五時ごろ、監房の扉の前で声がした。もう逃げられないことは明らかだった。アサドは最後の祈りを捧げようとひざまずいた。死刑が執行される建物との距離はわずか数メートルしかない。

昨夜は寝られなかった。最初に聞こえたのは、付近の監房から廊下に響くかすかな声だった。しかし、つぶやくような声はすぐに口汚い罵りに変わり、そこからさらに怒りの叫び声になっていった。アサドに向けられた怒りだ。イェス・ビャアンの脱獄を囚人の反乱として処理するために二十人もの囚人が絞首刑になったのは、すべておまえのせいだ。囚人たちはそう言ってアサドを糾弾《きゅうだん》した。アサドは、それについては申し訳なく思うが、非難されるべきは自分ではなく、非人道的なことをしてきたやつらのほうだと怒鳴り返した。だが、囚人たちの怒りはとどまるところを知らなかった。

アサドはとうとう耳を塞いだ。確かに彼らの言い分も一理あるかもしれない。それでも、この世の最期の数分間は、こんな非難を浴びるのではなく幸せだった過去を思い出していたかった。だが、自分は死んで向こうの世界に行けるとしても、マルワと娘たちはどうなるだろう？　俺は彼女たちをどれだけ恐ろしい地獄に置き去りにしてしまったのだろう。

そのとき、扉を叩く音がした。

廊下から監房に冷たい光が差し込んできた。アサドはまだ祈りの姿勢をとったままだった。

ガーリブがブーツの先でアサドの胸を無言で蹴飛ばした。その体からはニンニクの臭いがした。アサドは痛みに身をよじった。

「立て、この野郎！」ガーリブが怒鳴った。それとともに、年配の囚人が監房の外から中へと突き飛ばされた。兵士がその囚人のうなじに拳銃の銃身を押し当てている。この囚人をここで殺そうというのか？　目の前で殺して俺を怯えさせ、処刑の前に自白させようというシナリオか？

ガーリブが近づいてきた。「ザイード、おまえのその首に縄をかける前に、全部吐かせてみせる。せっかくおまえを助けて罪が軽くなるようにしてやったのに、おまえはそのチャンスを無駄にした。もう手遅れだ」

ガーリブが合図すると、兵士が今度は囚人の背中に強烈な蹴りを入れて壁に突き飛ばした。

「入れ」ガーリブが大声で言うと、民間人のような出で立ちの男がビデオカメラを手に中へ入ってきた。

「おまえは外に出て扉を閉めろ」ガーリブが兵士に命令する。

いまさらながら、アサドは自分が相手にしているのがどのような男なのかを理解した。ここ〈別棟1〉にいる人間の生死を握っているのは、このガーリブなのだ。

「われわれは前の撮影係を失った。まあ、それはおまえも知っているだろう。ついでに言うと、あいつはいいやつだった。さあ、この男に挨拶するんだ。この男は弟を殺した人間に会うためだけに、はるばるやってきたんだ」

アサドは目を上げて撮影係の男の顔に視線を向けた。相手の目は憎しみにぎらつき、アサドは憎悪の刃《やいば》で体を貫かれているような気がした。きみの弟の命を奪ったのは自分ではないと訴えたところで、まったく無意味だろう。

男がカメラを掲げ、録画を始めた。

「洗いざらい自白する準備はできたか、ザイード・アル＝アサディ？　おまえは国連のミッションに参加していたのか？」

アサドは胸に手をやった。ゆっくりと立ち上がると、カメラのレンズをじっと見据える。

「参加してない。おまえも、この呪われた国のほかの悪魔たちも、地獄の火に焼かれるがいい」アサドはひと言ひと言、力を込めて答えた。

ガーリブは撮影係を見やった。「ここはカットしろ」そう命令すると、ホルスターから拳銃を抜いた。今度は隅にいた年配の囚人に「こっちに来い」と命じると、アサドに向き直った。「昨夜、ムハンマドがわめいていたのを聞かなかったか？　おまえの目をえぐり、舌を切ってその喉に詰めてやると言ってたな。ムハンマドにはそれだけの理由がある。おまえたちの襲撃のせいで、家族ふたりが絞首台で吊るされたんだからな」そう言うと、再び年配の囚人のほうを向いた。「ムハンマド、おまえの誓いと呪いを実行に移すチャンスをやろう」

アサドは囚人の死んだような目を見た。意志を失い、抵抗する力がまるでないようだ。

「やるべきことをやればいい」アサドはささやいた。

「でも、わかってるでしょう？　こいつはあなたの死刑執行人でもある。それから、望んでやったことではないとはいえ、俺が引き起こしたことを許してほしい」

ガーリブがにやりとした。「ムハンマドと私は取り決めをしたんだ。おまえの件でこいつは私を手伝い、私はこいつを助ける。そうだな、ムハンマド？」

男は弱々しくうなずいた。引き裂かれたシャツの間に、喉から胸にかけてどす黒い血痕がひと筋付着しているのが見えた。この囚人が自発的に〝取り決め〟に合意したはずがない。

「口を割らなければ、想像を絶する痛みを経験することになるぞ、ザイード。おまえがいくら家族を守って死んでいったつもりでも、残された家族のほうは結局大きな苦しみを背負うんだ。一刻も早く協力するよう忠告する。すべておまえ次第だ」ガーリブは片手を長衣の中に入れ、茶色い小瓶を取り出した。

「濃縮したリン酸だ、ザイード。皮膚に垂らしたら、おまえは惨めに慈悲を請い、間違いなく、早く絞首刑にしてくれと懇願することになる。おまえが自供しなければ、この液体がおまえの妻と娘たちの顔を変え、永久にいびつで醜いものにするだろう。自供さえすればいい。そうすればこの瓶のことは忘れてやる」

アサドは言った。「俺が自白をしようと、おまえたちが撮影内容を改ざんしようと、結果は同じだ。俺はこうなる運命だったのだ。だが、家族は何も悪いことをしていない。俺に言えるのはそれだけだ。だから、アッラーの名において家族は解放してほしい。さっさと俺を銃殺すればいい。それで終わる」

ガーリブは無表情でアサドを見ると、ムハンマドに小瓶を差し出した。囚人は前に進み出ると、おそるおそるその瓶を受けとった。

ガーリブは拳銃を下に向け、アサドのみぞおちに狙いを定めた。「話せ。でなければ、始めるぞ。おまえはこの世の地獄を味わうことになる」

アサドは歯を食いしばった。こんな男に屈服するものか。俺は家族にも、世界にも、慈悲を請う姿など見せはしない。機会さえあれば、俺がどんな男か見せてやる。

ガーリブは肩をすくめた。「それでは、背中から始めようか、ムハンマド。このブタをキーキー言わせてやろう」

ムハンマドに襟をつかまれてシャツを引き裂かれると、アサドは両手を固く握りしめた。液体が数滴、皮膚に落ち、鞭で打たれてできた傷に染み込んだ。筆舌《ひつぜつ》に尽くしがたい痛みに襲われ、ジュージューと肌が焼ける音が聞こえた。

「ムハンマド、友よ、やめるんだ」アサドはうめいたが、液体はさらにしたたり落ちた。

アサドはのけぞると、過呼吸に陥った。肉の焼けるいやな臭いに、背後に立っているムハンマドは思わず咳き込んだ。

あと数秒……。

「何を突っ立ってる。ぐちゃぐちゃ考えるな！」ガーリブがムハンマドを怒鳴りつけた。「さあ、やれ。それを注ぐんだ。この男がどう反応するか見てみよう。約束を思い出せ、ムハンマド……」

ガーリブは拳銃をムハンマドに向けた。その瞬間、すべてのことが一度に起きた。アサドの背後でムハンマドが「サダムとその犬どもに呪いを！」と叫ぶと、アサドがガーリブに飛びかかるより速く、拳銃を持っているガーリブの手に劇薬をかけたのだ。

ガーリブはうなり声を上げ、反動で引き金を引いた。アサドのうしろでムハンマドがくずおれた。

ガーリブが目をかっと見開いて拳銃を持ちかえ、慌てふためきながら長衣で液体を拭おうとする。

そのとき、ムハンマドがみぞおちを片手で押さえながら、小瓶を持ったほうの手をアサドの腕の下に差し出した。

　撮影係が警告したが遅かった。ガーリブが気づくより先に、アサドは小瓶をつかみ、相手の顔目がけて中身をぶちまけた。

　ガーリブは今度はうなり声を上げなかった。まるで回線がショートして体が麻痺したかのようだった。

　その瞬間、アサドはガーリブの手から拳銃を奪い取って撮影係に向けた。男がビデオカメラを頭の上に振りかざし、投げつけようとする。

　だが、撮影係が動くより先に、アサドが発砲した。男は布切れのようにへなへなと倒れた。一方、銃声がガーリブの生存本能を呼び覚ましたらしい。ガーリブはいつの間にか湾曲したナイフを手にし、外で見張りをしている兵士を大声で呼んだ。

　アサドはガーリブに狙いを定めた。だが、手負いのムハンマドがアサドを突き飛ばし、自分で手を下そうと死刑執行人にむしゃぶりついた。

「何が……？」兵士が叫びながら監房へ踏み込んできたが、そこまでだった。兵士はあ然として自分の胸の銃創を見つめたかと思うと、そのまま倒れ込み、次の瞬間には死んでいた。

　アサドは大股で兵士を飛び越えると、監房の扉を閉めた。振り向くと、ふたりの男が床でもみ合っている。あっという間もなくムハンマドがナイフを振り上げ、ガーリブの下腹に突き立てた。

　ふたりの体は絡み合ったまま、一瞬静かになった。すると、ムハンマドが悲しげな、だが、澄んだ目でアサドを見つめた。「俺たちはふたりとも死ぬ」年配の囚人がかすれ声で言った。「すぐに兵士たちがやってくる。死はアッラーのお定めになったことだ」

「傷の深さは？」アサドは監房の扉に片耳をつけた。ほかの監房の囚人たちが立てる音が聞こえるだけで、廊下には誰も来ていないようだ。

ムハンマドがやっとの思いで床から身を起こした。長衣に浮き出た血のしみが勢いよく広がっていく。その両手は震えていた。

「運がよければ、やつらが来る前に失血死できる」ムハンマドはささやくように言った。

アサドは監房の床に倒れたふたりの男たちを指差した。「行きましょう。こいつらの長衣を上に着て。あなたは撮影係のを着て、そのカメラを持って。急いで、時間がない。できますか？」

アサドは、押し黙って話を聞いていたカール、ローセ、ゴードンにうなずいてみせた。「こうして私たちは外に出ました。用心のため、私はガーリブの拳銃をいつでも撃てるように黒い長衣の下に持っていて、いざとなれば道を開けるために使うつもりでした。ですが、彼らの長衣とムハンマドが肩に担いでいたビデオカメラのおかげで、看守たちはどのドアも開けてくれました。塀のところにいる兵士たちに大声で挨拶したくらいです。私たちにとって、闇は最良の友でした。

撮影係の長衣のポケットから、車のキーが見つかり、別棟の外の塀の前に一台だけ停めてあるのが見えました。恐ろしくのろい車でしたが、それでもかまいませんでした。誰も私たちを追ってこなかったので」

そこまで話すと、アサドはゴードンを見た。ずっと無言だったのっぽ男は、青ざめていく一方だった。

「具合でも悪いのか、ゴードン？」

ゴードンは宙を見つめたまま、こっくりした。「話についていけなくて……どんなに……その、きみが……」

「もうひとりの四人はどうなったんだ？」カールが割って入る。

アサドは目を逸らした。「〈別棟1〉から数キロ離れたところで、車を停めてくれと頼まれました。もうだめだと言って。助手席の彼を見ると、血だらけでした。シートも、ズボンも、靴も、床も」

「失血死だったのか？」

「はい。彼は自分で助手席のドアを開けると、そこから転がり落ちました。私が降りて反対側へ回ったときには、もう死んでいました」

「それで、ガーリブはどうなったの？」ローセが机の上の新聞の切り抜きに目を落とした。「この写真を見る限り、ピンピンしてるみたいだけど」

　アサドが天井を仰ぐ。「人生最大のミスです。重傷は負わせましたが、殺さなかったんです」

「奥さんとお嬢さんたちは？」

「あらゆる手を尽くして探し出そうとしたのですが、ファルージャは広く、妻も娘も大地に飲み込まれてしまったかのように忽然《こつぜん》と姿を消してしまっていました。どれだけの人間に金を払って探し出そうとしたか、みなさんには想像もつかないでしょう。それでも手がかりは得られませんでした。国連の代表団の介入もありました。〈別棟1〉での騒ぎが国連の耳に入り、私は帰国させられたのです。私がイラクに留まると、すべてのミッションが危険にさらされると言われて」

「あなたは、ガーリブが写っているこの写真を見る前から、彼が生きてるって知っていたの？」ローセが尋ねる。

「ええ、デンマークに戻ってそれほど経たないうちに、義父がスカイプで連絡してきて、現地で起きたことを教えてくれました。当時アブドゥル・アジムと名乗っていたガーリブは生き延びて、マルワと子どもたちが人質にとられたと。義父は私にイラクに戻って彼女たちを取り返してくれと言いました。もちろん私だってそうしようと思いました。ですが、そのあと、長男がやつらに殺されると、義父の心の中で何かが砕けてしまったんです。憎しみに煽られ、その態度が変わってしまいました」

「イラクに戻ってくるなと言われたの？」

「私の人生のミッションは、ガーリブを探し出してやつを殺すことだと言われました。娘たちを取り戻したいならそれしか方法はないと義父は考えていたのです」

「それが十六年前のことね、アサド。でも、ガーリブが行動を起こすまで、どうしてこんなに時間がかかったのかしら？」

「二〇〇三年にサダム・フセインが逮捕された当時、イラクではすべてが崩壊しました。スンニ派の人間の多くが身を隠し、ファルージャは爆撃に遭いました。それ以降、私があの地域に関して得た情報は、ガーリブがスンニ派のテロ組織に入ったことと、そこであっという間に頭角を現して、シリアに潜伏しているということだけでした。それで、もう家族には二度と会えないだろうと悟りました」

「誰からの情報？」

「ガーリブ本人です。やつは義父に手紙を送りつけ、義父がそれを私に読み上げたのです」

「なんて書いてあったの？」

その瞬間、部屋のなかになんともいえない空気が漂った。犠牲者の身内に訃報《ふほう》を知らせにいかなくてはならないときと同じような。玄関のドアが開いた瞬間から、彼らが最悪の悲劇を認識したことがその表情に映し出される瞬間まで、まるで世界が止まったようになる。まさにアサドはそういう顔をしていた。彼が沈黙したことで、その場にいた全員が重苦しい気分になった。これまでに彼が手紙の内容について誰かに話す必要があったとして、それからどのくらいの月日が経っているのだろう？　一秒たりともその手紙のことを忘れられなかった日々から多少でも心の安定を得るまでにどれくらいを費やしたのだろう？　その答えはまさに彼の目の表情に表れていた。

だが、彼がガーリブの通告をこれまで誰にも明かさなかったという可能性もあるのではないか。

アサドは数回咳払いをした。それでも、彼の声はかすれたままだった。

カールが励ますようにアサドを見つめる。「それで、何が書いてあったんだ、アサド？」

アサドの目が天井をさまよい、濡れたように光った。二、三度、ゆっくりと唾を飲みこむ。それから前かがみになると、深く息を吸い、両手をひざに当てた。まるで全身に混じりけのないアドレナリンを行き渡らせようとするかのように。

「ガーリブの通告は、紛れもなく私に向けたものでした。やつはこう書いていました。おまえたちの三人目の子どもはできる限り生まれる前に死なせる。おまえの妻と娘たちを毎日、かわるがわる何度も陵辱《りょうじょく》する時間が楽しみだ。自分との間にできた子はみな、生まれると同時に次々殺す。命をかけてもおまえを探し出し、復讐をする。アッラーに誓って」

全員がアサドを見つめた。誰も何も言えなかった。

「やつはいま、あの通告を実行に移そうとしているんだと思います」アサドはぽつりと言った。そして、しばらくしてから付け加えた。「家族はもう生きていないだろうと思っていました」

アサドの話はしっかりとカールの耳に届いていた。だが、カールの頭はいま聞いた内容を処理することを拒んでいた。目の前にいるこの男は本当に、これまで十年間、俺とふざけ合ってきたアサドなのか？　ともに笑い、切磋《せっさ》琢磨《たくま》してきた相手なのか？　何度も俺の命を救い、俺が命を救ってきた相手なのか？　だいたい、これほどの目に遭ってきた人間が、どうしたらまともに仕事なんかできるんだ？　心臓が、まるで耳元で鳴っているかのようにドクドクしていた。

カールは愛するモーナが生まれたばかりの赤ん坊を抱いている姿を想像した。俺の初めての子。世界の残酷な面を何ひとつ知らず、俺が全力で現実から守るつもりの脆《もろ》い命。現実とは——俺は嫌というほど知っているが——、それだけでも十分残酷だからだ。だが、アサドが経験したことは……。

　いろいろな考えがとめどなく浮かんでくる。カールはなんとか考えることをやめ、相棒の顔を見つめた。これほど恐ろしい事実を胸に秘め、これだけのものを背負いながら、いったいどうやってアサドは精神の健康を保ってきたのだろう？　完全に理解を超えている。だが、そもそも俺はいったい、アサドの心の何を知っているというのだ？　ひょっとして、こいつは十六年前からずっと表向きをつくろって生きてきたのか？

　カールは引き出しを開けると、中に入っているはずのタバコを手で探った。モーナに禁煙を言い渡されようが、仲間から嫌がられようが、頭を働かせるのに役立ちそうなものはこれ以外に思いつかない。

「諦めたほうがいいわよ、カール」即座にローセが言った。「タバコを探してるんなら、ごみ焼却所に行くしかないわ。でも、とっくの昔に煙となってるんじゃないかしら、言ってみれば《ソー・トゥー・スピーク》」

　ローセはそう言うとにやりとした。カールは頭の中の復讐リストに「ローセ」と書きこんだ。

　カールはアサドに向き合った。「なあ相棒、俺の言うことをちょっと聞いてくれ。いまから上のマークスのところに行って、俺とおまえが長年どれだけ残業してきたかを説明し、それからわけを話してその超過時間分をいますぐ休みに振り替えてもらえるようにかけ合ってくる。旅費と諸経費もなんなら出してもらおう。二週間ぐらいでどうだ？」

23

ジュアン　残り10日

　ジュアンはミュンヘン中央駅で都市間連絡超特急列車《ICE》に乗ると、窓から左右の線路に停まっている同じく白いＩＣＥ車両を眺めた。窓ガラスに自分の顔がはっきりと映る。

「なかなかイケてるぞ」ジュアンは独り言をつぶやいた。この数日で、顔かたちが前より整い、まなざしは思慮深く、少し謎めいて見えるようになったんじゃないか？　そう、間違いない。スペインに戻ったら、存分に楽しんでやろう。バルセロネータのビーチレストラン〈シュプ・シュプ〉に行ってワイングラスを片手に、通り過ぎる女たちの顔をじっくり品定めするんだ。観察が終わったら、誰かを引っかけよう。そう考えただけで下半身がむずむずしてくる。生まれ変わったような気分だ。

　ジュアンは一等車の広い車内を見まわし、四人掛けのテーブル席に向かった。背を丸め、無言でノートパソコンや書類を覗き込んでいる相席のビジネスマンたちに会釈して腰掛けると、自分のノートパソコンをテーブルに載せて開けた。自然に笑みが浮かんでくる。一等車の座席をとるのに、四十ユーロもの追加料金を支払ったが、おかげで俺のランクはアップした。二度と降格するつもりはない。俺はいま、このご時世に最も重要なルポルタージュとは言わないまでも、世界に衝撃を与えるストーリーを頭に描きながら、ここに座っている。世間はじきに、ジュアン・アイグアデルを、命がけで世界の破滅を阻止した男の名として記憶することになるだろう。

〝命がけで〟——そう、世界はまさにこの言葉と俺を結びつけることになるはずだ。俺は白馬の騎士になるんだ。もはやこれで終わりかという瞬間に駆けつける騎兵隊。あるいは堤防の裂け目に指を一本突っ込んでハールレムの町を氾濫《はんらん》から救ったオランダの少年（メアリー・メイプス・ドッジ作『銀のスケート　ハンス・ブリンカーの物語』の中の「ハールレムの英雄」という物語に出てくる少年）のように。このジュアン・アイグアデルがいなければ、大勢の死者が出るのだから。俺がいなければ、稲妻が無作為かつ無慈悲にヨーロッパに落ち、苦しみを引き起こすことになるのだから。ジュアンはその様子を思い浮かべた。ガーリブが作戦を実行したら最後、住民たちはもはや公共の場に行けずに家に避難することになり、子どもたちは通学を禁じられるだろう。

ジュアンの頭にその光景がまざまざと浮かんだ。もちろん、ドイツの情報機関はテロを阻止した栄誉の分け前にあずかることになるだろう。だが、そもそも彼らに必要な情報を提供したのは誰か？

そう、それもまたこのジュアン・アイグアデルなのだ——彼はこのところ、そんなことばかり考えていた。そして、そのたびに感謝の念を込めて犠牲者217を偲《しの》ぶのだった。

ジュアンはノートパソコンに向かって、今後数日分の原稿についてしばらく構想を練った。そのとき、分厚い冬のコートを着こみ青いマフラーを巻いた男性が、中央の通路をはさんで反対側の席に腰掛けた。

ジュアンがその男性に会釈すると、並外れて愛想のいい笑顔が返ってきた。おそらく一等車ではそれが普通なんだろうとジュアンは考えた。ここでは、誰もが心にゆとりがあり、互いに敬意を払うものなのだ——自分たちが何者であるか、どれほどの能力があるかを自覚しているがゆえに。そこで、ジュアンも微笑みを返した。

その男性はたくましそうな美男子で、肌の色がかなり濃かった。履いている靴からすると、イタリア人に違いない。〈シュプ・シュプ〉に出向く前に、こういう靴を買うのもいいだろう。値が張るだろうが、幸運にも、そのころにはもう金の問題はなくなっているはずだ。『オレス・デル・ディア』から満足のいくオファーが来なかったとしても、他紙から声がかかるだろう。その自信はある。カタルーニャでは新聞に事欠かない。だが、もしマドリードからオファーが来たらどうする？　ジュアンは思わず声に出して笑いそうになった。もちろんマドリードでもかまわない。俺はそこまで中央政府を憎んでいるカタルーニャ人じゃないからな。

あのカメラマン、ベルント・ヤーコプ・ヴァルベルクの携帯電話にあった動画は、ミュンヘンの中心部に住んでいる翻訳者に解読してもらった。朝の十時前に特急で作業してほしいといわれた翻訳者は最初、憤慨していた。だがジュアンは一歩も引かなかった。翻訳者は通常料金に二百ユーロの追加を要求してきたが、とても出せる額ではない。そこでジュアンはそこまでの金はないと伝え、これはテレビ制作会社でふたりの役者が台本の読み合わせをするときに必要なのだが、社の人間が自分に英語版の台本を持たせるのを忘れたのだと説明した。最終的に翻訳者は百ユーロの特急料金でオーケーした。だが、動画の音声がはっきり聞き取れないので訳したテキストが完璧であるという保証はできない、とのことだった。

それでも、翻訳された内容は十分に意味が通り、多少あやふやな個所があるにせよ、内容がわからないというわけではなかった。それによると、ガーリブは中東出身のテロリストで、世界が血まなこになって探している男のひとりだった。何年もの間、テロ組織のメンバーとしてイラクとシリアで戦闘を繰りひろげ、その間に組織内で重要なポストに就いたようだ。

戦場で逆風が吹くようになってから、ガーリブには別の任務が託された。そして彼が姿を現すたびに、その土地は無秩序と苦しみに支配された。ガーリブがどのような任務を負い、どのような目標に向かって進んでいたのかまでは、音声からは判明しなかった。とはいえ、彼の〝作戦〟がすべて綿密に計画され、プロフェッショナルな準備のもとに遂行されてきたことは確かだった。攻撃の形は定かではないが、ガーリブは〝細かいこと〟には関わっていないようだ。それから、話が具体的になっていった。はっきりとした名では呼ばれていない何人かが、彼の命令を待っている。さらに、フランクフルトとベルリンという都市の名が繰り返し出てきた。そこで恐ろしい出来事が待っているという。

ジュアンは駅の売店で買ったフランクフルトの地図をテーブルの上に広げた。ガーリブと子分のハミドはフランクフルトの屋外の公共の場で起こすという〝作戦〟について話していた。だが、どこのことを言ってるんだ？ レーマー広場、ラーテナウ広場、ゲーテ広場……？ 広い場所で、屋外で、人が大勢集まる場所という以外のヒントがない。ちくしょう、どこもみんなそうじゃないか。

ふと目を上げると、通路をはさんで反対側の座席にいる男性がこちらを見ていた。ジュアンに興味津々《しんしん》といった感じだ。

「観光ですか？」男性は英語で尋ねた。

「ええ、そんなところです」ジュアンはぶっきらぼうに答えると、再び地図を覗き込んだ。

翻訳されたテキストを読む限り、ガーリブは作戦では直接手を下したくないようだ。実行するのはおそらくハミドという男だろう。ハミドはすべてをこと細かに知っているのだろう。

「すみません、もしちょっとしたフランクフルト観光をお考えなら……」男性が通路の向こう側から翻訳文と地図を指さした。「……まずはレーマー広場に行くことをお勧めします。街で随一の名所ですし、旧市街の面影《おもかげ》を最もよく残していますからね」

理由はわからなかったが、ジュアンには突然、その男性がイタリア人とは思えなくなった。そのアドバイスに礼を言うと、ジュアンは地図と翻訳文の紙をしまった。

乗り換え予定のニュルンベルクに列車が近づくまで、記事の内容をあれこれ練ることにした。だが、どう考えても、ルポルタージュとしての盛り上がりにいまひとつ欠ける気がする。

くそっ、自分の書くことが何から何まで厳しく検閲されているのに、洗練された文章が書けるわけないじゃないか。二方向からの指示に従わなきゃならないんだぞ、すでに書いた内容を繰り返す以外、俺に何ができるっていうんだ。追跡取材をしていることは書ける。その間に何人か死者が出たことも書ける。だが、なんの追跡取材なのか、いったい誰を追っているのか、それを書くことは許されない。今後起こりうる事態についても書けない。その場所も。ガーリブとハミドの会話から手に入れた情報の詳細をほんのわずか漏らしただけで、ドイツの情報機関からもガーリブからもひどい目に遭わされるだろう。ヘルベルト・ヴェーベルはおそらく俺を殺人事件の容疑者に仕立て上げて告発するに違いない。ガーリブはナイフを使ってくるだろう。とはいえ、この制約を破らなければ、俺は自尊心とデスクの後ろ盾を失ってしまう。これまではずっと、うまく切り抜けられるだろうと思ってきた。だが、今度ばかりは。この俺に大胆な行動が取れるはずがない……。ジュアンは絶望的な気分になっていた。

窓から外を眺めた。いや、くじけるな。いつの日か、報道記者として英雄になり、〈シュプ・シュプ〉のテーブルについて女たちを引っかけたいのなら、ほかに道はない。どんなに危険であろうと、俺が書きたいと思ったことを書くしかないんだ。すると、自分でも驚いたことに勇気がわいてきた。ジュアンはそのことに対しても、犠牲者２１１７に感謝した。

　そこで、モニターに目を向けると、これまで書いた内容を修正し、手加減せずに文章を打っていった。まずはタイトル。それから小見出し。実名を挙げ、ミュンヘンで起きた殺人事件について、血の海の上で足を滑らせたことまで詳細に記述した。自分の居場所を明らかにし、次の攻撃を企んでいる男の名を記し、それが実行される前に自分が阻止するつもりだとつづった。

　ニュルンベルクに入ると列車は徐々に速度を落とし、やがて停止した。ジュアンの原稿は、情報機関の男たちとの出会いやカメラマンの携帯電話に残されていた動画に言及すべきかどうかを決断しなければならないところまで進んでいた。

　列車を乗り換えるまで決断は先延ばしにしよう。ジュアンがノートパソコンをバッグに入れようとしたとき、通路をはさんだ席にいた男性が笑みを浮かべてこちらに身をかがめると、「貴重な情報をありがとう」とささやいた。

　ジュアンがその言葉の意味を理解するより早く、男性は急ぎ足で乗降口へと向かい、プラットホームに消えていった。

　それから乗り換え列車の出発時間までの二十七分間、ジュアンの頭の中に次々と疑問がわいてきた。あの男はいったい何を言いたかったんだ？　なんの情報に対して礼を言ったんだ？　画面に表示された十一ポイントの文字をあの男が読めたはずがない。俺がどんなミッションを抱えてこの列車に乗っているのかはもちろん、フランクフルトで何をするつもりなのかなど知るはずがない。いや、俺がフランクフルトに向かっていることは、地図から推測したに違いない。地図はテーブルに広げられていたのだから。

　だが、やっぱり何から何までおかしい。いったいあの男は何者なんだ？　俺の記事を盗もうとしているジャーナリストか？　情報機関の人間か？　あるいは――できれば最後までその可能性は考えたくなかったが――ガーリブの一味か？　ジュアンは背筋に冷たいものを感じながら、駅構内やプラットホームの隅々に目を走らせ、あの男を探した。あんなに慌てて、どこへ消えたんだ？　なぜあれほど急いで逃げていった？　あれは、〝おまえを見張っている〟という、情報機関が俺に釘を刺すためのメッセージだったのか？　ジャケットに仕込んだＧＰＳ発信機だけが監視の手段ではないということか？　いっそ、そうであってほしいくらいだ。

　フランクフルト行きのＩＣＥ26の広い一等車両は、さきほど乗ったＩＣＥと似ていた。スーツ姿の男女がまじめな顔をして座っていて、プランニングや考えごとにふさわしい安らぎと静けさが提供されている。すばらしい作業環境だ。目をつけた場所にすぐ歩いていけるよう、ジュアンはフランクフルトの中心部に宿泊するつもりだった。しっかり計画を立てて行動し、まずは街をよく知り、テロ攻撃の可能性があるかどうかを探る。想像力を駆使し、それぞれの場所の人の流れのパターンを把握すれば、先が読めるかもしれない。問題はただ、その〝先〟がいつ始まるのかということだ。そもそも、俺がフランクフルトに到着する前に大惨事がもう発生しているかもしれない。ガーリブとハミドは俺よりも先を行っている。それはもちろんわかっていた。

　ジュアンはノートパソコンを開けると、原稿にざっと目を通した。

　これだけ多くの事実を列挙してあれこれと推論してみせたら、情報機関の人間はかなり嫌な顔をするだろう。だが、大惨事が差しせまっていることを知っているのなら、情報機関がどう思おうとも、それを警告することこそが社会に対するジャーナリストとしての義務じゃないのか？

　ガーリブが俺の記事を使ってテロ攻撃を匂わせ、世間を混乱に陥れようと目論《もくろ》んでいるのは明らかだ。だが、俺が実はドイツ当局と連携してテロ攻撃の阻止に動いていることを明日の記事内で明かし、ガーリブの計画を妨害しようとしたら、あいつはどう反応するだろうか。状況に合わせて計画を変更するだろうか。それとも、これ幸いとばかりに、まさかと思うような場所へ攻撃場所を変更するだろうか。

　ジュアンは考えをまとめようとした。ガーリブは目下のところ、俺の居場所を知らない。真実を赤裸々《せきらら》につづった原稿を『オレス・デル・ディア』に送ったとしても、身辺をよく警戒していればなんとかなる。それでは、甘いだろうか？　だが、俺の問題はむしろ、この件を考える上で決定的な事実をまったく知らないということだ。つまり、ガーリブがどこにいるのかということや、彼と仲間が正確には何を準備しているのかということだ。俺はただ、とんでもなく危険な男がドイツで最もにぎやかな大都市のひとつに潜伏していて、作戦実行を妨げるものはなんであれ容赦なく排除する可能性があるということしか知らない。まったく、記事をどう続けろっていうんだ。

　さまざまな持論を検討し、あらゆる視点から判断しようと苦労していると、男性がひとり、テーブルに近づいてきた。

「ジュアン・アイグアデルさんですか？」丁寧な口調だった。

　ジュアンは訝しげに、男性に目をやった。小柄だが体格はがっしりしていて、この季節だというのにやけに日焼けしている。

「そうですが、何か？」

「ただ、これを渡すよう言われたので」男性はそう言うと、封筒を差し出した。それから帽子を軽く上げて会釈し、邪魔をしたことを詫びると立ち去った。

封筒はどこから見てもなんの変哲もないものだった——中のメッセージを除けば。

なぜ、フランクフルトに行くべきだと思ったんだ？　昨夜、警察で何を探ろうとした？　警察からは距離を置けと命令したはずだ。ジュアン・アイグアデル、われわれはおまえを監視している。警戒を怠るな。一歩でも間違えば、すべて終わりだ。おまえは過去の人間となる。フランクフルトに着いたらまた連絡する。

ジュアンは息を呑んだ。〝一歩でも間違えば、すべて終わり〟。〝終わり〟という言葉には、絶対的、決定的というニュアンスがある。〝終わり〟とはつまり、〝喉を切り裂く〟のと同じ意味なのではないだろうか。あるいは〝拘束〟や〝拷問〟。〝終わり〟とは、俺がやりすぎてしまったことに対する結果を意味しているのか？　〝過去の人間となる〟——つまり、あっという間に消されるということか。

いったいどうすればいい？　思考がぐるぐる回りだした。プラットホームに降りて、人混みに紛れて消える？　夜の間、ずっと駅のトイレに隠れる？

ジュアンは携帯電話を握りしめた。ここで情報機関のヘルベルト・ヴェーベルに電話したら、俺はもう彼らの役に立つ人間じゃなくなるだろう。事態が収束するまで隔離され、栄誉あるジャーナリストとしての未来という夢はすべて無に帰《き》すだろう。三まで数えるより早く、俺はゼロに戻ってしまう。そうなれば、一度は脱ぎ捨てたと思ったはずの、将来の見込みのないつらい人生を延々と続けることになるのだ。

もう一度メッセージを読んでみた。〝終わり〟という言葉が〝死〟以外を意味している可能性はあるだろうか？

ジュアンの脳ミソがフル回転する——考えれば考え

るほど、この列車から逃げ出す以外の道はないとの確信が強まっていく。

　ガーリブには仲間がいて、やつらは俺を監視している。逃げたところで捕まるだろう。当然だ。いったい俺は何を考えていたんだ？　ルポルタージュを書きつづけたいなら、ドイツの情報機関なんかに頼っていてはだめだ。それはすでに検討したはずだ。たとえば、非常ブレーキを作動させて電車が停まったら逃亡するというのはどうだろう？

　そんなことをしたら処罰される。当たり前だ。乗務員に取り押さえられ、通報を受けた警察に次の駅で引き渡されるだろう。

　だが、もしあのメッセンジャーだけでなく、ほかにもガーリブの仲間がこの列車に乗っていて、そいつらが俺の裏切りに気づいているとしたら？　そいつらが実は俺のすぐそばに座っていて、成り行きを追っているとしたら？　毒薬を一本注射するだけで、音も立てず人目につくこともなく俺を殺せるんじゃないか？

　いいかげん、妄想をやめるんだ！　ジュアンは拳を握りしめ、冷静に考えようと努めた。よく考えてみれば、どのみち俺を殺そうとしているのなら、ガーリブがわざわざメッセージをよこす必要などないじゃないか？　何がなんだかわからない。だが、自然と答えがわかるまで待っているわけにもいかない。やつらが考えているのが俺の死だろうと、拷問だろうと、拘束だろうと、どうでもいい。とにかく逃げるのだ。

　ジュアンは地図を広げると、必死になって脱出場所を探した。ニュルンベルクとフランクフルト・アム・マインの間には多くの小都市があるが、見たところ、緊急時に列車が停止しそうな場所はヴュルツブルクだけだ。

　この街の名は聞いたことがある。グーグルで検索してみると、人口十三万、病院の数もかなり多い。完璧だ。

問題は、この列車がそこに停車するかどうかだが、時刻表が記されたパンフレットをざっと見たところ、自分の想定が正しいとわかった。数分もしないうちに列車はヴュルツブルクに到着する。ジュアンはほっと息を吐いてノートパソコンを閉じ、書類とともにショルダーバッグにしまうと、ジャケットをはおり、携帯電話を内ポケットに突っ込んだ。

「ああああ……」ジュアンは出し抜けにうめき声を上げると、胸をつかみ、さらにうめきながらのけぞった。白目をむき出しにして震えだすと、何かつかむものを探すように手を動かした。

まるでそれを待っていたかのように、近くにいたふたりの乗客が作業を中断してぱっと立ち上がり、ジュアンを支えた。

「お医者さんはいませんか?」片方が叫んだが、返事はない。

「心臓ですか? 薬は? どこにありますか?」もう片方が尋ねたが、ジュアンは答えない。

彼らはすぐに乗務員を呼ぶだろう。そして俺はヴュルツブルクの病院に運ばれる。誰かが何かに気づく前に俺はそこから消える。

ジュアンは目を閉じ、仰向けに床に崩れ落ちた。周囲は騒然となった。片方の男は車両を出ていき、もうひとりの男はあるはずもない薬を探してジュアンのポケットを探った。

そんなふうに親切にされ、面倒を見てもらうのはとても心地よかった。ジュアンは目を閉じたまま周囲の様子をうかがい、目立たないようできるだけ浅く呼吸した。

だが、ジュアンは、この世には誰かが心臓発作を起こしたときに独断で思い切った手段を取る人間がいるということまでは想定していなかった。というのも、不意に巨体の男が現れると、いきなりジュアンの横にひざまずいたのだ。

　ジュアンはぎょっとした。男は体重をかけてジュアンの胸を強く圧迫したかと思うと、生温かい口がかぶさってきた。

肋骨がぼきぼきと音を立てる。ジュアンは大声を出さないよう必死だった。

だが、あと一秒もすれば、演技を続けられなくなってしまう。

　そのとき、「こっちです」という声がした。薄目を開けると、乗務員らしき制服の男性が見えた。真剣な顔つきでこちらにかがみ込む。誰かがジュアンのシャツのボタンを外して肩まではだけさせた。

「経験がおありですか？」誰かが尋ねた。

　すると乗務員は「あります。研修を受けています」と返した。ジュアンは瞬時に、彼がこれから何をしようとしているのかを悟った。ときすでに遅し。ジュアンの体は除細動器のショックで痙攣《けいれん》し、同時にすべての末梢《まっしょう》神経が爆発したような衝撃を感じた。消化不良の食物の塊が込み上げてくるかのような圧力が心臓周辺から喉へと伝わってくる。

　ジュアンの上半身は数秒間、電気ショックのせいで鋼鉄製のバネのようにピンと伸び、それから反《そ》り返った。後頭部が床に打ちつけられる。

「大変だ！」という声が聞こえたのを最後に、すべてが真っ暗になった。

24

アレクサンダ　残り9日

　結局のところ、昨夜は最低最悪だった。何時間もレベルアップに挑戦したのに、まったくうまくいかなかった。一歩進むと二歩下がるという感じだった。

アレクサンダはいらいらしてキーボードを叩いた。

画面上に何も反応がない。おかしい。マウスを操作してみる。何も起こらない！　そこで、気が進まないまま、セーブしていったんゲームから離れると、パソコンの状態を確かめるためにシステムをチェックしていったが、状態は改善しなかった。ほんの二、三時間プレーしただけで本体が熱くなり、危険な状態になる。もう消耗したのか？　そんなに酷使したっけ？　マザーボードが金属疲労を起こしてる？　いや、そんなはずはない。買ってからまだ一年しか経ってないんだぞ、保証期間はまだ三年あるはずだ。ちくしょう、いま修理に出したら、戻ってくるのはいつだ？

　落ち着け、とにかく落ち着くんだ。こういうことは起きるものだ。パソコンの熱が冷めるのを待ちながら、アレクサンダは自分を励ました。待っている間に何かヒントがつかめればいいけど……。熱が取れても改善しなかったらどうすればいいか、まったくわからない。アレクサンダは爪の甘皮を噛みだした。いらいらするせいで、両脚がドラムを叩くスティックのようにピクピクと動く。

　数秒間が永遠に思えた。

　十分ほどして、パソコンがやや通常の温度に戻った。そこで、電源を入れ、不安げに画面を見つめた。

頼む、お願い！　腋の下が汗でじっとりする。だが、何も起こらない。画面の中央に白く小さな長方形が現れたが、それだけだった。システムは完全に死んでいた。

ケーブルをあれこれいじりまわし、電源ボタンを押し、頭が痛くなるほど原因を考え、怒りでわめいた。もう一度電源ボタンを押す。だが、パソコンはうんともすんとも言わない。

こんなことが続くなら、窓から飛び降りたほうがよっぽどましだ！

アレクサンダは放心状態だった。自分の世界がたったいま、崩壊してしまった。震える指で電源ボタンを押す。ちくしょう、相変わらずだ。高かったのに、僕のゲーミングパソコンはもうだめだ。

それでも、途中までは外付けハードディスクにセーブしてある。それが不幸中の幸いだ。

「ごめん、パソコンがオーバーヒートしちゃったんだ」アレクサンダは壁の老女の写真に向かって申し訳なさそうにつぶやいた。「でも心配しないで。なんとかしてみせるよ。父親がノートパソコンを持ってるんだ。買うときに僕がアドバイスしたんだけどね。僕の〈シャーク・ゲーミングパソコン〉ほどは高速じゃないけど、ＦＰＳはまったく問題ない」彼はにやりとした。「そうだよ、あなたもたぶん気づいているとは思うけど、僕はもちろん父親を出し抜いてやったんだ。あいつときたら、何を買えばいいかもわからなかったし、なんであのパーツを買ったせいで予算の二倍を払う羽目になったのか、まるでわかっていなくてさ」

アレクサンダは鼻で笑った。それから首を横に振った。「しゃべりまくってごめん。たぶんあなたはＦＰＳがなんなのか、知らないよね。ＦＰＳってのは、フレームズ・パー・セカンドの略で、一秒間の動画で見せる静止画の枚数のこと。これが六十を超えていれば、いまやっているゲームのパフォーマンスに影響はないんだ」

　そう、そのはずだ。アレクサンダはうなずいた。父さんが買ったレノボはグラフィックカードもかなりいいやつだし、FPSは七十だし、あれで間に合うはずだ。ふたりが仕事に行ったらすぐ、あのノートパソコンを取ってこよう。パスワードはわかってる。だって僕が設定したんだから。アレクサンダの顔に再び笑みが浮かんだ。父さんはかんかんになるだろうな。でも、だからって何ができる？　ドアに爪を立ててかりかり引っかくのか？

　グレーのブラインドの背後がだんだんと明るくなってきた。ドアの向こう側、つまり外の世界では親がすでに、毎朝おなじみの行動を繰り返している。スリッパを引きずって歩く音、文句を言う声、罵り声。あと十分ほどしてふたりが出ていけば、家に静けさが戻る。そうしたらノートパソコンを取ってきて、外付けハードディスク、キーボード、マウス、モニターにつなげて様子を見よう。うまく立ち上がったらすぐ、一日のノルマにしているステージを稼ぎたい。

「アレクサンダ！」母親が呼びかけた。「もう出かけるわね。知ってるでしょうけど、会議でルガーノまで行くの。でも、いつものように、お父さんとあなたには冷凍庫にインスタント食品を入れてあるから。それから、アレクサンダ！　気分転換にちょっと出てきてお母さんを驚かせてみたらどうなの。そうしてくれたら、うれしいんだけど」

　ルガーノだって！　アレクサンダは鼻から息を吐いた。とんだ茶番だ。もう何年も前から母さんは会議があると言っては出張のふりをして出かけ、その間、父さんは家にいたためしがない。お互いに違う相手とヤッてるって、堂々と宣言したらどうだ？　ほんとムカつく！

　アレクサンダはドアに耳をつけた。何も聞こえてこない。父さんも出かけたというわけだ。それでも用心のために十分間待ってから、ヒーターの調節装置にくくりつけていたワイヤーを外した。忘れ物でもして戻ってきた親と鉢合わせすることだけは、絶対に避けたかった。

廊下に出ると、いつも以上に強い香水と裏切りの匂いがした。ほんとうに胸が悪くなる。すべてを終わらせるのが待ちきれないくらいだ。でも、その前に２１１７レベルにたどり着き、ミッションを達成しなきゃ。そのあとは……みんな、思いもよらない衝撃を味わうのさ。

いつもならまず朝食をとり、ポータブルトイレを空にし、毎日のルーチンに取りかかるところだ。だが、今日は違う。ノートパソコンを運んでいる最中にまずいことが起きては困るので、キッチンを通り過ぎ、真っ先に父親の書斎へ向かった。

アレクサンダは机の前に立つと、うまくいかなかったらどうしようかとしばし考えた。一年ほど前、ゲーム仲間のひとりでボストンに住んでいる子が、プレー中に同じ問題に遭遇したことがある。パソコンがオーバーヒートしたとき、あの間抜けときたらブチ切れて自暴自棄になり、自殺寸前までいったっけ。

アレクサンダは首を横に振った。まったくバカな話だ。それに世間に対してなんの影響もない。自殺なんて！　死ぬときはひとりじゃなくて、大勢の他人を地獄に道連れにするべきだ。

アレクサンダがノートパソコンからケーブルを引き抜いた瞬間、机の上に影が差し、肩をぎゅっとつかまれた。

「ついに捕まえた！」父親が勝ち誇ったように激しく揺さぶった。アレクサンダは振り向くひまさえなかった。「ここで何してる？　さんざんくだらないことをやってきて、そのうえ、父さんのものまで盗もうっていうのか？」

アレクサンダは答えなかった。肩を揺さぶられて小《こ》突《づ》かれるに任せていた。そうする以外、何ができる？　いい子になると誓い、これまでのことはほんの冗談だったとでも言うのか？　まさか、ありえない！

「おまえがいまのめちゃくちゃな生活を正すと約束するなら、見逃してやろう」父親が脅す。

アレクサンダは、血色が悪くて耐えがたい体臭を放つ父親のそばになど、もう何週間も近寄っていなかった。こんな間抜けとこんなに長く同じ屋根の下で暮らしてきたことが、われながらまったく謎だった。だが、それもじきに終わりを迎える。

父親はアレクサンダを書斎から引きずり出すと息子の部屋まで引っ張っていった。「中をよく見たらどうだ！」アレクサンダを部屋のなかに突き飛ばしながら、父親が苦々しげに言った。「こいつめ！　俺たちがおまえにしてやったことの礼がこれか？　この部屋をもらっておきながらこの態度か？　まるでブタ小屋みたいじゃないか！　俺たちがおまえに何かしたか？　え？　どうなんだ？」父親はわめきながら床にあった空のコーラの缶を蹴飛ばした。「なんて臭いなんだ！　よく見てみろ。どこもかしこもゴミだらけじゃないか！　これが普通か？　頭がまともなやつの住む部屋か？　違うだろ、どうなんだ？　俺たちがおまえのことでどれだけ恥ずかしい思いをしているか、わかってるんだろうな？　まったく、なんてどうしようもないやつなんだ」

「あんたの知ったこっちゃないよ」アレクサンダは父親の手を払いのけた。「そっちが思ってるよりずっと早く、僕の世話から解放させてやるからさ」

その言葉を罵りと受け取ったか傲慢さと受け取ったかはわからないが、父親は一歩下がると、息子から顔面に一発食らったかのような表情でアレクサンダを見た。

「おまえの世話から解放される？　いいじゃないか、ありがたい、ぜひそうあってほしいね」気を取り直した父親は、冷たく言い放った。そして、ポケットからクリップで留めた数枚の札を取り出した。

「ほら、やるよ。いますぐ出ていくよう助言する。それなら、俺たちもおまえがいつ出ていくのか、待つ必要がないからな。ユースホステルでも見つかるだろう。とにかく、これ以上ここに住む気はないんだろ？」

　そう言うと、父親はドアに向かった。そして、ドアレバーにぶら下がったワイヤーに気づいた。「ああ、そういう仕掛けだったのか」ヒーターまでの距離をざっと見積もると、ドアノブからワイヤーを外して手首に巻いた。「これで終わりだな？　とっととガラクタの荷造りをしろ。詰め忘れたものがあったとしても、母さんが出張から戻ったら、きっと喜んであとから送ってくれるさ」

「それって、母さんがあんたより好きな男との浮気が終わって帰ってきたらって意味？」

　アレクサンダはこれまで何度も父親を激怒させてきた。決まって即座に平手打ちを食らい、いつもならそれが怖かった。だが、いまはどうでもよかった。間髪を容《い》れずにビンタが飛んできたが、ちっとも痛いと思わなかった。二発目も三発目も、痛みを感じなかった。いくら殴っても効果がないことに父親が無力感を募らせていくのが、その目を見ればわかった。アレクサンダはとてつもない満足感を覚えた。父親が殴打するたびにふたりの力関係はますます逆転していく。

「おまえは完全にイカレてる！」父親はあえぎながらそう叫ぶと、ふらつきながらドアのほうにあとずさりした。「どうかしてる！」

　アレクサンダは大きくうなずいた。そのとおりなのかもしれない。でも、誰にその判断が下せるっていうんだ？　猛烈な勢いでがなりたてる父親をよそに、彼は床に散らばった服を拾い集めながら、壁に掛かっているサムライの刀のほうへゆっくりと歩いていった。

アレクサンダがフックから刀を外すと、父親が笑いだした。

「本気でその刀を持っていくつもりか？　そんなものを持ってたら誰もどこにも泊めてくれないぞ！　おまえはどこまで馬鹿なんだ？」

あざけるような憎々しい父親の顔は、アレクサンダが鞘から刀を抜き出すと、急にこわばった。

次の瞬間、父親の頭が鈍い音を立ててベッドに転がり落ちた。顔にはそのこわばった表情が永遠に刻まれた。

アレクサンダは壁に貼った新聞記事の切り抜きを見て微笑むと、つぶやいた。「さあ、始まりだ」

まずはおまえからだ。アレクサンダは父親の重い頭を冷凍庫に押しこんだ。胴体はユーティリティルーム（暖房設備や洗濯機などを設置した小部屋）へ引きずっていったが、血でそこらじゅうが汚れないよう、首はビニール袋で覆った。

「ここで寝てろ、くそ野郎」悪臭が家の中に広がらないよう、切って広げたごみ袋と粘着テープで胴体をぐるぐる巻きにする。

自分の仕事ぶりを満足げに眺めたアレクサンダは、遺体を押して洗濯機のほうへ寄せ、母親用のスペースをつくった。いずれ母さんが後ろ髪を引かれながら帰宅したときには、ここに寝てもらう。

それから父親のレノボと周辺機器を部屋に運び込むと、あまりの幸福に体が震えるのを感じた。思い描いていたことを寸分違《たが》わず実行した。あっという間だった。これくらい、いつだってやれる。何回でも繰り返せる。何回でも。

周辺機器をノートパソコンに接続し、電源を入れる。

不思議なことに、起動しないかもしれないという不安は消えていた――実際に、パソコンは起動した。

これからは、すべてがうまくいくだろう。

パソコンが子猫のような低いうなり声を上げると、ゲームが自動的に立ち上がった。アレクサンダは次のレベルを目指してすぐにプレーを再開した。

そろそろ、ちょっとした経過報告をする時間だな。アレクサンダは携帯電話に手を伸ばすと、いつもの番号にかけた。

ゴードンと名乗ったその警官は機嫌が悪く、疲れているようだったが、すぐにしゃんとした声になった。

「さてと！」アレクサンダは相手を挑発することにした。「まだ２１１７までは到達してないけど、始めたよ。それをちょっと伝えようと思ってね」

わけがわからず警官が焦っている様子が目に見えるようだ。まったく笑える。

「始めたって、何をだ？」思っていたとおりの質問が来た。「２１１７レベルを目指すことを始めたということか？　どうなんだ？　難しいことなのか？」

アレクサンダはあざけるように笑った。

「難しいかって？　ハハハ、超ウケる《LOL》。おまわりのくせして脳ミソが足りないんだね、難しいとはどういうことか、ガチで知らないんだ」相手が侮辱を消化するまで数秒待った。だが、なかなか反応が返ってこない。

「ああ、そうだな。僕には想像がつかないかもしれない」ようやく相手の声が聞こえた。「だが、２１１７という数が何を指しているかは知っている。数日前にキプロスの海岸に漂着した老女のことだろう？　きみはなぜ、あの老女をそこまで大事に思ってるんだ？」

アレクサンダは固まった。なんでわかった？　周囲を見渡す。何か手落ちがあったか？　警察に逆探知できる可能性は？　ＳＩＭカードの交換に何か不備があったのか？　僕のＩＰアドレスを割り出した？　それとも僕の知らない何かを突き止めた？　でも、どうやって？　そんなことできないはずだ。

「なんのこと？」そう答えながらも、声が小さくなっているのが自分でもわかる。

「いまおふざけをやめないと、われわれが止めに行くぞ。わかったな？」

そう言って相手は黙った。警察はいま、僕の身元について何かをたどっているのだろうか？

「残念、もう遅い」アレクサンダは電話を切ろうとした。

「もう遅い？　そんなことないだろう」

「そう？　じゃあうちの父親の頭に直接それを伝えてくれるかな。ひどいアホ面で冷凍庫に入ってるからさ。ふざけてなんかいないさ！」アレクサンダは電話を切った。

25

ゴードン　残り9日

「ケッパーがウィーン風カツレツを仕上げるように、死によって人生は完成する」それがゴードンの父親の口癖だった。体のあらゆる開口部にプラスチックの管が挿入され、瀕死《ひんし》の状態でホスピスに搬送されたあの悲しい日まで、父はいつもそう言っていた。

そんな妙な比喩《ひゆ》も、もう聞くことはない。

だが、ゴードンは、死に人生の仕上げを見出すことなどまったくない。彼が死について知っていることは、それが人生の永遠の悪夢であり、絶え間ない悲しみの根源であるということだった。自分にとって大きな存在だったラース・ビャアンがなぜこんなに急に死ななくてはならなかったのか、ゴードンは何日間も、理解しようと努力した。疑問はもちろん、解決しないままだった。だが彼はそれ以降、自分の心臓が突然止まるのではないかと心配になり、一時間に少なくとも二十回は脈を取るようになった。いまにも心臓が最後の鼓動を打つのではないかという恐怖に支配され、昼も夜もその考えに取り憑《つ》かれていた。そうこうするうちに、今度は胸に痛みを感じるまでになってしまった。

「僕は寝ている間もちゃんと息をしているのか？」それが彼の抱える多くの疑問のひとつだ。「安静時の脈拍数が八十ということは、僕の心臓は疲《ひ》弊《へい》しているんじゃないか？」これもまた疑問のひとつだ。

逃れることのできない運命がいまにも自分の身に降りかかってくるかもしれない、そう思うと、ゴードンは恐ろしくてたまらなくなる。

いま、アサドの目に死を感じとったゴードンは、ますます気が滅入っていた。いつも口元に笑みを浮かべ、人生の厄介事に対しても皮肉を言って距離を取る男。いつだって将来を楽観視している男——それがアサドだった。ビャアン兄弟が死に、家族の運命を取り巻く新たな不安が生じるまでは。だが、本当のアサドは表面上は穏やかにしながらも、その裏では、今後起こりうることを常に警戒していたのだ。ゴードンには突如として、それがわかった。アサドの過去を聞いた者なら、彼が家族のためにガーリブ殺害も辞さないと決意していることを疑わないだろう。そしてアサド自身もガーリブと同じ運命をたどる覚悟をしていることも。

ゴードンは技術検査協会お墨付きの事務椅子に腰掛けて、生と死について憂鬱な考えをめぐらせながら、心臓が正しく動いていることを確認するべく、この日少なくとも五十回目となる脈拍チェックを行なった。なんとも情けなく、恥ずかしかった。

そして立ち上がると、机の周りを数回ぐるぐる歩いた。この戦略室には、特捜部Qが抱えているすべての未解決事件に関するメモや調書や写真が、掲示板にピンで留められている。そもそも、こんなわびしい地下にいて、自分の健康に関する不安をすべてを振り払えるわけがない。それでも、これからジャンプしたり、腕立て伏せを五十回ぐらい頑張ったりすれば、案外簡単に死を逃れることもできるかもしれない。そんな考えが頭のなかをぐるぐるしていた。

汗だくになって腕立て伏せを十回したところで、電話が鳴った。ゴードンは糸の緩んだ操り人形のような状態でふらふらと電話に近寄った。

「もしもし」

そのひと言ですぐにわかった。また来た！　殺しをしたがっているあいつだ。

「やあおまわりさん、僕だよ」

ゴードンは録音ボタンを押した。

人間の未熟さや、与えられた環境でいかに平和に生きるべきかというテーマを語るいつもの声に比べると、今日のトーンはいやに満足げで自己陶酔に浸っているような感じだ。

今回こそ名前を尋ね、どんなゲームをしているのか聞き出してやる、とゴードンは思った。それには友だちっぽく、優しくて理解ある人間のように話さなくては。だが、その作戦を実行するより先に、相手の口調はどんどん激しく尊大になっていった。そのうえこちらを馬鹿にして笑いだしたので、ゴードンは抑えきれなくなり、ついきつい言い方をしてしまった。

２１１７という数が何に関係しているのか見抜くと、相手はひどく動揺した様子だった。だが、反撃を受けてゴードンのほうが激しい動揺に見舞われた。というのも、電話の向こうのゲーマーは、自分の父親の首をはね、頭を冷凍庫に押し込んだとのたまったのだ。そして、ぷつんと電話を切ってしまった。

ゴードンはがたがたと震えだした。たいして長くはない人生とはいえ、ここまで生きてきて初めて殺人犯と話したのだ。連続殺人を実行すると臆することなく宣言している頭のおかしい人間と。最悪の気分だった。カールとローセとアサドが、アサドの家族を探すために旅立ってしまったら、全責任が自分の肩にかかってくるのだ。それはつまり、僕が生と死を司《つかさど》る神のような立場になるってことだろうか？　もし状況にうまく対処できなかったらどうなる？

　一気に脈が暴走しはじめた。ゴードンはよろよろと事務椅子に座ると、ひざの間に頭を沈め、二度と電話が鳴らないことを願った。もちろん電話コードを引っこ抜いてしまうこともできる。だが、そんなことをして、ある日、若い男が通りで凶行におよんだと通報が入ったら？　間違いなく僕が責任を問われることになる。

　なんてことだ！　どうすればいいんだ！

カールの部屋では四人が椅子に座り、黙って会話の録音に耳を傾けた。カールですらいつもと違って真剣な表情をしている。

「どう思う？　本当にやったと思うか？　こいつは本当に父親の首をはねたのか？」

　カールの質問に、ローセがゴードンのほうを見て言った。「この子はあなたにしょっちゅう電話をかけてきていた。でも、こんなにはっきりと感情の波を見せたのは初めてよね。数ヵ所、声の乱れが顕著に感じられるところがある。あなたのことを笑って侮辱したところと、電話を切る前にいきなり怒って攻撃的とも言える声のトーンになったところ。それから、数字の意味を指摘されたときは目立って弱々しくなってる。ゴードン、これは彼が本当のことを言っている証拠だと思わない？」

　だとしたら、とんでもない話じゃないか。とはいえ、ゴードンもなんとなく、あいつならやりかねないと思っていた。

「ということは、この子は単なる衝動や妄想でそういうことを言ってるんじゃないわ。わたしたちは、彼が予告を実行すると想定しておかなくちゃならない。みんな同じ意見かしら。どう？」

カールとアサドは同意した。

「これまでの対応で、僕に何かミスはあったでしょうか？」おそるおそるゴードンが尋ねる。

カールは、落ち着けとばかりにゴードンの手の甲を軽く叩いた。「いま初めて、どういう人間を相手にしているのかがわかったんだ、ゴードン。これまでほかにやりようがなかったんだから、気にするな。俺はそいつが本気かどうか疑っていたが、おまえは投げ出さずに粘った。それでよしとしよう」

それまで呼吸を止めていたゴードンが、ふうっと息を吐いた。「僕には対応できないんじゃないかって気がするんです。さらに死者が出ても、責任を負えません」

「まあ、待て。この件についてはこれからみんなで落ち着いて取りかかり、いま聞いた会話の分析に努めよう」カールは椅子の背にもたれかかった。「そいつの住まいは集合住宅か、一軒家か。みんな、どう思う？」

「一軒家ですね」アサドがきっぱりと言った。

「でしょうね」ローセが続く。「彼は冷凍室と言わずに、冷凍庫と言った。冷蔵庫とは別にあるってことよ。集合住宅のいったいどこに、あんな大きいものを置ける？」

「そのとおりだ」カールは笑みを浮かべたが、ゴードンにはわけがわからなかった。相手が集合住宅に住んでいないとわかったからって、それがどうして安心材料になるんだ？　何千もの集合住宅の代わりに、何千もの一軒家を調べることになるだけじゃないか。

「強制されたわけじゃないのに自らを監禁状態におく

日本の若者の話を聞いたことがある。ローセ、正確にはなんていうのか思い出せるか？」

「ええ、ヒキコモリですね」

「そうだ。聞いたことあるか、ゴードン？」

ゴードンは首を横に振った。聞いていても思い出せないだけかもしれないが。

「そうやって世界から孤立して生きている日本の若者は、推定で百万人くらいいると言われている。彼らは両親と同居していてもコミュニケーションを取らない。部屋にこもって自分の小さな世界に逃避している。近頃、日本で大問題になってるそうだ」

「百万人も？」ゴードンはめまいを覚えた。人口五百八十万人のデンマークに置き換えたら五万人に匹敵する。

「名誉というものについて独特の価値観をもつ日本の家族にとって、ヒキコモリは非常に恥ずかしいことらしい。だから、その家族は普通、わが子がそういう状態であることについてはあまり他人に話さないとか」

ローセが親指を立てた。「電話の子も、すごく似てるような気がするわ」

「その人たち、いつかは部屋から出てくるんでしょうか？」ゴードンが知りたがる。

「俺の知る限り、そういうこともまったくないわけではないらしい」カールが答えた。「だが、そうなるまでに長い年月がかかることもある。ただし、ついに部屋を出るところまで来たときに、彼らが殺人を犯すと言って脅したという話は聞いたことがない。もちろん、そういうこともあるのかもしれないが」

「そういう人たちには精神疾患があるんですかね」ゴードンが考えこんだ。

カールは肩をすくめた。「そういう人もいれば、そうじゃない人もいるだろう。ともかく、俺たちが相手にしているやつはまともとは思えない」

自分は正しかったのだ、とゴードンはほっとした。

あいつはまともじゃない。思ったとおりだ。

「電話の相手はかなり若く、おそらくコペンハーゲン周辺に住んでいる。どうだ？」

「そうでしょうね。彼は大爆笑《Laughing out Loud》の意味でLOLって言ったんですよね。だったらかなり若いはずです」

アサドが付け加えた。

カールは後頭部をかいた。「え、LOLってたくさ《Lots》んの愛《of Love》って意味じゃないのか？　俺はずっとそう思ってた」

「ほかにも〝おまわり〟とか、〝ガチで知らない〟とか言ってるしね」ローセが補足する。「それと、訛りもないみたい。だから住所はコペンハーゲン周辺だと思うわ」

カールとアサドは再びうなずいた。

「でも、Aの発音がフラットじゃないから、ワーキングクラスが多い地域じゃないでしょうね」ローセがそう言って笑う。

カールは肩をすくめた。ローセときたら、まるで俺がワーキングクラスの人間や彼らのフラットなAの発音について詳しいかのように話を振ってきた。だが、俺はヴェンスュセルの出身だ。コペンハーゲンの発音なんか知るもんか。

「それで、彼の出身国だが、どうだ？」

「絶対にデンマークです」ローセとアサドがほとんど同時に答えた。

「俺もそう思う」カールはゴードンに顔を向けた。「二十歳そこそこのデンマーク人の男を探すんだ。冷凍庫を設置した一軒家に住んでいて、父親が職場に顔を出していない。俺の見立てだと、家庭環境は中流。次にそいつと話す際には、戦略を変えて少し挑発してみろ。〝タリバン〟とか〝ニート野郎〟とか、そういう変な呼び方をしてやれ。何度かそれを繰り返して、相手が本性を表すかどうか様子を見るんだ。やつを少し怒らせて口論に持ち込むことができるかもしれない。

そういう連中は攻撃されると、驚くほど簡単にボロを出すからな。そのうえで、うちの言語学者に録音を聞いてもらえ。専門家なら、そういう会話から実に多くの情報を引き出すことができるぞ」

　ゴードンのみぞおちが痛みだした。これまでとんでもなくさまざまな任務を言い渡されてきたが、今回のはいくらなんでも……。

「次に、コペンハーゲン周辺でプリペイドＳＩＭカードを購入した者を割り出せ。突き止めたらすぐに販売店に連絡し、最近、プリペイドのＳＩＭカードを大量購入した若いデンマーク人がいなかったか尋ねるんだ。話についてこれてるか？」

　ゴードンは目をむいた。これ以上はやめてほしい。さもなければ、トイレに駆け込むことになりそうだ。そこで、ゴードンは任務を回避しようと努めた。「でも、カール、相手はいろいろな場所でＳＩＭカードを購入している可能性があります。住まいから遠く離れたところで購入した可能性も」

　だが、カールはゴードンの反論を無視した。

「それからゴードン、俺たちは例の任務に着手するから、フランクフルトのそんなに高級じゃないホテルにアサドと俺の部屋をとってくれないか」

　ゴードンは混乱した。「ローセはどうするんです？」

「彼女はここに残る。そうだよな、ローセ？　アサドと俺が、ここからのサポートと援護射撃を必要とする事態になるかもしれん。それに、いざとなれば彼女はおまえを助けることもできる」

　ゴードンは一気にほっとした。ローセのほうは、まったくそうではなかったようだが。

26

カール　残り9日

　ジャケットの黒い下襟と肩にこれほど多くの勲章や階級章、やたら安っぽい星やら何やらをつけた人間が一堂に会するのをカールは初めて見た。少なくとも百人の弔問客《ちょうもんきゃく》が黒一色となって整然と並んでいる。高位高官は帽子に燕尾《えんび》服《ふく》を着用し、警察官は正装。髪はカットしたてで、厳しい表情をしている。女性たちはシックなスカートを履き、なかにはベールをかぶっている者までいる。

　なんてしらじらしいんだ、とカールは思った。階級を考えれば、ラース・ビャアンの葬儀がこれほど盛大になるのも当然だろう。だが、よく考えてみろ、あいつはただの嫌われ者で、不実なろくでなしだったにすぎない——そのうえ、アサドに大変な災厄をもたらした張本人だ。参列者が故人の前で敬意を表し、号令でもかけられたかのように揃って制帽を取って腋にはさんでも、カールが脱帽しなかったのは、まさにそれが理由だった。ふん、ラース・ビャアンにとってもそんなことどうでもいいだろうよ。だが、抵抗もそこまでだった。殺人捜査課課長の怪訝な目がカールに注がれたからだ。

　国葬なんかくそくらえだ。カールは制帽を取った。棺《ひつぎ》のすぐ前にラース・ビャアンの妻、スサネが子どもたちを連れて立っていた。ぴしっとプレスのきいたズボンを履き、口をきゅっと結んだ高位高官たちの前で、涙をこらえている。そのうしろには真っ赤な目をしたゴードンが立っていた。さらにその奥には褐色の肌をしたぼさぼさの縮れ髪の男がおり、あまりにも悲しみに満ちた表情をしているので、思わずカールは目を逸らした。

　二日後にはイェスの埋葬があるが、そちらの参列者はぐっと減るだろう。俺も行かなかったら、アサドは気を悪くするだろうか。

　カールは背後にそびえ立つグルントヴィ教会へ目をやった。黄色い煉瓦《れんが》でパイプオルガンを模したセンスのない正面が見える。教会内部で行なわれたミサでは、中央の通路に花輪と花束が飾られ、警察の男声合唱団の賛美歌が身廊に響き渡り、デンマーク国旗がはためいた。牧師は嘘にならないぎりぎりの言葉でラースを褒めたたえ、同調の声が次から次へと上がった。カールはへどを吐いてやりたいくらいだった。俺はこれまで数多くの優秀な同僚を失ってきた。殉職《じゅんしょく》したやつもいれば、病気や事故で死んだやつもいる。だが、みんな、もっと質素な葬式だった。なんでラース・ビャアンばかりがスーパースターのように扱われるんだ？

　そのときカールは、自分が立っているのは教会の前だと突然意識した。もしかしたら俺はおよそ一年後、洗礼用ドレスにくるまれモーナの腕に抱かれた小さな子とともに、再びここに立つかもしれないのだ。モーナのはじけるような笑顔が目に浮かぶ。同時に、〝これ以上ないほどユトランド人的な〟自分の母親が、目を輝かせて一族の宝物に着せる洗礼用の晴れ着に刺繍《ししゅう》を施している姿も浮かんだ。

　幸せな妄想から現実に戻ると、目の前にはお偉方が勢揃いしている。ああ、もうたくさんだ。

「正装すると、それなりにまともに見えますね」葬儀のあとで行なわれた追悼会で、ローセが嫌味たっぷりにコメントした。ドイツには連れていかないとカールに告げられてから、彼女の口調はいちだんときつい。

「ああ、これほど大人気のすばらしいご遺体のためなら、多少はごてごてと飾り立てた服を着ても許されるんじゃないか?」カールは熱心に話し込んでいる〝市民の模範たる面々〟に向かって腕を広げた。デンマーク国家警察長官、法務大臣、警察本部長、以下、俺みたいな間抜けな警部補を含む下級の警察官の群れ。

「まあ、人気者もいれば、そうでない人間もいますしね」ローセがちくりと言った。

カールは、赤ワインとタパスの載ったテーブルの前に集まっている比較的地味な弔問客の集団のほうへ行きたくなった。ワインを目指して礼儀正しく前に進もうとしたが、誰もカールに気づかず、目もくれない。

ついにカールは北ユトランド育ちの巨体をめいっぱい伸ばし、「失礼」と言うと、ひじを槍《やり》のように突き出して人混みをかきわけていった。弔問客の群れが毒づきながら道を開ける。しめた。

ウェイターがあ然と見守るなか、カールは素早く上等な赤ワインを一本頂戴《ちょうだい》し、その場を離れた。このくらいの見返りがあるなら、ここまで我慢した甲斐もあるってもんだ。

『オレス・デル・ディア』のデスク、モンセ・ビーゴは、まさに難攻不落だった。低い声で素っ気なく、人に気に入られようなどとはまるで思っていないようだ。

「ご同僚の方に以前申し上げましたように、弊社《へいしゃ》のスタッフについて連絡先などの情報はお渡ししないことになっています。いずれにしても、ジュアン・アイグアデルは極めてリスクの高い案件の取材中なのです。実際、彼は怪我をしていまして。ですから、この件についてはあれこれかきまわさないでいただきたいのですが」

「わかりました。それではそのままにしておきましょう。ですが、あなたもいずれ、その立派に突き出たケツをつねられる覚悟をしておいたほうがいいですよ」

「なんですって?」

カールは肩をすくめ、機械翻訳した英語の効果を楽しんだ。ともかくこれで、この女もこっちの言うことに耳を傾けるようになるだろう。

「世界中がジュアン・アイグアデルさんの記事を読んでいるんですよ。彼がドイツに向かっていることはとっくに知れわたっていて、現地にすでに数日滞在しているだろうと誰もが思っている。それなのに、あなたは情報を渡したがらない」カールは冷ややかに言った。「コペンハーゲン警察はテロに関する重大な案件を捜査しており、このガーリブという男の情報とその一挙手一投足を知ることが、極めて重要なんです。罪のない人々の死の責任を負いたくなければ、アイグアデルさんの連絡先をこちらに教えることをぜひともお勧めしますね」

　モンセ・ビーゴは乾いた声で笑った。「ムハンマドの風刺画で世界中を火の渦《うず》に巻き込んだ国の方が、よく言いますね。あのせいで、罪のない人がいったい何人亡くなったのかしら」

「いい加減にしてくれないか！　表現の自由が無制限だと勘違いして馬鹿なことをしたのはごく少数の人間です。それなのに、その責任をその国の人たち全員に押しつけてもいいと思ってるんですか？　それなら、その愚かな頭のまま生きていけばいいでしょう。ですが、あなたはそこまで愚かではないはずです。私の言ったことに何か思うところがあったのではないですか。もう一度お尋ねします。うちには私が特別に高く評価しているスタッフがいますが、彼の大事な家族が、そちらのジュアン・アイグアデルさんが記事にしているガーリブという男から脅迫を受けているんです。記事を一番最初に受け取るのはあなた方なんですよ。アイグアデルさんを利用することはありませんし、記事を悪用することもしません。そう約束しますから、彼の電話番号を教えてもらえませんか？」

　ついに電話番号を手に入れたカールは満足だった。

ところが、モンセ・ビーゴから聞いた番号にかけても、誰も出ない。

　ふむ、あとでもう一度かけてみよう。カールはそう思いながら、テーブルの上に置いたうまそうな赤ワインのボトルに目を走らせた。

「ラース・ビャアンに乾杯《スコール》！」その瞬間、マークス・ヤコプスンがドアのところに姿を現した。ちくしょう、最悪のタイミングだ。

「なるほど」それが唯一、殺人捜査課課長の発した言葉だった。だが、それで十分だ。「カール、葬儀のあと、ゴードンとアサドと話をしたんだが」

　カールはグラスを置いた。

「どうやらきみは違うようだが、どれだけ多くの人間がビャアン兄弟の死に動揺していることか。もしまた似たようなことが起きたら、ぜひとももっと哀悼《あいとう》の意を示してほしいものだ」ヤコプスンは見えない帽子を持ち上げた。やんわりとした言い方だったが、課長の言いたいこともわからないではない。この件はひとまずこれで終わりだ。

「私の理解が正しければ、きみたちはこれまでの超過労働時間分と引き換えに休暇を取ってドイツに行き、自分たちで捜査を行なう予定のようだが。間違いないか？」

　カールは赤ワインの入ったグラスを横目で見た。いまこそごくりとやりたい気分だった。

「捜査？　まさか、違いますよ」カールはしぶしぶ答えた。「確かに、二、三の手がかりは追うつもりですけど、普通の民間人として探る程度のことです。理性的に、よく考えて。逮捕とかそういうことはしません」

「きみたちが犯人を見つけたとしても、逮捕など警察としての行為はドイツ当局が指揮し、遂行することになる。わかってるのか？」

「もちろんです」

「だが、私の理解が正しければ、きみたちは警察としての捜査をドイツで行なおうとしているのでは？」

「とんでもない。個人的に関心があるだけです」

「カール、私はきみをよく知っている。公式に捜査を行なうというのなら、現地の警察に連絡しなくてはならないが、本当にわかってるのか？　万一、容疑者逮捕という事態になったら、事情聴取には現地警察の人間の同席が必要だということを忘れるな」

「そうですけど……」

「それからもうひとつ、国外での武器の携帯は認められない。というわけで、いますぐ拳銃を保管庫に戻すんだ。わかったか？」

「マークス、そんなことは百も承知です。俺たちがデンマーク警察の評判を落とすんじゃないかって心配しているなら、大丈夫ですよ」

「結構。だが、向こうで捜査を行なうにしても、われわれの助けは当てにするな」

「もちろんです、マークス」

「もうひとつ、今日のゴードンの電話の件だが。いつ私にその話をするつもりだった？」

「あいつがもうあなたに伝えたと思ってましたけど？」

殺人捜査課課長の額の皺が深くなった。「ゴードンによると、きみたちは殺人事件が発生したと考えているようだな。また、今後さらに事件が続くのではないかと思われる点がいくつかあると。そこで訊きたい。きみはこれを大した事件ではないと考えているのか、それとも国家警察情報局《PET》に連絡すべきだと考えているのか？」

「それを決めるのは課長なんじゃないですか？　まあ俺としては、この件に関してPETはあまり使いものにならないと思いますけどね」

「どういう意味だ？　説明してくれ」

「問題は、相手が頭のおかしい男で、たとえそいつの行為がテロ攻撃と呼べるとしても、身元特定に役立つような関連情報がPETにはほとんどないということです。マークス、そいつは単独犯で、原理主義とかそういうことが動機というよりはむしろ、何か勘違いした政治的使命に燃えているように思えます。どんな使命なのかはまだわかりませんが、俺たちはその答えに近づいています」

「それで、きみはこの地下にいる事務員の男にそれを暴くことができると、期待しているわけか？」

「ゴードンにはローセもついてますし」

それを聞いてもヤコプスンの額の皺は浅くならなかった。「カール、ローセも事務員だぞ」

「マークス、まさか、本気でそう言ってるわけじゃないですよね？」

「確かに、クヌスン嬢の能力がすばらしいことはわれわれも承知だ。それでもだ、カール。どこにいようとも、きみがこの事件の指揮を執《と》るんだ。いいな？」

ボスがひととおり苦言を呈して部屋を去ってから、カールはグラスのワインを一気に飲み干した。

それからジュアン・アイグアデルのものと思われる電話番号にまたかけてみた。数回呼び出し音が鳴り、男性が電話に出た。だが、ドイツ語だった。

カールはうろたえ、英語で尋ねた。「あの……、ジュアン・アイグアデルさんと話したいんですが、あなたがそうですか？」

「どちらさまでしょう？」

それは俺のセリフだ。「カール・マークと申します。コペンハーゲン警察本部の警部補です」カールは低い声で話した。「ある捜査に関連して、ジュアン・アイグアデルさんにいくつかお聞きしたいことがあるのですが」

「承知しました《ヤヴォール》。私はLfVのヘルベルト・ヴェーベルです」

エル・エフ・ファウ？　なんだそりゃ。くそっ、あの女、違う人間の番号を教えやがったな。

カールは答えた。「LｆVってのはどういう意味です?」

「憲法擁護庁州局ですよ、もちろん」

〝もちろん〟だと! 気取ったドイツ野郎め、もちろんとはどういう意味か俺が叩き込んでやろうか?

「で、それはなんなんです?」

「ドイツ連邦諸州の情報機関です。われわれはドイツ全土を管轄するB・f・V《ベー・エフ・ファウ》、つまり連邦憲法擁護庁と共に動いています。さて、厳密にはどのような捜査に関連してジュアン・アイグアデルさんと連絡をお取りになりたいのでしょうか」

「それは本人に話したいのですが」

「ジュアン・アイグアデルさんは頭部に重傷を負って搬送され、意識不明の重体です。そのため、残念ながら彼との通話を手配することはできかねます。それではまた」

「ちょ、ちょっと待って、まだ切らないでください。アイグアデルさんはいま、どこにいるんですか?」

「フランクフルト大学病院です。ですが、さきほどお話ししたように本人と話すことはできませんよ。あなたが直接来られ、アイグアデルさんが意識を取り戻したら話は別ですが。その場合でも、あらかじめセキュリティチェックを受けていただかなくてはなりません」

〝直接来られるなら話は別〟か。ぜひともそうしてやろうじゃないか。カールが電話を切り、大声で呪いの言葉を吐きはじめると、電話が鳴った。

「なんですか? 考えが変わったとか?」カールは受話器に向かって英語で吠えた。

「カール?」

そのひと言を聞いただけで、人物を特定できるのは彼女以外にはいない。おまけに、俺の名前をまるで外国産のグルテンフリー食材かなんかのように発音しやがる。そんなことができるのも、元妻のヴィガだけだ。

「ああ」カールはそう答え、先ほどのヴェーベルにぶちまけるつもりだった言葉を飲み込んだ。

「なんなのよ、いきなり英語で怒鳴ってきて。それも、わたしが悲しみの真っただ中にあるっていうときに。お母さんが危篤《きとく》なの」

カールはうなだれた。ただしそれは、ショックを受けたからでも悲しいからでもない。九十歳になろうという元義母、カーラ・アルシングには誰もがほとほと手を焼いてきたのだ。老人ホームは、二カ月おきにカールとヴィガに泣きついてきた。〝またアルシングさんの暴走に手を焼いています。彼女の奔放《ほんぽう》すぎる振る舞いから身を守れる人は誰ひとりいません〟と言って。カーラは放火をして歩き、服を着たまま、あるいは脱いだまま全職員と入居者の前で――相手が何歳であろうと――セクハラ行為におよび、堂々と他人のものを盗んだ。なかでも毛皮への執着が激しく、誰かが連れてきたペットをつかんで首に巻きつけようとするくらいだ。骨粗鬆症《こつそしょうしょう》が進行し体重は四十キロしかないのに、抵抗する力のない認知症の隣人たちから調度品を盗み、介護士たちが駆けつけるより早く、自分の部屋に置いてしまう。カーラはアルツハイマー型認知症という従来の診断の枠には収まらない次元にいた。次の瞬間にどんな精神状態になるのか、誰も予測できないのだ。元義母が本当に危篤なら、今後の人生に希望を持てる人間が、俺も含めて何人かいるはずだ。昔、ヴィガとの間で結ばれた金銭に関する協定のせいで、元義母に関するすべての面倒は俺が背負うことになっている。元妻が引き受けようとしなかったのは、単にそうしたくないからだ。

「危篤だって？　ヴィガ、それは大変だ、なんて悲しいんだ。まだ八十九歳だというのに！」

「カール！」今度はヴィガが吠えた。「お母さんのところに行って。いますぐに。ここ三週間、面会に行ってないじゃないの。その分、わたしに三千クローネ貸しだからね。急いで行かなかったら協定を解消するわよ、いい？　あなたの家、資産価値の半額ってどれくらいになってる？　「百五十万？」

カールは息を呑むと、赤ワインの瓶の口にコルクを押し込み、ビニール袋に突っ込んだ。帰宅したら、一気飲みする必要がありそうだ。

老人ホームの介護士は、二月のどんよりした空模様を伝える天気予報のように抑揚《よくよう》のない声でカーラの状態を報告した。介護士の頬がここまで赤くなかったら、充電が切れそうなロボットと向き合っていると思うところだった。

「でも、彼女はすでにとても……その……お年なので」白に近い金髪を毛先だけ妙な紫色に染めた赤ら顔の介護士は、いくらか考えてから投げやりに言った。こんなやつでも介護士として表彰されるようなことがあるのだろうか？　ありえない。俺が自ら名乗り出てそのデカい胸に勲章をつけるくらいありえない。

肌着姿でベッドに大《だい》の字になっている青白い瀕死の人間との対面を覚悟し、カーラの部屋のドアをそっと開けた。だが、目に飛び込んできたのは、想像とはとんでもなくかけ離れたものだった。確かにカーラはベッドに横たわってはいたが、顔は枕の下に埋もれ、いわくつきのキモノを着ていた。それは五十年前に彼女が働いていたバーで行なわれた〝競争〟に勝って手に入れたものだ。二十分以内に五十歳以上の男とどれだけ多くキスできるかという競争である。武勇伝によれば、そのバーにいた中年男でこのチャレンジの被害から逃れられた者はひとりもいないらしい。さらに、カーラ・アルシングはバーの外に出ていき、通りの左右二十メートルにいた男たちの唇も精力的に奪ったということだ。

「胸元が少しはだけていますが、ご容赦ください」介護士はキモノに目をやった。「でも、アルシングさんの性格はもちろんご存じですよね」

少しだと？　まあいい。それはともかく、彼女をそこまで知っていると言われるのは心外だ。いや、絶対にそう思われたくない。カールは元義母に目を向けた。あの古臭いキモノの胸元があとほんの少しでも開いたら、中から乱れたベッドの掛け布団みたいな皺くちゃな体が出てきてしまうだろう。

介護士がカーラに少し布団を掛けてやると、枕の下からくぐもった声が聞こえてきた。

「アルシングさんは大変衰弱しています。そのせいで、彼女からコニャックを取り上げなくてはなりませんでした。もちろん嫌がられましたが、こちらとしても過度の飲酒で亡くなったと死亡証明書に書かれたくありませんからね」

介護士がカーラの顔に載っていた枕を取ると瀕死の病人の重いまぶたが上がり、曇った目がカールをじっと見つめた。まるでカールが大天使ガブリエルで、自分を迎えに来たかのように。

カーラは何かを言おうと口をもごもごさせた。カールは目を細め、耳をそばだてた。元義母の最期の言葉を聞き逃したら、ヴィガは決して許してくれないだろう。

「ええそうです、カーラ。カールですよ、そばにいます。お義母《かあ》さん、疲れてるのかな？」われながらアホみたいな質問だ。だが、臨終のときの会話研修など警察学校のカリキュラムにはなかった。

カーラの口からは息が漏れただけだった。いまにも息を引き取りそうだ。

カールは元義母の乾いた唇に耳を近づけた。

「お義母さん、聞いていますよ。もう一度言ってください」

「小さな警官さん、あんたはわたしの恋人かい？」声の感じからして、先は長くないように思える。

カールは彼女の手を取り、ぎゅっと握った。「カーラ、もちろんそうですよ。わかってるでしょう？　あなたの永遠の恋人ですよ」B級映画の俳優が言うような甘い声を出してみせる。

「だったら、あの馬鹿な女を追い出して！」相変わらず弱々しかったものの、断固とした言い方だ。

「なんて、おっしゃいました？」介護士がベッドの反対側から尋ねた。

「私とふたりだけで、最後の祈りを唱えたいそうです」

「そんなに長くしゃべったんですか？」

「ええ、エスペラント語での会話だったので」

介護士は心底感心したようだった。

介護士がうしろ手にドアを閉めて出ていくとすぐ、しなびた手が布団の下から出てきて、カールの手首をつかんだ。

「あいつらはわたしを殺そうとしてるんだよ」カーラはささやく。「いますぐ逮捕しておくれよ」

カールは優しいまなざしをつくってカーラを見た。

「まだやってもいないのに、逮捕はできませんよ、カーラ」

「じゃあ、やったらあんたに電話して言うよ」

「いいですね、カーラ。そうしましょう」

「何か持ってきてくれたの？」もの欲しげな目で、カーラはビニール袋に手を伸ばした。

カールは袋を体に引き寄せた。その瞬間、袋の中で液体がぱしゃりと跳ねる音が大きく響いた。

「血が出てる！」カーラは驚くほど目ざとかった。

カールは一足飛びに洗面台まで行くとビニール袋から瓶を取り出した。コルク栓はまだ瓶に収まっていたが、十分深くははまっていなかった。

「あらやだ！」臨終の床から悲鳴のような声が上がった。「赤ワインじゃないの！」元義母はベッドから半分身を起こし、瓶に手を伸ばしている。

なんてこった《ホワット・ザ・ヘル》。カールはワインの瓶をカーラに渡した。

アサドがここにいたら、きっとラクダの笑い話を披露してくれただろう。というのも、カーラは二週間も砂漠で喉の渇きに苦しんでいたかのように、ワインを飲み干してしまったからだ。その効果は凄まじく、最後の告解が――これまでの所業を考えるとかなり長くかかりそうだが――当分の間おあずけになりそうだ。

カールが出口に向かっていると、遠くから聞けばオペラに挑戦していると思えなくもない、ビブラートのかかりまくったソプラノの声が、一階の事務所まで響き渡った。

「何ごとですか？」通りすがりの介護助手が尋ねてきた。

「ああ、アルシングさんですよ。昔の情熱を思い出して、オペラをね。また歌いはじめたんです。最後の一節までまだ少しかかりますよ」

「モーナ、日の出前にアサドが俺を迎えに来るんだ」ようやくベッドに入り、カールが言った。

「羊水検査までには帰ってこれるの？」モーナは不安そうだ。

カールはモーナのネグリジェの裾を上げ、彼女の腹を撫でた。「そう約束しただろ。もちろん検査にはいっしょに行くさ」

「カール、わたし、怖いのよ」

彼はモーナの頬を撫でると、彼女の腹にそっと顔をつけた。モーナが震えているのがわかる。

「心配することないよ、モーナ。すべてうまくいくって。きみは自分の健康に気をつけなくちゃ。約束してくれるね？」

モーナはカールから目を逸らし、ゆっくりとうなずいた。

「でも、もしあなたの身に何か起きたら、誰がわたしとこの子の面倒を見てくれるの?」

カールは表情を曇らせた。「モーナ、俺はほんの二、三日フランクフルトに行くだけだよ。いったいそれで俺の身に何が起きるというんだ?」

彼女は肩をすくめた。「いろいろよ。ドイツの高速道路ではドライバーがありえないくらいに車を飛ばすもの」

カールは微笑んだ。「アサドには運転をさせないから、安心していいよ」

モーナは深く息を吸った。「それに、アサドと、例の亡くなった難民の女性と、彼の家族のこともあるし」

カールはモーナの腹から顔を上げ、彼女の顔を見つめた。「その話、知ってるのか?」

「ゴードンと話したの。あなたが帰ってくる少し前に電話があったのよ」

くそっ、あの大馬鹿野郎。この件についてモーナに話す権限など、あいつにはないはずだぞ。

「あなたの気持ちはわかるわ、カール。でもゴードンが悪いわけじゃない。わたしがあれこれ訊いたの。彼はある事件のことでどうしようもなく不安になっていて、なんとか乗り切るためにわたしに助けを求めてきたのよ」

「殺人を犯したという若い男のことか?」

「そう。それからゴードンは、数字のことと、殺されたという老女の話をした。わたしが途中でいろいろ聞き返して、ゴードンはすべてを語ってくれた。アサドのこと、その家族のこと、彼らが拉致されていること。そのためにあなたたちがドイツに行かなくてはならないということも」

モーナはカールの手を握った。「アサドの家族を見つけてあげて。でも、無事に戻ってきてね。そう約束してほしいの」

「待てよ、モーナ。俺が戻ってこないなんてこと、あるわけないだろ？」

「戻ってくるって言って。そうしたら信じるから。約束してくれる？」

「もちろんだよ、モーナ。約束する。そもそも、彼女たちを見つけたとしても、面倒臭い仕事はドイツの警察に任せることになるしな」

　モーナは再び枕に頭を沈めた。

「モーデンがハーディといっしょにスイスから戻ってきたの、知ってる？」

「なんだって？　全然知らないぞ。いつの話だ？」あいつら、なんで俺に電話してその後どうなったか教えてくれなかったんだ？

「昨日よ。ハーディは処置に挑む決心をしたんですって。ただ、それが彼の助けになるかどうか確信はないらしいの。心の底から喜んでいるっていう感じじゃなかったわ」

27　残り8日

アサド

　目覚めると、ほんの数時間しか眠れていなかった。体が氷のように冷たい。血流が止まってしまったかのようだ。腕や脚をこすったが、それでも寒気が収まらない。なぜだ？

　そのとき、アサドは殴られたようにはっとした。そうだ、俺は悪夢のような現実に再び対峙するんだ。

　今日からあいつを追う。追跡が終わるまで、おそらく何人も死者が出るだろう。考えただけでも気が滅入る。ラース・ビャアンが死んでしまったいま、カールと自分がどこに行こうとしているのか、勘づいている者は警察本部にはいない。その理由を詮索する者もいない。カールですら、完全には状況がわかっていないのだ。数秒で生死の決断を下さなくてはならなくなるかもしれないし、それがどういう結果になろうとも、ともかく重大な事態になるだろう。

アサドは祈禱《きとう》用の絨毯を広げると、その上にひざまずいた。「全知全能なるアッラーよ、私が正義を行なうことをお助けください。運命を理解し、受け止める力を授けてください」

彼の横には、ジュアン・アイグアデルの撮った写真が掲載された新聞と、これから荷造りをして持っていかなくてはならないもののすべてが床の上にあった。記事を見て、愛する人々の姿を直視するのはあまりにつらく、現実ではないように思えた。自分を護り、支えてくれたリリー・カバービ。娘たちとお腹の子どもとともに置き去りにした妻のマルワ。ガーリブに虐待され、繰り返し暴行を受けた愛する妻。娘たちを暴行し、生まれて間もない子どもまで殺し、みんなの一生を破壊した悪の権化《ごんげ》ガーリブ。

写真の彼らがこの数日間ずっと頭から離れず、自分がアサドと名乗って特捜部Qで働いてきた日々がどういうものだったか、思い出せないくらいだ。目を覚ましたとき、生きる屍《しかばね》のようだったのは、おそらくそのせいだろう。

アサドは立ち上がると、ラクダの革で製本されたアルバムを棚から取り出し、久しぶりにページを開いた。このアルバムから失われた現実、それがこれからの旅の理由だった。この現実の仇《かたき》を討たなくてはならない。そのために、俺は出発するのだ。

アサド、彼女たちの姿をよく覚えておくんだ。かつての家族の姿を目に焼きつけておけ。賢明な判断をしろ、そうすれば彼女たちを見つけられる。そう考えながら、彼はアルバムのページをめくっていった。

するといきなり、懐かしい写真が目に飛び込んできた。結婚式の写真。赤ん坊だったころの娘たちの写真。コペンハーゲン時代の写真。陽気に笑っている顔。生きる喜びと希望に満ちていた日々。

　ネッラとロニアの最後の写真は彼女たちが六歳と五歳のころ、アサドが国連の査察団に同行してイラクへ赴任する直前に撮られたものだった。ネッラは明るい茶色が少し混じった黒髪に赤いリボンをつけていて、ロニアは幼稚園で折った紙の小さな帽子をかぶっている。笑いながら指を互いの鼻に押しつけ合う姿は無邪気で愛らしい。

「許してくれ」アサドはつぶやいた。「もしなんとかうまくいったら、許してほしい」それ以外の言葉が見つからなかった。彼女たちを見殺しにしたという罪悪感に激しくさいなまれた。あれ以来ずっと、その気持ちが黒いベールのように人生に覆いかぶさっていた。

「マルワ、誰よりも愛している」彼は指で写真に写っている彼女の顔を撫でた。これまでずっと、彼女たちを失った悲しみが自分の体を占領してきた。いま泣くことができたら、少しは気が楽になるのだろうか。だが、涙はこの数日間で出し尽くした。

　アサドは深呼吸するとアルバムを棚に戻そうとした。そのとき、何かに目が留まり、不意に記憶が蘇った。ロニアの顔に紙の帽子の影が差していたと思っていたのだが、そんなはずがないと気づいたのだ。というのも彼女は窓のすぐそばに立っていて、影は顔の反対側にできていたからだ。違う、この暗いしみのようなものは影ではない。ロニアのあざだ。そうだ、顎の関節から左耳にかけて広がっているあざだ。はっきり思い出した。小さなロニアはそのことでとても落ち込んでいたのだ。だが、あるとき同じ幼稚園に通っていた男の子から、そのしみ、鋭いナイフみたいでカッコいい、僕もそういうのが欲しいと言われた。

　それ以来、ロニアはあざのことを口にしなくなったのだった。

かわいいロニア、まったく自分としたことが、そのことを忘れていたとは。だがこれまで、記憶を抑えこまないと正気を保ってこられなかったのだ。そのすべはだいぶ前に身につけたものだ。

アサドは祈禱用の絨毯を脇へずらすと、新聞記事の前にかがみ込んだ。記事に顔を近づけ、目を細めてマルワの横にいる娘をじっと見つめる。

「ああ、そんな！」その顔を涙が伝った。事実を知ったら少し解放されて安堵した気持ちになるかと思っていたのに、いまや全身が絶望と痛みで震えている。

アヤナパの写真ではどちらの娘が生きているのかわからなかった。それでも、〝どちらの娘でもありえる〟という思いが知らずしらずのうちに自分の支えとなっていた。だがこの瞬間、冷酷な事実を突きつけられた。片方の娘を思って涙がこぼれた。下の娘、ロニアがこの写真にはいないのだ。マルワの横に立っている女性の顔にはあざがない。

アサドははじかれたように立ち上がった。無力感に包まれながらも、怒りと復讐への衝動が激しくわき起こった。爆発しそうだった。彼はガラステーブルを蹴飛ばすと、棚から次々に本を引き抜き、家具をなぎ倒した。リビングの半分がめちゃくちゃになった。やがて、天井や壁から隣人たちのノックの音が聞こえてきて、ようやくアサドは手を止めた。

疲れ果て、むせび泣きながら床にひざをつくと、ガラス片とこぼれたハッカ茶の間に祈禱用の絨毯を広げた。その上に横になり、神に祈った。マルワとネッラと——そして、ロニアのために。

駐車場で待っているカールの様子を見ると、これから何時間も狭い車内で旅の仲間として横に座っていたいという気にはなれなかった。精神が崩壊寸前のときはなおさらだ。カールは寝不足らしく、血色が悪く、そのうえ無口でユーモアのレベルはゼロだった。経験上、こういうときはしかるべき距離を保っておいたほうがいい。

「いますぐフランクフルトに引っ越す気か？」カールは後部座席のビニール袋の山を一瞥すると、無愛想な声で言った。

「ちょっとした食料ですよ。だって出張費は出ないんでしょう？」

カールは車をぐるりと回ってトランクを開け、キャスター付きスーツケースを押し込もうとした。

「くそっ、ここもぎゅうぎゅう詰めじゃないか。アサド、こりゃなんだ？」

「必要になりそうなものがちょっと入ってるだけですよ」

「このスポーツバッグがかなりの場所をとってるんだ」カールは自分のスーツケースのスペースをつくろうと、スポーツバッグをぐいぐい引っ張った。「なんだこりゃ、一トンくらいあるんじゃないか？ アサド、中身はなんだ？ おまえのラクダが一頭入ってんのか？」

「カール、そのままにしておいてください」アサドはトランクの蓋に手をかけた。

カールは不機嫌な目つきで、お見通しだぞと語りかけた。「アサド、そのバッグを開けるんだ」

アサドは首を横に振った。「カール、わかってください。これを持っていかなかったら、私たちの身を守るものがなくなってしまいます。わかってもらえないなら、ひとりで行きます」

「アサド、中に武器が入っているのか？ だとしたら、おまえの職も危うくなるぞ」

「はい。わかっています。その覚悟はできています」

カールは一歩下がった。

アサドがためらったので、「開けるんだ、アサド」カールはとうとう自分でバッグの口を開いた。

朝靄《あさもや》のなか、カールは無言で立ち、中身をチェックした。そしてアサドに顔を向けた。

「俺はこの中をほんの一瞬も見ていない。だよな？」

28

ジュアン　残り8日

ちくしょう、地獄だ、とジュアンは思った。目を半分だけ開ける。背後で誰かが外国語らしき言葉で会話している。不快な臭いがするが、なんだかわからない。声がどんどん近づいてくる。優しげな声がはっきりしてくる。俺は眠っていたのか？

片脚を動かすと、何かが上に載っているかのような重みを感じた。そこで、完全に目を開けてみた。

「おはようございます、アイグアデルさん」英語が聞こえてきた。「気がついてよかった」

ジュアンはしかめっ面をして、シーツの下にある自分の体の輪郭を確かめた。白い壁に囲まれ、あちこちから白い光が差す場所で、白い寝具類に白いフレームのベッドに寝かされている。なぜだ？　俺はここで何をしている？

「思っていたより、早かったですね」四角い顔の男が一歩近寄り、そう言った。

「早かったって、何が？」ジュアンは混乱した。俺は列車に乗っていたんじゃないのか？

「あなたはありえないような事態に見舞われたのです。まことにお気の毒です」

　ジュアンは左手で右手首に触れた。手の甲に注射針が刺さってるのか？　気分が悪かった。

「ここは病院？」

「そうです。フランクフルト大学病院です。あなたはおとといここに運ばれてきました」

「あなたは？」

「私ですか？　ドイツ鉄道を代表して来た者です。あなたの入院費と治療費はもちろんすべて弊社がお支払いします。あなたには補償を要求する権利があり、私はそのことについて話し合うためにこちらに来ました。もし、補償について検討できるようなご気分ならですが」

　そのとき、医師と看護師たちがやってきた。一様にやたら優しげな笑みを浮かべているが、何か深い意味があるんだろうか？

「手術は予想に反して、うまくいきましたよ、アイグアデルさん」すぐそばに立っている白衣の男が言った。「われわれのもとへ迅速に搬送してくれたドイツ鉄道には感謝しております。おかげで、後頭部の傷痕が残ることはないでしょう」

「そこの男性によると、僕はおととい運ばれたということですが」

「そうです。手術のあと、あなたは二日間、人工的な昏睡状態に置かれていました」

「なぜ、二日間も？」ジュアンにはわけがわからなかった。「それに……いや、だめだ！　もう行かなくちゃ。執筆した記事を送らなきゃ」片脚をベッドの端から下ろそうとしたが、うまくいかない。

「アイグアデルさん、残念ですがもう少し安静が必要です。お仕事先にはあと数日間の入院が必要だとお伝えしてあります」

「でも、そもそもなんで僕はここにいるんですか？　何があったんですか？」

四角い顔の男が再び口を開いた。「あなたはおととい、列車の中で具合を悪くされたんです。非常に苦しんでおられたので、乗客たちは心臓発作を起こしたと勘違いしました。医師によれば原因は不明とのことですが。われわれはその後起きたことを非常に正確に把握しております。まことに申し訳なく思っております。あなたに除細動器を使用した乗務員はすでに解雇いたしました」

「すみません、まったく理解できないんですが」

男の顔にほんの一瞬、笑みが浮かんだ。「確かに理解しがたいことだと思います。その乗務員はディルク・ノイハウゼンという名ですが、数年前に救護の研修を受けていたんです。よりによってあの日、フランクフルト行きの列車に乗務しておりました。あなたにとっては不運なことに」

ジュアンはあの日のことを思い出そうとした。確かに心臓発作を装った。それには理由があって……、記憶がよみがえってきた。

ジュアンは拳を握りしめると、医師と看護師の一団を見渡した。見事に金髪ばかりで、褐色の肌の看護師はひとりしかいない。

「ディルク・ノイハウゼンは、二〇一六年からドイツ鉄道の車両で除細動器の使用が禁止されていることを知っていました。現代の列車では、どのような形であっても、交流磁界が電子機器に重大な障害を引き起こす可能性があるためです。ところが、ノイハウゼンは人命救助を行なうことへの憧れがあったようで、今回、その逆の結果を招きかねない行動に出てしまいました。除細動器が使用禁止となり、機器が列車から撤去されたあと、あの愚か者はどこかの病院から除細動器を盗み、勤務に当たるときにはバッグに携帯していたようです。そして、彼が除細動器を試すチャンスが来たと思った相手が、運悪くあなただったのです。さらに悪いことに、ノイハウゼンの持っていた除細動器は古い型で、あなたの心臓に異常がないことを検出できませんでした」

「ええ。あなたの心臓は健康そのものですよ、アイグアデルさん」医師が保証してみせた。「われわれの見立てでは、あなたはそもそもどこにも異常がありません。電気ショックのために痙攣発作を起こし、そのせいで床に頭部を強打したのですが、その際、不運なことにご自身のショルダーバッグの留め金のピンが頭に刺さったのです。それで気を失い、ひどく出血したというわけです」

ドイツ鉄道の代表者が、ジュアンに片手を差し出した。「大変申し訳ありません。先ほど申し上げましたように、アイグアデルさんが弁護士にご相談なされればすぐに、補償の協議に入らせていただきます。ですが、まずは何よりもドイツ鉄道を代表し、謝罪と遺憾の意を表明させていただきたく思います」代表の男はベッドの脇にあるサイドテーブルを指差した。そこには豪勢な花束がいくつか花瓶にいけてあった。「入院中、ささやかながら自然の色で和《なご》んでいただければと思いまして。ドイツ鉄道からは、こちらのバラを贈らせていただきました」花束のうちのひとつを手で示した。

廊下に面したドアの前が騒がしくなった。ひとりの男の姿が見える。誰だかすぐにわかった。情報機関のヘルベルト・ヴェーベルと、まさかここで再会することになるとは。たくましい体がドア枠をぴったり塞いでいる。

ヴェーベルは居合わせた者たちに向かって穏やかに微笑んだが、それは出ていってほしいという合図だった。

「私が誰だかわかるみたいですね」ふたりきりになると、ヴェーベルが言った。「ということは、心配したほど容態が悪くはないみたいだ」

こいつはここで何してるんだ？　ガーリブ探しですることが山ほどあるはずだろうに？

「あなたの位置情報がまったく変わらなくなったので、おかしいと思いまして。殺害され、どこかに遺棄されたのではと考えていたくらいです。ですが、ありがたいことに、そこまでひどい話ではなかった」ヴェーベルは微笑もうとしたが、うまくいかなかった。「あなたの居場所を突き止めてから、勝手ながら私物をチェックさせてもらいました。それで、これを見つけたんですが」

ウェーベルはメモを開くと声に出して読んだ。


なぜ、フランクフルトに行くべきだと思ったんだ？　昨夜、警察で何を探ろうとした？　警察からは距離を置けと命令したはずだ。ジュアン・アイグアデル、われわれはおまえを監視している。警戒を怠るな。一歩でも間違えば、すべて終わりだ。おまえは過去の人間となる。フランクフルトに着いたらまた連絡する。


ヘルベルト・ヴェーベルはジュアンに厳しい視線を向けた。「このメッセージを受け取ったことを、なぜ、われわれに知らせなかったのですか？　連絡を受けていれば早急に人を送ってあなたを尾行させ、ガーリブにたどり着けたかもしれないのに」

「連絡しようとは思ったんですが」ジュアンは嘘をついた。「すべてがあっという間の出来事だったので。

フランクフルト駅でガーリブの仲間に捕まるに違いないと思ったんです。なんとか逃げようとして、それで心臓発作が起きたふりをしました。列車がヴュルツブルクで停車し、すぐに病院に運ばれると考えていたんですが」

「だが、目論見に反して愚か者が除細動器を持ってきてしまったと」そこでヴェーベルは思い切り口元をほころばせた。いい気味だと笑っているかのようだ。

そして、彼はベッドの反対側に回った。「フランクフルトに知り合いは？」

ジュアンは首を振った。

ヴェーベルが数本の白いユリを指さした。ドイツ鉄道から送られた赤いバラと鮮やかなコントラストを示している。

「この花は昨日病院に届けられたのですが、贈り主は不明です。ガーリブがあなたの居場所を知っていることを伝えるためにわざと送ったものだとわれわれは考えています」

ジュアンはユリの長く細い茎《くき》を凝視した。

やつらは当然、俺の居場所ぐらい知っているだろう。フランクフルト駅のプラットホームで待ち伏せていたに違いない。俺の搬送が秘密裡に行なわれたはずがないしな。

その瞬間、それがどういうことかを理解し、ジュアンは息を止めた。そうか、やつらは、俺の居場所を知っているのだ。

「あなたの安全を守るため、警察官をひとりドアの前に配備しています。われわれがいいと言うまで、部屋を出ようなどと思わないでくださいよ。わかりましたか？」

ジュアンは深呼吸した。ありがたい。もちろんそれでかまわない。

それから首を回すと、再び花束へと目を向けた。

「あのチューリップは誰からだろう？」

「あなたがここに搬送されたとわかったときに、すぐにあなたの仕事先に連絡しました。チューリップは『オレス・デル・ディア』から届いたものです。引き上げる前に、もうひとつ訊きたいことがあります」

「なんでしょう？」

「メノゲイアの収容施設ですが」

　ジュアンは唇をへの字に曲げた。なぜそんなことを訊く？

「そこで女性がひとり死亡していますね。喉を切り裂かれていたと、あなたの記事にありました」

「ああ、はい」頭をクリアなまま保とうとしたが、胸がむかむかした。この件について質問に答える気にはなれなかった。それどころじゃない。

「犯人は捕まっていません。動機について心当たりがあるなら、話していただかないと」

「いや、本当のところはわかりません。ですが、あの場所全体に敵対的な雰囲気が広がっていたことは、はっきり感じました」

「どういうことですか？」

「ボート難民のうちの何人かが溺死したんですが、収容者たちは、そうなったのはおまえのせいだと言い合って、互いを非難していました。名前を挙げて罵るわけではないですが、みんなそんな感じでした」

「何か考えられることがあるなら、話してください。こちらにも、こちらなりの仮説があります」

「彼らのなかにテロ組織の支持者がいたようです。そのことについても書いたと思いますけど？」

「殺された女性ですが、彼女はあなたに何をしたのです？」

「彼女は僕と話をしたのですが、それだけで十分殺される理由になったのでしょう。僕は最終的にガーリブに——そしてその背景のストーリーに——たどり着くために、浜辺で彼の横に立っていたふたりの女性を探していたんです」

「われわれも、その女性を殺害した何者かは、なんらかの事情でガーリブと彼の計画を支持しているのではないかと考えています。あそこから姿を消した人間が殺害犯である可能性もあるのではないかと。私があなたに尋ねているのは、その人間がすでにヨーロッパに送り込まれていると思われるからです。それも、おそらくは最悪の計画を目論んで」

「それについては知りようがありませんよ。そもそも誰が収容施設から消えたのかも知らないのに。男性ですか、女性ですか？」

あのふたりの女性を思い出してジュアンは不安になった。ヴェーベルは俺と彼女たちに何か関係があると考えているのか？

「メノゲイアの収容施設の管理者が、あそこから消え、姿をくらましたふたりの女の写真を送ってきました」

ヴェーベルが写真を取り出す。「これです。見覚えがありませんか？」

人の顔を覚えるのは苦手だったが、そのふたりに限ってはすぐに思い出した。現場の雰囲気が手に負えなくなったとき、喧嘩になった女たちだった。じゃああれは、演技にすぎなかったのか？

「ええ、見覚えがあります。このふたりは喧嘩になってました」

ヴェーベルは首をかしげた。「敵同士みたいに？」

「ええ、そう見えました。でも、きっと違ったのでしょう」

ヴェーベルは唇を尖らせた。満足しているようだ。このままずっと満足していてほしいものだ。

それから彼はジュアンに携帯電話を差し出した。

「あなたの携帯電話はわれわれが預りますから、代わりにこちらを。最後にガーリブが使用した電話番号や、ミュンヘンからベルリンに至るまでのうちの機関の電話番号、それからもちろん『オレス・デル・ディア』編集局の電話番号など、重要な番号は登録してあります。そうそう、あなたのデスクから伝言があります。〝意識を取り戻したら、折り返し電話をもらえると助かる〟とのことでした」

ジュアンは携帯電話を受け取った。ブランドも機種も、自分のものと同じだった。

「今回はあなたの私物にはGPSを縫い込まないことにします。ですが、その携帯電話にはGPS機能がついていますし、電源を切っていても作動します。なので、退院後もあなたの居場所は把握できます。それではどうぞお大事に」

ヴェーベルは出ていった。

ジュアンは前かがみになると、剃り上げられ、派手に包帯の巻かれた後頭部に触れた。うしろ姿はとんでもないありさまに違いない。

周囲に目をやった。横に空のベッドがひとつあるから二人部屋だ。ベッドの足元にはテーブルがひとつと、見舞客のための椅子が二脚あった。それ以外にはサイドテーブルがふたつ。自分のノートパソコンがサイドテーブルの花瓶の間に置かれているのを確かめ、ジュアンはほっと息を吐いた。

ノートパソコンを手に取り、電源を入れてみた。助かった、まだ十分充電が残っている。列車で編集中だった記事を開き、文章をざっと見直した。時間的に後れは取ってしまったものの、『オレス・デル・ディア』に原稿を送ってギャラをもらうにはまだ間に合うだろう。

ジュアンは少し考えてから携帯電話に手を伸ばし、モンセ・ビーゴにかけた。頭部流血の怪我くらいでは『オレス・デル・ディア』お抱えの敏腕記者を止めることはできないと、証明したかったのだ。

「チューリップをありがとうございます」彼はまず礼を述べた。

「ああ、ジュアン、すばらしいわ」声の調子からすると、驚いているのか？　それとも仕事の邪魔をされていらだっているのか？　だけど、折り返し電話するよう言ってきたのはそっちだろ？

「ちょうど病院から、あなたが意識を取り戻したと連絡があったところなのよ」彼女は続けた。「大丈夫なの？」

　ジュアンはにんまりした。ついに彼女も俺の健康状態を気にかけるまでになったか。

「ありがとうございます。大丈夫です。まだ少しめまいがしますけど、それだけです。集中治療室でよく面倒を見てくれて。それに、俺たちのような人間はそう簡単にくたばりませんよ。ご存じでしょう」ジュアンは笑った。

「よかったわ。花といっしょに送ったカードは読んでくれた？」

　彼はチューリップに目をやった。緑の葉の間にある白いものが、そのカードなのだろうか。

「いいえ、まだです」

「そう、まあいいわ、こうして電話できているから。わたしから直接話せるし」

「そうですね。でも、まずは俺に話をさせてください。記事を送るのが遅れたことは、もちろん申し訳なく思っています。取材は続けます。ただ、テロの脅威が迫っていると思われるふしがあり、ドイツの情報機関が俺の原稿をすべて精査してから承認することになっているので、数日で全部を書くことはできないんです。でも俺は列車の中で記事は書き上げていて……」

「知ってるわ、ジュアン。ありがとう。あなたの原稿はもう記事にして出したわ。原稿を検閲したらこちらに送ってくれるよう、ドイツ側に要請したから」

　ジュアンは首を傾げた。「もう配信されたということですか？」

「そうよ。もちろんその分のギャラはもう支払ってあるけど」

　喜ぶべきなのかどうなのか、よくわからなかった。

「だけど、ニュースの配信内容をドイツ側に決められるなんて、おかしいわ」モンセ・ビーゴは続けた。「今後は検閲なんて了承できない」

「でも、情報機関とはそういう約束になっているんです。ルールに従わないと、ガーリブに近づくことを許してもらえません。彼らは俺を拘束するでしょう」

「そう、それが理由なのよ、ジュアン。わたしたちがあなたをこの件から外したのは。うちの社員の記者ふたりを担当にしたわ。記事は売れてるし、世界中の媒体から転載申請があって、許諾料の収益も上がっている。そのさなかにやめるわけにはいかないでしょう？　でも心配ないわ、ジュアン。前払い分は、補償金としてそのまま収めて。お見舞金のようなものよ」

「どういうことですか？　いったい誰が、何を書くっていうんですか？　俺ひとりで原稿は書けますよ！　情報源はあるし、ガーリブとは密に連絡を取っているし、情報機関の人間とも話せるし、ここまでの事情を知っているのも俺なんですから」

「そうね、ジュアン。でもわたしたちはこの話に違う形で取り組むことにしたの。もっと普遍性を持たせた理論的な内容にし、情報更新の頻度は減らす。ルポルタージュというより、分析をメインにすると言えばいいのかしら。わたしたちはとにかく毎日紙面を埋めなくてはならないのよ。相手があなただとそれを当てにできないでしょ？　責任の問題よ、ジュアン。わたしたちに求められるのは持続性なの。一度だけ高い売り上げを記録するのではなく、常に手堅く他紙に記事を売ることのほうが望ましい。ジュアン、持続性よ。『オレス・デル・ディア』が売りにしているのはそこなの」

　ジュアンは息を呑んだ。正社員雇用の夢はどうなるんだ？　ジャーナリストとしての名声と、その後の保証された人生は？　〈シュプ・シュプ〉で女を引っかける夢は？

「もしかしたら、別の場所で稼ぐことができるんじゃないかしら。資金力はないでしょうけど、デンマークの警察官がぜひともあなたと話したいって言ってたわよ。それも伝えようと思って」

それを最後にデスクは電話を切った。ジュアンの全身から力が抜けた。これからは別の人間が俺の手がかりを追うだって？　ガーリブに近づけもしないのに、いったいどうするっていうんだ。犠牲者2117を自分の目で見たわけでもないくせに。うまくいくわけないじゃないか！

もしかして、ヴェーベルたちが『オレス・デル・ディア』と結託したのか？　あいつら、そこまで陰険なのか？　もしそうなら後悔することになるぞ！　ちくしょう、モンセ・ビーゴのばばあを白髪《しらが》頭にしてやる。こうなったらマドリードの新聞社と契約でもなんでもして、ぎゃふんと言わせてやる。

ジュアンは体を起こし、脚をベッドから下ろそうとした。だが、今回もうまくいかなかった。両脚はずっしり重く、体には力が入らず、後頭部がずきずきする。

仕方なく再び枕に頭を沈めた。苦しい呼吸をしながら天井を眺める。こんな状態だから仕事が奪われたのだ。彼らは時間を無駄にしたくないし、俺が回復するのを待ってはいられない。それで俺を外した。泣きたい気分だった。

そういえば、デンマークの警察は俺から何を訊きたいんだ？　待てよ、デンマークだって？　俺にはデンマーク人の知り合いなんかいないし、そもそもあの国について知っていることといえば、デンマーク人は世界で一番幸せな国民とかいう話くらいだ。

幸せな国にも警察が必要なのか？　そう考えたら思わず笑えてきた。そのとき、先ほどここにいた褐色の肌の看護師が戻ってきた。同じような肌の色をした、白衣の医師といっしょだ。医師は深刻な表情だった。

今度はなんだ？　悪い知らせか？　ジュアンは後頭

部に手をやった。この怪我に何か問題でも？

「アイグアデルさん、お医者さまがいらしています。ドイツ鉄道が契約している保険会社のために、診断書を作成するそうです。いくつか質問をしたいということですが、よろしいでしょうか？」

　ジュアンはほっとした一方で、やれやれと肩をすくめた。六桁に満たない示談金で俺を丸めこもうとしても、そうはいかないからな。

　医師はオルハン・ホセイニと名乗った。聴診器を取り出すと、ジュアンがシャツをまくって心臓と肺の音を聞かせることができるよう、手を貸してジュアンをベッドの端に腰掛けさせた。

「はい、はい」医師は聴診器を当てるたびにそう言った。「心臓はまったく問題なし、肺も大丈夫」あまりにも堂々と断言されたので、ジュアンの頭の中の示談金の額からゼロが一、二個消えた。「そのままじっと座っていてください」医師はポケットに手を入れ、何やらごそごそやりはじめた。そのとき、何かがぶつかるような鈍い音が聞こえた。ジュアンがとっさに振り向くと、看護師が床に倒れて痙攣している。そのとたん、ジュアンも強烈な一撃を食らった。

　意識が朦朧《もうろう》とし、何が起きているのか把握できない。それでも、誰かが病室に入ってきて、自分の寝ているベッドのキャスターのロックを解除して廊下へ押し出したのはわかった。ジュアンを警護するはずの警官は廊下で椅子に腰掛けていたが、ぐったりとした様子で目を閉じている。

　ちくしょう、こいつらを阻止する人間が誰もいないじゃないか。背後で男の看護師が道を開けてくれと大声を出した。ジュアンは叫ぼうとしたが声が出ない。

　すると、プラスチック製の容器に入った何かが手首を刺した。ピリッと焼けつくような痛みが腕に走る。

　ジュアンは意識を失った。

29

カール　残り8日

カールは時間をチェックした。レズビューからフェリーで海を渡ってプットガーデンに降りたあと、給油、トイレ休憩、食事休憩を含め、フランクフルトの病院に着くまでおよそ七時間はかかる計算だ。

この車でアサドと七時間！　なんてこった！　永遠とも思える長さじゃないか。コペンハーゲンを出発してから、アサドは涙をこらえながら小声で「ロニア、ロニア、ロニア」と、下の娘の名を千回以上繰り返している。カールはアサドの耳元で「やめろ！」と腹の底から怒鳴ってやりたい衝動を必死でこらえていた。

だが、アサドは不意に黙って背筋をぴんと伸ばすと、描写のしようがないほどつまらないフェーマルン島の風景に顔を向け、拳でめったやたらにドアを叩いた。カールは普段は温和な相棒を心配げに眺めた。アサドがこれほど癇癪《かんしゃく》を起こしてどうにもならなくなっている姿は見たことがなかった。ドアを連打されて車全体がゆさゆさ揺れた。アサドの頸動脈ははちきれんばかりに膨らみ、褐色の顔色はいつにも増して濃く、汗はだらだらと流れるに任せている。

カールの義理の息子イェスパは十代のころ、よくキレて壁に突進して頭をぶつけていた。そのたびにヴィガは〝好きなようにさせとけばいい〟と言っていた。俺はいま、元妻のアドバイスに従うべきなのだろうか？　カールにはよくわからなかった。ＢＭＷに乗っているとはいえ、ドアの内側のクッションにも限界があるし、アサドは小柄なほうとはいえ、恐ろしく力があるのだ。

だが、ありがたいことにそれもほんの三、四分だった。恐るべき自制心を見せ、アサドはカールのほうを向いた。そして落ち着き払って、そうせざるをえないときが来たら、ためらわずに人を殺すことができますか？　と尋ねてきた。

〝ためらわずに〟と、アサドは言った。〝ためらわずに〟って、どういうことだ？　戦場での話か？　最愛の人が殺すと脅されている場面を想定してるのか？　それとも自分の命が狙われている状況を？

「そりゃ、状況によるさ、アサド」

「〝そうせざるをえないとき〟って、言いましたよ」

「そういうことなら、できる。そう思う」

「どんな武器でもできますか？　自分の手や、斧、ケーブル、ナイフとかでも。どうですか？」

カールは渋い顔になった。ひどく気まずい質問だった。

「わかってます、カール。あなたにはできないと思います。でもひとつ覚えておいてください。私たちが追っている男にはそれができます。だから私にも同じことができます。そしてもし、そういう事態になったら――なると思いますが――、私を止めないでほしいんです。どうでしょう？」

カールは答えなかった。アサドも聞き返さなかった。車内は静まり返り、ふたりはそれぞれの思いに沈んだ。車は高速道路の上を南へ走っていた。

さらに数キロ走ると、サービスエリアが近いことを知らせる、ナイフとフォークのイラストが入った青い標識が見えてきた。板チョコ一枚あれば元気になれるんじゃないか？　カールは考えた。

「ここで何をするんです？」カールがハンドルを切って本流から逸れ、サービスエリアの建物の前に駐車すると、アサドが尋ねた。「腹の調子でも悪いんですか？」

やれやれ、だったらどうだって言うんだ？　何百キロも運転したあとにトイレに行きたくなったとしても、それがそんなに驚くことか？　おまえが西ユトランドにあるような水肥《みずごえ》タンク並みのばかでかい膀胱《ぼうこう》を持ってるだけじゃないのか？　普通の人間なら、まともな環境で時折用を足せるのを喜ぶけどな。

カールはチョコレートを数枚買った。アサドがいらなくても、少なくとも俺は食いたい。新聞スタンドの前に立って各種豊富に取り揃えられた新聞や雑誌を見つめているアサドに、カールは横からチョコレートを差し出した。

「俺たちには少しエサが必要なんじゃないかと思ってね」

アサドはびっくりしてカールを見つめた。「エサですか？　それはこっそりやることなんじゃないですか？」

こっそり？　いったいどんなうしろめたいことを連想してるんだ？　聞き返すべきなのかよくわからん。

「オーケー、なら〝エサ〟じゃなくて〝食料〟だ。そっちの言い方のほうがいいなら」

カールはアサドのほうを見たが、相手ははなから答えを聞いていなかった。スタンドから新聞を一紙手に取ると、心ここにあらずといった感じで立ち尽くしている。

カールはアサドの背後から新聞を覗き込んだ。一面に〝犠牲者２１１７〟と大きな文字が躍っている。消えてなくなるのを恐れているかのように、アサドは新聞を握りしめていた。

「さあアサド、行こう」カールが声をかけても動かない。残念なことに、アサドのほうがカールよりドイツ語ができるのだ。

「ちょっと」レジのところから男が大声を出した。

「立ち読みは禁止だよ！　買うか、よそに行くか、どっちかにしてくれ！」

アサドはレジ係に顔を向けると、いまにも相手の口に新聞を突っ込みそうな表情でにらみつけた。不穏な兆候だ。めったにないことだが、アサドがかっとなって自制心を失ったら、まずい事態になりかねない。

「どうも、私が払いますから」カールが返事をした。

「もちろん、払いますとも」

車に戻ると、アサドは新聞をひざの上に置いた。手で腹を押さえながら前後に体を揺すり、それから前かがみになると声も涙も出さずに泣きはじめた。

そのまま数分が過ぎてから、アサドはカールに顔を向けた。

「カール、あなたが私を現実につなぎとめてくれています。そのことに感謝しています」

アサドはそれきり何も言わなかった。フロントガラスから高速道路と目の前に広がる景色を眺め、ひたすらガムを噛み、機関銃のようなリズムで床に足を打ちつけている。

アサドはいままさに危うい状況にある。人間と殺人マシーンとの分かれ目のところにいる。カールはやっと、そのことに気づいた。

カッセルの近くまで来たとき、車とブルートゥース接続されているカールの携帯電話が反応した。ゴードンだった。

「カール、いま話せますか」耐えがたいほどの静けさのなか、のっぽ男の声が響いた。

「ああ、ハンズフリー機能を使ってる。話してくれ」

「ローセと僕とで、一日中あちこちに電話してみました。まず、ブランビュー周辺地域の小売店にあたりました。ヴィズオウア、レズオウア、ヴァルビューです。それからさらに北へ調査を続けました。それで、たったいま、もしかしたら使えるかもしれない情報を手に入れたんです。ブランスホイにある小売店のオーナーによると、一カ月以上前ですが、若い男が店に来てプリペイドＳＩＭカードを買い占めていったそうなんです。正確な枚数は思い出せないものの、十五枚から二十枚くらいだったと思うと言っていました」

カールとアサドは顔を見合わせた。

「そりゃ大した数だな。友達や何かの団体向けに買ったんじゃないのか？」

「オーナーはその客との会話をはっきりとは覚えていないそうなんです。でも、誰かにあげるために買いにきたようには見えなかったと。他人に何かしてあげようというような、社交的なタイプではなかったって言うんです。むしろ、用心深く、オタクっぽかったと。パキスタンの若者とか、そういうふうには見えなかったと言っていました」

「つまり移民ではない？」

「絶対に違うと。ごく一般的なデンマーク人の若者で、赤みがかった肌で、にきびがたくさんあって、髪の色はミディアムブロンドだったと」

アサドがカールに向かってうなずいた。ふたりとも、考えは同じだった。

「その客がカードで支払っているといいんだが」

そのとき、ブタがブヒブヒ鳴くような音が聞こえた。ゴードンの笑い声か？

「ゴードン、何がそんなにおかしいんだ」

「カール、僕らは五十くらい、いや、その倍かもしれない、もう覚えてませんけど、とにかくそのくらいたくさんの店に電話をかけまくって、プリペイドＳＩＭカードを一度に最低でも四、五枚購入した変人の長いリストを作成し、そしていまようやく、該当しそうな若者を見つけたんですよ。すべてがトントン拍子に進んでるわけじゃないんです。カードで支払ってるわけないじゃないですか。それでつい笑ったんです。だって、もしそうなら、僕らがとっくにその店のクレジットカード売上票をチェックしてると思いません？」

なんと！　あのゴードンが皮肉を言ってるのか？

カールは首を横に振った。「まったく、この国の政治家連中ときたら、何を考えているんだ。身元確認ができなきゃプリペイドＳＩＭカードなんか買えないよう、とっくに法改正しとかなきゃいけなかったんだ。ドイツやノルウェーみたいな、ジャガイモばっかり食ってるような国ですら購入者を登録するようにしてるのに、なんでデンマークはそうなってないんだ？　初歩的なことだぞ、ワトソン！　犯罪者もテロリストも、うちに電話してくるこいつも、プリペイドＳＩＭカードを使ってる。法務大臣様にはいい加減、お目めを覚ましていただきたいね！」

アサドが前方の標識を、それから速度計を指さした。なに？　速度制限が百キロだって？　気づけば、車は時速百五十キロのスピードで走っていた。

こいつが速度を指摘したということは、イラクやガーリブのことから少し離れて、ようやく現実に意識が向いてきたってことだろうか。まあそう解釈しておこう。

「ローセは似顔絵捜査員を連れてその店に向かっています」ゴードンが先を続けた。「そこのオーナーが役に立つヒントを捜査員に提供できるかもしれないと、彼女が判断して」

「どうしたらそんな判断にたどり着くんだ？　まあいい、やってみる価値はあるだろう」

「それで、できた似顔絵をどうしたらいいでしょうか？」

「ボスに訊け」カールが答えた。「マークスは似顔絵の公開には消極的だろうな。そういう似顔絵はあまりにも大雑把《おおざっぱ》なものにしかならないから、役に立たないことが多い。その男が俺たちの探している若者だという保証もないしな。もし本人だとしたら、そいつは誇大妄想気味のぶっ飛んだ若者なんてもんじゃないんだぞ。世間はどう反応する？　メディアが似顔絵を報じたら、情報がどっと押し寄せてお手上げだぞ！」

「ローセは三十分後に、フェイスタイムであなたに連絡するつもりです。駐車場で待機してくれませんか？」

「アサドと俺は極めて深刻な話をしている最中だと、ローセに伝えてくれ。こっちから連絡するまで待っていてほしいと。それまで、おまえたちも改めて一からじっくり検討できるだろう？」

「私たち、そんなに深刻な話をしていましたっけ、カール？」電話を切ると、アサドが尋ねた。

カールは首を振った。

それから再び、車内を沈黙が支配した。

フランクフルト大学病院に到着したものの、車寄せは青色灯を光らせた七台のパトカーで塞がれていて、建物の入り口前は騒然としていた。

カールは歩道に斜めに車を停めた。違反切符はマークス・ヤコブスンに処理してもらおう。

「何かあったんですか？」カールはそばに立っている警察官に尋ねた。

相手は英語を解さないようだったが、カールの背後に立っているアサドを見て、目を見開いた。

「ここだ！」警察官はアサドの腕を素早くつかみ、同僚に向かって叫んだ。目下のアサドの精神状態ではとんでもない事態になりかねなかったが、ありがたいことにどうにか自制していた。手錠をかけられてもおとなしくしているほどだった。

「落ち着いてください、カール」警察官から両足を広げて立つよう命じられて身体検査が行なわれても、アサドはそう言った。「突発的な事態に冷静に対応する練習だと思えばいいんです」

「馬鹿野郎《イディオッツ》！」カールは大声でそう叫ぶと、自分の身分証を見せた。「われわれはデンマーク警察の人間だ。こいつを離せ！」

〝馬鹿野郎〟は確かにあまりよろしくない表現だった

かもしれない。警察官たちはひどく疑わしげにプラスチック製のカードをチェックした。まったく、この身分証ではまったく説得力がない。これまで何度、昔の刑事章を懐かしく思ったことか。

背後で何かが動く気配があった。スーツ姿の男たちが硬い表情で議論している。カールはそのうちのふたりがこちらへ歩いてくるのに気づいたが、ほぼ目の前に立たれるまで、彼らがこれほど重装備だとは思わなかった。

「どうしたんですか？」片方の男が腰のホルスターに収められた自動小銃に手をかけながら、英語で尋ねてきた。

「私はカール・マーク警部補です。ジュアン・アイグアデルという人物に会うためにデンマークから来ました。ここに入院しているという話ですが」

その発言が、地獄への扉を開く合言葉だったのかどうかはともかく、効果はてきめんだった。すぐさまカールにも手錠がかけられたのだ。警察官たちは、正面玄関から入ったところに設けられた臨時の捜査本部にふたりを乱暴に連行した。空気がぴんと張り詰め、十人くらいの制服姿の警察官と、同じくらいの数の黒いスーツ姿の捜査員が詰めている。こんな場所に滞在する計画はなかった。ましてや手錠をかけられるなど、まったく予定外だ。

カールとアサドはプラスチック製の椅子に座らせられ、おとなしくしているのが身のためだと命じられた。そこでふたりは壁に頭をもたせたまま少なくとも三十分過ごした。いくら抗議しても誰も耳を貸さないのだ。

「ジュアンの名を出したらこうなったってことは、アサド、どういうことだと思う？」

「あなたと同じことを考えてます。ジュアン・アイグアデルに何かあったようですね」

「殺害されたんだろうか？」

「おそらく。でも私たちにはわかりっこないですよ。

ともかくカール、ここから逃げることを考えないと」

アサドは顔を背けた。なぜこいつは震えてるんだ？　最大の手がかりが絶えたから泣いているのか？

「アサド、まだ始まったばかりだぞ。別の手がかりが見つかるはずだ」

だが、アサドは無反応だった。頭をゆっくりと動かしているだけだ。

カールはアサドの邪魔をしないことにして、辺りを見まわした。数時間前まで、ここはおそらくごく普通の会議室だったのだろう。だが、いまはデータ解析本部の様相を呈している。ドイツ人は計画性と効率性にかけては世界屈指と言われるが、それにしてもここは特別だった。コペンハーゲン警察本部の連中が見たら、恥ずかしくて穴に入りたくなるだろう。

ある捜査班が、検問所の位置が記された地図を壁にピン留めしていた。検問所はフランクフルトと近郊の市街地への進入路に設けられ、そこに警察官が配備されているようだ。少なくとも二十五の座標がマーキングされている。カールの座っている場所からでもいくつか目視できた。ルートヴィヒ＝ラントマン通り、ロルシャー通りからノルトヴェストクロイツにアクセスできるインター、アム・レーマーホーフ通りからヴェストクロイツにアクセスできるインター、マインツ街道など、フランクフルト周辺のあちこちだ。

別の捜査班は、市内の防犯カメラ網と郊外を旋回するヘリコプターのカメラに接続されたモニターの前に一列に座っていた。男女の捜査員たちが追うそばから映像は次々と変わっていく。電話のそばに陣取って最新情報をどこかへ伝えている者もいれば、懸案事項について議論している者もいた。カールもデンマークでこういう現場を経験したことはあるが、これほどの規模と緻《ち》密《みつ》さを目《ま》の当たりにしたのは初めてだった。

ふと、カールの目が四メートルほど離れたところにある机に釘付けになった。事情聴取が始まったようだ。

厳しい目つきをしたふたりの警察官が召喚された人物に質問し、三人目が記録をつけている。その横には四人目が座っていた。私服姿の体格のよい男で、相手の話に注意深く耳を傾けている。

　何かわからないかとカールは聞き耳を立てたが、ブラナスリウでの学校時代、ドイツ語の授業では寝てばかりいたので、聞き取ることはできなかった。

「さて」横にいるアサドが小声で言った。落ち着き払い、穏やかな表情でカールを見る。道中、張りつめた様子で沈黙を貫いていたときとは別人のようだ。

　カールの考えを読んだかのように、アサドは首を振ると、下を見るよう合図した。椅子の脚の間にアサドの手錠が落ちている。

「すごいな、アサド。どうやった？」腿《もも》の上で遊んでいるアサドの両手を見ながら、カールはささやいた。

　アサドは小さく微笑んだ。「質問を返すようですけど、あなたは自分の手錠の鍵をどこに隠してます？」

「ええと、自宅の棚の引き出しだな。手錠といっしょにしまってある」

　アサドは肩をすくめた。「ラクダは常に水分を背中に溜めています。私の場合、手づくりの万能キーがいくつか新しい腕時計の裏に貼りつけてあります。これだけ大きい時計でよかったと思いません？　まあ、私たちはお互い違うということですね」

　いつものアサドが帰ってきた。やっとだ。カールはほっとした。

「私の鍵を使ってください。逃げましょう」アサドは小声で続けた。「ここにいてもどうにもなりません。それに私のなかのすべてが、一秒も無駄にできないと言っています」

「まあ待て、アサド、聞くんだ。ここでは警察が仕事をしている。彼らは俺たちの仲間だ。もう少しここに座って周りを見てろ。この巨大な警察組織が俺たちの役に立つかもしれないと思わんのか？　だいたい俺たちは何をつかんでる？　何ひとつわからないだろ。わかってるのは、何かがおかしいということだけだ。連中の会話が理解できるか？　俺にはさっぱりだ」カールは事情聴取が行なわれている机を顎で示した。

「警察官たちは、あの人たちに何かを見なかったか尋ねています。ですが、そのくらいはあなたにも想像がついているはずです」

「それで？　彼らは何かを見たって？」

「ちょうどいま、白いボルボのことが話に出ました。あそこのモニターに映ってるやつでしょうね」

カールは体を伸ばした。相当拡大したらしく、ひどいピンぼけだ。

「彼らは街中のカメラからカメラへとボルボを追跡しようとしています。思ったほど簡単ではなさそうですね。いま事情聴取を受けている人は、病院の洗濯室か倉庫で働いているようですが、そこは聞き取れませんでした。警察官たちは白衣がそこにあったものなのかどうか知りたがってます」

「なんの白衣だ？」

すると、ふたりを拘束した男が大声で言った。「どうしたんだ？」アサドの両手を指差している。

アサドは腕を高く上げた。「重ね重ねすみません。でもこれ、きつすぎて」床に落ちた手錠を取ろうとかがみ込む。「はいどうぞ。失くしたら困りますからね」

不可解な表情で警察官は手錠を眺めた。それから事情聴取の机へ向かっていき、体格のいい男に耳打ちした。男はカールとアサドのほうへ目を向けると、数回うなずき、立ち上がるとこちらへ歩いてきた。

「いま聞いた話では、おふたりはデンマークの警察から来たと名乗ったということですが」男はタートルネックの形を整え、ズボンを引っ張り上げながら言った。あまり威厳が感じられない。「身分証が本物かどうかが問題になったとも聞いています。ですが、うちの人間が調査した結果、おふたりが申告どおりの人物であることが確認されました。少々手荒な歓迎となったことについて、個人的には申し訳なく思います。ただ、そもそもおふたりだってここには用がないはずです。だから今回のことはお互いさまでしょう」

そう言いながらも男は手を差し出してきた。「憲法擁護庁州局のヘルベルト・ヴェーベルです。一度電話でお話ししましたね。ご覧のとおり、われわれは目下、このうえなく忙しいのです。どうかそれをご理解いただき、じっとしていてもらえませんか。緊急の案件が解決したら、お話をうかがいますから」

「それはどうも。だが、われわれとしては何が起きているのかぜひ知りたいものです。なんといっても、直接来たらジュアン・アイグアデルに会えるという話だったんですから」カールが訴えた。「なぜ彼との面会が許されないんですか？」

「彼がどこにいるのか教えてくださるのなら、ぜひ許可したいところです。病院を少し出たところまでは追跡できていたのですが、そこでGPSの信号が途絶えてしまい、現在われわれはあなたと同じく途方に暮れているところです」ヴェーベルはカールの手錠を外し、アサドを指さした。「さて、どんな技で手錠から抜け出たのかご説明いただけますか、魔術師どの」

アサドは彼に鍵を見せた。「ぴったりはまったわけではありませんが。お察しとは思いますけど、特定の位置をこするとうまくいくんです」そう言ったあとで、アサドの表情が変わった。「ジュアン・アイグアデルは死んだんですか？」

「いや、それについては、わかっていません。彼は二時間前に病室から誘拐されたのです。おそらく、あの白いボルボのステーションワゴンに乗っていた男の仕業でしょう。いま、居場所を突き止めようとしているところです」

30

カール　残り8日

「もうずいぶん遅い時間だぞ、ローセ。おまえさんたちは、なんでまだ家に帰らないんだ？」

　確かにカールは大都市ではなく北ユトランドの片田舎の出身で、産声《うぶごえ》を上げたのも一・五世代前であり、テクノロジーに詳しいわけではない。だが、気性の激しい不機嫌な女性とフェイスタイムで話し、そのために五ユーロ紙幣サイズの画面を凝視しなくてはならないというのは、普通はなかなか困難なミッションのはずだ。おまけに、こちらの捜査本部の空気は一時間も前からぴりぴりと張りつめていて、カールは会話にうまく集中できなかった。

「その若者は、こんな感じだったそうです。例の店のオーナーがはっきりと覚えていました」

　ローセが画面に似顔絵を表示させると、カールは目を細めてそれを見つめた。整った顔立ちの、わりと感じのよさそうな若い青年。少しぼさぼさの金髪で、サムライのように頭のてっぺんで髪を小さく結んでいた。見たことのある髪形だ。二十年くらい前にたくさんの男どもがかっこいいと思ってやっていた、間抜けなポニーテールのアレンジバージョンみたいだ。十年単位で変なものが流行《はや》るもんだ、とカールは思った。だが、この青年の場合はなかなか似合っていた。おそらく顔立ちのせいだろう。子どもっぽさが少し残っていて線も細いが、軟弱な感じはまったくない。なぜかはわからないが力に満ちあふれ、どこか腹をくくったような雰囲気がある。頬骨のせいだろうか？　口元のせいだろうか？　似顔絵を観察すればするほど、ブランスホイの小売店のオーナーは非常に正確に顔を覚えていたんじゃないかという気がしてきた。

「ローセ、実に印象深い顔だ。実在の人物と一致すると思うか？」

彼女は携帯電話を自分に向けるとうなずいた。まったく、こいつはなんでこんなに不機嫌そうなんだ？

「マークスとこの件で話したか？」

「課長はこの似顔絵を見て、もう一度見たら間違いなく思い出せるような特徴的な顔だと言っていました。それなのに、公開することはできないって言うんです。腹が立ちませんか？」

「で、おまえさんたちはどうするんだ？」

「わたしがいろいろ文句を言ったら、課長はしぶしぶ〝残念賞〟をくれました。勤続十年の事務員と同等の給与をもらえる常勤雇用をオファーしてきたんです」

カールの顔に笑みが浮かんだ。ローセが本格的に復帰すれば、特捜部Qはすばらしく充実するだろう。

「実際、課長は、気後れすることも顔を赤らめることもなく、三階に移動してサーアンスンさんの穴埋めをしないかと提案してきたんですよ」

カールは思わずのけぞった。なんだって？　マークス・ヤコプスンが俺にそんな仕打ちをするとは信じられん。

カールは深呼吸した。「それで、おまえさんはなんて答えたんだ？」

「いいえ、結構ですと。わたしには勤続十年もの事務経験がまるでありませんからって」

「断ったのか！」

「当然でしょう」ローセが笑った。少なくともそんな気がした。「だって、あなたがわたしを大好きなことは知ってますからね、カール・マーク警部補。遠目にも丸わかりですよ」

そうなのか？

「というわけで、結局のところわたしは特捜部Qの常勤スタッフになりました。それも今日からです。アサドもわたしも身分証を手に入れ、肩書きは〝捜査アシスタント〟となりました。もちろん、サーアンスンさんより給与は低いですけど、それについてはなんらかの手を打つつもりです」

　ローセは完全に満足している様子ではなかったが、カールは満足だった。

「それで、わたしたちがこれからどうするかという話ですけど。似顔絵の公開が許可されないので、ゴードンとわたしが脚を棒にするしかないですね。この店周辺のすべての店を訪ねて、普段この若者が買い物に来ていないかどうか聞き込み調査をします。それで収穫がなかったら、彼はその辺りに住んでいないとほぼ断定できます」

「そうとは限らんぞ。身元がばれないよう、自宅からは遠い店に買い物に行っている可能性もあるだろ？」

「それはそうですけど、聞き込みをせずにすませるわけにはいきませんから。そのあと、周辺十キロにあるギムナジウムをすべて回るつもりです」

「ふむ」

「なんですか、その〝ふむ〟ってのは？」ローセの声は不満げだ。

「これはアメリカ映画じゃないんだぞ。どっかの高校を訪ね、校長室の手前で適当な秘書をつかまえて、この卒業生に見覚えがあるかって尋ねると、当然のようにイエスって返ってくる——そんなの映画のなかの話だ。考えてみろ、ローセ。何百人という生徒がギムナジウムに通ってる。そいつが二十三歳か二十四歳なら、卒業したのは遠い昔だ。それに、もしかしたらギムナジウムに行ってない可能性だってある。工業高校に行ったかもしれないし、職業専門学校に行ったかもしれないだろ？」

「補習をどうも。おかげで大いに励まされました。わたしたちだって、下手な鉄砲を撃っているという自覚ぐらいありますよ。ゴードンがちょうどいま、該当しそうな教育機関の事務局宛にメールを送り、添付の似顔絵を主要な掲示板に貼り出すか職員室に置くかするよう、頼もうとしているところです。〝この顔に見覚えがある場合にはすぐにこちらへご連絡ください〟という文章と電話番号を添えて。ただ、念のために言わせてもらいますけど、わたしの印象では、彼はギムナジウムに行ってますよ」

「なるほど、では、よい狩りを！」カールは気の利いた返しを期待したが、ローセはそれをあっさり省略した。

「この椅子に座ってたら尻が平べったくなりそうだな」ローセとの会話が終わったらしいことを確認し、カールはアサドに言った。

アサドはうなずいただけだった。足はヘビメタのドラムに合わせているかのように、床を叩いている。

「カール、頭がおかしくなりそうです。ここにいたら何も起きないまま時間が過ぎていきます」アサドは両手を警察官たちのほうに向けた。カールだってそれは同じだった。その場にいる人間がみな、スローモーションで作業してくたくたになっているように見えた。そうこうするうちに外は暗くなってくるし、もう長いこと、誰もふたりに話しかけてきていない。アサドの機嫌が氷点に近づきつつあることは明らかだった。しかも、朝からせいぜい五百キロカロリー程度しか摂取してないのだ。これで気分が晴れやかになるわけがない。

「見つけたぞ！」部屋の奥のほうで突破口が開けたとの声が上がり、全員が反応した。カールとアサドも声がしたほうを向いた。

どこかの駐車場に停まっている白いボルボ・ステーションワゴンが鮮明にモニターに映し出されている。捜査員たちが画面を指さし、病院付近の監視カメラがとらえた画像と比較する。

「この車だ！」横のモニターの前にいた捜査員が断言した。「ここだ、ボンネットに凹《へこ》みがある」

カールはうなずいてその捜査員に賛意を示した。彼らは車を発見したのだ。まだフランクフルトにいたということか。ありがたい。

カールはアサドに視線を向けた。ここにいてよかったじゃないか。

「いつごろの画像だ？」制服姿の捜査員が尋ねる。

「二時間前ですね」モニターをチェックしている男が答える。

「移民街か？」別の捜査員が訊く。

「いや、駐車しているのは住宅街だ。アパートメントと戸建て住宅が立ち並ぶ場所だ」

その捜査員は周囲を見渡すと、ほかの人間に指示を出した。「ピュフェル、きみはあのボルボをすぐに監視するよう手配しろ。その間、ヴォルフガングはこの一帯の住民構成を分析。ペーター、きみはあの界隈で、前科持ちのイスラム系移民の届け出があるかどうか調べるんだ。インゴ、きみはいつものようにさまざまな記録に目を通してくれ。この車がどこから来たのか、所有者が誰なのかを知る必要がある。あるいは盗難車として届け出が出ているのか、レンタカーなのか。最近購入されたものなら、販売元はどこか。さあ、取りかかれ。仕事は山ほどあるぞ」

その捜査員はパンパンと手を叩いて急かした。「ほかの者はみな、私と隣の部屋に来てくれ」

アサドとカールはヘルベルト・ヴェーベルら情報機関の人間とともにその場にとり残された。

病院食堂のメニューに選択肢はほとんどなかったが、そんなことを言っている場合ではなかった。注文は即座に決まり、すべてがトレイに載って運ばれてきた。料理が紙皿で提供されていたら、アサドはそれもいっしょにたいらげていただろう。食事をしながら、ヘルベルト・ヴェーベルが捜査状況を説明した。

「若い看護師は遠距離からも撃てるテーザー銃で襲われて身動きができなくなっていました。ジュアン・アイグアデルにも同じものが使われたと考えられます。これに対し、病室の前にいた見張りの警察官は後頭部に一撃を食らって意識を失っていました。犯人たちは彼を椅子に座らせ、ただ居眠りしているだけのように偽装しました。そのせいで誘拐の発覚が遅れたんです。防犯カメラには、犯人たちが意識を失っているジュアン・アイグアデルを廊下で病院のベッドから車椅子に移し替え、それを押して通る姿が映っていました。犯人は二人組で、肌はかなり濃い色です。ですが、それだけです。カメラに接近する位置に来たときは、ふたりとも顔を伏せていました」

「それで、アイグアデルは車椅子に乗せられたまま……?」カールが尋ねる。

「犯人たちが車椅子を押して正面玄関から出ていく姿が映っていました。防犯カメラの映像から、犯人たちがアイグアデルを連れ去った時間と車両については正確に割り出せています。もちろん、ナンバープレートは読み取れないように汚されています。そうでなければ、ことはもっと順調に運ぶんですが」

「誘拐された理由は？」

「数日前に彼がミュンヘンで警察に接触したことが相手の耳に入ったのだと思われます」

「よくわからないんですけど」メニューにあったありったけの料理を口いっぱいに頬張りながら、アサドが割って入った。

「ジュアン・アイグアデルは、例のガーリブから直々に指令を受けていたんです。通常、われわれは民間人に協力して動いてもらうことには断固反対の立場なのですが、今回については、アイグアデルは貴重な情報源でした。今日、ガーリブがすべてを阻止するまでは。彼はアイグアデルとメディアのつながりを利用してパニックを引き起こし、人々を不安と恐怖に陥れたかったのだとわれわれは見ています。ただ、その理由についてはっきりしたことはつかめていません。いずれにせよ、過去に発生した大規模なテロ攻撃の予告とはやり方が一致しません」

「ですが、そもそも、ガーリブが実際に具体的なテロ攻撃を計画しているのかどうかわかっているんですか？」とカールが尋ねた。

ヴェーベルはうなずいた。

「なぜ、そう思うんです？」アサドが訊く。

「われわれはアイグアデルから、あるドイツ人カメラマンが撮影した動画を受けとったのです。そのなかで、何かが起きることが極めて明確に示されていました。周知のとおり、ガーリブはすでに多くの人間の殺害に関わっています。この男は無慈悲で、国際指名手配リストにまだ載っていないとしても——あるいはだからこそ——非常に危険です」

カールはアサドを見た。これまでにないくらい暗い目をしている。

「私はこの男を知っています」アサドはフォークを置いた。「本名はアブドゥル・アジム。怪物のような男です。十六年前、彼は私の妻と娘たちを拉致し、それ以来ずっと人質にしています。彼女たちは虐待され、拷問され、隔離されています。十六年前から、彼女たちの居場所は不明です。この男についてそちらが得ている情報をすべて提供していただきたい。彼女たちがまだ生きていると思われるからです。ですが、それも時間の問題でしょう。この怪物を止めなくては」

アサドは新聞記事をテーブルの上に出してヘルベルト・ヴェーベルの前に置くと、アヤナパで撮られた写真を指さした。「この写真をご存じですか？　これが妻のマルワと長女のネッラ、そして横に立っているこの男がガーリブです。初めて会ったときから、やつの振る舞いは悪そのものでしたが、イラクとシリアのテロ組織とつながることで残忍さがエスカレートしていったのだと思います」

「ガーリブがこのふたりの女性を十六年もの間、意のままにしていると言うんですか？」

アサドの眉間に二本の皺が寄った。懸命に涙と怒りをこらえようとしているが、いまにも決壊しそうだ。

「何が理由で？」ヴェーベルが尋ねる。

「もう何年も前に私たちの間で起きたことに対する復讐です」

ヴェーベルは何か言いたげにアサドを見つめたが、賢明にもそれ以上は問いつめなかった。「まことにお気の毒です。お名前をもう一度教えてもらえますか」

「私はハーフェズ・エル＝アサドと名乗っていますが、本名はザイード・アル＝アサディです。デンマーク人ですが、生まれはイラクです。ガーリブが勤めていた刑務所に収容されていたことがあり、彼が顎に傷を負ったのは私のせいです。そのために、彼は私をこの世の誰よりも憎んでいます。いいですか、これから言うことをよく聞いてください。彼がいま実行しようとしていることはすべて、私をおびき出すことが目的です。ジュアン・アイグアデルに接触して記事を書かせるようにしたのも、そのためです。記事を通じて家族がいまだ囚《とら》われの身であること、長い年月を経て復讐のときが来たことを私に伝えることができますから」

ヴェーベルは再びセーターのタートルネックに手をやると、引っ張ったり戻したりしはじめた。「ガーリブとの間に因縁が生じてから、長い年月が経っているということですが、なぜいまごろそれが再燃したんでしょう？」

「いろいろな理由が考えられます。政治的な問題。個人的な問題。ガーリブにとって、理由はどうあれ、結果としては同じです。カリフの支配する領土をめぐる戦いは、イラクでもシリアでも負け続きです。そのため、ガーリブのような人間にとって向こうは極めて危険なのです。彼はおそらく自分の人生における戦いでも、あまりに多くの敗北を喫してきたのでしょう。イラクで勝っていればまだ満足していたのでしょうが、そうではないので個人的な戦いに臨み、さらにヨーロッパでテロを起こすことで勝利を収めようとしているのではないでしょうか」

うなずきながら話を聞いていたヴェーベルの表情が変わり、急に尋問モードに戻った。「ザイード・アル＝アサディさんとおっしゃいましたね？」そして、やたらに大きな書類かばんをテーブルの上に置くと、プラスチック製のファイルを引っ張り出した。

「これは、例の動画の音声を書き起こしたものです」

そう言ってページをめくると、青いマーカーで印をつけた名前を指さした。

ザイード・アル＝アサディとあった。

「われわれはふたつの事件をともに考え、ともに取り組むことになる。ここまでは大丈夫だな？」ヴェーベルは集まった人間をざっと眺め、動揺と混乱を収めようとした。

「ザイード・アル＝アサディさんの説明を聞いただろう。ガーリブは個人的な復讐に囚われていて、特にそこにやつの弱点があると私は確信している。ガーリブをうまく阻止できなければ、やつの計画が大規模なテロ攻撃になることは必至だ。あの動画についてはデンマークから来た彼らにも伝えてあるが、事実、会話の内容は、多くの人命が失われかねないテロ計画についてのものだった。残念ながら、その時間と場所はまだつかめていない。それを突き止めることが最優先だ」

ヴェーベルはアサドに顔を向けた。「アル＝アサディさんはわれわれのおとりであり、切り札でもある。デンマークの警察には、われわれの委任により、カール・マーク警部補とハーフェズ・エル＝アサドさん――アル＝アサディさんは普段そう名乗っている――が捜査に加わると伝えてある。アサドさん、あなたが私の指揮下に入り、プロ意識を発揮してくれるとわれわれは信じています。おふたりとも、このチームへようこそ」

カールは新しい同僚たちに会釈した。アサドは黙っている。カールは〝おとり〟という言葉が結局は何を意味することになるのか、それが気がかりだった。だが、アサドがとうの昔に決意を固めていることはわかっていた。長い年月を経て、彼はいま、隠れ家から姿を現し、ガーリブとの直接対決に挑もうとしているのだ。妻と娘のためならなんだってするだろう。「妻と娘のネッラを救出するためならありとあらゆることをします」と、彼はさっき、集まった職員たちの前で宣言したのだ。

「さて」ヴェーベルが口を開いた。「われわれは、近いうちにガーリブが攻撃を実行するという前提で動かなくてはならない。そこでまずはジュアン・アイグアデルを誘拐した人間を探し出す。できれば、アル＝アサディさんがガーリブのメッセージを受けとったことをわれわれが公表する前が望ましい」

カールはアサドの肩に手をかけた。アサドはカールを見て、うなずいた。

その目は氷のように冷たかった。

31

ガーリブ　残り7日

後頭部に醜い包帯を当てている男が、リビングの中央で命乞いをしている姿は滑稽《こっけい》だった。

ガーリブは臆病な連中を憎んでいた。まったく、こいつらは、この世での命が単なる借りものにすぎないということがわからないのか？　それを理解させることは私の使命ではないのに。ガーリブは数えきれないほどこういう腰抜けどもが目の前で無駄に慈悲を乞うのを見てきた。そのたびに、その苦しみを早く終わらせてやったものだ。

だが、今回ばかりはそうはいかない。ジュアン・アイグアデルは今回の計画において重要な役割を担っているからだ。この男はスポークスマンだ。われわれは彼を通じて明確なメッセージを全世界へと大々的に流していく。この男の記事は、ザイードを足元からぐらつかせ、隠れ家からおびき出すための手段だ。このカタルーニャ人は、当局の死刑執行の場に立ち会う刑務官のように、究極の復讐の記録を世に公開することになる。それがどれほど残虐であろうとも、そのすべてを。

「ジュアンにもっと薬を」ガーリブはスイス人の女に命じた。「近所の人間に怪しまれてはならない。だが、あの女たちよりは少なめにするんだ」

「いやだ！　やめてくれ！」背後でジュアンが抵抗したが、無駄だった。

これでしばらく落ち着ける。

ガーリブはソファと床に所狭しと座っている同志たちを眺めた。五人中三人がいまだキプロスで収容されているため、最初の予定より人数が少ない。だが、全部で十二人いる。十分だ。ガーリブはにやついた。なんといっても十二という数は、キリスト教の犬どもにとって特別な意味がある。それもまた皮肉だ。

「アッラーに感謝を《アルハムドゥリッラー》。諸君、ようこそ。くつろいでくれたまえ。ここは安全だ」

ガーリブは箱を手にすると、それを開けた。「この箱は鉛《なまり》で内張りされていて、中にジュアン・アイグアデルの携帯電話が入っている。どこかのしたり顔の連中が、端末の電源がオフになっていてもGPS機能で常に位置がわかるよう細工したみたいだな。われわれはジュアンの服にICチップがないかスキャンして、それを突き止めた」

ガーリブは微笑むと、箱を閉じた。これでもう通信はできない。

「われわれの滞在場所は安全だが、計画を変更する。アッラーがそれをお望みなのだ」

メンバーは少々動揺したようだが、殉教に期限などないことは全員が承知している。誰もが実行への固い決意をみなぎらせていた。決心が揺らいだ者などひとりもいない。

「われわれはジュアン・アイグアデルを病院から連れ出すことに成功したが、そもそも彼が搬送されたことで、われわれの計画は台無しになった。何がまずかったのか、正確なところはわからない。だが、警察と情報機関が最高レベルの厳戒態勢を敷いていることは明らかだ。連中がジュアンにさほど注意を払っていなかったことは幸いしたが」

ガーリブはメンバーを見渡した。少し前までは、顔じゅうに髭をたくわえた男たちとスカーフをかぶった女たちという聖戦士の集団だったが、いまやこれぞ堕落した西洋人といった格好だった。体のラインが出る服、完璧な化粧、プレスされたズボン。怪しむ者はいないだろう。

「たとえ下劣な服装をしていても、諸君は殉教者として楽園に迎えられることになる」

メンバーのうちふたりが頭を垂れ、両手を差し出して感謝を示した。

「諸君はみな、すでにホテルをチェックアウトしてきている。すばらしい。幹線道路の安全が確認されるまで、あと一日、二日はこの部屋にいることになるが、その後すぐにプランBに移る」

聖戦士たちの顔に笑みが浮かんだ。いずれにしても大半のメンバーがプランBを支持することは、ガーリブも承知していた。フランクフルトを皮切りに進められていれば完璧だったのだが。そこからベルリン、ボン、ブリュッセル、ストラスブール、アントワープへと移動していく予定だった。この五都市ではすでに全力で準備が行なわれている。だが、運命は順番の変更を余儀なくした。アッラーに感謝を。

「ここからベルリンまでおよそ五五〇キロだ。一回の走行時間は七時間から八時間とみておく必要がある。乗用車ではなく、全員いっしょにバスで移動する」

ガーリブは腹心の部下に視線をやった。

「準備ができたら、ハミドが諸君に連絡する。それまでの間、祈りの時間を守り、よく食べ、よく眠ってくれたまえ。外へ出るのは禁止だが、問題はないだろう。ハミドは必要なものがすべて揃った家を借りてくれたし、外はとても寒い。これ以上、誰かに風邪を引かれては困るしな」

ガーリブはジュアンに顔を向けた。ジュアンは車椅子に座った状態で縛りつけられ、頭を垂れている。だが、その目は開いていて、辺りの様子をうかがっていた。

「なんてすばらしい傍聴人だ。これ以上の相手は望めない。ジュアン、きみは私の言葉をよく理解しているが、話すことも動くこともできない。最高だ」

ジュアンの目を見て、ガーリブは不気味なほど優しい笑顔を見せた。

「まあ、きみにはしんどいだろう。だが、当面は何も書く必要がないから安心してくれ。その仕事はわれわれが引き継ごう。こちらにもその方面に長けた者が何人かいるのでね。だから、定期配信すべき記事については何も心配はいらない。『オレス・デル・ディア』には、われわれがふんだんに情報を提供しておく。これでザイード・アル＝アサディを隠れ家から引きずり出せるはずだ」

ガーリブはドアのほうに目をやった。男が車椅子を押して中に入ってきた。

「よし、ファディ。これで必要なものはすべて揃った。全部無事に着いたか？」

ファディはうなずくと、鼻をかんだ。北ヨーロッパの寒さに彼もまたやられたのだ。

「女たちは静かにしているか？」

ファディはまたうなずいた。


ガーリブはこのうえなく満足だった。いま入ってきた車椅子が最後のパーツになる。それには特別な梱包と慎重な輸送が必要で、コストはかかったが、金を使うだけの価値はあった。彼は壁に貼ったベルリンの市街地図を眺めた。ルートに沿って白いピンが、標的には赤いピンが刺してある。

このどこかで、ザイードは己の創造主なる神に遭遇することになるのだ。

32

アサド　残り6日

ベッド横の椅子の上にスポーツバッグが置かれている。中には数々の派兵先で手に入れた選りすぐりの武器が入っていた。年月を経るほどにバッグは重みを増し、コレクションはどんどん溜まっていった。一番重い装備はデンマークに置いてきた。この武器一式がどれほどの殺傷力を持つか、カールにはまるでピンとこなかったようだ。でなければ、トランクの中を見なかったふりをして事を収めたりはしなかっただろう。

アサドは自分の持っているなかで最高のナイフを握った。エストニアから持ち帰ったものだ。決められたやり方で研いでおけば、髪の毛一本を割けるほど鋭くなり、ネックアーマーや防弾チョッキを切り裂くこともできる。どうしようもなく悲しいとき、アサドはこのナイフを取り出して、一心不乱に砥《と》石《いし》の上を滑らせたものだ。まさにいまも、そうやって気を逸らすことが自分を守る一番の手段だった。現在の精神状態をたとえて言うなら、諦めと無力感が混ざった毒入りカクテルといったところだろう。まるで、爆撃で焼け野原となったところへ塹壕《ざんごう》から出てきて、丸腰で敵の弾丸を受け止める兵士のような気分だ。自分でも注意していないと、この痛みにあっさりと終止符を打ってしまいそうだった――B&Bホテル〈フランクフルト・シティ‐オスト〉の最上階の窓からハーナウ街道に身を投げることで。

それでも、心の奥底ではそれが自分の取るべき手段ではないとわかっていた。十六年間ずっとこの痛みとともに生きてきた。だが、どんなにわずかでも愛する家族に再会できるという望みがある以上、冷静さを失わないようにと考えてきた。そしていま、ついに、愛しいマルワと長女のネッラがまだ生きているという確信を持てたのだ。万一、悲劇的な結末を迎えたとしても、自分にはまだ最後の選択肢が残されている。そのときは、バッグから適切な武器を選び、即座にすべてを終わらせる。

　必要はないと思いながらも、アサドは新品のスマートウォッチを充電しておいた。この腕時計をもらってから、可能な限りなんでも測定していた。一日の歩数、ストレスレベル、心拍数……。心拍数についてはここ数日間、気が滅入る数値が記録されていたが。実際、この時計には実に多くの機能がついていた。電話の着信時には振動し、SMSの受信時にはディスプレイにメッセージの最初の数行が表示される。

　ドアをノックする音がした。

「アサド、開けてくれ！」カールだった。「ガーリブが潜伏していた家が見つかったぞ」部屋に入ってくるなり、カールはそう言った。そして、ベッドの上の砥石とナイフを一瞥すると、スマートウォッチをはめている最中のアサドの腕をつかんだ。

「みんな現場に向かってる。俺たちも来いとさ」

　今日はどんよりした平日で、戸建て住宅が立ち並ぶこの界限では、いまのところほとんど動きがないようだ。

　アサドは腕時計に目をやった。まだ午前中で、空は曇っている。周囲を見渡すと、この地域の住人についてさまざまな情報が得られる。

　明かりが漏れている窓はごくわずか。ほとんどの人間が仕事に出かけたあとなのだろう。生活感のある光景といえば、男がひとり自転車で通り過ぎていったのと、移民の子らしき少女がふたり、まだ開店していないカフェの中で掃き掃除をしているぐらいだ。それぞれの家の駐車スペースはほとんどが空で、見る限り、停められている車のうちドイツ車は二台、あとは輸入車というよくある住宅街の風景。この辺りは〝異様に普通〟で、ほかの多くの地域と同様に活気がなかった。

「ベッドタウンの典型ですね」アサドがきっぱりと言った。

「そう、郊外のこの辺りではどの家庭も共稼ぎです」ヘルベルト・ヴェーベルが解説する。「カフェがあり、戸建て住宅には広い駐車スペースがあり、アパートメントの前には常緑樹の生け垣が施され……、確かに、魅力的でスタイリッシュな街づくりに力が入れられています。幼稚園や小学校は歩いていける距離にありますし、公共交通機関へのアクセスもいい。そういうことを考えれば、ここの住宅は手頃な値段です。とはいえ、都心で働く人間を惹きつけるほどの魅力はありません。われわれは、ガーリブと仲間の潜伏先は移民が大多数を占める地域だと考えていました。ですが、彼らは郊外のこの場所に自由に活動できる拠点を見つけていたんです。ただし、いまはもぬけの殻ですがね」

ヴェーベルは部下たちに対して、家の中にいる警察官と鑑識官の間でどう動くべきか、指示を出した。

「ボルボはどこで見つかったんです？」カールが尋ねる。

「ここから四、五本先の通りで昨日発見されました。ですが、潜伏先を突き止めるのは骨でしたよ。なにしろこの辺の住民は帰宅がかなり遅く、ほとんど聞き込み調査ができなかったので」

アサドは一団が身を潜めていた家を眺めた。平凡で特徴のない家だ。どこまでも退屈なつまらない中流家庭向けの家。だが、室内は一般的な家庭よりも騒がしく、近隣の住民に注目されていた。なかでもゴミ容器の使い方が怪しまれた。

「ゴミが回収され、容器がいったん空になっても、三日もしないうちにぱんぱんになって蓋が閉まらなくなるほどだったようです。住民の疑惑を招いたのは、ひとつにはこのとんでもないゴミの量で、もうひとつには、明らかな一般ゴミを生ゴミの容器に突っ込んでいたことでした」ヴェーベルが続ける。

いまさら遅い、とアサドは思った。なぜ彼らはこの家をもっと早くに発見できなかったんだ？　もうおしまいだ。この家の中にガーリブの仲間たちが潜んでいた。ガーリブ本人もいただろう。マルワとネッラもいたかもしれない。だが、いまはいったいどこにいるんだ？　どこだ？

「いっしょに来ますか？」ヴェーベルが尋ねた。

なんてくだらないことを訊くんだ？　俺たちが、千キロも離れたコペンハーゲンからわざわざドイツ西部のつまらない住宅街まで、なんのためにのこのこやってきたと思ってるんだ？

三人は家をぐるりと回って芝生の庭に出た。芝は明らかにもう長いこと手入れがされていなかった。質素なその家はL字型に建てられ、正方形の小さな土地はちょうど人間の背の高さの生け垣で囲まれている。ドイツでは非常に好まれるスタイルだ。何日も身を隠すにはうってつけの場所といえる。

複数の男女がここで生活していたことは一目瞭然《いちもくりょうぜん》だった。鑑識官たちがリビング前のテラスに広げたゴミ箱の内容物を見ればわかる。使い捨てカミソリ、生理用ナプキン、大量のインスタント食品の包装、紙皿、使い捨てスプーンやフォーク、ミネラルウォーターの空き瓶、使用済みのティッシュペーパーとキッチンペーパー。暮らしていた様子が目に浮かぶようだ。

「大雑把に見積もって、ここには何人ぐらいいたんでしょう？」白い防護服姿でゴミの山の中にしゃがんでいる鑑識官に、ヴェーベルの部下が尋ねた。

「民泊情報サイト〈エアビーアンドビー〉と近所の人たちから、彼らがここに数日間いたとの確認が取れています。加えて、各自が一日三食――少なくとも一食はインスタント食品でしょうけど——をとっていたと考えると、最低でも十人という見積もりになりますね」鑑識官が答える。「使用済みの生理用ナプキンを数えましたが、生理中の女性がひとりだけだったと仮定すると、その女性は三、四日ここにいた計算になります。インスタント食品と人数もそれで合います。ティッシュが少なくとも二パッケージ分あり、その付着物から、最低でもひとりがひどい風邪を引いていたこと、ただしその風邪は回復に向かっていたことがわかります。一番上にあったティッシュに付着した分泌物は緑色ではなくなっていましたから」

アサドは電子レンジで加熱するタイプのインスタント食品の包装を細かく見て言った。「ああなるほど、確かに」

「アサド、なるほどってどういうことだ?」

「犯行グループが全員ムスリムだということです。チキンとラム肉の料理しかないでしょう? 豚肉の入った料理がありますか?」

「なるほど」カールが言った。

ヴェーベルが鑑識官に向かって声をかける。「どんなに小さな遺留物であっても、そこには意味があると思います。そのことを誰よりもよくご存じなのはあなたですよね。男と女、それぞれ何人がここにいたか、わかりそうですか? 年齢や外見まで推測できるでしょうか。それがわかれば、彼らを探し出すのにとても役に立ちます。グループの構成を解明する手がかりとなりそうな情報は、どんなに細かいものでも有益です。連中が攻撃を仕掛けようとしている場所の治安を守っている人間にとっては特にそうです。その場所をすぐにでも突き止めたいのです」

「ほかにもまだありますね」アサドがプラスチック製の容器を面々に差し出した。〈ジレット〉とプリントされている。

「イスラム原理主義者たちが使い捨てカミソリで髭を

剃るのはなぜだと思います？」アサドが話を続ける。「格好よく見せたいからでしょうか？　ここドイツで絶対に目立ちたくないからでは？」

カールがうなずいた。「いかにも〝イスラム過激派のテロリスト〟といった格好をしないよう連中があれこれ画策していることは頭に入れておくべきだな。やつらは頭にスカーフを巻かず、長衣も着ておらず、顔じゅう髭だらけでもなく、オリエンタルなスリッパも履いてない。世界中どこにでもいるありふれた観光客グループ――最低でも十人はいるようだが――に見せかけているというわけだ。信仰心のあついムスリムにとって、こういう偽装はかなり大変だろう。連中がそういう格好をするおかげで、こっちの仕事は困難をきわめるわけだが」

ヴェーベルの横にいる男がため息をついた。「そのとおりです。残念ながら、彼らが集団として行動するつもりなのか、同時多発的に別々で動くつもりなのかもわからない」

「このグループのメンバー構成については、いま室内にいる同僚たちが手がかりをくれるかもしれません」擦り切れてぼろぼろのゴム手袋をはめた鑑識官が、テラスでゴミの山を調べながら言った。覚書やメモに残された言葉、レシート、チケットや地図など、逃亡犯たちの計画に関する情報を示す決定的な手がかりが見つかるのではという期待に、全員が奮い立った。

そこで、広いリビングに足を踏み入れた。きちんと整頓《せいとん》され、床には掃除機がかけられていた。チーク材のローテーブル二卓の周りには、ソファの背にもたせかけるようにクッションが置かれ、肘掛け椅子も配置され、心地よい空間をつくりだしている。収納棚にはガラス戸のうしろにワイングラスがディスプレイされ、かなり古い型のテレビがあった。どこまでもシンプルで平凡なしつらえだ。

「整ってはいますが、徹底的に掃除をしていったわけではないですね」防護服を脱いだばかりの鑑識官が言った。「至るところに指紋が残されています。つまり、痕跡を消そうなどとはまったく思っていなかったということです。DNAを残さないための努力もほとんどしていません。洗濯かごには、汚れた布巾とタオルが山のようにあります。寝具類はベッドの上にきちんと並べられているものの、シーツは替えられていません。奇妙ですね。こんなに無頓着に、どうでもいいとでもいうかのように、そこらじゅうにわかりやすい手がかりを残していくなんて」

アサドは宙を見つめていた。みぞおちがキリキリと痛い。それから抑揚のない声で言った。「結局のところ、やつらは死ぬわけですからね」

リビングにいた鑑識官たちが手を止め、困惑したようにアサドを見つめた。

ヘルベルト・ヴェーベルがアサドの腕をつかんで引き寄せ、小声で言った。「アサドさん、ここにいるのは大半がフランクフルト警察の人間です。彼らは遺留物のデータを入手する必要はあっても、この件が何とつながるのかを知る必要はありません。不要な混乱は避けたいのです。いいですね？」

アサドはうなずいた。ヴェーベルの言っていることはもちろん正しい。

「何か気になるものはありますか？」ヴェーベルは近くに立っている鑑識官に訊いた。

「ええ、ここです」鑑識官は床にかすかについた数本の平行な線を指さした。

「車椅子の跡ですね」カールが床に目をやり、確認する。

「それも、二台です。似たような跡が向こうにもありますが、タイヤの跡が異なります」

「その跡が古いものであるという可能性は？」ヴェーベルが尋ねる。「以前の借り主か、家主がつけたということも考えられますが」

「もちろんそこは調べますが、私の見解では、比較的最近ついたものですね。床を拭いて跡を消そうとしたようですが。濡れると完全に消えたかどうかわからなくなりますから」鑑識官はかがみこむと、親指でタイヤの跡をこすった。「ほら。そう簡単には取れません」親指は黒くなっていた。確かに、その跡はかなり新しそうだ。

「全体的に掃除が適当なのに床は水拭きされているという点が奇妙じゃないですか？　車椅子を持ち込んだのが連中なのかどうか、判断できないと思いますが」カールが感想を述べる。

「いや、でもさっき言ったように、車輪の跡は比較的新しいんです。もちろん家主が床を拭き掃除していたという可能性もありますが」

「家主にはもう話を聞いたんですか？」ヴェーベルが横の鑑識官に尋ねる。

「まだです。連絡を取ろうとしたのですが、現在中央アフリカのガボンに滞在中とかで。ジャングルのどこか奥深くにいるようです。私の理解が正しければ、昆虫学者という話です。首都リーブルビルに戻るのは二、三週間後だそうです」

ヘルベルト・ヴェーベルは深い溜息をついた。

「でもご安心ください。われわれが絶対あとを追ってみせます」鑑識官は続けた。「タイヤ痕を撮影しましたので、どこの製品なのか突き止めようとしている最中です」

ヴェーベルは首を横に振った。「グループ内に何人かの身体障がい者がいるとしたら、かなり奇妙ですね。よくわからない」

アサドはうつろな目をしていた。気がかりな光景が心に浮かんでくる。

「必ずしも障がい者とは限らないのでは？」アサドが小声で言った。「車椅子には健康な人間だって座れますよ。それも、爆発物を体に巻いた人間とか。完璧なカムフラージュになりますからね」彼は何度も深呼吸し、それからようやく推論を口にした。「車椅子一台あれば、自爆ベスト一着分の十倍の爆薬を固定することができます」

アサドは悲しそうな目でカールを見た。カールも目を曇らせた。できれば逃げ出したい気分だ。

アサドは額の汗を拭った。「何を考えているんですか、カール？」

「何も考えてないよ」

もちろん実際は違った。だが、アサドにはカールがそれを言わない理由がわかった。

「いや、話してください、マークさん」ヴェーベルが会話に加わった。「すべての可能性を検討しておかなくてはなりません。何かお考えですか？　ぜひ話してください」

カールはアサドの目を見た。あまりにも恐ろしい想像だった。

「車椅子に乗っている健康な人間というのは、テログループのメンバーとは限らない……、おまえもそう考えたんじゃないか、アサド？」

アサドがうなずいた。まさに悪夢でしかない。

カールは鑑識官のほうを見た。「ここに何人女性がいたと想定できますか？」

相手は考えこんだ。「すべての状況から推察すると、少なくとも三人の女性が寝起きしていたと思われる部屋が一室あります。枕の上に長い黒髪があり、ベッドはきちんと整えられ、掛け布団は広げられていました」

鑑識官はリビングの反対側の隅を指さした。「向こうの部屋にも複数の女性が寝ていた形跡があり、あそこでも長い髪が見つかりました。ところが、そこの様子は違っていました。ベッドメイクされていないのです。シーツはくしゃくしゃで、まるで寝ていた人がせわしなく蹴飛ばしていたかのように、マットレスの一角から外れていました」

アサドは深く息を吸った。「その部屋に入ってもいいですか？」

「ええ、どうぞ。そちらでの作業はもうすんでますから」

アサドは部屋に入ると、両手で口を覆った。乱れたベッドを目にしただけで涙があふれてきたのだ。マルワとネッラがここに監禁されていたのだろうか？　シーツがよれているのは拘束を解こうとしてもがいたからなのか？　高鳴る鼓動を感じながら、彼はベッドの柱脚を丹念に見ていった。暴力の痕跡はあるだろうか？　誰かをここに縛りつけた跡は？　何も認められない。もしそういう痕跡があるのなら、鑑識官がすでに口にしていただろう。

アサドは体を伸ばしてベッドのヘッドボードを見た。枕の上には何もない。鑑識官たちが証拠物として髪の毛を採取したのだろう。

彼はベッドの端にうずくまり、シーツの上に手を滑らせた。それから掛け布団に顔をうずめ、その匂いをかいだ。ごくわずかに残った香りを感じ、思わずつぶやく。「ああ、マルワ、ネッラ」その香りが彼女たちのものだとわかるはずもない。それでも、ふたりがここにいたのかもしれないと考えるだけで、感きわまった。ふたりが実際にこのベッドに寝ていたのなら、このかすかな残り香こそがその存在を伝えてくれるものだ。自分はこの十六年間、記憶だけを抱いて過ごしてきたのだから。

「おい！」突然、外で声がした。「ここに何かあるぞ！」

だが、アサドはベッドからすぐに離れることができなかった。この香りがある以上、愛するふたりがまだ生きているという希望がある。

拳を握りしめながら、アサドは車椅子のイメージを思い描き、カールの言葉を思い出した。

もし車椅子がマルワとネッラのために用意されたものなら、それがガーリブの復讐だろう。あの怪物は、俺に悲劇をもたらすには何をすればいいかをはっきりとわかっている。

ネッラとマルワに何が待ち受けているのかを想像しながら、アサドは拳をみぞおちに強く押しつけた。そのことについて考えれば考えるほど、ますます可能性があるように思えてくる。ガーリブが俺に復讐したいのなら、このうえなく恐ろしいシナリオを描いていることだろう。

アサドは立ち上がった。そして、掛け布団の香りをもう一度吸い込むと、がやがやと声のするほうへ向かった。

誰もがユーティリティルームに来て、作業台の周りに立っている。台の上には洗いたてとみられる衣類が数枚広げられていた。

「グループの全員が計画に従い、いくつか私物を持っていっていいと言われたと仮定すると、清潔なタオルを持っていきたがる人間がひとりかふたりはいただろう。それはきっと女性だ」これまでアサドが見たことのない私服の男が言った。おそらく警察の捜査班のリーダーだろう。

「洗濯物が乾燥機に残っているのに忘れていくことなどあるでしょうか？」ヴェーベルの部下が尋ねる。

「忘れていったんでしょうね。そういう人は結構いますよ」男が答えた。「ともかく、われわれはさまざまな衣類の中からこれを見つけ出しました」

彼は一枚のタオルを広げ、裏返した。「大きなロゴではありませんが、読むことはできます」

みんながタオルに近寄った。ホテルのロゴがある。

「グループの誰かが以前、ここから三、四キロしか離れていないホテルに泊まっていたということですか？」

「やめてくださいよ」別の私服捜査員がうんざりした

声を出した。「誰がこれを盗んだのかを突き止めるには、とんでもなく時間がかかります。男なのか女なのか。どんな偽名を使っていたのか。いつこのホテルに泊まったのか。昨年なのか、五年前なのか、三日前なのか、四日前なのか。不確定要素が多すぎます。あまりにもいろいろな解釈ができますから。こういうホテルでは客の回転がどれほどあるか、考えてください。フランクフルト最大とまではいわなくとも、限られた時間で捜査するにはあまりにも大きいホテルですよ」

「そのとおりだ」捜査班のリーダーが言った。「タオルのロゴを手がかりに捜査を進めたのではうまくいかない。それでも、われわれはできるだけ早く連中を特定しなくてはならない。時間はどんどん流れていく」

「ホテルのことで時間を無駄にする必要はありません。そのことは忘れてください」背後から声が聞こえた。

　全員が振り向いた。ヴェーベルの助手がドアのところに立っている。「デンマーク警察のおふたりと、ヴェーベルさんと、捜査班のリーダーの方、こちらへ来てください。ちょっとお伝えしたいことがあるんです」

　助手はソファの端に座るとiPadを差し出した。

「『フランクフルター・アルゲマイネ』紙が声明らしきものを手に入れました。ジュアン・アイグアデルが書いたとされていますが、私はかなり疑っています。英語で書かれていて、三十分前に送られてきたそうです。『フランクフルター・アルゲマイネ』はこの声明を報じないことに決め、われわれのもとへじかに連絡してきました。ただ、これを入手したすべてのメディアが同じ対応をするとは思えません」そう言うと、助手はアサドをじっと見つめる。そのまなざしはアサドを不安にさせた。

「申し訳ないですが、このことを話さないわけにはいきません。アサドさん、あなたのご家族の名前が挙がっています。心の準備をお願いします。ショッキングな情報があるかもしれません」

　アサドがカールの腕に手を伸ばした。

「こっちへ、アサド。座ろう」カールはそう言って、相棒をソファへと促した。

　ヴェーベルの助手は話を続けた。「この声明が直接国内の新聞社に送られていることや、ジュアン・アイグアデルがふだん記事を書いている、それもスペイン語で寄稿している『オレス・デル・ディア』経由で届いたわけではないことを考えると、それだけで十分怪しいですね。この声明は、これまで書かれてきた記事とはまったく異なる目的で書かれ、ジュアン・アイグアデルの手によるものではないように思えます」

「送信元のIPアドレス特定に動くよう、うちの人間に言ってあるか？」ヴェーベルが言葉をはさんだ。

「もちろんです。ですが、それで何かがわかれば驚きですがね」

「アサド、本当に聞きたいと思っているのか？」カールが尋ねた。

「ええ」アサドはひどく動揺していた。だが、これから向かってくるものから逃げたら、どうやってマルワとネッラを助けられるのだ。どのみち、選択の余地はない。

「地味なタイトルです」助手は言った。「〝イスラム系グループが逃亡〟とあります。日付は昨日の二十三時四十五分。ジュアン・アイグアデルと署名があります」

　それから彼は、内容を読み上げた。「国際手配されているイラク人のガーリブによれば、フランクフルトを標的とする計画の実行は無期限に延期された。七人の聖戦士から成るグループは、アラブ世界のムスリムや北アフリカとアジア諸国の同志たちが、ヨーロッパのメディアによってはなはだしい屈辱にさらされている状況に声を上げるため、ドイツへやってきた。彼らは世界中のメディアに対し、このような冒瀆《ぼうとく》をただちにやめ、彼らの信仰と文化に敬意を示すことを要求している。それが聞き入れられなければ、数多くの場所で、それ相応の行為におよぶという。聖戦士たちは念入りに装備していて、スポークスマンのガーリブによると、最初の一撃は彼らの勇敢な同胞、マルワ・アル＝アサディとネッラ・アル＝アサディによって実行される。ふたりはアッラーのために命を捧げる機会に恵まれ、感謝している」

　助手はiPadを脇に置いた。「声明はまだ続きます。ですが、テロ集団によるこれほど露骨なメディア操作は前代未聞であるという点でみなさんの意見は一致すると思います。この文書は既知のテロ組織が出したものではないと私は確信しています」

「なるほど。ではこの声明の腑に落ちないところを洗っていきましょうか」捜査班のリーダーが話をつないだ。「テロリストの数は七人ということですが、それを公《おおやけ》にしようとした動機は？　実際にはそれより多い可能性も少ない可能性もある。人数については信用できないと私は思いますが」

「みなさん、キプロスの収容施設から消えたふたりの女の写真はご覧になってますね」ヴェーベルが口を開いた。「消えたふたりはこのグループのメンバーだと私は考えています。われわれがみなさんに彼女たちの情報も送ったのはそのためです。当然、ふたりはキプロスを脱出していると想定していましたので。ガーリブの力があればそれぐらい簡単ですからね。ほかには、彼の右腕、ハミドという人間がいます。これで四人。さらに、残念なことにアサドさんのご家族もいますから、あとふたりいることになります。ただ、証拠があるわけではないので七人という数字を否定はできません。それはもちろんわかっていますし、そちらのおっしゃることも正しいと思います。実際の人数については何もわかりません。それより多い可能性もあります」

アサドは無反応だった。自分は心の奥ではもう死んでしまったような気がした。いやらしくほくそ笑むガーリブの顔が頭から離れない。だが、自分たちに何ができる？　いや、まずはこの悪魔の集団を探し出さなくてはならない。どんな犠牲を払ってでも。これまではガーリブが目の前に姿を現すことをわずかながら期待していたが、自分に直接コンタクトを取らずに、メディアに声明を出したということは、もうそれすら期待はできないのだろう。あいつはひたすら、マルワとネッラの殺害を目論んでいる。

「自爆テロを起こす人間が実行前に名前を公表した例があるかどうか、思い出せませんが」ヴェーベルが再び口を開いた。

アサドがうなずく。「みなさん、メッセージの意味が読みとれましたか？　イスラムの宗教と文化に敬意を欠くヨーロッパのメディアに対する報復を謳《うた》った政治的な声明に思えますけど、そんなのすべて嘘っぱちです。これは私に対するガーリブのどこまでも個人的な復讐です。いまは、復讐が果たせる状況にあるとガーリブに思いこませましょう。ゲーム開始です。われわれが勝てることを私が約束します。たとえそれで私自身の命を失うことになっても」

33

アレクサンダ　残り5日

彼はずっと父親の携帯電話の着信音が嫌いだった。それが鳴ると、母親とともにすぐに部屋から出ていかなきゃならなかったからだ。

「父さんの電話中は口を閉じてろと言わなかったか？」アレクサンダがうっかり邪魔をしようものなら、父親は毎回、雷を落とした。そして、暴力を振るえば息子が約束を思い出し、理解できるとでも言わんばかりにアレクサンダの肩をつかんで揺さぶった。父親の背後でキッチンの電化製品の音を立てたり、ラジオの音をすぐに小さくしなかったりすると、母親も叱り飛ばされた。家長の電話より重要なものは、この世に存在しなかった。

普通の人たちと同じく、父親の電話もそのほとんどが大した用件ではないのだとアレクサンダが気づいたのは、十代になってからだ。父親はただ偉ぶっているだけだった。大勢のなかでは役に立たず、周囲にかまってもらいたくてしかたない、惨めで情けない男だ。

そしていま、この忌々しい携帯電話が外の廊下に転がって、〝ウェストミンスター寺院の鐘〟などという馬鹿みたいな着信音を執拗《しつよう》に響かせている。トラウマのせいでアレクサンダの全身は無意識に縮みあがった。だが、かつてひっきりなしに携帯電話を耳に当てていたその頭は、いまやマイナス二十度の冷凍庫の中。その目はとっくに凍りついているはずだ。

父親が最後に仕事に出かけて帰ってきてから今日で四日経つ。ずっと出社していないのだから、まさか誰も気づいていないということはないだろう。やがて職場のお偉方が家を訪ねてきて、玄関の外からうるさく質問してくる可能性もある。そいつのピカピカの靴を小馬鹿にして真実をぶちまけてやりたいという誘惑に駆られるが、それは何があっても避けなければならない。そこでアレクサンダは立ち上がり、父親の携帯電話を拾いにいった。レベル２０６７に到達するための戦略を練っていたところだったので、ゲームを続けたくてたまらなかったのだが。

「ヴィルヤムと話したいのですが」電話を取ると声が聞こえてきた。

「残念ですが、それはできません。父は引っ越しました」

　電話の向こうは静かになった。アレクサンダはにやりとした。こいつが本当のことを知ったら、どう反応するだろう？

「引っ越し？　勤め先にそのことを伝えずに？　いったい、いつ引っ越しを？」

「四、五日前です」

「携帯電話を持たずに？　何か別の方法でお父様と連絡を取ることはできませんか？」

「さあ、どうでしょう。父はたぶん愛人のところへ行ったんだと思います。かなり衝動的な行動ですけど、それ以上のことはわかりません。まさか、父は仕事に行っていないんですか？」

「そうです。それでお電話したのです。ところで、あなたはアレクサンダ？」

「はい」

「ああ、声ではわからなかったよ。悪かったね。ということはつまり、お父さんがどこにいるのかわからないということかな」

「わかりません。とにかく出ていってしまったんです。新しい愛人にそれはもう夢中で。母は、ふたりがフランスに逃避行するんじゃないかと思っているくらいです。フランスにその女の別宅があるという話ですから」

「それじゃあ、お母さんと話をさせてもらえるかな」

アレクサンダは少し考えた。こいつときたら、父さんが母さんを突然捨てたという話を聞いた直後に、本気で母さんと話したがっているのか？　最低な野郎だ。

「母はその話をしたがらないと思います。お察しください。それに、今週は出張でいないんです。僕はひとりで家にいますが、それには慣れています」

再び電話の向こうが静かになった。途方に暮れているのだろう。

「そうか、そういうことなら……、ありがとう、アレクサンダ。残念なことになったね。お母さんによろしく、お気の毒にと伝えてくれるかな。それと、もしお父さんから連絡があったら、会社に連絡するように言ってほしい。できるだけ早く話をする必要があるから」

もちろん伝えるさ……。アレクサンダは時計を見た。九時二十分。レベル２０６７まで、あと二時間ぐらいで行けるだろう。そこまで行ったら、目標まであとわずか５０レベルだ。

三十時間後には母さんが帰ってくる。いつものところに手袋を置こうとしたら、真っ先に充電中の父さんの携帯電話が目に入るはずだ。そしたら不思議に思って父さんを呼ぶだろう。いつものように甘ったるい声で「あなた～」と、数回。毎度毎度、偽善めいた演技だ。

でも今回ばかりは、返事を待っても無駄だ。

アレクサンダは再び椅子に腰掛けると、モニターの画面を眺めた。ものすごい激戦だった！　三時間かけてやっとクリアだ。その証拠が黄色、緑、赤、青の数字で表示されている。なんてすばらしい数字だろう。なんて感動的な数字だろう。こんなこと、誰にも真似できやしない！　それに比べて、マチュピチュやウルルってなんだよ。ありきたりな夕日とか、旋回するコンドルとか、女の子とヤルとか——同じクラスだったやつらはパリやアムステルダムやバンコクや、世界のどこかで、そうしてる最中なんだろうけど。でも、あいつらは誰ひとりとして、僕がさっきのステージで見せたように戦うことはできないし、こんな達成感も得られない。

残り、たった50レベル。ここまで来たんだから、少しは祝ってもいいよね！　本当に美しくてすてきな数字だ。アレクサンダは自分の携帯電話に手を伸ばした。たったひとり、僕しかこの意味を知らないなんて悲しいじゃないか。あと少しで目標到達だ。本当にもうすぐだ……。

アレクサンダは笑った。いつもの電話の時間は過ぎている。あのおまわりはおろおろして、椅子の上で身《み》悶《もだ》えしているに違いない。でも、どっちみち、きみには何もできないよ、前進も後退もできないのさ——そう言って彼を慰めてやろう。起こるべきものは起こる運命にあるんだって。

あいつをからかって混乱させてやろう。支離滅裂なヒントを出して、手も足も出なくしてやるんだ。もっともらしく聞こえるけど、実は完全にずれている手がかりをどんどん教えて、間違った推理をさせてやる。あいつ、まったく話についてこれなくて、頭がぼうっとしてくるだろうな。警察を手玉に取れるなんてすごいじゃないか。僕にはとんでもない力があるんだ。鳥肌が立ちそうだ。

アレクサンダは携帯で番号を検索した。例の警察官が電話に出ると、有頂天になった。

「特捜部Q、ゴードン・タイラーだ。またきみかい、ニートくん？」

アレクサンダは顔を歪めた。ニートくん？　なんだそれ？

「ニートくん、これ以上きみからの電話を受けるつもりはない。きみの言っていることは何ひとつ信じられない。相手をするだけ時間の無駄だ」

　こいつ、頭がどうかしたのか？　時間の無駄ってどういうことだよ？

「いいよ、僕のことはどうとでも呼べばいいさ。〝ゴードン・タイラー〟よりははるかにましだからね！　それにしても、負け犬みたいなひどい名前だ。きみの親はもっとまともな名前を思いつかなかったのか？　きっと脳ミソが足りないんだね」

「そうかもね、ニートくん。ところで、最近また誰かの首をはねたかい？」

　電話の向こうで誰かが息をするような音が聞こえた。こいつに誰かがささやいてる？　女の声か？　ともかく、様子がいつもと違う。

「なんだよ、ゴードン・仕立て屋《テイラー》さん、プロンプターがついてるのか？」

「プロンプター？」意味ありげな間があいた。「誰にも台詞なんか教えてもらってないよ、ニートくん。こちらの質問に答えないなら電話を切るぞ」相手の声はいまや、明らかに冷たくなっている。

「きみの年は？　答えないなら切る」

　再び間があいた。

「こっちが切ってやる！」アレクサンダが脅すと、電話の向こう側でごそごそと音がした。

「ニートくん、どうも。わたしはローセ。この名前についても、好きなだけ悪く言ってかまわないわ。わたしは思春期にありがちな、人に嫌がらせをしたくなる時期をとっくに卒業してますから。それで、こちらから訊きたいのはこれだけよ。最近、誰かの首をはねた？　それともただそこに座って、落とせっこない女の子を思い浮かべて一発抜いてたの、ピエロさん？」

　アレクサンダは楽しくなってきた。こいつら、いよいよ僕に対して本気を出してきたな。肌がむずむずする。誰も僕を言葉で打ちのめすことなんてできない。

物心ついたときから、ことあるごとに父親から言葉で傷つけられ、あざわらわれ、抑圧され、徹底的に痛めつけられてきたんだ。学校でもクラスメイトたちから同じことをされてきた。

そうやって長い間を過ごしてきた僕にとって、言葉なんて空気を揺らす風でしかない。

「それで満足かな、おばさん」彼は言った。「いいか、僕の言うことを聞くんだ。それか、ゴードンを出せ」

「聞いてるわ。でも手短にしてちょうだい。山ほど仕事があるの。ぜーんぶが、あなたよりも重要な案件なの」

そう思っていられるのもいまのうちだ。

「おばさん、あんたにヒントを出してあげるよ。僕をローガンと呼んでくれ。英語で話すことにしよう。それで、僕が運命よりあと一年だけ長く生きるということにするのはどう？　それがすべてを解く鍵ということで」

「ローガンっていう名前なのね！　お母さんとお父さんがユーロビジョン・ソング・コンテストのファンなの？」

こいつ、何言ってんだ？

「ああ、なるほど、ジョニー・ローガンのことは知らないみたいね。デンマークでは一般的な名前じゃないし、普通は親に由来を訊くと思うけど。そしたら親世代にとってアイドル的存在の歌手の名前だとわかりそうなものだわ。ピンとこないってことは、ローガンは本名じゃないんでしょ」

アレクサンダは天井を仰ぐと、体中が揺れるほど爆笑した。レベル２０６７に達したときと同じくらいの恍惚感《こうこつかん》を覚えた。

「残りは５０レベルだから、いっしょに祝うべきだと思ってね。僕はコーラで祝杯をあげるから、そっちはシャンパンでもなんでも好きなものを飲むといいよ」

「ニート・ローガン、ふざけないで」女が返した。

「イカレた人間と祝杯なんかあげるわけないでしょ？」

「あ、そう。じゃあいいよ。ちなみに、あんたはずいぶん早くローガンが下の名前じゃなくて苗字のほうだと見抜いたね。眠り姫にしては早めに目を覚まして偽名だと気づいたんだね。さて、そっちが喉から手が出るほど聞きたがってる質問の答えだけど、〝ノー〟だ。次の首が地面に転がるのは明日になってから。夕方くらいかな。グッバイ・ママ！」

34

ローセ　残り5日

「あいつはわざとヒントを出したのかなあ」録音した会話を二度聞き返し、ゴードンは首をひねった。

「そうなんじゃない？　自分の運命より一年長く生きるなんて言い方、ヘンよ。ものすごく奇妙。あの子のことだから、何かやらかしかねないわ」

「身の毛がよだちますね。あいつが予告を実行して明日また誰かの首をはねると本気で思います？」

「ええ。次の相手は母親って感じがするわね。両親が〝駆除〟されたら、あの変質者が外に出ていくのを止める人間は誰もいなくなる」

「つまり、あいつはヘンなゲームでレベル２１１７に達したら、即座に狂気じみた妄想を実行するってこと？」

「ええ、わたしはまさにそうだと思ってる。完全にイカレた、危ないやつだわ！」

「ローセ、誰かの手を借りたほうがいいんじゃないかと。僕らだけでこんな責任を負うのはよくないと思うんです。もし、あいつが妄想を実行したらどうします？　課長も、ＰＥＴに連絡すべきだって言ってたし……」

ローセはゴードンをしげしげと眺めた。彼が捜査の真っただ中に脱落したら、自分ひとりでこの任務を背負わなければならなくなる。でも、だからといって誰が助けてくれるのだろう？　三階の殺人捜査課は目下、猫の手も借りたい状況だ。乱射事件と殺人事件をいくつも抱え、人員も時間も取られていっぱいいっぱいだ。それに、この一件が捜査すべき事件であることをはっきりと示す根拠はない。あくまで、漠然とした推測だ。そもそもあの子は完全に頭がイカレているみたいだ。もし、本人が言う〝犯罪〟が、単に常軌を逸した妄想でしかなかったらどうする？　単に性根の腐った人間のとんでもなく悪質ないたずら電話で、本来は肩をすくめて処理すべき程度のことだったら？

「わかった」ローセは面倒を避けようとして言った。「わたしがＰＥＴに連絡する。ただ、危険を冒すことになるわね。カールはＰＥＴの人間がうちの事件に首を突っ込むのをすごく嫌がってるから、これを聞いたらそれこそかっかすると思う」

「で、実際に介入されたらどうなるんです？」

「どうって？　いままでどおり仕事を続けるわよ、でしょ？」

ゴードンはうなずいた。

オーケー、こうなったからにはあとはＰＥＴに電話することを考えるだけ。でも、すぐにはかけないわ。

「あいつ、ほかの家族については話しませんでしたね。ひとりっ子なんでしょうか」ゴードンが話を戻した。

「間違いないわ。わたしに言わせれば、最低最悪の幼少時代を過ごした機能不全家庭の問題児よ！」

「でもそれは、貧乏な家庭に育ったからじゃないですよね」

「そうね、おそらくその逆。むしろ、昼も夜もコンピューターの前に座って人生を浪費することで、手に入れられなかった愛情を埋めようとしている典型的なパターンって感じ。そういうことができるのってどんな人だと思う？　自分はあくせく働く必要のない人間に決まってるわ」

「そう言いきれますか？　もしかしたら生活保護受給者で、仕事がなくて日がな一日ぶらぶらしてるだけかもしれませんよ」

「いいえ、そうじゃない。あの子のボキャブラリーと話し方からして、きっと実家住まいで、それなりに世話してもらってるんだと思う——たとえそれが世間体をとりつくろうためであってもね」

「あと一年長生きするっていう言葉の意味はなんですかね？　２１１７という数と関係があるのかな」

「わからないわ。もしかしたら、キプロスの犠牲者と数が一致したせいで、わたしたち、誤った方向に進んでるのかもね。ひょっとしたらその数字は西暦を表しているとか」ローセは四つの数を紙の上に書いた。だが、これが年号を表しているとすると、あまりにも遠い未来のことに思える。さらに、各桁の数の和や累乗根などさまざまな可能性を探ってみたが、これだと思えるものはなかった。

「あなたが溺死した女性のことに触れたとき、彼は何か変わった反応をした？」

ゴードンは肩をすくめた。「なんとも言い難いですね。とにかく黙りこくっていましたから」

「そう。でも、もしわたしたちが勘違いをしていて、これが本当は西暦を表しているとしたら、どう考えればいいと思う？」

「うーん、かなり遠い未来であることは確かですけど」

「この数をちょっとググってみてよ、ゴードン」

「なぜです？」

「いいから、ゴードン。とにかく検索して」

「アラビア数字で？　アルファベットで？」

　ローセが無言でキーボードのテンキーを指さし、ゴードンは慌てて数字を打ち込んだ。

「見てください、検索結果の上位はみんなアヤナパの殺された難民女性の関連情報です。マスコミは彼女の名前代わりにこの番号を使っています。それから、2117っていうのはスウェーデンのアウトドア用品メーカーでもある。そういう名前の小惑星もありますね。まいりましたね、2117でこんなにヒットするとは」

「オーケー、じゃあ今度は〝二一一七年〟で検索してみて。引用符でくくって」

　ゴードンが打ち込むのに三十秒とかからなかった。

「『ベアリンスケ・ティデネ』紙の記事があります。〝六十万の人間が二一一七年には火星に移住できる〟ってありますけど、百年早いですよ！」

　ローセは頭に手をやった。火星に移住？　世間はそんなくだらない話をまだしてるの？　宇宙開拓なんて実現するもんですか。まったく、時間とエネルギーと希望とお金の無駄使いよ。

　ゴードンが世界滅亡のさまざまなシナリオをスクロールして見ている間、ローセはあれこれ考えた。

「そもそもそこに、多少は手がかりになるようなネタがあるの？」

「黙示録じみた予言が山ほどありますよ。もしかして、あのセリフには一種の象徴的な意味合いが隠されているんですかね？　あいつは、世界が自分のために滅びると僕らに思ってほしいのかもしれない」

「そうね。でも、だったらほかにもいろいろな西暦を引き合いに出すことができたでしょう？　今度は〝ローガン２１１７〟で試して」

　再びキーボードがカタカタと音を立てた。

　ゴードンの入力が終わるか終わらないかのうちに、ローセは画面に顔を寄せたまま検索結果に釘付けになった。

「ビンゴ！」ゴードンが言う。「ヒュー・ジャックマン主演のアメリカ映画です。二〇一七年のアクション映画で、タイトルが〝ローガン〟」

「とんでもなく不思議な一致ね。でも、百年足りないわよ、ゴードン。タイプミスしてる。もう一度やって。〝２１１７〟と〝ローガン〟で」

ゴードンはキーを叩いた。

「よし」ゴードンの顔に笑みが浮かんだ。「相当な数の〝ローガン・アベニュー２１１７〟がヒットしましたよ。アメリカですね」

　ローセはため息をついた。「どのくらい？」

　彼は画面に目をやった。「何百とありますね」

「忘れてちょうだい」


「もう脚が棒ですよ」ゴードンがぼやいた。

　ローセはスケッチャーズのスニーカーに目をやった。これを履いていて助かった。自宅のリビングにいたときより足の調子ははるかによかった。まだ何時間でも歩けそうだ。だが、実のところ、そうしたとしても骨折り損に終わるだろうと薄々思っていた。

　似顔絵を見て、彼を見たような気がすると答えた美容師は何人もいたが、髪をカットしたことは一度もないと口を揃えて言う。ひょっとして〈コペンハーゲン・モデルズ〉に所属するモデルなんじゃないかと言った美容師もいた。

　客の相手に忙しい紳士洋品店の店主は、これじゃあ首から上しかわからないじゃないかと文句を言い、店に居合わせたカップルは、ストックホルム群島のひとつで撮影されたスウェーデン映画をテレビで見たけど、こんな人が出ていた気がすると答えた。

「そうよ、これはわたしの息子よ！」皺だらけの女性は路上で爆笑しながら、たまらなく酒臭い息を吐いた。

三時間後、ゴードンとローセは捜査がまったく前進していないと認めざるをえなかった。十代と思われるあの〝首はね男〟がこの界隈でプリペイドSIMカードを購入した可能性はあるものの、頻繁にここへ来ているようには思えない。

「もっと回らなきゃだめですか？」ゴードンが音《ね》を上げた。

ローセはフレデリクススンド通りの過剰なくらいの交通標識と、ライトアップされた無数のショーウィンドウを眺めていた。

「この方法で結果を出すには、百人の警察官が必要だわ。フレデリクススンド通りだけでも相当の距離があるし、さらに裏通りが何本もある。どうやって二日でそれをやれって言うのよ」

「じゃあ、カールの提案どおり、似顔絵をこの地域のすべての教育機関にメールで送りましょう。そのほうが見込みがあるんじゃないですか」

「あのね、そもそもそれはわたしのアイディアよ。ただ問題は、課長が似顔絵の公開をするなと言ってること。だから、結局は目星をつけた教育機関に個別に足を運んで似顔絵を提示するか、的を絞ってメールを送ることしかできないわ」ローセは肩をすくめると、振動している携帯電話をポケットから引っ張り出した。

「はい、こちらはローセ・クヌスンです。低賃金の捜査アシスタントです」皮肉な笑みを浮かべたものの、すぐに真剣な顔つきになった。

「えっ、まさか、アサド」ローセは何度も繰り返した。

「フランクフルトにも？」せわしなくうなずき、それから首を振った。

ゴードンがローセの袖を引っ張り、スピーカーフォンにするよう身振りで示す。

ローセはスピーカーフォンに切り替えた。「アサド、ゴードンも聞いてるわ。ふたりとも、何をしようとしてるの？」

アサドが取り乱している様子がはっきりと聞きとれた。声は震え、言葉が詰まってなかなか出てこない。

「いまはただ待っている。ほかにどうしようもない」

疲れているようだ。「マルワとネッラがどこにいるのか、あの悪魔が彼女たちをどうするつもりなのかわからないまま時間だけが過ぎていく。彼女たちのことを考えるたびに、少しずつ自分が死んでいくような気がするんだ、ローセ」

「居場所の見当はつかないの？」

「まるでわからない。情報機関が例のジャーナリストの携帯電話にＧＰＳを仕込んでいた。バッテリーに接続され、電源をオフにしていても機能するようになっていた。それなのに、彼が病院から誘拐されてから、通りをほんの数本行ったところで信号が途絶えてしまったんだ」

「それで、警察は？」

「フル稼働で捜査に当たっているはずだ。数百人態勢で犯行グループが姿を現すのを待ちかまえている。ドイツ全土で、警察が出動に備えて待機してるんだ」

「よくわからないんだけど、アサド。あの顔でしょう、ガーリブは目につくと思うんだけど」

「ローセ、きみが僕に希望を持たせようとしてくれているのはわかるし、その気持ちに感謝するよ。でも、僕らがいまいるホテルに来る直前に、鑑識官がファンデーションのついたティッシュペーパーを発見した。洒落《しゃれ》たヨーロッパの女性みたいになろうとしてグループの女がメイクしたんだろう、とみんな笑ったけど、カールと僕はそう思っていない」

「つまり、ガーリブが瘢痕を隠すために使ったということ？」

「そうだ」

ローセはゴードンに、どうぞと目で合図した。彼からも話をさせてやろう。

「ええと、アサド、ゴードンです。僕らはいま、ちょっと問題を抱えていまして。あの、もちろんおふたりの問題とは違うんですけど。似顔絵のことは知ってるでしょう？　誰に聞いても手がかりがつかめないんです」

ローセは呆れたようにゴードンを見た。まさか、この状況でアサドに助けを求めるとは。ゴードンの手からすぐに携帯電話を奪う。

「ごめんなさいね、アサド。それどころじゃないのに。でも、カールとあなたなら何かひらめくことがあると思う。手遅れになることなく痕跡を追えると信じてる。わたしたちにできることがあったら教えて」

「それが、あるんだ」

「なんでもいいわよ、アサド。言ってちょうだい」

「声明文をヨーロッパの主要紙すべてに送ってもらいたい。『ザイード・アル＝アサディはガーリブのメッセージを受けとった、フランクフルトのシファー通りにあるホテル〈マインガウ〉で彼を待っている』って内容で」

「それ、ほんとにいいアイディアだと思ってるの、アサド？　ガーリブがあなたの居場所を知ったら、マルワとネッラの身がさらに危なくなるんじゃないの？　こんなこと言ってごめんなさい、アサド。でもガーリブがあなたを見つけたら、彼女たちを生かしておく理由がなくなってしまうんじゃ……」

返ってきたアサドの声はとても小さかった。「十六年間、ガーリブは僕の居場所をまるでつかめなかった。だから、声明に裏があることに必ず気づく。僕があいつのあとを追っていて、何か企んでるってわかるはずだ。まずホテルを調べさせるだろう。もちろん僕はそこに泊まっていないし、あいつもそのことは承知だ。チェックインの履歴はある。それは調べればすぐにわかる。だが、少なくともその後数日内に僕がそこに宿泊することはない。ガーリブは僕がその付近であいつの仲間たちを待ち伏せし、あとを追って自分のところに来るチャンスを狙っていると考えるだろう。ガーリブが求めているのはまさにそれだ。それなら自分が状況をコントロールできると思っているから。相手を罠にかけること——あいつはそういうやり方が得意なんだ。待機している時間も緊張感もあいつにとっては楽しみのひとつのはずだよ。こっちの苦しみが手に取るようにわかるからね。だから安心していい。ガーリブはマルワとネッラをできるだけ長く生かしておくつもりだ。僕が唯一恐れているのは、彼女たちのもとへたどり着く前に、あいつがテロ攻撃を実行してしまうこと。でも、ドイツの情報機関は、行動を起こす前には周到な準備が必要だと考えている」

「ゴードン、もうすんだ？」

ローセが机の上のプリントアウトされた書類を指さした。

「はい。アサドの声明はいましがた、ヨーロッパの百社くらいのメディアに送信しました。どこかがニュースで取り上げると思います」

彼女は文言に目をやり、うなずいた。

「そうなるようにセンセーショナルなタイトルにしたものね。お疲れさま、ゴードン」ローセが彼の肩を叩いた。「わたしは、われらがローガンのことを考えていたの。それでちょっとひらめいた気がするんだけど」

「何をです？」

「あの子、運命よりも一年長く生きるって言ってたけど、それはどういう意味だったのかってこと。自分が生き延びる西暦年のことを言ってるのかしら。つまり、予定よりも一年長く生きた年っていうのは、二一一七年だと言いたいとか。そんなことってありえる？　あなた、話についてこれてる？」

　ゴードンは肩をすくめた。ローセが何を言いたがっているのか、さっぱりわからない。

「いい？　もし２１１７というのが、彼が一年生き延びた未来の年だというのなら、一年前の２１１６が架空ではあるけど〝その時点での現在〟って仮定できるでしょ？　そっちでググってみればいいのよ」

「なんだかすごいこじつけじゃ……」

「ごちゃごちゃ言わないで、いいからやって、ゴードン！　〝ローガン２１１６〟って打ち込むの」

「ほとんど前と同じような結果しかヒットしませんけど」

「そうとも、違うとも言えるわ。下までスクロールして。ウィキペディアの〝ローガンズ・ラン〟（邦題『２３００年未来への旅』日本では一九七七年に公開）のところまで行って」

「了解。これです」ゴードンはリンクをクリックし、驚いたようにローセを見つめた。

　ローセはゴードンのために内容を要約してやった。

「〝ローガンズ・ラン〟は、ウィリアム・F・ノーランと、ジョージ・クレイトン・ジョンソンが一九六七年に発表した小説で、二一一六年のディストピアな社会が描かれている。増えすぎた人口をコントロールするために、若者は全員二十一歳になったら即座に殺されるのよ。一九七六年に映画化されたとき、その設定は三十歳に変更されたけど。ただ、わたしたちのお友だちは、小説のほうに自分を投影してると思うわ、どう？」

「なるほど、キーワードは一致していますね、ローセ。でも、あいつが明かしたかったヒントって、正確にはどういうことなんでしょう？」

「自分の年齢よ、ゴードン。あの子は明確な手がかりを口にしたんだわ。ローガンの世界の二一一七年が、彼が〝運命より一年長く生きた世界〟なら、そのとき彼は二十一歳プラス一歳でしょう？　まあ、自分でもこじつけに聞こえるのはわかってるわ。でも、ああいうオタクはこういう妙な考え方をするから」

「つまり、あいつは二十二歳？」

「ゴードン、今日は冴えてるじゃない！　そのとおりよ！　あの子は二十二歳。推測より少し上だったけど、これってすごいことだと思わない？　ゴードン、わたしたち一歩前進したのよ」

35

ジュアン　残り5日

なんだこの女たち、ずいぶん色っぽいじゃないか。

それが第一印象だった。

黄金色の肌、赤い唇、見事な体の曲線、趣味のいい服。この外見ならどんな人物だと名乗っても通用しそうだ。上流階級の人間でも、大学教育を受けた人間でも、名声を誇る芸術家でも。だが、それは見かけだけだ。この広い家で、このふたりの女ほどジュアンを冷酷にサディスティックに扱った者はいなかった。

ガーリブとその仲間たちがフランクフルトの一軒家に集結すると、この女たちはつかつかとジュアンのところへ来て、〝メノゲイアの収容所のことをよくも暴露したね、おかげで脱出に手間どったじゃないか〟と言って顔に唾を吐きかけた。片方は訛りのないドイツ語を話したが、もう片方はスイスかルクセンブルクの出身なのだろう。少し方言の混ざったフランス語を話していた。カタルーニャの人間がたいていそうであるように、ジュアンはフランス語を話す女の言葉のほうが理解できた。だが、この女のほうが悪質だった。いや、仲間のなかで一番たちが悪かった。最初にこの女から顔にボトックス注射をされたとき、とんでもなく奥まで針を刺された。顔が麻痺していなければ、あまりの痛みに悲鳴を上げていただろう。だが、実際はひと言も発することができなかった。

病院から連れ出されてからずっと点滴の針を手の甲に刺されたままだ。刺し痕の周囲には少しずつだが確実に炎症が広がっていた。茶色の液体がチューブと針を通じて一滴ずつ静脈に流れ込み、ジュアンの言語中枢をほぼ完全に麻痺させている。体を動かすこともままならない。目を動かすことと頭の向きをごくわずかに変えることはできたが、それだけだ。女たちから殴られても、身を守るすべがまったくなかった。

なぜだかわからないが、ガーリブはジュアンの様子に細かく気を配っていた。そこまでする理由がよくわからない。俺の任務はまだ終わっていないということか？　なぜこいつらはわざわざこんなことをする？　なぜ俺を殺さない？　もちろんジュアンは怖かった。だが、全身のほとんどが麻痺し、あるときから諦めの気持ちが広がるようになった。いまや、すべてがどうでもよくなってきて、何かをしようという気にもなれない――そんな気持ちに抵抗することもできなかった。

男たちが話しかけてくることはなかった。数人がもっぱらアラビア語で、それも異様に情熱的に会話をしていることがあった。浮かない顔つきのメンバーもいたが、まるですでに楽園に着いたかのようにハイになっているメンバーもいる。こいつらと同じ心境になればいいのに。死んで楽園に行けると思えたほうがいっそ楽だろう。

夜が明けないうちに、フランクフルトの家の前に白いバスが停まった。エアコンやミニバーといった雑多な設備が整った観光バスと、コンパクトなトイレが売りですべての窓にカーテンが掛かっている旧型のキャンピングカーとをミックスしたような車だ。

ジュアンは座席と座席の間の通路に、進行方向を背にするように乗せられた。ふたりの魔女――ジュアンは心のなかでこの女たちをそう呼んでいた――は、後部座席にジュアンと向かい合う形で座った。彼女たちの任務は、移動中ずっとジュアンから目を離さず、体調に異変が起きないよう監視することのようだ。

ジュアンはふたりと目を合わせないようにしながら、じっと座っていることにした。両脚と胴体の一部にかすかな感覚を覚えても、痛みのせいで時折泣き叫びたい気持ちになったとしても、じっと反応しないようにした。とにかくおとなしく車椅子に座り、バスの後部を眺めていた。リアウィンドウと最後から二列分の座席の横の窓には、黒くどっしりしたカーテンが引かれている。

数時間走ると、周囲が明るくなりはじめ、車の量が増えてきた。ドイツ人にとって普通の平日が始まったのだ。ジュアンはその一人ひとりが羨ましかった。一週間前にバルセロナの海で波にもまれて死んでいればよかったのに！　なぜこんなひどい目に遭わなくちゃいけないんだ。

一台の車がバスを追い越していったとき、乗っている人間が目に入った。頼む、こっちを見てくれ！　何かがおかしいと気づいてくれ！　俺が無理やりこの車椅子に座らされていることに気づいてくれ！　警察にこのバスが怪しいと通報してくれ、頼む！

周囲が完全に明るくなってはじめて、ジュアンは奥の天井にミラーが備え付けられていることに気づいた。カーブした鏡面に自分の姿が映っている。そして悟った。こういう福祉用車両はよくあるが、そこに乗っていて話すことも動くこともできない人からは誰もが目を逸らすものだ。俺は、そういう気の毒な人のひとりになったのだ。この夏、一度も太陽が出ないところにいたのかと誤解されそうなくらい青い顔をして。意識を失っているか、眠りつづけているのかと思われそうなほど身動きひとつしないで。青い部屋着を着せられ、希望を失い、誰の目にもつかずに無力な状態で。

だめだ、ほかの車に乗っている人を当てにすることなどできそうにない。この旅の結末はもう決まっている。俺は外の世界にいる人とは誰ともコンタクトが取れない。ほかのメンバーともども、ガーリブが定めた運命に突き進むしかないのだ。

ジュアンはミラーに映った運転手を眺めた。その男は全体を貫くシナリオの小さな一点にすぎない。だが、その小さな点こそが、こいつらの計画を阻止できる唯一の存在なのではないだろうか。彼がどこかのサービスエリアでバスを降り、警察に電話するかもしれない。テロを阻止できる人間がいるとしたら、彼だけだ。だが、メンバーたちが用を足しにバスを降りたというのに、その〝点〟はミラーにハエがとまっているかのようにじっと動かない。

何をしてる？　何かがおかしいと思わないのか？　前方で身じろぎもせずにいる車椅子のふたりの女性がこのグループの仲間じゃないことがわからないのか？　彼女たちの目が恐怖に染まり、全身で助けを求めていることがわからないのか？　それとも――そんなこと、彼にとってはどうでもいいのか？

ジュアンはそのふたりの女性に同情していた。フランクフルトの家にいたとき、魔女たちがふたりの部屋に入ると慈悲を乞う声が聞こえてきたのだ。そのたびにかわいそうにと思っていた。魔女たちが何をしていたのかはっきりとはわからないが、おそらく自分にしたのと同じ処置を施していたのだろう。女性たちが睡眠薬を大量に投与されている可能性もある。早朝にバスが来たときにも、全員が座席に座ったときにも、ふたりはひと言も発しなかったからだ。

だめだ。この運転手――ミラーに映ったちっぽけな点――は、俺たちの助けにはなってくれない。こいつもテロ集団の一味だったんだ。

フランクフルトの家に連れて来られてから二日目、魔女たちがかわいそうなふたりの女性を監禁部屋から引きずり出して風呂に入れ、体を洗って化粧を施した。ほかのメンバーから浮いて見えないよう、ふたりもヨーロッパの女みたいな服を着せられた。ジュアンはそんなふたりを見て、強い親近感のようなものを覚え、自分でも驚いた。だが、その理由がはっきりするまでにはしばらく時間がかかった。頭がぼうっとしていて記憶が途切れ途切れになっていたからだ。

そうだ、この哀れなふたりは、ガーリブとともにアヤナパの砂浜で俺が撮影した女性たちだ。ようやくそのことを思い出すと、ジュアンの脳裏に記憶がよみがえってきた。

そのとたん、未解決の疑問が再び頭をもたげてきた。できれば答えを知りたくない疑問だった。砂浜にいた女性たちが、どうしてここにいるんだろう？　どうして大量に薬を投与されているんだろう？

ジュアンは少しずつ、頭の中でふたりの女性の過去を組み立てていった。ほかの難民たちと同じように、彼女たちも危険で希望のかけらもないシリアから、命からがら逃げてきたのだろう。戦争で荒廃して混乱に満ちたあの国で、普通では考えられないような事態が引き起こされているのを目撃してきたのだろう。そして、逃亡の最中、地中海上で死にそうな目に遭ったばかりか、残忍な形で親しい人を失った。そう、犠牲者２１７だ。ふたりはあの老女が大海に沈んでいくのを見ていることしかできなかった。ふたりが砂浜で体を濡らし、疲弊し、凍えきった状態でガーリブの横に立っているのを見たときから、好きで彼のそばにいるわけではないような気がしていた。フランクフルトへも自分たちの意志で来たわけではないはずだ。俺とまったく同じだ。ふたりはこのバスで唯一の俺の仲間だ。彼女たちも悪党の手に落ち、俺と同じように体の自由を奪われているのだ。だが、ガーリブはなぜ、俺までバスに乗せたんだろう？　そもそも、なぜ俺をまだ生かしているんだ？

　ジュアンは、ミラーに映った人間の後頭部の数を席ごとに数えていき、その髪形や耳の形を手がかりに、フランクフルトの家から出てきたメンバーに見覚えがあるかどうか確かめようとした。だが、くしゃみをしているファディと運転席の横に座っているガーリブを除き、揺れるバスの中で人物を特定するのは容易ではなかった。ミラーにはすべてが歪んで小さく見えるので、なおさらだった。

　対向車線の上方に見える大きな標識が、みるみるうちに小さくなっていく。標識はバスが通過した場所についてヒントをくれているはずなのだが、ジュアンにはどこなのかさっぱりわからなかった。だが、地名がわかったからといって、土地勘のない人間にとって役に立つというのだ？

　周囲が明るくなってきたときにジュアンが最初に気づいた標識は、〝キルヒハイム〟だった。そのあとに見えた標識は、〝バート・ヘルスフェルト〟で、しばらくうとうとしてから不意に目に入ったのが、〝アイゼナハ〟だった。せめてこうした場所がどこにあるのか知っていたら！　いままで通過した場所はドイツの要衝のはずだ。だが、このメルヘンの国では物語がだんだんと悪夢に書き換えられようとしている。強制収容所に送られたユダヤ人たちは、貨物列車の隙間に顔を押しつけて通り過ぎる駅の名を見ながら、こんなふうに感じていたのだろうか。あるいは、これからどうなるのかわからないまま運命から逃れることもできず、ただ暗闇のなかに座り、枕木のリズミカルな揺れに身を委ねていたのだろうか。

ジュアンは目を開けた。少なくとも、いくつか知っている地名があるはずだ。〝ヴァイマール〟なら知っている気がする。どこかの共和国がそういう名前じゃなかったか？　ほかにも〝イェーナ〟、〝アイゼンベルク〟、〝シュテーセン〟といったところをゆっくりと通過してきたが、どこにあるのかまるでわからない。〝ライプツィヒ〟という標識を見てようやく、頭の中の地図がわずかに開いた。もうベルリンまでの半分以上の道のりを進んだということか？　計画に向かってまっしぐらというわけか？　俺がこの悪夢の旅路から生きて帰れる見込みはあるのだろうか。とても、そうは思えない。

ひと気のない森林地帯の駐車場で、バスは再び停まった。全員が用を足して座席に戻ると、前列にいた男が立ち上がって、メンバーを見渡した。

ミラーで見たところ、角刈りのハミドのようだった。ハミドは両手を差し出してメンバーに挨拶し、祈りのようなものを短く唱えたかと思うと、とうとうと話しはじめた。何を言っているのかわからないが、誰もが静まり返って話に集中している。後部座席の魔女たちの目が大きくなった。聞きとるのにかなりの努力を必要としているようだ。それでも、メッセージは全員にはっきりと伝わったらしい。突然拍手が鳴り響き、さらに何かが約束されたかのように歓声がわきおこったのだ。

ふたりの魔女は視線を合わせてうなずき合い、驚いたことに互いの手をつかんで抱き合った。ジュアンにまで、女たちの強烈な結束が伝わってくるほどだった。

それから、ハミドの言葉に感極まったかのようにふたりは小さな声で泣き出した。安堵したのか、いきなり思いのままに会話を始めた。

ジュアンは目を閉じて話を聞きとろうとした。

女たちは、ドイツ語とフランス語にいくらかアラビア語をミックスして話をしているようだ。おかげでジュアンにもだいたいのところは理解できた。それで十分だ。

女たちは兄弟姉妹とともに、彼らの言うところの〝ジャンナ〟という七層の楽園に入れることになったと言って、その喜びに興奮していた。そこでは一日が地上の千日に値し、悲しみも恐れも羞恥《しゅうち》も存在せず、誰も死なず、飢えを感じることもないという。女たちは夢中になって話をしている。ジュアンは目を開けた。死の恐怖を前に冷たい汗が吹き出てくる。

女たちは自分たちを〝聖戦士〟と呼び、作戦実行の許可が出るのが待ちきれず、うずうずしていた。まるで長い間の別離を経てようやく再会できた姉妹のように抱き合っている。

「使命を前に、もう人生でやり残したことはないわ」

と片方が言った。どうかすべてが聞き間違いであるようにと願ってきたジュアンの最後の望みは、その瞬間に砕け散った。もはや間違いない。道路標識を通り過ぎるたびに、俺たちは死に向かって突き進んでいるのだ。ここにいる全員が。

女たちはほぼ同時にわれに返ると、自分たちの任務に再び集中した。ジュアンは魔女たちから目を逸らした。

「あの男、聞いてたと思う？」ささやき合う声が聞こえる。

もちろんジュアンは聞いていた。すべてを。彼は少なくともどこかの筋肉を動かせないかと力を振り絞ってみたが、拷問者たちは薬の効果に精通しており、いとも簡単に彼の動きを奪っていた。せめて左腕を少しでも伸ばすことができれば！　そうすれば手の甲に刺さっている針か、そこにつながっているチューブが外せるかもしれないのに。そうすれば麻痺が少しはとけ、バスが停車した隙に助けを呼べるかもしれないのに。

だが、どんなに体の声に耳を傾け、筋肉を緊張させようとしても、腕も手首も、手も指も、まったく動かない。すべての感覚が完全に失われている。

ジュアンはしばらく、放心したようにじっと座っていた。すると女たちが再び小声で会話を始め、片方が微笑んだ。ジュアンが見たことのない笑顔で、異様に思えた。

女たちは熱に浮かされたように、まもなく起きることを細部まで想像し、くすくすと笑い合った。ジュアンが聞きとれた限りでは、ふたりは観光客のふりをしてどこかに出没し、数百もの人間を地獄に送るということだった。女たちはさらに、ガーリブの愛人なのではと思いたくなるほど、熱っぽく愛情たっぷりに彼のことを語った。ガーリブが自分たちの最期の瞬間に寄り添い、尊い犠牲となる姿を見届けてくれるという喜びで有頂天になっていた。

ジュアンは声にならない声で、動かない体で、全力で助けと慈悲を求めた。

数分後、前列に座っていたメンバーが立ち上がり、列と列の間で祈りの姿勢をとった。女たちも身をかがめる。ジュアンはゆっくりと頭をサイドウィンドウに向けた。

渡り鳥のように車が脇をすいすい走り抜けていく。後部座席に子どもを乗せた車が数台見えた。両親が学校へ送っていく途中なのだろう。窓に鼻をつけて興味津々にこちらを見ている小さな男の子と目が合うこともあったが、大半が視線をすぐに別のものに向けてしまう。

何度もまばたきをしたり、寄り目にしたり、白目をむいたりを繰り返すことで、子どもの気を引くことに成功したとしても、ただ笑顔が返ってくるだけで、それ以上のことは起きない。

子どもたちは俺のことを、害のないヘンなやつとしか思ってないんだろう。そりゃそうだ。俺に特別な反応を示さなきゃならない理由など、彼らにあるはずもない。この無害な変人がまもなく大勢の人間とともに死へ引きずり込まれる運命であることが、この子たちにわかるはずもない。

「ご乗車の皆様！」運転手がマイクでアナウンスした。

「終点のベルリンです」

ドイツの首都であり国際都市でもあるベルリンとはまるで思えないさびれた住宅街をバスは縫うように入っていく。すると、数人が拍手をした。

バスはようやく、団地に囲まれた児童公園の前の駐車場に停まった。

ジュアンの目には、バスから降りるメンバーたちがエイリアンのように映る。うつろな目をしつつも整然と振る舞う、遠隔操作のゾンビのようだ。すべてが流れ作業のように機械的に、まるで訓練されたかのように進んでいく。

メンバーが次々と乗用車に乗り込んでどこかへ運ばれていくと、ジュアンと例の車椅子の女性たちを輸送するためにまた別の福祉用バスがやってきた。すべてハミドが手配しているようだ。移動のこの部分が円滑に進むことがよっぽど重要らしい。

ジュアンの車椅子は前回と同じく座席間の通路に乗せられた。だが今度は、麻痺状態のふたりの女性と向かい合わせに置かれ、彼女たちの怯えた顔を直視する格好になった。

体の自由がきかないながらも、年上の女性は若い女性のほうへ顔を向けようとしていた。彼女を励まし、そばにいるからと伝えたがっているかのようだが、うまくいかない。それに比べると若い女性のほうはいくぶん頭を動かすことができた。諦めたように年上の女性の頬を見つめている。なんてよく似ているのだろう。ふたりは親子だろうか？　なぜここにいるんだろう？　いったいなぜ？

ふたりの女性たちの怯えた様子を目の当たりにして初めて、ジュアンは自分が悲劇の一部になってしまったことを実感した。彼女たちと俺は聖なる行為のために犠牲となる運命なんだ。三人全員が生贄《いけにえ》の羊なんだ。

横づけされた白いバスの中でがたがたと音がした。数人の男たちがバスの後部で何かしている。後部のドアがバタンと閉じられた。大きな輸送用ケースが開けられ、中からビニールで梱包されたものが取り出される。彼らは苦労してそれをこちらのバスに積み込んだ。車体が軽く揺れ、それが所定の場所に置かれたことがわかった。ハミドが不平を言い、悪態をついている。ジュアンはケースの中身を想像する勇気がなかった。

十分後、バスはすいすいとベルリンの街を走っていた。アラビア文字がショーウィンドウを飾る店の前で信号に引っかかったが、そのとき、歩道の上のラックに入った新聞にジュアンの目が吸い寄せられた。

見出しを判読することはできなかったが、その下に掲載された写真がすべてを物語っていた。俺じゃないか！　それは紛れもなく、かすかに微笑んだジュアン・アイグアデルだった。『オレス・デル・ディア』のカメラマンが以前、ホームページ用に使いたいからと撮影した写真だ。俺の知る限り、それがウェブ上に掲載されることはなかったが。

ジュアンは深く息を吸った。ということは、誰かが俺を探している。まだ希望はあるということか？

次の瞬間、ジュアンは頭から頭巾のようなものを被せられた。

36

カール　残り4日

カールは気遣わしげにアサドに目をやった。顔は青ざめ、笑顔が浮かぶ気配はみじんもない。まるで心的外傷後ストレス障害《PTSD》を患った兵士のように、ちょっとした物音にもビクリとする。じりじりと待つしかない状況に、アサドの神経がおかしくなる一歩手前まできていることは明らかだった。

「もう何時間もここにいて、大事な家族が断頭台に送られるのを待っているような気分です」アサドの唇が震えている。「何が最悪かって、カール、それが事実だということです。まさにそうなろうとしているんです。それなのにこっちは！　それを阻止するために私に何ができるかと言ったら何もできない。手も足も出ないんです」

カールはヘルベルト・ヴェーベルのタバコの箱に目をやった。いまほど禁を破ってタバコを吸いたいという衝動に襲われたことはない。カールの手はしばらく、ヴェーベルのタバコの箱と、机にきつく押し当てられているアサドの腕の間をさまよったが、最終的に腕へと伸びた。

「だが、やることはやったじゃないか、アサド。ガーリブの狙っていたとおりのことをして、大きな一歩を踏み出した。おまえは隠れ家から出てきて素性を明かした。これであいつは、自分の行動をおまえが注視していることも、フランクフルトでのおまえの居場所も知った。相手との距離は縮まってるんだ。現段階ではほかにできることはないだろ」

「カール、私はそのときが来たらガーリブを殺します」その声はかすれていた。「報復すべきことがあまりにもたくさんあるんです」

「わかってるよ、アサド。だが、気をつけろ。あくまで冷静でいるんだ。でないと、ナイフさばきを披露するのは相手のほうになるぞ」

アサドは、情報機関の要望で警察が調達したプロジェクタースクリーンに目を向けた。捜査の新展開を当てにして待ちつづけているが、すでに気が遠くなるほどの時間が経過している。カールにはアサドの気持ちが痛いほどわかった。これじゃ確かに気が変になりそうだ。

さらに十五分が経ち、ようやくヘルベルト・ヴェーベルが黒服の男たちの群れを連れて戻ってきた。男たちの格好は基本的にヴェーベルと同じだった。ただ、彼ほど肉がついていない。

「諸君」全員が着席すると、ヴェーベルは口を開いた。「現状について伝えたい。テログループの包囲に向け、小さな一歩を踏み出した。彼らが潜伏していた家の前で警備に当たっていたふたりの警察官が昨夜、新聞配達の少年に話を聞いた。名前はフローリアーン・ホフマン、年齢は十七歳。一昨日、早朝にあの界隈を自転車で通りかかったところ、一台のバスが問題の家にバックで近づいてきたと証言している。少年はちょうど隣家に新聞を配達したところだった。あの近所を配達するようになって一年半経つそうだが、あれほど早い時間にあれくらいの大きさの車両があの辺りを走っているのを初めて見たと話したそうだ」

カールの目に、男たちが安堵の息をつく様子が映った。やっと確かな情報がつかめた！ マークス・ヤコプスンに電話して報告すべきだろう。

「まだかなり暗かったため、ホフマン少年には白いバスだということ以外、細かい特徴は見えなかったそうだ。だが、脇を通り抜けようとしたとき、車椅子の昇降に使われるようなリフトが目についたという。そこで警察官が、バスの後部ドアに設置されている各種の車椅子用リフトの写真を見せたところ、彼はそのうちの一枚を指してきっぱりと『このリフトだ』と証言した」

ヴェーベルがリモコンをクリックすると、プロジェクタースクリーンに画像が現れた。リフト自体は特に変わったところはなく、標準のモデルのように見える。ただ、〝Uリフト〟というステッカーが目を引いた。

「少年は、このステッカーのことを覚えていた。面白いと思ったからだそうだ。彼はスキーが大好きで、毎年冬には両親とスキー旅行に行く。それで、脇を通ったときにU字形のスキーリフトを連想したと言っている」

数人がさっぱり意味がわからないという顔をした。

「U字形のリフトに乗ると」ヴェーベルが笑みを浮かべて助け舟を出した。「出発してもまた同じところに戻ってくるんだ。障がい者をバスに乗せようとしても、Uリフトを使ったら乗せても乗せても戻ってきていつまで経っても乗れないんじゃないか。彼はそんなふうに思って面白いと感じたんだ」

ぽかんとしていた男たちが、ああなるほどという表情になった。

「ホフマン少年は利発な子だ。ほかにも、車体のどこにも文字が入っていなかったことが気になったという。広告や、バスの所有者をたどることができそうなものは何も書かれていなかったと言うんだ。普通では考えられない。したがって、いましがた警察が居場所を突き止めたバスは、われわれが追っている車両と一致するものと思われる」

ヴェーベルが再びリモコンをクリックすると、次の画像がスクリーンに映し出された。「これは数時間前に転送されてきたもので、高速道路の監視カメラが撮影した画像だ」

あまり鮮明な画像ではなかったが、写っているバスは確かに白く車体には広告の文字がない。後部ドアにはＵリフトというステッカーが貼られていた。

「もちろん、諸君の考えていることはわかっている。だが、それでもこれがわれわれが追うべきバスだと確信している。この監視カメラまでの距離と平均時速から、テログループがフランクフルトを出発した時刻は四時半ごろだと割り出すことができる。現在、われわれはこのバスの所有者について全力で捜索を行なっている。見てのとおり、車体はさほど大きくない。おそらく定員は最大でも二十人だろう」

「もっと拡大したら、乗っている人間の顔がわかるのでは？」ひとりが尋ねた。

「画像を加工・フィルタリングソフトにかけているが、あまり期待はできない」

ヴェーベルがさらにクリックすると、フランクフルト北部の交通網を示す地図が現れた。ヴェーベルが直接スクリーンを指さした。

「これはあのサービスエリアで撮影されたものだ。この上のところだ」

一同が再び反応した。もちろんそのバスが別のどこかへ向かっている最中という可能性はある。だが、そのサービスエリアはベルリンに恐ろしく近いところにあった。多くの職員がそれこそ貴重な手がかりだと感じているようだ。

「この近郊にはポツダムもある」ヴェーベルは続けた。「そのため、われわれはポツダムの警備体制を強化した。だが、目的地に到着する前に彼らがバスを隠す可能性も考えておかなければならない。だからこそ、一刻も早くバスを見つけることが重要だ」

ヴェーベルは少し間をおいてから、アサドのほうへ顔を向けた。

「デンマークから来たわれわれの友人は、ある人たちのことが理由で、この一件に深く関わっている。われわれは彼らがこのバスの中にいるか、もしくはいただろうと考えている。そのうちのひとり、主犯格のガーリブと彼は、遠い過去に起きた出来事から激しい敵対関係にある。そこでわれわれは次のような仮説を立てた。ガーリブは一本のハエ叩きで二匹のハエを仕留めるためにあえてこの時機を選んだのだと。つまり、大規模なテロ攻撃と仇敵ザイード・アル＝アサディとの対決を一度に行なおうとしているのだ。そのためにガーリブは明確な合図を送ってきた。アサディさんのごく近しい女性を殺害するという、ある面では非常に直接的な方法で。そして、その女性の写真を世界中の新聞に掲載させるという、ある面では間接的な方法で。いまこの瞬間も、ガーリブはアサディさんの奥さんとお嬢さんを人質にとっている。そのことを明らかにして、自分の恐ろしい計画を誇示している」

ヴェーベルがアサドに合図すると、アサドが立ち上がった。

「アサディではなく、アサドと呼んでください」彼は笑顔を浮かべようと努力した。「明日、私はザイード・アル＝アサディという本名で、ここフランクフルトのホテル〈マインガウ〉にチェックインするつもりです。私たちは、なんらかの形でガーリブが私との対決を――場合によっては、命を落としかねない対決を――仕掛けてくると見込んでいます。本人が姿を現すにこしたことはないですが、仲間を送り込んできたとしても、そのあとを追えばガーリブの居所がわかるのではないかと思います。私たちがいまでもフランクフルトにいるのは、ひとえにそのためです。ヘルベルト・ヴェーベルさんと地元警察のみなさんが護衛の手配をしてくれました。さらに、ここにいるみなさんからも数人が出動してくださるとのこと、本当にありがとうございます。すでに昨日から周辺の警備が徹底的に行なわれていると聞いています。ただ、私が直接そこに行かない限り、何かが起こることはまずないでしょう」

アサドはホテルとその前にある公園に目を向けた。計画では、早朝に南側からホテル前の公園までぶらぶらと歩き、中に入ってゆっくりと子どもの遊び場まで行って、しばらくそこに留まることになっていた。そこで何も起きなければホテルに行き、レストランに入って軽食をつまみ、三十分ほどしてから同じ道を通って公園に戻る。それでも何ごともなければ、ホテルにチェックインする。

ヴェーベルが礼を言って、話を引き継いだ。「われわれの共通の任務は、無関係な人々に一切被害をおよぼすことなく作戦を遂行することだ。近所の子どもたちが家から出て公園で遊ばないようにしなければならない。そのため、警察は裏通りや横道に私服の女性警官を配置している。女性警官たちを子どもの母親やその友人だと連中に思い込ませることができればいいが」

「ホテルはどうするんですか？」

ヴェーベルは一歩脇へ寄り、アサドと肩を並べてみせた。「ホテルでは何も起こらないはずだ。もちろん事前に宿泊客全員の身元調査を実施する。安全面に問題が生じないよう、作戦は始めから終わりまで戸外で行なう」

「そのとおりです。私がガーリブの手中に落ちないよう、みなさんが動いてくださることを期待しています。ガーリブが送りこんだ人間を殺さずに確保してくださることを」アサドが言った。「というのも、私はガーリブが近くにいるとは思えないのです。臆病すぎてそんなことはできないでしょう」

「拳銃は携帯するんですか？」質問の声が上がった。

アサドはうなずいた。

ざわめきが広がった。誰もが明らかに異様な状況だと考えているのだろう。それがはっきりと感じられる。

「アサドさんにはそもそも、相手より先に発砲する権限がないと思いますが」別の人間が言った。

ヴェーベルもそう思っているようだ。

アサドが先を続ける。「公園に二度行っても何も起こらなかった場合は、十五時までホテルの部屋で待機する段取りになっています。そのあと、私はエレベーターで一階に降り、もう一度公園へ行きます。やつらが襲ってくるとしたら、そのときだと思います。もちろん防弾チョッキを着用しますが、相手は私の頭を狙ってくるでしょう。私がやつらならそうします」

そういうどぎつい描写を聞くのは愉快ではなかったが、カールもそのとおりだと思った。このミーティングを終えたら、もう一度作戦の全行程を念入りにおさらいし、ありとあらゆる不測の事態を想定して、周辺をチェックすることになっている。アサドに万一のことがあってはならない。

ヴェーベルがアサドに礼を言った。ガーリブが挑戦を受けて立つなら、翌日には何かが起こると考えていいだろう、とヴェーベルが力説する。万一ひとりしか身柄の確保ができなかったとしても、それは間違いなくガーリブの計画に関与している人物であり、大きな一歩を踏み出したことになる。

「キプロスの当局から、いくつか有益な情報が届いている」ヴェーベルが補足する。「まず、十日前にビーチに漂着した難民だが、彼らはかなり厳しい事情聴取を受けたようだ。そのやり方は批判されかねないものだが、私としては、事情が事情なので知らないふりをするつもりだ」

カールは額に皺を寄せた。拷問があったということか？

「拷問があったと言っているわけではない」カールの心のなかを読んだようにヴェーベルの声が続いた。

「だが、徹底的に厳しく問い詰めたことは確かだろう。ただ、実際に効果的だったのは、正直に話せば亡命させてやると何人かに保証したことだったようだ。さらに、偽名でメノゲイア以外の収容施設に寝泊まりできるよう手配するとも約束したらしい。当局は、彼らがこれまで沈黙を続けていたのは不安だったからだとすぐに見抜いたんだろうな」

「そうは言っても、難民のなかには誤った情報を流した人間もいたんじゃないですか？」カールが尋ねる。

「ええ、大半はそうです。ですが、転覆したボートに乗っていたある女性が、問題の連中について話したんです。その女性は、収容施設へ移送された直後に姿を消した女たちにつながる決定的な情報を提供してくれました。女性はすでに安全な場所に移されています」

クリック音が数回響き、また別の画像がスクリーンに表れた。

「これは当局から提供を受けた画像で、あのとき漂着した人たちがメノゲイアで登録を行なっている様子だ。ここに逃亡したふたりの女が写っている。彼女たちのアラビア語に訛りがあり、そもそもアラビア語をそんなに流暢には話せなかったというキプロス側の情報と、われわれがシリアの情報機関およびヨーロッパのいくつかの提携機関から入手した情報を突き合わせた結果、ふたりの身元の特定に成功した」

ヴェーベルは片方の女を指さした。豊かな髪に魅力的な唇、褐色の肌で、四十代と思われる。

「アメリカの女優、レイチェル・ティコティンに似ているだろう」比較のため、クリックしてティコティン本人の写真を横に並べた。驚くほどよく似ている。

「本物のティコティンさんが、この比較を許してくれるよう願いたい。だが、逃亡中のこの女は現在、母国の慣れ親しんだ環境のなかでいかにも西洋的な服装をしているために、まさにこういう感じに見えると思う。彼女がいま、こういう外見であるという保証はないものの、その可能性がまったくないとも言いきれない。グループのメンバーが西ヨーロッパの服装を真似ることで目立たないように周囲に溶け込んでいると思われるふしがいくつかあるのだ。

この女はベアーテ・ローターという名で、ベーナと呼ばれている。ドイツ人で年齢は四十八歳、出身はルール地帯のリューネン。イスラム教に改宗しており、過激な思想に染まったのは三年前と思われる。過去十年間で数えきれないほど中東へ行っており、そこでの経験から過激化していったと考えられる。ここにいる全員にはすでにこの女の画像を送ってあるが、ベルリンとポツダムの同僚にも送っておいた。われわれはこの女もテロ攻撃に参加する予定でバスに乗っていると確信している」

「この女がガーリブと接触した正確な時期はわかりますか?」誰かが尋ねた。

「残念ながら不明だ。だが、彼女は最近までシリアにいた。その際にテロ攻撃の要員としてリクルートされたのではないだろうか」

「もう片方の女の身元は?」

「この女は何度も名前を変えているために、特定するのがはるかに難しかった。一九七三年生まれ、名前はカトリーヌ・ロジェだったが、その後、ざっと挙げるだけでも、ジュスティーヌ・ペラン、クラウディア・ペラン、ギゼル・ファン・デン・ブルーク、アンリエッタ・コルベールと名乗っている。スイス人であることはわかっている。傷害罪で二〇〇三年三月から二〇〇四年十月までコネティカット州ダンベリーの刑務所に収容されていたが、その際はジャスミン・カーティスという偽名を使っており、囚人たちと激しく対立していたという。四人仲間への恐喝《きょうかつ》に始まり、ハンガーストライキや買収など、なんでもありだったとか。驚いたことに、彼女は保護観察つきで早期釈放された。だがその後、逃亡している。当時から積極的にテロリストと連絡を取っていたと思われるが、決定的な証拠はない。彼女がメノゲイアに現れたときには……」ヴェーベルがクリックして次の画像を出す。「このような外見だった。比較のために、昨日ダンベリーから届いた収容当時の画像を並べてみる」

カールはその変貌ぶりにあ然とした。二枚の画像の女は似ても似つかない。それでも、ふたりが同一人物であることは疑いようがなかった。目を見ればわかる。そういうものなのだ。

「髪の色は考慮に入れないほうがいい。手当たり次第にありとあらゆる色を試しているのではないかと思うぐらい頻繁に変えている。だが、この笑顔には注目すべきだ。胡散《うさん》臭い笑顔に見えるだろうか？　そういうわけではない。よくある笑顔に見えるだろうか？　そうでもない。むしろ、美しい女性でも醜く見えてしまうような笑い方をしている。人に嫌悪を抱かせるような笑い方だ。それにこの唇の形が独特な弧を描いているのだ」

クリックの音がして、別の画像がスクリーンに表示された。「これは女優のエレン・バーキンだ。魅力的で変貌自在な女性だ。その才能は、たとえば映画『シー・オブ・ラブ』で証明されている。私の記憶が正しければ、彼女は極めて巧妙な殺人犯を演じていたと思う」

ヴェーベルはさらにクリックして、画面いっぱいにエレン・バーキンの小さな画像を数多く表示した。

「これまでに彼女が演じてきた役柄だ。妖艶《ようえん》な役も、悲劇のヒロインもあってさまざまだ。化粧と髪の色を多少変えただけでこれだけ外見が変わるというのは、驚くべきことだな。私がなぜこんな話をしているかというと、カトリーヌ・ロジェ、別名ジャスミン・カーティスの捜査では、その過去が虚構に満ちたものであることを知っておかなければならないからだ。メノゲイアで撮影されたもの以外、彼女の現在の姿をとらえた写真は一枚もない。そのため、彼女がダンベリーの刑務所を出てから、年を重ねてどんな外見になっているのか、本当のところはわからない。シリア内戦を経てかなり老けこんだことも完全には否定できない。したがって、この笑顔と目を手がかりにすることが最良の策だろう」

「彼女が過激思想に染まったのはいつでしょう？」また別の人間が質問した。

「それについての手がかりはほとんどない。彼女は繰り返し犯罪に手を染め何度も尋問を受けているが、自分が何者で、人生のどの時点でいまのような道を歩むことになったのかという点については、次々と話をでっち上げてごまかしてきた。とはいえ、手がかりとなりそうな身体的特徴がいくつかある。ダンベリーの刑務所で医師による身体検査が行なわれた際、何度も自殺を試みた痕跡があるとして、その詳細が記録されている。とりわけ、両手首には複数の深い傷跡があり、頸動脈と大腿部の内側にも傷があったという。とっくの昔に死んでいてもおかしくなかったのに、生き延びたとは、実に運がいい」

「運がいい？　むしろ私たちにとっては不運ですけどね」アサドが口をはさんだ。

　ヴェーベルが苦笑する。「ともかく、このようにわれわれはこの女について比較的正確な記録を手にしています。あなたがどう感じているかは理解していますが」ヴェーベルは集まった面々を見渡した。「自殺のおそれがあるということは、もちろん脅威だ。善意から自爆しようとする人間などまずありえないからだ。人の役に立とうとして自爆する人間がいるなら、ヒトラーもそういう人間に殺されたはずだからな。だが、現実には悪意から命を捨てるケースのほうがはるかに多い。そう考えるとあなたは正しいですね、アサドさん。人間がそんなふうになってしまうというのは、確かに不運です」

　ヴェーベルはカールに注意を向けた。

「カール・マークさんもデンマークから来たわれわれの友人であり、チームに加わっている。コペンハーゲン警察で、圧倒的な事件解決率を叩き出している特捜部Qを率いておられ、われわれがテログループのメンバーとそのミッションを理解する手がかりとなりそうな情報をお持ちだ」

カールが立ち上がった。「そのとおりです」集まっている者を見渡し、会釈する。アサドのためでなければ、ネクタイ姿の気取った連中などへどが出るところだ。だが、ここ数日でカールは痛感していた。アレレズの自宅にいる者たちを除けば、アサドは唯一、「友人」と呼べることを誇らしく思える男だ。こいつのためなら、俺はなんだってやる。そうとも、なんだってできる。このチームで、猫をかぶって品行方正に振る舞うことくらいなんでもない。

カールはアサドに笑顔を向け、うなずいてみせた。こいつも俺のことを同じように思ってくれているといいのだが。

「私はPET、つまりデンマーク国家警察情報局とともに、ジュアン・アイグアデルがアヤナパにいた日に浜に打ち上げられた最初の遺体について、調査を行ないました。PETはこの遺体に特別な関心を示しました。というのも、この男は以前、デンマークから国外追放されていたからです。名前はヤセル・シェハデ。犯罪歴のあるパレスチナ人です。無国籍で、難民として認可されなかったものの、滞在を黙認されてデンマークに暮らしていました。二〇〇七年に、さまざまな不法行為によって逮捕されています。傷害、大麻およびハードドラッグの大規模売買、家宅侵入、恐喝です。五年服役したあと、六年の国外退去処分となりました。シェハデは護衛つきでコペンハーゲン空港に送られましたが、まんまと逃亡しました。まったくお恥ずかしい話です。ただ、完全に姿をくらますことはできませんでした。チューリヒで、イスラマバード行きの便に搭乗しているのが確認されたのです」

カールは一同に目をやった。メッセージはすでに届いている。

「われわれは彼がパキスタンのコーラン学校でパシュトゥーン人たちと接触したと確信しています。また、アメリカ当局の協力で、彼がシリアで何をしていたかについても、細かい事実が判明しました。昨日、アメリカ当局の資料に目を通していたときに、ある写真を発見したんです」

カールがヴェーベルに合図を送ると、クリック音がした。

「こちらです、みなさん。ヤセル・シェハデがガーリブといっしょに写っています。これはパキスタンで撮られたものです」

部屋じゅうがざわめいた。カラシニコフを持ち、弾薬帯を斜めがけしたふたりの男が、焚《た》き火を囲んで岩の上に座り、食事をとっている。肉を頬張りながら笑顔を見せ、気を許し合った仲のように見える。一見、たわいのない写真だ。だが、ヤセル・シェハデの髭が胸まで届くほど伸びているのに対し、ガーリブの無精髭がせいぜい一日放置した程度のものであることが目を引いた。

アサドが身をすくませたのが、カールにはすぐにわかった。昨夜この写真を見せたときにアサドがあまりに号泣したため、カールは彼のこめかみの血管が破裂するのではないかと心配になったほどだった。相棒がここまで取り乱すのを見たのは初めてだった――ひとりの男がここまでの憎悪を示す様子も見たことがなかった。

「そうです。驚きです。この写真は、ヤセル・シェハデが当時、テロ組織のメンバーとしてすでに長い間シリアの戦場で過ごしてきたことを物語っています。ガーリブこと、アブドゥル・アジムはまだ仲間に加わったばかりのようですが。われわれは、現在のガーリブもこの写真と似たような外見だと想定しています。ちなみに、顎のあたりにある瘢痕はアサドがつけたものです」

全員の視線が再びアサドに向いたが、本人は床をじっと見つめていた。ひたすらこの写真を見まいとしている。

「アメリカは、戦死したジハーディストからこの写真を入手しました。彼が射殺された時期とほかの記録を手がかりに当時の様子を再構成した結果、この写真は二〇一四年に撮影されたはずだという結論に達しました。そこから、サダム・フセインの刑務所で拷問官だったアブドゥル・アジムが、スンニ派のテロ組織で指導的な地位にいる戦士ガーリブへと、ごく短期間で変貌を遂げたと推察できます。極めて残忍で非情な性格ゆえ、異例の速さで権力を手にしたのでしょう。アメリカが暗殺を計画している人物リストの極めて上位に彼の名があるのも、納得できます。こうしたことからアメリカも懸念を覚え、ガーリブ発見に有益と思われるすべての情報をわれわれに提供してくれるそうです」

「すでにわれわれが得ている情報以外で、彼についてわかることは？」質問が飛んだ。

カールは答えた。「ガーリブの行動パターンについては、かなり正確に把握しています。シリア北東部から南西部までの足取りをつかんでいます。また、プライベートな側近を従えていますが、そのなかには常に女性たちのハーレムがあり、ほかの兵士たちは近寄ることすらできないようです」

その瞬間、アサドは立ち上がると、部屋から出ていった。

カールは、アサドの気持ちが痛いほどわかった。

37

アレクサンダ　残り３日

タクシーが車寄せで停車したとき、アレクサンダはキッチンにいた。母親が出張に行くようになって何年も経つが、車から降りてくるまでいつも数分はかかる。アレクサンダは母親がハンドバッグに手を入れて延々と現金かクレジットカードを探している様子を想像した。バッグの中身半分を後部座席にぶちまけてようやく探していたものを見つけると、運転手に色目を使ってたっぷりとチップを握らせ、くだらないお世辞を言う。自分は魅力的だと思い込んでいるからこその行動だ。そういう大げさな芝居も、アレクサンダが母親を嫌う理由だった。

運転手がトランクから荷物を取り出して母親に渡したようだ。彼女の笑い声が家の中まで響いてきた。運転手の容姿が平均以上なのかもしれない。アレクサンダの母親は、日常のたわいのない状況を男女の間のドキドキするシーンに仕立てることにとことん熱心なのだ。南ヨーロッパでの会議に出席することが人生の一部となってから、母親はずっとこんな感じで飛び回っている。頬にチークをさし、真っ赤な口紅を塗り、抑えきれない欲望を毛穴という毛穴から発散させて。

尻軽女のご帰還だ。アレクサンダは冷凍庫の扉を閉めた。

「ただいまあ！」玄関のドアを開けたとたん、母親はいかにもうれしそうに大声を出した。

母親がそれから何をするかも、アレクサンダにははっきりとわかっていた。帰宅するたびに同じことだ。玄関にスーツケースを置き、コートをフックに掛け、即座に鏡の前に立って髪をかきあげ、表情をつくってポーズを取る。そして廊下に足を踏み入れると、何ごともなかったようなふりをして、軽い足取りでリビングまでやってくる。

　だが、今回は違った。母親は廊下で立ち止まった。音でそれがわかった。

　アレクサンダは、キッチンでにやついた。

「アレクス？」用心深く呼ぶ声が聞こえる。ということは、ドアを開け放した僕の部屋まで行ったんだな。

　足音がまた聞こえた。部屋を覗いて誰もいないことに気づいたら、焦ってまた僕を呼ぶぞ。

「アレクス？」今度は少し大きな声だった。

　アレクサンダはキッチンから廊下に出た。ごく小さな声で「ここだよ」と答え、母親がびくっとする様子をざまあみろという思いで眺めた。大声を出していたら母親は心臓発作を起こしていただろう。だが、そう簡単にことをすませる気はない。

　母親はおそるおそるアレクサンダに顔を向けた。興奮して赤かった顔が青くなっていく。喜びで驚いたふりをしたつもりのようだが、まったく無駄だ。

「部屋から出てきてほしいって言ってたじゃないか」そう言って、アレクサンダは母親に近づいた。「だからここにいるんだ。出張は楽しかった？」

　母親はつっかえながら、「ええ、そうね」と答えた。

「帰りが一日遅れたね」アレクサンダが一歩近づくと、母親が一歩あとずさりする。すでに絨毯の血痕に気づいているのだろうか？

「そ、そうね。セミナーがひとつ追加されたから」もう何年も母親は巧みに嘘をついてきたが、今回ばかりは失敗だ。満面の笑みが不自然だし、うなずく回数も多すぎる。わざとらしくていただけない。

「追加のセミナーか、それはすごいや。残念なことに母さんは、父さんが出ていったことをまったくわかってないみたいだね。いろんな男とヤリまくってきた妻の顔なんか、見たくもないってさ」

このセリフは強烈なボディブローだった。自分が夫を捨てるつもりでいたのに、先に相手が出ていってしまったと知った母親は、あ然とすると同時に怒りを覚えたようだ。

「そう……なの」母親は上唇を噛んで、しばらく沈黙する。「お父さん、どこに行ったか知ってる？」やっとの思いで尋ねた。

アレクサンダは首を横に振った。「あのブタ野郎がいなくなって、僕にいちいち命令することもなくなったおかげで、部屋から出られはしたけどね」

母親は顔をしかめた。夫に敬意らしきものを払わなくなって久しいとはいえ、息子が父親のことをこんなふうに呼ぶのはよろしくないと思っているらしい。

偽善者め。

「お父さんに電話するわ」母親はきっぱりと言った。

まただ。相変わらず、行動力のある女っぽく振る舞うことが好きだな。

「そうだね」アレクサンダは、血のように赤いマニキュアを塗った人差し指が携帯電話のアドレス帳から番号を探し、通話マークを押す様子を眺めた。

そのとたんに着信音がアレクサンダの部屋から鳴り響く。丁寧にカットして整えられた母親の眉がピクリと動いた。

「あれ、持っていくのを忘れたのかな」アレクサンダは驚いたふりをしたが、母親は再び混乱したようだった。

「ど、どうして、お父さんの携帯電話があなたの部屋にあるの？」母親は着信音を追って部屋を見回した。

ということは、やっぱりまだ血痕には気づいてないのだ。

でも、これから見ることになる。

母親はまるで凍結した路面をおぼつかない足どりで歩いているようだった。すると、ピンヒールの片脚がつるりと滑り、スカートのスリット部分が大きく広がった。普段は鈍いくせに、今回だけは何かピンとくるものがあったのか、絨毯のしみをじっと見ている。数字や売り上げのことしか頭にないビジネス界のエキスパートにしては、わりとすぐにしみの正体を見抜いたようだ。

母親は手のひらを床につけ、まっすぐに立ち上がった。その姿があまりにも優雅だったのでアレクサンダですら一瞬、みとれるほどだった。

「ここ、いったいどうしたの？」低い声で尋ねながら、しみを指さす。

「どこ？　ここ？　全部僕の記憶違いかなあ。父さんは出ていったわけじゃないのかも？　もしかしたら僕に首をはねられたのかもね？　まあ、帰ってくるなんてことは期待しないほうがいいと思うけど」

母親は下を向いた。僕の言うことを信じようと信じまいと、そんなのどうだっていい。大事なのは母さんが、目の前に立っているイカレた息子にどう対処しようかと、まさにこの瞬間、必死になって考えていることだ。いままで抑えつけてきて、何もできない人間だと思っていた息子を脅威に感じているということだ。

「来ないで！」次の瞬間、母親は金切り声を上げると、あとずさりながらアレクサンダのパソコンに近づいた。

「あと一歩でも近づいたら、このくだらない機械を床に叩きつけるから！」

アレクサンダは肩をすくめて部屋から出ていった。

「ちぇっ、ただの冗談なのに！　あいつが出ていったから赤ワインを二本空けたんだよ。まあちょっと多かったけどね。そんな絨毯、弁償してやるよ」

そう言うと、湯を沸かすためにキッチンへ行った。防音の施された廊下を母親がおずおずと歩いてくる。その歩数をアレクサンダは数えた。足音が止まる。だが、数秒後にまた聞こえてきた。

振り向くと、母親が廊下にあったスツールを頭上高く持ち、勢いよく振り下ろそうとしていた。その瞬間、アレクサンダは電動ポットを力いっぱい相手の頭に投げつけた。母親は一瞬で床に倒れた。

「さあ母さん、目を覚まして！」アレクサンダは母親の額の電動ポットが命中したあたりを軽く叩いた。

母親は目を瞬《しばたた》かせて、焦点を合わせようとした。それから自分の体を眺め回して状況を把握しようとした。いったい何が起きたのか？　なぜ自分は夫のワークチェアに粘着テープでくくりつけられているのか？　セクシーに塗られた真っ赤な唇がまるで場違いだ。

「アレクス、いったいなんなの？　なんでこんなことするの？」

アレクサンダは母親の前にしゃがみこんだ。母さんの目をじっと見るなんて、めったにないことだ。

「あんたたちが恥知らずだからだよ、母さん。あんたたちも、この最低な国の最低な町のこの通りに住んでる近所のほかのくそ野郎どもも、最低だからだ。どいつもこいつもいやらしい偽善者で無能なやつばかりだ。あんたたちの残虐な行為はここで終わらせてやるよ！」

「アレクス、なんの話をしてるの？　ゲームのやりすぎよ、いつも言ってるでしょう」母親は拘束から逃れようとして身をよじった。「お願いだから、これを外して！」

アレクサンダは母親の頼みを無視して壁に貼った新聞記事を指さした。

「僕がこうしてるのは、母さんみたいな自分のことしか考えない人間のせいで、この人が遺体で打ち上げられるようなことになったからだ。写真が見えるだろ？」

母親は面食らったようだ。「嫌だわ、気味が悪い。よくそんなもの眺めてられるわね。わたしのお母さんに似てるから、壁に貼ってるの？　そんなにおばあちゃんが恋しいの？」

アレクサンダは顔がこわばるのを感じた。「母さんは人に同情なんてしないって忘れてたよ。当然の反応だな。僕がこの写真を貼ったのは、この人がみんなの記憶に残るべき人物だからだ。彼女は世界で最も惨めな場所のひとつで生涯を送ろうとしていたけど、それができなくて故郷を去り、海で死ななくてはならなかった。でも、母さんみたいなエゴイストにはどうでもいいことだよな。どうせ自分たちには関係ないんだもんな。まるで理解できないんだろう。でも、そのせいで母さんはいま、ここに座ってるんだよ」

アレクサンダはワークチェアを一八〇度回転させ、母親の顔をコンピューターの画面に突き合わせた。

「僕がどこまで進んだかわかるかな、母さん。レベル２１００だよ。２１１７に到達したら、母さんもここにいる誰かさんと同じ目に遭うことになってるんだ」

そういうと、アレクサンダはモニターを横にずらした。

夫のかちかちに凍った生首が現れたのを見て、母親は絶叫した。ナイトテーブルに置かれた空のグラスが振動でビリビリと音を立てている。

アレクサンダは粘着テープで叫び声をかき消した。口と頭にテープを二周させると、声はやんだ。

それから、にやつきながらワークチェアを部屋の隅に押しやると、モニターを元の位置に戻した。父親の首はもう少しここに置いておいて、あとでまた冷凍庫に入れるとしよう。

アレクサンダは椅子に座ると、ゲームを始めた。次のレベルに向けてすべての準備を整え、引き出しを開けて古いノキアの携帯電話を取り出す。携帯を開けるといままで使っていたプリペイドＳＩＭカードを取り出してゴミ箱に投げ捨てた。

そして新しいＳＩＭカードを挿入し、電話帳を〝おまわり〟のところまでスクロールした。

38

ローセ　残り3日

覚えのない電話番号を目にして、ローセは受話器を取った。あの頭のイカレた若者が電話をかけてきてから数日経過している。ローセはめったに外れることのない女の勘に従い、ゴードンに向かって指を鳴らした。ゴードンはすぐにボスに連絡した。マークス・ヤコプスンが降りてくるまで、なんとか話を長引かせなくてはならない。

「あら、わたしのお友達じゃない。またかけてきたのね」彼女はそう言うと、録音ボタンを押した。

すぐさま反応があった。「僕はあんたの友達じゃないし、あんたと話す気もない。あのおまわりを出せよ！」

ローセはすまなそうにゴードンに目をやった。

「彼もいっしょに聞いてるわ。スピーカーフォンにしてるから」

「そうか」相手は笑ったようだった。気をよくしているのだろうか。

「ねえ、おまわりさん、二十二歳のニート・ローガンに挨拶する気はないの？」ローセがゴードンに水を向ける。

「僕の名前はニート・ローガンじゃない！」なんと、相手は変なニックネームで呼ばれて傷ついたようだ。

「わかったわ、そう呼ぶのはやめておきましょう。とはいえ、あなたが二十二歳だということはわかったわ。そうでなければ、あなたは年齢についても反論してたでしょうからね」

「あの間抜けなおまわり以外にも誰かそこにいるの

か?」

「まだいないわ。でももうすぐ偉い人が来るわよ。重大犯罪課の課長が。少なくとも、彼はわたしたちと同じくらいはあなたに関心があるの」

「偉い人間が来るのか、よし。ということは、あんたたちもこれがどれだけ重要なことか理解したんだな。うれしいよ」

〝うれしいよ〟ですって。ローセはたまらず深呼吸した。頭のおかしい子とこんなに簡単に話せているなんて、信じられない。

「ニート・ローガン、あなたまだ実行してないの? まだお母さんを殺してないの?」ローセは息をこらした。

「へえ、なんで知ってるの?」彼はまた笑った。「まだだよ。妙な話だけど、母はいまだに頭と首がつながった状態でここに座ってる。あんたの声は母に届いてる。あんたは母の声を聞くことはできないけどね」

　だが、ローセにはその声が聞こえていた。押し殺したような不気味な声が耳に飛び込んできたのだ。助けを求める苦しげなうめき声が。

　ローセの全身に汗が吹き出てきた。この人の命はわたしの肩にかかっている。

　ローセはゴードンに視線を向けた。その目は受話器を持つローセの手にじっと注がれている。彼もうめき声を聞いたのだ。

「もう一度僕をニートと呼んだら、母の首を斬り落とすよ。すぐにだ」

「わかった。じゃあ、あなたをなんて呼べばいい?」

　沈黙が返ってきた。おそらく、そこまで考えたことがなかったのだろう。

　ローセも黙った。マークス・ヤコプスンはこっちに向かっているはずだ。もう少し時間稼ぎをしなくては。

「僕のことはトシローと呼べばいい」ようやく相手が返事をした。

　ゴードンが電話機に近づいた。「やあ、トシロー」

「やあ、おまわり、きみか？」

　ゴードンの口から「ふむ」というような音が小さく漏れた。

「きみはサムライなんじゃないかと想像していたところだよ」ゴードンは続けた。

　相手が笑う。「なんで？　僕が刀をそういうふうに使ってるから？　ずいぶん勘が鋭いんだな」

「たぶんね。それに、きみがトシローと名乗ったからだよ。日本人の名前だろ？　サムライも日本のものだからね」

　ヤコプスンがようやく姿を現し、椅子に腰掛けた。ゴードンが会釈する。

「きみがイメージしているのは映画史上最高のサムライ、俳優のトシロー・ミフネ。そうだろ、トシロー？」

　受話器の向こうからクックックッと含み笑いが聞こえてきた。その笑い声に混じって、助けを求める母親のくぐもったうめき声も聞こえる。おぞましかった。

　ゴードンはローセを見つめ、同意するようにうなずいた。話しはじめたからには、落ち着いて先へ進まなくては。

「トシロー、きみがサムライであることは、こちらもとっくの昔に知ってたんだ。頭のてっぺんで金髪を小さく結っていれば、そりゃわかるよ」

　聞こえてくるのは母親のうめき声だけになった。含み笑いは止まっている。

「もしもし、トシロー」ヤコプスンが呼びかけた。

「私の名前はマークス・ヤコプスン。重大犯罪課の課長だ。われわれはデンマークにおける大事件のなかでも最も重要な事件の捜査に当たっている。きみのような人間を見つけて逮捕し、刑務所にぶちこんで、情けない姿で何年も過ごさせるのが私の任務だ。きみはいま二十二歳ということだが、刑期を終えるころには相当な年になっているだろうな、トシロー。ただし、いますぐ計画を中止して居場所を教えれば、話は別だ」

「あのおまわりを出せ」平然とした声だ。「それからお偉いさん、あんたは黙ってな。あんたみたいな人間が一番嫌いなんだ。あとひと言でも口にしてみろ、電話を切ってやる」

　ヤコプスンは肩をすくめると、会話を続けるようゴードンに身振りで示した。

「僕が金髪で髪を結んでるって、なんでわかった？」

「精密なきみの似顔絵があるからだよ、トシロー。きみがプリペイドSIMカードを買い占めたフレデリクススンド通りの店で作成したんだ。ちょうどいま、そのSIMカードの購入者の確認を行なっているところだ。じきにきみを追跡することができる」

　ローセはあ然とした。いま横で大ぼらを吹いているこの男は、かつて自分が股間をたった一度つかんだだけでノックアウトさせた青二才と同じ人物なのだろうか。

「僕を馬鹿にしてんのか？　デンマークではプリペイドSIMカードを買うときに身元確認なんかされないぞ」相手が反撃してくる。

「馬鹿になんかしてないよ、トシロー。その逆だ。僕らはきみが実際どれだけ賢いか、どこで教育を受けたのか知りたくてしかたないんだ。似顔絵を国中の教育機関に送ったのもそのためだ。きみの情報を手に入れるためなんだ」

　驚いたことに、相手はまた笑い出した。

「へえ、そりゃ大変だったな。なかなかの数だしね。そうそう、母を殺すのはもう少し先にしようと思うんだ。母がまだ生きていることで、きみたちも楽しんでるみたいだしね。警官として犯人の心理をどう読んで交渉につなげればいいか、練習にもなるだろ」

　いま、〝楽しんでる〟って言わなかった？　この子、完全に頭のネジが飛んでるわ。

「そりゃ最高だ」ゴードンが答えた。

「僕について、ほかに何を知ってるんだ？」

　ゴードンはヤコプスンに困ったような視線を向けた。課長は唇を固く結んでいる。課長もまた、とんでもない異常者の相手をする羽目になったと考えているようだ。うまくコントロールできなければ、特捜部Ｑにとって破滅的な結果をもたらす事件に発展しかねない。

　ゴードンが応じた。

「そうだな、トシロー。僕らはきみの年齢と外見、きみがプリペイドＳＩＭカードを購入した店をつかんでいる。また、きみがコペンハーゲン近郊に住んでいること、それも決して小さくはない立派な一軒家に住んでいることもわかっている。僕らはきみを探し出せると思っている。自分がかわいければ、さっき課長が言ったとおりにするんだ。そうすれば精神科病院に収容されることになる。刑務所に入るより、はるかにいい条件だぞ」

　ローセが口をはさむ。「精神科病院行きになれば、オカマを掘られなくてすむわよ。あなた、こんなにかわいらしいんですもの、刑務所では絶対に襲われるわ。気を失うまでヤラれるわよ」

　すると相手の声がきつくなった。「へえ、僕がゲイの餌食《えじき》になりたくないって思ってるなんて、どうして決めつけられるんだ」

「トシロー」ゴードンが猫なで声になった。「居場所と身元を明かしてくれたら、公正な裁判が行なわれることを保証するよ。そうじゃないと、厳しい審理が待ち受けることになる。わかってるだろうけど、きみは追い詰められているんだ」

「そりゃいいね！　じゃあ〝ペルセベランド〟とだけ言っておくよ。よい一日を」ぷつりと小さな音がして、電話は切れた。

　ハーフフレームの眼鏡越しにヤコプスンが、ふたりを見つめた。かなりの危機感を覚えているようだ。

「彼の精神状態は思っていたより深刻だ。似顔絵をコピーしてくれ。カールは嫌がるだろうが、私からPETに送る。捜査に全力で取り組まなくては。でないと、数日中に彼は連続殺人犯になるぞ」

ローセが片手を挙げた。「ゴードン、あの子の最後の言葉をもう一度聞かせて」

ゴードンは再生位置のバーを二十秒ほど前にドラッグした。

ある言葉のところで、ローセが合図した。

「〝プレセベランド〟って聞こえなかった？　もう一度再生して」

三人が耳をそばだてる。

「違う、〝ペルセベランド〟だ」ヤコプスンが言った。「どういう意味かわかるか？　私にはわからん」

ローセがグーグルで検索する。

「〝ペルセベランド〟というのは、ラテン語で〝粘り強く〟とか〝不屈の〟とかいう意味みたいです」

ローセが不意にキーボードの上の手を止めた。「あの子、自分のことを言ったんだと思うけど……」そこまで言うと、笑顔になった。「〝ペルセベランド〟ってバウスヴェア湖の近くにある寄宿学校のスローガンみたいです。見てください！」

ローセはモニターの画面をつついた。

39

ガーリブ

ガーリブがパレスチナ系デンマーク人のヤセル・シェハデを中心とした聖戦士グループに加わったのは、内戦で破壊されたシリアから脱出するためだった。かなり前からアメリカの暗殺リストの上位に自分の名があることはわかっていた。当然だ、とガーリブは誇らしく思った。シェハデのグループに入ってすぐ、容赦なく無慈悲に邪魔者に対処する人物としてシリア全土に知れ渡ったからだ。

ヤセル・シェハデに初めて会ったのは何年か前、パキスタンの首都イスラマバードから数百キロ離れた埃っぽい訓練キャンプでだった。そこでは世界のあらゆる国から集まった何百人もの聖戦士と出会ったが、なかでもシェハデは最高のポテンシャルを備えているように思えた。知的であると同時に、どこまでも野蛮な男。いかにも信頼がおけそうな大きな目をしていて、世界が違えば映画俳優としての輝かしいキャリアと無数の女心をものにできそうなすばらしい笑顔の持ち主だった。だが、その端正な顔の奥には残忍さが潜んでいた。別の言い方をすれば、シェハデは深淵《しんえん》を仮面で隠した崇高な殺人マシーンだ。デンマークに住んでいたというのも興味深かった。だが、ガーリブにとってそのことは、できれば考えたくない過去を思い起こさせるものでもあった。

ふたりのうち、戦略を担当したのはガーリブだった。フセイン亡きあと、イラク政府と長年繰り広げた戦闘が彼を鍛え上げ、その戦術を磨き上げていた。ガーリブは遊牧民のように生きた。どんなことがあろうとも同じ場所に三日間以上留まることはなく、自分のいた痕跡は完全に消した。どんなゲリラ戦でも、理想的な参謀であり、自分でもそう見なされることを望んだ。あるときは顔じゅうの髭を剃って髪を短く切り、西側のビジネスマンのような高価なスーツに身を包み、ファンデーションで顎から下の瘢痕部分を隠し、さまざまな同盟軍の支配する地域を自由に堂々と行き来する。かと思えば、目に狂気をたたえ、血まみれになって野蛮人のように戦場で暴れまわった。

ガーリブは決して不要なリスクを冒さなかった。だが、彼にはひとつ弱点があった。ほかでもない、それは胸の内でふつふつと煮えたぎる復讐心だった。ザイード・アル＝アサディにリン酸をかけられたために顔が焼けただれ変形してから十五年以上が経つ。あの日以来、ガーリブはずっと敗北感を覚え、ザイードに借りを返すことに心血を注いできた。自分は確かに、ザイードがこの世で誰よりも愛する三人の女を毎日毎日恐怖に陥れることで、復讐をしている。だが、肝心のザイードがそのことを知らないのでは意味がないではないか。復讐は目に見える形で行なうべきだ――そこにガーリブのジレンマがあった。戦地で常にこの女たちを引き連れなければならないこともマイナスだった。

そこで、二〇一八年の夏にシェハデと再会したとき、ガーリブは彼と取り引きをした。きみが女たちを連れてシリアに行くというのはどうだろう？ もちろん自分があとで引き取るが、殺さない限りは女たちを好きにできる、と。

シェハデは承諾し、ガーリブは見返りに聖戦士の一部に対する指揮権を得た。リスクが少ないだけでなく、活動が成功して栄誉につながる見込みのあるタスクだった。譲られたのは、シリア内でも殺害される危険性が比較的低い地域で活動する部隊だったからだ。

ガーリブは定期的にシェハデと連絡を取り、ライブ動画を通じて女たちが生きていることを自らの目で確認した。一方で、ザイードを見つけるためにありとあらゆる手段を尽くした。デンマークにいる数人のスンニ派の人物の協力を得て捜索を行なったが、成果は挙がらなかった。時間が経つにつれ、あの男はデンマークになどいないのではないかと思うようになっていった。そこでガーリブはあのときより前のザイードを知る人物を探しはじめた。数カ月後、ファルージャで高齢の夫婦を見つけだした。妻のこめかみに拳銃を突きつけると、夫婦はフセインの手先に恐れをなして逃亡したある家族のことを明かした。それは、ふたりが口にした最後の言葉となった。

ある日、ガーリブはシリアのサブ・アバルで、爆撃で破損した白壁の家を発見する。ザイード・アル＝アサディがデンマークに亡命する前に両親と身を寄せていたと思われる家だ。彼はその場にひざまずき、自分をここへ導いてくれた神の恩寵《おんちょう》に感謝を捧げた。

この家は、平和な時代には際立ってすばらしく見えたに違いない。だが、いまは庭に野菜らしき植物がまばらに残り、細い芝の緑地帯のそばにはヤギが一匹、杭につながれて草をはんでいるだけだ。それ以外には、人が食べていけるようなものは何もなかった。

ところが、家の中には違う世界が広がっていた。ここにも戦火の跡が見られたが、家主の女は不屈の精神と鉄の意志で調度品の残骸をかき集め、優雅な雰囲気を再びつくりあげていた。

ガーリブが一階のリビングに入ると、とっくの昔に火の消えたタバコを手に、リリー・カバービが穴だらけのソファに座っていた。

ガーリブは極めて丁寧に、アル＝アサディ一家について尋ねたが、リリー・カバービはともに暮らしていたはずのイラク人たちについて、何を聞いても知らないの一点張りだった。もちろんそれが嘘であることくらい、ガーリブにはお見通しだった。なんといっても彼は尋問のスペシャリストなのだ。それでも、彼はリリーに何もしなかった。偶然にも、彼女のおかげで、あるアイディアがひらめいたからだ。

　三日後、ヤセル・シェハデが兵士たちを従えてサブ・アバルにやってきた。約束どおり、ザイードの家族も連れている。彼も兵士たちも戦いに精根尽き果てているようだった。戦闘行為を繰り広げながらアサド政権の支配地域の境界を通ってきたのだが、その際にかなり犠牲者が出たようだ。彼らの無数の傷痕と生傷がそれを物語っていた。

　ガーリブは、リリー・カバービの崩れた家の真正面にある、廃業した革なめし工場の中で寝泊まりしており、そこにヤセル・シェハデと連れの者たちを迎えた。シェハデは兵士たちを中に入れてから、砲撃で破壊された工場の建物の前にガーリブと並んで座った。そのときガーリブは、シェハデが異様なほど闘志を失っているのに気づいた。

「俺たちは敵側より多くの人間を殺してきたが、道中で数人失った。ここに来るだけで地獄も同然の苦しみを味わった。ここはダマスカスやほかの主要な場所に近すぎる。だから言わせてもらうがガーリブ、ここに三日以上留まったら、俺たちは終わりだ。そう思わないか？」

　ガーリブはうなずいた。シェハデと同じ意見だった。ここ数週間、政府軍はさまざまな反政府勢力を制圧し、大地を血で染めている。とりわけこの地域がそうだった。

「ああ、われわれはここを去らなくてはならない。それはわかってる。逃走経路も考えてある。ここから北西に向かって海に抜ける。きみたちは髭を完全に剃り落とし、重要な捕虜、つまり私を護衛しているように振る舞うんだ。必要書類は揃ってるか？」

　シェハデはうなずいた。

「数日後、海を渡ったら、きみをハミドに紹介しよう。ヨーロッパでの作戦を指揮し、世界を震撼させる役割を任されている男だ。だがまず、きみと私は向こうの家に住む老女を訪ねる必要がある」ガーリブは崩れた白い家を指さした。「あの女たちも連れていく。彼女たちはおとなしくしているか？」

シェハデはうなずくと、工場に入り、三人の女たちを連れてきた。

女たちが外へ引っ張り出されると、ガーリブは笑みを浮かべた。だが、下の娘のロニアは見るからに惨めな様子だった。薄汚れ、背を丸め、髪はくしゃくしゃにもつれている。母親と上の娘も恐怖に身をすくめ怯えた表情をしていたが、ロニアに比べればはるかに元気そうだった。

「下の娘に何があった？　注意して見ていなかったのか？」

シェハデは肩をすくめた。「どうしようもないさ。男たちはあの娘のほうが気に入ってたんだ」

ガーリブが白い家のリビングに足を踏み入れると、老女がソファに座って彼を待っていた。ひざの上には銃が置かれている。目がガーリブの一挙手一投足を追っていた。

ガーリブは頭のうしろで手を組んで、老女の前に進み出た。「落ち着くんだ、リリー。私は友好的な目的でここに来ている。挨拶させたい人間がいるんだ」

老女から目を逸らさず、ガーリブは背後に合図を送った。すぐに三人の女たちが背中を押されて部屋に入れられる。だが、老女の表情はまったく変わらなかった。

ガーリブが呼吸する音以外、何も聞こえない。まるで時が止まってしまったかのようだ。私の直感は外れたのか？

「よく見えるように、女たちをもっと前に押し出せ」リリーの顔を見据えたまま、シェハデの部下たちに言った。

「頼むから、その銃を脇へ置いてくれないか。そうしないと、ここにいるわれわれの同伴者にとってはまずいことになる。この三人に見覚えは？」

ようやく老女の顔に動きが表れた。目を細くして焦点を定め――目の前にいるのが誰なのか気づいたとたん、驚いて息を呑んだ。

そして、そろそろと立ち上がった。銃をかまえるのをやめて三人を抱きしめることが、自分の死につながるかもしれないと承知しているかのように。それでもなお、彼女たちを迎えることには価値があると思っているかのように。

老女は涙を流しながら女たちに歩み寄り、抱きしめようと腕を伸ばした。だが、女たちは抱擁の手を避けた。

自分たちの状況が恥ずかしいのか？　それとも、逃れられない運命からこの老女を守れるかもしれないと考えているのか？

「いいだろう。彼女たちが誰なのかわかったということは、おまえはザイードを知っているということだ」

ガーリブはそう断定し、女たちからリリーを引き離した。

老女は黙ったままガーリブをじっと見つめた。下の娘はひざから崩れ落ち、ほかのふたりは流れる涙を拭こうともしない。

「私の言ったことが聞こえただろう？　ザイードだ。ザイード・アル＝アサディ。マルワの臆病者の亭主だよ。妻と娘たちを地獄よりも恐ろしい運命に委ねて逃げた男。ザイード、ザイード、ザイード」

その名前をガーリブが口にするたび、リリーは胸に槍が突き刺さるように感じたに違いない。これでこの老女も抵抗を諦めるのではないかとガーリブは考えた。ところが、不幸のさなかにある四人の間で何かが変化したようだった。ザイードという名前を聞いただけで、女たちには力がわいたようだ。生気のなかった目が一気に見開かれた。下の娘は痩《や》せこけた腕を床に突っ張って、立ち上がった。ガーリブがさらに言葉を発したら、長年行方不明だったザイードの生存が確定すると期待しているかのように、四人全員がガーリブを見据えた。

「このブタを殺して、リリー！　撃って！　ガーリブを殺して！」マルワが叫び、彼を指さした。「すべて終わらせて！」

しかしマルワはそれ以上何も言えなかった。シェハデが即座に殴り飛ばしたのだ。あっという間に彼女は血を流して床に倒れた。

ガーリブは自分の拳銃を取り出すと、銃口をマルワの頭に押し付けた。

「なるほど。これでおまえたちが知り合いだということがはっきりした。どんな知り合いなのか言うんだ。でないと、マルワを殺す。この女が最初だ。次は娘たち。最後はおまえだ」

リリーは引き金に指をかけていた。だが、それを引いて三人の命を救うだけの力が彼女にないことをガーリブはわかっていた。まるで鳥から羽根を一本引き抜くかのように、リリーの手からあっけなく銃を奪った。

「ザイードは生きているということ？」老女の声は驚くほど落ち着いていた。

「死んでいるという根拠はどこにもない。いっしょに探すことになるだろうな。さあ、私の質問に答えるんだ。どうやって知り合った？」

リリーにとっては隠すほどの答えでもなかったようだ。「ザイードとマルワは結婚式の直後から何度も家に来てくれていた。お嬢さんたちに会ったことはないわ」

ガーリブは大きくうなずいた。

「わたしたちをどうするつもりなの？」

「四人のうちの誰かがわれわれとともに海を渡る。それ以上は知らなくていい」

　そう聞いても老女は反応しなかった。「まず女の子たちの手当てをさせて。この子たちがどんな具合か、あなたにもわかるでしょう。そんな旅行ができるような状態じゃない。傷の手当てをして何か食べさせるわ。一日か、二日くらいですむから」

「そんな時間はない」

「時間がない？　ガーリブ、教えて。ザイードにどんな恨《うら》みがあるというの」

　ガーリブはシェハデの部下たちに、女たちはもう下がらせていいと合図を出した。それからリリーに再び向き合った。「ガーリブはザイードに恨みなどない。だが、アブドゥル・アジムにはザイードに十分恨みがあるんだ。それから、今度私をガーリブと呼んだら、おまえを殺す」

40

ガーリブ　残り3日

　この数日間、ガーリブはかなり精力的にインターネットで検索を続けてきた。そして、ザイード・アル＝アサディが声明を発表したことを突き止め、深い満足感を覚えた。

『フランクフルター・アルゲマイネ』紙に掲載されたザイードの〝返事〟には、あいつの顔写真と会う日時や場所の詳細な情報が記されていた。情報の真偽については、疑いの余地がなかった。その顔には長い年月と悲しみが顔に刻まれているが、これは紛れもなくザイードだ。

ガーリブの脈が一気に激しくなる。本当にザイード・アル＝アサディだ。私の顔を永遠にいびつにし、人生を破壊した男。ついにその消息が明らかになった。復讐はもうすぐだ。

この広い世界でよりによってザイードがフランクフルトに滞在しているとは。ガーリブは大声で笑わずにいられなかった。つまり、あいつはわれわれが残した手がかりに導かれてフランクフルトまで来たのだ。

ザイードの宿泊先のホテル近郊が決戦の場になるとやつらが思っているなら、それもよかろう。それ以上望めないくらいのシナリオだ。もちろんあいつは警察や情報機関など治安維持当局と可能な限り連携しているだろう。当然だ。だが、やつらはみな、それ相応の目に遭うだろう。ハミドがうまく手配しているはずだ。

おとりには典型的なアラブ人の外見をした者を使おう。特徴的な髭を生やし、白いウィンドブレーカーに茶色い幅広のズボン。敬虔《けいけん》なイスラム教徒であることが疑われないよう、頭には白いクーフィーヤ（アラブ諸国で男性が頭にかぶる頭巾）をかぶる。おとり役の男には、いつどこであの不届き者に近づいて処刑すべきか、ハミドからメールで細かい指示がいっているはずだ。うまくいけば、男の家族は今後、生活に困ることはない。男は平身低頭してこの任務を引き受けた。そうすれば正義に貢献することになるのだから。

そして、おとり役の男とザイードの遭遇は、男の死によって終わるよう仕組んである。男が血の海と化した地面に倒れ、その体がくまなく調べられる。すると男のポケットに手がかりとなるものが見つかるはずだ。ザイードが嫌でも私に近づくための手がかりが。

その瞬間から、ザイードは私に操られることになるのだ。

ベルリンのリヒテンベルク区に活動拠点を置くというガーリブの決断に、ハミドは激しく異を唱えた。

「もっといい場所はいくらでも挙げられます。なぜリヒテンベルクのこのアパートメントなんですか？　ここに隠れるなんて正気の沙汰《さた》ではありません。いったい何度言えばいいんです？　この地区は極右の要塞ですよ。ここでわれわれ以外にアラブ系の人間をひとりでも見たことがありますか？」

ハミドがカーテンを上げて通りを覗くのは、少なくともこれで十回目だ。ガーリブには、彼が何を見ているのかわかっていた。ガーリブはもう何年も前から旧東ベルリンのこの地区に魅力を感じていたのだが、それには理由があった。

「ヴェディングやクロイツベルク、あるいはノイケルンのほうが、絶対に目立ちません」ハミドが続ける。「そこなら、住民のほとんどとは言わないまでも、半数が移民です。中東出身の人間が大勢いて、その多くは失業者なので日中、路上でうろうろしています。観光客が迷い込むことはめったにありません。少なくとも、レバノンのマフィアが牛耳《ぎゅうじ》っているエリアによそ者はやってきませんよ。ここに拠点を置くなんてとんでもない」

「ああ、ハミド、おまえの腰が引けているのはわかっている。だが、その件については話し合ったはずだ。いま、警察と情報機関はわれわれの捜索に総力を上げている。テンペルホーフでバスが発見されれば、ここではなく、移民の多いクロイツベルクとノイケルンに捜査が集中するだろう。われわれはとにかく目立たないようにして、このアパートメントに留まっていればいい。そうすれば、何も起こらない」

ハミドはぶつぶつぼやいていたが、それ以上は反論しなかった。自分の立場はわきまえているようだ。

「帽子は調達したか？」ガーリブが尋ねる。

「はい、ほかのものも揃っています。あれならいかにもそれらしく見えるでしょう」

「髭はどうだ？」

「入手済みです。法外な値段でしたけどね」ハミドが鼻をかんだ。まったくこいつもひどい風邪を引いたものだ。

「ですが、どこから見ても本物そっくりです」ハミドが続けた。「いろいろな長さのものを用意しておきました」

ガーリブの顔に笑みが浮かんだ。ベルリンへの移動は簡単だったし、このアパートメントは理想的だ。旧東ドイツ国家保安省《シュタージ》の刑務所跡、ホーエンシェーンハウゼン記念館から数百メートルしか離れていない。ガーリブは、ホーエンシェーンハウゼンで行なわれたすばらしく鋭い尋問方法から大いにインスピレーションを得ていた。アブグレイブの師匠から、そこで考えだされた洗練された尋問方法を徹底的に仕込まれたのだ。刑務所は外界から遮断され、地図にも記載されていなかった。密閉された護送車は、収監者に刑務所の位置を知られないよう、大きく迂回して敷地に入ることになっていた。刑務所内を支配する精神的虐待と絶対的な監視はすでにそこから始まっている。ガーリブはまったく同じことをイラクでも目にした。監房の窓は覆われたり塞がれたりしていて、収監者は仰向けで両手を布団の上に出して眠るよう命じられ、日中、尋問を待っている間は立っているか歩いていることしか許されない。ホーエンシェーンハウゼンでは収監者の精神を崩壊させるために、あらゆることが行なわれた。たとえば、一日のスケジュールは、収監者が慣れたと思うところに絶えず変更される。尋問は特に理由もなく五分で終わることもあれば、五時間続くこともある。つまり、どうなるのか先が読めないのだ。政治犯や、政治犯に仕立て上げられた脱出希望者の多くが西ドイツによって金と引き換えに釈放されたものの、釈放はまたこの世の地獄の仕上げだった。というのも、釈放時に歯科医の診察があるのだが、その診察の際、ヘッドレストのうしろに強力なレントゲン機器が配置されており、〝自由買い〟（東ドイツがいわゆる政治犯を西ドイツに売却し、外貨を獲得していた行為）された彼らの脳に強い放射線が照射されたのだ。

ガーリブはキッチンの窓から外を眺め、刑務所の跡地へと目を向けた。攻撃にふさわしい時を待つ間、何時間でも眺めていられそうだった。その日は、ベルリンが、そしてドイツがこれまで犯した罪を改めて痛感する日となる。それも、苦痛に満ちた形で。前代未聞の形で。

なんとすばらしい皮肉だろう。

ガーリブは午前中、カタルーニャのテレビ局によるルポルタージュをインターネットで視聴した。溺死体となってアヤナパに漂着したヤセル・シェハデに関するもので、初めて見た。かつて同盟を結んでいた男の遺体がビーチに横たわっている姿に、思わず息が荒くなった。だが、あの冷酷なシェハデが水に触れただけでパニックを起こすなど、どうして想像できただろう。まるで無力な子どものように私にしがみつき、助けを求めるとは。あの愚か者を海に沈めなければ、自分も溺れ死ぬところだった。

やれやれ、ハミドがいて実に助かった。あの男は任務をひとりで果たすことができると証明してみせた。ガーリブは、複雑な下準備のすべてを抜かりなく忠実にこなしてきた角刈りのハミドがリビングに入っていくのを見やった。彼を選んだのは、極めて正しい判断だった。

リビングから怒号が聞こえ、ガーリブははっとした。部屋に入っていくと、騒ぎはさらにひどくなった。ハミドと最も親しいメンバーのひとりが、背後に味方らしきグループを従えて、怒りに満ちた表情でガーリブに食ってかかってきたのだ。

「こいつが用意したこんな格好で神の御前に出るなど、断固拒否する」男はそう言うと、ハミドを指さした。

「いったいどうしたんだ、アリ？」ガーリブは静かな声で尋ねた。

「拒否するとは、どういうことだ」

「こんな格好をしろというなら、俺たちは作戦から降りる」

「降りる？　アリ、われわれは聖戦士だ。聖戦士たるもの、作戦から降りることなどありえない」

「この要求は神聖冒瀆《ハラーム》だ。みんなそう思ってる。ぜったいに譲れない」

ガーリブは一人ひとりの顔をゆっくりと見て言った。

「みんな、アリに賛成なのか？　本当に使命を投げ出すつもりなのか？」

数人がうなずきかけたが、途中でやめた。保身に走ることにしたようだ。

「もう一度聞くぞ！　アリに賛成する者は？」

誰からもまったく反応がない。とはいえ、ガーリブには彼らの考えがわかった。

「ハミド、きみはどう思う？」

「私の意見はご存じでしょう。偽装することが作戦実行の大前提です。ですから、アリもわれわれに同行してもらわないと」

「そうか、でも俺はやらないから」アリはそう言い張り、ほかのメンバーの同意を得ようと、彼らに向かってうなずいてみせた。

使命を果たすにはまったく余計な展開だった。「残念だよ、アリ」ガーリブはその言葉と同時に拳銃を取り出すと、アリの顔面にぴたりとつけた。「そう思っているのはきみだけのようだ。もうきみに用はない。本当に残念だ」

アリのすぐうしろにいた改宗したふたりの女たちは、脇によけながら、「やめて！」と悲鳴を上げた。

だが手遅れだった。アリは崩れ落ちた。ほかの者たちは、血がすぐに床に広がりだしたのを見て飛びのいた。車椅子に乗っているジュアン・アイグアデルだけが逃げられずにいた。血溜まりが広がって車輪まで到達し、ジュアンは真っ青になった。

隣の部屋にはふたりの人質が鎖でベッドに拘束され

ていたが、そこからは泣き声が途切れることなく聞こえていた。ハミドだけが、さっきからずっと同じ場所に身じろぎもせず立っている。静かに、ぴくりともせず。

「こうすることで、私はアリに楽園へ行く道を与えてやり、あえて慈悲を示してやったのだ。今日こうして、ジャンナの扉は彼のために開かれた」

「アリはあなたにとって最高のメンバーのひとりだったのに！」改宗した女のひとり、ジャスミンが叫んだ。

だが、返ってきたのは、血を拭き取って忌々しい男を片づけろという命令だった。

ガーリブは拳銃を内ポケットに突っ込むと、全員に背を向けた。

これで、実働部隊は自分も含め十人になってしまった。

だが、大惨事を引き起こすには十分だろう。

41

アサド

残り3日

これでいいのかどうか、アサドは最後まで確信が持てずにいた。

リスクを冒すことが正しいのだろうか。もう何時間も、そのことばかり考えている。

「カール、この作戦でやり通すべきだと思いますか？」アサドは尋ねた。

「ほかに方法があるのか？」

「でも私たちがフランクフルトにいることに、なんの意味があるんでしょう。だってガーリブはベルリンにいるんですよ」

「まだそうと決まったわけじゃない、アサド」

「ベルリンにはつてがあるんです。向こうに行って知り合いの手を借りることができるかもしれません」

「それって裏の世界の人間か？」カールはそう言うと首を横に振った。

「過去にあちこちで会った人たちですよ」

「おまえの仲間がガーリブを捕まえられるところまで、本人がのこのこ出てくると思うか？」

「わかりません」

「だったら、この作戦でいくしかない。ガーリブが復讐を狙っているのなら、いずれおまえがいる場所にやってくる。ヴェーベルたちの作戦は準備に時間がかかるかもしれないが、まともではある。リスクを冒すのは確かに誤りかもしれない。だとしても、いまさらやめられるのか？」

「アサドさん、聞こえますか？」

アサドは向かいの隅に立っているヴェーベルの部下に親指を立てた。装着したイヤホンはこれまで試したなかでも最も小さく、耳の中に入り込んで取れなくなるのではないかと心配になるくらいだった。ドイツの情報機関は実に大したものを使いこなしている。

「無茶はしないでください、いいですね？」

アサドの前に立ったヘルベルト・ヴェーベルは、厳格な教師のように人差し指を立てた。アサドはうなずいた。言われなくてもわかっている。自分以外に誰の命がかかっているか、百も承知なのだから。

「あなたが殺されたら、ガーリブは即座にテロ攻撃を開始するでしょう。それもわかってますか？」

アサドは再びうなずいた。ガーリブの目的は家族を使って俺をおびき出すことだ。ベルリンに俺を誘導するまでテロを実行することはないだろう。それはつまり、フランクフルトでは俺の命が保証されているということでもある。もっとも、ガーリブ本人がフランクフルトに姿を現し、ここで決着をつけようというなら話は別だが。

「ここにある写真は、われわれが昨日撮影したものです。よく見てください。もしガーリブがあなたの殺害命令を下すことに決めたとしたら――あなたはそうはならないと思っているでしょうけど――狙撃手はいとも簡単にあなたを仕留めるはずです。ここを見てください。無数の窓があります。ここに気をつけなくては」

アサドは小さな公園を取り囲む住宅の外壁を眺めた。どの窓にもカーテンがかかっている。カーテン、窓ガラスの反射、鉢植えの植物。東に向かって何棟か高層住宅がある。六、七階建てでバルコニーがついており、屋上は低い胸壁に囲まれ、ルーフテラスとなっている。巨大で格好の狙撃練習場だ。相手のやりたい放題だ。もしかしたらガーリブの狂信的な賛同者たちが狙撃銃を手に、とっくの昔にあの上のほうに座っているかもしれない。作戦のために喜んで命を捧げ、楽園に直行したくてたまらない連中が。マンションのいくつかの部屋では、呼び鈴を聞いて何も疑うことなくドアを開けてしまった人たちが、すでに命なく横たわっているかもしれない。

〝ここに気をつけなくては〟だって？　とアサドは思った。なんて緊迫感に欠ける言い方なんだ。

「アサドさん、あなたが懐疑的になっているのは私も承知していますし、そのことを深刻に受け止めています。ですが、われわれは住宅すべてを見てまわりました。安心してください、すべてがわれわれの監視下にあります。周囲の住宅内に五人の狙撃手を配備してあります。その狙撃手たちの気配は毛先ほども感じることができないと思います」

「犯人をできるだけ生かしたまま確保する方針ですか？」カールが尋ねた。

ヴェーベルはアサドを指さした。「それはこのかた次第です。相手は自死を覚悟していると想定しなくてはなりません。事態が切迫すれば、生きたままの確保は難しくなるでしょう。特に、複数の方向から同時に攻撃があった場合は」

「自爆を考えているかどうかは相手の目を見ればわかります」アサドが言った。「相手が自爆を実行する前に阻止した経験がありますから」

だが、それは嘘だった。アサドにはどうなるか見当がつかなかった。死を覚悟している人は、それぞれみんな表情が異なる。もちろん自爆テロを何度か目にしたことはあるが、あくまで遠距離から目撃しただけだ。そのたびにアサドは、およそまともとは思えない、底知れぬほど深い相手の悪意を感じてきた。

「銃撃戦になったり自爆テロが起きたりしたら、公園自体や、駐車中の車、そこら辺の樹木なんかはどうなります？」カールが尋ねる。

アサドはカールに向かって微笑んだ。余計な質問かもしれないが、カールの配慮は感動的だった。

八時十分前、アサドはブリュッケン通りを出てグッコー通りを横切り、かつて墓地だった公園に入った。五人の狙撃手が周囲の住宅から照準器越しに全方位を監視しているはずだが、ヴェーベルの言葉どおり、その気配はまったく感じられない。

朝ということもあり、交通量はまだ少ない。金融の中心地といって思い浮かべるイメージとはまったく異なり、人々はあまり急いでいないように見える。

「付近を走っている車はわれわれです。安心してください」イヤホンを通じて声が聞こえてくる。

だが、アサドはまったく落ち着いていた。仕事の丁寧な情報機関の部隊が大量に動員されているのを目の当たりにすると、ガーリブからここに送り込まれたと思われるメンバーに対して同情に近いものを感じるほどだった。あくまで同情に近い感情というだけだが。

「アサドさん、もう少しゆっくり歩いてください」指示が聞こえてきた。「うしろから男がひとりやってきます。いまにもブルッフ通りを離れそうです。すぐにチェックします」

アサドは時間を確かめるふりをして、ヤコプスンからもらった新品のスマートウォッチを目の高さに上げた。艶やかな文字盤には、確かに背後から足早にやってくる男のシルエットが映っている。

男があと二十五メートル近づいたら、俺は射程内に入るだろう。アサドは立ち止まった。コートのポケットに入れた拳銃にはすぐに手が届くはずだ。昨夜はずっと一連の動きを練習していた。素早く振り向き、相手に狙いを定める。最初は右肩、次に左肩を撃つ。

シミュレーションしている間に、男はグッコー通りの角まで来ていた。そこで立ち止まっている。

「彼は何かを手にしていますか？」アサドが小型マイクを通じて質問する。

「そうは見えません」イヤホンの男が誰かと言葉を交わし、再びアサドに声をかけた。「周囲を見回しているようです。いま、右に向かって歩きだしました。どの道を行けばいいのか、迷っているように見えます。男を監視中です」

「木の葉はほとんど落ちていますが、それでも、いま立っているところからは公園を見渡すことができません」

「そうですね。でも、われわれからはあなたが見えています。ドローンを飛ばしていますが、上を見ないようにしてください」

「そんなもの、どこかへやってください。相手を警戒させてしまいます」

「三〇〇メートル上を飛んでいますから、心配しないで《ドント・ウォーリー》。じきにシファー通りから一台の自転車が公園の中を通りますが、うちの人間ですからそのまま行かせてください。彼は公園内で起こるすべての動きを撮影中です」

「自転車の乗り入れは許可されているんですか？」

「わかりません。許可されているとは思います。でも《バット》、どうでもいいでしょう《・フー・ケアーズ》？」

　この男は間違いなくアメリカドラマの見過ぎだ、とアサドは思った。

「トイレに急いでいるふりをしてください。公衆トイレが見えますよね？　すぐ左です」

「ええ。その向こうに子どもの遊び場が見えます。子どもの声も聞こえますが、姿は見えません。誰もいないと確認が取れているはずでは？」

　遊び場のほうから物音が聞こえてくる。すでに確認したというなら、手抜かりがあったということになる。

「私がトイレから出てくるまでに、子どもを移動させてください。いいですね？」

「ちょっと待って。公園の外で何か起きています。西側からグッコー通りを走ってくる車が見えますか？　かなりのスピードです。出過ぎですね」

　ブレーキ音が聞こえ、アサドは振り向いた。男がひとり、車から飛び出したかと思うと、立ち止まって公園の中を見まわした。ウィンドブレーカーを着ていなければ、中東で細々と農業をやっている男に見えなくもない。くるぶしのすぐ上まである幅広でだぶだぶのズボンを履き、白いクーフィーヤを頭にかぶり、つま先が小さく尖って上を向いた靴を履いている。まさにイスラムの戒律どおりの格好だ。

　アサドは拳銃をつかんだ。

「近づいてきます……」耳にその声が届いた瞬間、銃声が鳴り響き、アサドはびくっとした。鳥が木からいっせいに飛び立っていく。

　アサドは素早く周囲を見渡した。どこから発砲されたのかわからない。だが、前方右の白い住宅の窓ガラスが砕けて地面に落ちている。

「くそっ」イヤホンを通じて舌打ちが聞こえた。「うちの人間があそこにいるんだ」彼の背後がずいぶんと騒がしい。向こうは大混乱に陥っているようだ。銃声がもう一度響き、さらに別の窓ガラスが砕け散った。アサドは本能的に振り向いた。わずか十メートル先から、襲撃者が拳銃をかまえて突進してくる。クーフィーヤがふわりと地面に落ちる。

男は二回引き金を引いたが、カチリと音がしただけだった。男が拳銃を投げ捨てる。アサドまで二メートルに迫ると、いったいどこに隠していたのかと思うくらい異様に長いナイフを取り出した。

アサドは拳銃で男の喉を撃った。それでも相手は向かってくる。そのとき、頭上から放たれた一発が頭に命中し、男は動かなくなった。

「ほかにも誰かこっちに向かってますか?」アサドは叫んだが、イヤホンに応答はない。

アサドは立ち尽くした。少し離れたところから子どもが泣きわめく声がしている。

「応答願います、どうしたんですか?」遺体を足で裏返しながら、アサドはもう一度叫んだ。男の目は開いたままだ。まだ若い。いったい誰が彼にこんなことをさせたのか。

そのとき、イヤホンから何か聞こえてきた。いままで話していた相手とは違う声だ。明らかに動揺している。

「逃げてください、アサドさん、そこは危険です!」

「でも子どもがいるんです。何が起きたんですか?」

「その泣き声は遊び場からではありません。そこに子どもはいません。遊び場の平行線上にあるダネッカー通りで子どもが数人遊んでいて、ひとりが転んで痛いと泣いてるんです。それだけです」

〝それだけ〟だって? だが、たったそれだけのことでアサドは一瞬、気が逸れたのだった。周囲の道路こそ、厳しい警備を行なうべきだったのに。

アサドは木の陰に身を隠した。「誰が撃ったんですか？　正確にはどこから？」

「わからないんです。だから、そこから離れてください」

「さっきまで連絡を取り合っていた人と話せないのはなぜですか？」

「死にました、アサドさん。ほかの仲間も撃たれました。ふたりとも死んでいます」

　アサドは愕然とした。ついさっきまで会話をしていた相手が殺された？　心配しないで《ドント・ウォーリー》とか言ってたじゃないか。いや、彼はこう言うべきだったのだ、安全《ベター・》第一《セイフ・ザン・ソーリー》で——と。そして、そのとおりに振る舞うべきだった。

　そのとき、三発目の銃声がした。今度は砂利に落ちたアサドの影に命中した。それも、心臓のあたりを直撃している。

　自分たちが相手にしている敵がどれほどのものか、これ以上明確な答えはあるまい。


　アサドは公園西側の住宅地に目を向けた。

「狙撃手をどうするつもりですか？」新しいパートナーに尋ねた。

「うちの人間が向かってます」

　アサドは身じろぎもせずその場に立っていた。周囲の人々が騒ぎ出し、パトカーのサイレンが聞こえてくる。銃弾が発射されたと思われる建物の前で、防弾チョッキを着こんだヴェーベルの部下と警察官たちが忙しく動いている。

　まだ作戦は完了していない。狙撃手を探し出すまで、さらに数時間かかるだろう。

　ヘルベルト・ヴェーベルとカールが待機場所のホテルから公園にやってきた。カールはもちろん、ヴェーベルも同じぐらい強い衝撃を受けているようだ。カールはアサドにミネラルウォーターの瓶を持ってきた。ヴェーベルは申し訳なさそうな、悔しそうな目をしている。

「アサドさん、犯人を取り逃しました。現場となったマンションの部屋には、薬莢《やっきょう》と空の錠剤シートが床に落ちていただけで、それがすべてでした。どうやってわれわれの警備体制をくぐり抜けたのか、まったく謎です。犯人は何日も前からあの部屋に滞在して、うちの人間が一軒一軒を見てまわったときには挨拶すら交わしていたのではないかと思われます」

「隣人によると、その部屋の住人は少なくとも十日前から旅行に出ていて、銃声が聞こえるまで部屋からは何ひとつ物音がしなかったそうだ」カールはそう補足し、アサドに水を渡すと相棒の肩に手を乗せた。

「おまえが無事で何よりだよ、アサド！　だが、知ってのとおり情報機関から死者がふたり出たことはまことに残念だ。当然、この訃報を隠し通すことはできないだろう。この作戦で連中が意図していたのはまさにそこだったと俺たちは考えている。つまり、ドイツは安全だという常識を揺さぶることだ」カールはホテルを指さした。「シファー通りはすでに完全に封鎖されている。そうしないと、あっという間に報道陣にもみくちゃにされるからな」

アサドは遺体を見下ろした。地面に広がった血はもう黒ずんでいる。

「あなたの部下とそのご家族に、心からお悔やみを申し上げます」アサドはヴェーベルに言った。「ですが、こうなることを想定しておくべきでした。この若い男が計画を無事に遂行するため、やつらが陽動作戦に出るという可能性を」

ヴェーベルはうなずいた。「狙撃手が待機していた部屋にいくつ薬莢が落ちていたか、まだお話ししていませんでしたよね」

「三発分でしょう？　あなたの部下を撃ったものが二発、私の影に命中したものが一発」

ヴェーベルは首を横に振った。

カールが真実を告げる。「四発分見つかったそうだ。この男の頭を射抜いたのも、同じやつだ」

アサドは息を呑み、カールを見つめた。

「そうなんです。その人間は、あなたが喉に命中させた一発でこの男が死ぬとは思えなかったのでしょう。われわれもあれだけでは死ななかったと思っています」

「まったくひどい連中だ！　仲間を殺すとはな！」カールは憤激が収まらないようだった。

アサドはもう一度遺体に目を向けた。弾は左のこめかみに当たっている。公園の向かい側の白い建物にいたヴェーベルの部下を殺した弾と同じ方角から飛んできたのだろう。

カールも遺体をしげしげと眺めた。「確かにまだ若いな」

「ええ、二十歳にもなっていないでしょうね」アサドが答える。まったく命を無駄にしたものだ。

カールの眉間に深い皺が寄った。「こいつが爆弾ベルトを体に巻いていたら、おまえは助からなかっただろうな、アサド。だが、ガーリブの今回の狙いは、おまえを殺すことではなかった。こいつを使って殺す気などなかったし、狙撃手に殺させる気もなかった。殺そうとしたのなら、おまえが公園に入った時点でそいつには十分にチャンスがあったはずだからな」

アサドには思うところがあったが、その考えを追い払った。「ちょっといいですか？」

ヴェーベルはうなずくと、アサドにゴム手袋を渡した。

「この男が二回引き金を引いても何も発射されなかったのは偶然ではないと思いますか？」アサドは、そう言って遺体のそばにしゃがむ。

「おい、みんなどう思う？」ヴェーベルが、拳銃を調べている周囲の男たちに呼びかけた。

「撃鉄が削り取られていますね」ひとりが返事した。

「なるほど、これではっきりしましたね。そもそも彼にはあなたを殺させないというシナリオだったんですよ、アサドさん。ガーリブはそれを望まなかった」

アサドがずっと考えていたのはその点だった。アサドは遺体のウィンドブレーカーのファスナーを慎重に開けた。下に着ているシャツは、買ってきて包装から出したばかりの新品に見える。本気で楽園に行く準備をしていたのだろう。またひとり、悲嘆に暮れる母親が増えたのだ。

「内ポケットに財布が入っています」アサドはその財布を取り出した。ヴェーベルが震える指で受け取る。彼はじきに公式声明を発表しなくてはならない。そして、ふたりの部下の死の責任を問われることになるだろう。

「運転免許証によると、おととい誕生日で十九歳になったばかりです」ヴェーベルが言う。「残念ながら、これを使う機会はほとんどなかったでしょうね。四カ月前に取得したばかりですから。それから図書館の貸出カードがあります。通りを何本か行ったところに市立図書館があるんです。名前はムスタファ。変な話ですが、私は以前からこの名前に対しては優しくて純粋な人物というイメージがありましてね」彼は財布を警察の鑑識官に渡した。「こんなに若い青年が、なぜこんな行動に出たのか、どんな経緯でやつらに取り込まれたのか、解き明かさなくてはなりません」

そこへ、別の鑑識官がふたりやってきた。遺体の服のポケットの中身がすべて出され、床に広げたビニールシートに並べられていく。白いハンカチ、自治体からの何かの通知、紙幣と硬貨で合計二十五ユーロ、鍵。それからメモのようなものがあった。

生き延びたことを祝して！
次の停車駅はベルリンだ。緑のある公共の場、特に鳩が低く飛ぶ場所にはくまなく目を光らせろ。

それからひとつ覚えておけ、ザイード。おまえにはもう時間がない。

ではまた。

「鳩？」ヴェーベルが頭を振った。「この若い男を意味する象徴的な警告だろうか？」

「どう思います？」部下のひとりが尋ねる。

「この男は哀れにも、メッセージを届ける伝書鳩にすぎず、切手代を自らの命で立て替えることになったのか？　なんて皮肉な話だろう」

アサドは深く息を吸った。ヴェーベルたちはようやく、自分たちがどんな人間を相手にしているのか理解したのかもしれない。ガーリブは悪をそのまま体現した男だ。ほかならぬ悪魔そのものだ。

アサドは長い間メモを見つめていた。

〝おまえにはもう時間がない〟

時間がない！

だが、ベルリンは果てしなく広い。

42

ローセ　残り3日

ローセとヤコプスンが、ラテン語のスローガン〝ペルセベランド〟に関するインターネット上の情報を取捨選択している間、ゴードンは似顔絵を添付したメールをさらに多くの教育機関に送っていた。

「バウスヴェアの寄宿学校にも似顔絵の画像を送りました。ヒットすることを願いましょう」

ローセは楽観的だった。「女の勘が、その学校だと言ってるわ。あの子はそこで鍛えられてしぶとさを身につけたんじゃない？　コンピューターゲームでレベル2117まで行こうとする根性ひとつとってもそんな感じがする。それなりの教育も受けてるわね。でなきゃ、ラテン語のスローガンなんて知らないでしょ。そう、あの子とこの寄宿学校にはつながりがあるはずよ」

「彼がプレーしているゲームを突き止めて、そこから購入先を割り出すことはできるか？」ヤコプスンが尋ねる。

ゴードンがため息をついた。「最近のコンピューターゲームはたいてい、どこかのプラットフォームでダウンロードできるんです。その方法で居場所を突き止めるというのは、それも早急にとなると、かなり無理があると思います。あの感じからして、〈カウンターストライク〉（テロリストとテロ対策部隊に分かれて対戦するオンラインゲーム。複数が参加してプレーできる）のようなマルチプレーヤーゲームをしているようには思えません。かなり前から問題のゲームをしている可能性は十分あるでしょう。ゲームマニアやコンピューターオタク数人に訊いてみましたが、ゲームを手がかりに彼に近づく方法となると、これというアイディアはひとつも出てきませんでした」

「それはシューティングゲームなのか？　サムライの刀みたいな武器を使うのか？」ヤコプスンが訊く。

「違うと思います。ナイフは使うかもしれませんが、サムライの刀ではないでしょうね。サムライの刀を使うのはむしろ、ＰＳ２の〈鬼武者〉みたいなアクション・アドベンチャーゲームです」

「ＰＳ？」ヤコプスンはわけがわからないという表情だった。

　ゴードンはにやっとした。課長との間に越えがたいジェネレーションギャップがあるとわかったからだ。

「ＰＳというのはですね、〈プレイステーション〉の略なんです」

「そうか」ヤコプスンが肩をすくめる。「私はよくわからない領域に踏みこんだようだな。だが、はっきりしているのは、携帯電話基地局を通じて彼の携帯電話の場所を特定するようＰＥＴに頼む必要があるということだ。相手はプリペイドＳＩＭカードを使っているし、会話時間も短いので難しいだろう。それは承知のうえで、これに全力で取り組んでもらうよう頼むつもりだ」

「そうですね。ＰＥＴなら十メートルの誤差で位置の特定が可能かもしれません。そうしたら、少なくともどの地区から、あるいはどのあたりの郊外から彼が電話してきたのか僕らにもわかるでしょう」ゴードンが言った。

　だが、ローセにはそれが希望的観測にすぎないとよくわかっていた。

　課長が部屋を出ていってから一時間後、寄宿学校の管理部門の職員から電話がかかってきた。感じがよく有能な女性で、頼まれたとおりのことをしてくれたようだった。だが、その回答は期待していたとおりではなかった。

「確認させていただきたいのですが、その人は二十二歳なのですね？」

「はい」ローセが答える。

「なるほど。現在わが校で指導している教師がその青年を担当した可能性があるかどうかを調べるのに、年齢確認が非常に重要でして」

「こちらの認識では、二十二歳です」

「そういうことなら大変残念ですが、この似顔絵の青年に見覚えがあるという教師はひとりもおりませんでした。そんな形でわが校のスローガンが使われたことには大変驚いていますが、この青年はわが校には通っていません」

電話を切ってから、ローセはいまこの瞬間の気持ちを最もよく表す悪態の数々を思い浮かべた。だが、ゴードンが先に口を開いた。

「ほかにも〝ペルセベランド〟という言葉を特異な関連性において使っている学校がないかと、調べてみたんですが、見つかりませんでした」

〝特異な関連性〟ですって？ その言い回しはいったいなんなの！ そんなインテリぶった言葉を使ったってなんの役にも立たないじゃない。いいわ、わたしはゴードンとは違う方法でその〝特異な関連性〟とやらを調べて教えてやろうじゃないの。

「とにかく、彼がまた電話してくるのを待つ以外に方法はないでしょうね。電話してきたら、この表現をどこで知ったのか訊くしか」ゴードンは先を続けた。やや不安そうな口ぶりだった。そりゃそうでしょうよ、人の命が危険にさらされている状況なんだから。

だめだめ、焦らないで落ち着かないと、とローセは思った。まったく、イライラするったらありゃしない。

「待って、ゴードン。考えがあるわ！」ローセの頭に突如としてアイディアが浮かんだ。「あなた、この事件についてモーナに話したでしょ？ 彼女に電話するわ。あの子のプロファイリングを助けてくれる人がいるとしたら、モーナだもの」

ローセはモーナに内線をかけた。だが、オフィスには誰もいないようだった。

「ゴードン、いまって彼女はオフィスにはいない時間？」

彼は手帳を見た。「いるはずですけど。でも、家にかけてみたらどうですか。もしかしたら、今日は早退したのかもしれません」

ローセはそうしてみた。だが、電話に出たのはモーナではなく、やたらと暗い声の主だった。

「マティルデです」背後から凄まじいわめき声が聞こえる。

「ルズヴィ！ ヘクト！ いい加減にしなさい！」怒鳴られても、音量は一デシベルも下がらない。

「警察本部のローセ・クヌスンです。モーナはいますか？」

「いいえ。王立病院に入院中。今朝、搬送されたから」

ローセは呆れた。そういうことを、よくもまあ、こんなふうに素っ気なく言えるものだ。

「入院されたんですか？ それはお気の毒です。すみませんが、いまお電話に出ているのはどちらさまでしょうか？」

「やっぱりね。ママはマティルデっていう名前の娘がいるって、誰にも話してないのね。腹が立つわ、でしょ？」

「すみません。でも、わたしはお母さまと特に個人的なお付き合いがあるわけではないので。仕事の関係でお電話したんです。重い病気でなければいいのですが」

「さあどうかしら。五十一の女が妊娠したはいいけど、ほとんど持ちこたえられる状態じゃないとしたら、それって重症かしらね？」

　ローセはぽかんとした。カールの顔を思い浮かべる。とにかく、頭を整理しなくては。

「流産したわけではないんですよね？」

「流産はしてない。でも、まったくどう考えたらいいのやら。三十三にもなって、半分血のつながった妹か弟ができるなんて、まさかそんなこと想定外だもの。あなただったらどうよ？」

　どうよ？　じゃないわよ。なんなの、その口のきき方は。

「何科に入院されたんですか？」

「まあ、まず不妊診療科じゃないわね」冷めた感じの笑い声がした。「ルズヴィ！　ヘクト！　静かにして！　外に放り出すよ！」

　婦人科病棟の端の部屋にモーナがいた。顔が透き通るように青白い。

「まあローセ、来てくれたの？　うれしいわ」

　ローセは、モーナが自分の体にさっと目を走らせたのを感じとったが、気にしなかった。最後に彼女に会ってから二年は経っている。それだけの時間があれば二十キロくらい軽く肉がつくでしょ。それがどうかした？

「大丈夫？」

「このまま持ちこたえられるかっていう意味？」

　ローセはうなずいた。

「それがわかるのは、あと何日か経ってからね。わたしがここにいるって、どうしてわかったの？　マティルデがあなたたちに電話をしたわけじゃないわよね？」

「それって、愛情深くてよく気がきいて、ルズヴィとそのお友だちを大事に大事に世話しているあのお嬢さんのこと？」

　モーナの腹が布団の中で上下した。笑えるということは、彼女にはまだいくらか力がある証拠だ。

「違うわ、わたしからお宅に電話したの。いっしょにプロファイリングをしてもらいたくて。でも、いまはそのことであなたに負担をかけたくないわ。たとえ多少急いでいるとしてもね」

「多少？」

「ええ、その……、正直なところ、大至急なんだけど」

「もしかして、しょっちゅう電話をかけてくる男の子のこと？」

ローセはうなずいた。

三十分後、看護師がやってきて「患者さんには休憩が必要ですよ」と言われた。

「あと五分で終わるから」モーナは看護師をなだめ、ローセに向き直って先を続けた。「鍵になりそうな情報がいくつかあるわ。その青年の人物像がかなりはっきりと描ける」モーナは布団の上に広げられた似顔絵をつついた。「とことん機能不全の家庭で育ったことは確かね。そうじゃないと、なぜ父親をそこまで残忍な方法で殺し、母親を同じ方法で殺すと脅しているのか、説明がつかないから」

「サイコパスとか心を病んでいる可能性はある？」

「うーん、他者への共感が完全に欠如していると思わせる部分はあるけど、一般的な意味でのサイコパスとは違うわね。知り合いですらない人間を傷つけようと計画している点だけを見れば、そう思えなくもないけど。ただ、そんなふうに自分だけの世界に深く引きこもっている人は、多くの精神障害を抱えている可能性がある。その青年にも多少そういう要素が見られるわ。でも、彼には自制心があるようだから、頭がおかしいとは言いきれない。診断を下すのはとても難しそうね。統合失調症でもない。ただ、あるタイプの被害妄想を抱いている人が冷淡さを持ち合わせていて、そのために予測不能な行動に出るっていう症例はよくあるの。

現代社会はそういう人を大勢生み出してる。自分のことだけを考えて他者には無関心っていうのは、いまの時代ならではの災いね」

「なるほどね、モーナ。わたしには、あなたがすでにひとつの仮説を導き出したように思えるんだけど、思い違いかしら。もしそうなら、ここから追い出される前に話してくれない？」

　モーナはそろそろと身を起こした。寝ていたせいで腰が痛そうだ。

「モーナ、明日来たほうがよければそうするわ。遠慮なく言ってちょうだい」

「いえ、いいの、大丈夫」モーナは水の入ったコップに手を伸ばし、唇を湿らせた。それから微笑んでみせると、腹部に手を当てた。「大丈夫だと思うわ、しっかりしなくちゃね」

「カールに伝えることはある？」

「いまのところはない。でも、この状態が長引くようなら帰ってきてもらえるとありがたいわ」

「わかった」

「それで、さっきの質問だけど、あなたの考えるとおりよ。わたしは自分なりの仮説を立てている。一般的な二十二歳の青年が〝不屈の《ペルセベランド》〟なんて言葉をどれくらい使うと思う？」

「まず使わないでしょうね」

「そう、使うはずがない。誰かをからかって冗談で言うことはあってもね。そして、その青年は上機嫌で自分が自由だと感じているときだけ、その言葉を使ってる。いわば特権的な自由を感じているのね。どうかしら？」

「よくわからないけど。つまり、彼が自分で好んで使っている表現じゃないということ？」

「好きで使ってはいるんでしょうけど、この表現は寄宿学校や教育機関で叩きこまれたものじゃなくて、両親から吹き込まれたもので、皮肉として使ってるんじゃないかしら。彼はひとりっ子で、母親から、おそらくは父親からも、長年とんでもなくたくさんのことを要求されてきた。その結果、窮屈さを感じて全世界を憎むようになった」

それが実感としてしみじみと理解できるのは、ローセをおいてほかにいないだろう。

「なるほど、完全に納得がいったわ。父親がその言葉を吹きこんだのよ。〝やり通せ、もっとだ、諦めるな〟ってね。最悪だわ。あなたの言ってること、よくわかる」

モーナはなんと言ったらいいかわからず、ローセをじっと見つめた。モーナには彼女の言葉の意味がよくわかった。モーナはすべて知っている。ローセが長年自分を支配してきた陰気な父親の影から逃れるのに無傷ではすまなかったことも。父親の虐待が、彼女にどれだけ破滅的な結果をもたらしたかも。

モーナは深く息を吸った。「そのとおり。それが私の仮説。彼の父親は粘り強さを美徳とするこの言葉とともに育ち、今度は息子がそれを実践することを期待した。でも息子はその期待に応えることができずに、父親は失望。そのせいで、ふたりの関係はどんどん悪化し、極度の機能不全に陥っていった」

「つまり、バウスヴェアの寄宿学校にいたのは、父親のほうだった可能性もあるということ？」

「ええ、わたしはそう思う」

「だとしても、捜査が楽になるわけじゃないわ、モーナ。だって父親が誰なのかを探らなくてはならないわけでしょ。四十代前半からそれ以上の年齢の卒業生すべてが当てはまることになる。二百人、いえもっと多いかも。一学年何人なのか知らないけど」

「時間がないし、それを調べているわけにいかないのはわかってる。でも、このプロファイルを使ってその青年と対決することはできるんじゃない？」

「どうやって？」

「父親がバウスヴェアの寄宿学校出身だと知っていると彼に明かして、身元特定に一歩ずつ近づいていると思わせるのよ。こういう父親のもとで成長するなんて、さぞつらかったに違いないって。父親の間に割って入ってくれる兄弟もいなくて、きっと悲しくて孤独だったでしょう、って言ってみて。母親が、ひっきりなしに要求を突きつけてくる父親からあなたを助け出そうとするそぶりも見せなかったのも知っていますよ、って」

　モーナは少し考え、また話を続けた。

「自分の行為の背景に両親による心理的虐待があったと訴えて、ただちに母親を解放して平和的な解決策を図るつもりだったって言えば情状酌量《しゃくりょう》が認められる可能性がとても高い、とも伝えてみて。あなたたちが彼の父親に一ミリも共感していないこと、彼はどう考えても犯罪者ではないっていうことを、ありとあらゆる手段で本人に信じ込ませるのよ。もしかしたらそれが母親を救う助けになるかもしれないし、彼の怒りの標的となりうるほかの人々を救うことになるかもしれないわ」

「ちなみに、彼が気にしている死亡した難民の老女のことはどう思う？　それが事件を誘発したと思う？」

「その事件は、世間の無関心さと冷淡さに対して彼が抱いている怒りに通じるものがあったのでしょうね。彼自身、幼いころから周囲の無関心さと冷淡さを感じてきたわけで、その怒りを他者にぶつけようとしているのよ。果てしなく世間に蔓延《まんえん》する無関心さを罰するために、その老女をある意味正当な理由として使うことにしたのね。つまり、無関心さは人類が犯す大きな罪だと考えている」

「うわあ」

「そうよ。新聞に掲載された犠牲者２１１７の写真を見て、彼が自分の好きだった人を思い出したという可能性もある。というわけで、ローセ、わたしの見方が少しは相手に口を割らせる助けになることを願うわ。うまくいけば、そこから突破口が開けるはず。あなたたちならきっとできる」

「やってみるわ、モーナ。お礼と言ってはなんだけど、あなたのためにできることはない？」

モーナがうなずく。「ルズヴィの面倒を見てもらえるとありがたいんだけど。お願いできるかしら。マティルデには母性本能というものがまったくないのよ」

　ローセは思わず息を呑んだ。そりゃ大変だ。すぐになんとかしなくちゃ。ルズヴィは破壊魔だ。モーナのマンションの部屋がすでにめちゃくちゃになっているのが想像できる。

「わたしの部屋で寝泊まりしてもらえると助かるんだけど、ローセ」

　ローセはもう一度息を呑んだ。さすがにそれはやりすぎな気がする。彼女は頭から火が噴き出しそうなくらい悩んだ。

「ねえ、モーナ」しばらくしてようやくローセは口を開いた。「もっといい考えがあるの。ゴードンに頼んで、学校にルズヴィを迎えにいってもらうの。ルズヴィはゴードンのところで暮らせばいいわ」

　もちろん、そのためにはゴードンに一発ヤラせてあげる必要があるだろう。もしかしたら二発かも。

43

ジュアン　残り2日

ほとんど聞こえないくらいの音量だったにもかかわらず、朝の礼拝の物音でジュアンは目を覚ました。祈りは毎回ぴったり同じ時間に、毎回同じ形で行なわれる。メンバーを見ていて最も衝撃を受けたのは、信仰のこととなると、絶対的な規律が存在することだ。信仰が彼らの生活や思考を律しているという事実。何もかもが理解を超えていたが、一方で、彼らの信仰が少し羨ましくもあった。俺はバルセロナで堅信を授けられたが、結局のところ、真のカトリック教徒なら常に感じている原罪を感じることもなく、教会に救いを求める気にもならなかったからな。

だが、リビングから漏れるかすかな礼拝の声からは、そこに集まっているメンバーが宗教上の勤めを重荷と受け止めている様子はまったく感じられなかった。むしろ、このおぞましい地上での生活を楽にしてくれ、死後の楽園での暮らしへの希望を与えてくれる、精神的なよりどころとして受け止められているようだった。

ジュアンは自分のおむつ交換をしている男に顔を向け、多少は謝意を示すべきかと考えた。だが、屈辱感のせいでそんな心の余裕はなかった。

「すぐに向こうへ連れていく」別の男がそう言ってジュアンにいつもの薬を注入したが、くしゃみが出そうになったらしく、一瞬動きを止めた。目を細め、半分口を開けて固まったかと思うと、盛大にくしゃみをした。今度は、ポケットからティッシュペーパーを取り出して鼻をかむと、部屋を出ていった。

ジュアンは体を揺すって粘着テープを引っ張った。

この数日間、体の自由が再びきかなくなるまでの貴重な数分間を費やして数えきれないくらいテープを引っ張ってきたが、毎回後悔して終わっていた。車椅子のひじ掛けに固定された手首は擦れて傷だらけで、テープの接着部分は炎症を起こしかけているからだ。

　三十秒で薬が効きはじめ、ジュアンの頭はがくりと脇へ傾いた。首の筋肉が引きつっているのは感じたが、もうコントロールはきかなかった。


　礼拝用の敷物が巻かれ、ベッドの足元に置かれていた。全員がすでに着替えを終え、期待に満ちた表情をしていた。そこに、ガーリブとハミドがやってきた。

「今日は初のリハーサルを行なう。われわれの大いなる祝祭がいつ始まるか、正確なところはまだわからない。だが、練習を重ねれば重ねるほど、われわれが共同で行なう演目はより完璧になっていく。それに、感動的な上演こそ、われわれ全員が願っているものでもある。そうだろう?」

　全員が揃ってうなずいた。この連携を少しでも乱したらどうなるか。それは、目の前の絨毯についた血しぶきが生々しく語っている。

　そのとき、両開きのドアがもう一度開き、ふたりの女性を乗せた車椅子が部屋の中央に押し出された。

　犠牲者２１１７がアヤナパのビーチに引き揚げられるのを見て、絶望したようにむせび泣いていた彼女たちがあれ以来こんなに老けこんでしまったとは、驚きだった。

　年上の女性には強力な薬が投与されているらしく、口は開けっ放しで黒い歯の残根が二、三本丸見えになっていた。長く拘束されたら、俺もあんなふうになるだろう。ジュアンはそう考えたものの、すぐに心の中で首を振った。そこまで自分が生きていられるはずがない。ここで起きている愚かな行為は、俺の終焉《しゅうえん》の序曲じゃないか。ほかの可能性を信じるなんて、考えが甘いというものだろう。

ジュアンは全力を振り絞って、若いほうの女性に笑いかけようとしたが、できなかった。薄い生地のワンピースを着たその目は恐怖に満ちあふれ、すっかり希望を失っているようだった。

なあ、きみはいったい何を見てきたんだい？　ジュアンは考えた。

突然、部屋の外から、油の差していない車輪がキーキーいう音が聞こえ、全員の視線が両開きのドアに再び注がれた。スイス人らしき女がドアを開ける。驚きと、おそらくは安堵も混じったため息が全員の口から漏れる。ふたりの男が拍手までしてみせた。

若い男が車椅子を押して部屋の中に入ってきた。頬の下にあざが目立つ若い女性が、哀れな状態で乗せられている。ふたりとも初めて見る顔だ。男のほうは十八歳にもなっていないだろう。にこやかに微笑み、少しぼんやりしているように見える。かわいそうに、この子はもしかしたら、自分が何に手を染めているのかまるでわかっていないんじゃないだろうか。

「これでわれわれの車椅子チームが揃った。最後の車椅子を押してきたのはアフィーフだ。少々動きはゆっくりだが、いい子だ」ガーリブは温かく微笑んだ。いったいなんなんだ、いまの笑みは？　この男も、他人になんらかの感情を抱くことができるのか？　ジュアンにはまったく想像できなかった。だが、ガーリブがこの若い男の子と交わす視線だけを見ても、愛情がこもっていて思いやりが感じられる。ふたりの間だけ、空気が違うのだ。ふたりの関係には何か裏がありそうだが、考えがまとまらない。何か重大なつながりがありそうなのだが……。

「アフィーフが準備に加わる予定はない。だが、最後にはいてくれてよかったと思うだろう。この子は穏やかな外見をしているが、振る舞いも穏やかだ。彼がそばにいれば、われわれを見て悪を連想する人間はまずいまい」

不意に凄まじい悲鳴と泣き声が上がったが、あっという間に静かになった。三人の女性が互いに気づいたのは一瞬だった。いま連れてこられた女性も体の自由を奪われていたが、世界中の薬品をかき集めて注射したとしても、とめどなく涙が流れるほどの激しい感情を押し殺すことなどできなかっただろう。車椅子に乗っているふたりの女性の表情は救いを得たかのようになっている。まるで、これで自分たちの肉体を死に委ねることができるとでも言うように。彼女たちは互いに視線を交わすことで、これまではなかった命綱をこしらえているかのようだった。だが、その命綱がこれから切断されることもわかっているかのようだった。

それは悲痛な光景に見えたが、ガーリブはまったく何も感じていないようだった。

「ご覧のとおり、ザイード・アル＝アサディの家族は再会を果たした。これで、喜んでわれわれに貢献してくれる車椅子の人間が四人、手に入った。一人ひとりにそれぞれの使命が与えられている。下の娘、ロニア・アル＝アサディを諸君が見るのは初めてだろうが、この娘にはアフィーフが数カ月付き添っていた。今回の目的のために特別に設計されたこの車椅子は、フランクフルトから乗ってきたバスの後部に置かれたケースの中に入っていたんだ」

数人がロニアの車椅子に近づいた。ひとりが正面にしゃがんでシートの下に設置された茶色い箱に片手で触れた。

「そうだ。風邪気味のわれらが友人、オスマンが賢明にもすぐに気づいたように、実はそれは電動車椅子によくあるバッテリーではない。諸君もすでに確認したとおり、何があろうとも、ロニアが自分でこの車椅子を操作できるようになることは決してない。その代わりにアフィーフがこれを押す。そもそも、この車椅子にバッテリーなどついていないからな」ガーリブは短く笑い声を上げた。

「アフィーフ、もう部屋に戻っていいぞ」彼に語りかけるガーリブの声は相変わらず、異様なほど優しかった。

アフィーフは麻痺したロニアの頬を機械的に軽く数回叩いた。この少年は少し頭が弱いのではないかとジュアンは思った。そのアフィーフがゆっくりと部屋を出ていく。

「ハミドが遠隔操作でこの箱の中身を爆破させることになっている。だが、それは何も目新しいことではない」ガーリブは続けた。「この車椅子の画期的な点は、爆発が二段階にわたって起きることだ。初めに背もたれが爆発し、少しあとにシートの下の箱が爆発する」

ジュアンはぎょっとして、車椅子に乗っているほかのふたりの女性に目をやった。母と娘たちが長い時間を経てようやく再会したというのに、こんな恐ろしい形で自分たちの最期について知らされるとは。さっき彼女たちが感情を爆発させたのは、下の娘が生きていたことに安堵したからだろうか。それとも、それはむしろ、言いようのない恐怖の表れだったのだろうか。

ジュアンは再び下の娘に目を向けた。とても興奮していて、数メートル離れたところからでも、首筋が脈打つ様子が見えそうなくらいだった。

するとハミドが歩み出て、ロニアの車椅子の前に立った。

「諸君はこんなふうに考える必要がある。これをよくある自爆攻撃だと思っているかもしれないが、そうではない。諸君は自爆ベストを着用したり、手榴弾《しゅりゅうだん》を使ったりして体を吹き飛ばすわけではない。われわれは、真の聖戦士が自分の運命を引き受け、勇気と意志を示す姿を世界中に突きつけるのだ」

ハミドはそれからアラビア語で何かを語り、メンバーのうち数人が彼に向かってお辞儀をした。それぞれ、誇らしげな表情で目配せし合っている。二、三人が天井に向けて人差し指を立てた。

ハミドは振り向いて下の娘に向き合うと、そのワンピースをめくった。スカートの部分が膨らんで見えたのは、そうなるように生地が縫われていただけだったようだ。というのも、服の下から現れた両脚はあまりにも細く、人間の脚とは思えないほどだったからだ。車椅子のシートと一体化しているように見えるほど肉がついていないのだ。

ハミドに遮られ、ジュアンの位置からはロニアが見えなくなった。だが、カチャリという金属音ははっきりと聞こえた。

ハミドがメンバーのほうに向き直った。「これは、ロニアの服の中に隠してあった武器のひとつだ」

そう言うと、短機関銃を掲げた。

「まあきみたちが笑うのも当然だ。ユダヤ人が開発した、最高レベルに非人道的で効果的な武器を使うことに決めたのは、確かに皮肉と言える。だが、われわれの目的にとって、九ミリ口径のこの非常にコンパクトなウージーは一級品だ。重量一・五キロ、全長六〇センチ、毎分何百発も連射でき、百メートル先からの命中率もすばらしい。きみたちはみんな、すぐにこの武器を使いこなせるようになる。使ったことのある者はほかの連中に使い方を教えてやってほしい」

ジュアンは目線を下に向けた。両手が激しく震えているのを感じる。だが、実際に見てみると、両手はぴくりとも動いていなかった。

ハミドは鼻をかんだ。「きみたちは、自分の扮装《ふんそう》についてよくわかっていると思う。それについてここで細かい話はしない。その代わり、これを配ることにしよう」

彼は壁にもたせかけてあった帆布《はんぷ》の袋を引き寄せると、口を開けた。

「この防弾チョッキは最高の品質だ。見てのとおり大変薄く、服の下に着ても違和感がないほど軽い。それについては、製造元に最大の賛辞を送りたい。デザインも優れていて、普通の黒いスーツベストを着ているようにしか思えないくらいだ」

　再び拍手が起きた。

「ジュアン・アイグアデル、きみにも一着やろう」ハミドが防弾チョッキを車椅子の前に投げてよこした。

「さぞかし不思議に思っていることだろうな。そろそろ、きみを何に使うのか説明するときが来たようだ。きみが作戦実行中に死ぬことはない。われわれは爆発物の設置場所からきみを遠ざけておくつもりだ。きみはテロ攻撃の準備を目撃するだけでなく、その〝上演〟を最前列で鑑賞し、さらには誰の手も介さずに報道する史上初のジャーナリストになるんだ。ほかでもない、きみがそれをやるんだ！　今回、世界は流血や瓦礫《がれき》にはさまれてちぎれた死体の映像を見るだけではすまなくなる。全世界がきみを通じてすべてを見る。まさにあらゆるものをだ。きみは自分が見たものについて取材を受け、それについて延々と書き続けることになるんだ」

　皮肉な脅しを受けて、ジュアンの頭には埋めがたい虚《むな》しさが生じた。これから自分に何が待ち受けているかを知り、ぞっとすると同時に安堵の思いもあった。俺は生き延びることになるのか。心臓の鼓動がひときわ高くなる。だが、その代償として、自分は息絶えるその日までおぞましい光景を何度も何度も繰り返し味わわなくてはならない。地獄のような光景は網膜に焼きつくことだろう。その後の自分は、以前とはまるで別人になってしまうはずだ。人々が泣き叫び、体をずたずたに引き裂かれて死んでいくのを何もできずに見ていることしかできなかった人間が、その後の人生をどうやって生きていけばいいのだろう。

　次にハミドはヘッドバンド付きのアクションカメラＧｏＰｒｏを手にした。『オレス・デル・ディア』の高給取りの記者が取材旅行で使っていたのと同じモデルだ。ハミドはそれをジュアンの頭に装着した。

「どうだ、いいだろう？」集まったメンバーがにやついた。「ジュアンの無垢《むく》な顔。加えて障がいがあるような様子、頭に付けたこの小さくて素敵なカメラ——感動的な光景じゃないか。そして、車椅子に乗った四人をうしろから押している人間には、どれだけの気遣いと敬意が向けられるか、考えてみてくれ」

ハミドは微笑むと、ガーリブに顔を向けた。

「さて、チョッキがあと二枚あるわけだが。ガーリブ、シナリオを明らかにしてもらえますか？」

笑顔など出る幕ではないはずなのに、彼らはまた微笑んだ。人間というものは、ここまで残酷になれるのか。ジュアンはあまりのことに、できることなら耳を塞いで、この悪夢のような情景から逃げ出したかった。

「ありがとう、ハミド」ガーリブが言った。「この二枚のチョッキは、マルワ・アル＝アサディと娘のネッラに着てもらう。遠隔操作で起爆可能な旧来型の爆弾ベルトが付いている。このふたりとロニアを自爆させるには、たったひとつのリモコンで足りるようにしてある。先ほど話したとおり、最初にロニアの背もたれの爆弾が破裂し、四十秒後にネッラ、その二十秒後にマルワの爆弾が破裂する。最後がロニアのシート下のやつだ」

ジュアンは胃の内容物がこみ上げてくるのを感じた。女性たちの目には激しい恐怖が浮かんでいる。ジュアンは彼女たちの精神が崩壊してしまうのではないかと怖くなった。女性たちは涙をぼろぼろ流し、絶えずまばたきをしていたが、無言だった。声を出すだけの力もないのだ。こんな悪魔の計画を本人たちに無理やり聞かせるとは、どこまで卑劣なんだ。こいつらは人の名に値しない！　ジュアンは何も考えられなくなっていた。これ以上残酷な話はもう脳が処理できそうにない。

「そうだ。時間差で爆発させる理由が諸君にも理解できたようだな。爆発まで猶予《ゆうよ》があれば、車椅子を押す一人ひとりが銃撃の時間を得ることができ、車椅子から離れて爆風から身を守る遮蔽物を見つけることができる。すべてが計画どおりに進めば、われわれの何人かは生き延びることになるだろう。あるいは全員の命が助かるかもしれない。それによって楽園までの道は長くなるだろうが、今後の作戦を次々生き抜けば、それだけ名声も栄誉もすばらしいものになっていく。神の御心のままに《インシャラー》」

　再び、数人が拍手をした。だが、スイス人らしき女は前に進み出て、何かを問いたげにガーリブを見つめた。

「爆弾が破裂し、みんなが散り散りに逃げた場合、誰がわたしたちを援護するんですか？　隊列を組んで同じ方向へ逃げるようにしたほうがいいのではないでしょうか？」

　ガーリブはなるほどというようにうなずいた。「よく考えたな。だが、そうすべきではない。われわれはあらゆるシナリオをシミュレーションしてみたが、ばらばらに逃げた場合が、最もリスクが低い。それから、われわれには最高の狙撃手がいる。その狙撃手がきみたち全員を援護してくれる。すでにフランクフルトで彼に仕事をしてもらったが、惚《ほ》れ惚《ぼ》れするような腕前だったようだ。諸君は彼を知らないまま、その姿を見ることもないだろうが、本人はすでに今日から然るべき位置についていて、もう準備ができている。計画実行より前に彼が見つかってしまうのではないかという不安があるかもしれないが、大丈夫だ。彼は諸君がこれまで目にしたなかで、最もイスラム教徒には見えない白人だ。大尉と呼ばれた人物で、パキスタンで訓練を受け、この三年間は絶えず前線に出動していた」

　嵐のような拍手がわき起こった。ジュアンの心臓が体じゅうにどっと血液を送り込む。麻痺した手足は痛み、頬がほてった。すべてがあまりにも恐ろしく、底知れぬほどの邪悪さに満ちている。頼む、次は致死量を超えた薬を打ってくれ。残りの人生をこの地獄の中で生きるくらいなら、死んだほうがましだ。

バルセロナのビーチであのテレビ取材班に気づきさえしなければ、運命は俺にはるかに慈悲深い面を見せていたはずなのに。

44

カール　残り2日

児童公園前の駐車場に沿って斜めに伸びるベアーヴァルト通りに停められたバスを、鑑識班が解体していた。すべてが取り外され、道に置かれている。座席、荷物棚、ポータブルトイレ、リアウィンドウの前に置かれていた巨大なケース、くしゃくしゃになった紙ナプキン、りんごの芯など、解体したりほぐしたりできたすべてのものが、散らばっていた。

「手がかりになりそうなものがきっと出てきますよ」

制服姿の男が言った。カールはドイツの警察機構はもとより、他人の階級になどまったく興味がなかったが、自信たっぷりに話すこの男の肩章にいくつも星がついているので、主任警部ぐらいなのだろうと考えた。だからといって、別にすごいとも思わなかったが。四時間後、男の声がトーンダウンした。なるほど、やっぱり小物だったか。

　朝四時、フランクフルトのホテルにいたヘルベルト・ヴェーベルは叩き起こされ、ベルリンのテンペルホーフ空港跡地の北で、車椅子用リフトつきのバスが発見されたと伝えられた。問題の車両に間違いないという話だった。一時間もしないうちに、ヴェーベルの同僚たちはアサドのスポーツバッグを含めたすべての装備とともにベルリンへ車で向かった。さらに二十分後、カール、アサド、ヴェーベルと彼の右腕の部下たちは、フランクフルトのライン＝マイン空港の保安検査場を通過していた。

　そして数時間経ったいま、一同は再び顔を合わせた。児童公園前のベアーヴァルト通りからウルバン通りまで、墜落した飛行機の残骸のように、車線の右半分に多くのバスの遺留品が置かれている。全員の目がそこに惹きつけられた。

「乗っていた人間がどこかで下車したあと、運転手がここまでバスを運転してきて停めたと考えるべきでしょう」ヴェーベルが言った。

　カールも同意した。「そうですね。発見されたくないのであれば、こんなに目立つ場所に停めたりしない。われわれにバスを見つけるように仕向けて、連中がこの近くにいると思わせるために、ここに停めたんだ。この辺りには移民が多いんですか？」

「まあ、それなりに」主任警部が答える。

「ということは、この界隈は捜索すべき場所としては論外ということですね？　彼らがフランクフルトで潜伏していた場所を思い出してください。いかにも連中がいるような場所ではありませんでしたからね」

　アサドが眉を上げた。「でもカール、彼らのすることはわかりませんよ。もしかしたら、今回はあえてバスの周辺にいるかもしれないし——前回のような辺鄙《へんぴ》な場所は選んでいないかもしれません」

カールは辺りを見まわした。派手な街並みではなく、落ち着いている。二階建て以上のアパートメント群があるものの、特に高さがあるというわけではない。

「この街について、そう豊富な知識があるわけではなくてね」カールはごく控えめにそう表現した。実際のところ、ベルリンといって思い浮かぶのは、ブランデンブルク門やチェックポイント・チャーリーといった歴史的遺産が集まった場所ということぐらいだ。あとはせいぜい、やたらでかいカレーソーセージとリットル単位のビールが飲み食いできるという程度の認識だった。

「そもそも、いったいここはどこなんです？」カールは主任警部に尋ねた。

彼は手で辺りをぐるりと示した。「ここはフリードリヒスハイン＝クロイツベルク区クロイツベルク地区といって、実際は、他国にルーツのある住民が多い場所です。北西にミッテ区、東にトレプトー＝ケーペニック区に属するアルト＝トレプトー地区、さらに北にパンコー区とリヒテンベルク区があります。ここから南にはノイケルン区がありますが、ここも移民の比率が高いところです。ベルリンは、いろいろな獣が野放しになっているジャングルだという認識をお持ちください。もちろん、テロ集団を探し出すためにあらゆる手段を講じます。ですが、それは簡単ではないと申し上げなくてはなりません。時間との闘いを迫られているだけでなく、利害や文化や住人同士の対立が見られる巨大都市という、視界の悪い沼のようなところで捜索をするわけですから。干し草の中のピンを探すなんてものではありません。砂漠で砂粒を探すようなものです。サソリやヘビやクモが待ち伏せしている砂漠です。そういう場所では時間が必要ですが、われわれには時間もありません」

なんとも言い訳のうまいやつだ。「防犯カメラはどうですか？」カールは尋ねた。

「もちろん設置されています。ですが、まずは通りに目を向けてみてください。カメラも時間も足りないのに、抜け道は山ほどあるんです。商店が違法に設置した店内のカメラが何か記録している可能性はありますが、それを見つけだすのにも時間がかかります」

カールはため息をついた。「近所を一軒一軒回って、住人がバスや乗客について何か語ってくれるのを期待するのも無駄ですかね？」

「無駄ですね」ヴェーベルがあっさりと言ってのけた。しらけさせるやつだ。

「どなたか、〝緑のある公共の場〟と〝低く飛ぶ鳩〟に関する謎を解こうとした人はいますか？」アサドが尋ねた。

「ええ、その件については十人を捜査に当てました」主任警部が答える。「鳩が集まるような場所はすべてチェックしました。ただ、ほかの大都市に比べると、ベルリンにはそんなに鳩はいないんです」

カールは不思議そうな表情になった。「と言いますと？」

「ええ、私も驚いたのですが。捜査班に、アマチュアながら鳥類に詳しい人間が数人おりまして。彼らによれば、ベルリンの鳩の個体数は二十年前に比べて三分の二以上も減少しているそうなんです」

「それで、いまは何羽なんです？」カールが突っ込む。

「およそ一万羽です。鳩たちにとって最大の脅威は、建物や橋脚や外壁の突起部分に張られたネットやワイヤーや剣山型の鳩よけですね。巣作りの場所がなくなりますから」

「ベルリンの人は鳩が嫌いなんですか？　糞害があまりにひどいとか？」

主任警部は軽く首を振った。「私に直接訊いてますか？」

「ええ」当たり前だ。あんたをしっかり見て尋ねたじゃないか。

「私は鳩についてはなんとも思っちゃいません。やつらの排泄《はいせつ》量なんて、犬の落とし物に比べたらまったく大したことありませんよ。ベルリンの街中で見つかる犬の糞は年間二万トンですよ。私の意見では、そのほうがはるかに迷惑です」

なんと、俺の気持ちがわかる人間がここにいたとは。まだパトロールに出ていたころ、署に戻って報告書の記入をしていると、毎回靴底から悪臭が立ちのぼったもんだ。そのせいで俺までぷんぷん臭い、同僚から顰《ひん》蹙《しゅく》を買ってたっけ。

「それに、ベルリンにはオオタカが大量にいるんですよ」主任警部が言い足した。「そのおかげで、鳩の数が抑えられているんです」

「オオタカ？」アサドが驚く。

「ええ。百を超すつがいがいますよ。大都市としてはほかに例がないですね」

「オオタカは木に巣をつくるんですよね？」アサドの言葉は質問ではなかった。「それなら、オオタカの最大の密集地を捜査するよう頼まなくては」

「なぜです？」

「もし私が鳩で、オオタカが空を旋回していたら、低く飛ぶでしょうから」

役に立ちそうもない仮説だ。だが、発想としてはなかなか面白い。カールはアサドに笑いかけた。しゃがんで一心不乱に地図を見ているアサドには、少々息抜きが必要かもしれないと思ったのだ。だが、アサドは〃時よ止まれ〃とでも言いたげに、五分おきに時計に目をやっている。

「何か見つかったか？」主任警部が鑑識班に呼びかけた。

鑑識官は首を振った。

すると、そのなかのひとりが近づいてきた。「カーテンに隠されてバスの後部にあったケースには、まわりにビニールのシートを巻いたものがあったはずです。シートの断片がケースに貼りついていましたが、残りはすべてはがされています。そのため、中に何が入っていたのか、正確なところはわかりません。ただし、スキャナーを使ったところ、爆薬の痕跡が検出されました」

ヴェーベルは驚いたようだったが、それを表には出さなかった。

「憂慮すべき点ですね」ただそう言っただけだった。

「それで、トイレのほうはどうでしたか？」

「よくある化学物質を含んだ液体以外には何もありません。おそらく、サービスエリアのトイレを使っていたんでしょう」

ヴェーベルは部下に向かってうなずいた。「われわれのほうではやつらについて何も有用な手がかりはないのか？ 防犯カメラの映像はどうだ？ クレジットカードの購入履歴は？」

これといった手がかりはないようだった。ヴェーベルは主任警部にも進捗《しんちょく》状況を尋ねた。

「少なくともいまはまだ何もありません。ですが、座席の背もたれのいくつかに長い髪の毛が見つかっています。ＤＮＡ検査に送り、フランクフルトの家で発見されたものと突き合わせたほうがいいでしょうか？」

主任警部はヴェーベルを見つめたが、彼は首を横に振った。

「やつらは間違いなくこのバスを使用しています。ＤＮＡ検査でも一致するでしょう。ですが、この状況でそれがなんの役に立つか。まあ、検査に送ってもいいとは思いますが、結果が出るのを待つ余裕はありません」

「バスの周囲は捜査済みですか？ もしかしたら連中が落としたり、うっかり捨てたりしたものがあるかもしれません」カールが言った。

「使用済みのティッシュペーパーが何枚かあっただけで、ほかには何も見つかりませんでした。座席の下にも一枚ありました。そこから何かわかることはないか、すぐ鑑識官に尋ねてみます」

「了解です」ヴェーベルはそう言うと、カールとアサド、そして自分の部下たちに目を向けた。

そのとき、ヴェーベルの携帯電話が鳴った。

電話を耳に当てながら、彼はしばらく突っ立ったまま、うつろなまなざしで宙を見つめていた。だが、不意に目を細めると、上空を指さした。カールには何がなんだかわからなかった。

「ほら、見てください」電話を終えると、ヴェーベルは笑みを浮かべながら再び上空を指さした。「オオタカが一羽、気流に乗って飛んでいます」そして鳥から現実へさっと視線を切り替えると、電話の内容を話しだした。

「フランクフルトの捜査員が彼の写真を手に入れました」

「誰の？」

「うちの人間をふたり殺した狙撃手の写真です」

「すごいぞ！　じゃあそいつを止めるチャンスがあるじゃないか」カールが大声を出した。

だが、ヴェーベルはそれはどうかなという顔になった。「マンションの住人が、銃撃の二日前にバルコニーから撮影していたんです。男の顔はかなりはっきりと写っているそうです。小さなスーツケースを提げ、エントランスのドアを入っていくところでした。これはちょっとした騒動になるでしょうね……」

「なぜです？」カールが尋ねる。

「第一に、この男は無名の人物ではないからです。第二に、これを撮影した男性が、たくさんの民間放送局に写真を売ったからです。そのため、狙撃手の身元はまたたく間にドイツじゅうに知れ渡ることになるでしょう」

「なるほど。それはまさに理想的な状況じゃないですか？」

「考え方次第ですね。この男については、すでにドイツじゅうが知っているんです。名前はディーター・バウマン、ドイツ人。連邦国防軍の元大尉で、二〇〇七年にアフガニスタンへ送られ、九週間後に誘拐されました。長いこと消息不明で、ようやく本人と連絡が取れたのは、アフガニスタンの誘拐犯から一千万ユーロの身代金の要求があったときでした」

「当ててみましょうか」アサドが口をはさんだ。「ドイツは身代金を払いませんでした」

ヴェーベルはうなずいた。「払うつもりだったとは思います。また、金額を抑えることや、賢明な解決策も模索していただろうと思います。ですが、準備ができたときにはバウマンはまったく行方知れずになっていました。そのため、ほかに誘拐された人間と同様、彼も処刑されたのだと思われていました」

「それじゃあ、ドイツの人たちにとって、彼は英雄みたいなものでは？」カールが尋ねる。

「兵士がひとり戦死したくらいではめったに行なわれないのですが、バウマンのためには追悼式が行なわれました。まるで解放の失敗を埋め合わせようとしているかのように。しかし、十一年経ってから、その彼がいきなり姿を現した」

アサドが地図を折りたたんだ。「彼は過激派に染まったんでしょう。寝返った英雄というわけです。テロリストにとっては最高の宣伝です。なるほど、問題点が見えてきました」

「どんな問題点ですか？　私がまったく気の進まない会見で、またもひどい目に遭わされること以外に」ヴェーベルが訊く。

「彼の出現によって混乱が引き起こされ、ガーリブから世間の注意が逸れます」アサドが答えた。「この一件が広まると――といっても、それは次にガーリブがよこすメッセージの内容次第とも言えますが――、ドイツ全土の関心は、いまやアンチヒーローとなったバウマンがどこに隠れているのかということに集中するでしょう。すべてが彼の捜索に向けられます。ヴェーベルさんご自身も、〝これはちょっとした騒動になる〟とおっしゃいましたよね。そのとおりです。そしてまさにそれが、ガーリブの目的に違いありません。警察はこれから全力で裏切り者の捜索を行なうでしょう。なにせドイツじゅうが味方についていますから、彼の逮捕につながる手がかりを逃しようがありません。ですが、警察が彼を逮捕するより先に、ガーリブが非常に効果のある形で世間にメッセージを発するでしょう。賭けてもいいです」

「まだあります」ヴェーベルが言った。「フランクフルトのマンションの部屋を〈エアビーアンドビー〉経由でディーター・バウマンに貸していた夫婦から話を聞けました。錠剤シートのアルミ箔《はく》のかけらが落ちていたようですが、彼らのものではないそうです。バウマンが捨てたものとみて間違いないでしょう」

「この男にしては、ちょっと軽率じゃないですか？」カールが言う。

ヴェーベルが答えた。「どうとらえるかですね。非常に特殊な薬ですから」

アサドとカールは怪訝そうにヴェーベルを見た。

「その薬は病状が非常に重いときに服用するもので、それも、たいていは残された時間があまりない場合に使うものだそうです」

「彼は重病だということですか？」アサドが確認するように言う。

「そうです。おそらく、バウマンはこういう方法で、自分がもう助からないということ、したがって何も恐れるものはないということをわれわれに伝えようとしたのでしょう」

一同はじっと互いを見つめた。

つまり、もはや何も失うものがない危険きわまりない人間がもうひとりいるということだ。


「何をしてるんだ、アサド？」

相棒の横に腰掛けた瞬間、カールはベンチの冷たさに飛びあがりそうになった。アサドは小さなメモ帳を手にしていて、その二ページ分に何かがびっしりと書き連ねてあった。キーワードが思い浮かぶのを待っているかのように、鉛筆の先が紙の上で止まっている。

「見てもいいか？　おまえの考えていることを補足できるアイディアが浮かぶかもしれん」

アサドはカールのひざの上にメモ帳をぽとりと落とした。その目は相変わらず木々を見つめたままだ。

カールはメモを読んだ。想像どおり、テロ集団を捜索するうえで役立ちそうな事実が列挙されている。

1　アブドゥル・アジム／ガーリブがリーダー
2　身元が明らかになっている女がふたり。ひとりはジャスミン・カーティス、スイス人、四十五歳。もうひとりはベーナ・ローター、ドイツ人、四十八歳
3　爆発物が仕掛けられた車椅子がおそらく二台
4　マルワとネッラがそれに乗っている？
5　ハミドとは？　彼がミュンヘンのカメラマンを雇った？　彼がガーリブの右腕？
6　メンバーのひとりが風邪を引き、誰かにうつした可能性も？
7　メンバーはおそらく、明らかにイスラム原理主義者とわかるような格好はしていない。髭を剃り、西洋人のような服装？
8　鳩が低く飛ぶ場所を見つけることが必須
9　あるいは、鳩が何か特別な意味を持つ場所を見つけること

10 フランクフルトの公園で狙撃した男を仲間に引き入れたのは誰？ ハミド？

11 バスを手配したのは？ ハミド？

12 フランクフルトの一軒家を手配したのは？ ハミド？

13 ディーター・バウマンはなぜ、あえて自分の写真を撮らせた？

14 フランクフルトでバウマンがやったように上から銃撃できる場所を探す？

15 ジュアン・アイグアデルの居場所は？

16 ジュアン・アイグアデルの携帯電話はどこ？ なぜGPSで位置の特定ができない？

17 ベルリン市内で、オオタカが最も多く集まる場所は？ 重要な情報か？

18

カールとアサドは一覧を眺め、同じことを考えていた。これさえわかれば、ほかの情報は不要だと思えるような十八番目の情報にどうやってたどり着けばいいのか？

「どう思う、アサド？」

「すべての情報が重要だと思います。連中が襲撃を計画している場所がまずわかれば、かなり有利になります。そこでテロ集団を直接見つけだすことができるでしょうから。そう考えると、この中にはダイレクトで重要な情報が一、二点あると思います。私の言っていること、わかりますか？」

「八番と九番のことを言ってるのか？」

「そうです。ガーリブ自身が私たちに警告したじゃないですか。〝鳩が低く飛ぶ場所〟と。そこで何かが起こるんです。彼は私たちに方向を示したんです。その手がかりを追うことが正しいのか間違っているのか、わかりません。ですが、まず無意味ということはありえません」

「ちょっと待ってくれ」カールが携帯電話を取り出した。

「ハロー、ローセ」気が滅入る状況だったが、カールは精一杯明るい声で電話に出た。「どうだ、例のサムライをとっ捕まえたか？」

だが、ローセはカールのテンションについてくる気はないようだった。「ほかに重要な問題があるんです。わざわざ馬鹿みたいな声で話そうとしないでください。いまはそういう気分ではありません。いいですか？」

なんだよまったく、今度はどうしたっていうんだ。俺のテレビをぶっ壊したか？　公用車にガソリンじゃなくて軽油でも入れたか？　それともゴードンに一発ビンタを食らわせたあとなのか？

「本来ならお祝いを言うべきところですが」ローセは続けた。「でも、いまはふさわしくないと思いますので。ともかく、聞きました。マティルデと話したんです」

「何を知ってるって？　マティルデってどこの？」

「モーナのお嬢さんですよ、もう。自宅に電話したら彼女が出て、モーナに問題が起きたと聞いたんです。昨日、警察本部に出勤する途中で出血したと」

カールは体が震えるのを感じた。携帯電話を握りしめ、動揺して地面を見つめる。周囲が真っ暗になってしまいそうだった。

「カール、聞いてますか？」

「ああ、聞いてる。モーナはどこにいる？　もしかして……流産したのか？」

「いいえ、でも具合はあまりよくなさそうです。王立病院に救急搬送されて、いまも入院しています。帰ってきたほうがいいと思いますよ、カール」

このところの進展のない日々にカールは消耗していた。アサドならともかく、自分がそうなるのも不可解だが、前向きな気持ちになどまるでなれないのだ――アサドの目を見ていると、よけい気分が沈んだ。こいつはそのうち自制心を失い、殺しの衝動を抑えきれなくなるのではないか？　すべてのコントロールが完全に効かなくなるのではないか？　カールは何度もそう考えては不安になった。さらに、爆弾テロが発生し、無数の人々が命を失う瞬間、それに対して自分が何もできずにいる瞬間を思うと恐ろしかった。程度の差こそあれ、あらゆることを経験してきたものの、一介のデンマークの警察官である自分がこんな現場に居合わせるとは。カールは、自分がこれから起こることに心の準備ができているのかどうか、まったくわからなかった。二日後、アサドはどこにいるだろう？　三日後は？　四日後は？

　そのとき、彼の命はまだあるだろうか？

　カールは胸に覚えのある圧迫感を感じた。もう長いこと襲ってくることのなかった感覚。痛みを感じながら、再発の理由を悟った。いまこの瞬間、何が最悪かって、それはモーナの具合が悪く、俺たちの子どもが失われるかもしれないということじゃない。そう考えただけで目の前が真っ暗になりそうなのは確かだが、問題はそこじゃない。最悪なのは、ベルリンから引き上げるのにもっともらしい理由ができて、俺が心の底ではほっとしていることだ。アサドからも、プレッシャーからも、今後起こりうるあらゆる悲惨な出来事からも逃げ出すことができると。俺はなんて卑怯《ひきょう》な人間なんだ。なんて恥ずかしい人間なんだ。情けなくて情けなくて、穴があったら入りたいぐらいだ。

　知らぬ間にカールの手から携帯電話が離れ、地面に落ちた。胸の痛みが耐え難いほど強くなっていく。全身に疲労が広がっていく。

　カールは力を振り絞って顔を上げ、相棒を見た。カールがひどいパニック発作を起こし、いまにも打ち負かされそうになっていることをアサドは察したようだ。ひどく心配そうな目つきになっている。

　カールが倒れる寸前、アサドがその体を支えた。

「何が起きたのかわかるような気がします。家に帰らなくてはならないのでしょう？」

カールはうなずいた。そうする以外、どうしようもなかった。

45

ガーリブ　残り2日

「この街のガイドをしてくれるのはリンダ・シュヴァルツという女性だ。待ち合わせ場所は地下鉄の駅」

ガーリブは地図の一点を指さした。

「これが彼女の写真だ。見てのとおり、アーリア人の血を引く者として完璧といっていい。自信に満ちていて早口で、見事な金髪をアップにし、怪しまれる要素はまったくない。〈シャルロッテンブルク・ツアー社〉のガイドで、会社のロゴが刺繍された洒落た制服を着て、黒い傘を持っている。目印になるように」

ガーリブが写真を回すと、なるほどと納得するささやき声があちこちで聞こえた。彼女は計画にぴったりの人物だった。

「そう、彼女は好奇の目から逃れる盾としてこのうえなく役に立ってくれる。男は誰でも、美人に目が吸い寄せられるからな。本人も、諸君に会うのを楽しみにしているそうだ」

ガーリブがそう言うと、どっと笑い声が上がった。

「ユダヤ人観光客のガイドをするのは初めてではないそうだ。だが、これが最後になるだろうね」

彼らの笑い声はもはや止められないほどだった。

ガーリブがキッチンテーブルに地図を広げる。

「ハミド、撮影を開始してくれないか。それからベーナ、ビデオに映るようにジュアンの車椅子を押してテーブルまで連れてきてくれ。そうすれば彼も実行の日の流れについてよくわかるだろう」

「実行はいつですか？」ひとりが尋ねた。

「それについては、私ひとりの力でどうこうできることではない。だが、大部分の準備は完了している。私に言えるのはここまでだ。すでに話したとおり、大尉はベルリン入りして待機中だ。体調はよくないが、薬を服用していて決意を固めている。任務を最後までやり遂げるつもりだ。その点は信頼していい。さらに、諸君の脱出経路についても調整済みだ。生き残った者はあとで集合し、ハミドが次の目的地まで連れていくことになっている」

「実行の日時はどうやって決まるのですか？」

「ザイード・アル＝アサディが、然るべきときに然るべき場所に姿を現したらだ」

「やつは、どこが然るべき場所か知っているのですか？」

「まあ、知らないのならわれわれが手を貸してやるほかあるまい。遅くとも明後日には実行の運びになるだろう。それは約束する。さあ、取りかかろう」

ガーリブは忠実な信徒たちを見まわすと、四人を選んだ。

「ジャスミンと諸君三人でグループをつくり、リンダ・シュヴァルツと地下鉄駅で会ってもらう。時間は十分ある。諸君はテルアビブから到着したばかりということになっているので、街や歴史について彼女に質問すること――ユダヤ人観光客はそういうことに関心があるからね。リラックスして陽気に振る舞ってくれ。彼女は諸君を案内して街をめぐり、ここの公園を経由して目的地へ直接連れていく」

そう言うと、ガーリブはファディに顔を向けた。

「その間、きみは障がい者用のバスを運転して目的地に向かう。言葉に関してはベーナがいるから大丈夫だ。そのあと、きみとベーナ、オスマン、アフィーフはそれぞれ車椅子を押して目的地に入り、教会のエントランスに近づいたら、三班に分かれる。第一班はベーナとネッラ。諸君は車椅子用のスロープを使って中に入る。第二班はファディとマルワで、少し時間をおいてからあとに続いてくれ。ただし、第三班のオスマンとロニアは教会前のスロープ中央で待機する。その間に、アフィーフがジュアンを連れてこの角まで行く。それでこのふたりは現場から安全な距離が取れるはずだ」

「それで、ガイドは？」

「彼女は車椅子の女たちも含め、新たに加わったメンバーに挨拶する。そこでジャスミンたちの案内から外れ、ベーナとネッラとともに中に入る。身に着けている小道具に注意してくれ。何ひとつ落としてはならない。男性諸君は髭がしっかり接着され、もみあげが帽子から正しく下がっていることを確認すること。直接目の前に垂れるようなことがあってはならない」

再び笑いが起きた。これでいい。彼らは作戦を理解していて、戦いへの士気も十分高まっている。

ガーリブはジャスミンとベーナに顔を向けた。「目的地に向かう間、それぞれ目立たないようにしてほしい。ただ、何か対応する必要に迫られたら、すぐに応じてくれ」

「女に頼るのか」と男たちから不満の声が上がるかと思ったが、文句は出なかった。言葉に関して言えば、男たちの能力は不十分だ。彼らはそれを自覚しているらしい。

「そのあとはハミドの合図を待つように。ハミドが作戦を開始する。そのときまでに、ジャスミンたち四人は、ロニアの車椅子に設置した荷物入れから武器を取り出し、すぐにそこから離れて教会の正面とうしろにふたりずつ分かれて立つこと。周囲から仲間だと思われないようにしろ」ガーリブはそう言うと、地図のある地点を指さした。「まだある。女たちの乗った車椅子は、ここと、ここと、ここに停めるように。ネッラとマルワは教会内部のここ、ロニアはこっちだ。アフィーフ、きみはジュアンを連れてここの角に立ち、ジュアンのカメラを作動させるんだ。いいか、作戦実行中はずっと、ここのランプがつくようにするんだ」

ハミドがあとを引き受けた。「マルワとネッラの車椅子を押して教会の中に入れたら、ベーナとファディは急いで出てくること。ファディはスロープから直接広場に飛び込む。攻撃の火蓋を切るのはファディだ。ベーナとオスマンは彼を援護してくれ。諸君はみな、自分の持ち場がどこで、どの方向に撃つべきかわかっているはずだ。銃撃の際にはそれぞれの持ち場からあとずさりして離れろ。つまり、爆発が起きたときには、すでに危険なポイントにはいないよう、準備しておくんだ。もちろん、警備の人間や警察から銃弾を浴びることは覚悟しなくてはならない。だが、大尉の加勢で損失は最小限に抑えられるはずだ」

ガーリブがうなずいて同意を示した。「そのとおりだ。警察と情報機関がわれわれを追っていることは十分承知している。期待していたとおり、彼らはバスを発見した。当然ながら今後、多くのことを解き明かしていくだろう。われわれは攻撃地点に彼らが来るまで、できるだけ時間を稼がなくてはならない。この作戦に対し、彼らが態勢を整えるようなことがあってはならない。そのために、われわれはザイード・アル＝アサディを利用するのだ。これだけの準備にもかかわらず、警察と情報機関の合同部隊と攻撃地点で鉢合わせするようなことになったら、彼らには地獄を見せてやろう。向こうの犠牲者が多ければ多いほど、メディアも派手に反応するからな」

46

アサド　残り2日

カールがアサドに別れを告げてタクシーに乗り込むと、アサドの心は決まった。家族を救い出すために命を失うなら、それでかまわない。自分の行動が引き起こした不幸のすべてに責任を取ろう。死ぬことは怖くなかった。だが、ひとりで死ぬつもりはない。ガーリブにも同じ道をたどらせてやる。

アサドはメリアホテル五階のプレミアムルームに座り、パノラマウィンドウからベルリンの光の海をじっと眺めていた。この住宅地のどこか一角に、マルワとネッラが閉じ込められ、苦しんでいる部屋がある。

彼女たちは俺が生きていて自分たちを探していることを知っているだろうか？　そうであってほしい。だが、それが彼女たちの希望になるだろうか？　あらゆる辛苦を味わわされたあとで？

アサドは掛け布団を引っ張った。布団の上には点検したばかりの武器のパーツがばらばらに置かれ、再び組み立てられるのを待っていた。枕元にはここまでの情報や疑問を箇条書きにした一覧表がある。もう何百回も目を通したが、読めば読むほど疑問が膨らむばかりだった。八番目と九番目の答え、つまり鳩にまつわる公共の場、あるいは鳩が低く飛ぶ公共の場を探し出せなければまずいことになる。

だが、いったいどこから手をつければいいのだろう？

アサドは空白となっている十八番に何度も目をやった。十八個目の情報が手に入れば、ほかの番号に共通の手がかりが見えてくるのだろうか？　それが、もつれた毛糸玉から顔を覗かせる糸の端となる可能性はあるだろうか。それを引っ張れば、玉がほどけて手がかりをある程度たどっていけるような……。だが、そのためにはまず、糸の端を探さなくてはならない。

アサドは時計を見た。真夜中になっていた。久しぶりの孤独感。カールはコペンハーゲンに戻り、ヘルベルト・ヴェーベルは六階の自分の部屋で横になっているだろう。おそらく、ヴェーベルはまだ気持ちが収まっていないはずだ。寝返ったディーター・バウマンによってフランクフルトで部下ふたりが殺害された一件で、報道陣から徹底的に吊るし上げられたのだ。

アサドは疲れを追い払おうと顔をこすった。まったく、カールに見捨てられるとは。カールの動揺はよくわかる。だが、どんな状況なのかはっきりするまで待つことはできなかったのだろうか？　俺は、誰と意見を交換すればいいのだ？　カールはそばにいて俺が暴走するのを止めてくれるはずじゃなかったのか……。

アサドは最も気に入っている拳銃数挺をかき集め、シュプレー川を何度も眺めた。ドイツ最重要都市の生命線は、ホテルの脇を穏やかに流れている。ふと、自分たちはここに到着したときから、メエメエ鳴く羊の群れよろしく、ガーリブに追い立てられているだけなのではないかという気がした。あの卑劣漢に！

アサドは礼拝用の絨毯に仰向けになり、天井を見つめた。進展のない毎日のせいでくたくたで、神経も過敏になっていた。この状態が続いたら、凄惨《せいさん》な事件をなすすべもなく眺めるだけになってしまいそうだ。だめだ、絶対にそんなことがあってはならない！　だが、どうやったら毛糸玉をほぐす糸の先端が見つかるんだ？

彼は目をつむり、メモに書きつけた疑問に集中した。ガーリブがベルリンをテロ攻撃の地に選んだことが、糸の先端と言えるのかもしれない。だが、なぜここを選んだのか？　ドイツ最大にして最も重要な都市だからか？　この首都では、これまでにも恐ろしい出来事がたくさんあったからか？　ここを起点にしてあまりにも悲惨な出来事が起きたからか？　あるいは、ガーリブがこの街に何か特殊なつながりを持っているのか？

アサドは首を振った。まるでわからない。

三十分ほど不毛な問いを繰り返してからアサドは心を決め、十八番目の空白に書き込んだ。〝ハミドはおそらくフランクフルトでムスタファを仲間に引き込んだ。だが、どうやって？　それを突き止めること〟。

そのとき、スマートウォッチが振動した。電話がかかってきたようだ。

「起きてるか？」カールはいつもそう訊いてくる。電話に出ているのだから、起きているに決まってるのだが。

「いいえ。シンデレラのような深い眠りについていました。何か思いついたことでも？」

「それを言うなら、眠れる森の美女だろ、アサド。調子はどうだ？　何かわかったか？」

「病気なんじゃないかと思うくらいですよ。もしかしたら、そうなのかもしれません。モーナの具合はどうです？」

「病院に行ったがもう時間が遅かった。彼女はとっくに寝ていたよ。だが、容態はよくない。依然として流産の危険があるそうだ。それでも彼女は必死に闘って状態を安定させようとしている。現時点では、それ以上のことはなんとも言えないらしい」カールは少し沈黙した——何かを言うことがためらわれるような沈黙だった。

「それでだ、アサド。本当に悪かった」ようやくカールが口を開いた。「モーナの容態が明日か明後日にでも落ち着いたら、すぐにそっちへ戻る。約束するよ」

アサドは返事をしなかった。明後日はあまりにも遠い未来だ。そのころにはもうすべてが失われているかもしれない。

「ハミドが鍵だと思うんです」代わりに、アサドはそう言った。

「ハミドが？　なぜだ？」

「一覧にしたポイントの多くがハミドにつながるんです。ミュンヘンで撮影された動画を見て気づいたでしょうが、あの角刈りで西洋の服装をしていたら、どうしたって典型的なアラブ人には見えません。ガーリブと違って、ハミドはドイツに住んでいるんじゃないかと思うんです。あれこれ現地で手配した人間がいるはずですからね。バスにしても、フランクフルトの借家にしても、メンバー調達にしても、ベルリンでの安全な隠れ家にしても。さらに、ミュンヘンのカメラマンも、フランクフルトで襲撃してきたムスタファも、彼を銃殺したイスラム教徒のドイツ人大尉も、ハミドが勧誘したのではないかと思います」

「そうか、だが……」カールは先を言いかけて、出し抜けに言葉を切った。

「どう思います？」三十秒待ってもカールが自分の考えを明かさないので、アサドが促した。

「ハミドはいったいどうやって、ムスタファを勧誘したんだ？　だってムスタファはフランクフルトに住んでたんだろ？」カールは納得がいかないようだった。

「そのことについて、情報機関の報告書に記載がありましたか？　やつが殺されてからなんだかんだで一日が経過している。ヴェーベルの部下たちは総力を挙げて捜査を行なったはずだ。彼らの調書はじっくり目を通すだけの価値があるぞ」

「午後に読みましたけど、何も情報は得られませんでした。彼らはムスタファの家族に事情聴取を行なっています。当然ながら、両親は息子が過激な思想に染まっていたとはまったく知らず、誰に勧誘されたのかもわからないということでした。ムスタファはごく普通の若者で、そういう道に行ってしまうような兆候はまったくなかったと両親は語っています」

「なるほど。だが、よくある話じゃないか？　ごく普通の少年と、ショックでわけがわからなくなっている両親だろ？　ヘルベルト・ヴェーベルを叩き起こして、もう一度調書を読ませてもらったほうがいいと思うぞ」

「そもそも調書に何か新たな事実が記載されているなら、ヴェーベルの部下たちがとっくに捜査に当たっていると思いますけど」

「確かにそうだ、アサド。だが、ヴェーベルの部下はおまえとは違う。だろ？」

それからまた、例の気になる沈黙が生まれた。どう反応しろと？　人をこんなふうに持ち上げるのは、何か裏があるときだ。カールだってそのくらいはわかっているはずだ。俺に何かをそそのかしているのか？

「好きなようにすればいいさ、アサド。気をつけろよ。明日また電話する。おやすみ」

そして電話は切れた。

「いえ、寝てませんよ。こちらに来てください。バーにいます。まったく、こんな毎日で眠れる人間がいると思いますか？」

電話口でのヘルベルト・ヴェーベルは、まだしっかりしていたが、窓の前のひじ掛け椅子でアサドを迎えるころにはぐでんぐでんになっていた。ヴェーベルにとって仲間の殉職は初めての経験だったのだろう。彼の息はそのまま殺菌に使えそうなほどアルコール臭く、ほとんど目を開けていられない状態だった。

「ムスタファの両親の供述書をもう一度読みたいのですが」アサドは前置きなしで切り出した。

「あの書類は手元にはないんです」ヴェーベルはそう言うと、威厳のある男にしてはぎょっとするくらい甲高い声で笑い、バーにいた客がいっせいにこちらを見た。

「では、どなたが持っているんですか？」「ちょっと待って」

ヴェーベルは指を一本立てた。ズボンのポケットをあちこち探る。「これを」もごもご言いながら、アサドに自分の携帯電話を渡した。「暗証番号は４３２１。調書はＧメールに添付されていて、ファイル名はafhmustafaです」

Ｇメールなんか使ってるのか？　その上この世で最高に単純な暗証番号とは！　捜査を指揮する情報機関のエリート職員がこんなことでいいのだろうか。

「アサドさん、これは調書ではありません。もっといいものです。事情聴取のときの録画です。どうぞ、あなたのメールアドレスに転送してください。そして私にコニャックを一杯おごらせてあげましょう。あなたも一杯やるといいですよ。飲みたいに決まってます」

「私はアルコールは飲まないもので。でも、ありがとうございます、ヴェーベルさん」

アサドは動画を転送した。フロントの近くに落ち着けそうな無人のL字型ソファがあったのでそこに腰掛けた。

ムスタファの両親はいまにも卒倒しそうな様子で、動画を見るのがつらかった。ふたりは泣き叫び、髪をかきむしり、ムハンマドに慰めを求めた。家の呼び鈴が鳴り、息子の所業と、その死が伝えられてから二十分も経っていないようだ。

いっそ早送りしたかったが、警察の通訳者がすべてを聞き取っていないかもしれないと思い、アサドは細心の注意を払って両親の言葉に耳を傾けた。彼らの話すことと通訳の内容はほとんどが一致していたが、訳されていないフレーズもいくつかあった。熟練の通訳者のようで、両親がどれだけ感情的になろうとも淡々と仕事をこなしている。彼らが息子への愛情や息子を失った悲しみをしゃくりあげながら言葉にしようとしていると、通訳者は内容を短くまとめ、これまで語られていないことだけをドイツ語に置き換えた。これでは、ヴェーベルの部下たちがあまり心を動かされたように見えないのも無理はない。

ムスタファの交友関係や過激思想に染まったきっかけに質問が及ぶと、母親は、かぶっていたスカーフが肩に滑り落ちるほど激しく首を横に振った。

「誰もムスタファを過激派になどしていません」むせび泣きながら母親が答える。「あの子は信仰にあつく、人に危害を加えるようなことはありません。父親の同伴なしでは、絶対にどこにも行きません。学校に通い、礼拝の時間を忘れず、モスクに行くときは決まって父親といっしょでした」

「何が起きたのかわかりませんが」父親もすすり泣きながら答えた。「ムスタファは非常に健康的で、私と同じようにスポーツをしています。並外れて体が丈夫で、ボクシングではユースのレベルを超えていました。プロになりたがっていて、本当に自慢の……」

父親は言葉を切った。それ以上続けられなかったのだ。

　しばらくして父親が出し抜けに立ち上がったので、コップのお茶がテーブルにこぼれた。二十秒後、父親は消火器のサイズほどの銀の優勝杯を手に戻ってきた。

「見てください！　ウェルター級で優勝したときのものです。ムスタファはテクニカルノックアウトで全試合を制したんです」

　父は目を拭うと、優勝杯をカメラに向けた。大の男が唇を震わせて息子を擁護《ようご》しようとしている姿を、アサドは直視できなかった。自分があの公園に足を踏み入れていなければ、ムスタファは生きていたかもしれないのだ。

「あの子はどんなふうにトレーニングすればいいか、何を食べなくてはならないのか、いつもきっちりわかってました。本当に賢くて、いい子で。ああ、なぜ運命はわれわれにこんなに試練を与えるのでしょう？」

　父親は、優勝杯に刻まれた文字が見えるよう、腕を少し下げた。

　アサドは一時停止をタップし、数秒前からもう一度再生した。優勝杯には〝ジュニア選手権二〇一六ウェルター級　ヴィースバーデン－ベルリン〟と記されている。

　アサドはため息をついた。

「これは大きな大会でムスタファが初めて優勝したときのものです。去年はベルリンで行なわれた大会でも優勝しました。それも、ミドル級です。あの子にとっても私にとっても、すばらしい日でした」父親がまた泣きだした。母親が近づき、その手を握る。

　アサドは座ったまま、いま自分が見た動画について考えてみた。そして、立ち上がった。横向きに窓にもたれかかっているヴェーベルに手を振って別れを告げる。あの様子では、じきにバーから放り出され、部屋に帰されるのではないだろうか。

アサドは記憶を探った。

ミュンヘンのカメラマンが撮影した動画を見たのは数日前のことだが、目を閉じるといまでも映像が浮かんでくる。その映像はアサドを不安にさせると同時に、期待で満たしてくれるものだった。彼はもう一度、あの情景をはっきりと記憶から呼び起こした。ガーリブとハミドがカメラマンの薄暗いリビングで親しげに話をしている。一連の事件で、ハミドが登場したのはこれが最初だ。ハミドは腹を決めているように見え、ガーリブも彼には大きな信頼を置いているようだ。深刻な状況にもかかわらず、ある時点でふたりは笑う。それが強烈に印象に残っていたのだが、その理由をいま、思い出した。何を話しているのかは聞き取れなかったが、ハミドは話の途中で何かを表現しようと勢いよく立ち上がり、プロボクサーのように敏捷《びんしょう》にステップを踏んで、誰かをノックアウトしたかのような手の動きを見せたのだ。静かに会話をしていたのに、妙に激しいリアクションだと感じたことを思い出した。ハミドはかつてボクシングをしていたのだろうか。ムスタファとはボクシングを通じて知り合ったのだろうか。

アサドは唇を尖らせ、細く息を吐き出した。ただちにそれを調べてみるべきだと、直感が告げている。

グーグルに検索ワードをいくつか打ち込むと、ムスタファが出場した大会を主催したボクシングジムがヒットした。つくりかけのまま放置されたと思われるホームページのリンクをクリックする。だが、戦績も画像もそのほか情報もなく、掲載されていたのはジムの所在地と、二〇一五年十二月三十一日以前に入会したメンバー全員の会費を値引きするという広告だけだった。それも三年前だ。ムスタファの両親から去年開催された大会について聞かずにこのホームページを見ていたら、てっきりこのジムは閉鎖されたと思っていただろう。

よく見ると、サイトの一番下に電話番号と、〝トレーナーに話を聞きたい方はお電話ください〟と記されている。

今夜、腕時計に目をやるのは何度目だろう。すでに夜中の一時を回っている。トレーナーが新たな入会希望者からの連絡を待つような時間では断じてない。それでもアサドは電話をかけてみた。しばらく待っていると、留守番電話が〝ジムの営業時間は毎日十一時から二十一時までです〟と応答した。

アサドは電話を切り、最も信頼している拳銃を手に取ると、ズボンのウェストバンドと腰の間に突っ込んだ。

フリードリヒ通りに立つと、あっという間にタクシーが拾えた。だが、運転手は行き先を聞くなり心配そうな声になった。

「あの辺は物騒ですよ」そう言いながらも運転手は車を出した。「こんな遅い時間は特に物騒です」そう繰り返すと、あとは目的地に着くまで黙っていた。

運転手は正しかった。到着したとたん、アサドはリトアニア赴任時代に滞在していた極めて不穏ないくつかの地域を思い出した。目的の建物は鉄道施設のすぐ横にあった。戦前は天井の高い立派な木組みの駅舎だったのだろう。いまでは、とっくの昔に倒れた錆《さび》だらけの金網と廃棄物に囲まれている。

「お客さん、本当にここが正しい住所ですか？」運転手が尋ねる。

入り口のドアの上に巨大なボクシンググローブが描かれた看板があり、下に〝ベルリン・ボクシングアカデミー〟と書かれている。

「ええ、ここです。十五分待ってもらえるなら五十ユーロ払います」

「あいにくですが」そう言うと運転手は運賃だけを受け取った。アサドはひとりで暗闇のなかに降り立った。

ドアも立派で、いかにも古い駅舎という風情だ。そこに取りつけられていたはずの真鍮のドアノブは、きっと誰かが蚤の市で売っぱらってしまったのだろう。だが、ドア自体はどっしりしたオークの木でできている。

数回ノックしたが、ドアが開くことはなかったので、アサドは建物の裏側に回った。プラットホームの残骸が目に入った。窓を叩き、念のために、「誰かいませんか」と大声で呼んだが、返事はない。

そこでアサドは、汚れた窓ガラスに鼻を押しつけ、隙間から中を覗いた。暗闇に広い空間が見える。昔は待合室だったのだろう。いまは、余すところなくトレーニング器具が置かれ、天井からはサンドバッグがいくつか垂れ下がり、リングがあり、五十人は座れそうな座席まである。

ヘルベルト・ヴェーベルがあそこまでへべれけになっていなければ、彼に電話をかけ、このジムが当局の監視下に置かれているのかどうかの情報を手に入れるよう頼むことができたのに。だが、ヴェーベルのアルコール摂取量はともかく、こんな時間では電話したところで有益な情報にたどり着ける可能性はまずなさそうだ。

かといって、ほかに何ができるだろう？　何かの団体が、反社会的活動の隠れ蓑《みの》に使われるのは珍しいことではない。社会的に冷遇された階層出身で普段は誰にも気にかけてもらえない若者が魅力を感じるような活動であれば、なおさらだ。それがアメリカの貧しい黒人であれ、巨大都市のスラム街の住人であれ、ヨーロッパ社会にほとんど溶け込んでいない移民であれ、関係ない。いずれにしても、世界中のボクシングジムが褐色の肌をした人たちで溢れているのは決して偶然ではない。部屋の奥に貼られたはるか昔の試合のポスターが、ここでもそれは例外ではないことを示している。

アサドはじっと考えた。中に入ったら、どんなリスクがあるのだろう？　非常警報装置が作動するのだろうか？　警察が駆けつけて逮捕され、起訴されることになるのか？　その場合には、即座にヴェーベルが起訴取り下げに動いてくれるのだろうか？

　そのとき、さほど頑丈ではなさそうな裏口のドアが目に入った。塗料は剝げ、合板には亀裂が入っている。アサドは助走をつけて鏡板の下部に体当たりした。窓ガラスががたがたと鳴る。少し待ってから辺りを見まわし、もう一度体をぶつけた。すると合板が割れ、断熱材が地面に落ちた。

　さらに数回体当たりを繰り返すと、ドアに開いた穴はくぐり抜けられるだけの大きさになった。

　ホールの中央の柱に電灯のスイッチがあり、アサドはためらわずにオンにした。数秒ちかちかとしてから、蛍光灯が一気に辺りを照らす。自白の強要に使う部屋の明かりのように、白く冷たい光だった。

俺が何を当てにしてここに来たかというと、ハミドが定期的にここへ通っていたことを示すものを探すためだ。見つかるといいのだが。

　汗だくになるような試合を終えたばかりの選手たちが相手なら、ハミドも簡単に仕事をこなせたはずだ。勝者たちの背中を軽く叩き、祝いのしるしに彼らを何かに誘うだけでいい。誰かを勧誘するには、一杯のお茶や甘いケーキ、褒《ほ》め言葉を一言二言かけてやるだけで十分だとよく言うではないか。ムスタファの悲しい最期を考えれば、おそらく彼もそういう状況にあったのだろう。ムスタファの行動範囲が両親の証言どおりに狭かったとしたら、ここで最後の試合を行なった際に誰かから甘い言葉をかけられて、簡単に引っかかってしまったのだろう。その人物が西側世界の堕落ぶりを嘆き、正統派のムスリムとしての務め――信仰を守るという務め――を彼に思い出させたとしたら。

　そんな光景について考えれば考えるほど、アサドにはその人物がハミドであったという確信がわいてくるのだった。

　広いホールには、いくつもの部屋が隣接していた。かび臭い更衣室がふたつあり、片方には擦り切れたマッサージベッドがひとつ置かれ、小ぶりのキッチンがある。コーヒーメーカー、やかん、ちょっとした食器類のほか、ありとあらゆる種類のお茶と調味料がガラスの容器に入って棚に置かれている。

　どこかに事務室があるはずだ。おそらく上の階だろう。アサドはぐらぐらする螺旋《らせん》階段をのぼって二階に行くことにした。

　階段を半分上がったとき、頭上で明かりがついた。光は階段の最上段を照らしている。

　最上段まで行くと、アサドは反射的に拳銃に手を伸ばした。もしかして何かのセンサーを作動させたのかもしれないと一瞬考えたが、踊り場に現れた人影でそうではないとわかった。警告もなしにいきなり、アサドは顔を殴られた。はずみでうしろに吹き飛び、階段の手すりを越えてトレーニングルームの床に叩きつけられた。不意の出来事に声も出なかった。

「誰だ？」男がアサドを追って下に降り、斜め前に立った。

　汗にまみれた巨体は、下着しか身に着けていない。いい夢を見ていたところを起こされたのかもしれない。

「そんなもの、役に立たないぞ」男はアサドから四、五メートル離れたところに落ちている拳銃を指さした。

　アサドは後頭部をさすりながら、起き上がりかけた。

「私が誰か知りたいですか？　この街で最も時間を無駄にする暇のない者です。勝手に入ったりして申し訳ありません。ノックして呼んだのが聞こえませんでした？」

「ここで何をしてる？　金目のものは何もないぞ」男にきつく首元をつかまれ、アサドは息が詰まりそうになった。

アサドは力を緩めさせようと、男の手首に手を伸ばした。

「ハミドはどこに住んでますか？」アサドがかすれ声で尋ねた。

男の顔が歪む。「ここには大勢のハミドが通っている」

「私の言っているハミドは練習に通っているのではありません。五十歳くらいで白髪交じりの短髪の男です」

首が一層強く締め付けられる。「あいつのことか？」

男は壁のポスターを顎でしゃくった。ふたりのボクサーが、およそ友好的とは言えない顔つきで向かい合っている。画像の下には試合の日付とともに〝ライトヘビー級選手権　一九九三　ハミド・アルワン対オマル・ジャディード〟と記されている。

アサドは確信が持てなかった。ミュンヘンのカメラマンが撮影した動画は、二十五年前のハミドがああいう感じだったかどうかを想像できるほど鮮明な画質ではなかった。

「ええ、そうだと思います」それでもアサドはそう答えた。その瞬間、アサドは男の一撃を受けてうしろへ飛び、審判用の机に激突した。

アサドは身長一メートル九〇センチほどの相手をしげしげと眺め、顎に手をやった。男の繰り出したパンチは正確で、強烈だった。この男も昔はプロのボクサーだったのだろう。リーチが長く、二の腕と太ももにはかなりの筋肉がついている。だが、たるんだまぶたと曲がった鼻が、加齢と過酷なスポーツの影響をはっきりと物語っていた。

アサドは立ち上がった。「これ以上はやめてください」そう言って上唇の血を拭い、ポスターを指さした。「アルワンというのは、彼の本名ですか？　ハミド・アルワンで正しいですか？」

へビー級の元ボクサーは追撃体勢をとった。ボクシング界では敬意に欠けると直接、罰を受けるらしい。

「ストップ!」アサドは手を伸ばして防御の体勢をとった。「あなたを傷つけるつもりはありません。ただ答えてほしいだけです。アルワンは彼の本当の姓ですか?」

「俺を傷つける?」男は聞き間違いか? という顔をした。「この虫けらめ、殴り殺してやる。こっちに来い、そしたら……」

その瞬間、アサドの空手チョップが男の喉を直撃し、相手がふらついた。アサドは素早く男の股に二度蹴りを入れ、もう一度喉に空手チョップを見舞って三連続攻撃を締めくくった。男が派手な音を立てて床に倒れるまで、わずか二秒だった。

アサドは拳銃を拾い上げて、ズボンと腰の間に突っ込んだ。大男は横たわったまま、喉を両手で押さえてぜいぜいと息をしている。だがアサドは、目を白黒させて床でのたうちまわる、白い下着姿の正味百二十五キロの男の様子を見ようと近づくことはなかった。

「アルワンは彼の本名かって聞いてるんだ」アサドは質問を繰り返した。

男は答えようとしたが、言葉が出てこない。

「ここのオーナーなのか? 上に住んでいるのか?」

やはり返事は聞こえない。

アサドはキッチンへ水を汲みにいった。水をやっても態度が変わらなければ、舌に油を差してでもよく回るようにしてやる。

男はアサドをにらみつけたまま、用心深く水を飲んだ。ショックからまだ立ち直っていないようだ。アサドは少しだけ同情した。

「アルワンは彼の本名か?」これで四度目だ。

男は目を閉じると、しわがれ声で言った。「あいつは俺を殺す。ここを全部焼き払うはずだ」

これが答えだ。アサドは胸を撫でおろした。

「練習生の管理簿はあるか？」

男は異様に長くためらってから、首を横に振った。

アサドがポケットから携帯電話を取り出し、ヴェーベルにかける。

この現場に来れば、リーダーの酔いも覚めるかもしれない。


ヴェーベルたちは五人でやってきた。あれほど酔っていたにもかかわらず、ヴェーベルはメッセージの内容を理解し、部下を呼び集めたのだ。まだ酒臭かったとはいえ、呆れるほどしゃきっとしていた。

「この男を連行し、尋問を行なう」ヴェーベルは部下たちに合図を送るとこちらに振り向いた。「それで、あなたはここで何をしていたんです？」

アサドは肩をすくめた。「ドアにぶつかったら破損してしまって。弁償はします。われらが友人に約束しましたから」

ヴェーベルは数回、首を横に振ると、慌てて額に手を当てた。酔いが覚めないうちに頭を振ったのは少々軽率だった。

47

アレクサンダ　残り1日

母親がぐずぐず泣く声が粘着テープの奥から漏れるたびに、アレクサンダは気が散った。これまではわずか一〇〇〇分の一秒のスピードで反応できていたのに、そのスピードが落ち、ミスが増えている。ゲーマーになって以来、こんなに多く初歩的なミスを犯したことはない。頭がおかしくなりそうだ。

「少しその口を閉じないと、すぐに殺すからな！」その瞬間、アレクサンダはしまったと思った。レベル２１１７に到達するまで、それはお預けにすると決めたはずだった。目標達成まであと9レベル。まだまだ多くのステージをこなす必要がある。

アレクサンダはワークチェアを回転させると、母親に向き合ってじっと見つめた。こいつがこんなに狼狽《ろうばい》して屈服した姿を見ることができるなんて、最高だ。なんといい気分なんだろう！

「ルールを変更しようか？　僕が１ステージうまく消化できたら、母さんの命も少し伸びる。どう？　そうしたらいい加減、母さんも頑張ろうという気になるんじゃないかな」

粘着テープの隙間から漏れた唾が、母親の口元で泡をつくった。僕がいま言ったことがわからないのか？　ちくしょう、泣きやめって言ってるのに。母親はもう我慢できないとでもいうように、ワークチェアの上で体を前後に揺すっている。

アレクサンダは心の中で舌打ちした。スラックスの中に漏らしたっていいじゃないか。まったく、うるさくて集中できやしない。

母親は鼻水をだらだら垂らしながら泣いていた。それまでこらえていたうめき声が、いよいよ大きくなった。

まったく汚らしい光景だったが、アレクサンダの脳裏でもう長いことどこかに押しやっていた記憶が不意によみがえった。目の前で息子を守ろうと必死に声を上げ、懇願し、涙を流す母親。夫と息子の間に入り、夫のシャツを引っ張る母親。彼女が息子の味方をしたのはそのとき、たった一度だけだった。それ以降は、夫の気まぐれと攻撃を止めに入ることはまったくなくなった。

それでも、少なくともあのとき、母親は感情というものを見せた。そして、いままた恐怖を覚え、孤独で、きっと後悔もしているに違いない。たいして感動的なわけではないが、それなりに感情は見せている。

アレクサンダはしばし考えた。母さんはまもなく自分が死ぬとわかっている。そんな状況でも、椅子の上で小便を垂れ流すのは嫌みたいだ。まあ自尊心ってやつか。なんだか涙ぐましいな。

「トイレに行けたら、僕を邪魔しないって約束できる？」

母親はものすごい勢いでうなずいた。

「鍵をかけたらドアを蹴破るからな。わかった？」

母親は再びうなずいた。

そこでアレクサンダは刀を肩から掛け、キャスター付きのワークチェアに座っている母親をバスルームのドアまで連れていった。両手両足の粘着テープを剥がしてやったが、口はそのまま塞いでおいた。

彼は一歩うしろへ下がると、意味ありげに刀を指さした。

「さあ、してこい。これでいいだろ。馬鹿な真似はするなよ！」

母親はうなずくと、中へ入った。ドアの向こうで水の跳ねる音がし、それから静かになった。すぐに出てくるだろう。

　アレクサンダはしばらく待った。すると、ドアの鍵の表示がすっと緑から赤へと変わった。

「おい！　鍵をかけるなと言ったはずだぞ。覚悟しろよ！」

　アレクサンダは何度もドアに体当たりした。中でがたがた音がする。ついにドアが凹み、大音響を立ててバスルームの壁に激突した。母親は鉛枠のついた窓の前に立っていた。粘着テープを口から剝がして、重い便座を頭上に掲げている。

　次の瞬間、彼女は便座を窓ガラスに叩きつけ、大声で助けを呼んだ。

　母親の叫び声は止まらなかった。アレクサンダは刀の鞘側をつかんで、革の巻かれた柄《つか》でその後頭部を殴りつけた。母親は意識を失ってその場に倒れた。

　もうここまでか？　殺すべきか？　アレクサンダは考えあぐねた末に、とりあえず母親を部屋まで引きずっていった。

　彼はそのまま立ち尽くし、次の一手を考えた。そのとき、割れたバスルームの窓の外から、誰かが呼んでいるのが聞こえた。

　自分の部屋以外の場所に〝生存者〟がいるのは久しぶりだった。母さんの妨害工作は、うまくいったということか？

　アレクサンダは母親を観察した。すぐには意識を回復しないだろう。

　彼は刀を抜くと玄関まで行き、世界へ通じるドアを開けた。

　空気は冷たく、肌を刺した。引きこもりはじめたときは夏の終わりだったが、冬がもうすぐそこだ。木々は葉を落とし、家の前の花はすべて盛りを過ぎてしぼみ、かつては前庭の芝が青々としていたことが嘘のようだ。茶色い地面の中央に蓋の開いた便座が転がっていた。そこから数メートルも離れていない歩道では、やたらおせっかいで俗物根性の年増の隣人が、犬のリードを手に〝得体のしれない落としもの〟を見つめていた。

アレクサンダはいつもこの隣人を避けてきた。適当に丸め込んで退散してもらうしかない。

「どうも、あの、すみません。ちょっとやり過ぎちゃったみたいで」アレクサンダは申し訳なさそうな表情をつくると外に出ていって便座を拾い上げ、玄関へと戻った。「インターンシップを受ける企業が見つからなくて腹が立っていただけなんです」

隣人は怪訝そうな顔をした。「そうなの？　でも、どうしてお母さんが『助けて』って叫んでたの？」

アレクサンダは驚いたふりをした。「母が？　いま家にはいないんですけど。僕がひとりでわめいていただけですよ。腹が立って」

「それは変だわ、アレクサンダ」彼女はそう言いながら玄関のドアに近づいてきた。「お母さんが帰ってきたとき、ご挨拶したんですもの。それからどこにもお出掛けになってないはずよ。そうだったら、気づくでしょうし」

アレクサンダは汗が吹き出るのを感じた。このストーカーばばあめ、近所で起こることすべてに目を光らせてるのか？　ほかにすることはないのか？

隣人は腰に手を当ててアレクサンダの前に立ちはだかった。「お母さんと話をさせて。何でもないってことを確認したいの。お母さんをすぐここに連れてきてくれないなら、警察を呼ぶわ」

「だから、母は家にいないんですってば。さっき話したでしょう。母の携帯に電話してみたらどうですか。それで本人に確かめたらいいじゃないですか！」

彼女は自宅に引き返そうとしたが、足を止めた。納得していないようだ。

「ごめんなさいね、でもあなたが信用できないの。とにかく警察を呼ぶから、あなたから話をしてちょうだい」

アレクサンダはいらいらしてドアの枠にもたれた。

いいさ、あんたは自ら面倒を招いたんだからな。

「それなら、自分で中に入って確認したらどうです?」アレクサンダは隣人が中に入れるよう、脇へ寄った。

隣人はドアマットに上がり、不信感をあらわにして言った。「でもドアは開けておいてね、アレクサンダ!」

アレクサンダはうなずいたが、隣人が犬のリードを引っ張って玄関に入ったとたんに、便座を振り上げてその後頭部に勢いよく叩きつけた。声を出す間もなく崩れ落ちた女の手からリードが離れていく。

犬は本能的に脇へ飛びのいた。アレクサンダが慌ててそのリードをつかもうとしたが、逃げていった。犬はあっという間に開け放したドアから外へ出た。アレクサンダは甘い声を出して呼び寄せようとしたが、犬は脚の間にしっぽを巻き込み、庭の小道から怯えたようにこちらを見ているだけだ。

くそっ、あの犬の名前はなんだっけ? いつもなんて呼ばれてた? しかし、アレクサンダが猫なで声を出しながら手なずけるにはどうしたらいいか必死で考えている間に、犬はうしろを向くとタランチュラに噛まれでもしたかのように、リードを引きずりながら走りだした。

犬は道路の反対側へ渡り、一本先の通りの住宅の間に消えてしまった。だが、よほど間抜けでない限り、遅かれ早かれ戻ってきて主人を探すはずだ。

それが、僕の処刑リストに初めて動物が書き込まれるときだ。

家に入ると、アレクサンダはまずふたりの女の両手両足を拘束した。床に横たわっている細身の隣人の口を粘着テープでぐるぐる巻きにして塞ぎ、ベッドの脚に両腕をうしろ手にくくりつける。すると隣人は朦朧としながらも低くうなった。気がつくまでしばらくかかるだろう。一方、母親は意識を取り戻しつつあった。すぐにワークチェアまで引きずっていき、テープで固定しなくてはならない。

「職場から……絶対……誰か電話してくるわ」自分がどこにいるか理解すると、母親はうめいた。

　アレクサンダはひと言も話さず、母親の顔にきつく粘着テープを巻きつけて口を塞いだ。母親の抵抗をものともせず、前よりもきつく。誰かがバスルームの割れた窓を不審に思い、玄関の呼び鈴を鳴らすかもしれない。その危険を考えると、部屋から物音が漏れてはまずい。

「さて」十分後、アレクサンダは口を開いた。「せいぜい楽しんでくれ。これでふたりになったんだからな。母さん、バスルームにいたときにちゃんと出していたことを願うよ。あれがトイレに行ける最後のチャンスだったからね」

　それから椅子に座り、再びモニターに向き合った。この三十分間は、実に精力的に断固たる手段に出たものだ。このゲームのファイターみたいに。アレクサンダはキャラクターに同化したような興奮を覚えた。

「ああ母さん、それからね」エンターキーを押し、母親に話しかける。「会社にはもう電話してあるんだ。母さんの姉さんが重病になったので、慌ててホーセンスまで看病に行ったってね。職場のみんなが、お大事にと伝えてくれって。戻ってくる日を待ってるってさ」アレクサンダは笑い声を上げた。「伝えますって答えといたよ」

　そのときいきなり、隣人が息を吹き返した。このばばあ、呆れるほどしぶといな。尊敬するよ。

　隣人はわけがわからないといった様子であちこちを目で探った。それからアレクサンダの母親を部屋の隅に発見し、目の前の床に刀が置かれているのに気づいた。そして、ひとりではないものの、誰にも頼れないと悟ったようだ。

だが、彼女は孤独には慣れているはずだ。ここに越してきてから何年も経つが、彼女のもとに訪ねてくる者は誰ひとりいなかった。

アレクサンダはにやにやした。このばばあがいなくなっても、さみしく思う人間などいないはずだ。

数時間が過ぎた。だが、完全に運が戻ってきたわけではなかった。アレクサンダはここ数ステージで、かなりの苦戦を強いられていて、攻略の鍵を見つけられずにいた。目標の数字まであと少しのところまで来ていたが、戦績が悪く、このぶんだとまるまるひと晩かかるかもしれない。それも最低限に見積もっての話だ。

アレクサンダは立ち上がると大きく伸びをし、明日の段取りを考えた。ふたりを殺したら刀を肩から提げ、父親の一番長いコートをはおろう。それから――ドアをうしろ手に閉めたらすぐに――決行だ。部屋にある黒い忍者のコスチュームに身を包み、鉄槌《てっつい》を下す者として街を占領することに憧れもあったが、変装はしないと決めていた。忍者が手に血まみれの刀を持っていたら大ウケ間違いなしなんだけどな！　でも、そんな格好をしていたらみんな一目散に逃げるだろうし、それは絶対に避けたい。誰かを殺したらコートの下に刀を隠し、肩の力を抜いて別の通りに進み、誅伐《ちゅうばつ》を続けるのだ。

アレクサンダは壁に貼った新聞記事の写真に目を向けた。

「でも、家を出る前に、あなたのためにやるんだってメモを残しておくよ」アレクサンダは死んだ老女に向かって言った。「そうすれば、全世界があなたのことを永遠に記憶に刻むだろうからね」彼はうっとりと笑みを浮かべた。「そして僕のこともね」

母親が、息子を懇願の目で見つめ、懸命にワークチェアを動かそうとしている。だが、ワークチェアが粘着テープでテーブルに固定されている以上、いくら頑張ったところでほんの少し揺らすくらいしかできない。

　アレクサンダはまた椅子に座るとスピーカーの音量を下げ、ヘッドホンをつけた。これから数時間は完全に集中しないと。でも、新しいステージに入ると毎回、最初の十分であっという間にやられてしまう。

　アレクサンダはかっとなってヘッドホンを壁に投げつけた。こんなもの、これまでだって一度として役に立ったことがない。なんで、今回は効果があるなんて思ったんだ。くそっ、僕に何か盲点があるのか？　軽率にも母さんをバスルームに連れていくという失態を犯したから罰《ばち》が当たったのか？　それとも、このゲームがなかなか攻略できないように設計されているのか？　自分はうまいという思いこみを一度リセットしなきゃだめか？　これまで無数のレベルをクリアしてきて、自分の直感は決定的な状態にあると証明してきたはずだが、いまもまだそう信じていて大丈夫だろうか？

　アレクサンダは笑みを漏らした。結局のところ問題は、目標までこれほど近づいたいま、僕が焦っているということなんだろうな。もう少し頑張らなくちゃ。そうすれば、またうまくいくようになる。

　ベッドの前で床に伸びている嫌味な隣人を観察する。このばばあはいつも、僕をクズだと言わんばかりの目つきで見てきた。それなのに、こんなにあっけなく立場が入れ替わるとは。

　アレクサンダは携帯電話を手に取ると、プリペイドSIMカードを交換して電話番号をタップした。まだ夕方の五時前だから、誰かいるだろう。だが、今回は相手が出るまで時間がかかった。

「ローセ・クヌスンです」腹の立つことに、例の女の声が聞こえてきた。「トシロー、またあなたなの？　ゲームはどこまで進んだ？」

「すぐそこまでさ」アレクサンダは答えた。「もうすぐだよ！」それから携帯電話をスピーカーフォンにすると、床に転がっている隣人に目配せした。これでこの女も会話を聞くことができる。

「そう」女警官はそっけなかった。「そういえば、あなたにぜひ聞かせたいことがあるの。興味ある？」

「そんなの、わかりっこないじゃないか」そう返したものの、興味はあった。

「いつもと様子が違うわね。なんだか冴えない声。スピーカーフォンにしてるの？」

「ああ。いっしょに話を聞く必要のある客がいるんでね」

「客？」相手はかなり面食らったようだ。アレクサンダはほくそえんだ。

「そうだよ！　女がふたり、処刑台で待ってるところだ。僕の母と、近所に住むイケ好かないばばあだ」

「穏やかじゃないわね。何があったの？」

「邪魔されたんだ」

「邪魔された？　その人がご両親を訪ねようとしたの？」

「いや、そうじゃない。とにかく邪魔されたんだ」

「それで？　その人に何をしたの、トシロー」

「あんたには関係ないね」

　アレクサンダと隣人の目が合った。隣人がだんだんと弱っていく姿を見て、ぞくぞくした。

「じらさずに、僕が興味を持ちそうなことっていうのをさっさと話せよ。少なくともあんたのくだらない質問には興味ない」

「質問に対していろいろ答えてくれなくて、残念だわ、トシロー。でもまあいいわ、話してあげる。きっと、あなたがまだ知らないことよ」

「僕が知らなくて、知りたくもないことはたくさんある」

　すると相手が笑った。アレクサンダはムッとした。

そこは笑うところじゃないだろう。

「例の亡くなった女性について、いろいろと情報を手に入れた？　あなたが気にしている女性のことだけど。彼女の名前がリリー・カバービだって知ってる？」

　アレクサンダは返事をしなかった。もちろん名前は知っていた。このところ毎日、あちこちのメディアで報道されている。だが、彼女の名前などどうでもよかった。そんなもの、まだ自我のないときに、馬鹿な親から貼り付けられたラベルにすぎない。

「わたしたち、特捜部Qはこの件とおおいに関わりがあるんだけど、知ってる？」

「関わりがある？　当然じゃないか、僕がそうしてやったんだから！」

　今度は相手の笑い声に、馬鹿にするような響きがはっきりと混じっていた。アレクサンダはいよいよ機嫌が悪くなった。

「あのおまわりを出してほしいんだけど。あんたと話すといらいらする」

「あのね、トシロー。あなたが話したがっている警察官は子守の最中なの。ルズヴィって名前の子よ。あなたはどうだか知らないけど、世間のみんなの生活は続いているわけだから、そうでしょ？　だから、わたしに話をさせてちょうだい。わたしたちとこの件をつないだのは僕だってあなたが主張するのは無理。リリー・カバービは、特捜部Qの最高の同僚のひとりにとって第二の母のような存在だったの。それでわたしたちもこの件とつながったというわけ。その同僚の名前はアサドよ。あなたもきっとどこかで読んだはず。ほとんどの新聞には元の名前のザイードで掲載されているけどね。ともかく、アサドはいまこの件に取り組んでいる。彼にとってはとても個人的な問題なの。あなたにとってよりずっと。どう思う？」

「くそみたいな話だ」

「驚いたわ、トシロー。まさか、あなたがそんな下品な表現をするなんて！　いったいどこの学校に通っていたの？」

「そんなの学校で習うことか？　僕は単に、あんたが何もせずそこに座って、ただ作り話をしてるって言ってるだけだ」

「作り話だったらいいんだけど。でも、リリー・カバービを殺した男は、アサドの奥さんとお嬢さんも拉致してるのよ。あなただって読んだでしょう？」

「ああ、なるほど。あの声明文はあんたたちが発表したのか。僕はくだらないと思ったけどね。何もかもがあまりにも大げさでさ。アサドという同僚がいて、本名はザイードだって？　いったい誰がそんな話を信じる？　あんなものは、あんたたちが行き詰まってるって言ってるにすぎない。僕を見つけるのにマニュアルどおりのオプションをＡからＺまで使い果たしたけど、一歩も前進していないってことだよね。まあでも、情報をやろう。誰もがＺばかりを重要視しているということだ」

「それはどういう意味？　あなたにはＺよりもＡのほうが重要だということ？　また、暗号を使おうとしているのね、トシロー・ローガン。あなたの胸くそ悪い行動について、自分では結末よりも開始を重視していると言いたいの？」

「Ａは開始とは何も関係がない。僕はただ、自分はＺよりもＡだと言ってるだけだ。ほかにもまだ、でたらめな話がしたい？　でなければ、僕は腰を据えて残りのステージを稼ぎたい。そっちに異論がなければね」

　今度は僕が笑う番だ。

「ちょっと待って、トシロー。ちょうどいま、アサドはベルリンにいるの。リリー・カバービを殺した相手もそこにいる。アサドはリリーの仇を討ち、自分の家族を救い出すために命をかけている。それについては敬意を払うべきじゃないかしら、トシロー」

　敬意？　この女に、敬意の何がわかる？

アレクサンダは時計を見た。時間稼ぎをしようというのか？

「そっちで何か聞こえるけど、トシロー。なんの音？」

音？　女たちは相当弱っているし、音を立てられるはずがない。

「犬かしら？　トシロー、犬を飼っているの？」

そのとおりだった。忌々しいあの犬が玄関のドアの前で吠えている。なぜ気づかなかったんだろう。

「犬を飼ってるかって？　犬なんか大嫌いだ！　あんたが何を聞いたのか知らないけど、犬がいるわけないじゃないか」

「じゃあ、外の通りにでもいるのかしら。部屋の窓を開けてる？」

アレクサンダは隣人を見下ろした。ちくしょう、あの犬をどうすればいい？　捕まえるのはまず無理だ。

「庭つきの家が多い地区に住んでるの、トシロー？　ひとつの通りに一戸建て住宅が並んでいるような。あなたが住んでいるのは、ご両親が外に姿を現さなくても目立たないような、素敵な大邸宅なのかしら。どう？　該当しそうな通りをすべてパトロールして、あなたみたいな人を知っているかどうか住人に尋ねてまわりましょうか。もちろん、あなたの似顔絵もそこらじゅうに貼りつけるわ。街灯の柱にも、配電盤のボックスにも、スーパーの掲示板にも、ありとあらゆるところにね。それがあなたの望み？　その気になればすぐに取りかかれるわ」

アレクサンダは汗をかきだした。秒針があっという間に進んでいく。この女に自分の居場所が突き止められるはずはない。でも、今回の会話はあまりにも長く続いている。

「僕から連絡するのはこれが最後だ」アレクサンダは言った。「あのおまわりによろしく。僕に勝てる見込みはまるでなかったねって伝えといて。それじゃ」

アレクサンダは電話を切ると、床の上の隣人を眺めた。

「おまわりがいくら僕を探しても、無駄だ。僕を見つけることなんかできない。まあ、あなたにとっては残念でしょうけど。他人の事情に口を出してもいいことなんかありませんよ。もうわかったと思いますけどね。こういうのをなんて言うんでしたっけ？　"好奇心は《キュリオシティ》身を滅ぼす《・キルド・ザ・キャット》〟かな。でも、あなたはたぶん、英語なんてわかりませんよね？」

48

アサド　残り1日

「彼に何をしたんです？」アサドはとがめるような口調で尋ねた。

連行されたボクシングジムの経営者は、泣いていたかのように見える。いい年の大人がノックアウトを食らう姿はこれまでに何度も見てきたが、この、ベルリンの元ボクサーほどの痛々しい表情の者はいなかった。ボクシングをしていれば、パンチに耐える力くらいつきそうなものじゃないか。この男は何をそれほど怖がっているんだ？

「彼の擦り傷と青あざのことを言っているなら、あなたが直々にお見舞いしたものですからね、アサドさん。われわれは指一本触れてませんよ」まだ酒が抜けきってはいないはずだが、ヴェーベルは呆れるほど落ち着いていた。

「いえ、そのことじゃなくて、なぜ彼は死刑宣告でも受けたかのような表情をしてるんです？」

ヴェーベルはタートルネックの襟部分を引っ張った。その仕草からして、いまの比喩は図星だったようだ。

「うむ、確かに、彼は命の危険を感じてましてね。すべてが片づくまで身辺警護をつけると約束しなくてはなりませんでした」

「それで、どんな供述が取れたんですか？」

「ハミドの姓は、おそらくアルワンではないという話です。彼はハミドとだけ名乗ってボクシングをしていたようですが、はっきりとしたことは知らないと。ただ、ハミドが現役時代にいつもお茶を飲みにいっていた場所はわかりました。そのカフェはいまも残っているので、これでひとつすべきことができました。ほかにあの男が知っていることといえば、あれこれしゃべったことをハミドが嗅ぎつけたら、自分もジムも一瞬で終わるということです。自分はハミドにどれだけの力があるのか何度も目の当たりにしているし、ハミドが巨大なネットワークを意のままにできることを知っていると言っていましたね」

それについてはアサドも異論がなかった。「私はこのハミドが、ガーリブの仲間のハミドだと考えていますが、みなさんもそうだと思いますか？」

ヴェーベルをはじめ、その場にいた全員がうなずいた。

アサドは深く息を吐いた。やっとここまで来た！

「ハミドがフランクフルトでムスタファを勧誘したのではないかというわれわれの推測については、なんと言っていました？」

「ハミドはふらりとジムにやってきては、いつも試合後の若い選手の横に立って親しげに話していたそうです。そういう姿をしょっちゅう見たと言ってました。そうやってハミドと話していた有望な若手の数人がその後シリアに渡ったという噂もあるそうです。勧誘が行なわれていたことは当然、想像がつくと話しています」

「自分のジムで違法なことが行なわれていると薄々気づきながら、あの男はなぜ通報せずにいたんでしょう？」

「彼が話すのをあれほどためらっていたのと同じ理由でしょうね」

「ヴェーベルさん、そのカフェの名前を教えてください」

「それはできません。あなたに単独でうろうろしてもらっては困るのです。あまりにも危険です。あなたの家族だけの問題ではありません。ドイツの安全がかかっているのです」

　ヴェーベルの言うとおりだ。アサドは自分の家族がないがしろにされているわけではないのだと思うことにした。

「今夜、あなたが酔って椅子に座り込んでいる間に私が単独行動に出なかったら、私たちは一歩も先に進めていなかったと思いますよ。お願いです。カフェの名前を教えてください」

　ヴェーベルは気を悪くしただろうか。いや、そんなふうには見えない。

「しかたありません。それならいっしょに行きましょう。うちの特殊部隊も入ります。それでカフェのオーナーを捕まえましょう。それ以外の形は取れません。もしあなたが独断で行動するようなことがあれば、あなたの命だけでなく、テロ集団に近づく最後の機会も失う恐れが出てくるんですよ」

「特殊部隊？　ヴェーベルさん、それはまずい。そんなことをしたらみんな揃って口を閉ざしてしまいます。

それはできません。冗談じゃありません。時間はどんどんなくなっていくんです」

ジムの向かいの通りにある数軒の高い建物にはさまれた場所に、そのカフェはあった。

まだ朝も早いので交通量は少なく、ほかの車に紛れることは難しかった。

「カフェから見える位置に車を停めないでくださいよ、ヴェーベルさん」アサドは警告した。「見える位置に停めてしまったら、警戒すべき相手が来たと丸わかりですから。黒いアウディの一団なんて、この地域では遠くからでも目立ちます。トラブルのもとです」

ヴェーベルがぶつくさ言った。「中で何が起きているのか見張るためにはしかたありません。それが嫌なら、いっしょに中に入ることになりますよ。それから、あなたの持ち時間は長くて五分ですからね。それが過ぎたら、われわれも店に入ります」

アサドは首を横に振って、車を降りた。もうその話はたくさんだ。

「ああそれから、それはここに置いていったらどうでしょうか。必要ないでしょう?」ヴェーベルはアサドがズボンのウェストバンドとシャツの間にはさんだ拳銃を指さした。

だが、アサドは聞こえなかったふりをして、道を渡った。

カフェの外観は、スポーツバーと水パイプ《シーシャ》バーを合体させたような感じだった。窓ガラスは汚れ、入り口付近はもう長いこと掃き掃除をしていないようだ。スタンド看板には、ノンアルコールドリンクがあることと、七〇インチの大画面でドイツとスペインのサッカー一部リーグの生中継が見られると書かれている。シーシャは五ユーロから八ユーロ。値段は時間によって変わるらしい。

カフェの内部も外観と似たようなものだった。違いといえば、もはやサッカーがメインではなくなっていることだ。棚も壁も天井までびっしりと賞状やトロフィー、さまざまな格闘技の大会のポスターで埋めつくされている。ボクシング、柔道、テコンドー、柔術、総合格闘技……。要は、相手が地面に伸びたら試合終了となる競技だ。

　数少ない客は全員がアラブ系だった。ここにドイツ人の集団を送り込むなんてとんでもない話だ。アサドは、座席エリアにたむろして一本のパイプを回して吸っている三人の男に会釈した。店内の雰囲気は穏やかで都合がよかった。

　ビロード生地で覆われたカウンターらしきものの向こうにいる男は、アサドにさほど注意を払わない。どうしてだろう？　この界隈では新規の客は目立つはずだが。

「こんにちは《アッサラーム・アレイクム》」アサドは男に話しかけると、そのままアラビア語で続けた。「こちらのオーナーの方ですか？」

　男がうなずく。アサドは壁に貼られた営業許可証に目を走らせた。

「アユブさんとおっしゃるんですね。あなたに話があって来たんです。ハミドを探してるんですけど、手を貸してもらえませんか？」

　最後の言葉はかなりストレートだったが、ときには思い切った言い回しのほうが容易にことが運ぶ。だが、今回は失敗だった。

　アユブは首を振っただけだった。「ハミド？　そんな名前のお客さんは大勢いるよ」

「私が探しているのは、ボクサーのハミド・アルワンです。われらがチャンピオンの。壁に彼の写真がありませんが。まずいんじゃないですかね」

　安っぽいグラスを拭いていたオーナーが、手を止めた。「ハミド・アルワン？　彼について何を知りたいんだ？」

アサドはカウンターに寄りかかった。「本人とできるだけ早く話がしたいんです。でないと、彼は大変なトラブルに巻き込まれることになる」

「トラブル？　どんな？」

アサドは真剣なまなざしを見せ、言葉を区切りながらはっきりと言った。「相当なトラブルです。あなたが聞きたくないと思うような」

アサドの背後にいる三人の男が顔を上げた。声が大きかったようだ。

「見かけたら伝えとくよ」アユブがぼそりと言った。

「電話番号を教えてください。自分で伝えます」

アユブの動きは素早かった。グラスを置き、布巾を肩のうしろに投げた。カウンターを回って出てくると、三人の男に目配せした。

「こいつをバックヤードに連れていけ。ここに来た理由を話すまで自由にするな。わかってるだろうが、相応の扱いをしてやれ。まったく腹の立つ男だ」

アサドは彼らの前に立ちはだかった。「なるほど、この店がさっぱり消え去ってもいいんだな――警告はしたぞ」三人の用心棒がゆっくりと腰を上げる。アサドはアユブのほうを向いた。「俺をここに送り込んだのが誰か知ったら、あんたも慌ててブレーキを踏むだろうけどね。そいつにかかったら、ハミド・アルワンですら広大な砂漠のごく小さな砂粒でしかない」

だが、アユブはひるまなかった。

「やれ」彼は三人に命令した。

だが、アサドが拳銃を抜いてアユブに向けると、四人の男はみな硬直した。

アサドの腕時計が振動した。ディスプレイに目をやる。ヴェーベルからのＳＭＳだ。〝あと四十五秒〟と表示されている。あの男、どうかしてる。

「動くな。動いたらひとりずつ撃つ」アサドはオーナーを再び見据えた。「時間がないぞ、アユブ。覚悟を決めろ、いますぐだ。ハミドはどこだ。あいつは命の危険にさらされている」

アユブはうなずいた。完全には納得していないようだが、それもいまのうちだ。

アサドは上着をめくって拳銃をウェストバンドと腰の間に戻した。「いいだろう。温情を示してやるから、そっちも誠意を見せろ」

アユブはほっとしたようだったが、そのとき窓の外で人影がさっと動いた。瞬く間にドアが蹴破られ、ヴェーベルの部下たちが店になだれ込んできた。

SMSを受信してから二十秒も経っていないじゃないか。なんの真似だ！

あっという間に場は制圧された。三人の用心棒はただちに拘束され、手錠をかけられた。アサドの非難に満ちたまなざしなどものともせず、ヴェーベルが近づいてきた。

「ちょうど通りかかってラッキーだった」ヴェーベルは手錠をつかんだ。「手をうしろに回せ」アユブに命令すると、アサドに顔を向けた。「おまえもだ」

「一分半あげます」アサドに手錠をかけながらヴェーベルがささやいた。「それ以上は一秒も延長できません。いいですね？」

アサドは了解した。今度こそヴェーベルが時間を正確に計ることを期待するしかない。すると、ヴェーベルの部下たちはアサドから拳銃を取り上げた。やるからには徹底的にということか。

アサドとアユブは背中合わせで椅子に座るよう命令された。アサドは腕時計の下から手錠の鍵を引っ張り出すことに神経を集中した。

「ここに座ってろ。監視しているからな」ヴェーベルの部下がふたりに向かって言った。彼らは用心棒たちを車に乗せた。ヴェーベルも店を出ていく。

アサドはその間もずっと手錠と格闘していた。「もう少しで手錠が外れるから準備しておけ。ここから逃げるぞ」

だが、アユブは同意しなかった。「逃げる必要はない。あいつらに何ができる？　俺は何も悪いことはしていない」

「ここに残ったら、明日の太陽は拝めなくなるぞ。俺はあいつらのことをハミドに警告しておきたかったんだ。ちくしょう、よく考えろ！　この店には裏口があるか？　車を持ってるか？　答えたほうがいいぞ」

　アユブは数秒ためらったが、うなずいた。アサドはアユブを自分のほうに向かせ、手錠を外してやった。

　ふたりは裏口から出ると、ごちゃごちゃに入り組んだ路地に飛び込み、走り抜けた。二十秒後にはアユブのオートバイに乗り、大通りから走り去っていた。大通りでは、三人の無実の男たちが連行されていることだろう。三人はこの件が片づくまで、拘束されることになっている。アサドは上着の内ポケットの上から携帯電話を叩いた。ヴェーベルはGPSの信号が南東に移動していることをもうつかんでいるだろうか？

　十五分後、アユブはテラスハウスや低層のアパートメントが並ぶ静かな通りにオートバイを停めた。

　アサドはオートバイから降りて辺りを見まわした。

「ここで降りるといい」

「ここなのか？」そう言って、目の前の一軒家を指さす。

　オートバイのギアが入るガチャンという音に気づいたのは、幸運だった。アサドは本能的に一歩前へジャンプすると、相手がアクセルを回すより速く、タンデムシートをまたいだ。オートバイは倒れこそしなかったもののふらついた。アサドの片足がオートバイと縁石にはさまれる。だがアユブも慣れたもので、車体をすぐに安定させた。相手が必死にアクセルを回そうとするなか、アサドは数回地面を蹴って体を完全にタンデムシートの上に乗せた。アユブはアサドのこめかみを繰り返し左手で殴りつけたが、三度目を見舞われる前にアサドが両手で相手の左腕をつかんだ。

そのあとは、予想どおりの痛々しい結末が続いた。不意に体のバランスが崩れたアユブが右ハンドグリップを勢いよく引っ張り、オートバイはスリップして左へ横倒しになった。アユブはオートバイの下に巻き込まれ、車体もろとも反対車線へ滑っていった。オートバイは向こうの縁石に当たって跳ね返り、かなりの距離を滑って道路の中央で停止した。車体が倒れる前にシートから跳び降りていたアサドは、少し離れたところからその様子を見ていた。

「気は確かか？　いったいなんの真似だ？」アサドは大声を上げ、片足を引きずりながらアユブへ近づいた。

アユブは仰向けになって歩道に伸びていた。擦り傷から少し出血しているほかは、特に怪我はないようだ。ただ、左脚が奇妙な角度で大きく開いている。

「おまえらの茶番に俺が気づかないとでも思ってたのか？」アユブがうめく。

アサドは彼の上にかがみこんだ。「ハミドはテロを計画していて、当局もそれに気づいている。俺たちはやつを止めなくてはならない。いいか、命が惜しければハミドの居場所を吐くんだ」

アユブが顔をしかめ、力のない声で言った。「脚に感覚がない」

「救急車を呼ぶ。だが、ハミドの居場所を言うのが先だ」

アユブはアサドに目を向けたが、焦点が合っていない。「ハミドは俺の弟だ」そうつぶやくと、顔ががくんと横に傾いた。アユブは息絶えた。

アサドは息を止めた。まずい！　すでに住民が何ごとかと口々に言いながら、家から飛び出している。アサドにできることといえば、死者の目を閉じさせ、素早く祈りを捧げることだけだった。事態は刻一刻と切迫していく。

アサドはアユブの頬に手を置いた。「かわいそうに、馬鹿な真似をして」そうつぶやくと、ヴェーベルたちの到着を待った。

49

カール　残り１日

看護師が小走りでやってきた。

「ちょっと待ってください」カールがモーナの病室のドアを開けようとすると、看護師はそう言ってカールを脇へ引っ張っていった。「マークさん、中に入る前に少々お話ししておきたいことがあるんです。イプスンさんには大事を取って、あと一日か二日は入院してもらうことになっています。絶対に彼女を動揺させないと約束していただきたいんです。この数日間で、イプスンさんは心身ともに極度に消耗しています。流産の危機は脱したように見えますが、状態はまだ安定していません。できるだけ穏やかに、落ち着いて振る舞うようにしてください。いまは感情を刺激すると、極めてまずいことになりかねません。そうでなくとも、彼女は不安でしかたのない状態なんです。赤ちゃんのことはもちろん、あなたのことも心配していますし、あなたの職場で進行中の事件についても気にしています。できるだけそういう不安から彼女を遠ざけてください」

カールは看護師に礼を言った。そして、無事に子どもが生まれるよう、ありったけの力でモーナを支えますと答えた。子どもとモーナの両方が危機を乗り切ってくれればうれしい限りです、と。

モーナの顔に笑みが浮かんだ。カールが両手を差し出すと、まるでそれが唯一の支えかのようにその手を握った。彼女がどれだけ苦しんだのか、容易に見てとれる。顔は青白く、唇にはまるで血の気がない。だが、彼女のまなざしには内面から溢れ出る強さが光っていた。その強さがきっと子どもを守ったのだろう。

カールはモーナをそっと抱きしめると、彼女の腹に手を置いた。「ありがとう」それ以上は言葉が出てこない。

ふたりはしばらく手をつないだまま、無言で座っていた。言葉なんて、いまはなんの役にも立たない。互いに理解し合えるまで、なぜこんなに長い年月をかけなくてはならなかったんだろう。だが、その結果、いまいっしょにいられるのだからよしとしよう。

「わたしのほうこそ、ありがとう」モーナが手に力を込める。

「看護師さんがあなたを脅かしたんじゃない？」モーナはカールの答えを待たずに続けた。「彼女の話は忘れて。わたしを気遣ってくれているのはわかるの。でも、わたしの性格まで知ってるわけじゃない。お互い、なんでも話さなくちゃ、カール。そうじゃないと気が休まらないわ」

カールはうなずいた。

「それで、うまくいった？　ベルリンで起こりそうな事態をうまく阻止できたの？　アサドと彼の家族は無事？　教えて」

「本当に知りたいのか？」

「ええ。お願いだから正直に話して」

「何もかも心配でたまらないんだ、モーナ。この数日間、俺たちはかなりの我慢を強いられている。大した進展は見られず、そのことでみんな参ってる。アサドの家族はかなりまずい状況なんじゃないかと気が気じゃないんだ。それと、大惨事を防ぐことができないんじゃないかと、それも心配だ」

「ベルリンがテロ攻撃を受けるということ？」

「そうだ」

「カール、戻ってアサドを助けるのよ。そうしないとあなたは一生自分を許せなくなる。わたしは大丈夫、本当に。でも、命が危なくなるようなことだけはしないと約束して。もしあなたに何か起きたら……」モーナは腹に手を置いた。

それ以上言わなくても、カールにはわかった。

「約束するよ」

「それからカール、もうひとつあるわ。ローセからかなり詳しく聞いてるの。彼女とゴードンのことも助けてあげて、いい？　あのおかしな青年を止めるのよ。ふたりの女性と、おそらくもっとたくさんの人たちの命が、あなたたちが彼を阻止できるかどうかにかかってる。カール、警察本部に行って手腕を発揮して。わかった？」

カールは感心してモーナを見つめた。なんてすばらしい女性なんだ。

「モーナ、ローセから何を聞いてる？　あの件で、何かわかったことがあるのか？」

「その子はローセに、母親と隣人の女性ふたりを殺したら外へ出て、手あたり次第に人を殺すと言ったらしいの。わたしたちは彼が本気だと思ってる。ローセは、彼がコンピューターゲームで目標としたレベルまであと一歩に迫っているに違いないと言ってたわ」

「今日にも到達しそうだということか？」

「ともかくあと一歩よ。今日かもしれないし、明日かもしれない。マークス・ヤコプスンも捜査に加わって、PETの協力を取り付けようと骨を折っているそうよ」

「どうやって？」

「警察本部へ行って、カール。ローセが、一時間半後に地下で全員参加のミーティングがあると言ってたわ」

カールはうなった。十一時のミーティングだって？　夜明け同然の時間だぞ！　出世のことしか頭にないPETの連中め。俺はあいつらが大嫌いなんだ。

「ああそれから、もうひとつ。ハーディとモーデンが、スイスに二度目の訪問をしているわ。時間を見つけて、彼らに連絡してみたら？」

ゴードンとローセはカールと向かい合って座ると、テーブルの食事をひと口分けてもらいたがっている子犬のように、期待に満ちた目でカールを見つめた。

カールは目を閉じると、全神経を研ぎ澄まして録音に聞き入った。ふたりがトシロー・ローガンと呼ぶ若い男が発した最後のフレーズには、イントネーションの一つひとつ、言葉の選択の一つひとつに、意味があるかもしれないのだ。

録音を最後まで聞き終わると、カールは目を開けた。三人は見つめ合った。全員が同じことを考えているのは明らかだった。一刻も早くこいつを捕まえないと、血の海が待っている。カールはメディアのヒステリックな反応を想像した。新聞の遅版はこの事件一色になるだろう。TV2のニュース番組も一日の放送枠をすべてこの事件の報道に当てるだろう。お堅い日刊紙が批判を展開し、アサド、ローセ、ゴードン、そして俺が十一年間の悪戦苦闘を経てデンマークで最も成果を挙げている捜査チームに仕上げた特捜部Ｑの解体につながるかもしれん。こいつがイカレた計画をまんまと実行に移したら、どれほどまずい事態になるだろう。人命以外にもどれだけのものが失われることか……。

「なるほど。捜査の手がかりになるような材料はいまのところあまりないが、おまえたちはこれ以上ないくらいによくやった。この録音だが、引っかかる点がふたつある。もしかしたらそこに重要な意味があるかもしれない。まずは犬の吠え声。それと、Ａという文字に関する点。やつにとってはこのふたつが重要らしい」

ローセがうなずく。

「ＰＥＴの連中もこれを聞いたのか？」

「はい。ＰＥＴには僕らの手元にある資料をすべて提出しました」ゴードンが答えた。「課長が、あらゆる情報を集めるようＰＥＴに頼んでくれたんです。彼らはその報告のために十一時にここへ来る予定です」

ゴードンはこの一件で、ますます細くなってしまったようだ。あと二キロ減ったら、ローセの半分の体重になっちまうかもしれん。

ゴードンは懇願するようにカールを見つめた。「もしＰＥＴから新たな情報を得られなかったら、この男の似顔絵とこれまでのやりとりをすべて公表するよう、課長に頼まなくてはなりません。事態の重大性を知れば、テレビ局は緊急報道の枠を確保して、似顔絵を流すでしょう。カール、お願いですから課長を説得するのを手伝ってください」

だが問題は、カールがボスと同意見であるということだった。カールはヤコプスンが以前、こういう状況でひどい目に遭ったことを知っていた。この件を公表したら、住民をパニックに陥れることになりかねない。

一方で、何をぐずぐずしていたのかと激しい批判もわき起こるだろう。公表から数時間もしないうちにおびただしい情報の洪水が押し寄せ、自分たちは窮地に追い込まれ、仕事は前に進まなくなるだろう。似顔絵が本人からかけ離れているようなことがあれば、なおさらだ。その若い男の両親がここ数日間職場に出ていないらしいという情報は役に立つかもしれないが、それでも精査したり真偽を判別したりしなければならない資料はおびただしい量になるだろう。デンマークの警察には、それだけの大量の情報を短時間でさばけるほど人員もいないし、管轄の地域と住民を長年熟知している警察官が勤務するような警察署はもはや存在しない。何年も前に、政治が警察改革を間違った方向へ進めたせいだ。

「ローセ、こいつがAという文字について何を言いたいのか、徹底的に聞き出すチャンスはなかったのか？」

こんな訊き方をしたら、ローセは面目丸つぶれだと感じるだろうか。

「そりゃもちろん、いまになって考えてみれば、あのときもっと食い下がればよかったと思います。でもわたしは彼を懐柔するのに必死で、そのことまでは考えられなかったんです、カール。アサドがリリー・カバービを殺した人間を追っていることをあの子に知らせて、アサドに協力しようという気にさせるのがわたしの狙いでした。それで彼と打ち解けることができればと思っていたんですけど」

「おまえさんの試みは失敗に終わったようだ。それでも、そいつについて多くのことがわかった。やつはとんでもなく自己中心的で独善的で、完全に頭がどうかしている。こういうサイコパス的要素を持つ人間にたどり着くのはかなり難儀だぞ、ローセ」

「わかってます」

「だが、やつはすでに一度、非常に役立つヒントを出している。それは忘れないでおこう。〝運命より一年長く生きる〟という、例の妙な発言だ。おまえたちはやつの意図を推測した。それはすばらしい。しかも図星だったようだ。でなければ、相手は二十二歳だと言われたときに反論していただろうからな。そのあと、やつは再び気が大きくなった。だからこそ新たなヒントを出そうという気になったのだろう。連続殺人を犯す前に捕まることはないと百パーセント確信しているに違いない」

ローセはカールの考えをうなずきながら聞いていた。

「じゃあ、Ａという文字も彼のヒントなのかしら」

「そうだ。おまえたちはそいつをトシロー・ローガンと呼んでいるが、本名はまだ不明だ。それはやつの名前のヒントじゃないかと思う。Ａで始まる名前だ」

ヤコプスンは、カールも嫌というほど知っている、ＰＥＴのボスを連れてやってきた。だが、ふたりのあとからちょこちょこついて来る、にきび面の若い男は初めて見る顔だった。マンガのキャラにでもいそうな風貌で、卒業したてのほやほやといったところだ。なんだってこんな若造を連れてきたんだ？

「カール、こんな状況ではあるが、きみが帰ってきてくれてよかった」マークス・ヤコプスンはそう言って、客人を紹介した。「きみたちも承知のとおり、こちら、ＰＥＴのイーサクスン長官だ。われわれの懸案事項を深刻に受け止め、例の殺人鬼を見つけだすサポートをするべく、局全体に号令をかけてくれた」

カールは形だけ会釈しておいた。

「イェンス・カールスンに会うのは初めてだろう？　ＩＴ分野におけるＰＥＴの新たな神童だ。ゴードンが提出した全データを処理し、まとめあげてくれた」ヤコプスンはカールスンのほうを見る。「イェンス、明らかになった点をきみから手短に説明してもらえるかな」

イェンスは咳払いをしたが、あまりにも派手にやったせいで、喉ぼとけが勢いよく上下にぴょこぴょこ揺れた。ようやく話しだすと、カールはその声のトーンにあ然とした。普通の人間より最低でも一オクターブは低いんじゃないだろうか。

「まず、われわれ情報局の言語学者に多大な協力を得たことをお話ししなくてはなりません。それにもかかわらず、袋小路に陥る可能性があることも。一方で、われわれにはいうまでもなく基礎データが必要で、そのデータをもとにほかの情報を組み立てていくことになります。言語学者の分析による仮説が誤りであれば、われわれの結論は根本的に誤った推論から出発することになってしまいます」

「正直なコメントをありがとう。それでも、そちらの言語学者がすばらしい仕事をしてくれたと期待しているよ」ヤコプスンが話す。

「してくれたとも」PETのボスが口をはさんだ。まあ、そう言うのは当然だろう。

「音声を詳細に分析した結果、この若者はおそらくコペンハーゲンの北部に住んでいるのではないかという結論に達した」イーサクスンが続けた。「ヘレルプとシャロデンロンは除外だ。一方で、彼の言葉遣いのさまざまな特徴は、フーレバッケン地区に完全に一致する。また、エムドロプ、フレズレクスベアの一定範囲、ウダスリウ・モーセ周辺の一部も考えられる」

カールはローセとゴードンの様子を探った。どうやら、ふたりも同じことを考えていたらしい。

例の若造がここで交代した。「バウスヴェアの寄宿学校に深く感謝しなくてはなりません。わざわざ時間を割いて、全卒業生のうち、現在四十歳から七十歳の男性を全員リストアップしてくれました。その若者と父親の年齢差が異様に大きい、あるいは異様に小さい場合でなければ、二十二歳のひとり息子を持つ父親はこの範囲に入るのではないかと推測できます」

「理屈のうえでは、その若者の父親が継父で、非常に若いか老齢である可能性もあるが、そこは考えないことにした」イーサクスンが補足した。自分も分析に関与したと主張するかのような言い方だが怪しいもんだ、とカールは思った。

低音男が再びボスを引き継いだ。「私は、父親と息子の居住地が同一であるという仮説のもと、寄宿学校のリストと先ほど挙げたコペンハーゲンの地域に個人登録の届け出がある四十歳から七十歳の男性を突き合わせ、一致する名がどのくらいあるか調べました」

ゴードンとローセが椅子の上で身を乗り出した。もちろん、その件数が少ないことを願って。

「これらの地域において、当該年齢の卒業生が居住しているのは三十三世帯。代わりに、同じパラメータをコペンハーゲン圏に適用すると、世帯数は三倍以上になります。みなさんが望む時間内にこれほどの件数を調査するのは、当然ながら不可能といえるでしょう」

カールの頭の中に陰鬱な雲が広がっていく。三十三世帯にしろ、百世帯強にしろ、短期間で家から家へと駆けずりまわれというのは確かに現実的ではない。それに、やつが賢ければ――それは間違いないようだ――家の呼び鈴を鳴らしたところで、ドアを開けるはずがない。ほかの世帯にしても、不在で出てこないというケースはかなりの数に上るだろう。在宅でも警察官の立ち入りを拒む人はいるはずだ。要するに、捜索令状を山ほど取らなくてはならないということだ。

「件数を絞り込むため、私は被疑者の推定年齢というふたつめのパラメータを加えてみました」

今度は特捜部Qの全員が耳をそばだてた。にきび面の神童は無能ではなかった!

「被疑者がおよそ二十二歳で父親が届け出た住所に同居していると仮定すると、条件が一致する世帯は、抽出した地域においては十八軒、コペンハーゲン圏においては四十軒となります」

彼はフォルダから数枚のコピー用紙を取り出した。

「こちらが、私が絞り込んだ世帯の住所です」

ローセとゴードンは座ったまま、口をぽかんと開けていた。

50

アサド　残り1日

アサドは情報機関の職員たちに同行した。まず、アユブの住まいを訪ね、彼らがアユブの妻に夫の死を端的に告げるのに立ち会った。妻はうろたえ、過呼吸に陥り、むせび泣きながらその場にくずおれた。家宅捜索が終了し、義弟のハミドの住所が判明したころになってようやく、妻はほぼ正常な呼吸に戻った。ふたりの職員が彼女のもとに残った。その間、ほかのメンバーはハミドの家を包囲し、手入れの行き届いた庭に入り込んでいった。

彼らは息の合った動きを見せ、玄関のドアと庭に通じるドアを同時に蹴破った。数秒後、テーブルの下にじっと隠れていたハミドの妻と子どもたちが発見された。彼女たちは何度もこの事態をシミュレーションしてきたのだろう。

情報機関の職員たちはハミドの妻に対し、夫に電話をかけて、アユブが死んだと彼の妻から連絡があったと言えと告げた。さらに、自分たちは命の危険にさらされている、家族を安全な場所に避難させるため戻ってきてくれ、と頼むよう命じた。アサドは、子どもたちの怯えた表情と妻の歪んだ表情を撮影しておいた。

ありがたいことに、ハミドは何が自分を待っているのか心構えができていなかったようだ。だが、しっかり武装はしていた。ハミドは家から数メートルの距離に近づくまで玄関のドアが蹴破られているのに気づかなかったが、その後の行動は素早かった。周囲に乱射しながら身を隠し、民家の裏に回りこんで庭を通って逃げようとした。だが、自分が包囲されていることに気づくと、昂然《こうぜん》と頭をそらし、拳銃を顎に当てた。彼が引き金を引くより一瞬速く、一発の弾がその脚を直撃した。ハミドが倒れたときには、情報機関の職員がすでに彼を捕らえていた。こうして、戦いは始まる前に終わった。

アサドは現場から十分距離を取って立ち、ハミドを殺さないでくれと必死に願った。

ハミドを乗せた車は尋問のために移動した。ハミドの脚はひどく出血していた。

アサドは少しの間そこに立ち、今後の展開をさまざまに思い描いた。それから情報機関の後続車に乗ってあとを追った。ハミドの尋問に立ち会うつもりはない。自分自身の苦痛に満ちた経験を思うと、そういう形の対決はもう二度とごめんだった。

だが結局、二十二時も回ったころ、アサドは取り調べに立ち会うよう要請された。一日中徹底的に絞り上げられても、ハミドは何ひとつ白状しなかったのだ。ヴェーベルの部下たちは夜を徹して尋問を続ける気だったが、ハミドが完全に消耗する前に、アサドが何か引き出せないか様子を見たいのだという。

アサドは手を振って、きっぱりと拒絶の意を伝えた。ハミドは数時間前に、ミッションのためなら自らの命を絶つことも辞さないことを示したばかりだ。最悪の拷問をもってしても、そういう人間の口を割らせることはできない。

だが、ヴェーベルは諦めなかった。ハミドの口をこじ開けられる可能性がどれほど低くとも、あなたと家族のためにアサドさん自身が尋問を試みる必要があるんです。ハミドのような男ですら急所はあるはずです。そうでなければ、こんなふうに風邪を引いたりはしていないでしょう、と言うのだ。

「ここに連行されたときから、こういう体調なのですか？」

「そうです。これまで大量のティッシュペーパーが見つかっている理由もそれで説明がつくでしょう。風邪がうつらないよう、気をつけてください」

アサドは黙ってうなずき、取調室へ入った。

がらんとした冷たい部屋の中、アサドはハミドにかけられた圧力が精神的なものだけではなかったと悟った。床の水溜まりとバケツの中の濡れた雑巾が、テロ攻撃を阻止するという名目のもとに、彼らがジュネーブ条約（捕虜の人道的待遇、疾病者の適切な保護と看護などを定めた条約）をかなり緩く解釈したことを示していた。

疲労のせいか、ハミドの目は半分しか開いていなかった。服はずぶ濡れで、風邪の回復に役立つ状況とはとても思えない。寒さのせいで歯をかちかち鳴らしていたが、挑戦的な目でドアをにらむ様子を見て、アサドの希望は砕け散った。

部屋に入ってきた人物がアサドだとわかったとたん、

ハミドはこれはたまらないとばかりににやついた。アサドを指さし、ガーリブがこれほど長い年月、怒りと復讐心を燃やしてきた相手がこんな冴えない小男とはまったく信じられないと、咳をしながら言った。

そして出し抜けに立ち上がると、手錠を机に固定している鎖を勢いよく引っ張った。

「こっちに来い、売国奴！　その喉を食いちぎらせろ。そしたら願いを聞いてやる」

そう叫ぶとハミドはアサドの顔のど真ん中に唾を吐いた。

アサドが唾を拭うと、ハミドは口を歪めてあざけるように笑った。自分が優位であることを見せつけたがっているようだった。だが、それも数秒間のことだった。アサドはハミドに平手打ちを見舞い、自己満足に浸ったにやけ面に唾を吐き返した。

「さて、これでおまえはようやく私に会うことができたわけだ。私の機嫌がとてもよいこともはっきりとわかっただろう」アサドはハミドを突き飛ばして椅子に座らせた。「これから訊くことに答えるんだ」

アサドは妻の写真を出してハミドの前に置いた。

「これはマルワだ。おまえはマルワの居場所を知っているな」

アサドは携帯電話を取り出すと、怯えた表情でハミドに電話をしている妻の画像をスクロールして見せた。

「そしてこれがおまえの妻だ。私は彼女の居場所を知っている」

アサドは長女の写真を出し、ハミドの前に置いた。

「これはネッラだ。おまえの子どもたちの居場所を私が知っているように、おまえも彼女の居場所を知っているはずだ。私の言いたいことはわかるな、ハミド？　目には目を、歯には歯を。おまえ次第だぞ！」

ハミドはいまや目を大きく開け、死など大したことではないという目つきで冷ややかにアサドを見据えた。

アサドは携帯電話の画面をハミドの顔に突きつけた。

「おまえの美しい妻と、罪のない愛らしい子どもたちをよく見るんだ。ガーリブの居場所を教えれば、家族の命は保証する。それとも家族の死刑執行人になりたいか？」

　ハミドは憎しみに満ちた目でアサドをにらみつけた。

「好きにすればいい」ハミドは答えた。「俺は家族と楽園で会う。神の永遠なる世界で再会を果たすのが早かろうと遅かろうと、俺にとっては同じことだ」

　家族と楽園で会うだと？　よくもそんなに都合のよい解釈ができるものだ。

「ハミド、よく聞け！　ガーリブは私の妻と娘たちを暴行した。やつは信仰を汚し、自分自身も汚したんだ。やつの残虐な行為に加担する者は、地獄以外の場所など望めないんだぞ」

　ハミドは椅子の背にもたれ、微笑んだ。「惨めな不信心者ときたものだ。地獄とは、一時的に行く場所であることを知っておくべきだ。アッラーは有限の悪行に対して無限の罰で報いることをお許しにならない。俺たちはみな、楽園で会うことになるのだ。おまえと俺もだ」ハミドは背筋を伸ばして顔を上げ、大声で笑った。

　アサドは自分の前に、越えてはならない一線がはっきりと引かれていることを悟った。それでもそこを越えるのだと覚悟を決め、高笑いする相手の顔に拳を叩き込んだ。一撃加えるごとに、遠いあの日、離れ離れになる直前の妻と娘たちの顔がありありと浮かんだ。もしかしたらあれが永遠の別れになるかもしれないのだ。

「あの紳士には冷たい水がもっと必要なようです」アサドは取調室から出てくると言った。「そうしないと、息を吹き返さないでしょう」

　ヴェーベルは真剣な目でアサドを見つめた。「殴ったんですか？」

　それ以外の何を想定してたんだ？　当たり前じゃな

いか。

「だったら殴打と水責めの違いを説明してくれませんか？　私はあなたがたドイツのような文明国では拷問は禁止されていると思っていましたが……」

「水責め？　いったいどうしてそんなことを考えたんです？　床に残っていた水のことを言っているなら、あれは医者が彼の脚を止血したあと、血を洗い流した跡ですよ」ヴェーベルはしれっと言ってのけた。

　アサドは渋面をつくった。「じゃあ、どうやって彼を追いつめたんですか？」

「訴追免除および金銭と引き換えに、当局への協力を要請しました。こちら側についた場合は身の安全を保証するとも。安直なやり方ですが、まずはそうする必要があったのです」

「ええ、安直です」

「そのあと、家族の運命を引き合いに自白を迫りましたが、ハミドは一笑に付しただけでした。何をされようとも、家族とは楽園で再会するからかまわないと言って」

51

ガーリブ　残り1日

ベーナをハミドの自宅へ行かせてから、一時間以上が経過していた。ガーリブは胸騒ぎを覚えた。ハミドが時間を守らなかったことだけでなく、連絡がつかないのもこれが初めてだった。ハミドに何かあれば、ミッション全体が危険にさらされる。

ガーリブはベルリンの地図を貼った壁の前にあるテーブルに向かい、改めてすべてを検討した。作戦の実行場所をフランクフルトからベルリンに変更したが、ハミドが戻ってこなければ、さらに調整しなければならない。小さな変更ですむだろうが、それでも変更などないほうがいいに決まっている。

不安は募る一方だった。あと十分待ってベーナが戻ってこなかったら、短絡的なメンバーのなかにはパニックに陥る者がいるかもしれない。大至急彼らを集め、何が起きようともきみたちは覚悟のできた、戦闘力を備えた聖戦士であることに変わりはないと、励まさなくてはならない。ハミドがもはやいないのであれば、自分が彼の役割を引き継ぎ、爆薬に点火することになる。

だがまずは、ホテルにいる大尉がすぐに任務に就ける状態か、ある程度は体調がよくなっているのかを確認しなくてはならない。

そもそも、ディーター・バウマンに連絡をつけたのは、ベルリン在住でドイツ語が流暢に話せるハミドだった。だが、バウマンは長年の中東生活のおかげで完璧なアラビア語を話すので、問題なく意思疎通ができる。

彼はホテルのスイートルームにいる大尉に電話をかけた。

「ディーター、きみはこのドイツでは有名人だな。おかげで期待どおりに注意を惹くことができた。いったいどうやってそこまでたどり着けたんだ？」

「メディアが私の写真をばらまく前に、運よく偽名でチェックインできたのさ。それからはこのスイートにこもってルームサービスだけで生きている。万一の場合はうまく偽装できるよう、ハミドが一式揃えてくれたしね。そういえば、彼からまだ連絡が来ていないが、なぜだ？」

「ハミドはいま、こちらにはいなくてね。電話したのは、攻撃開始が明日の十四時きっかりだと確認するためだ。準備はできてるね？」

大尉は軽く咳をした。「大丈夫だ。明日は視界が良好であるよう願ってるよ。天気予報では、湿度はようやく下がるらしい。銃身を全方向に向けられる程度には、窓を開けるつもりだ。大した隙間はできないし、運のいいことに、窓ガラスは暗めのスモークガラスだから、人目を惹くことは決してない。ハミドが選んだホテルはまさに理想的だよ」

そう言うとバウマンは再び咳き込んだ。肺活量が低下しているようだ。

「それで、ハミドはどこにいるんだ？」

「実を言うと、私も知らないのだ。だが安心してくれ。ハミドは屈強な男だ」

「それは間違いない」

「体調はどうだね？」

「まだ生きてるよ」大尉はぜいぜいと音を立てながら笑った。「とにかく、この世にもう生きていたくないと思う瞬間を自分で決められる程度には、もっと思うよ」

「薬を飲んでおいてくれ、ディーター。それでは気をつけて。あなたに平安あれ《アッサラーム・アレイクム》」

「あなたにも平安あれ《アレイクム・アッサラーム》」

玄関のほうで物音がした。ベーナが帰ってきたのだ。アッラーに感謝を《アルハムドゥリッラー》。だが、ドアから入ってきた彼女はやけに落ち着かない。

「長くかかってすみません、ガーリブ。でもハミドの家までは遠くて」

「そうだな」

「悪い報告があります。ハミドの家の近くの店で、戦闘服を着た男たちが彼の家に押し入り、奥さんと子どもたちがまだ中にいると聞かされたんです。通りの先で銃声が聞こえました。客の話ではハミドは太腿を撃たれ、武器を携帯した黒服の男たちによって黒いリムジンに乗せられて連れ去られたそうです。彼らが言うには、アラブ人の男が通りの中央に立っていて、銃撃戦とハミドが連行されていくのを遠くから眺めていたとのことです。すべてが収まったあと、その男はほかの男たちとそこを去ったと」

「その男の人相について話していた客はいたか？」

ベーナは相変わらず取り乱していたが、なんとかうなずいた。「はい」

「ザイード・アル＝アサディだったのか？」

「そうだと思います」

ガーリブは天を仰いだ。そうでもしなければ、息が詰まりそうだった。この場でザイードの妻を処刑してやりたかった。だが、そんなことをしたら究極の復讐はどうなる？

「諸君、こちらに来てくれ」ガーリブはさんざん考えてから、メンバーを招集した。

あえて落ち着き払った様子で、静かにメンバーを眺める。彼らには、作戦準備は抜かりなく進行中だと知らせる必要がある。

「残念ながら、ハミドが脱落を余儀なくされたことを示す兆候がいくつかある。ベーナの報告によれば、ハミドは自宅近くで拘束された」

　思ったとおり、数人がこれで人生の歯車が狂ったという顔をした。

「そうだ。確かに計画を台無しにするひどい知らせだ」ガーリブは続けた。「だが、落ち着いて受け止めてほしい。ハミドは不屈だ。私がこれまで出会ったなかで最も不屈な男だ。これまで何度も逮捕されてきたが、ひと言たりとも情報を漏らしたことはない。今回も同じだと私が保証する。いずれ、当局はハミドを釈放する。連中はハミドのしっぽをつかむことはできない。自分につながる手がかりを消せる人間がいるとすれば、それはハミドだ」

「でもガーリブ、それではハミドが計画に加われなくなってしまいます」

「そのとおりだ。結果的にそうなる。だが、解決策はある。私が彼の任務を引き継ぐ」

　部屋じゅうに安堵の空気が広がった。

「それで、われわれの〝仮装行列〟の開始はいつですか？」

「明日の十三時三十分だ」

52

ジュアン　前夜

彼らにとってジュアンは空気同然の存在だった。彼らはジュアンのことをまったく気にかけていなかった。ジュアンには誰も話しかけず、鼻づまりが悪化して苦しげな息遣いになっても無視していた。彼はひたすら車椅子に座ったまま、メンバーに混ざってすべてを聞き、すべてを目にしていた。むごたらしい計画の細部が次第に明らかになっていく。だが、ジュアンに内容を聞かせまいとする者はひとりもいなかった。なぜか？　彼は逃げ出すことなどできないからだ。そしていまや、このグループの専属ドキュメンタリー作家でもあるからだ。攻撃が終了したら、ジュアンはすべてを物語らなくてはならない。準備段階から攻撃着手の瞬間、攻撃実行中の様子、結末に至るまで、すべてを文章にするのが彼の運命だ。

明日の午後遅く、すべてが終わったとき、ジュアンはこれまでとは違う人間になっているはずだ。そのときが刻々と近づいている。

隣の部屋にいる三人の女性たちはほったらかしにされていた。すでに丸一日食事を与えられていないので、かすかな物音すら立てる力がないようだ。まさにそれが彼らの意図するところだった。というのも、彼女たちの役目は、明日の市内観光で重度の障がいのある人間のように言葉を発さず、身動きもせず、ただ車椅子に座っていることであり、現在オスマンが念を入れて点検中の恐ろしい爆発物の運び屋となることでしかないからだ。

決行を前に、メンバー全員が任務と持ち場について最終チェックを行なっている間、ガーリブは不機嫌そうに隅に座っていた。怒りのせいか落胆のせいかはわからない。だが、ハミドという右腕を失ったことでひどく考えこんでいた。準備においても作戦遂行においても、ハミドこそが重要な役割を担っていたのだ。

もちろん、メンバーが作戦の成功を疑いはじめないよう、ガーリブは自分の感情を押し殺していた。だが、彼がようやく落ち着きを取り戻し、解決策を練ることができるようになったのは、夜遅く、ハミドの連行先が明らかになってからだった。

ガーリブは数分間、椅子に座って何かを書いていた。それから書き記した内容を携帯電話のカメラで撮影し、どこかへ送信した。

それからようやく、携帯電話をオスマンの手に押しつけ、彼に指示を出した。どうやらオスマンが新たな右腕となったようだ。

これですべて手はずが整ったとガーリブは簡潔にメンバーに伝えた。「あとはザイードだ、やつを手に入れるぞ！」勝ち誇ったような笑みを浮かべて、この最後の言葉を英語で口にした――ジュアンに向けて。

オスマンをどこかへ送り出すと、ガーリブはジュアンの横の椅子に腰掛けた。

「ザイード、ザイード、ザイード、ザイード」目を閉じて呪文でも唱えるかのようにその名をつぶやくと、大きくうなずいた。戦いに向けてふつふつと血を煮えたぎらせているかのようだ。

「そうともザイード、明日にはおまえを仕留めてみせる。想像以上の苦しみを味わわせてやる。そうさせてやる。どれほど長くこの瞬間を待ち望んできたことか。復讐の瞬間はもうすぐそこだ」そう言うと、うわごとのようにザイード、ザイードとまた繰り返した。

ジュアンはこのとき初めて、ガーリブの目に狂気を見た。

その夜、ジュアンはずっと時間をカウントしていた。

その間、メンバーは彼に装着したＧｏＰｒｏをテストし、ウージーと弾倉、爆弾ベルトを点検すると、一人ひとり仲間の前に出て自分の任務と作戦の流れを詳細に語ってみせた。不測の事態が入り込む余地などあってはならない。

ガーリブは全員を呼び集めた。「あと数時間したら全員で礼拝だ。自分たちの服を着て行なう。そのあと、カムフラージュ用の衣装に着替える。男性陣は着る順番によく注意してくれ。上着をはおったときに上品なシルエットになるよう、防弾チョッキはだぶつかせずシャツの上に着用すること。着替えが終わってから髭を貼りつけること。ベーナとジャスミンの手を借りるといい。もみあげのついた帽子をかぶるのはそのあとだ。部屋から出て鏡の前でそれぞれ自分の姿を点検し、何かおかしなところがあれば、互いに直し合うように。そのあとで眼鏡をかける。完全には正統派のユダヤ教徒に見えないかもしれないが、誰もそんなことは気にしない」

メンバーが笑った。

それから時間割りについて詳細な打ち合わせを行なった。作戦は十三時半ちょうどに開始。厳密に言えば、ザイード・アル＝アサディが何通ものメッセージを受け取ることによって開始となる。ガーリブはそのメッセージを確実に相手に届け、誘導するつもりだった。標的となる広場と教会付近の訪問客が最も多くなる時間帯はあらかじめ調べがついている。最も混み合う時間は十四時。攻撃の照準はもちろんその時刻となる。

いまは午前四時を少し回ったところだろうとジュアンは見積もった。ほかのメンバーは作戦開始を前に少し休んでおくために自分たちの部屋に戻った。十時間後、隣の部屋にいる気の毒な三人の女性たちと途方もない数の無実の人々が息絶えることになる。

もう三万六千秒を切った。

チクタク、チクタク。

53

カール　その日、朝

朝八時。警察官たちはもう一時間半も前から街に出て、住所の一覧表から該当者を探し出すべく、念入りに捜査を行なっている。だが、例の若い男は見つからない。

これだけ早い時間帯に捜査を開始したのは、もちろん理由があってのことだ。半数以上の人々がまだ仕事に出かけておらず、すべての質問に快く回答してくれた。捜査の理由は伏せられ、〝一般的な安全調査〟と伝えられたが、奇妙なことに、それはなんなのかと問いただしてくる人はほとんどいなかった。最近のデンマークでは、適当な話で簡単に相手を言いくるめることができるらしい。

「それで、不在者についてはどうするんです？」顔色の悪いゴードンが尋ねた。「捜査の合間にまた訪ねますか？　それとも勤務終了時に？」

「いろいろよ」ローセが答えた。「マンパワーによるわね」

ゴードンはじっとしていられなかった。まさかそこまでのことを彼がするとは考えられなかったとつぶやいた。「どうして僕は彼の口を割らせることができなかったんでしょう？　まったく僕は何をしているのか……。そもそもこの仕事に適性がないんでしょうか？」ゴードンはカールに視線を注いだ。「僕の専門は法学なんです、カール。こういうことにはきっと向いていないんです」

カールは小さく笑うと、ゴードンの肩を叩いた。

「いいか、ゴードン。おまえは喉まで肥溜めに浸かってるんだ。うつむいたらたちまち窒息するぞ」

ローセもカールに続いた。「今日もまた慌てて起きたんでしょう、ゴードン。くしが髪の毛に刺さったままじゃない」

のっぽ男が驚いて頭を引っかきまわす。

彼は年に一度はこういうジョークに引っかかり、全員が笑い転げるのだ。

「やれやれ」ゴードンが言った。「わかりました。僕らは引き続き、彼の家が見つかるよう祈りつつ、サムライの刀を販売している業者とも連絡をつける。それも世界中の業者と。そういうことですよね？」

カールはうなずいた。いずれにしても、いまはほかに何もできないのだから、それが最善策というものだろう。

そのとき、カールの携帯電話が鳴った。アサドだ。

カールは時計を見た。おいおい、まだ早朝だぞ。

「カール、言いにくいんですけどこちらに来れますか？　今日がその日です。いま、それが判明しました」

カールは腕を振ってローセとゴードンに静かにするよう合図した。

「どうした？」

「今朝の四時ごろ、ベルリン市警にメールが届きました。読み上げます」


ザイード・アル＝アサディに重要な連絡だ。

本日中にさらなる指示が同じメールアドレスに送られる。回避不可能な運命を待ち、愛する者と自分の命に別れを告げる覚悟をしておくがよい。

ガーリブ

アサドの声は落ち着いているように聞こえたものの、カールの胸はざわついた。

「やつらを追跡できるような情報はあるのか、アサド？　例のハミドはどうなった？」

「ハミドの口を割らせるためにどんな手段を取っているのか彼らは話したがりませんが、ともかく、ハミドは何ひとつ吐いていません」

　カールは毒づいた。

「そう、むかつく話ですよね。体はひとつでも思いはふたつですね、カール」それを言うなら逆だぞ、アサド。だが、アサドの声にあまりに力がなかったのでカールは何も言えなかった。

「そうだな。ハミドを殺してやりたいという気になるかもしれんが、そうしたところでどうしようもないしな」

「ヴェーベルたちは、私のメモした一覧表を吟味《ぎんみ》することに賛成しています。彼らとしても、精査しておきたい細かな点がほかにあるようです。ですが、何をやったところで、ただここに座って待つしかないという状況は変えられません」

「鳥類学者と鳩の件はどうなってる？」

「まあ、鳩が頻繁に集まるすべての広場を監視することにはなりましたけど」

「そりゃ、大変な労力だ！　とんでもない広さじゃないか」

「そのとおりです。ですから、監視担当になった警察官は誰ひとり、ろくに寝ていないでしょう」

「メールの差出人はどうだ？」

「メールは携帯電話から送られていました。送信から一時間後にポツダム広場のゴミ箱に捨てられているのが見つかりました。大手銀行の近くです」

「電源は入ってたのか？」

「もちろんです。それで見つけることができたんですから」

「中に情報は？」

「ありません。そのメール以外、データは何もありませんでした」

「古い機種か？　新しい機種か？」

「新しい機種ではありません。購入先はつかめていません。もちろん、即座に専門チームが消去されたデータの復元作業に着手しましたが」

「ハミドの妻はどうだ？」

「連行して尋問しましたが、まったく何も知らないようです。まだ若くて世の中のことに疎《うと》く、ハミドがドイツで生まれたことすら知りませんでした」

「ハミドの兄の妻は？」

「彼女も何も知りませんでした。手は尽くしたんですが」

「携帯電話がポツダム広場で見つかったと言ったな。どんな場所だ？」

「携帯電話は屋根がある場所に置かれていました。角にソニーセンターのビルがあり、確かにそこでは鳩は低く飛ばざるをえません。ですが、ヴェーベルたちは近隣も考慮に入れています。あのエリアはとても賑《にぎ》やかでスパイ博物館もありますし、標的としてまさに象徴的と言えるかもしれません。近くにベルリン最大のショッピングモールもありますし、標的になりうるポイントがあまりにも多いんです。そもそもポツダム広場にしても、ベルリンにある多くの広場のひとつにすぎませんし」

　ローセがカールにメモを手渡した。

「俺に随時状況を知らせてくれ、アサド、いいな？　ローセがくれたメモによると、十二時五分カストラップ発の便がある。その一時間後にはベルリンに着くと思う」

「時すでに遅しとならないよう願ってます、カール」

「スマートウォッチは着けてるな？」

「はい」

「それなら、おまえの居場所はわかる。移動中にＳＭＳを送るよ」

カールは電話を切ると、ローセとゴードンに顔を向けた。「事情は理解したか？」

ふたりはうなずいた。

ローセがずばりと言った。「飛行機恐怖症だなんて言ってられませんよ、カール。十二時五分の便に乗ってください。つまり、二時間後ですね。わたしたちはここで待つ以外に何もできませんけど」

ローセがカールの搭乗券をプリントアウトしていると、電話が鳴った。ゴードンははじかれたように立ち上がり、電話のディスプレイに目をやった。

未登録の番号だ。

ゴードンが録音ボタンをタップし、スピーカーフォンに設定する。

「あれ、トシロー、またかけてきたのか？　もう電話する気はなかったんじゃないのか。ローセから聞いたぞ」ゴードンの声は落ち着いていたが、そう装っているだけだ。カールはこれほど顔に汗をかいている人間をめったに見たことがなかった。

「まあね、おまわりさん。僕はまだきみには別れを告げてなかったからね。きみにとってはルズヴィとかいう変な子の面倒を見るほうが、僕と電話するよりずっと重要らしいけど……」

「そうなんだよ、トシロー、悪かったね。二度とそんなことにはならないようにするよ」

「うれしいね。もうひとりのおばさん警官にはうんざりなんだ」

ゴードンは音を立てずに深く息を吸い込んだ。「目標には近づいてるのか？」

ローセとカールは視線を合わせて固まった。固唾《かたず》を飲んで見守る。

「昨日の夜はうまくいかなかったけど、今日は朝から調子がいい。だから今晩には達成する自信がある。きみはそれを知っておくべきだと思ってね。これまで僕の話をおとなしく聞いてくれたことにも感謝するよ」
「なあトシロー、ちなみに、あの犬はどうなった？」
だが、電話はすでに切れていた。

「カール、もうハーディとは話をしたんですか？」ゴードンのために濃いコーヒーを持って部屋に戻ってきたローセが尋ねた。ゴードンは貧血を起こして隅で壁にもたれている。

あいつのこと、すっかり忘れてた。

カールが携帯電話を手にし、体に麻痺のある友人が電話に出るために介助してもらうのを待った。その間に、ゴードンの全身が震えだした。

「ゴードン、この一件はわたしたちにとって確かにハードだわ。でも、冷静さを失わないで」ローセはゴードンを励まし、彼の頭を自分の柔らかな胸にそっと抱いた。ようやくハーディが電話に出たとき、ゴードンはローセの胸で寝入っていた。

「やあハーディ、カールだ。最近話ができなくて悪かった。ただ……」

「わかってるよ、カール。ローセが教えてくれた。全部聞いてるから安心してくれ」

「すぐにカストラップに行って、ベルリンのアサドのところに向かわなきゃならないんだ。そっちは、スイス行きで突破口が開けたわけじゃないって聞いた。とても残念だ。それを伝えたかったんだ。いま、みんなどうしてる、ハーディ？」

ため息が聞こえた気がした。

「ああ、完全に計画どおりにはいかなかった。だけど、やり遂げるつもりだ。残念だが、金の問題があってね。まあ問題っていうのはたいていがそれだが。最終的な手術を受ける前にあと五十万クローネほど必要なんだ。ただ、俺はすでに検査を受けて、手術を受けるにふさわしいと診断されている。そこが一番重要なところだろ？　まあ、あとはなんとかなる」

「五十万クローネだって？」カールは目をむいた。うちの親が死んだって、俺の相続分はその額の半分にも満たないだろう。「ハーディ、おまえの助けになれればいいんだが……」

ハーディは礼を言いつつも、その必要はないと答えた。

カールはみぞおちのあたりに、あの引きつるような痛みを感じた。いまこそハーディに伝えたかった。詫びたいことがたくさんある。ハーディとアンカーと俺は、何年も前のあの日に襲撃された。アンカーは死に、ハーディは体に重大な障がいを負った。だが、俺は？　無事だった。苦しむ人間が違ってるんじゃないか。

「カール、おまえはいま、目が回るほどの忙しさだろうから、俺のことは考えなくていい」ハーディが何度か咳払いをした。あまり調子がよさそうではない。「そうは言っても、戻ってきたら戻ってきたでおまえには気にかけなきゃならないこともあるしな」

モーナに何か起きたとでも言いたいのか？　いや、そんなはずはない。一時間前に話をしたが、そのあとモーナはよく眠っていた。容態は安定していた。

「俺たちの昔の事件が未解決だろ、カール？　ステープル釘打ち機事件が」

カールはほっと息をついた。「まあな、だが、疑問があるなら、おまえにだって解けるじゃないか」

「だめだ。彼らはおまえと話したがっている。どうやら新しい展開があったらしく、おまえの見解が知りたいようだ。それがなんなのか、俺は知らないが」

カールは首を横に振った。妙な話だ。十二年前の事件だが、捜査はこれまで大して進展していない。よりによってなんでいま、その話をするんだ？　それに〝彼ら〟って誰だ？

「スレーイルセの捜査員たちか？」

「そうともそうでないとも言える。オランダの当局が新たな手がかりを発見したらしい。俺が知ってるのはそこまでだ。だが、いまはとにかくここを出て、アサドを援護してやれ。まったく恐ろしい話だ」

カールはうなずいた。古い事件に頭を悩ませている場合ではない。いまはそれどころではないのだ。

「あとひとつだけ、ちょっとした質問がある」ハーディが続けた。「ゴードンの録音を分析した人間は、どんな結論にたどり着いたんだ？」

「正確に言うと、何についてだ？」

「男の背後から聞こえてきた物音だ。犬とか泣き声とか」

「残念だが、何もわかってない。実際、何も手がかりがないんだ」

ハーディとの話を終えるとカールはモーナに電話をかけ、アサドから連絡があったことを伝えた。

カールは最後に、アサドにSMSを送った。〝いまからそっちに向かう。飛行機は時間どおりに離陸するはずだ〟そして、機内に乗り込んだ。

54

アサド

何もすることがなく、アサドは壁と一体化しているような気がした。この部屋には命を感じさせるようなものは何ひとつない。気を紛らわせてくれるような物音もしなければ、記憶を呼び起こしてくれる匂いもない。部屋は手術室のように殺風景で無色だった。

アサドはもう何時間も、ただそこで待っていた。何百回もくずかごの位置を変えたり、何千歩も歩きまわり、座っては立ち、立っては座り、ガーリブから次のメッセージが届いたことを誰かが知らせに来るのをひたすら待っていた。

部屋の外から最後に伝えられたのは、心配しなくていいという言葉だった。攻撃が想定される場所から、まさかありえないだろうという場所に至るまで、千人以上の武装した警察官が張り込んでいる。官庁施設、大使館、報道各社、テレビ局などの建物の前。交通の要衝、記念碑、鳩の集まる広場の周辺。シナゴーグ、ホロコースト記念碑、墓地の前……。ナチズムの時代に迫害された同性愛者の追悼碑の周辺にすら、警察官が配備されていた。

アサドの部屋から十メートル先の別の部屋では、監視任務に就いている特殊部隊のひとつが時間と戦いながら調整を図っていた。彼らの必死の準備にもかかわらず、アサドは気が気ではなかった。これだけのことをしても、ガーリブのほうが一歩先を行っていたら？

〝チェッカーでは、最初に駒を進めた者が勝つ〟というのが、父親の口癖だった。いま、その言葉がアサドの心をさいなんでいた。俺はその他大勢の駒のひとつにすぎない。相手に最初の一手を指されたら、あっという間に劣勢になってしまう。いまの段階ですでに、ガーリブは俺を殺すさまざまな手段を備えている。フランクフルトの狙撃手もそのひとつ。ムスタファのこめかみを撃ち抜いたあの一発は、いとも簡単に俺を殺せることを見せつけた。だが、ガーリブの目論見は違うはずだ。あいつは簡単に俺を殺しはしまい。俺を苦しめるのはもちろんだが、俺が苦しみにのたうちまわる姿を見たいのだ。まさにそうなるように俺を操っている。愛する家族が死ぬのを見ろ、おまえが死ぬのはそのあとだ——それがあいつの計画だ。この俺が阻止しなければ、どれだけ多くの先鋭部隊が街中で待機しようとも、あいつは計画を実行するだろう。だが、どうやって止める？　とても無理だ。

外の廊下で足音がしたかと思うとドアがノックされ、ヴェーベルを先頭に少人数の班が入ってきた。アサドは身を固くした。

「ガーリブから新たな連絡がありました」ヴェーベルが口を開いた。「都市近郊鉄道《Sバーン》でハーレンゼー駅まで来るようあなたに要求しています。護衛は一切つけずにひとりで来いと。目的地までずっとあなたを監視するとも言っています。十三時半きっかりにプラットホームから階段を上がってクーアフュルステンダム通りの横の歩道に立ち、次の指示を待てということです。警察や情報機関の人間があなたを追跡したり、監視したりしていたら、奥さんを撃ち殺すと言っています」

アサドはメッセージのプリントアウトをヴェーベルの手から奪った。こうなっては、連絡手段がどうであれ、内容がどうであれ、驚くことはない。ともかくゲームに参加し、チャンスをうかがうしかない。

「連絡はどんな形で?」

「もう通信不可能だと思っていた携帯電話にSMSが届きました。われわれがジュアン・アイグアデルに持たせた携帯電話です。今回は見つけるまで五分しかかかりませんでしたが」

「どこにあったんです?」

「ブランデンブルク門です。知ってのとおり、名所のひとつです。レンタサイクルのかごに入っていました。次はアレクサンダー広場か、国会議事堂かもしれません。ポツダム広場とブランデンブルク門に携帯電話を置き去りにした人物は、金と引き換えに頼まれた事情を何も知らない通りすがりの者でしょう。おそらく何かの冗談に参加するくらいの気持ちだったのだと思います。そうだとしたら、何に注意するべきかまったく見当がつかない状況です」

次の連絡があるまで四十五分。待っている間はずっと、ガーリブが主導権を握っている。そう考えるだけでたまらなかった。

マルワとネッラのことを思い描くのはもう千度目だろうか。俺がイェス奪還作戦に関与していなければ、妻と娘たちと幸福に過ごせただろう。関与していたとしても、俺が死んでいれば、彼女たちは不幸にはならずにすんだ。だが、いま、マルワとネッラは俺のせいで、そして俺の決断のせいで、地獄を味わわされている。脱獄したときには、とにかく生き延びることが重要だった。だが、いまとなってはそんなことに執着したのがくだらなく思える。

　腕時計が振動した。カールがSMSを送ってきたのだ。〝いま搭乗した。時間どおりに離陸の予定〟とあった。

　Sバーンのハーレンゼー駅は、〝クーダム〟ことクーアフュルステンダムと聞いて誰もが想像する有名な繁華街からは外れた場所にある。建ち並ぶ住宅群、スタッコ仕上げの外壁、この界隈では最も賑わっているホームセンター、雨に濡れたアスファルト。少し離れたところには、エッフェル塔を思わせる何かのシルエットが、数時間前から街を包んでいる霧の中にぼんやりと見える。

　十三時二十五分だった。傘を差した人々が、今日もまた普段と変わらない一日を過ごすように通りを歩いていく。だが、今日はいつもの代わり映えしない一日とは違う。人々が殺され、家族が取り返しのつかない打撃をこうむる日だ。

　俺にとっても。

　アサドはコートの上から尻のあたりを軽く叩き、拳銃の存在を確かめた。

　そのとき、予定より数分早く腕時計が再び振動し、ズボンのうしろのポケットに入れた携帯電話が鳴った。アサドは大きく息を吸うと次の指示を確認しようと全身で身がまえた。

　だが、ありがたいことに、連絡してきたのはカールだった。アサドは天を仰ぐと深く息を吐いた。

「どこかのアホと霧のせいで到着が少し遅れて、さっきやっと飛行機を降りたんだ。どこにいる？　俺の時計によれば、Sバーンの駅のそばらしいが。ハーレンゼー駅で合ってるか？」

「そうです。いまそこに立っていて、次の指示を待っているところです。こっちに向かっているところですか？」

「ああ。まず、ターミナルを抜けなきゃならん。いまいる場所で待てるか？」

「おそらく。努力してみます」

生きていくうえで、安心という感情がどれほど大きな意味を持つことか。こんな状況で安堵するというのも現実離れしているが、たとえそうであっても、事実アサドはカールに電話をもらってから、いくぶん楽に呼吸ができるようになっていた。

だが、それも数秒のことだった。携帯電話が再び鳴りだしたのだ。

「アサドさん、ヴェーベルです。すぐに出発してください、大急ぎで。ガーリブから連絡がありました。指示された場所に行くまで五分しかないんです。時間内にいかないと、奥さんの命がありません。〈アラル〉というガソリンスタンドに向かって歩き、その手前で左折してシュヴァルツバッハー通りに入ってください。少し歩くと右手に緑地帯が見えてきます。そこに、われわれが長いこと探してきた鳩がいると書かれています。到着したら周囲をよく見ろとの指示です。そうすればすべてわかるはずだと。それ以上のことは書かれていません。気をつけてください、アサドさん。どうか落ち着いて。われわれの姿は見えませんが、すぐ近くにいます。到着まで携帯電話は切ってください。さあ、走って」

アサドは全力で走り、三分もしないうちに目的地にたどり着いた。コンクリート造りの九階まである建物の裏側にその緑地帯はあった。猫の額ほどのぱっとしない場所で、高速道路と大通りにはさまれている。

そういうことか――たどり着いた瞬間、すぐにわかった。三角地帯の枯れた芝生に低いコンクリート製の円柱が建っていて、その上に鳥の翼に似た金属製の彫像が設置されている。高さは三メートルほどで、広げた翼には頭がない。飛ぶ意欲を失ってしまったのか、あるいはこれから羽ばたいて浮揚しようというところなのかはわからない。ぴんと伸びた脚を表現しているかのような長い支柱の下に、小さな碑文があった。

メリ・ベーゼ緑地　ドイツ初の女性パイロット
一八八六－一九二五

アサドは携帯電話を耳に当てた。「もしもし、ヴェーベルさん、聞こえますか」

「聞こえます。その記念碑についてはすでに確認がとれています。有名な女性パイロットを記念して制作された彫像で、〝鳩〟と名づけられています。ちょうどいま、インターネットでその画像を見ているところです。低く飛ぶ鳩とはこれのことですよ、アサドさん」

ヴェーベルは大声で毒づいた。文句も言いたくなるだろう。鳥類学者に頼らなくたって、簡単に見つけることができたはずだ。

「何が見えますか？」ヴェーベルが尋ねる。

「片方の翼が緑地の隅の歩道橋を指しています。そっちに行ってみます」

歩道橋の中央まで来ると、携帯電話を通してヴェーベルの背後からがやがやと話し声が聞こえた。歩道橋は一戸建て住宅の集合地区に続いている。下には六車線の高速道路が通り、轟音とともに車がビュンビュン走っていく。

「ヴェーベルさん、こっちには何もありません」アサドはそう告げて、引き返した。

緑地に戻り、再び彫像に目を凝らす。もう片方の翼は九十度の角度をつくって、コンクリートの建物をまっすぐ指している。

　そのとき、明らかに中東風のメロディだとわかる着信音が辺りに鳴り響いた。アサドは彫像の二枚の翼が合わさる鋭い根元の部分に顔を向けた。携帯電話はそこに載っていた。時代遅れの折りたたみ式携帯電話ほどのサイズで、さほど大きくなく、下からはほとんど見えない位置にある。アサドは自分の携帯電話を持っている手で鳩の脚をつかみ、碑文の入ったコンクリートの土台部分によじ登って携帯電話に手を伸ばした。

「もしもし」再び芝生の上に立つと携帯電話を耳に当て、答えた。

「ザイード・アル＝アサディだな」その声を聞いた瞬間、アサドは血が凍らんばかりの恐怖を感じた。「準備は整った。片方の翼が指す方角に目標を定め、数分以内にそこに行け。そうすれば、何が起きるかを目にするチャンスがあるだろう」

　電話が切れた。

　両手が震えている。アサドは必死で呼吸を整え、まともに声を出せるよう気を落ち着かせた。

「聞いてましたか？」あえぐように尋ねる。

　がさがさと物音が聞こえただけで、ヴェーベルは返事をしない。

「なんてことだ！」誰かの声が響いてきた。別の人間が「行くぞ！　急げ！」と叫んでいる。

「どこに行くんです、ヴェーベルさん？　私はどうすれば？」

　ヴェーベルがようやく電話に出た。「翼の指す方角には、大人気のスポットがあるんです。もちろん警備はしてますが、とても人数が足りません。そのスポットとは、放送塔です。見本市会場にある古い放送塔。目下、見本市は何千人という訪問者でごった返しているんです。われわれはそこへ向かいます」

　アサドは深く息を吐いた。霧の中に浮かんだシルエットはその塔だったのか。目測でも、決して近いとは言えない距離だった。

　今度は二分でSバーンの駅に戻り、全速力で階段を駆け降りた。

　黄色と赤の電車がホームに入ってくる。それが北へ向かう環状線であることを確認し、飛び乗った。

「この電車は見本市に行きますか？」アサドは大声で周囲に尋ねた。

　乗客たちが少し驚いたような顔でこちらを見ながら、うなずいた。

「西クロイツ駅で降りて、シュパンダウ行きのS9号線かS3号線に乗って、次の駅で降りるといいですよ。メッセ南駅です。見本市の会場に入るなら、それが近道です」

　もう西クロイツ駅がそこに見えている。アサドは礼もそこそこにホームへ飛び出した。

「シュパンダウ行きの電車は？」アサドが切羽詰まった声を出すと、数人があの番線だ、と指さした。

　電車の座席に腰掛け、荒く呼吸をしていると、周囲の乗客の視線を感じた。汗をかき、じっと座っていることのできない禁断症状の出ているジャンキーを見るような目つきだった。アサドは自分でもそんな気がした。いますぐにも命が尽きるのではないかという思いだった——実際そうなのかもしれないが。

　見本市会場方面の出口にある階段を駆け上がると、反対側の通りに〝エントランスホールB、優先列《ファストレーン》〟という表示が出ていた。そこからゆうに一ブロック先には、霧の中に鉄骨の建築物がそびえ立ち、手遅れになりたくなければ、がむしゃらに走ってここまで来いと手招きしている。くそっ、放送塔に行くなら最寄り駅はここじゃない。

　アサドは急ぎ足で建物をまわり、駐車場へ出た。太った警備員に立ち入らないよう注意されたが、ここを通る以外に近道はないと説明する。

駐車場の入り口前に出ている見本市会場の案内板に目をやる。放送塔の最寄りの東エントランスにたどり着くまでには、いくつもの展示ホールを通り過ぎて行かなければならない。心臓が早鐘のように打ちだした。

武器を携帯した戦闘服姿の男たちが、展望レストランから、その上にある小さめの展望台へと続く螺旋階段をのぼっていく様子が遠目からでも確認できた。ディーター・バウマンはあの上から人々を銃撃するつもりなのか？　あの塔の下にある広場で、マルワとネッラは俺の目の前で殺されることになるのか？

見本市会場に沿って伸びる通りの両側からパトカーのサイレンが響いてきた。付近から銃声は聞こえない。ガーリブはまだ攻撃を開始していないようだ。俺が姿を現すのを待っているのかもしれない。

不意に疑問がわいた。もし塔まで走っていかなかったらどうなる？　このままここにいたとしたら？　俺がいなければ何も起こらないんじゃないだろうか？

結論が出ないまま、それでもアサドは重い足取りで歩いていった。少し前方で武装した男たちが、先発隊の援護をするべく見本市会場の敷地内に入ろうとしているのが見える。

アサドは拳銃を取り出し、いつでも撃てる態勢をとった。ヴェーベルの部下たちがすでに現場に到着していることをひたすら祈り、自分を攻撃の先頭に立たせてくれることを願った。もしそうしてもらえなければ……。

「アサドさん」水色のワーゲンバスの傍らを通り過ぎたとき、声をかけられた。助かった、待機してくれていたのかと礼を言おうとしたとき、鈍い一撃が後頭部を襲った。車へと引きずられていきながら、アサドは力の抜けた自分の脚が地面をこすっているのをおぼろげに感じていた。

55

ジュアン　その日

今朝はジュアンにも食事が与えられず、おむつが替えられることもなかった。いつものように注射をされ、不潔なまま車椅子に放置されるという辱《はずかし》めを受けた。これ以上の屈辱はない。別の部屋ではメンバーたちが抜かりなく点検を行なっているようだった。ぞっとする金属音が耳に響き、指示が飛び交っている。

先発隊はとっくに準備を終えていた。出発は十時の予定だが、かなり早いうちから着替えをして共同スペースに集まっていた。ガーリブは最後の指示を出し、一人ひとりを抱きしめた。

ジャスミンと三人の男たちの偽装があまりにも見事なので、ジュアンは衝撃を受けた。ジャスミンは頭にスカーフを巻き、上品なワンピースにショールといういでたち。男たちのかぶっているあまり高くない帽子からはもみあげが垂れている。それぞれ長さは違うが、全員が軽く赤みがかった髭を生やしている。度の入っていないメタルフレームの眼鏡をかけ、純白のシャツの上に防弾チョッキを着込み、黒のスーツに黒のロングコートをはおっていた。

三人はバスでSバーンのランズベルガー・アレー駅に行くよう指示されていた。そこで〈シャルロッテンブルク・ツアー社〉のガイド、リンダ・シュヴァルツと会うのだ。

「そもそも、ジャスミンが男たちと同じバスに乗っても大丈夫なんですか？」ひとりが尋ねた。多くのメンバーも、それはまずいのではないかと考えているようだ。だが、車椅子の人間とともにバスの一番うしろに座っていれば、ベルリン在住の正統派ユダヤ教徒でもジャスミンをとがめることはない、とベーナは断言した。

ジャスミンたちが出発すると、部屋の雰囲気ががらりと変わった。彼らは戻ってこないだろう。残された者たちは先のことを考えることにした。だが、待ち時間は長く、ただただ消耗した。

ガーリブはずっと携帯電話を操作し、ときどきどこかに電話をかけた。話をしながら首を振ったり渋い顔をしたりしているので、メンバーたちは不測の事態が発生しているのではないかと疑いはじめていた。

福祉用バスが到着すると、ようやくほっとした空気が広がり、みんなでバスに乗り込んだ。

ジュアンは目を閉じた。悪夢が進行していく。これまでの人生でこれほどの孤独と絶望を感じたことはない。バルセロナで海に身を投げたいと思っていたときですら、いまよりも周囲と和やかな交流があった。自殺しようとしたときでも神には祈らなかったのに、悪魔の道具にされたいま、恐怖のあまり神に祈った。

「父と子と聖霊のみ名によって。アーメン」心の中で数回繰り返すと、「アヴェ・マリアの祈り」を三度唱え、胸の前で十字を切る様子を思い描いた。宗教とはもう何年も前に縁を切っていたはずだったが。

バスに揺られて十五分、ガーリブが動物園に到着したから準備しろと告げた。灰色の街角を次々と通り過ぎ、窓の外を飛び去っていく人々の顔を眺めていたジュアンは、そこから目を逸らして高架下の道路を眺めた。歩道ではホームレスが汚れた毛布の上に横になり、ビニール袋やさまざまながらくたに囲まれて眠っている。ジュアンはそのホームレスたちが心底羨ましかった。代われるものなら、この右腕を差し出してもかまわない。そして無心に眠りたい。夜の寒さと次の食事以外、何ひとつ心配することなく。

昼も夜も自分の思いどおりにできるということが、

どれほど贅沢なことか。生きているというだけで、どれほど贅沢なことか……。

高架下を抜けると、鉄格子の門とライオンの像のある動物園の入り口が見えてきた。楽しそうな親子連れが見える。だが、やがて彼らを標的として大殺戮が行なわれる。バスが右折し、バスターミナルを回って大きなガラス張りの建物の脇に停車した。おそらくＳバーンの駅だろう。ここで降りるのだろうか？　そうでないなら、なぜここに停まった？

ジュアンの前にいる車椅子の女性たちは苦しそうにあえいでいた。彼女たちに何か思いやりのある慰めの言葉をかけることができたらいいのに。

その瞬間、バスのすぐ横に古い水色のワーゲンバスが停まった。後部のサイドウィンドウのカーテンが閉められる。俺の両親もずっとこういうワーゲンバスを欲しがっていた。子どもたちを乗せて田舎巡りをしたり、フランスまで旅行したりすることを夢見ていたっけ。だが、現実には、両親だけでなく俺も妹も、夢に見たことは何ひとつ叶うことはなかった。

ワーゲンバスのカーテンがわずかに開き、ガーリブが運転手のすぐうしろの座席の窓へと駆け寄った。

ワーゲンバスの窓の奥に、アラブ系の男の顔が見えた。巻き毛頭のその男は目を大きく見開いた。車椅子に乗った三人の女性を凝視している。一瞬のうちに、男の顔が苦悶の表情に歪んだ。これほど胸がえぐられるような表情を、ジュアンは見たことがなかった。同時に、車椅子の三人のうち、窓のそばに座っていた母親が息を吞んだ。男のきらきらと光る目は彼女に釘づけだった。母親は体の自由こそきかないが、衝撃を受けた様子で嗚咽《おえつ》を漏らした。ワーゲンバスが走り去っても、母親の動揺は収まらなかった。

ガーリブは全身を震わせながら振り向いて、母娘を見た。ふたりが驚愕する姿を見てオーガズムに達したのではないかと思うほど、いやらしく、恍惚とした表情だった。前方の座席にいる三人の男たちも振り向いた。ガーリブと同じく大満足している様子で、自分たちの計画が幸先よくスタートしたとでも考えているのだろう。ファディがベーナに向かってうなずくと、ベーナはショールを巻いて準備した。だが、いったいなんの準備なのか、本人は自覚しているのだろうか？　死ぬことへの準備？　その覚悟が本当にできているのか？

　自分の前にいる三人の女性と同じように、ジュアンはだんだん呼吸が苦しくなってきた。

　それから数秒後、バスは〈マクドナルド〉の大きな店舗の脇を通り過ぎた。列を成して並んでいる人々は周囲の状況などまるで気にしていない。

　すぐ手の届くところに外の世界があるというのに！　ジュアンは心の中で叫んだ。助けてくれ！　頼む、助けてくれ！

　左折してから百メートルも行かないところに大きな広場が見えてきた。バスはそこに横づけした。広場の中央には、高い尖塔を持つ、崩れた教会が悠然と建っている。そこがなんなのかジュアンにはわからなかったが、その教会と、隣接するモダンな建物の周囲をおびただしい数の人々が神妙な顔つきで歩いていた。

　つまり、ここが現場になるということか。

　ユダヤ教徒の偽装をしたガーリブが最初にバスを降り、大股で広場を突っ切っていく。ほかのメンバーはジュアンたちを降ろし、しばらく広場の脇で待機した。バスが走り去り、ジュアンはそれを見送った。もうバスは必要ない。

　ファディがほかの男たちに向かってうなずきながら、ゴージャスな高層ホテルの正面を眺め、それから広場の反対側の端へと目を移した。そこには近未来的な噴水らしきものがあり、その周りを階段が円状に囲んでいる。階段は地下街に続いているらしく、ガーリブはそこで姿を消した。

　隠れ家までロニアを連れてきたアフィーフが、今度はジュアンの車椅子を押すことになった。彼が意気揚々と向かうべき方角を指さす。これから何が起きるのか、まったくわかっていないようだ。少年はジュアンにＧｏＰｒｏを装着して作動させると、誇らしげにクックッと笑ってみせた。

　少ししてからジャスミンら先発隊のグループが動物園の方角からやってきた。ガイドのリンダ・シュヴァルツが、傘を掲げて先頭を歩いている。

　アフィーフは彼らを目にすると歓声を上げ、まるで犬にするように、ジュアンの頭をぽんぽんと叩いた。

　メンバーたちが広場をぶらついている。細部まで忠実に再現したユダヤ教徒の偽装のおかげで、彼らはどこからどう見ても本物のユダヤ人のようだった。周囲の人々に微笑む姿すら、堂に入っている。

　うれしそうな様子のアフィーフを別にすれば、ジャスミンたちと車椅子のグループは、互いが仲間であることをみじんも感じさせなかった。同じ文化的背景の人間が出会ったときによくやるように軽く会釈する程度で、距離を保っている。

　それからネッラの車椅子を押すベーナが、続いてマルワの車椅子を押すファディが、ロニアの車椅子の周りに集まった。

　連中が何をしているのか、ジュアンにはわかった。全員がロニアの車椅子の荷物入れから手早くウージーを取り出し、瞬時に長コートやショールの下に隠す手はずになっているのだ。

　あとは、時間の問題だ。

　何も気づかないガイドのリンダが笑みをたたえてやってきて、ベーナに近づくと自己紹介した。ベーナがネッラの車椅子を手で示し、リンダは優しい表情でうなずいた。そして即座に三人の〝身体障がい者〟の女性の前へ進み出ると、一人ひとりの頬を撫でた。ジュアンはまるでユダの接吻（裏切る意図がありながら好意を装ってするキス）を見ているような気がした。もっともこの場合、ガイドの女性はユダではなく罪のない犠牲者のひとりだが。彼女は単に、会社のために新たな顧客を獲得したかっただけかもしれない。ベーナが話しかけることでリンダの気を逸らし、その間にジャスミンたち四人はロニアの車椅子から素早く武器を取った。リンダはベーナと話を続けながら、ファディ、オスマン、車椅子の女性とともに廃墟となった教会をぐるりと回り、車椅子用のスロープが設置された正面へと歩いていった。そこから内部に入ることができる。その間にジャスミンたちはプランどおり、各自の持ち場についた。

56

ガーリブ　その日

ガーリブは噴水を囲む階段を降りて地下街に入り、ショッピングモール内の二階にあるイタリアンレストランに入った。ドアのすぐそばにレジがあり、そこでプラスチック製のカードを渡されて説明を受けた。自分の選んだ料理と飲み物はそのカードに記録され、食事がすんで帰るときに精算する仕組みだ。

ガーリブにカードを渡した店員はあまりにも窓に近いところに立っていた。これから三十分間生き延びることができれば、こいつは自分の運のよさを喜ぶことになるだろう。

店内はごった返していた。客がカウンターの前に列をつくり、奥ではコックたちが伝票に目をやりながら、注文された料理を調理していく。リゾット、ピッツァ、パスタ、そのほかさまざまなイタリア料理だ。すべてがシステマティックかつ効率的で、とても騒々しかった。

カウンターの上の壁に、〝ベルリンはやはりベルリンのまま〟と書かれている。

ガーリブはにやついた。その主張が試されるときがすぐそこまで来ているのだ。

そして、広場が一望できるパノラマウィンドウのほうを向き、隅の窓際に空いている席を見つけた。プラスチックのカードを使って店員にミネラルウォーターを注文し、有名なカイザー＝ヴィルヘルム記念教会《ゲデヒトニスキルヒエ》の周囲を観察した。

ハミドはまさに最高の標的を選んでくれた。

ベルリンの大半は第二次世界大戦で瓦礫の山となったものの、あの教会は下部六十メートルが大戦後もそのまま残されている。ベルリン市民が〝虫歯〟と呼ぶこの廃墟は、ドイツ国民の転落と再生を未来永劫《えいごう》に象徴する記念碑と言われている。

〝未来永劫に〟か。ガーリブはほくそ笑みながらつぶやいた。爆薬が炸裂《さくれつ》し教会が完全に消滅したら、ミッションは成功だ。生き残ったメンバーは次の標的に向けて移動する。

ガーリブの目が広場を細かく観察していく。右手奥に立つゴージャスなホテルでは、ディーター・バウマンがブダペスター通りに面した部分を制圧すべく、態勢を整えているだろう。彼がジャスミンたちを守るはずだ。見事な偽装のジャスミンたち四人はそれぞれの持ち場についている。警備員や警察官に不審に思われないよう、控えめに辺りをうかがっている。

広場の左側はタウエンツィーン通りとクーアフュルステンダム通りに面していて、そこでも計画が首尾よく進んでいるようだった。ベーナ、ファディ、オスマンのグループはそれぞれ落ち着いた足取りで、教会正面にある車椅子用のスロープへとゆっくり移動している。

アフィーフとジュアンの姿は確認できない。彼らはとっくの昔に時計店〈フォッシル〉の店の前、張り出し屋根の下にいるはずだ。アフィーフの身に何かが起こることは絶対に避けたい。あの子はこの世で唯一私が愛し、私を愛してくれる存在なのだ。

福祉対応車両の水色のワーゲンバスがやってくるのがはっきりと見えた。申し合わせたとおりに、クーアフュルステンダム通りに面した〈リーバイス〉の店の前に駐車する。車椅子用スロープの真向かいだ。

ザイードはワーゲンバスの中で待てと告げられているはずだ。ついに、報復のときがやってきた――大いなる瞬間。ザイードも、あの場所からであれば、自分の妻と娘たちが処刑台へ送られる姿をさぞやよく観察できるだろう。あと数分もすれば、あいつは私が考え抜いた復讐を目の当たりにするのだ。復讐はまず、これまで安否すらわからなかった次女をあいつに見せることから始まる。幕が上がったら、待ちに待った演目を堪能させてもらおう――ロニアの車椅子が押されてスロープをのぼっていき、半分まで来たところで止められる瞬間から、すべてが終わる瞬間までをじっくりと。

ロニアは最初の爆発で背もたれが吹き飛んだ瞬間に即死する。続いて、オスマンと教会の裏側にいたメンバーが銃撃を開始。広場にいるすべての人間はあっという間に片づくだろう。次はファディとベーナが教会内部で一斉射撃を行なって、四方に銃撃を続けながら外へ飛び出してくる。最後はロニアの車椅子の下に取りつけておいた破壊力抜群の爆弾が炸裂。教会の中央で爆発したマルワとネッラの爆弾ベルトもろとも、教会を倒壊させる。

ザイード、おまえはチャンスがあったあのときに、私を殺しておけばよかったのだ。私を殺してさえいれば、あらゆる厄災を背負わされずにいられたものを。あれから私はどれほど長い間、多くの屈辱に耐えてきたことか。歪んだ顔に向けられる胸糞の悪い視線、同情の視線、そして、男として最大の恥辱ともいえるペニスの切断。それもザイード、すべておまえのせいだ。私は二度と妻をめとることができなくなった。私の代わりに部下たちに陵辱させ、ただ見ていることしかできなくなった。ついに復讐のときが来たのだ。待ちすぎたくらいだ、ザイード。

こめかみに冷たい汗が滲んできた。震えている姿を誰にも見られなくてありがたい。

ガーリブは物思いに沈むのをやめて、ワーゲンバスを運転している男に電話をかけた。中にいる男が携帯電話を耳に当ててるのを確認する。

「諸君が下にいるのがはっきりと見える。全員、時間どおりだ。誇りに思う。アッラーの大いなる報奨があ《ジャザーカッラーフ》なたにも授けられんことを《・ハイラー》」

ワーゲンバスのメンバーも、ハミドがボクシングジムで勧誘してきた面々だ。戦いに明け暮れた闇社会の過激な男たち。余計な口を叩かず、ときにはハミドに手を貸してきた——甘い言葉や金と引き換えに。だが、すべてが終われば、彼らもザイードと同じ運命をたどるのだ。そこは私が自ら手を下す。ベルリンで捜査につながる手がかりを残すような詰めの甘いことをするわけにはいかない。

「やつのことはコントロールできてるか？」ガーリブは上着のポケットから双眼鏡を取り出した。

「あいつはぴくりとも動けやしませんよ」相手が笑い声を立てた。「それで、開始はいつです？ 俺たち、もう待ちきれなくて」

「もうすぐだ。あとで下に降りてそっちへ向かう。だが、ザイードをもっと窓の近くに寄せてくれ。やつの様子が見たい。目線を上に向け、広場の隅に立つ悪趣味なビルを見ろと伝えてくれ。そうしたら、窓際の席からやつに手を振ってやろう」

57

アサド

見本市会場で殴り倒されてから、何が起きたのか――意識が戻るとアサドは瞬時に理解した。若いアラブ系の男がにやにやしながら目の前に座っている。黒々とした髭を生やし、頭にはカラフルなバンダナを巻き、手には粘着テープをひと巻き持っている。男が満足げな表情をしているのには理由があった。アサドはすでに両腕も両脚もきっちりと粘着テープで巻かれ、少しでも動けばベンチシートから落ちてしまうような状態だったのだ。

「ジムへようこそ」男はテープをアサドの顔に巻きつ

け、口を塞いだ。「おまえはこれから三十分間、俺たちの客だ。だが、おとなしくしてないと痛い目に遭うぞ」男は毛深い手で拳をつくると、アサドの顔面に突きつけた。

アサドはうろたえていた。ほんの一瞬で狩る側から狩られる側になってしまった。なぜ、ガーリブが攻勢に出ることを予測しなかったんだ？　まったく迂闊《うかつ》だった！

アサドはしばらくそこに座ったまま、とにかく落ち着こうと考えた。アドレナリンがドクドクと分泌されていても、使いみちがなければどうしようもない。いまはただ、頭を働かせることに集中するしかない。この状況ではそれが唯一の武器だ。

アサドはワーゲンバスの内部を見回した。七〇年代の自作キャンピングカーの典型的な装備だ。サイドウィンドウとリアウィンドウ用のカーテンに、貧弱なフォームラバーで覆われたベンチシートが二列。その間にベージュ色の化粧板でできた折りたたみ式テーブルがあり、小さな洗面台とコンロも付いている。前方では運転手が猛烈にスピードを出して、ハンドルを切っている。

「おまえは俺たちとちょっとした遠足に出かけることになる」バンダナ男が口を開いた。「お友だちはその間、半狂乱になって見本市会場を走りまわるんだ。あそこで何が見つかるっていうんだろうな」

男と運転手がげらげら笑った。だが、アサドは胸を撫でおろした。やつらはまだ、攻撃を実行していないのだ。つまり、マルワとネッラはまだ……。

「悪いね」バンダナ男が、粘着テープで巻かれたアサドの両腕を持ち上げた。窓枠の上にリング状のフックがあり、そこに固定用の金属リング《カラビナ》が下がっている。男はカラビナの開閉部分を開いてアサドの両手首と粘着テープの隙間にカラビナの輪を通し、その部分を閉じた。「さて、それが正しい姿勢だ。十分したら、外を覗けるようにカーテンを少し開ける。予想もしなかったものが見られると思うぞ」

アサドは、手首の腕時計が振動しているのを感じた。両腕の自由は制限されていたものの、ほんのわずかならひねることができた。時計はSMSの着信があったことを知らせている。カールからだ。


いまから見本市会場を出る。どこにいる？ GPSによると、おまえの居場所は……


それ以上は読めなかった。

アサドは運転手の肩の先に見える風景に目をやり、進路の手がかりを得ようとした。沿道の建物の窓に淡い日の光が反射している。つまり、北に向かっているということだ。車が右折し、左手にある歌劇場を通り過ぎた。大きな環状交差点まで来ると、また右折した。迂回しているように見えつつも、着実に目的地に迫っているようだった。

車が停まった。

「心の準備はいいか？」バンダナ男がそう言うと、カーテンをわずかに引いた。アサドは息を呑んだ。一瞬、心臓が止まったかと思った。汚れた窓ガラスの向こうに、この十六年間見ることのかなわなかった一対の目があった。すばらしく美しいその瞳は恐怖で固まり、その人生に刻まれたありとあらゆる苦悩や渇望、そして希望を映し出していた。彼女は口を開けることはできたものの、話すことはできないようだった。何もかもが止まったように思えた。ああ、マルワ。

「さあ、これで十分だろう」バンダナ男がアサドの顔に手を押しつけた。男の指の隙間からアサドはマルワにさよなら、とつぶやいた。それは自分の命でもある、愛しい人への別れだった。だが、カーテンが閉まるその瞬間、愛する妻のうしろにもうひとり誰かがいるのが見えた。ネッラではない！ なんということだ、まさか？　いや、そんなはずがない！　俺の頭がどうかしてるんだ、そうに違いない！

心拍数が一気に上がり、まともに息ができない。心臓の鼓動が体の隅々にまで伝わっていく。吐き気が襲ってきた。粘着テープに口を塞がれたまま、窒息しそうだった。アサドは身をよじった。だが、再びワーゲンバスが動き出したのを感じると、とにかく息がしたいというあれほどの衝動は消え、どうでもよくなってしまった。

「この野郎、いい加減にしろ！」アサドが呼吸を止めて意識が薄れそうになっているのに気づいたバンダナ男は、アサドの頬を殴りつけた。「おまえが死んだら俺たちが困るんだよ！　俺たちをひどい目に遭わせたいのか？　おい、早くしろ、こんちくしょう！」最後の言葉は運転手に向けられたものだった。ワーゲンバスが三台の車を乱暴に追い越す。

アサドは胃の内容物が喉までせり上がってくるのを感じた。口の中に酸っぱいものが広がる。まさにその瞬間、バンダナ男がアサドの口に巻いてあった粘着テープを上へずらし、なんとか息をつくことができた。

腕時計がまた振動する。カールが近くまできたのだ。

いま自分がどこにいるか……

そこまでしか読めなかった。

「向こうを見ろ！」バンダナ男がカーテンを開けた。「通りの向こうで、もうすぐあることが起きる。彼らはじきに現れる。おまえは世界を揺るがす大事件を最前列で眺めることになるんだ」男は、アサドの鼻の下にずらした粘着テープに手をかけると、一気にまた口元まで引き下げた。だが、テープの粘着力は以前より弱くなっていた。

助手席からかすかに着信音が聞こえた。運転手が手探りで携帯電話をつかみ、耳に当てる。

運転手が延々と電話にうなずいている間、アサドの横にいるバンダナ男はビデオカメラを取り出し、撮影の準備をした。

運転手が振り向き、声を出さずに大げさな身振りでガーリブの言葉を伝えた。アサドの全身から汗が吹き出し、再び吐き気に襲われた。

アサドは目をつむり、祈った。心臓発作でも事故でもかまわない。あの悪魔にいまこの場で天罰が下ってくれ！　おまえなど、己の血の海で溺れ死ぬがいい！　これまで犯したすべての悪行の逆襲を受ければいい！　おまえはこれまでどれだけ残虐な行為におよんできたことか。人々を地獄の苦しみに陥れたように、今度はおまえが死の瞬間まで地獄を味わえばいい。

アサドは舌をつっぱらせて粘着テープと口の間に隙間をつくり、唾を吐いた。全身から蒸気が立ちのぼるほど、ひどく汗をかいていた。

こいつらの計画はなんだ？　必死で考える一方で、その答えを知るのが恐ろしくもあった。両手を握りしめる。どんな計画であろうと何もできずに見ているだけなんて耐えられない。アサドは自分を深く恥じ入り、心の底から情けなく思った。そのとき、手足を拘束しているテープと皮膚の間に汗が溜まっていることに気づいた。もしかして、テープの粘着力がなくなってきているのでは？　握った手にさらに力を込めた。猟兵中隊にいたころ、粘着テープの拘束から逃れるすべを数えきれないほど訓練してきた。だが、いま自分に巻かれているテープは、かなり厄介な代物だった。力まかせに引っ張ると、重い荷物の入ったレジ袋の持ち手を持ったときのように、テープが皮膚に食い込んでくる。だが、辛抱強くやるしかない。こわばった体をストレッチでほぐしていくように、少しずつ動かしていけば、そのうち拘束が緩むはずだ。やってみるしかない。

アサドは目立たないようにテープの下の手首を何度もねじって動かした。そのとき、スマートウォッチがまた振動した。画面の文字を読み取るには、テープがねじ切れるほど思い切り引っ張らなくてはならなかった。今度のメッセージは短かった。


いま動物園だ。近くにいるんだろ？


カール！　数百メートルと離れてない！　心臓が飛び上がりそうだった。

くそっ、俺が答えられない状況にあるということを、いつになったらカールはわかるんだ？

電話中の運転手が熱心に披露するジェスチャーをじっと目で追いながら、バンダナ男はビデオカメラをしばらく下に向けた。

「あいつはぴくりとも動けやしませんよ」運転手がそう言って笑い、にやつきながら、バンダナ男に視線を向ける。

「それで、開始はいつです？　俺たち、もう待ちきれなくて」

バンダナ男が親指を立て、運転手は携帯電話を助手席に戻した。人生最高のプレゼントを開けることが許されて興奮を抑えられない子どもみたいに。

「ガーリブが、そいつをもっと窓に近づけろって」

相棒にそう言うと、運転手は耳の遠い人を相手にしているかのようにアサドに向かって大声を出した。

「中央の丸いオブジェのうしろの建物を見ろ。上のほうにレストランがある。ガーリブがおまえに挨拶したいそうだ。二階の店の中に座ってる」

バンダナ男がカーテンを再び開く。その間に、粘着テープがさらに緩んだような気がした。親指をもう少し動かしたら、カラビナの開閉部に届くかもしれない。

バンダナ男がレストランを指さすと、アサドは目を細めた。標的から十分に距離を取れる場所を選んだのも、臆病者のガーリブならではだ。死ぬ運命にあるのは自分以外の、ほかのやつだけというわけだ。

ビルの二階の窓際に小さな人影が行ったり来たりしているのが確かに見える。やつに違いない。あの悪魔め。

「ガーリブが起爆装置を持ってる」運転手が言った。「すべてが終わったら、降りてきてここに来るそうだ」

つまり、ガーリブはリモコン型の起爆装置を持っているということか。ぞっとする話に違いないが、ガーリブの覚悟のなさに笑えてくる。この運転手にしても――アサドはテープを引っ張りつづけた――爆弾が破裂したあとも生き延びられると本気で思っているのか？

バンダナ男が腕を伸ばしてビデオカメラを窓にぴたりと寄せ、カーテンを少し開けた。そのせいでアサドもカメラの下からわずかに外が覗けるようになった。自分と窓の間にアサドがいるため、男はかなり不自然な体勢を取っている。

「これ、持っててくれないか？」男が運転手にそう尋ね、ビデオカメラを手渡そうと助手席のほうに身を乗りだしている間もずっと、アサドはテープをカラビナの開閉部に押し当てていた。

その瞬間、助手席側の窓を勢いよく叩く音がした。

バンダナ男と運転手が顔を見合わせる。ふたりは声を出さず、唇の動きだけで互いに警戒を促した。運転手が助手席のほうへ顔を向け、笑顔を見せる。バンダナ男は前後の座席を仕切るカーテンを引いた。

「ここは駐車禁止だ」運転手がドアを開けると、無愛想な声が飛び込んできた。迷惑駐車を取り締まる役人のようだ。

「知ってます、すみません。でもほんの数分ですから。人を待っているんです」

「だとしても、違反だ。進入禁止の標識を見なかったのか？」

「見ました、すみません。でも、車椅子の女性を待ってるんです」運転手が前方を指さした。「見てください、広場にいるあの女性です。教会にほんの二分だけ入りたがっていまして。母親からあの教会の話をしょっちゅう聞いてきたからと言って。いますぐ彼女を迎えにいき、戻りしだい車を移動させます。それでどうですか？　ここに駐車することで誰かの邪魔になるなら、もう少し前に出します」

「私の邪魔だし、道路交通規則違反でもある。その女性が観光を終えるまで、この辺りをぐるぐる回っていればいいじゃないか」

　低姿勢だった運転手が語気を強めた。「そのとおりにしなかったら？　違反キップでも切りますか？」

「いいか、違反キップを欲しいならやってもいいんだぞ。いますぐ移動しないと、角でコーヒーを飲んでる警官を呼ぶぞ。ひょっとして、おまえは前科持ちか？　警官が喜んで記録をチェックしたがるだろうな」

　役人が声を上げて笑う。毎度毎度、こういう偏見にはへどが出る。アサドは、こんな人種差別主義者の肩を持ちたくなることなどまずないが、今日だけはそうしたい気持ちだった。

　バンダナ男が歯ぎしりをし、ベンチシートのクッションのうしろにあった拳銃に手を伸ばした。見たところ、アサドから奪った拳銃のようだった。

「好きなだけチェックしてりゃいい。俺は脛《すね》に傷を持つ身じゃない、このブタ野郎」運転手はそう言ってエンジンをかけた。ワーゲンバスは数メートル走って角を曲がり、また停車した。

　アサドが拳銃を横目で見ているのに気づき、バンダナ男が笑い声を立てる。

「ああ、そのとおりだ。ついでに教えてやると、おまえの携帯電話も俺たちが大事に取ってあるからな。充電がなくならないように、わざわざ電源を切っておいてやったぞ」

「ガーリブにどうすべきか訊いてみる」白いベストを着た運転手はすぐに電話をかけたようだった。「わかりました、ガーリブ。そこからも見えたんですね。角を曲がる以外、どうしようもありませんでした。これからどうすれば？　あの男が言うには、警察が……。了解です。この辺りを一周して、またさっきの場所に戻ります。あのうるさい男がまだいたら、教えてください」

　運転手が仕切りのカーテンを持ち上げ、相棒のほうを見た。

「俺たちが元の場所に戻るまで待機するよう、ガーリブがほかのメンバーに指示を出した。教会の裏側にいるメンバーのひとりが、ここの通りを見張ることになっている。銃撃を聞いて警察が駆けつけたら、そいつが対応するらしい。さっきの駐禁摘発野郎がまたやって来たら、俺が殺せってさ。ガーリブが最後の仕上げに入るのはそのあとだ。その拳銃をこっちにくれ」

　バンダナ男が親指を立て、カーテンの隙間からアサドの拳銃を運転手に渡した。それからアサドの粘着テープに手を伸ばし、問題がないかどうか点検を始めた。

　とっさにアサドは息を吸い込み、内側に凹んだ粘着テープを噛んだ。同時に、両手をぐっと押し広げ、テープがぴんと張るようにした。

　だが、両手の間のテープの緩みをごまかすことはできなかった。

「このくそったれ《フェアフルーヒテ・シャイセ》！　経血垂れの売春婦の息子《ドゥ・ゾーン・アイナー・ブルート・ピッセンデン・ハーフェンホウーレ》が！」また、すばらしく上品なドイツ語を身につけたものだ。

　バンダナ男はアサドの手首に巻かれた粘着テープを思い切り引っ張り、シートに手を伸ばして残ったテープを探った。

　二度目に巻かれたテープはあまりにもきつく、もはや拘束を解く望みはなくなった。アサドは天井を仰ぎ、目を閉じた。ここまでか。

泣きたい気持ちだったが、泣けなかった。自分の中のすべてが停止してしまった。息まで詰まりそうだった。

酸素を求め、アサドは再び舌の先でテープの粘着部分をつつきはじめた。今度はすぐに口角とテープの隙間から空気が流れ込んできた。呼吸が楽になる。テープの下で腕時計が振動した。

俺がまた移動しはじめたことに気づいたら、カールは混乱するだろうか。混乱しつつも、位置情報の信号を追いつづけるだろうか。

やめてくれ、カール。アサドは願った。一周して、すぐ元の場所に戻るのだから。

その瞬間、ワーゲンバスが再び動き出し、ほかの車の列に加わった。

58

カール

ようやくベルリンに到着し、空港ビルの前に立つと、カールはやってきたタクシーにそそくさと乗り込んだ。

「Sバーンのハーレンゼー駅に行かなきゃならないんですが、わかりますか？　そこで待ち合わせなんです」

運転手がうなずく。

まったくこんなときに飛行機が三十分も遅れるとは。前半十五分のロスは、どこかの馬鹿が二日酔いのまま乗り込み、飛行機が動き出す直前に通路に胃の中身をぶちまけたせいだった。客室乗務員が手を貸そうとすると、そいつは乗務員にビンタを見舞った。救いようのない酩酊《めいてい》ぶりだった。ようやく警察官が現れて男を連れていくまで十五分もかかった。後半十五分のロスは、霧のせいだ。たいして濃い霧ではなかったが、着陸用の滑走路が覆われていたのだ。

　おかげで、貴重な時間を無駄にしてしまった。タクシーがSバーンの駅に到着したとき、カールのスマートウォッチはアサドが北に向かっていることを示していた。

「私の言うとおりに走ってもらえますか？」カールはとっさに計画を変更し、運転手に声をかけるとディスプレイに表示された地図上の小さな点の動きを追った。

　運転手は最初こそかなり冷静だったものの、カールがあまりにしょっちゅう方向を変えるため、だんだんと怪訝な表情になっていった。

「お客さん、お金は持ってますよね？」運転手が疑わしげに尋ねてきた。だが、カールが百ユーロ紙幣をシフトレバーの脇に置くと、不信感は払拭《ふっしょく》されたようだった。

「さっきも言ったように、ここで人を探しています。友人なのですが、どうやら移動中のようでしてね。できるだけ早く彼を捕まえる必要があるんです」

　運転手は車の流れをじっと見つめている。この客の言うことを聞いて大丈夫なのか、何か厄介ごとに巻き込まれるんじゃないかとためらっているような目をしていた。

「私はデンマークの警察官です」とうとうカールはそう言って、身分証を取り出した。

　運転手はカールの身分証を一瞥したが、完全に疑いが解けたわけではないようだ。

　くそっ、こんなペラペラなカードじゃ威厳も何もあったもんじゃない。言わんこっちゃない。

「友人はいま、ここから北のビスマルク通りというところにいるみたいです。どこの通りかわかりますか？」

　運転手は呆れた顔をした。「それがわからないくらいなら、とっとと転職しなきゃなんないね」もっともだった。スマートフォンのディスプレイで見る限り、ビスマルク通りは広く、東西に長く伸びている。

　カールはもう一度アサドの携帯に電話をかけ、ＳＭＳが来ていないかチェックした。運転手にスピードを上げるよう頼んだが、「そんなことをしたら警察に停められて百ユーロどころの話じゃなくなる」と返されただけだった。

　もう一度電話をかけたが、やはり出ない。嫌な予感が強くなる。そこで、ヘルベルト・ヴェーベルに電話することにした。数秒すると、疲れた声が応答した。

「そうなんです、マークさん。われわれはいま、少々分かれて行動しているんです。もうドイツに着いたんですか？」

「ええ、ビスマルク通りを市内に向かっています。アサドがどこに行くことになっているのか、知ってますか？　ちょうどハルデンベルク通りを進んでいるようなんですが」

　電話の向こうが一瞬静かになった。

「ええと、ちょっと理解できませんね」ようやくヴェーベルの声が聞こえた。「ベルリン警察の者に頼んで、ハルデンベルク通りの位置を見せてもらったんですが、ここからはかなり遠いです。アサドさんはそもそも見本市会場に来ることになっていて、われわれも彼をここで待っていたんです。でも、電話しても出なくて」

「見本市会場？」

「そうです。でも、どうやら陽動作戦だったようです。それで、あなたはアサドさんの動向を追えているんですね？」

「ええ。彼とはスマートウォッチでつながっているので」

　電話の向こうで激しい議論が交わされているのが聞

こえる。

「なるほど。でも、アサドさんはどうやってハルデンベルク通りまで行ったのか……」ヴェーベルがようやく言葉を返した。「車もないのに」

まずいぞ、これで最悪の事態を覚悟しなければならなくなった。空港で電話したのを最後に、アサドの消息はつかめていない。ちくしょう、なんてことだ！

「マークさん、アサドさんのいるところへ誘導をお願いします。われわれも向かいます」周囲の人間にも聞こえるよう、ヴェーベルが声を張り上げた。

二分後、アサドの位置を示す点が動かなくなった。ディスプレイの地図で見る限り、動物園から至近距離にいるようだ。点が止まっていた時間はそう長くはなかったが、カールにはとんでもなく長く思えた。そこでいったい何をしてるんだ？ 小さな点が再び地図の上を滑り出したかと思うと、一分もしないうちにまた止まった。

〝いま自分がどこにいるかおよその見当はついてるのか、アサド？〟SMSを送ったが、相変わらず返事はない。

左折して動物園前のロータリーに入ったところで、タクシーの運転手が露骨に不機嫌になった。

「お客さんが何を考えてるか知らないが、なんだか嫌な感じだ。ここは警官が多すぎる」

運転手は車を脇に寄せて停めた。「降りてくれないか。これ以上は乗せられない」

冗談じゃないと言おうとしたカールの目に、運転手が見ているのと同じ光景が映った。至るところ警察官だらけだ。十人、あるいは十二人で一班になり、動物園に続く柵のそばや駐車場、大きなガラス張りの駅舎の前で待機している。班長たちが通りを指さしながら、班員たちに指示を出している。ここが標的だという情報でもあったのか？

「百ユーロでいいですよ。すぐに降りてくれさえすりゃ」運転手はそう言って、車を出した。賢明な判断だろう。

〝いま、動物園だ。近くにいるんだろ？〟またSMSを送ったが、やはり返事はない。だが、もしかしたら、あいつはメッセージを読むことぐらいはできているのでは？　読んで希望を持っているのでは？

カールは腕時計のディスプレイを一瞬見つめたが、いきなり走りだした。通りに沿ってダッシュし、重装備の警察官たちの脇を駆け抜ける。

点は次の角で止まっている。アサドはすぐ近くにいる。その瞬間、目の前に腕が伸びてきてカールを止めた。子どもの悪ふざけではない。戦闘服姿の警察官が三人、行く手を塞いだのだ。背後からさらに腕が伸びてきた。ずいぶんな扱いじゃないか。ここから先に行くなというのか。

「そんなに慌てて、どこへ行こうとしてるんだ？」

カールはぶち切れた。「なんの真似だ！」デンマーク語で怒鳴ってから、遠い昔に教科書で習った英語のフレーズを脳ミソから引っ張り出した。「離せ！　生きるか死ぬかの瀬戸際なんだ！」

三人の警察官は首を横に振り、連続殺人犯でも見るような目つきでカールを品定めしている。

「いますぐ、憲法擁護庁州局のヘルベルト・ヴェーベルに電話してくれ。そうすれば、そっちが大きな過ちを犯していることがわかる」

だが、警察官たちは、ヴェーベルなどという男は聞いたこともないと突っぱね、これ以上抵抗するなら拘束するしかないと告げた。こうなったらさっさと言われたとおりにしたほうが話は早い。カールは両手を広げて警察官たちに身体検査をさせてやった。彼らはようやくカールの身分証を探り当てると、まるでフットマッサージ店の割引カードか何かのように、身分証をじろじろと眺めた。カールは腹が立って三人をにらみつけた。

「いいか、これでわかっただろう！　そこに書かれているとおり、俺はコペンハーゲン警察の警部補だ。きみらと協力して今回の事件に取り組んでるんだ。俺の同僚はまさにこの瞬間、極めて深刻な状況に置かれている。すぐに彼のところへ行かせろ。さもないと、きみらの今後の出世はパアだぞ！」

だが、そう吠えたところで無駄だった。彼らにはカールを自由にする気などさらさらないようだ。

腕時計のディスプレイに表示された点が再び動きだし、カールはぎくりとした。その動きを追いつつ、すぐに〝また移動か？　なんで返事しないんだ？〟とSMSを送った。だが、内心ではアサドは答えられないのだろうとわかっていた。〝俺がついてる、すぐ行くからな〟と打つべきだったかもしれない。だが、このムカつく連中が戦闘ロボットのごとく目の前に立っていては、まったく先に進めない。

間抜けな警察官のひとりが、いまにも爆発するんじゃないかとでもいうようにカールから押収した携帯電話を見つめている。「待ってくれ」カールはその警察官に電話を渡すよう頼んだ。

ヴェーベルに電話した。「いま、どこですか？」

「すぐ近くにいます。手の空いている者をすべてかき集め、配置済みです。マークさんは正確にいうと、どこですか？」

「頼みがあるんです。動物園のそばで私をつかんで離さない警察官に、田舎に引っ込んで私の邪魔をしないよう伝えてもらえません？」

カールはその警察官に携帯電話を渡した。彼はもごもごとつぶやいていたが、話が終わると、三人は何ごともなかったかのようにあっけなく撤収した。詫びのひとつもなかった。せめて、ほかの警察官たちをどう先導すべきか、俺をどうサポートできるかくらい訊いてくるのが普通じゃないのか？　くそったれ！

カールは走りだした。「アサドにいったん近づいたのに、また遠ざかりました。ついさっきまで彼がいたところに向かってます」

「どこですか？」

「どこかの広場に面した通りです。教会のすぐ近くです」

「どの教会？」

「〝カイザー・ヴィルヘルム・ゲデヒトニスキルヒェ〟と標識にありますが。合ってます？」

電話から大きなうめき声が聞こえてきた。

「われわれはみな、まさにそれを恐れていたんです。マークさん、気をつけてください。すぐ行きます。動物園で待機している者たちを広場の警備に向かわせます」

「いや、待ってください。もう着きますから。教会が見えてきました。広場のこちら側はそれほど人が多くありません。四、五十人といったところです。何か建て直しているようで、崩れた教会の横にある丸い建物の周りに足場が組まれています。教会自体も木の柵で囲まれています」

「何か不自然な点は？」

「ないですね。似たような観光客が大勢いるだけで。正装した正統派のユダヤ教徒がちらほらいますけど」

「正統派のユダヤ教徒？　ツアー客ですかね？」

「いや、あちこちにいますね。まるで……」

カールははっとした。「広場全体をカバーする必要があるかのように、立っています」

「マークさん、いまいる場所の反対側に行ってください。崩れた教会のすぐ横に、丸みのある大きな建物があるでしょう。それは新しい教会です。そのふたつの建物の間を通ってください。拳銃は携帯していますか？」

カールは悪態をついた。「いや、公用拳銃はコペンハーゲンに置いてきました。保管庫の中です」

カールはとっさにコートのポケットから重い鍵束を引っ張り出した。自宅の鍵、警察本部の自分の部屋の鍵、モーナの家の鍵、公用車の鍵がぶら下がっている。その束を右手に持ち、指の間から鍵先が突き出るように握った。まったくぱっとしない武器だが、ブラスナックルくらいの威力はあるだろう。

カールは崩れた教会の裏側からふたつの建物の間を通り、正面入り口へ続く車椅子用スロープの脇を過ぎた。豪勢な入り口のアーチが目の端に入る。

冷たい汗が背中をつたう。車椅子用のスロープ！あのブタどもめ、車椅子が通行できる場所に至るまで、ベルリンを調べ尽くしていたのか。

崩れかけた教会の正面に着くと、広くて交通量の多い通りに出た。通りの名はクーアフュルステンダムというようだ。向かい側に停まっている水色のワーゲンバスの横の道路標識にそう記されている。ワーゲンバスは、黄色い縞のラインが引かれたスペースのど真ん中に陣取っている。駐車禁止の表示などおかまいなしだ。ここに停めたいから停めているとでも言わんばかりに——その瞬間、カールは目を見開いた。

そのバスのサイドウィンドウのカーテンがわずかに開いたのだ。ほんのわずかに隙間ができただけだったが、十分だった。カールの背中を再び冷や汗がつたう。窓の奥にアサドがいる。口をテープで塞がれている。アサドもカールに気づき、必死で合図を送ろうとしている。その瞬間、制服姿の男がワーゲンバスに近づき、車の陰に入って見えなくなった。ドアが勢いよく開く音が聞こえ、大声で罵る男性の声が聞こえた。そして銃声。

広場にいた人々が凍りつき、銃声のした方向を見つめた。カールは通りを走って渡り、ワーゲンバスのうしろに滑り込んで身を伏せると、慎重に前方をうかがった。制服の男が、上半身を車内に突っ込んだ形でうつぶせに倒れている。だらりと下がった腕をつたって、血がぽたぽたと垂れていた。

いまだ！ カールの全神経が叫んだ。一気に飛び出すと、事切れた男の体の上に身を投げ出した。

運転手が愕然《がくぜん》とした顔で手にした拳銃を見つめている。生まれて初めて銃を撃ったのだろう。パニックになって乱射しないとも限らない。カールはすぐさま右拳で運転手の顎を殴りつけた。鍵の先が食い込み、相手が叫び声を上げて勢いよくのけぞる。カールは鍵束を捨てて男に飛びかかり、間一髪で銃口の向きを変えた。拳銃が火を噴き、フロントガラスが砕け、前の歩道が一気に騒然となった。

カールのパンチは命中した。半ば意識を失った運転手の手から拳銃が落ちた。カールは瞬時にそれをつかむと、引き金を引いた。だが、運転手の負傷の程度を見るより先に、前後の座席を仕切るカーテンが開き、カラフルな布を頭に巻いた男が助手席の背もたれの上からパンチを見舞ってきた。


カールは再び引き金を引いた。男は仰向けに吹っ飛んで粗末な造りのテーブルの上に倒れ込んだ。顔は驚愕でこわばったままだった。

59

アサド

ワーゲンバスが広場を一周する間、アサドは口に巻かれた粘着テープを緩めようと必死だった。そうこうするうちに、元の場所に戻ってきたらしい。だが、本当にそうなのかはわからなかった。

すると、バンダナ男がサイドウィンドウのカーテンを少し開けた。その瞬間、アサドはいきなりカールと目が合った。カールは通りの反対側に立っていたが、すぐにアサドに気づいたようだ。相棒を発見し、安堵したと同時に悲しそうな顔をしている。アサドとまったく同じように、もう手遅れだとわかっているかのようだ。じきに周囲のすべてが爆発し吹き飛ぶことになるだろうと。

「カール、逃げて！　命が危ない、ここにいたら死ぬことになる！」アサドは目でそう警告しようとした。だが、カールは戻ってきたからには絶対に逃げないだろうということもよくわかっていた。

もう少しで口のテープが剥がれそうだった。そのとき、勢いよく助手席のドアがノックされた。

バンダナ男が再び前後の座席を仕切るカーテンを閉めたので、何が起きているのか、音で判断するしかなくなった。助手席のドアが開けられて大声で文句を言う声が聞こえたかと思うと、いきなり銃声が響いた。辺りは静かになった。だが、それも一瞬だった。今度は前方で何か騒ぎが起きたようで、車全体がガタガタと揺れだした。運転席から叫び声が上がったかと思うと、さらに二発の銃声が聞こえた。

バンダナ男が仕切りのカーテンを開けるまで、運転手と格闘しているのはさっきの役人に違いないとアサドは思っていた。だが、続いてバンダナ男が銃弾を受け、仰向けになってテーブルの上に倒れ込んだ瞬間、アサドは悟った。まだ希望が残されていた！

一帯は瞬時にカオスと化した。

四方八方から銃声が響き渡り、まったく手のつけられない状況に陥った。

カールが後部のベンチシートに這い上がり、アサドの口の粘着テープを剝がす。

「カール、やつらが来ます！　すぐそこにいるんです！」カールが両手の拘束を解く間、アサドは叫びつづけた。窓の外にはショッキングな光景が広がっていた。一斉射撃が仕掛けられるなか、人々が金切り声を上げながら必死に身を隠す場所を探している。一方で、弾丸の雨が降り注いでいるにもかかわらず、数台の車椅子を押して教会前のスロープを上がっている者たちがいる。「カール、すぐ降りて走って！　車椅子を押している連中を撃つんです！」両手が自由になったアサドは脚の拘束を解きながら、声を限りに叫んだ。

カールが急いで車から降りる。だが、去り際にバンダナ男を指さしてアサドに警告した――間一髪だった。胸に銃弾を受けているにもかかわらず、男がテーブルの天板を力いっぱい跳ね上げたのだ。あと一秒遅かったら、天板がアサドの喉を直撃していただろう。だが、すでに脚が自由になっていたアサドは、それをかわして男の脳天に踵《かかと》落としを見舞った。外の銃声がいよいよ近くに迫ってくる。

アサドはバスから這い出ると、身をかがめてリアゲートのうしろにしゃがみ、様子をうかがった。

カールがうなずいてみせ、アサドはゆっくりと体を起こした。

ネッラの車椅子の向こう側で、女が顔を横に向けて倒れていた。死んでいる。だが、安堵したのも束の間、すぐうしろで男がマルワの車椅子を押しながら、ウージーで手当たり次第に発砲しだした。全員がどこかに避難できるような状況ではない。大勢の人が衣料品店のショーウィンドウの前で凍りついたように立ちすくんでいる。恐ろしい光景だった。

　大通りとは違うところから応戦の銃声が響き、カールとアサドは脇道のほうに顔を向けた。おそらく、駐車違反取り締まりの役人が呼ぶと言っていた警察官たちだろう。カールがワーゲンバスのリアゲートまで退避し、マルワの車椅子を押している男に向かって数回発砲した。相手もこちらに向かって乱射する。銃弾が鈍い金属音を立ててワーゲンバスに穴を開けていく。

　一瞬静かになったものの、男がまた銃撃を始め、ワーゲンバスにさらに穴が開いた。アサドは悪態をついて地面に伏せた。車の窓は無残にも粉々になっている。

　カールはもう一度発砲したが、同時に歩道まで仰向けに吹っ飛んだ。しばらく動けずにいたが、拳銃を地面に置くとそれを押してアサドのほうへ滑らせた。

「あいつは片づけたと思う」銃声のなか、カールが声を張り上げた。腰に手をやっている。

「カール、大丈夫ですか？」アサドは叫びながら拳銃を拾い上げた。

　カールはうなずいたが、とてもそうは見えなかった。本人も大丈夫だとは思っていないようだ。

　教会の正面と裏側で激しい銃撃戦が始まった。アサドはこの音を嫌というほど知っている。連射速度が恐ろしく速く、確実に死をもたらすことのできる自動火器の音だ。

　アサドはワーゲンバスの車体のほうへ回ると、ずたずたになった車体の角の陰から慎重に辺りをうかがった。

　マルワの車椅子が横倒しになっている。マルワは地面に倒れたまま動かない。その横で倒れている男も動く様子がない。

　だがそのとき、マルワが咳き込んだ。ああ神よ、彼女は生きている！

アサドは手に握った拳銃をじっと見つめた。カールはこれで何発撃ったのだろう？　九発？　十発？　それなら少なくとも三発は残っている。

アサドは車の陰から出た。マルワより奥に若い女性の乗った三台目の車椅子が見えた。横に立つ男がその女性にウージーを突きつけている。男は微動だにしない。この状況をすでに想定していたのだろう。運命に従う覚悟ができているかのようだ。何か命令を待っているようだが、爆発を待っているのだとしたら最悪だ。

アサドは例のレストランを見上げた。そこからガーリブが一部始終を監視しているはずだが、姿が見えない。

やつは何をぐずぐずしているんだ？　なぜ、起爆装置を作動させない？　向こうにも俺が見えていないのか？　それで手を止めているのか？　何がなんでも俺に惨劇を直視させるため、確実な方法を取ろうとしているのか？　ワーゲンバスの子分から決定的瞬間が到来したと連絡があるのを待っているのか？

アサドはカールのいるほうへ向かった。ワーゲンバスを回り込んで建物の壁に沿っていかなければならない。ガーリブが視界に俺をとらえたら、間違いなく起爆装置を作動させるだろう。

「大したことない」カールは座りかけの姿勢でズボンに広がった血のしみを見つめた。「かすっただけだ。俺のことはいいから！」

アサドはワーゲンバスのサイドドアを開け、身を低くして中に入り込み、自分の携帯電話を探した。運転席では男が後頭部をドアにあずけて苦しそうな息をしている。もう長くないだろう。後部座席のバンダナ男については、見るまでもなかった。息絶えているのは明らかだ。アサドは座席のクッションの下を探り、携帯電話を見つけた。だが、破損しているとひと目でわかった。

その間にカールはヴェーベルに電話をかけていた。

「ほら」カールが大声でアサドを呼び、自分の携帯電話を渡した。

「いま、どこです?」ヴェーベルが訊く。

「そちらから見て教会の反対側、クーアフュルステンダム通りです。とにかく来てください! 急いで! すぐにでも自爆テロが起こりかねません」

「あいにく、目の前の状況に対応するのに手一杯で」ヴェーベルが答える。「銃撃戦の間にテロ集団のふたりがオイローパ・センターの地下に続く階段に移動したんです。広場の端にある建物で、ショッピングモールです。われわれはいま、集中砲火を浴びています。連中はホテルの上階に狙撃手を待機させていました。そいつの狙いがあまりにも正確なんです。おそらくディーター・バウマンでしょう」

「くそっ、それなら誰かを送り込んでバウマンを抑えないと!」アサドが声を張り上げる。「ともかくそちらからひとり、ガーリブの捜索に出してください。イタリアンレストランの店内にいて、ユダヤ教徒の格好をしています。あいつが爆弾の起爆装置を持ってるんです」

「やつは何を待ってるんだ?」ヴェーベルが叫ぶ。

「私です」

ヴェーベルとの話を終えると、アサドはカールに携帯電話を返そうとした。だが、カールの姿がない。

「そこで何を?」カールが役人の遺体を車から引きずり出しているのを見て、アサドは叫んだ。

「俺の場所をつくる」

カールはひざをついてワーゲンバスの中に這い上がると、息絶えた運転手の両脚をつかんで引っ張った。運転席が空になった。

アサドはカールの意図を理解した。

「問題は、動くかどうかだ」カールがイグニッションキーを回した。

エンジンがかかる。

「アサド、命中させるには一〇〇〇分の一秒の速さで角度や距離を判断するしかないぞ」カールがギアを入れる。「マガジンに残ってるのはあと二発だ」

アサドは割れたガラスの破片が散った座席のクッションにひざまずいた。走行中の車両から撃つのは初めてではないが、今回ばかりは……！

アサドは深呼吸をした。最初の一発であの男に致命傷を負わせることができなければ、あいつの目の前にいる気の毒な車椅子の女性は殺されるだろう。〝敵を無力化する最良の方法は頭部への一撃〟――アフガニスタン時代に唱えていた言葉が脳内にこだまする。

カールが発車させた。アサドは標的を照準にとらえ、息を詰めた。三台目の車椅子のところまで二秒で行く。目を凝らす。あと十メートル。車が進路を外れず、舗装に凹凸《でこぼこ》がなければ計算どおりにいくはずだ。

そのとき、若い女性の顔がアサドの目に飛び込んできた。頬にあざがある。アサドの全身が凍りついた。

息ができない。

「アサド、撃て！」

だが、アサドの体は麻痺したように動けなかった。ロニアだ！　あいつがウージーを突きつけているのは、俺の下の娘だ！　あの子が目の前にいる。まさか、そんなはずがない。いや、間違いない。ロニアだ！

「撃てません！　ああ、なんてことだ！　カール、車椅子の女性、あれはロニアです！　生きてたんです！」

ワーゲンバスがふたりの目の前に停まる。だが、車椅子のうしろにいる男は無反応だ。

「こいつ、俺に向かってうなずいてきたぞ」カールが小声で言う。「ショックで足が動かないんだろう。これに仲間が乗っていて、自分を回収しに来たと思ってるようだ。チャンスだぞ、アサド！」

アサドはかがんで身を隠すと、銃を構え、狙いをつけて息を止め、引き金を引いた。ロニアが銃を突きつけられている光景が頭から消えない。体内のすべてが痙攣しているような感覚だった――なんと恐ろしい気分なんだ。あれじゃ処刑そのものじゃないか！

　頭を撃ち抜かれた男が体を震わせながら地面に倒れ込むと同時に、教会の背後から誰かがカールとアサドに向かって発砲してきた。

「特殊部隊じゃないか！」カールが叫ぶ。「あいつら、勘違い……」ハッとして腕に手をやる。撃たれていた。それでも彼は素早くアクセルを踏み込んだ。

　ワーゲンバスが右に急カーブを切り、アサドは床に倒れ込んだ。銃弾が車の後部ドアを豪雨のように叩く。座席から滑り落ちてアサドに覆いかぶさる格好になっているバンダナ男が、そのたびにガクガクと動く。

　ワーゲンバスはオイローパ・センターの前にある石造りの噴水に激突して停止した。生き残ったふたりのテロリストが闇雲に銃撃を続けながら、オイローパ・センターの地下街に続く階段を駆け降りて、姿を消した。

「カール、大丈夫ですか」アサドが叫んだ。「どこに当たったんですか！」

　返ってきたのはうめき声だけだった。ひどく出血し、腕のあたりがどす黒く染まっている。

　アサドはカールの携帯電話をつかむと、ヴェーベルに連絡した。

「聞こえますか、カールと私はワーゲンバスの中にいます！　カールが撃たれました。救命医を至急よこしてください。ガーリブのメンバーを三人仕留めましたが、教会と横の建物の間から銃撃に遭いました。そちら側の人間からです。私たちを撃たないよう指示してください！」

　一瞬のうちに、広場が不気味なほど静まり返った。

　アサドは背もたれを越えてカールのところまで移動した。カールはハンドルのシャフト部分とひしゃげた助手席部分の間にはさまれている。腰と腕に銃創を負っているものの、意識はあり、衝突による怪我はないようだ。

「大丈夫ですか？」アサドはそう尋ねると、運転席側から車を降りた。ここから出れば、レストランにいるガーリブからは見えないだろう。カールは答えない。アサドは噴水の向こう側のガーリブから死角となる位置に立ち、腕を伸ばして戦闘服姿の男たちを出迎えた。

「どいてどいて！」テロ対策特殊部隊の男たちが大声を出して運転席側のドアへと突進してきた。ヴェーベルから話が伝わっているようだ。ガーリブは、仲間がまだバスに乗っていると思い込んでいるはずだ。

好都合だ。その間に、アサドはオイローパ・センターの張り出し屋根の下、ちょうどイタリアンレストランの窓の真下に当たる場所に立った。

ガーリブが居場所を変えていなければいいが——とっさに祈る。

アサドは教会のそばにいる三人に視線を向けた。三人とも車椅子に固定されていて、ぴくりとも動かない。マルワは石畳に頬をつけて横たわり、ネッラとロニアは意識がないかのように頭を垂れたままだ。

「みなさん」アサドは特殊部隊の男たちに呼びかけた。「私があの車椅子の女性たちのところへ行ったら、首謀者が爆弾を破裂させるでしょう。爆発物は車椅子に仕掛けられているか、彼女たちの体に巻かれていると思われます。やつは私の姿が見えるのをひたすら待っているんです。ですから、みなさんの手で、彼女たちを避難させてください」

男たちは、理解できないといった表情でアサドを見た。自爆テロ犯らしき女たちに近づけと言うのか？とその目が言っている。

アサドはもう一度ヴェーベルに電話をかけた。出ない。

上を見て、一度深呼吸した。目の前にある〈フォッシル〉のショーウィンドウを覗くと右斜め前の歩道が見えた。そこにさらに一台の車椅子があった。

　アサドはぎょっとして立ち尽くしたが、そのうちに車椅子に座っている男が誰なのかわかった。だが、そのうしろにいる少年は誰だ？　泣いているようだが。

　そのとき、ヴェーベルが電話をかけ直してきた。

「姿が見えませんが、どこに？」

「イタリアンレストランの張り出し屋根の下、〈フォッシル〉の店の前です。たったいま、四台目の車椅子を見つけました。乗っているのはジュアン・アイグアデルだと思います。そばにアラブ系の少年が立っていて泣いています。どうすれば？」

「そこにいてください。車椅子に爆弾が仕掛けられている恐れがあります。少年が泣いているのはそのせいかもしれません」

「ヴェーベルさん、妻たちのもとへ爆発物処理班をお願いします。できるだけのことをしてください。そちらの状況は？　こちらは大勢の人が地面に倒れています」

「ええ、とんでもなく大勢が銃弾に倒れました。ただ、ここからは広場全体を見渡せません。例の狙撃手が頭上から撃ってくるせいで、負傷者に近づくこともできません。ただ、地下のショッピングモールに逃げ込んだふたりを除いて、テロリストはすべて倒したはずです」

「ガーリブを忘れないで。それから、ここにいる少年も」

「ガーリブは逃げ込んだふたりとショッピングモールで合流していると思われます。やつらを射程内にとらえても、防弾チョッキを着ているかもしれません」

　そんなことは百も承知だ。それにしても、ガーリブが子分たちと逃げるようなことをするだろうか。これまでのところ、あいつの〝ミッション〟は失敗に終わっている。俺も、俺の家族もまだ生きているのだから。

いや、ガーリブはどこかで準備を整え、その時を待っているはずだ。

アサドは車椅子のほうに視線を向けた。ジュアンは自分に何かを伝えたがっているのに、しゃべれないようだ。マルワやネッラやロニアと同じように体の自由がきかないらしい。あっちへ行けと言いたいのか、こっちへ来いと言いたいのか？

アサドは時計店〈フォッシル〉の角を曲がってジュアンに近づくと、うなずいてみせた。〝質問しても大丈夫ですか？〟と目で尋ねる。

ジュアンは口を尖らせた。大丈夫なのか、そうでないのか、どっちだ？

「あなたの車椅子には爆弾が？」

ジュアンは両目を左から右へと動かした。

「もしそれが〝ノー〟の意味なら、〝イエス〟の場合はどうなるのか、やってみてください。あなたはジュアン・アイグアデルさん？」

両目が上下に動いた。よし。つまり、この車椅子に爆弾は仕掛けられていないということだ。

アサドはもう一歩近づいた。

「その子は危険ですか？」

ジュアンの目が再び左から右へと動いた。

「ガーリブはこの近くに？」

目は動かない。知らないのだ。

「この子は健常者ですか？　放心状態のようですが」

目が左から右へ動く。

「麻薬でもやってるんですか？」

〝ノー〟だった。

「彼は武器を持ってますか？」

〝ノー〟

そこでアサドは少年にアラビア語で話しかけた。

「やあ、こんにちは。僕はアサドだ。きみの名前は？」

少年は下を向いた。隅に追いつめられた動物のように困惑し、おどおどしている。アサドがもう一歩前に出ると、少年は身をこわばらせ、肩をすくめて両腕で腹を守るような体勢を取った。明らかな拒否反応だ。

「何もしないよ」アサドはできるだけ優しく話しかけた。

だが、少年は怯えきった目でアサドを見ている。彼がこの数分間に目撃したものを考えれば、無理もない。

アサドはテロ対策特殊部隊の男たちにこちらへ来るよう合図した。ジュアンが不明瞭な音を発した。アサドは彼のすぐそばに寄り、口元に耳を寄せた。

ジュアンは時間をかけて、ようやく一文を紡《つむ》ぎ出した。「そのこ……なまえ……アフィーフ」

アサドがうなずく。

「かれ……だいじ……」ジュアンは苦労しながら、言葉を押し出した。

「ガーリブにとって？」

「そう」

アサドは特殊部隊の男たちのほうを振り返った。

「このふたりは、このままここにいさせておきましょう。彼らなりに重要な役割があるようです」

男たちは少年を胡散臭そうに眺めた。

「彼が自爆ベストを着用していないと断言できますか？」

アサドはジュアンを見た。彼の目が上下に動く。

「できます」アサドが答える。

アサドは再びジュアンの口元に耳を寄せた。

「やつらに何をされたんです？」

「ちゅう……しゃ」ジュアンの声が少ししっかりしてきた。

「効果が切れてきた？」

「そう」

「広場の向こうに車椅子に乗った女性が三人います。私の妻と、娘たちです。名前はマルワ、ネッラ、ロニア。彼女たちは爆弾を巻いてますか？」

「マルワとネッラ……、じばく…ベスト。ロニア、ばくだん」

「そして、ガーリブがリモコンを？」

ジュアンの目から涙がこぼれ落ちた。肯定の声はあまりにも弱々しく、もう一度言わなくてはならないほどだった。

アサドは心臓を貫かれたような思いがした。だが、感情にとらわれている場合ではない。これまで以上にうまくやらなくては。できなければ、すべてが終わる。

爆発物処理班の特殊車両がニュルンベルガー通り方面にやってきた。一刻も早く、ガーリブを見つけ出して武装解除させなくてはならない。武装解除――言うは易《やす》しだ。だが、ガーリブはいったいどこに隠れているんだ？ わが身かわいさにこれで退散する気か？ アサドは首を横に振った。そんなはずはない。これだけ緻密な計画を立てておきながら、ガーリブがあっさり逃げるわけがない。

今度は、ショッピングモールの中から銃声が聞こえてきた。人々が金切り声を上げ、数メートル先の地上階出口から転がり出てくる。

アサドはヴェーベルに連絡した。「モールで何者かが発砲しています。そちらからも何人か中に？」

「ええ、テロ対策特殊部隊から十人が送り込まれてます」

アサドはこちらに突進してきた女性を体で受け止めた。

「中で何が？」アサドははっきりした声で女性に尋ねた。「教えてください！」

女性は完全に取り乱し、まともに息ができない状態だった。「男性と女性が吹き抜けの回廊から下に向かって乱射したの。フィットネスクラブがあるところ」全身がぶるぶる震えている。

「向こう側まで走って避難して！」アサドは広場の反

対側にある建物を指さした。

「ヴェーベルさん、聞こえましたか？　やつらはフィットネスクラブ前の廊下から下にいる人々に向かって銃撃しています」

「ええ、聞こえました。すぐに捕まえます。ディーター・バウマンも。やつはホテルの部屋でバリケードを築いていますが、居場所は特定済みです」

　アサドはイタリアンレストランの一階入り口のガラス張りのドアへと向かった。店員から、もみあげのある男が二階席にまだいるか、それとももう店を出たか、その場合はどの方角に向かったのか聞き出せればいいが——。

　ガラスのドア越しに、たくさんの客が騒然となって窓際に立っているのが見えた。攻撃開始直後にここに避難してきた人たちだろう。

　レストランに入る前に、入り口近くのレジのうしろに立っている店員に会釈した。彼はアサドが近づいてきたのを見て怯えた表情になった。最悪の事態を想像しているかのように、こちらを凝視している。無理もない。髭も剃っていない、髪も服も乱れた褐色の肌の男が銃を手にやってきたのだ。テロリストと思われてもしかたがない。

　アサドは自分が無害な人間であることを示すため、両手を広げた。それから中に入った。

「安心してください。私は警察と協力して動いています」アサドは店員に話しかけた。「しばらく前にここに来た男を探しています。外の銃撃犯たちと同じように、正統派のユダヤ教徒のような格好で、髭は長く帽子をかぶり、もみあげのある男です。どこにいるかわかりますか？」

　この店員はなぜこんなに震えているのだろう——そう考えた瞬間、後頭部に強烈な一撃を受け、アサドはレジ台の前にひざをついた。胸を蹴りつけられて一瞬方向感覚を失い、拳銃が手から離れた。人々が叫び声を上げる。起き上がるために横へ転がろうとしたが、さらに蹴りつけられてようやくわかった。

「探す必要などないぞ、ザイード。拳銃は私の足元にある」頭上でアラビア語が聞こえた。

ここまでか。アサドはまっすぐ前を見つめた。ほんの数秒、注意を怠り、愚かな行動に出たことで命が終わる。

「立て！」ガーリブが命じる。「立つんだ！　長くかかったが、ついにおまえを見つけた。これまでうまく隠れていたものだ、ザイード。だが、もうその必要もない」

アサドはゆっくりと床の上で反転し、立ち上がった。ガーリブは髭もなければ、帽子もかぶっておらず、もみあげもなかった。何千回と見た悪夢の中で対峙したままの姿でそこにいた。この世で最も凶悪な男が、腰に俺の拳銃をはさみ、片手にウージー、片手に遠隔操作用のリモコンを持って立っているのだ。

「われわれに付き添ってくれる友人を確保してあるぞ」ガーリブがウージーで数人を指した。「おまえたちの役割はわかっているな？　うまくいかなければ、全員死ぬことになる」

そこには三人の男性と三人の女性が立っていた。前のほうにいる明るいブロンドの女性は、〈シャルロッテンブルク・ツアー〉というロゴの入った制服を着ている。何がどうなっているのかわからず、混乱している様子だ。団体客のガイドをしている最中に銃撃に巻き込まれて、ここに逃げてきたのかもしれない。残りの五人はコートを着ていなかった。ごく普通の一般客だろう。どの顔も恐怖でひきつっている。

「ローマ軍は常に防御を最大の武器としていた」ガーリブが講釈を垂れた。「彼らはファランクスという重装歩兵の密集部隊で攻撃し、前面と頭上を盾で固めたテストゥドという陣形で効果的に防御した。〝亀の隊列〟とも呼ばれている。おまえたちはいまから、私の亀の甲羅《こうら》となるのだ」

　ガーリブはレジにいた店員にドアを開けさせると、アサドに六人の男女の先頭になって外に出るよう命じた。そして、ひとりでも不自然な動きを見せたら、警告なしに撃つ、ザイードも例外ではないと告げた。

「だが、おまえはただ死ぬだけですむとは思うな、ザイード。それではあまりにもつまらない。いつ、どんなふうにおまえを殺すか、私にはゆっくり考える時間があったからな」

　背後の人質たちが、体をきつく押し当ててくるのをアサドは感じた。あいつからそう指示されているのか？

　ガーリブはレジの前まで来ると、〝亀の隊列〟をストップさせた。

「やあどうも」店員に声をかける。「カードをお返ししよう。この店に少々借りをつくってしまったが、許してくれるかな」

　一団は店の外へ出た。

「ここに特殊部隊を送り込んだ人間に電話しろ、ザイード。二分以内に全員を撤収させろと言え！　いいか、この一帯からすべてを引き揚げさせろ。でないと、どうなるかわかるな？　爆弾の威力をよく考えろ」

　アサドは携帯電話を手に取ると、ヴェーベルに状況を簡潔に伝えた。だが、彼は話を遮り、警告した。

「アサドさん、われわれがここから撤収したら、あなたは生きて帰れません」

「どっちみち私の命はありません。彼の言うとおりにしてください。制限時間は二分です」

　アサドは周囲を見渡した。私服警官も、警察官も、テロ対策特殊部隊の男たちも、全員が片手を耳に当て、イヤホンからの指令を聞いている。そして、いっせいにゆっくりと撤収していった。

　人質の中央に立ち、ガーリブはその様子をじっと見ていた。「いいぞ、ザイード。われわれは作戦どおり、これからすべてを終末へと導く」そして、建物の角に目をやった。そこにジュアンの車椅子があった。

「アフィーフ、私が戻るまでおまえはそこにいるんだよ」ガーリブが少年に呼びかける優しげな声にアサドは吐き気を覚えた。世界中の誰より愛する三人の命がかかってさえいなければ、これ以上やつの思いどおりにはさせないのだが。

「おまえが旅の終着点に到達する前に、もう一度家族の目をじっくりと見させてやろう、ザイード。その心を覗きこみ、自分が家族に何をしてきたのか思い知るがいい。女たちにもおまえの姿を見させ、声を聞かせ、おまえがどれほど悔いているかわからせてやる。おまえたちにとって死がどれだけの救済となるか、教えてやろう」

一行はゆっくりと、三台の車椅子のところに向かって歩いていった。アサドは全身の煮えたぎる血流が凝固して球となり、もはや動きを封じられたように感じた。車椅子のそばには、三人の死者が血の海に倒れている。凄惨な光景だった。アサドが殺した男の体は異様な形にねじ曲がり、こめかみに驚くほど小さな穴が開いている。長いもみあげを貼り付けた帽子は男の頭から腕の長さほどの距離に吹き飛んでいた。そして、家族がいた。マルワ、ネッラ、ロニア、愛する家族が。彼女たちがこんなに悲惨な人生を送ることになってしまったとは。マルワが別の男といっしょになっていたら、どんなによかっただろう。俺と出会いさえしなければ……。

〝亀の隊列〟はロニアのそばまで来て止まった。ロニアは魂を抜かれたように無表情なまま車椅子に座っていた。目には力がなかったが、それでも美しかった。ナイフのような模様の顔のあざも昔と変わらずそこにあった。

「ロニア」アサドは優しくアラビア語で話しかけた。「ザイードだ。おまえの父さんだよ。父さんが来たから、これでみんないっしょに楽園に行けるね。母さん、父さん、姉さん、そしておまえとみんなで」だが、ロニアは反応しなかった。すっかり心を閉ざし、誰の手も届かない場所に行ってしまったかのようだった。

なんの前触れもなく〝亀の隊列〟が横に移動し、アサドとロニアを引き離した。彼は下の娘に触れることすらできなかった。五歳で置き去りにした小さな娘。触れ合うことも、愛情を注ぐことも、愛情を受け取ることも十分にできなかった……。

少し離れたところには、カールの腰を撃った男がうつぶせになって死んでいた。偽物の髭が顔から外れている。カールがこの男を撃っていなかったら、妻たちの命はなかっただろう。だが、自分たちにとってはそのほうがよかったかもしれない。

「彼女を起こしてもいいか？」妻と倒れた車椅子のそばへ寄ると、アサドは尋ねた。

「ああ」死刑執行人が慈悲深く許しを与える。

アサドは片手をマルワの肩の下に添え、もう片方の手を車椅子の背もたれの下に入れた。車椅子ごと起こそうとすると、マルワは身をよじるような動きを見せた。そこでアサドは妻の前にしゃがみこみ、そっとその頰を包んだ。長い間、どれほど壮絶な恐怖にさらされてきたのだろう。マルワの顔にはその恐怖が貼りついていた。だが、これほどの辛苦を味わわされたあとでも、その目は穏やかで繊細で、記憶の中とまったく変わらなかった。彼女もやはり薬漬けにされているらしい。それでも、すぐにマルワはアサドの愛情のこもった微笑みに目の焦点を合わせることができるようになった。ほんの一瞬、その目に光が宿った。夫を認識し、安堵したかのように見えた。

「マルワ」アサドは話しかけた。「すぐにまた会えるからね。心配しなくていい。永遠の命が僕らを待っている。きみを愛している。これまでもずっと愛してきた。きみを心から大切に思っている。ゆっくりおやすみ」ガーリブの命令で、人質たちがアサドを引っ張って立たせた。だが、妻と視線を交わせたことで、アサドは力を取り戻したような気がした。

ネッラの車椅子のうしろに倒れている死体を見て、アサドはすぐに誰なのかわかった。ヴェーベルがこの女の写真を見せながら、ベーナだと言っていた。艶やかであったはずのその髪は血でべとつき、かつて男を魅了したはずの唇は憎しみに歪んだ顔の上で凍りついている。まったく惨めな運命を選んだものだ。

ネッラだけは、マルワとロニアより意識がはっきりしているようで、アサドはつらくてたまらなかった。これから起きることを考えると、意識があるほうがかえって恐ろしい。そんな苦しみを娘に味わわせたくなかった。

「父さんだよ、ネッラ」

アサドの声に反応し、ネッラはこちらに半分顔を向けた。男女の一団がなぜここにいるのか、見当もつかない様子だった。ネッラの目は、彼女の困惑と、心に負った傷があまりにも深いことを物語っていた。それを見てガイドの女性が大きくしゃくり上げた。だが、ガーリブに思い切り殴りつけられ、女性は気絶し、車椅子の背後の死体の横に倒れた。

「私の周りを固めろ」ガーリブが残った人質たちに命令した。全員、顔が真っ青になっている。これから何が待ち受けているのか、薄々感じとっているのだ。

「ネッラ」もう一度アサドが声をかけた。「ザイードだ。おまえの父さんだよ。どれだけ会いたかったか、言葉にできないぐらいだ。おまえと母さんとロニアは父さんの光だった。自分が完全に空っぽになったと感じても、その光があるからここまで生きてこれた。父さんの言っていることがわかるかい、ネッラ？」

ネッラのまばたきには母親と妹よりも少しだけ力があった。

人質たちがアサドを娘から引き離す。

「元の場所に戻れ」ガーリブがグループに命令する。「ザイード・アル＝アサディ、さあ家族に会うことを許してやったぞ。もっとも、再会させてかえって悪かったみたいだがな」笑い声を上げる。

アサドは周囲に目をやった。逃げようと思えば逃げられるかもしれない。ダイブするように前方へ身を投げ出し、オイローパ・センターの階段までジグザグに全力疾走すれば。おそらくできるだろう。だが、それが自分の望みなのか？

アサドは深く息を吸った。家族を失って、それでもまだ俺は生きていたいと思うだろうか。俺は爆発の衝撃は受けるだろうが、それで心臓が止まることはまずないだろう。それは確かだ。だが、そうなれば一生、爆発音が頭の中に響きつづけることになる。家族の身を案じて長年悪夢にうなされながらもこれまでなんとか生き延びることはできた。だが、そんな状態では残りの人生を生きてはいけないだろう。

レストランから十メートルの距離まで戻ってきたところで、ガーリブが一団を止めた。ここなら安全だ。ガーリブは満足だった。爆発から身を守れるだけでなく、爆風でレストランの窓やドアが割れたとしても、ガラスの破片でやられることはない。

「この瞬間を、どれほど長く待ち望んでいたことか」

ガーリブは一団から離れ、後方へあとずさる。アサドは広場に背を向けた。あいつが装置を起動させたら、家族のほうを見ていることなどとてもできない。

ガーリブがウージーを腋にはさみ、起爆装置を手に持った。携帯電話を取り出すと、一度だけ操作する。

「おまえを少し驚かせてやろう、ザイード。少し凝った死刑執行法だ。そうとも、おまえの処刑の話だ。今度ばかりは首にかけられた縄から逃れることはできまい。さあ、覚悟しろ。おまえは殺される。だが、私の手によってではない。私はここから引き揚げてゆっくりするのでね」

ガーリブは薄笑いを浮かべると、耳に携帯電話を当て、こちらに体を向けながらゆっくりとジュアンと少年のいる時計店のほうへ動き出した。

相手が電話に出たようだ。ガーリブが不気味な笑みを浮かべた。

「そうとも、大尉殿」ガーリブが目をぎょろつかせる。「準備はできてるか？　下のわれわれはオーケーだ。ホテルのきみがいる部屋の窓を見上げているんだが、絶景だろう？　お見事だったよ、ディーター・バウマンくん。一ミリの狂いもない狙撃ぶりをレストランから堪能させてもらった。十秒後には爆発させる。そうしたらやつを撃ち殺してくれ。いいね？」

ガーリブは携帯電話を耳に当てたまま、打って変わって冷酷な声でアサドに告げた。「家族のほうをしっかり見ろ、ザイード。おまえのうしろにいるお仲間を全員殺してほしいか？」

だが、アサドは広場に背を向けたまま動かなかった。どっちみちこいつは俺たちを皆殺しにする。そんなことは全員がわかっている。

「まあいい、おまえのせいで全員死ぬだけだ」ガーリブが起爆装置を頭の上にかざした。「バウマン、準備はいいか？」

その瞬間、ガーリブの表情が変わった。額に皺を寄せ、広場の奥に立つホテルの最上階に目をやる。銃弾が額の真ん中を直撃する直前のごくわずかな瞬間にガーリブはすべてが無に帰したことを悟ったようだった。

人質たちが絶叫しながら散り散りに走って逃げる。

アサドはホテルを見上げて、二発目が発射されて自分を撃ち抜くのを覚悟した。だが、何も起こらなかった。車椅子のうしろにいた少年が、叫びながらガーリブに駆け寄ってきただけだ。

今度はあの子がウージーを手に取って、俺を撃つだろうか？

アサドも全速力でガーリブのもとへ行ったが、少年のほうが速かった。だが、少年は武器を手にする代わりに死体にすがってむせび泣いている。

「パパ！　パパ！」

アサドはウージーと起爆装置を拾い上げると、裏側のプラスチック製のカバーを慎重にスライドして開け、中にあった小さな二本の電池を取り出した。合計でもたった三ボルトの電圧。だが、それで世界を震撼させる大殺戮が起きていたかもしれないのだ。

そのとき、携帯電話が鳴った。

「ヴェーベルさん？　そちらの様子は？」

ヴェーベルは、ショックと安堵が入り混じったような声でこう言った。「五分前にバウマンの宿泊していたスイートルームに突入しました。バウマンの周りには薬莢と錠剤シートが無数に散らばっていました。バウマンはあえぎながら窓の外に向かって銃をかまえていて、スコープは広場の右側、ちょうどあなたが立っていた場所に向けられていました。手に携帯電話を持っていましたが、鳴りだしたときにわれわれがそれを奪い、バウマンに手錠をかけました。あなたは幸運でしたよ。テロ対策特殊部隊のマグヌス・クレッツマーがわれわれと行動を共にしてくれましたからね。彼以上の狙撃手はいないと言ってもいいでしょう。バウマンから携帯電話を奪うと、ガーリブの偉そうな声が聞こえてきましたが、クレッツマーはそんなもの聞いていられないとばかりに一発。見事命中です！」

ヴェーベルもアサドもそれ以上言葉がなかった。

「オイローパ・センター内の銃撃がやんだことに気づきましたか？」ヴェーベルが沈黙を破った。

アサドは周囲を見まわした。確かにそうだ。負傷者のうめき声と泣き声、広場に近づきつつある救急車のサイレンを別にすれば、音がしない。発砲が起きてからの初めてのことだ。

「そうですね」そう返事をしたものの、いまは家族のことしか考えられない。

そうこうするうちに周囲が騒がしくなった。戦闘服姿の警察官たちがガーリブとその遺体にしがみついている少年のところへ詰めかける。泣きじゃくる少年が連行されていく姿を見て、アサドは胸が痛んだ。あの子は何もしていないのに。

そのとき、別の方角からブーツが地面を踏み鳴らす音が聞こえてきた。完全装備の爆発物処理班がやってきたのだ。

それを見た瞬間、アサドは感情を抑えることができなくなった。張りつめていた神経が緩み、アドレナリンを全開にさせて防御体勢を取らせていた恐怖心が遠のき、どんな憤激からも戦闘意欲からも一気に解放された。腕から力が抜け、アサドはひざまずいた。これだけの死者が出たのも、生存者が心身に傷を負ったのも、あの少年が父親を失ったのも——どれほど卑劣な男だったとしてもあの子にとっては父親なのだ——すべて俺のせいだ。そのうえ、俺のせいで愛する人々を永遠に失う寸前だったのだ。感情の波がどっと押し寄せてきて涙が溢れ出た。こんなに号泣したのは初めてだった。

教会の近くに爆発物処理班と医師たちが立っている。彼らは命の危険を冒しながら、俺が家族を取り戻すのを助けてくれている。アサドは言葉では表せないほどの安堵感に包まれた。

アサドは手のひらを空に向けて祈った。アッラーに命のあることを感謝し、この日の結末に感謝し、これからは両親からこう生きろと教えられたとおりの人間として人生を歩むことを誓った。自分のため、そして身近なすべての人のために生きるのだ。

爆発物処理班が作業を終えたら、すぐに三人に付き添って救急車に乗り込み、痛々しい状態の彼女たちが必要な手当を受けられるよう見守り、心のケアに尽くそう。

それからアサドは、まだ車椅子に座ったままのジュアン・アイグアデルに視線を向けた。

「アイグアデルさん、すみません。ちょっと別のことに気がいってまして」

ジュアンはうなずこうとした。アサドの気持ちは、ほかの誰よりも彼が一番よくわかっていた。アサドはジュアンの肩に手をかけ、力を込めた。

そのとき、ジュアンが何か言葉を発した。これまでよりはっきりとした、大きな声だった。ゆっくりとではあったが、薬の効果がかなり薄れてきたのかもしれない。

アサドはジュアンの前に身をかがめ、もう一度言ってくれるように頼んだ。

「彼女の……名は？」

「誰のことですか？」

「犠……牲者２１１７」

これほどつらい経験をしながら、ジュアンのまなざしには思いやりが満ちていた。半開きの口はまだ質問を終えていないように見え、アサドは彼の唇を見つめた。ジュアンは目を閉じると深呼吸した。

「彼女はあなたにとって大切な人なのですか、アイグアデルさん？」

「だんだん……そうなって……」

「彼女の名はリリーです」

「リリー……」

アサドはうなずいた。ジュアンを抱きしめたいくらいだった。

「私にできることが何かありますか？　あなたには大変な恩があるんです」

ジュアンはしばしためらった。これだけ恐ろしい経験をしたあとで、いったいどうやったら普通の生活に戻れるというのだろう。

「なんでもいいですよ」アサドは彼を励ますように言った。

ジュアンがアサドを見つめる。「ええ」ようやくそう答えたかと思うと、突然その目に力が宿った。何かやるべきことを思い出したかのように。「頭のカメラを外して……、ひざの上に置いて……くれますか」

アサドは言われたとおりにした。ジュアンはこの世で最も貴重な宝を見つめるように、アサドの一連の行動を目で追った。

「ほかに何かありますか?」アサドが尋ねる。

すると、低い声が聞こえてきた。笑っているみたいだ。

「モンセ・ビーゴという人に……電話を……、バルセロナの『オレス・デル・ディア』のデスクです。彼女にこう言って……ください。〝くそくらえ〟」

ジュアンは笑みを浮かべたはずだ。だが、アサドは確信が持てなかった。舌はなんとか動いても、彼の口は相変わらず麻痺したままだったから。

アサドは辛抱強く待った。爆発物処理班がマルワとネッラの自爆ベストを慎重に脱がせ、ロニアを抱き上げて車椅子から降ろした。男たちは車椅子の前にひざまずき、背もたれとシートに仕掛けられた爆薬の撤去作業を行なっていた。ロニアには別の車椅子が用意された。

夢でも見ているような気分で、アサドは三人に付き添って救急車に乗り込み、マルワの手を握りしめた。彼女はごくわずかに顔をこちらに向けることができた。薬の効果が切れつつあるようだ。

だが、マルワはとてもよそよそしかった。それも当然だとアサドは思った。これだけ長い間離れていたのだから、自分は彼女にとって他人も同然に違いない。それでもアサドは心の奥深くで、いっしょに暮らしていたあのころを取り戻すことができると、確信に近いものを感じていた。長い年月の間、自分たちは遠く隔たった別の世界に離れ離れになってしまった。だが、俺は家族として愛し愛される暮らしを取り戻すために、全身全霊で闘ってみせる。家族全員が共に生き、再び安心することができるように。

「……はどこ？」出し抜けにマルワが尋ねた。

「ガーリブか？　あいつは死んだよ、マルワ。もう、あいつを怖がらなくていいんだ」

「違うわ、ガーリブじゃなくて、アフィーフよ！　あの子はどこ？」

「ガーリブの息子？　情報機関の職員が連行していったと思うけど」

「探して、ザイード。あの子はガーリブの息子じゃない。あなたの息子よ！」

60　ローセ　その日

十九時五十五分、世界中のテレビとインターネットのニュースサイトがいっせいに速報を流した。それ以降、どの局もベルリンのカイザー・ヴィルヘルム記念教会付近で発生した事件一色になった。

大都市で発生したテロについて、ここまで細かく報道されたことはかつてない。ドイツ国外のメディアは、ドイツの情報機関の専門知識を生かした捜査と、現場に投入された特殊部隊のプロフェッショナルな仕事を盛大に褒めたたえた。かつてウガンダの国際空港でイスラエル国防軍が奇襲作戦で人質を救出したことがあったが、今回の作戦はそれと同じくらい偉大な成功例として歴史に残りそうだ。

一方、ドイツの国内メディアは露骨に批判的な論調を展開した。なんといっても、テロ発生前にフランクフルトで情報機関の人間がふたり命を落としている。さらにベルリンの事件現場では現時点で十三人の死者と三十人を超える負傷者が出ていて、うちふたりが重体だ。もっとも、専門部隊の果敢な介入があったからこそ、テロリスト九人を射殺し、最悪の事態が回避されたと論ずる新聞もあった。とはいえ、作戦の指揮を執ったヘルベルト・ヴェーベルは、あらゆる方面から徹底的に吊るし上げられた。実際に法律に則《のっと》って行動したのか？　テロ攻撃を阻止するためにもっと早い段階で対策を講じるべきだったのになぜ手をこまねいていたのか？　と執拗に糾弾《きゅうだん》された。連邦憲法擁護庁バイエルン州局のヴェーベルの上司も、連邦情報局の代表も、調査報道記者たちの細かい質問への対応を余儀なくされた。そのひとつは、〝ドイツの保安当局の責任者たちは、デンマーク人の捜査員とテロ攻撃の黒幕との個人的な復讐劇にいいように巻き込まれたのではないか〟というものだった。これに対してヴェーベルは断固とした口調で反論した。こうしたつながりがなければ、テロ攻撃の手がかりを早期に入手することは不可能だった。そもそも、コペンハーゲン警察の協力なくしては、今回の情報を得ることはできなかったのだ。その点で、デンマーク人の警察官にはおおいに感謝してしかるべきだ、と。

今回のテロ事件をきっかけにテレビ局は関連番組を次々と制作し、視聴者は大量のドキュメンタリー番組を見せられることになった。第二次世界大戦前後のカイザー・ヴィルヘルム記念教会についての記録映画、マドリードでの列車爆破やロンドン地下鉄での爆破をはじめ近年の恐ろしいテロ事件に関するルポルタージュ。もちろん、ディーター・バウマンのネタもスクープとして流れた。〝フライブルクの堕《お》ちた英雄〟と叩かれたバウマンは、ベルリンでの襲撃直後に死んでいた。ほとんどのメディアは裏も取らずに〝複数の銃弾を浴びて死亡〟と報じていたが、実際は肺がんと膵臓《すいぞう》がんによる死だった。さまざまな報道特番では〝自称〟専門家たちと政治家たちが、〝誰が、どのタイミングで、何を実行すべきだったのか〟〝責任の所在はどこにあるのか〟と激論を交わした。

だが、ネット上で最も多く閲覧されたのは、地元ベルリンのある放送局が投稿した動画だった。同局のレポーターたちは銃撃戦が始まった直後に、ショッピングモールの背後に併設された高層ビル内に腰を据え、家族に付き添って救急車に乗るアサドの姿を撮影していた。極度に拡大された不鮮明な動画を見て、ローセもゴードンも心の底から安堵した。悲惨な事件の最後にはよいこともあったのだ。世間はそれを知るべきだろう。少なくとも、アサドとその家族が無事だったことで、ふたりは救われる思いがした。というのも、ここ、銃後のデンマークではこの数時間で悪夢が現実となりつつあったからだ……。

頭のイカレたあのサムライは着実にステージをクリアしていき、誰にも邪魔されることなく自らの目標「レベル２１１７」に向かって前進していった。手を尽くして捜索したものの、成果は挙がっていない。捜査員たちが捜索範囲をコペンハーゲン圏まで拡大して任務に当たるなか、ゴードンは四六時中電話に貼りついていた。あの男がゴードンに電話をかけてきて、計画を中止したと告げてくれることを誰もが願っていた。だが、それはありえなかった。

ちょうどそのころ、警察本部の上階では、お偉方がぞくぞくと会議室に足を運んでいた。法務大臣、ＰＥＴの長官、新設の〝コペンハーゲン・オペレーションセンター〟こと東ＲＳＩＯＣの責任者。デンマーク国家警察長官までもがやってきた。当初からしかるべき人員で捜査に当たらなかったミスを釈明しなくてはならない、気の毒なマークス・ヤコプスンの姿もあった。

十八時四十分、会議出席者および報道機関への情報提供の時機を逸したとして、マークス・ヤコプスンとカール・マークの責任を問うべきだとの決議が採択された。

それでも、新情報があるかと尋ねに地下へ降りてきたヤコプスンは、普段と変わらずどこまでも現実的だった。「報道機関への情報提供は、今後、上層部の権限で行なわれることになった。私とカールを非難するのも彼らの仕事だが、そんなことはどうでもいい。ただ、上層部の人間は仰天して失望感を味わうことになるはずだ。電話回線はパンク寸前になるだろう。だが、寄せられた情報の九九・九パーセントは役に立たない。彼らにはきっと想定外だろうがな。まあいい。パンドラの箱は開けられたんだ。うまく対処していくしかない」

ＴＶアヴィーセン、ＴＶ２ニュースといった各局の報道番組は当局の発表を受け、混乱気味にニュースを伝えた。なんといっても、カール・マークはベルリンでの大惨事阻止のために活躍したヒーローのひとりだ。ついさっきまでベルリンのシャリテー病院で治療を受け、いまは特別機でデンマークに向かっている。一方で、コペンハーゲンで連続殺人事件が発生する可能性があり、その捜査は行き詰まっている。その責任がカール・マークにあるという。いったい、彼を讃えるべきなのか、非難するべきなのか？　どの番組も態度を決めかねているようだった。

ローカル放送局もキー局も、デンマーク中のテレビというテレビが、若い男の似顔絵とベルリンのテロ現場の映像を代わる代わる画面に映し出した。ハーフェズ・エル＝アサドとカール・マークの活躍が改めて称賛されたかと思うと、連続殺人を計画している若い男のニュースに切り替わる。男の両親は欠勤中のはずだという情報と、その男がシューティングゲームとサムライの必需品に異常な興味を抱いているという情報が流れ、心当たりのある人に通報を促した。コメンテーターや専門家たちはひっきりなしに情報を分析し、議論を続けていた。全世界の情報機関は今後、予測不可能な攻撃への対応という課題を背負うことになるのかという懸念もあれば、いまこそプリペイドSIMカードと暴力的な内容のコンピューターゲームを禁止すべきだという声もあった。

　すると、まるでいっせいにスイッチが押されたかのように、デンマーク中のありとあらゆる警察署の電話が一気に鳴りだした。ヤコプスンは正しかった。二十分もしないうちに、コペンハーゲン周辺からも遠方からも千件を超える情報が寄せられ、電話のベルが鳴りやむことはなかった。はるばるフェロー諸島から電話をかけてきて、トアスハウンにそういう馬鹿なやつがいるのを知っている、あいつならやりかねない、と告げた視聴者もいた。

　国中がヒステリックな状態となり、好奇心と不安が入り混じった異様な空気に包まれた。居場所が特定できない以上、その若い男はどこに出現してもおかしくないし、どこを探しても捕まらないということになる。

　ここまで男の発見につながる具体的な手がかりが何もなかったのは事実だ。とはいえ、洪水のように次から次へと情報が押し寄せてくる現在の状況は、むしろマイナスでしかない。

　せめてPETの神童が編み出したアルゴリズムが有効であることに望みをかけたいところだった。だが、記者会見に同席した神童は、報道陣から質問攻めにあうと、その若者の話し方は出身地と想定されるコペンハーゲン以外にもありとあらゆる地域の影響を受けている可能性があると認めざるをえなかった。鋭い女性記者が、その若い男の家族がコペンハーゲンから引っ越した可能性もあるのでは、と尋ねた。自分はユトランド半島の出身ですが、そういう例もあると聞いています。だとしたらどうです？　コペンハーゲンで生まれ、その後――たとえば――フレゼリクスハウンなどに移ったとしても、相変わらずコペンハーゲン風に話している場合もあるのでは？

　まったく、この男の分析はそれをプリントアウトしたコピー用紙ほどの価値もありゃしない、とテレビのコメンテーターたちが嫌味を言った。

　ローセはゴードンの部屋に座って、電話を見つめていた。

「早くかけてきなさいよ、あのぼんくら！」

　ゴードンはうなずいた。いま世間で何が起きているのか、あいつはもちろん知っているだろう。だったら、こうしている間にも、デンマーク中の警察官が若い男が住んでいる家という家を訪ね歩いていることくらい想像できるはずだ。この小さな国、デンマークで数時間のうちに展開した密告合戦は、スターリン時代の最も恐ろしい大粛清の数年間をもしのぐ激しさのはずだ。

「でもローセ、何が起きているのか知ったところで、あいつは外に出てこないよね。みんな引きこもっているから通りには誰もいない状態だし、そんななかで頼まれたって外に出るはずがないだろう？」

「まあね。でも、だからこそ出てくる可能性があるかもしれないわ。あの子は自己顕示欲の塊なのに、いまはベルリンのテロ事件のほうが自分より注目を浴びてるわけだもの」ローセは少し考えた。「数日はじっとして、報道の熱が多少冷めたと思ったら飛び出してくることも考えられる」

　ゴードンはローセを見つめた。顔からまた血の気が引いていく。

　そのとき、ヤコプスンが電話をかけてきた。

「ローセ、すぐに上に来られるか？　カールが到着する前に、これからわれわれが直面するはずの批判に対応できるよう、いくつか調整しておきたい。見解を統一しておいたほうがいい。本部長たちが、いまここに来ている」

「カールがこっちに来るんですか？」

「そうだ。向かっているところだ。彼は本件についての会見に臨む予定だ」

「課長、それはあまりにもひどいんじゃないですか。カールは怪我をしているんですよ」

そのとき、ゴードンが片手を挙げた。あいつがいつもかけてくる電話が鳴っている。

ローセは慌てて自分の電話を切った。課長と本部長は驚いただろうが、それどころじゃない。

ゴードンはスピーカーフォンにすると、録音機を作動させた。

「やあ、トシロー」電話に出るやいなや、ゴードンの額に汗が吹き出した。

「どうも。あと一時間ぐらいで目標を達成できそうだ。きみに教えてやろうと思ってね」

「そうか」ゴードンはローセに視線を送った。「ローセもいっしょにきみの話を聞いてもいいかな？」

「どっちみち、そうしてるんだろ？」笑い声が聞こえてきた。「母は熟睡してる。でも、首をはねる前に起こしてやろうと思うんだ。どうかな？」

「うーん、それはもったいないわね。眠りから叩き起こされたら、しばらくはぼうっとしてわけがわからないわよ。むしろよく眠らせてあげたらどう？ そのほうが起きたときに、ずっと頭が冴えているはずよ。自分の状況がはっきり認識できるわ。あなたもそっちをお望みでしょ」

再び笑い声が聞こえた。「残酷な人だね、ローセ。あんたのほうが絶対に頭が切れるよ。ああ、悪いね、おまわりさん。きみを傷つけるつもりはなかったんだ」

ローセはゴードンを見つめた。ふと、幽霊のように血の気のない彼が、噴火時期を過ぎてもまだ眠っている火山のように思えてきた。違うわ、ゴードンは傷ついてるんじゃなくて……。

ローセはゴードンに受け流すよう合図を送った。このタイミングで噴火するなんて最悪よ！　だが、ゴードンの爆発はもう止まらなかった。

「このくそったれ！　いいか、サイコパスのマザコン野郎、よく聞け。いまや、デンマークじゅうがおまえのことを噂してるぞ。どうだ、満足か？　新聞もテレビもこぞっておまえをネタにしてる。ひとりよがりで、うぬぼれが強くて、幼稚なオタクのおまえのことをね。どこでも好きにうろつけばいい。だが、今夜は誰にも出くわすことはない。いまだに全力で吠えているあの犬以外はな。いったい、あの犬に何をした？」

ゴードンの最初の溶岩の流出が収まると、電話の向こうは静まり返った。

「新聞もテレビもって、どこの？」しばらくして、小さな声が聞こえてきた。

「全部だよ。くだらないゲームを中断して、ネット回線が引かれてるか、外の世界とつながってるテレビがある部屋に行け。そこで連中がおまえのことをどう報じてるか見ればいい。まあ、知らないほうが身のためかな。おまえは〝犠牲者２１１７〟と自分に何か結びつきがあると妄想してるようだが、もしメディアがおまえと老婆のつながりに注目すると思ってるなら、大間違いだ。ご自慢のサムライの刀で自分の首を斬り落とすくらい馬鹿な間違いだ。いま、世間ではおまえなんかより何が話題になってると思う？　教えてやろうか？　デンマーク警察の僕たちの仲間ふたりが、あの老女を殺した男の息の根を止めることに貢献したんだ。世の中はそのニュースでもちきりだよ。どうだ？　いまの気持ちは？　そう、あの老女の仇を討ったのは残念ながらおまえじゃない。まったく違う人間が成し遂げたんだ。プロの警察官がね。ほら、ニュースを見にいけよ。そのあとで電話をくれ。有名人としてひと晩過ごした感想をぜひとも聞かせてくれよな」

そう言ってゴードンは受話器を叩きつけた。ローセはあっけにとられて彼を見つめた。だがそれは、ゴードンの噴火をまずいと思ったからではなく、トンネルの向こうに突然光を見出したからだった。

「聞いた？　あの犬はまだ吠えてるのよ！　わたしたちが最初に吠え声に気づいてから、もう二十四時間以上経ってる。あれをずっと聞かされてる人たちは、気が変になりそうなはずよ」

ゴードンは大きく深呼吸した。百メートルを全力疾走し、ゴールの十センチ手前でいきなり止まったような気分だった。

「課長のところに行かないと」ゴードンは椅子から勢いよく立ち上がった。

61　ローセ　その日

ローセとゴードンは広間の階段を二段飛ばしで駆け上がった。三階の殺人課課長の部屋に飛び込むと、ふたりとも肩でぜいぜいと息をした。穴だらけのふいごのように吸っても吸っても足りなかった。

「小言はあとで聞きます」ローセが声を張り上げる。「まずは話を聞いてください」

マークス・ヤコプスンは難しい顔になった。部屋には課長のほかにも数人が集まっていた。

「聞き込み捜査の担当は誰です？」ローセが尋ねる。

「それを言うなら、〝出動していないのは誰か〟と訊くべきだな。パトカーはすべて出払っているし、東RSIOCの職員もテロ対策特殊部隊も——つまり、警察本部にいなきゃならない人間を除いて全員が出動している」

「それで、みんな誰を探しているんです？」

「例の若い男だ、当然じゃないか！」

「これを忘れてほしくないんです！　犬です、犬を探してください。その男の家の前で吠えてるんです。吠える犬はごまんといるでしょうけど、一日半も吠えつづけている犬はまずいないはずですから！」

ヤコプスンが姿勢を正した。「つまり、その犬はずっと吠えつづけているということか？」

「そうなんです！　いま、あの男から電話がかかってきたんですが、受話器を通じて犬の吠え声が聞こえたんです。課長、その犬はまだそこにいるんです。そして、あのサムライはイカレた計画を実行に移そうとしています。本人いわく、行動開始まで一時間そこそこだと。五分前の話です」

本部長が集まっていたほかの人間に向かってうなずくと、ヤコプスンと本部長を除く全員が即座に立ち上がって部屋を出ていった。

ローセは複雑な気持ちだった。わたしたちがもう少し頭の回転が早かったら、昨日のうちに捜査を開始できたのに。

「間に合うことを願うわ」本部長が言った。

そのとき、階段から通路まで次々に短い拍手が聞こえてきたかと思うとドアが開いた。右腕を包帯で吊った男が脚を軽く引きずりながら入ってくる。ここまで来る間に同僚から讃えられて、戸惑いを隠せずにいる。

「何をバタバタしてるんですか？　何が起きたんです？」カールが尋ねた。

本部長、ヤコプスン、ゴードン、ローセが立ち上がる。

「いったいどうしたんですか？　ともかく座ってくだ

さい。それで、何が？」

カールがこちらを向いた。ローセは自分でも驚いたことに、心の一番奥深いところが揺り動かされるのを感じた。カールがここに立っている。まだ生きている。

「地下から上がってきたんだが。まさに総出で捜査に当たってるみたいだな」

「モーナのそばにいなくて大丈夫ですか？」ローセが尋ねる。

「元気だし、もう退院したよ。警察本部に行って、引きこもり男の事件の指揮を執れって言ってきかないんだ」

ローセが再び立ち上がった。「カール、あなたのほうは本当に大丈夫なんですか？」

カールは大きくうなずいた。腕を吊っていてひどく無様に見えるが、ありがたいことにそれ以外はいつもと何も変わらなかった。ローセは感激のあまり、カールに抱きつくとカールの胸に顔をうずめた。カールがとっさに無事なほうの腕を上げ、あとずさる。

「その、ありがとな、ローセ。だが、俺は支えなしでも立派に立ってるから」確かにカールはしゃんと立っていた。

「それで、アサドは？　彼も支えなしで元気に立ってる状態ですか？」

カールは小さく首を横に振った。「アサドはもちろん立ってるさ。ちゃんと生きてるし、怪我もない。正直なところ、あいつがあれほど落ち着き、安らいだ表情をしているのを初めて見たよ。だが、すべてが元通りになるまで、あいつも家族も途方もない努力を強いられるだろう。簡単ではないし、長い道のりだ。アサドにはそれがわかっている。ひとまず、ベルリン市が彼らに落ち着くための滞在先を提供してくれた。それで多少は息がつけたとしても、かなり長く休養する時間が必要だと思う。まあ、それはあとで話すとして。われらがラクダのジョーク王が、みんなによろしくと言っていた。それから、〝ともかく全速力で捜査を進め、その男を袋の猫にしてください〟ともね」

「なんですって?」そこにいた全員が笑ったが、本部長だけはわけがわからなかったようだ。

「ご存じのとおり、アサドはそこまでデンマーク語が流暢ではないので」カールはローセのほうを向いた。「さて、現状を説明してもらおうか」

二十秒で、カールはすべてを把握した。

「猛スピードで取りかからなきゃならんぞ。コペンハーゲンだけでも、こっちがノイローゼになるくらい吠えまくる犬が五十四はいるだろうからな」

「じゃあ、どうしたらいいんです?」ゴードンが尋ねる。

「それを訊くか? おまえはいまだに捜査のイロハも知らんのか? いまの時代、最も速く人とつながる方法はなんだ? フェイスブックとかツイッターとか、そういうやつを起動しろ。速く!」

「ソーシャルメディアですか?」ローセが難しい顔になる。「フェイスブックだと時間がかかるし、犬を飼ってる人が全員ツイッターを使ってるわけじゃないと思いますけど。まあ、やってみる価値はあるでしょう」

彼女は自分の携帯電話を取ると、考え込んだ。「まったく、何を手がかりに探せばいいの?」

「〝吠える野良犬〟というハッシュタグをつけてみて」ゴードンが提案する。

「だめね。ヒットしないわ。〝ヴァイレで吠える野良犬〟なんて、どうでもいいし」

「じゃあ、〝コペンハーゲンで吠えどおしの野良犬〟というハッシュタグで」

ローセは画面をタップした。「コペンハーゲンで吠えどおしの野良犬……」つぶやきながら入力していく。全員の目が小さなディスプレイに釘づけになる。

出し抜けにローセが叫び、誰もがぎょっとして身をすくませた。

「出た！　信じられない！　これだわ！　二箇所で野良犬が〝イラつくほど〟吠えてるみたい。ひとつはヴァルビュー、もうひとつはドラオアの郊外です」

「どこだ、どこなんだ？」カールが叫んだ。「どこなのか訊け！」

ローセが電光石火の速さで文字を打ち込むと、すぐに答えが返ってきた。ディスプレイを指さす。

「ここです！」

全員総立ちになった。ヤコプスンが部屋の隅に行き、保管庫の鍵を開けた。

「さあカール、これを持っていけ。私はほかのを見つける」課長がカールに公用拳銃を手渡した。「きみたちはドラオアへ行ってくれ。ヴァルビューは私が引き受ける」

かなり遠くからでも、犬が吠えているのがよく聞こえた。声を嗄《か》らし、けたたましく鳴いている。

錯乱状態の犬がさまよっていたのは、人気のエリアの瀟洒《しょうしゃ》な住宅地だった。数十年前に〝絵画のような美しさ〟と称されていたこの地区一帯の家は、見事なリノベーションとともによく手入れされていて、部屋の中に明るい光をたたえて住民と訪問者を迎えている。どの家も間違いなく、いまやべらぼうな評価額になっているはずだ。この十三日間、異様な出来事が起きていた現場が、まさかこんなところとは。

「ここでは聞き込み捜査をまったくしてないのか？」

「いえ、しています」ローセが答えた。「アマー島を皮切りに、今朝から着手しているはずです。発見できなかったなんておかしいですね」

カールはうなずくと、犬の居場所を特定しようとした。至近距離から吠え声が聞こえたかと思うと、次の瞬間にはぐっと遠ざかってしまう。犬はいよいよヒステリックに吠えている。

「ゴードン、この界隈を少し流してくれ。目をしっかり開けてろよ」

一帯を数分間捜索したあと、カールは前かがみになってフロントガラスに顔を近づけた。目を凝らして外を眺め、通りの少し先を指さす。街灯が一軒の家の前庭にある黒い物体をうっすらと照らしている。「あの辺で停めてくれ、ゴードン。あそこの芝生に妙なものがある。いったいなんだ?」

ゴードンはゆっくりとその家へ車を走らせた。反対車線の歩道から少し奥に引っ込んだところに建てられたその邸宅は、間違いなくこの界隈でも格別に立派な屋敷のひとつだった。

「何かのガラスか? ローセ、ちょっと降りて見てきてくれ」

ローセは枯れた芝をのしのしと踏みつけて歩いていき、その物体の上にかがみ込むと、あとずさりした。何かに不安を覚えたようだ。だが、気を落ち着けると、忍び足で家へ数歩近づいた。

ローセが振り返り、カールたちを見つめる。口の前に人差し指を立て、〝車を降りてこっちに来て〟と合図している。

「鉛枠にはめ込まれた窓ガラスの破片ですね」ローセがささやく。「あそこにあったものみたいです」彼女が指さした先には窓枠があり、暗く開いた穴の周囲に割れたガラスが残っていた。

三人が家の正面に立ったとたん、背後から犬がめちゃくちゃに吠えながら突進してきた。恐ろしいほど興奮していて、あちこち飛び跳ねたかと思うと、くるくる回り、道路に出ていってはまた戻ってくる。ローセはリードをつかんで犬を落ち着かせようとしたが、その暴れ方ときたら凄まじく、野犬捕獲員が百人かかっても太刀打ちできそうにない。そうしているうちに犬はどこかへ行ってしまった。

「あの子はこの家にいる。間違いない」ローセは小声で言った。カールが素早く拳銃を抜く。

「ゴードン、これを。片手じゃ安全装置を外せん」だが、のっぽ男は拳銃を手にしたものの、途方に暮れている。

「何してるの？」ローセがささやきながら用心深くドアノブに手を伸ばした。鍵がかかっている。

「それをローセに渡せ」安全装置を外そうと、ゴードンがもたもたと拳銃をいじくり回しているのを見て、カールが告げた。まさかこいつ、いままで拳銃を手にしたことがないのか？

「あの子はSIMカードを取り替えてるはずなので、こっちからかけても通じないでしょう。でも、この住所で固定電話の届け出があるかどうか、確かめることはできるんじゃないかしら」

「それがなんの役に立つ？」カールは足を止めて後頭部を掻いた。まったく長くハードな一日だ。「マークスに電話して、問題の家を見つけたと伝えろ。破城槌《はじょうつい》（城門や城壁を突破するために用いる兵器。対象に丸太状の物を垂直にぶつけて破壊する）か、でなきゃ、何かドアを破壊できるものを持った人間をよこすよう要請してくれ」

「破城槌？」ローセが困惑したように繰り返した。

「ああ、あるいはブルドーザーだ。なんだっていい」

ローセはただ首を横に振るだけだった。「それじゃ時間がかかります。カール、わたしたちにはあれがあるってこと、忘れてません？」彼女が公用車を指さした。

カールは渋い顔になった。あまり胸が躍るような提案ではない。

それに、いったい誰にやれというのか。俺は片腕を吊っているうえに腰もやられていて、まず無理だ。ゴードンのびり具合を見たら、こいつに車ごと家に体当たりする根性があるとはまったく思えない。

「ゴードン、車のキーを貸して」ローセが手を出した。

のっぽ男は困ってカールを見た。

なんなのよ、何を迷う必要があるの？　ローセはムッとした。怪我をするのはわたしでしょ？　カールじゃないし、ましてやゴードンでもない。

　ローセは拳銃の安全装置を解除し、それをゴードンに戻した。

「あとは引き金を引くだけよ。でも、標的にちゃんと狙いを定めることができたと完全に確信が持てるまでは待つのよ」それだけ言うと、ローセは車に向かった。

　あとはもう、エアバッグがまともに作動することを願うしかない。ローセはそう考えながら、シートベルトを締めた。

　彼女は車を九十度回転させた。アクセルを踏み込んだときに、あの馬鹿犬が飛び出してきませんように。

　カールとゴードンが脇に寄り、車から十分な距離を取るのが見えた。絶対にドアに激突しなくちゃならない。家の壁ではだめだ。それだとエアバッグが膨らんでわたしが助かったとしても、車のほうが潰れてしまって意味がない。

　警察学校で運転免許の試験に落ちたときのことが、ちらりと頭をかすめた。〝プレッシャーがかかると、きみは輪をかけてひどい運転になる〟――当時、教官のひとりからそう断言された。〝きみの出動は、道路に時限爆弾を仕掛けるようなものだ〟――もうひとりの教官はそう言い放った。

　そのローセがいま、運転席に座っていた。少しの間ためらいながらシフトレバーをいじっていたが、意を決してギアを一速に入れると、アクセルを力いっぱい踏んだ。

　家まで思っていたより距離があった。そのせいで、つい余計なことが頭をよぎる。なんて異常な状況なんだろう……もしかしたら重症を負うかも……それに……。

　派手な衝突音がした。あちこちからいろいろな音が聞こえたが、なぜかローセは一つひとつの音を聞き分けることができた。エアバッグが膨らむバンという音、金属が押しつぶされギシギシいう音、どっしりとした木製のドアがメリメリと割れる音、無数の細かいガラス片がばらばらと降ってくる音。見上げると、ヘッドライトの光の中に白い砂埃がもうもうと渦を巻いている。カールたちが家に突入できるよう、車をバックさせなくては。

　肋骨がすべて折れて肺が押しつぶされたかのような感覚だった。全身に飛び上がるような痛みが走る。もう！　ギアをバックに入れるにはどうするの？

　そのとき、カールが運転席の横に立ち、力一杯ドアを引っ張った。「いい運転っぷりだったぞ、ローセ。だが、エンジンが切れてる。かけ直さなきゃだめだ」

　ローセはイグニッションキーを回した。耳障りで不快な音がしたが、車はゆっくりとバックした。カールとゴードンが家の中に入っていく。

　ローセはぼこぼこに凹んだ運転席のドアを開けようと四苦八苦したが、無駄だった。諦めてシートベルトを外すと、身をかがめて後部座席に移動し、ドアのレバーを押した。そうしている間に、家の中から大声が聞こえてきた。

　だが、彼女が玄関に入ったときには家の中は静まり返っていた。来るのが遅すぎたのだろうか？　まさか、ふたりの女性はもう首を斬り落とされてしまった？

　だとしたら、これ以上耐えられそうにない。

　そのとき、カールの声がした。ためらいのないはっきりした声が廊下の先の部屋から聞こえてくる。

「トシロー、落ち着くんだ」カールが告げている。

　ローセはその部屋まで行くと、身の毛がよだつ光景を直視せずにすむように、ドアのところから薄目で中を覗くとまばたきした。

　ひどい臭いがした。部屋の中央に若い男が刀を振り上げて立っている。似顔絵とはまるで違う。絵と共通しているのは金髪ということと、頭のてっぺんで髪を結んでいるということだけだった。

ローセはようやく覚悟を決めて現場を見た。目に入ってきた光景にぎょっとする。男に背を向けた状態で、ひとりの女性がワークチェアにくくりつけられて座っていた。首がむき出しになっている。

男はパソコンの前に立ち、これから相手に斬りかからんとするサムライのような体勢を取っていた。左足を前に出して少し体をひねり、刀の先から右足の先までが一直線になるよう右手を振り上げている。

カールは部屋の隅に身を寄せていたが、ゴードンは若い男のすぐ脇にいて、拳銃を握る両手を震わせながら、相手の頭部に銃口を向けている。誰もが凍りついたように身じろぎひとつしない。

床にはもうひとり女性がいて、がたがた震えていた。体の下に大きく黒いしみがあり、どんどん広がっていく。少なくとも血ではない。だが、彼女にもすでに処刑の準備がなされていた。首が完全に露出するようブラウスの首元が開かれ、両肩まで下げられている。

男が汗をかきはじめた。計画に狂いが生じているのは明らかだ。頭の中でさまざまな考えが同時進行しているのだろう。斬りかかるべきか？　やられる前に全員を抑え込むことができるだろうか？　ほかに道はないのか？

部屋の中でひとりだけ平然としている人物がいた。ワークチェアに拘束されている女性だ。これから何が起きようともとっくにすべてを受け入れたかのように、じっと動かず、規則正しい息をしている。彼女が母親なのではないかとローセは考えた。

沈黙を破ったのはゴードンだった。緊張が頂点に達したのか、それとも例によって拳銃がうまく扱えなかったのか――ともかく彼は引き金を引いた。弾はパソコンの上をかすめて壁に当たり、そこに貼られた新聞の切り抜きをぶち抜いた。犠牲者２１１７の写真に穴が開いた。

男は完全にパニックになった。「この野郎!!」逆上し、ヒステリックに叫ぶと刀を頭上に振りかざした。震えの止まらないゴードンに斬りかかろうとする。

そのときだった。母親らしき女性がとっさの行動に出た。瞬時に体を大きく揺すり、ワークチェアとテーブルごと息子にぶつかりながら床に倒れたのだ。男は不意を突かれてふらつき、壁にぶち当たった。

何が起きたのかさっぱりわからないようだった。それでも、ほかの人間が動くより速く、Tシャツをまくりあげて刀を横に持ち、刃先を腹に押しつけた。もはやこれまでと観念したかのようだった。

「ハラキリしてやる！　誰にも邪魔はさせない！」彼はかん高い声で叫んだ。両手が震えている。鋭い刃先にはもう血が数滴滲んでいる。本気で死ぬ気なのだろうか？

そのとき、ゴードンが再び拳銃をかまえた。さっきの外しっぷりを思うと、今度もまともに撃てるかどうか怪しいものだ。まして、重傷を負わせずに相手を制圧する部分に命中させるとなると、絶望的だ。だが、ゴードンにはまったく別の考えがあった。

「いったいどこまで間抜けなんだ？　おまえがやろうとしているのは、ハラキリじゃない。セップクっていうんだよ、馬鹿たれ。おまえとしたことが、そんなことも知らないのか？」

男は訝しげな顔をした。ゴードンの声を聞いて面食らっている。

「あのおまわりか？」彼は信じがたいという目つきでゴードンを見つめた。そしてローセのほうを向くと、下から上までじろじろと眺めた。

「もっと違う感じだと思ってた。スモウトリみたいなデブじゃないか」

何日も極度の緊張に耐えながらそれがまったく報われず、ゴードンの精神はすでにぎりぎりの状態にあった。そこにきてローセへのこの侮辱。ゴードンは完全にキレた。拳銃を顔の前で揺らしながら、男にぴたりと寄った。「口を閉じろ、惨めなオタクめ。さっさとやればいいじゃないか。それとも勇気がないか？」強いトーンで責め立てる。

　相手に自殺しろと詰め寄るなんて危険だわ。特に警察官がやるとなると。それでも、ゴードンがここまで腹を立てている姿を見て、ローセはなぜか胸が熱くなった。まさかゴードンにかばってもらう日が来るなんて！　予想もしない展開だわ。

「ほら、やれよ」ゴードンは冷たく言い放った。「こっちとしても、そのほうが退屈な裁判で証言する手間が省けるんだ」

　カールとローセは焦りだした。警察官が自殺を迫るのはかなりまずい。

「どうやって僕の居場所を突き止めた？」相手の声には力がなかった。「どうやって」口角に泡が溜まっている。自分には勝ち目がないと、やっと気づいたのだろうか。

「そんなのどうだっていいだろ。勝手に驚いてりゃいい」ゴードンは突き放すように言った。

　それから女性たちのところへ行くと、拳銃をパソコンのモニターの前に置いた。画面はこの騒動の間もずっと点いていて、レベル２１１８に挑戦するようプレーヤーを促していた。

　ひょろ長い腕を伸ばして、射抜かれた老女の写真を壁からはがすと、ゴードンは彼の目の前でそれをくしゃくしゃに丸めた。

「これ以上誰も、こんなもの見たくないだろ？」ゴードンはまた、テーブルとワークチェアに拘束された母親らしき女性を起こし、ふたりの女性の粘着テープを丁寧に剝がしていった。

　年配の女性は安堵のあまり泣きだしたが、母親らしきほうはこわばった脚に力を入れて立ち上がり、厳しい表情で男に近づいた。

「やり遂げなさい《ペルセベランド》」冷ややかな口調だった。「〝粘り強くあれ。途中で投げ出さず、最後までやりとおせ〟——あなたにはそう教えてきたと思うけど？ ほら、早く。もたもたしていないで突き刺しなさい。やり遂げたらどうなの」

母親の声には、息子に対する共感や理解のかけらも感じられなかった。男はというと、驚いた動物のように身をこわばらせて隅に座っている。この数日間でふたりの関係は修復不能なほどの致命傷を負っていた。だが、この言葉が彼の反抗心と憎悪に再び火をつけた。母親に命令されて、この世で最後の行為におよぶなんて冗談じゃないと考えているようだ。当然、いま、この場で死ぬつもりはないだろう——たとえ、腹から少しずつ流れ出ている血がズボンのウェストバンドに溜まりはじめていようとも。

ローセは眉根を寄せた。さっぱりわけがわからない。そもそも、PETの神童のアルゴリズムはなんで役に立たなかったの？ この子はときどき気取った話し方をしていたし、年齢も推定と合っている気がする。捜査の対象には、この地域だって含まれていた。なのに、なんで捜査員はこの家の呼び鈴を鳴らさなかったの？

「ペルセベランドっておっしゃいましたね。ご主人がバウスヴェアの寄宿学校を卒業されたんですよね？」ローセは母親に尋ねた。

母親がローセに顔を向けた。なんのことかまるで理解できない、という表情をしている。

「主人が？ あの人は十五歳で国民学校《フォルケスコーレ》を卒業しましたけど、それより上の学校に進む能力はなかったんです。どうやら義務教育だけで頭を使い果たしてしまったようで。でもどうしてそんなことを？ わたしが寄宿学校の校訓を口にしたからですか？」

「ええ」

「ああなるほど。それでしたら、あの学校には男子寮だけではなく、女子寮もあると言ったらご興味を持たれるかもしれませんね。あそこにいたのは主人ではなく、わたしだったとしたら、どうかしら？」

ゴードンとローセは顔を見合わせた。なんという大失態！

するとカールが思い切り笑いだした。包帯で吊った腕も、銃創を負った腰も、全身の痛みもかまわず、床に身を投げ出す。仰向けになってクックッとしばらく笑い、ようやく息をついた。目まぐるしい展開のせいで、ついに気がおかしくなってしまったのだろうか？

突然、カールがこれ以上ないくらいに体を伸ばすと、床の上で素早く反転した。全身の筋肉に力を込めてぱっと腕を伸ばし、拳で刀身をパンチした。男の手から刀が吹っ飛び、先が本棚に突き刺さる。弾みで男の腹がスパッと切れたが、そのくらいですんだのならよしとするべきだろう。

立ち上がるだけで力が必要だったが、カールはどこまでも冷静だった。にこりともせずに男を見やる。あれだけ尊大だった男は、いきなり形勢が不利になり、泡を食っている。

「ゴードン、救急車の手配を」カールは事務的に淡々と言った。男は腹の切り傷とゆっくりと脚をつたって床に流れ落ちる血を、信じられないといった様子で見ていた。

「息子さんの名前は？」カールが母親に尋ねる。

「アレクサンダです」母親は息子を見ようとすらしない。

「アレクサンダか、ほらみろ！　やっぱりAで始まる名前だった！」カールの声は誇らしげだった。なんといっても、土壇場でことを収め、自分が特捜部Qのトップであるという体裁を保ったのだ。それから腕のスマートウォッチに目を落とすと、笑みを浮かべた。決めのセリフがまだだ。カールは待った。

ローセにはよくわからなかった。カールは何を待っているんだろう？　まるで数でも数えているかのように唇が動いているのはなぜだろう。

「時間だ」カールは血を流している男に目を向けた。

「アレクサンダ」そっけない声で告げる。「時刻21：17。逮捕する」

訳者あとがき

本書『特捜部Q―アサドの祈り―』は、デンマークのベストセラー作家ユッシ・エーズラ・オールスンによる警察小説〈特捜部Q〉シリーズの第八弾 *Offer 2117* (2019) の邦訳である。本シリーズの熱烈なファンが多いドイツでは、二〇一九年十月の刊行後、批評家から「特捜部Qファン必読の巻！」との声が次々と上がり、すぐさまシュピーゲル誌のベストセラーリスト（ハードカバー部門）トップに躍り出た。米国では新型コロナウイルス感染拡大が深刻化した二〇二〇年三月の刊行となり、ニューヨーク・ポスト紙は〈自主隔離の時代に読む本トップ15〉と銘打った特集で本書をピックアップ。今回は米国批判の色が濃い内容だが、他媒体も〈三月の海外ミステリベスト5〉、〈三月に読むべき17冊のクライムノベル最高傑作〉に本書を選出しており、彼の地《か》でも好評を博しているようだ。

邦題が示唆するとおり、今回の物語の柱はアサドであり、いよいよ彼の謎が明らかになる。十一年前「警察が大好きなんです！」と言って特捜部Qにやってきた彼は、口を開けば悪態と皮肉が飛び出すカールとは異なり、常に冷静で人当たりも良く、どこか飄々《ひょうひょう》とした存在である。それでいてざという時にはアクロバティックな身のこなしを見せ、拷問同然の状況に追い込まれても「初めてじゃない」と言ってのける。ただ者ではないことは明らかなのだが、過去を問われると話をそらすか、口をつぐむかしてしまう。だが、そんなアサドも、あることをきっかけにとうとう秘密を明かさざるを得なくなる。その穏やかな表情の下に隠されていた事実とは――。

本書の原題をそのまま日本語にすると「犠牲者２１１７」。これは作中において「二〇一八年に入ってから地中海で溺死した二千百十七人目の人物」を意味する。フィクションとはいえ、この数字は決して現実と乖離《かいり》したものではない。ドイツの調査会社シュタティスタによれば、よりよい暮らしや庇護を求めて国を出たのち、地中海で死亡した人は二〇一八年の場合二千二百九十九人。二〇一九年は千八百八十五人で、死因には低体温症や脱水症も含まれるものの、推定も含め溺死が千二百七人と圧倒的多数を占める。地中海は、中東やアフリカ諸国から欧州を目指す場合の主なルートだが、その際に使われる（あるいは密航業者が用意する）小舟やゴムボートは簡素でもろく、海を渡りきることができないのだ。二〇一四年から二〇一八年の間に、地中海での転覆事故などでそのまま行方不明となった人々はおよそ一万二千人にも上る。

作者が「溺死者たちの指」という詩を物語の冒頭に置いたのは、このことが念頭にあるからではないだろうか。この詩を読み返すたびに〝わたしたち〟の目が見ていないもの、見ているはずなのに見ていないものはなんだろうと考える。解釈は人それぞれだろう。だが、作中の登場人物たち――バルセロナの中継レポーター、崖っぷちの記者ジュアン、部屋に引きこもってゲーム三昧のアレクサンダ

――は〝わたしたち〟が見ていないものについて、共通の考えを抱いているようだ。先に統計上の数字を挙げたが、数字を眺めている限り、犠牲者は〝無名の人〟でしかない。だが、彼らは一人ひとりが生身の人間であり、誰かの子であり、親であり、〝わたしたち〟と同じように幸福を求めてもがいていた人たちなのだ。それぞれに人生があり、夢も憧れもあったのだ。だが、見ようとしなければ、それは見えない……。三人に共通するこの思いは、詩の内容とも相まって物語の通奏低音として鳴っているように感じる。

本書はこれまでのシリーズと同様、過去の事件と現在の事件が交差しながら物語が展開していくが、空間的にも時間的にもかなりの広がりが見られる。特に時間については、過去と現在（二〇一八年）がこれまで以上に交差するほか、中東情勢やアサドの過去を知るうえで重要な事件もいくつか出てくるため、物語に関係する出来事を整理しておきたい。ちなみに、一九七一年時点でアサドは一歳だと思われるが、このころイラクでは政権ナンバー2のサダム・フセインが実質的には最高権力を握り、秘密警察を設立し、反体制派の処刑や拷問を行なっていた。

一九七五年　イラクとイラン間の国境線を定めるアルジェ協定締結
一九七九年　サダム・フセインがイラク大統領に就任
一九八〇年　イラクがアルジェ協定破棄、イラン・イラク戦争開始

一九八八年　イラン・イラク戦争終結

一九九八年　大量破壊兵器破棄に向けた国連の査察をイラクが拒否。米英によるイラク空爆「砂漠の狐作戦」が行なわれる

二〇〇一年一月　ジョージ・W・ブッシュが米大統領に就任

二〇〇一年九月十一日　アメリカ同時多発テロ発生

二〇〇一年十月　アフガニスタンのタリバン政権に対し、米国主導の軍事作戦「不朽の自由作戦」が開始

二〇〇二年一月　ブッシュ大統領が一般教書演説で北朝鮮、イラン、イラクを「悪の枢軸」と非難

二〇〇二年三月　米軍とアフガニスタン軍がタリバンとアルカイダ兵士一掃を目指し、「アナコンダ作戦」を開始

二〇〇二年十一月　イラクが国連の武器査察受け入れ

二〇〇三年三月　ブッシュ大統領がフセイン大統領に国外退去を要求するも、フセイン大統領が亡命を拒否。米英軍がイラク攻撃を開始し、フセイン政権は崩壊

二〇〇三年十二月　米軍がフセイン元大統領を拘束

二〇〇六年十一月　「人道に対する罪」によりフセイン元大統領に死刑判決

二〇〇六年十二月　フセイン元大統領の死刑執行

二〇一一年三月　シリア内戦勃発

なお、本書のクライマックスの舞台となる「教会」について、作中では〝ドイツ国民の転落と再生を未来永劫に象徴する記念碑〟と述べられている。それもひとつの見方だろう。だが、ドイツの人々にとってこの教会は、反戦を誓い、平和を祈念する象徴である。それゆえ、廃墟のまま残してあるということを付け加えておきたい。

本書をドイツ語から重訳するにあたって、Ludwig Bahrke氏にこれまでにも増して大変なご協力をいただいた。9・11以降の世界や中東情勢に対する西側諸国の反応についての非常に有益なレクチャーだけでなく、コロナ禍にあって自粛が続くなか、インターネットを介して訳者の疑問に深夜までお付き合いくださり、感謝の念に堪えない。また、デンマーク語の固有名詞チェックを丁寧にしてくださった針貝有佳氏、推敲段階の細かな作業でご協力いただいた株式会社リベルのみなさん、固有名詞の発音を確認してくれたスペインとギリシャの友人に、心より感謝の意を表したい。末筆ながら、早川書房編集部の永野渓子氏をはじめとするみなさんにも、厚くお礼申し上げたい。

二〇二〇年七月

HAYAKAWA POCKET MYSTERY BOOKS No. 1957

吉《よし》田《だ》奈《な》保《ほ》子《こ》

1974年生,
立教大学文学部ドイツ文学科卒,
ドイツ文学翻訳家
訳書
『特捜部Q—檻の中の女—』『特捜部Q—吊された少女—』『特捜部Q—自撮りする女たち—』ユッシ・エーズラ・オールスン
(以上早川書房刊)

この本の型は,縦18.4センチ,横10.6センチのポケット・ブック判です.

〔特捜部《とくそうぶ》Q　—アサドの祈《いの》り—〕

2020年7月10日印刷　　2020年7月15日発行

著　者	ユッシ・エーズラ・オールスン
訳　者	吉田奈保子
発行者	早川浩
印刷所	星野精版印刷株式会社
表紙印刷	株式会社文化カラー印刷
製本所	株式会社川島製本所

発行所　株式会社　**早川書房**
東京都千代田区神田多町2－2
電話　03-3252-3111
振替　00160-3-47799
https://www.hayakawa-online.co.jp

(乱丁・落丁本は小社制作部宛お送り下さい
送料小社負担にてお取りかえいたします)

ISBN978-4-15-001957-0 C0297
Printed and bound in Japan

ハヤカワ・ミステリ〈話題作〉

1938 **ブルーバード、ブルーバード** アッティカ・ロック 高山真由美訳

〈エドガー賞最優秀長篇賞ほか三冠受賞〉テキサスで起きた二件の殺人に黒人のレンジャーが挑む。現代アメリカの暗部をえぐる傑作

1939 **拳銃使いの娘** ジョーダン・ハーパー 鈴木 恵訳

〈エドガー賞最優秀新人賞受賞〉11歳の少女はギャング組織に追われる父親とともに旅に出る。人気ＴＶクリエイターのデビュー小説

1940 **種の起源** チョン・ユジョン カン・バンファ訳

家の中で母の死体を見つけた主人公。昨夜の記憶なし。殺したのは自分なのか。「韓国のスティーヴン・キング」によるベストセラー

1941 **私のイサベル** エリーサベト・ノウレベック 奥村章子訳

二人の母と、ひとりの娘。二十年の時を越えて三人が出会うとき、恐るべき真実が明らかになる……スウェーデン発・毒親サスペンス

1942 **ディオゲネス変奏曲** 陳 浩基 稲村文吾訳

〈著者デビュー10周年作品〉華文ミステリの第一人者・陳浩基による自選短篇集。ミステリからＳＦまで、様々な味わいの17篇を収録

ハヤカワ・ミステリ〈話題作〉

1943 パリ警視庁迷宮捜査班

ソフィー・エナフ
山本知子・川口明百美訳

停職明けの警視正が率いることになったのは曲者だらけの捜査班⁉ フランスの『特捜部Q』と名高い人気警察小説シリーズ、開幕！

1944 死者の国

ジャン＝クリストフ・グランジェ
高野 優監訳・伊禮規与美訳

パリで起こった連続猟奇殺人事件を追う警視が執念の捜査の末辿り着く衝撃の真相とは。フレンチ・サスペンスの巨匠による傑作長篇

1945 カルカッタの殺人

アビール・ムカジー
田村義進訳

一九一九年の英国領インドで起きた惨殺事件に英国人警部とインド人部長刑事が挑む。英国推理作家協会賞ヒストリカル・ダガー受賞

1946 名探偵の密室

クリス・マクジョージ
不二淑子訳

ホテルの一室に閉じ込められた探偵に課せられたのは、周囲の五人の中から三時間以内に殺人犯を見つけること！ 英国発新本格登場

1947 サイコセラピスト

アレックス・マイクリーディーズ
坂本あおい訳

夫を殺したのち沈黙した画家の口を開かせるため、担当のセラピストは策を練るが……。ツイストと驚きの連続に圧倒されるミステリ